Sur l'auteure

Collaboratrice de multiples journaux, magazines et radios, Joyce Maynard est aussi l'auteure de plusieurs romans – *Long week-end*, *Les Filles de l'ouragan*, *L'Homme de la montagne*, *Les Règles d'usage*, *De si bons amis* – et d'une remarquable autobiographie, *Et devant moi, le monde*. Son dernier roman, *Où vivaient les gens heureux*, a obtenu le Grand Prix de littérature américaine. Mère de trois enfants, elle partage son temps entre la Californie et le Guatemala.

De la même auteure
aux Éditions 10/18

Long week-end, nº 4411
Et devant moi, le monde, nº 4512
Les filles de l'ouragan, nº 4678
Une adolescence américaine, nº 4826
Baby Love, nº 4827
L'homme de la montagne, nº 4967
Prête à tout, nº 5078
Les règles d'usage, nº 5238
Un jour, tu raconteras cette histoire, nº 5335
De si bons amis, nº 5510
Où vivaient les gens heureux, nº 5792

JOYCE MAYNARD

OÙ VIVAIENT LES GENS HEUREUX

Traduit de l'anglais (États-Unis)
par Florence Lévy-Paoloni

10/18

PHILIPPE REY

Titre original :
Count the Ways

ISBN 978-2-264-07915-2
Dépôt légal : août 2022

Pour A., C. et W, qui m'en apprennent
toujours plus sur le chagrin occasionnel
et la joie constante d'être mère.
Et pour C. et S. La génération suivante.

Je suis désolé.
Je t'aime.
Merci.
S'il te plaît, pardonne-moi.

Prière Ho'oponopono, phrases déclarées
dans n'importe quel ordre pour
se réconcilier et se faire pardonner

Et comment ne peux-tu pardonner ?
Tu fais un festin en l'honneur de ce qui
a été perdu, et ôtes de sa place le plus beau
vêtement, que tu avais gardé
pour une occasion
que tu ne pouvais imaginer, et tu pleures
nuit et jour
de savoir que tu n'as pas été abandonnée,
que le bonheur a sauvé sa forme
la plus extrême
pour toi seule.

Jane Kenyon, *Happiness*

Comment je t'aime ? Laisse-moi en
énumérer les façons.

Elizabeth Barrett Browning, *Sonnet 43*

PROLOGUE

La première fois qu'ils mirent à l'eau les bonshommes-bouchons, Toby était encore un bébé, Alison avait quatre ans, Ursula pas encore trois. Cela devint ensuite leur tradition annuelle.

Eleanor avait toujours adoré la façon dont, au printemps, à la fonte des neiges, l'eau du ruisseau au bout du chemin coulait si vite qu'on l'entendait de la maison se précipiter contre les rochers au pied de la cascade. On pouvait rester là une heure durant – et il y a longtemps, avant la naissance des enfants, elle s'y rendait seule et contemplait l'eau, observait les tourbillons formés là où le ruisseau devenait plus étroit avant de s'élargir de nouveau, la façon dont l'eau recouvrait les plus petits rochers et rebondissait sur les plus gros. Si on avait envie, on pouvait suivre la course d'une brindille ou d'une feuille, vestige de l'été, qui descendait vers l'aval, chahutée par le courant.

Un jour, avec les petits, elle avait aperçu une chaussure d'enfant prise dans le courant. Une autre fois, Alison avait lancé une pomme de pin dans le ruisseau et tous les quatre – Eleanor, Alison, Ursula et bébé Toby – l'avaient regardée dériver, disparaître dans un goulet et réapparaître, miraculeusement, de l'autre côté.

Ils avaient suivi cette pomme de pin le long du ruisseau jusqu'à un coude où elle avait disparu.

« Si seulement on avait un bateau, avait dit Alison en contemplant l'eau vive. On pourrait descendre le ruisseau. » Elle pensait à la chanson qu'Eleanor leur chantait dans la voiture.

« Gaiement, gaiement, gaiement, gaiement », s'était-elle mise à chanter de sa jolie voix haut perchée.

La vie n'est qu'un rêve.

En rentrant, elle en parlait encore. Eleanor alors suggéra de fabriquer un bateau miniature qu'ils mettraient à l'eau juste après la cascade. Avec de petits passagers à l'intérieur.

« On pourrait les faire avec des bâtonnets de glaces ou des bouchons », proposa-t-elle.

Des bouchons, parce qu'ils flottent. Des bonshommes-bouchons.

Par la suite, tous les ans, en général le premier week-end de beau temps en mars, Eleanor disposait les ustensiles nécessaires sur la table de la cuisine : cure-pipes, pistolet à colle, ficelle, punaises, marqueurs et bouchons de bouteilles de vin mis de côté durant l'année, pas très nombreux à cette époque-là.

Ils fabriquaient leurs bateaux en bois de balsa, y ajoutaient des voiles faites de bouts de pantalons de pyjamas et de robes devenus trop petits. Alison, future ingénieure, s'intéressait plus aux bateaux qu'aux passagers. Ursula dessinait avec le plus grand soin les visages sur les bouchons et y collait des cheveux et des chapeaux. Même Toby, malgré son jeune âge, participait. Chaque bonhomme-bouchon avait un nom.

Un des personnages s'appelait Crystal, suggestion d'Ursula. Elle aurait voulu une sœur portant ce nom, à défaut, elle l'avait donné à une bonne femme-bouchon.

Un autre, Rufus, n'était pas un bonhomme, en fait, mais un chien. Un autre encore s'appelait Walt, comme leur voisin, et une autre reçut le nom de la fille d'un membre de l'équipe de softball de leur père, une fille atteinte d'un cancer et qui mourut juste avant qu'ils retournent à l'école.

Une fois les bonshommes-bouchons et leurs bateaux terminés, les enfants et Eleanor les emmenaient à un endroit qu'ils avaient repéré, suffisamment plat pour les accueillir tous les quatre, puis, un par un, ils posaient sur les eaux agitées les bateaux et leurs passagers attachés par des élastiques.

Au revoir, Crystal. Au revoir, Rufus. À bientôt, Walt.

Ils étaient seuls maintenant et personne ne pouvait les aider au cours de leur périlleux voyage.

Tout comme les parents, se disait Eleanor en regardant dériver la petite rangée de bateaux qui s'éloignait dans le courant rapide. On mettait au monde ces précieuses personnes. On les couvait. Unique objectif impossible à atteindre : les empêcher de souffrir. Mais tôt ou tard il fallait laisser partir seuls les bonshommes-bouchons, et alors on ne pouvait plus que rester sur la rive ou courir sur la berge en criant des encouragements et en priant pour qu'ils s'en sortent.

Les bateaux s'éloignaient en dansant. Eleanor et les enfants couraient sur la rive moussue, suivant leur progression. Ils se dépêchaient pour rester à leur hauteur. Eleanor serrait la main de Toby. Toby, celui qui risquait de s'échapper et de s'attirer des ennuis plus vite que n'importe qui.

Le voyage n'était pas facile pour les bonshommes-bouchons. Certains bateaux dans lesquels les enfants les avaient installés se retrouvaient coincés dans les hautes herbes le long du ruisseau. D'autres disparaissaient sans laisser de trace. Si un bateau chavirait, qui portait à son bord un de ses précieux bonshommes-bouchons, Ursula (la plus théâtrale) poussait alors un cri perçant.

« Oh, Jimmy ! Oh, Crystal ! Evelyn, où es-tu ? Fais attention, Walt ! »

Certains bonshommes-bouchons ne passaient pas le goulet. Quelques-uns tombaient du bateau au passage de rapides, un peu plus loin. Un jour, tout un chargement de bonshommes-bouchons chavira juste avant d'atteindre les eaux calmes où les enfants avaient l'habitude de les récupérer.

Une autre fois, de la rive où ils observaient leurs bateaux qui descendaient en dansant le cours du ruisseau, ils repérèrent un bonhomme-bouchon de l'année précédente : il flottait, sans chapeau, sans bateau, tout nu, mais il surnageait tout de même.

Toby, quatre ans à l'époque, s'était penché au-dessus de l'eau peu profonde (tenant la main d'Eleanor, bien qu'à contrecœur) pour récupérer les restes mal en point du bonhomme-bouchon et avait examiné son visage.

« C'est Bob », dit-il. Il devait son nom à l'un des copains de l'équipe de softball de Cam, les Yellow Jackets.

Ursula déclara qu'il s'agissait d'un miracle, mais pour Toby le retour inattendu d'un ancien et familier personnage n'avait apparemment rien de très étonnant.

Les bonshommes-bouchons partaient. Les bonshommes-bouchons revenaient. Ou pas.

« Quelquefois les gens meurent », expliqua Toby à Ursula (son aînée de deux ans et demi, mais moins prête que lui à affronter le côté obscur). Pas seulement les gens qu'on écoutait chanter à la radio, ceux dont on entendait parler aux informations, une princesse dont on avait regardé le mariage à la télé, des

astronautes dans une navette spatiale et un chanteur de rock à la tignasse bouclée dont les chansons nous faisaient danser dans la cuisine, mais aussi des gens qu'on connaissait. Un proche voisin qui nous avait montré un cocon de bombyx, le gars venu à la fête du Travail des parents, qui avait imité un coq, la meilleure amie qui nous avait un jour emmené dans un parc aquatique. Et les chiens meurent, ainsi que les grands-parents et même l'enfant à qui on avait offert son dernier bâtonnet de mozzarella lors du match de softball de notre père. En plus, il arrive que d'autres événements terribles se produisent. Il faut s'y résoudre.

Mais il existait une histoire sur laquelle on pouvait compter, une histoire qui ne changeait jamais. Printemps, été, automne, hiver : l'eau coulait sans s'arrêter. Ces rochers seraient là pour toujours. Les rochers, les cailloux faisaient partie de ces choses que Toby adorait et, s'il avait réfléchi aux deuils survenus autour de lui, l'idée que les gens qu'il aimait plus que tout puissent un jour cesser d'exister dépassait son imagination.

Pour Toby, sa famille resterait toujours unie, ses membres s'aimeraient toujours et quoi d'autre comptait davantage ? Tel était le monde qu'ils connaissaient. Tel qu'il leur apparaissait à l'époque, et peut-être Eleanor y avait-elle cru aussi en ce temps-là.

PREMIÈRE PARTIE

1

Une route connue

Le bruit leur parvint tout en bas du champ, là où on avait installé les chaises, un fracas tel que si Eleanor n'avait pas tenu Louise bien serrée contre elle, elle l'aurait peut-être lâchée. Plusieurs personnes poussèrent des cris et une voix hurla : « Oh merde ! » Eleanor entendit l'un des invités se mettre à prier en espagnol. Louise, qui observait la scène, éclata en sanglots et réclama sa mère.

Le bruit ne ressemblait à rien de ce qu'elle connaissait. Une détonation, suivie d'un grognement sourd, épouvantable. Puis le silence.

« Oh, mon Dieu ! » s'écria quelqu'un. « *Dios mío !* » quelqu'un d'autre.

« On va trouver ta maman », dit Eleanor à Louise en parcourant du regard l'assemblée à la recherche de sa fille Ursula, la mère de Louise. Eleanor, quant à elle, réagissait à l'événement – quel qu'il soit – avec un calme inattendu. Des drames plus graves s'étaient produits. Elle en était certaine, peu importait ce qui se passait. Même si la propriété où elle se trouvait avait jadis représenté pour elle l'endroit où elle pensait vivre jusqu'à sa mort, ce n'était plus chez elle depuis quinze ans.

Impossible de savoir pour l'instant d'où venait le bruit ni ce qui l'avait provoqué. Tremblement de terre ? Accident d'avion ? Attaque terroriste ? Elle se rappela, bizarrement, un film sur un tsunami : toute la famille d'une femme avait été emportée par une vague gigantesque, terrifiante.

Mais les membres de la famille d'Eleanor étaient sains et saufs. Elle les voyait dispersés de tous côtés, hébétés, désorientés, mais indemnes. Pour l'instant, elle devait simplement s'assurer que Louise allait bien. Son unique petite-fille de trois ans, si précieuse.

Quand la détonation se produisit, Louise étudiait le collier d'Eleanor, un minuscule oiseau en or monté sur une chaîne. « Tu n'as rien », lui chuchota Eleanor à l'oreille, quand elles entendirent l'énorme grondement. Autour d'elles, les invités habillés pour le mariage couraient en tous sens, criant des mots que personne n'entendait.

« Tout le monde va bien, dit Eleanor. Allons voir ta maman. »

Eleanor était arrivée de Boston la veille au soir. La ferme de Cam, comme elle avait maintenant pris l'habitude de l'appeler, se trouvait à un peu plus d'une heure de route au nord de son appartement de Brookline. Elle avait fait ce trajet pour assister au mariage de son premier enfant, juste avant Ursula dans la fratrie. Elle retrouvait la maison où elle avait vécu.

Après tant d'années, elle connaissait encore si bien la propriété qu'elle aurait pu parcourir la longue allée dans le noir sans allumer les phares. Elle connaissait le moindre nœud du parquet de la maison, le rebord de la fenêtre sur lequel Toby alignait les cailloux préférés de sa collection, les endroits où les paillettes des ateliers de la Saint-Valentin restaient profondément incrustées dans les interstices, le plan de travail inégal sur lequel elle étalait la pâte des cookies, emballait le déjeuner pour l'école, ou préparait du pop-corn et du chocolat les jours de neige pour les trois enfants quand ils rentraient après une partie de luge. Elle se souvenait des murs du placard où elle se réfugiait avec le téléphone qu'elle avait équipé d'un très long fil, à une époque bien antérieure aux portables, quand il lui fallait discuter affaires sans être dérangée par les voix des enfants.

Et aussi : la salle de bains où son fils jouait de son violon miniature. Le garde-manger et ses étagères où s'alignaient les confitures et la sauce pour les spaghettis qu'elle mettait en bocal tous les étés. Le tourne-disque sur lequel passaient les Beatles, Chuck Berry ou *Free to Be... You and Me* tandis qu'ils dansaient tous les cinq. La cheminée où ils accrochaient leurs chaussettes, et le petit tapis devant le foyer sur lequel elle répandait des cendres pour figurer les empreintes de pas d'un visiteur descendu la nuit par la cheminée.

Eleanor savait où poussaient les myrtilles sauvages et les sabots de Vénus, elle se rappelait le rocher près du chemin d'où ils mettaient à l'eau leurs bonshommes-bouchons, tous les ans en mars, quand la neige fondait et que le ruisseau se précipitait sous le pont de pierre. Le poirier que Cam et elle avaient planté, après la naissance de leur premier enfant. L'endroit dans le pré où venaient à éclore les bleuets fin juin. Ils commençaient juste à fleurir. Un bleu comparable à aucun autre.

Et elle était là, assistant au mariage de cet enfant. Dans une autre vie, ils avaient donné le nom d'Alison à ce bébé. Ils l'appelaient Al à présent.

Là se dressait la grange, avec l'ancien studio d'Eleanor et l'atelier de Cam. Elle lui rendait parfois visite en fin d'après-midi et ils faisaient l'amour sur un matelas, devant le poêle à bois. Elle pensa à la fissure dans le plâtre, au-dessus du lit, sur laquelle elle avait choisi de se concentrer en mettant au monde leurs bébés.

Elle s'était étendue sur ce lit des centaines, des milliers de soirs, avec ses enfants vêtus de pyjamas dépareillés et munis d'une pile de livres empruntés à la bibliothèque. Les trois se bousculaient pour avoir la meilleure place (trois enfants, mais seulement deux places contre leur mère). En bas, elle entendait Cam dans la cuisine qui sifflait en faisant la vaisselle, ou écoutait un match de base-ball des Red Sox. Dehors, le bruit de l'eau qui dévalait au bas de la cascade. Le clair de lune qui entrait dans la chambre. Dans son cou, le souffle chaud de ses enfants qui se pressaient pour voir les illustrations du livre. *Encore un. Juste un. On sera gentils*.

Parfois, à ce moment de la journée, elle était si fatiguée que les mots de la page qu'elle lisait n'avaient plus de sens et elle se mettait à bafouiller. Alors l'un d'eux, Alison en général, lui touchait le bras, et parfois Toby lui tapotait les joues.

« *Réveille-toi, Maman. On veut connaître la fin*. »

Ils étaient tous adultes maintenant.

Les gens plus vieux (de l'âge qu'elle avait à présent, une bonne cinquantaine d'années) bavardaient au supermarché, à l'époque où son chariot débordait de céréales pour le petit déjeuner et de jus d'orange, quand il y avait toujours un bébé devant et un autre enfant coincé au milieu des provisions. Ils lui disaient que les enfants grandissent trop vite, que tout passe trop rapidement. Un jour, au Stop & Shop, Toby devint si intenable – il s'était coincé des carottes dans les oreilles et se faisait passer pour un extraterrestre – qu'elle abandonna son chariot plein de provisions au milieu d'une allée et se hâta d'entraîner les enfants dans la voiture le temps que son fils se soit suffisamment calmé pour qu'elle puisse terminer les courses. Penchée sur le volant de son vieux break, tandis que ses trois enfants se recroquevillaient à l'arrière, elle s'imaginait déguerpir loin d'ici. À la frontière canadienne, peut-être. Au Mexique. Ou à un kilomètre de chez eux, sur le chemin de terre, pour passer une matinée entière avec son carnet de croquis et ses crayons, simplement pour dessiner. Sauf qu'il fallait penser aux enfants. Il y avait toujours les enfants, jusqu'au moment où ils ne furent plus là.

Toutes ces petites meurtrissures, ces chagrins, ces blessures, ces regrets, les mots qui faisaient mal, la douleur qu'on s'inflige les uns aux autres, intentionnellement ou non, semblaient si graves à une époque. Parfois on ne se souvenait même plus de ce qui nous avait rendus si furieux, si amers, ce qui nous avait tant blessés. Ou peut-être s'en souvenait-on, mais était-ce si important, finalement ? (Qui a dit quoi ? Qui a fait quoi ? Qui a blessé qui ? Bon, tout le monde a blessé tout le monde.)

Et on se retrouvait là finalement, on ouvrait les yeux comme après un long sommeil, un peu étourdi, clignant des paupières dans l'éclat du soleil, simplement heureux d'être à cet endroit et de se réveiller. Voilà ce que ressentait Eleanor, de retour dans la maison de sa jeunesse pour le mariage de son premier enfant. Se concentrant sur la seule chose importante : sa famille, à nouveau réunie. Cabossée et meurtrie comme un groupe de soldats de la guerre de Sécession revenant d'Appomattox (peu importe à quel camp ils appartenaient), mais toujours bien vivants.

Plus tôt dans la journée, Ursula avait présenté sa mère à sa fille d'un ton poli, mais méfiant – celui qu'un parent pourrait employer en assistant à la première rencontre de son enfant avec un nouveau professeur ou avec le pédiatre préparant les vaccins qu'il va lui administrer.

« C'est ta mamie, Lulu », avait expliqué Ursula à Louise qui s'était dérobée comme le font les petits de trois ans face à un inconnu. Elle avait demandé à Eleanor : « Tu as fait bonne route ? »

« Tu m'as manqué. » Eleanor s'était baissée à son niveau pour étudier le visage de l'enfant, le mémoriser. Elle y retrouvait un peu de sa fille, mais elle voyait surtout quelqu'un de tout à fait nouveau. « J'espérais bien te rencontrer. »

Alors Louise avait remarqué son collier. Contre toute attente, sa petite-fille avait grimpé dans ses bras pour examiner de plus près le petit oiseau doré.

Eleanor avait noté l'expression de prudence et d'inquiétude d'Ursula. Elle cherchait sur les traits de sa fille – son deuxième enfant, presque trente et un ans à présent – un souvenir de celle qu'elle avait été, celle qui aimait commencer la journée en chantant « Here Comes the Sun », celle qui disposait ses légumes sur son assiette pour former un visage, toujours souriant, celle qui avait sucé son pouce jusqu'à son entrée en CP. Elle avait alors supplié Eleanor de lui enduire le pouce de vernis affreusement amer pour qu'elle arrête. (Eleanor détestait faire ce genre de chose. Ursula avait insisté. Ursula, qui faisait tout pour s'intégrer.)

Ursula était celle qui aimait dire « Je t'aime plus que l'univers. Plus que l'infini » quand Eleanor venait la border dans son lit, tous les soirs. Si elle sortait de la chambre avant que sa fille ait eu le temps de prononcer ces mots, il fallait qu'elle revienne.

Eleanor n'avait pas vu Ursula depuis trois ans. Facile de s'en souvenir, parce que c'était trois jours après la naissance de Louise. Elles se trouvaient dans la cuisine de la maison d'Ursula et Jake. Ursula venait d'allaiter la petite. Eleanor la cajolait quand sa fille s'était levée. Elle avait pris le bébé des bras d'Eleanor.

« Ne reviens pas. Ne compte pas revoir un jour ta petite-fille. » Telles furent les paroles d'Ursula en mettant Eleanor à la porte ce jour-là. Suivirent trois ans de silence.

« J'adore notre famille », disait souvent Ursula.

Notre famille. Elle parlait comme si tous les cinq formaient une entité, un pays ou une planète.

Cela se passait au milieu des années quatre-vingt, quand les enfants avaient tous moins de dix ans. Elle était si occupée par eux, surtout par Toby, qu'elle n'avait pas remarqué que son mariage avec leur père partait à vau-l'eau. Contrairement à sa plus jeune fille. Un jour, à cette époque, devant l'expression soucieuse de sa mère, Ursula avait posé les doigts, un de chaque main, aux coins de la bouche d'Eleanor pour étirer ses lèvres en un sourire.

En ce temps-là, Eleanor passait sans cesse la même chanson de son album de Patti LaBelle, *On My Own*. Elle se faisait continuellement du souci à cause de l'argent qui manquait, à cause de son travail. Elle était furieuse contre Cam. Plus que contre tout le reste.

Ursula avait à peine huit ans, mais elle s'était déjà assignée le rôle de boute-en-train de la famille, celle qui, par ses efforts inlassables, ferait retrouver le bonheur à tout le monde. Ursula, la seule de ses trois enfants qui avait refusé longtemps de lire *La Toile de Charlotte* parce qu'elle avait appris ce qui se passait à la fin et ne voulait pas en arriver là, mais elle avait fini par s'y résoudre. Ursula, l'éternelle conciliatrice, l'optimiste, la fille œuvrant avant tout au bien-être de ceux qu'elle aimait (faisant peut-être abstraction de ses propres sentiments). Elle percevait le malaise qui régnait entre ses parents et inventait toujours des choses à faire pour réunir toute la famille.

« Je convoque un câlin général ! » lançait-elle d'un ton résolument joyeux.

Qui veut jouer à Twister ? On va construire un igloo, on s'y installe et on chante des chansons comme autour d'un feu de camp ! Papa, raconte-nous encore comment tu as connu Maman.

Maintenant leur fille cadette, l'éternelle optimiste, était enceinte de son deuxième enfant. Sa fillette, dont la naissance avait été suivie trois jours plus tard par la scène désastreuse entre Eleanor et Ursula, était alors blottie dans les bras de sa grand-mère comme si elle l'avait toujours connue.

Ursula avait aussi connu le réconfort de ces bras. Mais elle l'avait oublié, au point que le simple fait qu'Eleanor parvienne à tenir une petite de trois ans dans ses bras sans provoquer de hurlements semblait la surprendre.

« Pas de problème, Lulu. Elle ne te fera pas de mal », avait dit Ursula à Louise quand Eleanor s'était penchée pour la prendre dans ses bras.

Pourquoi penser le contraire ? Surtout de la part de sa propre fille.

2

Intimes étrangers

Eleanor ne se considérait pas comme superstitieuse, mais à une époque elle ne pouvait pas entamer le dernier virage du long chemin de terre qui menait à la propriété sans dire tout haut : « Je suis chez moi. » Peut-être croyait-elle vraiment que si elle ne prononçait pas ces mots, quelque chose de terrible risquait d'arriver à l'un d'entre eux. Comment pourrait-elle survivre si un tel drame se produisait ?

Et pourtant, elle avait survécu.

La première chose qu'elle voyait toujours en approchant de la maison, c'était le frêne. Personne ne se rappelait qui avait trouvé le nom, mais ils avaient appelé l'arbre Old Ashworthy. Le plus vieux du village, l'un des rares à avoir résisté à l'ouragan de 1938 qui avait eu raison de la majeure partie des plus gros arbres, lui avait dit leur voisin Walt. Le plus grand, en tout cas.

Le tronc était massif, sa circonférence telle qu'un jour, quand Cam et Eleanor vivaient encore ensemble et que les enfants étaient petits, tous les cinq s'étaient pris par la main pour l'entourer, du moins avaient-ils essayé.

C'était une idée d'Ursula. « J'ai un plan », avait-elle annoncé. Elle leur avait demandé de faire un cercle autour du tronc, devant la maison, le dos contre l'écorce rugueuse, le visage tourné vers le jardin, leurs doigts se touchant. Alison affichait l'expression sombre et inquiète qui ne la quittait guère à l'époque. Elle levait sans doute les yeux au ciel et désirait plus que tout qu'on la laisse tranquille. Le gentil Toby, toujours lunaire, ne comprenait pas très bien ce qu'ils tentaient de faire, mais il était d'accord, comme d'habitude, pour participer.

Eleanor avait tenté de toucher les doigts de Cam, mais la circonférence d'Old Ashworthy était trop imposante. Finalement, malgré la longueur des bras de Cam, ils ne parvinrent pas à faire le tour du tronc, loin de là.

Ursula avait même réussi à transformer l'impossibilité de mener à bien son idée d'étreinte unificatrice autour de l'arbre, et le sentiment sinistre d'échec qu'ils avaient peut-être éprouvé, en signal positif.

« Vous savez ce qu'il faut à notre famille pour y arriver ? Un autre bébé ! » avait-elle déclaré.

En repensant à ce jour, Eleanor se rendait compte que son mari avait déjà dû renoncer à leur couple, ce qui prouvait à quel point Eleanor était égarée à l'époque pour ne pas l'avoir remarqué.

Leurs trois bébés étaient nés à la ferme. La pire douleur qu'Eleanor ait connue, la pire douleur physique, en tout cas, l'impression que son corps se déchirait en deux, que des sons dont elle ne se serait pas crue capable sortaient d'elle. Puis venait le moment où un nouvel être apparaissait. On le regardait, on prenait dans ses bras le petit corps rose et humide.

« C'est une fille. »

Elle avait conduit Al à l'aéroport de Logan le jour où son aînée partait pour l'université. C'était avant que la Sécurité intérieure interdise d'accompagner jusqu'à la porte d'embarquement la personne qu'on aimait ou de la regarder descendre de l'avion quand elle rentrait.

Sauf qu'Al avait dit à Eleanor qu'elle risquait de ne pas rentrer souvent. Elle s'était retournée pour lui annoncer la nouvelle juste avant de monter dans l'avion.

« Tu ne me verras pas pendant un certain temps. J'ai besoin d'être seule pour faire le point », dit-elle.

Faire le point sur quoi ? Je ne peux pas t'aider ? J'ai toujours su le faire.

Al avança vers la rampe puis le tunnel qui menait à l'avion. Debout devant la porte d'embarquement, Eleanor sentit un élancement dans la poitrine, aussi réel qu'un coup de poignard.

Parfois, il faut partir de chez soi pour devenir la personne qu'on doit être.

C'était il y a longtemps. Son enfant avait accompli ce qu'il avait entrepris. Pour qui ne l'aurait pas connu avant, rien n'aurait semblé étrange dans l'apparence de l'homme debout sous la tonnelle de vigne qu'ils avaient montée eux-mêmes, les cheveux lissés en arrière, vêtu d'un costume, d'une cravate et d'une paire d'oxfords lacées, un bleuet glissé dans la poche de poitrine. Embrassant la mariée.

Si on avait dit à Eleanor que ce serait un épisode de l'histoire de sa famille – l'enfant qu'elle avait considéré comme sa fille, qui lui avait écrit un mot pour lui dire qu'il était désormais son fils –, elle aurait vu cela comme le plus grand défi de leur famille. Mais qu'Al devienne la personne qu'il avait toujours voulu être représentait finalement ce qui pouvait arriver de mieux.

Eleanor avait pensé qu'elle trouverait étrange de revoir Al la première fois : Al, un homme. Mais non.

Quand elle l'avait aperçu, il se tenait sur la véranda en costume de marié, entouré des deux frères de la fiancée ainsi que de Toby et d'Elijah, le fils de Cam de son second mariage. Chacun décorait la boutonnière d'un autre.

En dépit de la transformation d'Al depuis qu'elle lui avait dit au revoir ce jour-là à l'aéroport, elle le reconnut immédiatement : ses yeux, ses mains, ses cheveux noirs avec leur épi, dompté aujourd'hui par du gel.

Il était différent aussi, d'une manière qui n'avait rien à voir avec la question du genre. L'enfant qui s'appelait Alison souriait rarement. Le jeune homme qu'elle retrouva sur la véranda, son fils Al, paraissait plus heureux que dans tous ses souvenirs. Il avait acquis une sorte de légèreté. Il riait de ce qu'un de ses futurs beaux-frères venait de dire.

« Je suis si contente de te voir », lui déclara Eleanor. Des mots tellement neutres. Avaient-ils un jour eu plus de sens qu'aujourd'hui ?

Eleanor le prit dans ses bras. Il ne résista pas à son étreinte, comme il l'aurait fait autrefois. Durant plusieurs années, dans cette maison, il avait vécu en colère contre tous, y compris contre lui-même, sans aucun doute. En colère contre le monde entier.

Eleanor aurait dû s'en rendre compte plus tôt : Alison avait toujours senti qu'elle n'était pas née dans le corps qu'il fallait. À l'apparition de ses règles, elle n'en avait parlé à personne. Quand Eleanor avait trouvé les slips d'Alison, lavés à la main, qui séchaient dans son placard, elle avait pris sa fille dans ses bras et lui avait demandé : « Pourquoi tu ne m'as rien dit ? » Quand ses seins avaient commencé à se former, Ali avait annoncé à Eleanor qu'elle voulait les couper.

À l'époque, presque personne ne parlait de ce genre de chose. On n'envisageait pas une autre façon de faire son chemin dans la vie pour des gens comme Ali, mais la décision de s'y engager (hormones, opération) semblait le pire de ce que pouvait subir son enfant.

Maintenant Al était là, le fils d'Eleanor, le jour de son mariage. Fort, beau, heureux.

« Je te présente les frères de Teresa, dit-il, la main sur l'épaule d'Eleanor. Mateo, Oscar. Je vous présente ma mère. »

De là où elle se trouvait, un peu en arrière des invités, avec Louise dans les bras, Eleanor avait croisé le regard de la mère de Teresa, Claudia. Des années plus tôt, cette femme, née au Mexique, élevée au Texas, avait dû aller avec sa fille acheter une robe pour sa *quinceañera*. Mariée depuis quarante ans, lui avait-elle appris. Mariage à l'église. Catholique.

« Tout ce qui compte, c'est l'amour, avait-elle affirmé à Eleanor quand elles avaient fait connaissance, avant le service. Notre fille est heureuse. *Que más necesitamos ?* Que demander de plus ? » Seul le refus de sa fille et du fils d'Eleanor d'un mariage à l'église lui avait posé un problème, mais quand ils avaient trouvé un prêtre pour leur donner sa bénédiction, elle en avait pris son parti.

Miguel et Claudia ne savaient peut-être rien du passé d'Al. L'important pour eux, c'était ces deux adultes, et non les enfants qu'ils avaient été. Quand on était né au Michoacán et qu'on vivait dans la banlieue de Dallas, on se séparait volontiers du passé. Ou du moins, on faisait la paix avec lui.

Eleanor examinait les autres invités, tous ceux qu'elle voyait de l'endroit où elle se tenait. Il y avait le groupe de Seattle, les amis développeurs de la start-up d'Al, des inconnus pour elle. Le groupe des Mexicains-Américains. Elle reconnaissait toutefois certaines personnes : repas partagés de l'école longtemps auparavant, soirées au terrain de softball, stands de fête de fin d'année, accompagnement des enfants chez les uns ou les autres, réunions d'enfants. Ils avaient tous beaucoup vieilli, mais Eleanor aussi.

Aucun n'avait échappé à de grands drames. Un enfant qui depuis dix ans faisait des allers et retours en cure de désintoxication. Un enfant qui s'était suicidé. Un fils qui avait perdu une jambe en Irak. Eleanor passait en revue l'assemblée et ses pensées se tournaient vers l'amie qui, si elle avait encore été de ce monde, l'aurait emmenée faire une pédicure avant le mariage, et vers son vieux voisin disparu douze ans plus tôt, Walt, qui l'avait aimée en silence toutes ces années. Tant de gens de son âge n'étaient plus mariés aux femmes et aux hommes de sa jeunesse. Eleanor et l'homme avec qui elle avait élevé trois enfants en faisaient partie.

Localiser Cam dans la foule n'était jamais difficile à cause de sa taille et de ses cheveux roux qui avaient conservé leur couleur, même parsemés de mèches grises. Si cet événement avait eu lieu deux ans plus tôt, la femme qui avait remplacé Eleanor en tant qu'épouse aurait été assise à côté de lui, mais elle l'avait quitté.

Peut-être parce qu'il avait été occupé à tout préparer, ils ne s'étaient pas encore parlé, mais soudain Cam tourna la tête et Eleanor vit son visage pour la première fois depuis de nombreuses années. Malgré de profondes rides, il était encore beau, quoique plus maigre que jamais. Émacié, en fait. Cam avait toujours été mince, mais dans sa jeunesse son corps avait une certaine stature. À présent, il avait les traits tellement tirés qu'on devinait presque les os de son crâne sous la peau. Quand elle l'avait aperçu, il regardait au loin avec une expression impénétrable.

Eleanor connaissait bien cette attitude : Cam pensait à autre chose. Si en cet instant il se souvenait d'un jour lointain où Eleanor et lui-même se tenaient dans ce pré, les yeux dans les yeux, et juraient de s'aimer pour toujours (ni l'un ni l'autre ne pouvait imaginer qu'un jour les battements de leur cœur ne s'accéléreraient pas en présence de l'autre), rien sur son visage ne le trahissait.

Cam n'avait jamais été enclin à revenir sur le passé. Une fois qu'une personne s'en allait, elle n'existait plus. Quand un événement prenait fin, il aurait aussi bien pu ne jamais s'être produit.

Ils s'étaient rencontrés à une exposition d'artisanat dans le Vermont. Cam venait de commencer son travail sur bois.

« Cam », dit-il quand elle s'arrêta pour examiner un bol et passa un doigt sur l'intérieur lisse. Eleanor mit un moment à comprendre qu'il s'adressait à elle.

« J'ai cru que tu ne t'arrêterais jamais à mon stand. »

Avec sa longue tignasse rousse, il ressemblait à une illustration dans le vieux livre de mythologie grecque de son enfance. Par la suite, elle sentait souvent la présence de cette silhouette dégingandée avant même qu'il n'entre dans la pièce, baissant un peu la tête pour franchir la porte, habitude acquise d'une longue expérience à se cogner souvent au linteau bas d'une demeure de Nouvelle-Angleterre. Il émanait de lui une assurance absolue, ainsi qu'une qualité dont elle ne comprit que plus tard les implications dans sa propre vie : une sorte de flegme qu'elle ne parvint jamais à posséder, loin de là. Les soucis qui rongeaient Eleanor lui passaient au-dessus, du moins le semblait-il. Cam ne s'attachait pas comme elle le faisait. Il abandonnait plus facilement choses et gens, mais elle ne le savait pas encore.

Elle tomba probablement amoureuse de Cam à l'instant où elle fit sa connaissance. Chemise ouverte, une rudbeckie passée derrière l'oreille, il tendit la main vers elle. Une fossette au menton. Des dents parfaites. Et ce sourire. « Cameron, en fait. Mais personne ne m'appelle ainsi, sauf ma mère. »

Eleanor n'avait jamais rencontré personne d'aussi roux. Pas blond vénitien, vraiment roux. Ses cheveux bouclés lui tombaient sur les épaules, comme s'il avait la tête en feu, disait-elle souvent. Elle se souvenait encore de ce qu'elle ressentait quand elle passait les mains dans cette chevelure et comment ces boucles tombaient sur son propre visage quand il se baissait vers elle. Elle avait adoré son corps, adoré sa capacité apparemment infinie à accueillir toute nouvelle expérience, mystère ou joie. Elle ne cessait de se demander comment un homme comme lui avait pu la remarquer et la rechercher. Rien chez Eleanor ne ressemblait, de près ou de loin, à de l'assurance, mais c'était peut-être ce qui l'avait attiré vers elle.

Dès le soir de leur rencontre, il parla de bébés.

Il emménagea chez elle – ici, dans cette ferme – une semaine plus tard. Ils se marièrent le même été. Leur premier enfant naquit dans leur lit l'hiver suivant et, en moins de quatre ans, deux autres suivirent.

Comment se peut-il que la personne avec qui on a partagé les moments les plus intimes, un très grand amour, une immense douleur, des joies et aussi des chagrins, devienne un étranger ?

3

Un sacré arbre

Plus tôt dans l'après-midi, peu après son arrivée inquiète à la ferme, mais avant d'avoir repéré Al ou Ursula, avant de savoir si Ursula lui adresserait la parole ou si elle aurait l'occasion de rencontrer Louise, Eleanor avait remarqué une très vieille femme assise seule à l'écart sous la tente. Il lui avait fallu un moment pour reconnaître Edith, son ancienne voisine, au bout du chemin. Elle n'alla pas la trouver.

Edith n'avait jamais aimé Eleanor, sans doute parce que Walt, son mari, l'avait trop aimée.

Walt était mort depuis des années. Tout le temps où elle avait vécu à la ferme, avant son mariage avec Cam et ensuite, Walt avait été le meilleur des amis. Surtout à l'époque où elle vivait seule, Walt passait souvent pour vérifier que tout allait bien et voir s'il pouvait se rendre utile. Il lui livrait des bûches qu'il fendait pour le poêle, il l'aida à se débarrasser d'une famille de mouffettes qui avait élu domicile dans la remise. Quand Cam vint vivre avec elle, il se montra moins empressé, mais continua à déposer des courgettes et des tomates de son jardin sur le pas de la porte.

« Tu te rends compte que le vieux en pince pour toi, hein ? dit Cam à Eleanor après l'une de ses visites.

— C'est juste mon ami. Il aime bien veiller sur moi », répondit Eleanor. Peu de gens l'avaient fait.

C'était dans les bras de Walt qu'elle s'était effondrée le jour où Cam lui avait déclaré qu'il voulait mettre fin à leur mariage, qu'il était tombé amoureux d'une autre.

« Ton mari est idiot », avait dit Walt en lui caressant les cheveux. Ils étaient restés ainsi sans doute pas plus de trente secondes. C'était la première fois qu'il la touchait.

C'était Walt qui avait porté ses cartons dans la camionnette qu'elle avait louée pour le déménagement. Walt qui l'avait conduite.

« Je ne comprends toujours pas pourquoi c'est toi qui dois partir », avait-il dit.

Eleanor n'avait pas donné d'explication à Walt, mais elle connaissait la réponse. On quitte parfois un endroit parce qu'on n'aime pas y être. Et parfois on doit le quitter parce qu'on l'aime trop.

Les frères rappelaient maintenant tous les invités et leur demandaient de se rassembler en bas du pré derrière la maison, à l'endroit où un musicien jouait de la guitare et où on avait monté une tonnelle. Ils étaient pressés de commencer la cérémonie, sans doute un peu parce que tout le monde scrutait le ciel où les nuages s'assombrissaient, annonçant qu'un orage menaçait.

En tant que garçon d'honneur, Toby, le plus jeune de leurs trois enfants, se tenait à côté du marié, avec ses surprenants cheveux d'un roux intense, son air mélancolique, comme un visiteur débarqué d'une autre planète, essayant encore après tant d'années de comprendre comment se comporter sur celle-ci. Sans savoir combien de temps il y resterait.

C'était Toby, vingt-huit ans maintenant, dont le visage avait à peine changé depuis ses cinq ans, et son air éternellement rêveur. Toby, le plus gentil des garçons – difficile de voir en lui un homme –, qui faisait confiance à tout le monde, incapable de rancune, et pleurait devant la mort d'un agneau ou d'un oiseau qui percutait une fenêtre. En ce jour où sa fille l'avait accueillie en restant sur ses gardes et son fils aîné avec distraction, Eleanor avait été reconnaissante de voir le visage de son plus jeune fils s'éclairer en l'apercevant. Il l'appelait toujours Maman.

Quand il avait sorti l'anneau de sa poche pour le tendre à son frère aîné, son geste avait paru se dérouler au ralenti. *Son frère*, concept auquel Toby s'était adapté plus vite et avec plus d'aisance que le reste de la famille. Quelle importance qu'il se présente comme homme ou femme ? C'était quelqu'un que Toby avait toujours aimé, tout simplement.

Assise avec Louise qui continuait à tripoter l'oiseau de son collier, Eleanor observait le marié, ce fils qui avait été sa fille. Il contemplait sa future épouse, regard enamouré, visage à la fois familier et inconnu. En ce lieu où tout avait commencé, ils étaient tous là, les mêmes personnages ou à peu près, après tant d'années, plus l'adjonction bienvenue et inattendue de la grande famille mexicaine-américaine de Teresa venue fêter l'événement, ainsi que d'Elijah. Et de Louise.

« Je vous déclare à présent mari et femme. » Ces mots intemporels furent prononcés en espagnol par un prêtre jésuite, cousin de Teresa, assisté d'une amie du couple venu de Seattle, ordonnée pour la journée par la Universal Life Church, qui ajouta : « Tu peux maintenant embrasser la mariée. »

Al et Teresa relâchèrent enfin leur longue étreinte et se tournèrent face aux invités. Un trio de musiciens mariachis venus en avion du Texas commença à jouer. On se mit à bouger, à prendre des photos, à admirer les compositions florales, à vérifier qu'on n'avait pas attrapé de tiques. Après avoir redouté tout l'après-midi que l'orage éclate, l'assemblée sembla pousser un soupir de soulagement quand les derniers mots de la cérémonie furent prononcés. Le ciel était couvert, rien de plus. Le désastre avait été évité.

Eleanor s'était levée de son siège, Louise dans les bras, et commençait à remonter vers le haut de la colline. « Mamie ! » Louise montrait une bouteille en plastique qu'elle avait laissée par terre à côté de la chaise. « Mes bulles. » Eleanor, qui se sentait comme une étrangère, fut contente d'avoir de quoi s'occuper en allant la récupérer.

Ce fut alors qu'elles l'entendirent. La détonation.

Il y eut d'abord l'éclair, une zébrure comme si le ciel s'ouvrait en deux. On aurait pu croire à une fusillade. Une déflagration, suivie une fraction de seconde plus tard par une série d'autres. Eleanor n'avait jamais rien entendu de tel.

Suivit un son différent, plus profond, plus sonore que le premier, qui ne provenait pas du ciel cette fois, tandis qu'un éclair frappait la terre, comme un message de Dieu dans un tableau ancien. De l'endroit où les invités s'étaient rassemblés pour la cérémonie, au pied de la colline, personne ne le vit, mais ce fut à ce moment-là qu'Old Ashworthy s'effondra.

Matador, le vieux labrador d'Ursula, arriva le premier sur place. Il se mit à aboyer très fort. Le reste du groupe entreprit de gravir la colline.

Blottis les uns contre les autres sous la pluie battante, ils virent alors l'étendue des dégâts : l'arbre énorme était couché de tout son long, de la tonnelle jusqu'au bassin, ses branches étalées dans toutes les directions, comme si le monde entier venait de déraper. Trois siècles de croissance, printemps, été, automne, hiver, le cycle répété durant quelques centaines d'années, l'arbre gagnant en taille et en épaisseur, ses branches tendues vers une voûte de feuilles vertes aussi loin que remontaient les souvenirs et bien avant encore.

La foudre avait fendu le tronc par le milieu. Les grosses branches et les éclats de bois s'éparpillaient dans tous les sens comme des baguettes de mikado, les feuilles et les rameaux se dispersaient dans l'herbe, sur le carré de plantes vivaces, et plus bas dans le pré.

Longtemps auparavant, l'année où leur couple se désintégrait, bien qu'Eleanor eût été trop occupée pour s'en rendre compte, Ali avait construit une cabane dans cet arbre, sans doute pour fuir ce qui se passait à la maison. Eleanor distinguait à présent, au milieu du fouillis des branches tombées, ce qui restait des barreaux qu'Ali avait cloués sur le tronc. Si Cam et elle-même n'avaient pas été si absorbés cette année-là – Eleanor dévorée par la colère et la peine, Cam aveuglé par son amour pour une fille qui le considérait encore comme un héros, non comme une déception –, ils auraient inspecté cette échelle et se seraient aperçus qu'elle était dangereuse, que les barreaux risquaient de céder.

Et maintenant ce n'était pas l'échelle rudimentaire qui présentait le plus grand risque ou la pire chute. Les barreaux avaient tenu bon. Ce n'étaient pas les lattes de bois, mais l'arbre qui avait cédé.

Les trois enfants d'Eleanor, adultes à présent, tous trois plus vieux que Cam et elle au moment de leur naissance, formaient un demi-cercle autour du désastre, les mains sur le visage. Seul Toby parla, Toby à qui la vie paraissait moins compliquée qu'aux autres. Toby dont le vocabulaire se limitait à peu de mots, mais ceux qu'il prononçait énonçaient parfois la vérité avec la plus grande clarté.

« Un sacré arbre », dit-il en secouant la tête.

4

Une maison à retaper

Au printemps de ses vingt ans, Eleanor acheta une Toyota Corolla d'occasion et prit la route dans l'intention d'acquérir une maison. Fin mai, elle posa les yeux sur la ferme pour la première fois.

Elle avait parcouru environ cent kilomètres ce jour-là, comme une douzaine d'autres auparavant. Il y avait quelque chose d'apaisant à rouler ainsi. Mettez une personne dans une voiture au réservoir plein, donnez-lui une carte routière et peu importe si elle n'espère rien de particulier. Elle écoute la radio et conduit.

Les audiences du Watergate battaient leur plein, mais Eleanor n'avait qu'une vague idée de ce dont il était question. Une année s'était écoulée depuis la déroute de l'Equal Rights Amendment, le premier numéro de *Ms. Magazine*, le Titre IX. Dans tout le pays, les femmes affirmaient, certainement à juste titre, qu'elles ne voulaient plus être définies par leur vie à la maison. Mais pour Eleanor, la maison était ce qui importait plus que tout. Elle était partie à la recherche de la sienne.

Elle roula plus de mille cinq cents kilomètres dans la Toyota durant les jours qu'elle passa sur la route. Elle explora le Maine, le Vermont, le New Hampshire.

Elle n'écoutait pas beaucoup les informations. Elle passait la cassette d'une compilation des chansons qu'elle aimait, tristes pour la plupart. George Jones en faisait partie, ainsi que de vieilles ballades irlandaises évoquant des amours déçues, et aussi certains vieux chanteurs de rhythm and blues, mais seulement leurs ballades. Otis Redding chantant « These Arms of Mine » l'émouvait chaque fois, tout comme Édith Piaf. Les paroles touchantes des chansons de James Taylor ne lui parlaient pas trop, contrairement à celles de Joni Mitchell – son désir d'amour, ses déceptions continuelles et la prise de conscience apparemment acquise, malgré son jeune âge, qu'en dépit de tous ses beaux copains rock stars elle pourrait bien se retrouver seule pour toujours. Seule sur une grande route à deux voies, Eleanor chantait avec Dolly Parton. *In my Tennessee mountain home / Life is as peaceful as a baby's sigh*. Elle chantait avec Joni. Elle passa en boucle *Blue*, du nord de l'État de New York jusqu'à la frontière du New Hampshire.

Akersville n'avait rien de particulier quand elle y fit halte. Pas de jolis cafés. Pas même de feux de signalisation. La plupart des voitures qui passaient poursuivaient leur chemin.

Eleanor s'y arrêta un peu par hasard. Depuis presque quinze jours, elle descendait dans un motel différent chaque soir, mangeait des poignées d'amandes crues, des carottes et des yaourts Danone aux mûres, ramassait les prospectus des agences immobilières sur les aires de repos avec une seule idée en tête : trouver le bon endroit où se poser.

Eleanor se gara devant la vitrine d'Abercrombie's Realty, avec sa rangée de fleurs – des pensées hirsutes – et son enseigne délavée en bois : « Un toit pour vos rêves ». L'agent qui l'accueillit semblait avoir largement dépassé la soixantaine. Sans lâcher sa tasse de café en polystyrène, il se présenta : « Ed Abercrombie », et lui tendit la main.

Rares étaient les gens de l'âge d'Eleanor qui cherchaient à acheter une maison. Même quand ils en avaient les moyens, ils n'étaient pas tentés de le faire. Mais si Ed Abercrombie éprouva de la surprise ou de la curiosité, il le cacha bien.

Le plus souvent, les agences immobilières où entrait Eleanor au cours de son road trip étrange et solitaire ne la prenaient pas au sérieux. Les agents percevaient peut-être un certain désespoir mélancolique dissimulé sous son salut quand elle pénétrait dans leurs bureaux : sourire contraint, poignée de main excessivement vigoureuse. Elle paraissait probablement trop impatiente (c'était souvent le cas), ses désirs trop pressants. En observant Eleanor ce printemps-là, on sentait que son envie d'acheter une propriété témoignait d'un besoin plus profond que celui d'un client ordinaire.

La seule question que lui posa Ed concernait son travail. Il lui avoua qu'il n'y avait pas beaucoup d'emplois dans la région. Cela pouvait poser problème.

Sauf que non.

« Je fais des livres pour enfants », dit-elle. (Remarqua-t-il ses ongles, rongés jusqu'au sang ? Le très léger tremblement de sa main quand elle écarta ses cheveux de ses yeux ?)

« Vous gagnez votre vie comme ça ? demanda-t-il. Je ne veux pas être indiscret, mais la banque vous posera la question. Les impôts ne sont pas donnés dans la région.

— Ce ne sera pas un problème », répondit-elle. À la surprise d'Eleanor plus que de quiconque, son premier livre, publié l'année précédente, s'était vendu à près de cent mille exemplaires. Elle allait bientôt s'atteler au quatrième.

« J'écris les aventures d'une petite fille qui n'a pas de parents et qui voyage dans le monde entier. »

« Une auteure, dit-il. Pourquoi pas. Ma femme écrivait des poèmes. »

Eleanor lui expliqua qu'en fait elle était plutôt une artiste. Elle faisait des dessins auxquels elle associait des histoires. Elle aurait pu poursuivre en racontant à Ed que depuis ses cinq ans, peut-être même avant, enfant unique livrée à elle-même de longs moments, elle se retrouvait rarement sans un crayon en main. Elle avait passé son enfance à inventer des personnages pour lui tenir compagnie et à imaginer les histoires qui leur arrivaient, des choses qui n'avaient aucune chance de se produire dans la vie d'Eleanor. Certaines de ces histoires avaient pour héroïne Bodie, une fille dont les parents avaient trouvé la mort dans un accident de voiture. Bodie partait explorer le monde à la recherche d'une mystérieuse grand-tante archéologue dont elle avait toujours entendu parler, mais qu'elle ne connaissait pas. Le professeur de lettres d'Eleanor à l'internat lui avait suggéré d'envoyer une des aventures de Bodie à une maison d'édition, accompagnée de ses illustrations.

Elle n'avait pas encore terminé ses études secondaires quand les éditeurs d'Applewood Press l'avaient invitée dans leurs bureaux pour faire sa connaissance. Une semaine plus tard, n'ayant pas encore de voiture, elle avait pris le bus pour New York où elle devait les rencontrer. À présent, en plus de *Bodie sous la mer*, il y avait *Bodie à l'usine de frites* et, bientôt, *Bodie à Zanzibar*. Juste avant de sillonner le pays à la recherche de sa maison, Eleanor avait signé un contrat pour

Bodie, reine du désert. Elle n'avait pas encore touché le chèque, mais il serait d'un montant important.

Elle avait tenté un certain temps de faire comme les autres jeunes. Suivre des études à l'université. Tomber amoureuse. Bien plus qu'écrire des livres pour enfants, Eleanor aspirait à une vie normale ou à quelque chose qui y ressemblait.

Sauf qu'Eleanor ne réussissait jamais à mener une vie normale. Elle avait quitté l'université exactement un mois avant de terminer sa seconde année. Elle avait déserté sa résidence universitaire, emporté ses compilations et ses albums, acheté la Toyota et pris la route.

Elle avait trente-sept mille dollars sur son compte en banque, l'avance de son éditeur pour *Bodie à Zanzibar*, plus les droits d'auteur des deux premiers *Bodie*. Beaucoup d'argent, nulle part où vivre. Ce fut alors qu'elle décida d'acheter une maison. Peut-être que la maison lui apporterait ce qui venait avec, ce qui arrive dans les maisons des gens, dans les vies des gens. Tout ce qui lui manquait cruellement deviendrait accessible.

Il n'y avait personne pour lui dire que ce n'était pas une bonne idée. Là était le problème, en fait. À part son éditeur qui se contentait de lui rappeler quand elle devait rendre son prochain manuscrit et son agent qui épluchait les contrats, elle n'avait personne pour la conseiller.

Elle se trouvait donc à Akersville, New Hampshire, et elle écoutait Ed Abercrombie parler d'une maison en rondins, qu'il venait de faire rentrer, avec un revêtement extérieur plastifié et, derrière, une annexe indépendante pour les invités.

Elle n'avait pas une idée bien précise, et pourtant une chose était sûre : la maison qu'Eleanor cherchait n'avait pas besoin d'être très grande, mais il fallait du terrain autour, et elle devait être assez loin de la ville pour qu'on puisse voir les étoiles. Elle expliqua à Ed qu'elle avait besoin d'une bonne lumière pour son travail artistique. Elle n'avait jamais eu de jardin, mais elle voulait faire pousser des tomates et peut-être des petits pois et des laitues. Et puis des zinnias.

Près de l'eau, ce serait bien. Sinon sur place, du moins à proximité.

Il répondit qu'il pensait bien à une propriété, avec au bout du chemin un trou d'eau et une cascade. Les propriétaires ne l'avaient pas encore vraiment mise sur le marché, mais il pouvait la lui montrer.

« Celle-ci, il faudra la retaper sérieusement », la prévint-il.

La vieille ferme des Murchison était inoccupée depuis cinq ans et, même auparavant, la famille n'y venait que l'été. Personne n'avait passé un hiver dans la maison depuis avant la guerre, et Ed ne parlait ni de celle du Viêtnam ni même de celle de Corée. Elle possédait une vieille chaudière, mais pas d'isolation. La ville n'entretenait plus le chemin ; toutefois, si Eleanor y habitait l'hiver – il étudia son visage pour évaluer cette probabilité –, elle serait en droit de le demander. Dix minutes plus tard, elle était assise sur le siège passager de l'Oldsmobile d'Ed, qui sortait de la ville vers le nord.

Sur la route, Ed lui tendit la feuille répertoriant les informations, mais Eleanor préféra regarder par la vitre. Même si elle remarqua un certain nombre de belles maisons de style XVIIIe siècle et d'autres semblables à celles de Cape Cod, entourées de murs de pierre derrière lesquels poussaient des pommiers, la petite ville ne ressemblait pas à celles, coquettes, de la Nouvelle-Angleterre qui figuraient sur les cartes postales et les calendriers. Il y avait des maisons vieilles de deux siècles comme celle où Ed l'emmenait, mais aussi des mobile homes très larges et des maisons de style ranch, dont la cour était occupée par des voitures qui ne semblaient pas en état de rouler. Une pizzeria, une laverie automatique, une station-service, une église avec des cimetières attenants, dont certaines tombes remontaient au XVIIe siècle, lui dit Ed.

Ils passèrent devant une rangée de boîtes aux lettres. Un kiosque de fruits et légumes pas encore ouvert en cette saison. Une pancarte sur laquelle on lisait « Enfant sourd ».

Pas grand-chose d'autre.

La maison était située sur une hauteur au bout d'un long chemin de terre, de ceux où les roues des voitures laissent une bande d'herbe au milieu. Elle donnait sur une colline : quelques hectares de prairie et au-delà une dizaine d'hectares de bois, lui expliqua Ed. Pas d'éclairage municipal, bien sûr, ils avaient dépassé les derniers réverbères quelques kilomètres avant d'arriver. Là, on pouvait admirer le ciel nocturne sans autre lumière que celle de la lune pour rivaliser avec les constellations, sans aucun bruit sinon les hululements des chouettes et à l'automne (mais elle ne l'apprendrait que plus tard) les tirs des chasseurs. Les plus proches voisins vivaient à près d'un kilomètre.

Quand elle posa pour la première fois les yeux sur la propriété, c'était la saison du lilas et les arbres se couvraient de feuilles tendres. L'un en particulier attirait le regard : un frêne qui avait réussi à survivre au fameux ouragan dont on parlait encore dans la région, lui dit Ed. L'arbre se trouvait juste assez loin de la maison pour ne pas lui faire de l'ombre, mais ses branches semblaient remplir le ciel et couvrir l'horizon.

« Quel arbre, hein ? s'exclama Ed en arrêtant la voiture devant la porte de la véranda. J'imagine qu'il remonte à peu près à l'époque où mon arrière-arrière-arrière-grand-père accrocha la première enseigne de sa mercerie. Il y a au moins deux cents ans. Peut-être plus encore. Je parie que vous voyez là le plus vieil arbre de la ville. »

Elle pourrait y suspendre un hamac, à condition qu'elle ait un jour le temps de mettre les pieds en l'air. Avec tout le travail que nécessitait une propriété comme celle-ci, sans parler de l'argent qu'il fallait trouver pour les impôts, elle n'aurait sans doute pas souvent l'occasion de faire la sieste.

Peu importait. Eleanor ne cherchait pas la facilité.

Elle resta un moment dehors, devant la maison, s'imprégnant de l'atmosphère, avant de franchir la dalle de granite qui menait à la porte d'entrée. Elle ne fit pas de commentaires, ne posa pas de questions. Elle sentait les battements de son cœur.

5

Où vivaient les gens heureux

La maison était petite, ce qui lui plaisait. Celle de son enfance était grande et elle s'y sentait seule. Quand elle aurait des enfants, elle les garderait près d'elle.

Elle entra d'abord dans la véranda, une véranda fermée où se trouvait une table à tréteaux. Toutes les affaires entreposées là suggéraient à Eleanor que les occupants savaient passer du bon temps ensemble. Accrochés au mur du fond avec un soin qui faisait penser que le soleil se montrait souvent, un jeu de croquet et un assortiment de raquettes de badminton, des volants et des raquettes de ping-pong, des battes de base-ball, des cannes à pêche, des fers à cheval, des patins et des luges de toutes les tailles. Il y avait aussi un hamac, un jeu de fléchettes et une vieille voiture à pédales.

Elle remarqua un canon miniature. Ed lui expliqua que tous les 4 Juillet, la famille avait eu pour habitude de tirer trois coups. On les entendait jusque chez les Pouliot.

Partout où se portait le regard d'Eleanor, elle trouvait des témoignages d'une vie remplie de bonnes choses. Des outils de jardin. Un toboggan. Des jeux de société et un Victrola avec une pile de soixante-dix-huit tours

(Benny Goodman, The Andrews Sisters, Bing Crosby). Sur le mur près de la porte, des marques au crayon indiquaient la taille de plusieurs enfants (*Mickey, week-end du 4 juillet 1952 un mètre trente-sept. Susan, juillet 1957. Bobby, un mètre soixante-dix ! Peter, un mètre soixante-dix-huit. Voilà ce qui arrive quand un garçon mange ses légumes !*)

Ce lieu ressemblait à une maison où vivaient des gens qui s'aimaient.

Une cheminée occupait presque tout un mur de la cuisine ; dans un autre siècle, la maîtresse de maison avait dû mettre au four une miche de pain. Le plancher était en bois, les plans de travail en Formica. Au fond de la pièce, un vieux réfrigérateur Coldspot. « Il vous faudra le remplacer », dit Ed, mais Eleanor savait qu'elle ne le ferait pas.

Dans un coin de la cuisine, s'ouvrait un petit office dont les étagères étaient tapissées de papier adhésif à fleurs rouges et vertes, très certainement posé dans les années cinquante. Eleanor passa la main sur l'une d'elles en imaginant les bocaux remplis de légumes stérilisés dans la Cocotte-Minute, sur celle du haut des décorations de gâteaux, des paquets de bougies d'anniversaire, des petits porte-épis de maïs en plastique jaune accompagnés d'assiettes assorties en forme de feuilles de maïs.

Par la fenêtre de l'office, elle voyait des buissons de mûres. Si la maison devenait la sienne, elle ferait de la confiture, écrirait la date sur les étiquettes et poserait les pots sur les étagères. Elle ferait pousser des tomates pour avoir de la sauce tout l'hiver.

De l'autre côté de la cuisine s'ouvrait une toute petite pièce, à peine assez grande pour un lit simple, qu'Ed qualifia de chambre de naissance. Dans l'ancien temps, c'était là que les femmes de la maison mettaient au monde leurs bébés, lui dit-il. Une autre chambre, plus vaste, donnait sur le devant de la maison. Elle possédait une cheminée plus petite et des fenêtres ouvrant au sud et à l'est. Soleil du matin.

La petite entrée donnait sur une salle de séjour dotée aussi d'une troisième cheminée. De vieux clous plantés dans le manteau laissaient penser qu'en décembre, longtemps auparavant, des enfants y avaient accroché leurs chaussettes. De grosses poutres en pin soutenaient le plafond, comme dans la cuisine.

La maison était étonnamment lumineuse, grâce aux fenêtres donnant sur un pré qui n'était plus labouré, des murs en pierre, quelques vieux pommiers et, au-delà, les bois. Ainsi que cet arbre énorme, bien sûr. Le frêne.

« Les Murchison n'ont guère rénové », dit Ed, comme si c'était un problème, mais Eleanor adorait cet aspect de la maison. Les murs étaient encore tapissés de papiers peints vieux de plusieurs dizaines d'années (des roses dans la chambre, dans le séjour des fermiers et des fermières poursuivant des vaches, avec une rangée de seaux répandant du lait et une rangée d'enfants qui dansaient en dessous). Les lattes du plancher étaient larges et usées, même pas stables, sans pour autant menacer les fondations, lui assura Ed, comme si elle s'en inquiétait, ce qui n'était pas le cas.

À l'étage (marches hautes, usées d'avoir servi cent cinquante ans), il y avait une pièce unique, divisée en son centre par le gros conduit de cheminée des pièces du bas et une banquette sous la fenêtre où on pouvait s'installer et sentir l'odeur des lilas. La chambre des enfants.

À cette étape de la visite, Ed proposa à Eleanor de voir le sous-sol, mais la vaisselle de l'office l'intéressait davantage (un service complet de FiestaWare, une théière Blue Willow, des poêles à frire en fer, des moules à muffins et une vieille machine à pop-corn). Dans le placard de la salle de séjour, au moins deux douzaines de boîtes de puzzles qui, une fois terminés (à une ou deux pièces près), représentaient un pont couvert en automne, ou un cimetière de la Nouvelle-Angleterre sous la neige, ainsi qu'un vieux Monopoly dont les pièces d'origine étaient en plomb.

Il l'emmena dans le pré, là où le vert de l'herbe tendre était assorti à celui des feuilles, pour lui montrer la maison depuis le bas de la colline. Elle la considérait déjà comme sienne. En baissant les yeux, elle vit de la mousse et une touffe de sabots de Vénus.

Il y avait aussi une cabane à outils, une vieille charrue, une brouette en bois. « Vous vous posez sans doute la question du puits et de la fosse septique », dit Ed.

Ce n'était pas le cas.

Il parla ensuite de ce que coûteraient l'isolation, l'installation d'une chaudière neuve (indispensable), de fenêtres à double vitrage. Le toit était ancien, mais on en faisait de solides à l'époque. Il faudrait un nouveau chauffe-eau.

Elle l'entendait à peine. Il lui avait déjà expliqué que les propriétaires vendaient la maison avec tout ce qui s'y trouvait : vaisselle, meubles, draps et serviettes. Une vieille sorbetière à manivelle. Les soixante-dix-huit tours de Bing Crosby.

Ils se tenaient sous le frêne géant, la porte d'entrée derrière eux. Elle était bleue, mais avait besoin d'être repeinte.

« Vous entendez ? » demanda-t-il. C'était le bruit de l'eau. « Un pont en pierre enjambe Hopewell Falls tout près. À cette époque de l'année, avec toute la pluie qui est tombée et la fonte des neiges, il y a beaucoup d'eau. Si vous aimez pêcher la truite, le trou d'eau après la cascade va vous plaire. Un bel endroit où se rafraîchir quand il fait chaud. »

Elle ne savait pas du tout comment pêcher la truite, et encore moins ce qu'elle en ferait si elle réussissait à en attraper une. Mais l'idée de la cascade lui plaisait.

« Je vais acheter cette maison », lui dit-elle.

6

Qui devons-nous appeler ?

Eleanor avait seize ans, l'hiver de l'accident. Ses parents, Martin et Vivian, rentraient à Boston en voiture après un séjour de ski dans le Vermont. Il faisait nuit, la route à deux voies était verglacée, les roues se bloquèrent et entamèrent une glissade qui les mena droit dans un camion de livraison de Pepsi. Le choc fut suffisamment violent pour qu'on retrouve l'une des chaussures de sa mère à quinze mètres de la route. Son père devait fumer, ce qui expliquait sans doute les vitres ouvertes, mais la question de savoir comment la chaussure était sortie de la voiture figurait parmi la centaine d'autres questions qu'Eleanor préférait ne pas se poser, tout comme elle choisit de ne pas se demander ce qui se serait passé si les choses avaient été différentes entre eux et si elle s'était trouvée à l'arrière quand ils avaient percuté le camion. Certains adolescents auraient accompagné leurs parents lors de ce séjour de ski, mais Martin et Vivian préféraient n'être que tous les deux.

Elle était dans une école privée du Connecticut, en classe de première, quand elle apprit la nouvelle. Peu après 10 heures ce soir-là, un dimanche, on frappa à la porte de sa chambre.

Plus tard, elle se souviendrait du bruit des douches dans la salle de bains commune, au bout du couloir. Simon et Garfunkel sur le tourne-disque de quelqu'un. *I am a rock, I am an island.* L'odeur de marijuana du joint que Patty, sa camarade de chambre, avait allumé un peu plus tôt, et de Patty ouvrant la fenêtre près de son lit en entendant frapper et en reconnaissant la voix de l'autre côté de la porte qui annonçait la présence d'un membre de l'équipe enseignante.

« Eleanor ? C'est Mr. Guttenberg. Il faut que nous parlions.

— Oh, merde », dit Patty, juste avant qu'Eleanor ouvre la porte. Elles crurent un instant que ce serait la grande catastrophe de la soirée : Patty mise à l'épreuve, ou même virée de l'école. Mais il s'avéra que l'usage de drogue était le cadet des soucis de Mr. Guttenberg.

Eleanor était en train de se faire les ongles des pieds. Elle avait appliqué du vernis bleu sur tous les ongles d'un pied, et seulement sur trois de l'autre. Elle resta ainsi pendant des semaines.

Après lui avoir fait part de l'accident – « Collision de front », « mort instantanée », « au moins ils n'ont pas souffert » –, Mr. Guttenberg tapota l'épaule d'Eleanor, presque comme s'il flattait un chien. (En arrière-plan, Patty gémissait. *Oh ! mon Dieu, oh ! mon Dieu.* Eleanor n'émettait pas le moindre son.)

« Qui devons-nous appeler pour vous ? » lui demanda-t-il. Le numéro d'urgence qu'elle avait inscrit sur les fiches en septembre était celui de ses parents. Inutile de le composer maintenant.

« Ma mère avait un cousin issu de germain dans l'Illinois », répondit-elle. Ou peut-être dans le Wisconsin.

Elle réussit pourtant à dormir cette nuit-là, d'un sommeil de plomb, bizarre, comme si elle avait perdu conscience. Le lendemain matin, en se réveillant, elle oublia durant quelques secondes ce qui était arrivé. Elle entendait les filles dans le couloir et le son métallique des tuyaux de radiateur. Puis cela lui revint.

« Qui pouvons-nous appeler pour vous ? » lui demanda la femme du directeur en passant la voir avec une assiette de muffins aux myrtilles. Personne. Ils n'étaient que trois dans sa famille. Deux étaient maintenant morts.

Eleanor n'avait jamais demandé à sa mère pourquoi elle était fille unique. Elle avait l'impression qu'après sa naissance ils avaient dû se rendre compte que, en vérité, ils n'avaient pas vraiment voulu d'enfants, et ce qu'ils pouvaient faire de mieux c'était de ne pas en avoir d'autres.

Elle ne devait pas avoir plus de trois ans quand elle eut l'idée de se créer un frère imaginaire, Anthony. Il était plus vieux qu'elle et très beau. Il se déguisait et plus tard jouait à Candyland avec elle, un jeu que sa mère trouvait ennuyeux, et, quand elle allait à l'école à pied, il lui donnait la main. Un jour, il se transforma en un adolescent qui la portait sur ses épaules et l'emmenait en voiture. Elle ne lui parlait plus dans sa tête comme quand elle était petite, mais même à l'époque où elle allait à la Holcomb Academy il lui arrivait parfois d'imaginer sa vie si Anthony existait. Il l'appellerait, viendrait la voir lors des week-ends où les visites familiales étaient permises et l'emmènerait au bowling. Elle savait quel genre de voiture il conduirait. Une Coccinelle VW.

Ou peut-être aurait-elle aimé avoir une petite sœur. « Je veillerai toujours sur toi », aurait-elle dit à la sœur qu'elle n'avait jamais eue. Elle se voyait prendre dans ses bras une enfant qui lui ressemblait, en plus petite, la serrer contre sa poitrine sans la lâcher, exactement comme elle aurait aimé que quelqu'un la tienne.

En l'état des choses, dans la vraie vie, elle n'avait personne à qui parler de ce qui était arrivé. Ceux avec qui elle aurait pu discuter de la perte de ses parents étaient les parents qu'elle avait perdus. En vérité, elle n'aurait de toute façon pas pu leur en parler. Martin et Vivian étaient morts cette nuit-là, mais ils avaient toujours été très absents.

Eleanor était donc seule, à l'exception d'un parent éloigné quelque part dans le Middle West, qu'elle avait vu une ou deux fois quand elle était petite. Pas de grands-parents.

Elle rentra toute seule chez elle à Newton. Don, l'associé de son père au cabinet d'avocats, vint la chercher. Elle l'avait rencontré quelquefois au cocktail annuel de ses parents où elle avait pour tâche de passer les hors-d'œuvre, mais elle ne le reconnut pas quand il l'accueillit à la gare et, de façon un peu maladroite, tenta de la prendre dans ses bras. De là, ils partirent directement au funérarium.

Plus tard, ce même week-end, elle parcourut les pièces de leur maison, essayant d'imaginer ce qu'elle pourrait faire de leurs affaires. Sauf qu'elle n'en avait aucune idée. Comment une fille qui n'avait pas encore seize ans était-elle censée commencer à débarrasser une maison remplie de meubles et de vêtements, de livres, de disques, de papiers, de photographies, d'affaires de ski, de déclarations de revenus ? Ainsi que de tous les trucs dont personne ne parlait : les sous-vêtements de son père et une collection de *Playboy* des années soixante. Le diaphragme de sa mère. Le placard des bouteilles d'alcool contenant six différentes bouteilles de whisky, dix sortes de vodka, la pendule sur la télévision dans la salle à manger : *Pas d'alcool avant 5 heures*. Tous les chiffres du cadran étaient des cinq.

Eleanor connaissait des gens dont les parents considéraient leurs enfants comme le centre de leur univers, ce qui n'avait jamais été le cas dans leur famille restreinte. Les parents de certaines de ses amies se parlaient à peine et ne se touchaient jamais, dormaient parfois dans des chambres séparées, mais ils ne manquaient jamais les compétitions ou les concerts de leurs enfants. Rien de semblable dans le monde d'Eleanor. Ses parents étaient ensemble depuis presque vingt ans à sa naissance et Eleanor avait toujours eu l'impression qu'ils la voyaient un peu comme une intruse dans leur intimité.

Depuis sa plus tendre enfance, elle se souvenait des cris en provenance de leur chambre, tard le soir, combinaison étrange et déroutante de ce qui lui apparaissait comme un mélange de joie et de douleur. Le regard de son père chaque fois que sa mère entrait dans la pièce. Le regard de sa mère croisant celui de Martin. Et elle, dans un coin avec ses crayons de couleur, presque invisible.

Le jeudi soir, ils regardaient Dean Martin en buvant leurs martinis. Le vendredi après-midi, Happy Hour dans un bar qu'ils aimaient bien à Coolidge Corner. Le dimanche matin, elle savait qu'elle ne devait pas les déranger au lit avant 10 heures bien sonnées ; elle regardait la pendule et attendait. Ils appelaient ce moment l'« heure des adultes ». Et pas seulement le dimanche matin, mais au dîner aussi, quand sa mère enfilait l'un de ses déshabillés en soie et que tous deux se partageaient une bouteille de vin. Si Eleanor restait tranquille, elle arrivait à écouter leurs conversations. Parfois, quand ils étaient seuls au salon, ils passaient des disques de Mantovani et dansaient. Eleanor aurait pu mettre le feu aux rideaux quand ils dansaient ainsi. Ils n'auraient rien remarqué.

D'autres fois, elle entendait son père élever la voix, furieux. Ils étaient en colère l'un contre l'autre, mais parfois, ils étaient simplement dingues.

L'un lançait quelque chose. L'autre lançait autre chose. Puis venait un bruit de verre cassé. Elle les entendait dire des choses terribles. Et, un peu plus tard, des rires. Leurs voix de nouveau calmes. Puis les bruits venant de la chambre.

Aux obsèques personne ne mentionna cet aspect de leur vie. Personne ne parla de l'alcoolisme de Martin, ni de la façon dont Vivian l'imitait, verre après verre. Des cocktails après le travail tous les soirs. Des bloody mary le dimanche matin et d'autres matins aussi, souvent. Le mercredi, le lundi. Tout le temps.

Aucune des personnes présentes ce jour-là – des hommes qui avaient connu son père au Rotary, au golf, à son cabinet d'avocats, des femmes qui avaient fait du bénévolat avec sa mère – n'aurait reconnu ce trait de leur personnalité dont Eleanor avait été témoin. Son père qui, un jour, avait arpenté la maison en jurant de colère, parce qu'il ne trouvait pas le *TV Guide*. Le soir où, le magasin d'alcool étant fermé, il avait pris la voiture et s'était rendu dans cinq magasins différents pour trouver une marque de whisky particulière. Le jour où, alors que son amie Marcy était venue chez eux, elle lui avait demandé s'il pouvait boire un peu moins et où il l'avait envoyée dans sa chambre. Ensuite, elle l'avait entendu arpenter la cuisine en fulminant devant sa mère. *Tu imagines ? Notre fille me considère comme une espèce de clodo alcoolique.* Dans la soirée, il avait fait irruption dans sa chambre, saisi sa boîte de crayons qu'elle rangeait toujours par couleur. Il avait lancé la boîte ouverte contre le mur et les crayons avaient volé dans tous les sens.

Eleanor avait un mot pour nommer les moments où l'un de ses parents, parfois Martin, parfois Vivian, pétait un plomb. Elle appelait cette phase Crazyland. Ils ne séjournaient pas en permanence à Crazyland, mais on ne savait jamais quand ils y entraient. Ils en étaient toujours à deux pas.

Eleanor ne parlait jamais à personne de Crazyland, mais elle y était allée, ou en tout cas elle avait été témoin de ce qui s'y passait. C'est pourquoi elle n'invitait ni Marcy ni Charlene à dormir. Sachant que Crazyland n'était jamais loin, elle essayait tout le temps de se montrer gentille, d'empêcher ses parents d'y entrer.

En repensant à la maison où elle avait grandi, Eleanor se rendit compte plus tard qu'elle avait rarement vu ses parents complètement sobres. La boisson préférée de son père était le Jack Daniel's avec glaçons. Celle de sa mère, le Manhattan.

Ils étaient morts dans une collision frontale, et à l'époque on avait seulement parlé de verglas sur la route. La trace de leurs pneus neige n'était peut-être pas la plus droite.

Eleanor devinait pourquoi leur voiture avait traversé la route ce soir-là. Ils avaient dû s'arrêter à leur bar favori en rentrant chez eux. L'un de leurs nombreux bars favoris.

Ils l'aimaient certainement. Comme tous les parents. Mais l'internat c'était leur idée, pas celle d'Eleanor, et s'ils avaient eu l'air triste en la déposant la première fois, Eleanor n'avait pu s'empêcher de deviner un certain soulagement dans leurs mots d'adieu. « On se verra au week-end des parents », avaient-ils dit. Mais ils n'étaient pas venus.

Quand il était allé la chercher pour la ramener chez elle, Don, l'associé de son père, lui avait dit qu'elle pouvait tout laisser en l'état jusqu'à l'été, à la fin de l'année scolaire. Mais à la fin de l'année scolaire, quand Eleanor revint à Newton, elle ne savait toujours pas quoi faire de toutes les affaires de deux personnes décédées qu'elle connaissait plutôt mal. Finalement, quelqu'un appela une agence immobilière qui promit de vider la maison d'ici juillet, pour la mettre sur le marché.

Eleanor y passa un après-midi toute seule. « Prends tout ce que tu veux, ma chérie », lui dit Don. Elle commença à faire une pile, mais au bout d'une heure, ce qu'elle avait mis de côté remplissait presque toute la salle à manger. Où aurait-elle pu entreposer ces trucs, de toute façon ?

Finalement, Eleanor emporta la clarinette de son père, son vieux bol à céréales décoré avec les animaux de Beatrix Potter, une robe de sa mère des années cinquante et un pantalon en velours qui n'était même pas à sa taille. Elle prit les albums de photos, bien sûr, mais il se passa plusieurs années avant qu'elle ne les ouvre et, quand elle le fit, elle fut frappée par la quantité de photographies de Martin et Vivian comparée au petit nombre des siennes. À en juger par le mauvais cadrage des images, elle devina que c'était elle la photographe de ses parents. Quiconque aurait feuilleté l'album n'aurait pu savoir qu'Eleanor les accompagnait dans ces voyages.

Elle avait onze ans quand ils étaient allés à l'Exposition universelle de New York. Ils étaient passés devant la *Pietà*, transportée en avion d'Italie, avaient pris un escalator, avaient admiré les skieurs nautiques, un perroquet au pavillon de Floride et le plus gros fromage du monde au pavillon du Wisconsin. Plus tard dans l'après-midi, ses parents avaient bu tellement de Mai Tai au pavillon de Hawaï (sept, d'après le nombre d'ombrelles en papier que compta Eleanor) qu'ils avaient eu du mal à retrouver le chemin du parking.

Le lendemain, après un petit déjeuner comportant une grande carafe de bloody mary, ils marchaient dans la Cinquième Avenue. Eleanor à quelques pas derrière eux, comme d'habitude, décida de s'arrêter, tout simplement. De rester sans bouger sur le trottoir et de voir combien de temps il leur faudrait pour remarquer son absence.

Ses parents avaient parcouru un bon bout de chemin avant de se retourner et, même alors, ils le firent avec un calme troublant.

Oh, tu es là, dit sa mère. Sa voix était à peine pâteuse. Personne d'autre qu'Eleanor ne l'aurait remarqué.

La dernière fois qu'elle avait vu ses parents, Eleanor avait dit à sa mère qu'elle n'avait pas envie d'aller skier avec eux aux vacances.

Est-ce que cela vous est jamais venu à l'idée de me demander ce que j'avais envie de faire au lieu de me parler de vos plans une fois que vous en avez déjà décidé ? Est-ce que cela vous est jamais venu à l'idée que je pouvais avoir mes propres avis sur ce que je voulais faire, en dehors de vous suivre, de vous voir commander des cocktails et de vous regarder dans les yeux ? De ramasser le verre cassé le lendemain matin ?

Pour Noël, ils lui avaient offert une paire de gants chauds et une parka, une montre, une mallette de peinture plutôt destinée à un enfant de huit ans ayant ou non exprimé un intérêt pour la peinture, et un chèque-cadeau de chez Filene. Eleanor était dans sa chambre et faisait sa valise, le visage encore en feu après la dispute avec ses parents. Sa mère se montra à la porte, sans verre à la main.

« Tu es sûre de ne pas vouloir venir skier avec nous ? » lui demanda-t-elle de nouveau. Elle posa la main sur l'épaule d'Eleanor, et parut soulagée quand sa fille répondit non merci, elle était invitée chez Patty, sa camarade de chambre, pour les vacances d'hiver.

Aux obsèques, quelqu'un qui avait vu Martin et Vivian à la montagne, le jour de l'accident, lui raconta que les conditions météorologiques étaient excellentes. Combien ils semblaient heureux tous les deux, assis dans le refuge après leur dernière descente, à siroter leurs irish coffees.

« En un sens, c'est parfait qu'ils soient morts ensemble, déclara un ami de son père. Imaginez l'un de ces deux-là sans l'autre. »

Leur vie s'était achevée côte à côte à l'avant de leur Oldsmobile, tandis que leur fille unique était dans son école à quelques centaines de kilomètres. Une fois de plus, Eleanor avait été laissée à l'écart et, si c'était une bonne chose cette fois, elle avait l'impression que, vraiment, elle avait toujours été seule de toute façon.

Elle ne connaissait personne d'autre qui, comme elle le découvrit plus tard en débarrassant leur cuisine, consacrait tout un placard à des cuillères à cocktail, et un autre à deux douzaines de bocaux de cerises au marasquin.

7

Un petit pas pour l'homme

Les Hallinan, les parents de Patty, invitèrent Eleanor à passer les vacances d'été dans leur famille à Rhode Island. Patty ne serait pas là car elle allait travailler la plus grande partie de l'été comme monitrice, mais Alice Hallinan affirma que toute leur famille serait ravie d'accueillir une autre adolescente, car ainsi Patty leur manquerait moins.

Jim Hallinan trouva un job à Eleanor : travailler en cuisine, pendant la journée, dans un restaurant dont le propriétaire était un de ses copains golfeurs. Et, mieux encore, leur fils Matt serait là pour repasser une matière qu'il avait ratée à l'université et préparer son entrée en fac de droit. Il pourrait donc l'accompagner en voiture à son travail et veiller sur elle.

Un grand frère. Eleanor enviait Patty d'en avoir un. Son Anthony rêvé devenait réalité.

Elle s'installa dans la chambre de Patty : deux lits jumeaux à baldaquin, un poster de Donovan au mur, les médailles de natation par équipe de Patty et un collage de photos de balades en famille à Cape Cod. Alice, qui avait demandé à Eleanor de l'appeler Maman, ce qu'elle ne faisait pas, avait vidé la moitié des tiroirs pour qu'elle y range ses vêtements, mais elle était loin de les remplir. Leur chien, Buddy, lui lécha la jambe. Elle avait toujours eu envie d'un chien, mais ce n'était pas le genre de ses parents.

« Nous voulons tous que tu te considères comme faisant partie de la famille », dit Alice.

Durant le trajet jusqu'au restaurant, le premier jour, le frère de Patty alluma l'autoradio. Eleanor reconnut les trémolos de « Crimson and Clover ».

« Ma sœur raffole de ces conneries à l'eau de rose. Mais je pense que tu pourrais apprécier Led Zeppelin. » Matt changea de station de radio.

Il vint la chercher au restaurant à 4 heures, puis les jours suivants. Il l'accompagnait et revenait la chercher.

« Ça doit bousculer ton programme, ces allers et retours chez DiNuccio tous les jours, dit Eleanor.

— Je n'ai pas de programme. Mon père me tient la bride serrée à cause de mes notes. Il a décrété que, si je ne passais pas ce foutu examen d'espagnol dont j'ai besoin pour avoir mon diplôme et si je n'obtenais pas des notes correctes à l'examen d'entrée en fac de droit, il reprenait la voiture. T'accompagner me donne une excuse pour me faire la malle deux fois par jour. »

Eleanor aimait bien s'asseoir sur le siège passager à côté de Matt et écouter la radio. Parfois, ils roulaient sans rien dire. Matt battait la mesure sur le volant quand une chanson qu'il aimait passait et Eleanor regardait dehors, mais de plus en plus souvent il lui parlait. Elle se sentait importante et mature parce qu'un garçon de l'âge de Matt s'intéressait à elle de cette façon. Elle avait presque l'impression d'avoir un vrai frère.

Un jour, il lui tendit un joint. « Tu fumes ? »

Elle ne l'avait jamais fait, mais elle ne voulait pas avoir l'air d'une petite fille modèle.

« Ça m'arrive. »

Elle avala trop de fumée. Elle se mit à tousser.

« Pas souvent, on dirait, hein ? » Son rire ressemblait au cri d'un animal. Une hyène, ou du moins une hyène de dessin animé.

« À ton avis, qu'est-ce que c'était le truc de ce type, Billy Joe McAllister ? », lui demanda-t-il. « Ode to Billie Joe » passait à la radio. « Je veux dire, pourquoi ce type a sauté du pont Tallahatchie ? »

Eleanor ne savait pas quoi répondre, alors elle resta silencieuse. Quelque chose dans cette chanson la mettait toujours mal à l'aise. Personne ne lui avait expliqué ce qu'ils avaient jeté du pont de Tallahatchie.

« Tu as un copain ? demanda-t-il.

— Non.

— Tu as déjà eu un copain ? »

Elle eut un instant envie de mentir, mais elle se dit qu'il ne la croirait pas. « Pas vraiment.

— On t'a déjà embrassée ? »

Elle secoua la tête.

Ils se trouvaient au carrefour où, s'ils tournaient à gauche, ils arrivaient à la maison des Hallinan en à peine deux minutes. Il y avait une autre route sur la droite. Plus petite. Aucune maison en vue. Eleanor ne l'avait jamais prise.

Ce fut là qu'il l'emmena. Sans un mot, il gara la voiture.

Il se pencha vers elle sur la grande banquette avant et posa les mains sur ses épaules. Il appuya le visage contre le sien. Au début ce fut un baiser normal, du moins comme Eleanor l'imaginait. Puis sa langue s'introduisit dans sa bouche.

Par la suite, il tourna toujours sur la petite route en venant la chercher après son travail. Ils n'en parlaient pas. Il le faisait et Eleanor le laissait faire. Puis ils rentraient à la maison.

Deux jours après le baiser, Matt mit la main sur sa blouse. Dans son soutien-gorge. Lui pinça le mamelon. Elle se demanda si c'était censé être agréable. Si quelqu'un avait dit à Matt que ça l'était. S'il se souciait de ce genre de chose.

Puis il introduisit la main dans son slip. La fois suivante, vers la mi-juillet sans doute, il remonta complètement sa jupe. Il ouvrit son pantalon. À part dans les musées, sur les statues, et une fois quand elle était entrée dans la chambre de ses parents, Eleanor n'avait jamais vu le pénis d'un homme. Et voilà qu'il pressait le sien contre elle. Puis il l'enfonça en elle. D'abord il n'y parvint pas, mais il finit par entrer.

Eleanor était couchée sur la banquette et le laissait s'agiter au-dessus d'elle. Elle ferma les yeux.

Cela devint une habitude. Aller à son travail, écouter la radio. Eleanor essayait de toutes ses forces de se concentrer là-dessus, plutôt que sur ce qui l'attendait dans la voiture avec Matt.

Elle avait l'impression que, cet été-là, la chanson « Bad Moon Rising » de Creedence Clearwater passait en boucle, mais parfois Matt mettait les informations.

Une émeute avait éclaté à New York en réaction au passage à tabac d'homosexuels par des policiers. Autant qu'elle sache, Eleanor ne connaissait pas d'homosexuel, mais elle ne comprenait pas pourquoi on les tabassait.

« C'est un moyen d'échapper à l'armée, dit Matt en écoutant les nouvelles sur les émeutes de Stonewall. Suffit de dire qu'on est pédé. »

Eleanor ne s'exprimait presque jamais dans la voiture avec Matt, mais il n'en paraissait pas gêné. Il parlait sans doute pour lui-même.

« Moi, je préférerais tenter ma chance dans l'armée », dit-il.

Cet été-là on parlait beaucoup de la lune, bien sûr. Les astronautes d'Apollo 11 allaient bientôt s'y rendre. Pas seulement se placer en orbite, mais cette fois s'y poser et y marcher. Mrs. Hallinan avait prévu une fête entre voisins pour célébrer ces premiers pas sur la lune.

« Tu te souviendras de cette nuit toute ta vie. Nous vivons un moment historique », dit-elle à Eleanor.

Un jour qu'il était venu la chercher à son travail, il lui retira sa culotte et vit la ficelle de son tampon. Cette fois, il lui mit son pénis dans la bouche. « Te fâche pas, mais la vue du sang me file la nausée », dit-il.

Cette semaine-là, en couverture de *Life* il y avait une photo du paysage lunaire : grands cratères vides, et autour rien que l'obscurité et les étoiles.

Souviens-toi de la lune, oublie le reste.

« Est-ce que tu t'es demandé ce que font les astronautes quand ils ont besoin de pisser dans l'espace ?

— Non.

— Ils ont une poche spéciale dans leur combinaison. Et ils balancent ça dans l'espace. Dégueulasse, non ? »

Il tourna à droite. Comme toujours. Quand il grimpait sur elle, elle avait appris à évoquer une autre image dans sa tête et à se concentrer sur elle.

Parfois elle pensait à Buddy, le chien. Parfois à la lune.

Le Viêtnam constituait le plus gros souci de Matt cet été-là. Il n'était pas très engagé politiquement et les Hallinan n'auraient pas approuvé que leurs enfants participent à des manifestations ; mais s'il échouait à son examen d'espagnol et s'il n'obtenait pas des notes suffisantes à son examen pour entrer en fac de droit,

Matt savait qu'il risquait la pire des conséquences : l'incorporation. Chaque fois qu'il entendait la voix du président Nixon à la radio, il devenait très agité.

« Pas question que je me retrouve dans cette foutue jungle avec un M-15. » Il avait un plan B pour l'examen de droit. Un type qu'il connaissait passerait l'examen à sa place avec une fausse carte d'identité à son nom. Ça coûtait cher, mais il garantissait un score dépassant les 700.

En d'autres circonstances, Eleanor aurait pu dire quelque chose. Pour l'heure, elle se contenta de rester assise, en le laissant faire une fois de plus. L'embranchement sur la route. Le moteur qui tournait pour que la radio continue à marcher. Son slip sur les chevilles qu'elle remontait après. La garniture en Skaï de la banquette qui lui collait à la peau et plus tard, de retour à la maison, Mrs. Hallinan dans la cuisine lui proposant un casse-croûte. *Non merci*.

Elle sentait sur elle l'odeur du sperme de Matt Hallinan qui dégoulinait sur sa jambe.

« Tu as maigri, lui dit Alice. Tu ne vas pas devenir anorexique chez nous, hein ? »

Ensuite, au lit dans la chambre de Patty, Eleanor écoutait *Clouds*. Malgré sa voix triste, Joni Mitchell faisait du bien à Eleanor, ou du moins lui donnait l'impression d'être moins seule. Elle prenait d'abord une douche, toujours. Puis elle sortait ses crayons de couleur pour dessiner. Elle savait que, si elle révélait aux Hallinan ce qui se passait avec Matt, ils ne la croiraient pas. Son job chez DiNuccio, son été à Rhode Island, la proposition de Mrs. Hallinan de l'emmener faire ses courses pour la rentrée scolaire, son amitié avec Patty, ce serait la fin de tout. La situation n'avait rien de fantastique, mais Eleanor n'avait nulle part ailleurs où aller.

Elle commença à travailler durant l'été sur les histoires de Bodie, les aventures d'une petite orpheline de dix ans qui rencontrait un tas de gens aimables et merveilleux aussi bien dans le Maine qu'en Antarctique et à Paris. Sans parents, mais non plus sans personne comme Matt Hallinan. Bodie était une petite fille qui faisait ce qu'elle voulait et personne ne lui donnait d'instructions. Il n'y avait pas de garçons dans l'histoire, pas de baisers, ni rien de ce qu'elle, Eleanor, vivait.

Le jour de l'alunissage, Mrs. Hallinan prépara des saucisses dans une pâte feuilletée et des œufs mimosa. Ils se réunirent tous devant la télé, pas seulement les Hallinan et Eleanor, mais aussi une douzaine de voisins, pour regarder Neil Armstrong marcher sur la lune. En son for intérieur, Eleanor aurait souhaité qu'il ne plante pas le drapeau à cet endroit. Elle aimait l'aspect des cratères sans rien dessus. Quand elle pensait à la lune, ce qui lui arrivait en voiture, elle la voyait comme dans le magazine *Life*. Des cratères vides. Pas de drapeau.

La fois suivante où Matt vint la chercher, il s'arrêta à l'endroit habituel. Elle ferma les yeux, comme toujours.

En pénétrant en elle – la première fois, elle avait eu l'impression qu'un tisonnier la déchirait, mais ce n'était plus le cas – il colla sa bouche à son oreille.

« Un petit pas pour l'homme », murmura-t-il.

La deuxième semaine d'août, Patty rentra du camp de vacances où elle était monitrice et tous les cinq, Mr. et Mrs. Hallinan, Patty, Matt et Eleanor, passèrent cinq jours ensemble dans le Maine. Un festival de musique se déroulait quelque part au nord de l'État de New York cette même semaine. « Une bande de hippies. Certainement des copains du cinglé qui a massacré la star de cinéma », déclara Mr. Hallinan.

Alice suggéra à Matt d'emmener Eleanor sur le hors-bord, de l'initier au ski nautique, mais elle déclina l'offre et resta dans sa chambre la plupart du temps. Elle ne bronza même pas.

Un soir, vers la fin de leur séjour au bord du lac, elle entendit Patty et sa mère discuter dans la cuisine de la situation. « J'aurais préféré qu'on ne l'emmène pas. Elle est vraiment assommante, dit Patty.

— Tu ne dois pas oublier ce qu'Eleanor a vécu. Ça ne fait même pas un an. Je ne dis pas que c'est facile de l'avoir tout le temps avec nous, mais essayons d'être compréhensifs », dit Alice.

Deux jours après leur retour à Rhode Island, il était temps pour toutes les deux de rentrer à l'école. Eleanor s'efforçait de descendre sa valise dans l'escalier quand Jim Hallinan appela son fils.

« Matthew ! Bouge-toi les fesses. Viens donc porter la valise d'Eleanor. Et pendant que tu y es, serre-la dans tes bras pour lui dire au revoir. »

Elle resta un peu à l'écart tandis qu'il plaçait sa valise dans le coffre, à côté de celle de Patty.

« Bonne chance pour ton examen, lui dit-elle.

— À l'été prochain. Avant, en fait. Tu vas revenir au ranch pour Thanksgiving, non ? lui demanda Matt.

— Je n'arrête pas de le lui dire. Nous sommes ta famille maintenant, renchérit Alice.

— La famille. Tout le monde doit en avoir une, non ? Même Charlie Manson le savait », fit Matt avec un sourire.

8

Comme si tu t'étais fait renverser par un camion

Elle était de retour à l'école, partageant de nouveau sa chambre avec Patty, même si elles n'éprouvaient pas d'affection particulière l'une pour l'autre à cette époque.

Elle aurait dû avoir ses règles la semaine de la reprise des cours, mais rien ne vint. En novembre, elle sut pourquoi.

Elle avait pensé ne plus jamais devoir parler à Matt Hallinan, mais elle trouva son numéro dans le carnet d'adresses de Patty, celui de la maison de la fraternité d'étudiants où il vivait. Quelqu'un décrocha, un garçon surnommé Ratso, qui s'appelait Bill et avait changé de nom après avoir vu le film *Macadam Cowboy*, lui expliqua Patty. Musique à plein tube derrière. Une fête en cours. Une minute plus tard, Matt prit le téléphone.

Il lui fallut un peu de temps pour la situer, mais il finit par comprendre. Quand elle lui annonça qu'elle était enceinte, il ne nia pas. Il se mit simplement à répéter « oh merde oh merde oh merde ».

Il vint la chercher à l'internat le week-end suivant. Pas sur le campus, bien sûr. Personne ne devait être au courant.

L'un des membres de sa fraternité qui avait récemment dû gérer le même problème lui avait donné le nom d'un médecin. Ce médecin, qui exerçait près de Poughkeepsie, allait arranger ça sans poser de questions. Eleanor n'avait aucun moyen de se procurer l'argent nécessaire à moins de demander à Don, l'associé de son père, mais Matt résolut le problème, même s'il n'en était pas ravi.

Cinq cents dollars. *Putain.*

Ils restèrent silencieux dans la voiture. Cinq heures. Il avait allumé l'autoradio. Neil Diamond. The 5th Dimension. Ils durent entendre « Light My Fire » six fois, tout en roulant vers le nord, mais la chanson qui lui parlait le plus était « The End » des Doors. Elle n'arrivait pas à se sortir de la tête la voix sombre et hantée de Jim Morrison.

L'adresse donnée à Matt se révéla celle d'un appartement en périphérie de la ville. Une femme ouvrit la porte. Elle précéda Eleanor vers une pièce à l'arrière de l'appartement où un homme attendait. Il n'était pas vraiment barbu, il aurait mieux fait de se raser. Il lui indiqua de monter sur la table.

Le médecin avait dû subir une ablation des cordes vocales. Sa voix sortait d'une machine.

Quand ce fut terminé, la femme reparut. Elle donna à Eleanor une serviette hygiénique très épaisse à utiliser tout de suite et une autre pour plus tard.

Matt avait dû payer pendant qu'elle subissait l'intervention. Ils partirent dès qu'elle put tenir debout. Il la déposa le soir à quelque distance de son internat, un peu avant 21 h 30.

Patty était dans la chambre et appliquait son vernis à ongles.

« Je ne veux pas te vexer, mais on dirait que tu t'es fait renverser par un camion. »

Eleanor dut aller jeter la serviette hygiénique gorgée de sang dans la benne à ordures derrière le dortoir, celle-là et toutes celles qu'elle utilisa durant les six jours qui suivirent, pour que Patty ne les voie pas et ne se pose pas de questions. Habituellement, elle utilisait des tampons.

À Thanksgiving, fête qu'elle n'aimait pas trop, même quand ses parents étaient en vie, Eleanor choisit de rester à l'internat. À la consternation d'Alice et de Jim, mais sans doute au grand soulagement de Patty, elle fit de même à Noël. L'été suivant, Eleanor fut acceptée à un stage d'art à San Francisco, où elle termina les dessins du livre qui devint *Bodie sous la mer*. À l'école, quand sa professeure d'anglais avait vu le livre, elle avait proposé de l'envoyer à son ami éditeur chez Applewood Press et, à Thanksgiving, elle reçut un contrat.

Eleanor ne retourna jamais à Rhode Island. Alors que ses camarades visitaient des établissements avec leurs parents et remplissaient des dossiers de candidature, elle corrigeait les épreuves de son livre. Alice Hallinan proposa de l'emmener avec Patty faire le tour des universités, mais Eleanor déclina l'offre en la remerciant. Elle avait d'autres projets. Une fille qu'elle avait connue en classe d'histoire lui avait parlé d'une université qu'elle avait visitée, au nord de l'État de New York. Elle semblait attrayante, facile d'accès car l'entrée n'imposait pas de bons résultats en maths et en sciences. Eleanor envoya sa candidature et, quelques semaines plus tard, reçut une réponse positive.

L'été précédant son entrée dans cette université, avec l'argent de l'avance sur son livre, elle loua une chambre à Boston. Tout en suivant un cours au musée des Beaux-Arts, elle termina une autre histoire de Bodie.

À l'automne, elle entra à l'université, mais elle passa l'essentiel de son temps à faire des croquis dans ses carnets et à imaginer de nouvelles aventures. Vers la fin de sa seconde année, avec une moyenne de 2,8 et les chèques des royalties qui arrivaient dans sa boîte aux lettres tous les six mois, d'un tel montant que c'en était gênant, elle décida qu'elle en avait assez des études. Elle acheta la Toyota rouge et se mit en route dans l'intention d'acheter une maison. Treize jours plus tard, elle atterrissait à Akersville.

9

Un garçon aux yeux bleus et un bon chien

Eleanor fit une offre au prix demandé pour la ferme au bout du chemin sans issue, avec son frêne géant devant l'entrée. Ed lui suggéra tout de même d'essayer d'abord de baisser le prix et d'attendre la réaction des vendeurs, les différents Murchison qui vivaient loin de là, enfants et petits-enfants des gens dont le nom et la taille étaient inscrits tous les ans sur le mur de la véranda. Eleanor ne voyait aucune raison de marchander. La maison valait la somme demandée, alors pourquoi ne pas la payer tout simplement ?

Le jour où elle emménagea, ses voisins, Walt et Edith, passèrent se présenter. Edith parut dubitative devant la jeunesse d'Eleanor. Pas Walt. « Si vous avez besoin d'un petit coup de main, n'importe quand, appelez-moi », lui dit-il.

Elle peignit son nom sur la boîte aux lettres et, avec l'aide de Walt, accrocha une balançoire aux branches basses du frêne géant.

Il fallait faire des travaux plus importants, bien sûr, et en grand nombre. Personne n'avait vécu dans la maison à l'année depuis plus de cinquante ans. Elle engagea une équipe d'ouvriers pour réaliser l'isolation, installer une nouvelle chaudière à mazout, un chauffe-eau, des fenêtres neuves et remplacer les lattes de plancher en mauvais état. Un électricien modernisa l'installation et le tableau de fusibles hors d'âge. La fosse septique se révéla défectueuse. Avant d'acheter la ferme, Eleanor ne savait pas ce qu'était une fosse septique.

Ce qu'elle préférait, c'était meubler la maison, compléter ce qui existait déjà : couettes et oreillers, nappes des années cinquante, un vieux mixeur électrique, un panier de pique-nique garni d'assiettes en fer-blanc et de couverts aux manches en bakélite, tout ce qu'il faut pour faire sa vie, à l'exception d'êtres humains pour la peupler.

Tout l'été, Eleanor se rendit seule à des ventes aux enchères à la recherche de trésors : un vieux lit-bateau pour en haut, des meubles en rotin pour la véranda. Elle trouva dans un vide-grenier un vieil établi qu'elle installa dans la grange. Elle y posa ses crayons, ses encres de Chine et son papier à dessin, et se mit à travailler sur un nouveau livre de Bodie.

Tous les après-midi, vers 16 heures, elle descendait au trou d'eau, sous la cascade, et se baignait. Parfois, un couple d'adolescents s'y partageait une bière ou se bécotait.

(*Se bécoter*. Ces gamins n'avaient que quelques années de moins qu'elle. Pourtant, pour Eleanor, l'idée d'embrasser quelqu'un, de sentir des bras autour d'elle, des mains sur son corps, lui semblait désormais aussi lointaine que le souvenir de la maison de son enfance. Elle se revoyait avec Matt, l'été à Rhode Island, une grosse main moite sur sa poitrine, l'autre sur son ventre, qui descendait. Elle se souvenait de ce qu'elle ressentait : son vêtement de travail remonté jusqu'à la taille, ses cuisses collées sur le siège en Skaï, les doigts de Matt fouillant sa chair.)

Un jour qu'elle avait emporté son carnet de croquis à la cascade, elle dessina un groupe de garçons qui pêchaient la truite. L'un d'eux s'approcha mais resta en retrait, malgré son envie de voir ce qu'elle faisait. Il se tenait un peu à l'écart et regardait. « Tu peux jeter un coup d'œil, si tu veux », lui dit-elle.

Elle estima qu'il devait avoir douze ou treize ans. Mais il répondit d'une voix grave. Il y avait chez lui quelque chose d'étonnamment mûr, presque viril.

« Vous devez être une artiste, non ?

— J'aime bien dessiner, c'est tout. Tu peux essayer aussi si tu as envie. » Elle lui désigna un autre carnet de croquis posé à côté d'elle sur les rochers.

« Je ne suis pas bon en dessin. J'aime juste regarder. »

Il s'appelait Timmy. Sa famille, qui tenait le garage Pouliot près de la décharge, avait dû fermer l'année précédente parce que son père était mort. Elle avait sans doute vu où il se trouvait.

Elle ne posa pas de question, mais il poursuivit spontanément. « Il s'est tiré une balle. C'est moi qui l'ai trouvé. »

Son professeur avait accroché une affiche sur le mur de sa classe, reproduisant l'œuvre d'un artiste qui s'appelait Vincent Van Gogh. Certains disaient qu'il devait être cinglé parce qu'il s'était coupé l'oreille, mais Timmy avait mémorisé le tableau, à son avis le plus beau qu'il ait jamais vu. Puis il apprit que Van Gogh s'était suicidé, tout comme son père.

« Mon père aussi est mort. Je sais que c'est dur », dit-elle.

Même si, dans le cas d'Eleanor, la vie n'était pas extraordinaire quand il était vivant. Pour Timmy non plus, probablement.

« Pourquoi tu n'essaies pas ? » Elle lui tendit un fusain.

Il secoua la tête. « Si j'étais artiste, je vous dessinerais. »

Une voix l'appela. Son grand frère, sans doute. « Hé ! Roméo. On s'en va.

— Il faut que j'y aille. À plus tard. »

Timmy s'éloigna de quelques mètres, puis se retourna encore une fois. Elle n'avait jamais rencontré des yeux aussi bleus. « Vous avez un petit ami ou quelque chose comme ça ? » demanda-t-il encore.

Elle rit.

« Je crois que je suis un peu trop vieille pour toi », lui répondit-elle. En voyant l'expression provoquée par ces mots, elle aurait voulu ne pas les avoir prononcés. Il n'y avait pas de sens caché dans ce qu'il lui avait dit et elle avait fait comme si c'était la chose la plus ridicule du monde, le traitant comme une mouche qu'on chasse.

Elle allait dire autre chose, par exemple : « Reviens un autre jour et je te ferai essayer mes aquarelles. » Mais il était parti.

En juillet, elle se rendit à la SPA et adopta un chien, un corniaud qu'elle appela Charlie et qui adorait chasser les écureuils. Un jour où elle avait laissé la porte de la grange ouverte et son travail sur l'établi, il mâchouilla une boîte de pastels.

« Tu ferais bien de surveiller ton chien à la saison de la chasse. Il ne faudrait pas qu'il se mette à poursuivre les chevreuils », lui conseilla Walt.

Charlie semblait avoir une prédilection pour les écureuils et les papillons. Il n'en attrapait jamais, bien sûr, mais il persévérait. Parfois, à la fin de la journée, elle s'asseyait sous l'arbre et l'observait. Il se couchait, la tête sur ses genoux, et l'instant suivant il se redressait avec un air d'extrême concentration. Puis il filait comme une flèche à la poursuite joyeuse et inutile de sa proie.

Telle est la vie d'un chien : aucun souvenir de ses échecs, aucune attente de récompense future. Aucun chagrin quand l'écureuil disparaissait dans l'arbre. Charlie ne semblait se soucier que du soleil sur son ventre et de l'accélération de son cœur, à coup sûr, quand il apercevait une petite bête ou un papillon virevoltant. Espoir inépuisable, inlassable, d'attraper un jour ce damné écureuil.

Il était dévoué à Eleanor corps et âme. Quand il était à la maison, peu importe ce qu'il faisait, même quand il dormait il suffisait qu'elle passe près de lui pour que sa queue se mette à frapper le plancher. Quand elle rentrait dans cette maison vide – et elle était toujours vide quand elle rentrait, vide de compagnie humaine en tout cas –, il l'attendait à la porte.

Pas de famille. Pas d'homme, juste un chien. Pas d'homme, mais Walt arrêtait sa camionnette pour vérifier que tout allait bien et il venait installer les contre-fenêtres quand la température chutait. Il parlait peu et pourtant elle se rendit compte un jour que s'il ne s'arrêtait pas chez elle, comme il le faisait presque tous les après-midi, il lui manquait.

Quand il faisait chaud, il lui apportait des légumes de son jardin (des courgettes surtout, plus de courgettes qu'on ne peut en manger en une année). À l'automne, il venait avec un panier de pommes. Après une tempête de neige, elle pouvait compter sur lui pour apparaître avec son chasse-neige et, quand il avait terminé, il descendait de la cabine de son véhicule et lui dégageait à la pelle un chemin jusqu'à l'allée.

Edith lui avait confié qu'elle et Walt étaient mariés depuis trente-deux ans à l'époque. Quand Edith était là, c'était elle qui parlait. Mais quand il venait seul, il s'attardait plus que nécessaire et ne refusait jamais le café qu'elle lui proposait. Un jour, il se présenta alors qu'elle était encore en chemise de nuit et elle sentit la brûlure de son regard. Elle devinait qu'Edith ne l'aimait pas, même si elle ne le montrait pas.

« Tu ne te sens pas seule, ici, sans personne ? lui demanda-t-il un jour.

— Je suis fille unique. J'ai l'habitude », répondit-elle. Elle ne s'était sans doute jamais sentie aussi seule que sur la banquette avant de la voiture de Matt Hallinan, même si les soirées avec ses parents dans leur maison, à Crazyland, supportaient presque la comparaison. Il existait plus d'une manière de se sentir seule.

L'automne arriva. Ses plants de tomates gelèrent. Les feuilles du frêne devinrent rousses et durant une semaine, chaque fois qu'elle sortait de la maison, elle s'arrêtait sur le pas de la porte et admirait les couleurs et la façon dont la lumière éclairait les feuilles, l'éclat roux sur le ciel. Les feuilles tombèrent et les branches nues se détachèrent sur l'horizon, tandis que des feuilles brunes tourbillonnaient dans le vent. À 3 heures et demie, elle devait allumer les lampes au-dessus de son bureau. Elle écoutait un album de ballades irlandaises très tristes qu'elle adorait, ainsi que le disque de Leonard Cohen avec la chanson « Suzanne », qu'elle passait si souvent qu'il était tout rayé. Elle allumait des bougies et préparait des croquis pour de nouvelles aventures de Bodie, aussi éloignées de ce qu'elle vivait que les quelques pas d'Armstrong sur la lune. Parfois elle se faisait du pop-corn pour le dîner. Très souvent elle était au lit à 9 heures.

Quand elle allait en ville en fin de journée, Charlie installé sur le siège à côté d'elle, la vitre entrouverte même quand il faisait froid pour qu'il sente toutes les odeurs, elle apercevait, le long de la route, l'intérieur des maisons, les familles qui préparaient le dîner ou regardaient la télé. La vie n'était pas forcément fantastique dans ces maisons, mais à travers les vitres, elle semblait plutôt agréable.

La première fois qu'Eleanor prépara un feu dans le poêle à bois, la maison s'emplit si rapidement de fumée qu'elle dut ouvrir toutes les fenêtres. Le lendemain, elle appela Walt qui lui expliqua qu'elle avait laissé les trappes fermées. Il nettoya le conduit et lui dit qu'elle avait de la chance de ne pas avoir mis le feu. « Il y avait tellement de suie dans ce truc qu'on se demande même comment la fumée a pu sortir. »

« Tu peux m'appeler quand tu veux. Ce n'est pas facile pour une fille comme toi de vivre toute seule ici, loin de tout et sans famille. Sans un homme. »

De temps en temps, Patty donnait de ses nouvelles. Son ancienne compagne de chambre finissait ses études avec un an d'avance, était fiancée à un type de Yale qui préparait médecine et qu'elle avait connu à une soirée rallye. « Ma mère demande toujours de tes nouvelles. Tu devrais venir à Noël cette année. Mon frère aussi veut savoir ce que tu deviens. »

Patty écrivit de nouveau six mois plus tard. Fiançailles rompues. Son ex voulait s'installer et avoir des enfants tout de suite, alors qu'elle voulait privilégier sa carrière. Elle avait trouvé un appartement à New York, dans l'Upper East Side. Juste un studio, mais avec un balcon où elle pouvait placer un nécessaire à fondue. Elle raconta qu'elle était allée avec son frère et sa petite amie dans un club, où elle avait vu Liza Minnelli. Du moins elle pensait que c'était Liza Minnelli. Ou peut-être quelqu'un déguisé comme elle.

Eleanor ne rendit pas visite aux Hallinan à Noël, préférant passer les fêtes seule avec Charlie.

L'hiver, la couche de neige fut si épaisse qu'elle couvrit presque entièrement les fenêtres du rez-de-chaussée et malgré le feu dans la cheminée, plus le poêle à bois, il faisait si froid qu'elle dormait avec une bouillotte. Plusieurs jours s'écoulaient parfois avant qu'elle sorte ramasser son courrier. Elle y trouvait généralement au moins une lettre d'un enfant qui avait lu un de ses livres, réexpédiée par son éditeur.

« J'aime le courage de Bodie. Je voudrais être aussi courageuse qu'elle. À l'école, j'ai même peur de demander la permission de sortir », écrivait une petite fille.

« Je ne l'ai jamais dit à personne, mais mon père me frappe souvent, écrivait une autre. Parfois je fais semblant d'être Bodie, de partir toute seule vivre des aventures comme elle, sans qu'il me crie dessus, qu'il me dise que je suis stupide ou qu'il sorte sa ceinture. »

Quand Eleanor recevait des lettres d'enfants à propos de ses livres, elle répondait toujours.

Les mois passaient, faits de journées devant son bureau, de promenades à Hopewell Falls avec Charlie en fin d'après-midi. Elle voyait de temps en temps Timmy Pouliot qui pêchait avec son frère ou qui traversait la ville sur son VTT. S'il la reconnaissait, il n'en montrait rien.

10

Si j'avais une rivière

Eleanor vivait dans la ferme depuis deux ans. Il lui arrivait de ne pas parler pendant des jours, sauf à son agente, à son éditeur ou à son chien, et parfois à Walt et Edith lors de sa promenade quotidienne à la cascade.

Eleanor avait quelquefois remarqué, près du trou d'eau, une femme accompagnée d'une petite fille ; toutes deux s'asseyaient sur une pierre plate et laissaient pendre leurs pieds dans l'eau pour se rafraîchir. La femme ne nageait pas et la petite fille ne se baignait pas non plus. Elle restait là à peu près le temps de fumer une cigarette, puis prenait sa fille, rassemblait ses jouets dans un sac et revenait à sa voiture, une vieille Chevrolet si rouillée qu'Eleanor se demandait comment elle pouvait passer le contrôle technique. Quelque chose chez cette femme, sa façon de s'asseoir sur le rocher, de contempler l'eau, donnait envie à Eleanor de s'en faire une amie.

Un jour, la femme paraissait si bouleversée qu'Eleanor lui adressa la parole. « Vous allez bien ? Je peux vous aider ?

— Ne vous en faites pas. C'est seulement à cause de mon mari. Je devrais quitter cet abruti. Mais je n'ai nulle part où aller. »

Elle s'appelait Darla et sa fille Kimmie. « Vous voulez venir prendre le thé ? » demanda Eleanor.

Darla arriva avec un pack de six.

« Ne te vexe pas, mais je n'ai jamais compris tout ce truc du thé. Rester assise à boire de l'eau chaude où trempe un sachet de feuilles effritées », déclara-t-elle à Eleanor.

Elles s'installèrent dans la cuisine avec leurs Budweiser. Darla regarda autour d'elle : les vases de fleurs coupées, la reproduction d'un Matisse punaisée au mur, l'assiette de brie, les disques. Elle remarqua un carton de livres sur la table, récemment envoyé par l'éditeur d'Eleanor. Avec le nom d'Eleanor dessus.

« Hé ! C'est toi, dit-elle en observant la photo au dos d'un livre.

— Tu devrais en prendre un pour ta fille, lui proposa Eleanor.

— Tu n'es pas du coin, hein ? J'ai l'impression. »

Il se trouvait que Darla non plus. Elle venait du nord du Maine. La région des pommes de terre.

« On était une famille de meuniers. Tu sais ce que ça veut dire ? Vendredi, jour de paie. On n'y échappait pas : le père se soûlait jusqu'au dimanche soir, gueule de bois le lundi. »

Le père de Darla avait l'habitude de battre sa femme quand il buvait. « J'imagine qu'avec cinq gosses et sans boulot elle considérait qu'elle n'y pouvait pas grand-chose. »

Darla paraissait approcher des quarante ans, mais elle n'en avait que vingt-huit. Elle avait connu son mari, Bobby, à un rallye moto à Loudon. Rares étaient les femmes qui venaient sur la piste de Loudon avec leur propre moto, et non derrière un homme, mais c'était ce qu'avait fait Darla. Sur une Suzuki 350.

Eleanor ne connaissait rien aux motos.

« Pour que tu saches, une 350 n'est pas le genre de bécane avec laquelle on va à Loudon. Mais j'étais tellement contente d'avoir une moto. Je l'avais achetée avec mes sous.

« Je n'ai jamais rien gagné de ma vie, poursuivit Darla. Mais j'achetais un billet de loterie tous les vendredis, et un jour mon numéro est sorti. Deux mille dollars. C'est comme ça que je me suis payé la Suzuki. »

Elle s'était inscrite dans une école de conduite. « Je ne voulais pas être comme ma mère : subir une maison pleine de gosses et un mari poivrot quand elle avait tout juste trente ans, travailler comme femme de ménage dans un salon de beauté pour trois dollars de l'heure. J'avais le projet d'aller à moto en Californie et de camper en chemin. Je ne savais pas ce que je ferais une fois là-bas, mais on était en 1967, tu comprends ? Summer of Love. »

Ce fut alors que Bobby fit son apparition. Durant dix bonnes minutes, elle pensa avoir trouvé l'amour, là, sur la piste de Loudon. « Il a été gentil avec moi cette fois-là. Il portait un T-shirt avec l'inscription : "Si tu veux le faire, fais-le sur une Harley".

« La première chose qu'il a dite quand il s'est approché de moi, c'était : "Tu roules vraiment sur ce truc ? Ou bien c'est un genre d'accessoire ?"

« C'est tout Bobby. Grand maître de l'humiliation », dit Darla. Mais à l'époque, cela ne l'avait pas dérangée. Son père était pareil, jusqu'à ce qu'il parte avec sa petite cousine. Bobby, lui, était drôle. Il l'avait été, en tout cas.

Il la persuada qu'elle n'avait pas besoin d'une moto à elle. Elle pouvait s'installer derrière lui sur la sienne. Il l'emmènerait en Californie.

« Beau discours, poursuivit Darla. Toute la famille de Bobby vient d'Akersville. Grands-parents, beau-père, demi-sœurs, tout le monde. Le bonhomme n'a jamais été plus loin que Salisbury Beach. Il m'a dit ça juste pour me sauter. »

Elle expliqua que la plus grande erreur de sa vie avait été de vendre la Suzuki. L'argent avait servi d'acompte pour acheter leur mobile home. Trois mois plus tard, devine quoi, il y avait un bébé en route.

Robert Junior était né avec un trou dans le cœur. (« Il avait hérité ça de son père. Mauvaise blague », dit Darla.) Il avait vécu sept mois.

« J'aurais encore pu partir à ce moment-là. Rien ne me retenait, à part ce foutu mobile home. Mais tu sais ce qui s'est passé ? Après la mort de Robert Junior, la seule chose que je voulais, c'était un autre bébé. Alors Kimmie est arrivée. »

Elle avait quatre ans à présent. « Le soleil de ma vie, je ne te dis que ça. Une chose est sûre, pas question qu'elle finisse dans un mobile home avec un type qui passe toutes ses soirées à regarder la télé. »

Darla raconta à Eleanor qu'ils ne faisaient même plus de moto ensemble. Elle aurait pu, mais il fallait penser à Kimmie. « Rouler à 150 sur la Route 89, je tenterais le coup si j'étais toute seule. Mais pas question que je laisse ma gamine sans mère, tu comprends ?

« Tu as bien raison, dit-elle à Eleanor en regardant le pré devant la maison où Eleanor et Walt avaient fait un potager. Pas d'homme pour te dire ce que tu dois faire. Rien qui te retient sauf le chien, et tout ce qu'il fera, ce sera de te lécher la main et de remuer la queue. Pas vrai, Charlie ? »

La queue du chien frappa le sol.

Les deux femmes prirent l'habitude de s'asseoir dans la cuisine d'Eleanor pendant que Kimmie jouait avec les pièces du Monopoly ou coloriait avec les crayons d'Eleanor. Darla parlait de sa vie à Eleanor ou lui faisait part de ses idées sur le monde, au-delà d'Akersville, qu'elle n'avait jamais réussi à explorer.

« Tu imagines Patty Hearst ? » interrogea Darla. Bien qu'elle ait été fille d'un millionnaire, élevée à San Francisco et tout le reste (*San Francisco !* Le but du voyage de Darla quand elle avait rencontré Bobby), bizarrement, Darla s'identifiait à elle.

« Elle avait tout, et puis elle a rencontré un type qui l'a enlevée et ensuite ils se sont mis à braquer des banques. Après, elle se fait appeler Tania et on la retrouve en première page en tenue de camouflage, un M16 à la main. »

Selon Darla, telles étaient les conséquences de l'amour. Un lavage de cerveau.

Maintenant elle restait à la maison avec sa fille. Elle aurait bien aimé avoir un vrai travail, mais Bobby n'était pas d'accord. Il avait tout un tas d'opinions sur la femme qu'elle devait être.

« Ça pourrait être pire. Il pourrait être camé. Il me tape dessus de temps en temps, mais rien de grave. »

Elle faisait des ménages, pour les estivants. Bobby n'était pas au courant. Ça ne lui plairait pas. La seule maison que Darla était censée nettoyer était la leur. Sa maison à lui, en fait. C'était comme ça qu'il la considérait.

Quand elle aurait assez d'argent de côté, elle l'utiliserait comme acompte et achèterait un appartement pour Kimmie et elle. Pas dans cette ville. Quelque part loin d'ici. À Manchester peut-être, ou même à Boston.

« J'ai toujours voulu faire des études. » Elle savait que cela paraîtrait sans doute bizarre, mais elle voulait passer un diplôme d'entrepreneur des pompes funèbres.

« Il y a des gens qui trouvent glauque ce genre de travail, mais les morts ne me gênent pas. En plus, on s'occupe des familles. On travaille avec des gens qui vivent les moments les plus tristes de leur vie. Si on est à l'écoute, on peut les aider.

« Si je racontais ça à Bobby, il me donnerait des coups de ceinture. Mais tout va bien. Je vais bientôt partir », dit-elle à Eleanor.

Darla était celle qui parlait le plus durant ces après-midi dans la cuisine. Elle avait beaucoup à dire et Eleanor était sans doute la seule à qui elle pouvait se confier. Mais, un après-midi, ce fut Eleanor qui lui raconta ce qui s'était passé avec Matt Hallinan.

« Faisons un serment, dit Darla. Un de ces jours, tu lui colleras cette histoire sur le dos, à ce type. Tout comme un de ces jours, je vais laisser Bobby dans la poussière de la maison. On doit juste attendre le bon moment. »

Un jour qu'elles étaient ensemble dans la véranda un peu plus tard que d'habitude, Bobby passa voir si Darla était là. Charlie n'aboyait presque jamais, mais, quand il entendit la Harley de Bobby rouler dans la longue allée, il donna de la voix. Dès que Bobby apparut sur le pas de la porte, il alla se cacher sous la table.

« Je pensais bien que je trouverais ma femme ici », dit-il à Eleanor. Puis il se tourna vers Darla. « Je sais que tu adores bavarder avec ta copine, mais c'est l'heure de partir. »

Darla changea de voix en s'adressant à lui : « Vas-y, chéri. J'arrive. »

Il se tourna de nouveau vers Eleanor. « Votre amie a des responsabilités.

— Je rassemble juste les dessins de Kimmie, ajouta Darla.

— J'ai dit : tout de suite. » Il ramassa un des dessins de sa fille. Un personnage bâton censé représenter Charlie.

« Je n'ai pas fini mon dessin, dit Kimmie.

— Cette femme-là, c'est un sacré bon coup, déclara Bobby en serrant le cou de Darla suffisamment fort pour qu'Eleanor la voie tressaillir.

— Arrête, Bobby, dit Darla.

— Tu as honte de ce que je te fais, ma belle ? Comment je te rends dingue ? Tu as dit à ta copine que tu en redemandes toujours ?

— Pardon, dit Darla. Voilà ce qui arrive quand il a bu.

— Voilà ce qui arrive quand un homme rentre chez lui et que sa femme n'est pas là pour lui préparer son dîner. »

Il partit en faisant rugir le moteur de sa moto. Dans sa voiture, avec Kimmie à l'arrière, Darla le suivit.

On était fin novembre, et ce serait bientôt le troisième hiver qu'Eleanor passerait seule dans la maison. Le frêne avait perdu ses feuilles depuis des semaines, elle avait reculé les pendules d'une heure, allumait la lumière à 3 heures et demie l'après-midi et faisait ronfler le poêle toute la journée. Elle avait parlé au téléphone avec son éditeur à propos de *Bodie va dans l'espace* et, quand elle raccrocha, elle se rendit compte que la pièce était dans l'obscurité et qu'il était presque l'heure du dîner.

La saison de la chasse aux chevreuils entamait sa troisième semaine, moment où les chasseurs qui n'en avaient pas encore tué se montraient prêts à tout. La veille, en allant faire des courses en ville, Eleanor était passée devant deux maisons où les carcasses de bêtes tuées récemment pendaient, têtes en bas, devant le garage. Il y avait des hommes en gilet orange partout. Toute la journée, des coups de feu avaient retenti dans les bois.

Comme à son habitude, elle termina sa journée de travail par une promenade à la cascade, un chapeau orange sur la tête à cause des chasseurs. Charlie l'aurait accompagnée, mais en ne le voyant pas venir quand elle l'appela, elle pensa qu'il devait poursuivre les écureuils.

Au dernier tournant du chemin, là où le vieux frêne devenait visible, elle s'attendait à voir Charlie allongé sur la marche, mais il n'était pas là, et elle se rendit compte qu'elle n'avait pas vu son chien depuis plusieurs heures. Elle marcha jusqu'à l'orée du bois et l'appela dans la nuit qui tombait. Rien.

Elle rentra à la cuisine, vaguement mal à l'aise sans bien savoir pourquoi, quand elle entendit une voiture. Elle habitait au bout d'un chemin sans issue et il était rare d'y voir un véhicule. Les seuls visiteurs qui venaient chez elle étaient le livreur de Federal Express, Darla ou Walt passant voir si tout allait bien. (Récemment, il y avait eu une soudaine invasion de chauves-souris dans le grand espace ouvert à l'étage. Walt avait passé l'après-midi à l'en débarrasser sans accepter d'être payé. Encore une chose qui la contrariait.)

Ce n'était pas le pick-up de Walt qu'elle vit arriver. C'était une voiture de police. Elle crut deviner quelque chose sur le toit du véhicule. Tandis que la voiture s'approchait, elle distingua le corps d'un animal, mais pas d'un chevreuil. Elle sortit dans l'allée pour mieux voir.

C'était Charlie, maintenu sur le toit par des sangles. Un unique filet de sang coulait sur le pare-brise. Sa queue, qui remuait toujours quand elle passait à proximité, pendait sur le côté de la voiture, inerte.

Eleanor courut vers la voiture de police, une main devant la bouche. Elle aurait pu crier, mais aucun son ne sortit. Le policier descendit de son véhicule.

« C'est votre animal ? Je l'ai repéré sur la route un peu plus loin. Il chassait un chevreuil. Désolé pour votre chien, mais nous avons une procédure à suivre quand un animal agit comme ça. »

À l'intérieur de la voiture de patrouille, Eleanor entendait les grésillements de la voix du dispatcher. Dans la maison, celle de Joni Mitchell. *I wish I had a river I could skate away on*.

« Vous avez deux options, lui expliqua-t-il. Soit je vous laisse le corps ici et vous vous en occupez, soit on s'en débarrasse au poste. Contrôle des animaux. »

Elle ne quittait pas des yeux l'endroit où la balle avait pénétré dans la poitrine de Charlie. Quand le policier le souleva un peu, elle vit la quantité de sang. Elle enterrerait son chien sous le frêne et marquerait l'endroit d'un tas de pierres. Walt lui donnerait un coup de main.

Tout changea avec la mort de Charlie. Jusqu'alors, même dans les moments où elle était très seule, Eleanor avait considéré sa vie à la ferme comme une aventure romantique. Bien qu'elle n'ait eu aucune idée de ce qui pourrait changer les choses, ni d'où viendraient les enfants qu'une chambre attendait, elle était convaincue qu'un peu comme Bodie, son personnage, tôt ou tard il lui arriverait des choses extraordinaires. Elle allait arranger la maison en s'inspirant des illustrations de son livre sur Carl Larsson. Elle aurait un grand jardin débordant de fleurs, comme dans ses dessins. Elle créerait des histoires magiques, et elle serait l'héroïne de l'une d'elles. Un jour, dans un avenir proche, son sauveur apparaîtrait et leur vie ensemble, *sa vraie vie*, commencerait.

Au cours des semaines et des mois qui suivirent l'irruption de la voiture de police dans la longue allée, son chien sanglé sur le toit, elle se sentit assaillie par une nouvelle et terrible pensée. Ce qu'elle vivait n'était peut-être pas un état temporaire qu'elle traversait pour atteindre sa vraie vie. Peut-être était-ce sa vraie vie, s'asseoir au coin du feu, écouter des chansons tristes avec un saladier de pop-corn comme dîner, dessiner une petite fille imaginaire. Darla et Kimmie venaient la voir de temps en temps, ainsi que Walt, mais il lui arrivait de ne parler à personne durant des jours. Auparavant, elle comptait sur le bruit de la respiration de Charlie à ses pieds. Maintenant, en dehors des moments où elle écoutait de la musique, le seul son qu'elle entendait était celui de ses crayons sur le papier. La maison était totalement silencieuse.

11

Un homme roux

Eleanor travaillait habituellement tous les jours aux aventures de Bodie qu'elle écrivait et illustrait. Sept jours par semaine elle faisait ses heures, sans dételer avant 4 heures et demie. Alors elle allait jusqu'à la cascade et nageait quand il faisait chaud.

Mais en voyant une affiche qui annonçait une exposition d'artisanat un peu plus au nord, elle décida de se changer les idées.

Il faisait un temps magnifique en cette fin d'avril. Les feuilles du frêne commençaient tout juste à se déplier, les premiers crocus sortaient du sol où les quelques plaques de neige qui restaient n'avaient pas encore fondu. Dans la voiture, en route pour l'exposition, elle écouta une cassette de Doc Watson avec « If I Needed You », une chanson de Townes Van Zandt qu'elle adorait. Elle la chanta en même temps que l'enregistrement. *I'd swim the seas for to ease your pain.*

L'exposition se tenait sur le parking devant la loge maçonnique de la ville, bien que la plupart des artisans proposant leur travail aient été plutôt hippies que francs-maçons. Si on voulait une cocotte en céramique très solide, un mandala, ou une tasse qui ne casserait sans doute pas, même jetée sur un sol en béton, c'était l'endroit où les trouver. Il y avait aussi des filets en macramé permettant de suspendre des plantes, du papier d'emballage peint au pochoir, des tentures pour les murs, du savon artisanal, des tapis galonnés et des couvre-lits en patchwork, des planches à pain en forme de l'État du New Hampshire.

Elle le remarqua à l'instant où elle pénétra dans la salle. Difficile de rater un homme roux d'un mètre quatre-vingt-dix, dont les boucles encadraient le visage comme une auréole, à côté d'une chèvre attachée à son stand. Une simple banderole aux lettres manuscrites était déployée : « Cameron. Créateur de belles choses ». Un petit groupe s'était formé, apparemment pour goûter le fromage qu'il présentait, mais Eleanor était persuadée que ces gens avaient été attirés devant le stand de l'homme roux pour la même raison qu'elle. À cause de cet homme.

Il parlait des produits qu'il fabriquait, semblait-il, et le groupe l'écoutait. Un groupe de femmes, rien d'étonnant. Il était sans doute l'homme le plus beau qu'elle avait jamais vu, mais quelque chose de plus émanait de lui. Il était évident pour tout le monde qu'il possédait une forme d'assurance. Avec sa chemise à carreaux, son bandana rouge, son oreille percée et ses bottes de cuir qui semblaient l'œuvre d'un merveilleux vieux cordonnier italien – toutefois il était aussi possible qu'il les ait faites lui-même –, il était de ces gens que d'autres tentent d'imiter en ayant peu de chances d'y parvenir. Peu importait où il allait, on avait envie de le suivre.

Outre la fabrication de fromage, l'homme roux tournait à la main des bols en loupe de bois. Certains étaient si petits qu'ils ne pouvaient contenir qu'une poignée de noisettes, mais un autre, immense, aurait pu contenir de la salade pour vingt personnes.

Eleanor fit le tour de tous les autres stands avant de se diriger vers celui de l'homme roux.

Elle prit le bol miniature au creux de sa main et en caressa le bois. La chèvre mâchouillait sa jupe, mais Eleanor ne quittait pas des yeux l'objet qu'elle avait en main. Si elle regardait l'homme dans les yeux, ce serait terminé, elle le savait.

Il lui dit son nom. « Je croyais que tu ne t'arrêterais jamais à mon stand. »

Il lui tendit la main. Pas aussi rêche qu'on aurait pu le penser, pour un homme qui travaillait le bois. Elle apprit plus tard qu'il se passait de l'huile sur les mains et les doigts tous les soirs pour adoucir la peau.

« Tu sais ce que j'aimerais vraiment faire avec ce bol ? Le sentir contre ma joue. » À peine ces mots prononcés, elle se demanda ce qui lui était passé par la tête. Elle ne s'exprimait jamais ainsi, surtout avec quelqu'un qu'elle venait de rencontrer. En particulier un homme.

« Qu'est-ce qui t'en empêche ? J'ai pour principe que si j'ai envie de faire quelque chose, je le fais, sauf si ça dérange quelqu'un. »

Des années plus tard, Eleanor se souvenait encore de son allure ce premier soir, où il l'emmena dans la petite cabane qu'il avait construite, à quelques kilomètres de Brattleboro.

Ils conduisirent d'abord la chèvre dans son enclos où son nom était gravé sur un morceau de loupe. Opal. « Je voulais l'appeler Alison, mais j'ai décidé de garder ce nom pour quand j'aurai une fille. »

Dès ce premier soir, il parla d'avoir des enfants. Elle lui raconta la mort de son chien qui, à l'époque, paraissait l'attrister davantage que la mort de ses parents.

« Charlie était en quelque sorte mon meilleur ami. Pas en quelque sorte. Il était mon meilleur ami. »

Dans la cabane – il faisait un peu frais, même si c'était le mois d'avril –, Cam alluma le poêle. Il enleva sa chemise à la lueur du feu. Sa peau était couverte de taches de rousseur et luisante, son visage si délicatement dessiné qu'elle avait l'impression de voir son crâne sous la peau, son corps aussi nettement défini que celui d'un personnage du vieux livre d'anatomie qui trônait sur son bureau, avec ses côtes visibles.

« J'aimerais te dessiner », dit-elle. Son audace la surprenait. Elle n'était pas du genre à parler de sexe, de son corps, pas plus que de celui de Cam. Mais dès l'instant où ils s'étaient rencontrés, elle s'était sentie étonnamment à l'aise en sa présence, en sécurité même. « Je ne vais jamais nulle part sans mes crayons.

— Me dessiner ? Personne ne l'a jamais fait. Cool. »

Il se débarrassa du reste de ses vêtements avec aussi peu de gêne que s'il épluchait un fruit et, durant l'heure qui suivit, elle fit son portrait au dos d'une feuille de papier étalée sur la table de sa cuisine.

Il savait rester parfaitement immobile. Il n'essayait pas de parler et Eleanor non plus. Elle était totalement concentrée sur l'étude de son corps afin de le recréer sur la feuille. Le regard de Cam demeurait fixé sur elle.

Il était presque minuit lorsqu'elle posa son crayon. Toujours nu, Cam avança vers la table et observa l'image qu'elle avait dessinée.

« Tu m'as saisi, lui dit-il. Pas grand monde y arrive. »

Jusqu'ici, c'était surprenant, Eleanor n'avait ressenti aucune gêne, sans doute parce qu'elle se concentrait sur son dessin, mais à présent elle sentait la chaleur lui monter au visage et plus encore au creux de son corps.

« Toi, je ne sais pas, mais moi je meurs de faim », dit-il.

Il enfila son pantalon et cuisina pour elle sur le petit réchaud à gaz dans sa cabane d'une seule pièce donnant sur la rivière : une table, une chaise, un cageot à pommes contenant quelques caleçons longs et des jeans, quelques T-shirts pliés au-dessus, un futon. Il prépara un plat avec des olives et des tomates séchées, des œufs, du fromage de chèvre offert par Opal, des herbes qu'Eleanor aurait dû reconnaître mais qu'elle ne réussit pas à identifier, du cumin peut-être. Avant de poser le repas par terre – par terre, pas sur la table, parce qu'il n'avait qu'une seule chaise – il étala un couvre-lit indien et deux coussins. Il alluma des bougies – pas une, mais cinq ou six – et mit un disque d'un chanteur celte. Au milieu du repas, il se pencha et étudia son visage. « Tu as de la sauce sur le menton », et il la lécha.

Ce fut alors qu'il l'embrassa, un baiser long et lent, ses mains sur la nuque d'Eleanor, presque comme un voyageur épuisé enfin parvenu à un point d'eau. Ils demeurèrent ainsi étonnamment longtemps, serrés l'un contre l'autre, sans bouger.

« Je sais que ça peut paraître dingue, mais je veux faire des bébés avec toi. J'ai l'impression que tu serais une mère fantastique. Je veux fonder une famille.

— Je n'ai couché qu'avec une seule personne dans ma vie », lui dit-elle. Elle n'ajouta pas que cela s'était produit sur la banquette avant d'une voiture appartenant au grand frère de sa camarade de chambre, elle, les yeux fermés et les doigts agrippés au siège, attendant que ce soit terminé.

« Cette personne avec qui tu étais avant, je me doute qu'elle t'a fait du mal. Mais pas moi. »

Ce premier soir ils firent l'amour. Rien de comparable à ce qui s'était passé avec Matt durant l'été à Rhode Island. Eleanor n'avait pas envie de fermer les yeux. Elle voulait voir le visage de Cam. Quand ils finirent par s'endormir, il la tenait toujours dans ses bras. Quand elle se réveilla, il la tenait encore.

Il emménagea chez elle dix jours plus tard avec deux cageots à pommes contenant ses vêtements, ses outils, la chèvre Opal, un sac de nourriture pour elle, l'harmonica dont il voulait apprendre à jouer et sa chienne Sally qui flaira brièvement le vieux panier de Charlie et s'y installa. Deux mois plus tard, Eleanor était enceinte.

À la nouvelle qu'elle allait avoir un bébé, ils se mirent à danser dans la cuisine. Cam s'agenouilla et embrassa son ventre encore plat. À l'automne il commença à gonfler, tout comme ses seins. Peu leur importait, à l'un et à l'autre, que ce soit un garçon ou une fille. « Tant que l'un de nos enfants apprend à jouer de la guitare », dit Eleanor.

Elle adora presque tout de la grossesse. Elle n'eut pas beaucoup de nausées, mais quand ça lui arrivait elle allait s'allonger sous la couette avec son exemplaire du *Guide de la naissance naturelle* d'Ina May Gaskin et de son mari, qui avaient fondé une communauté dans le Tennessee, The Farm, où les femmes venaient de loin pour mettre au monde leurs bébés. Eleanor connaissait à peu près par cœur les histoires d'accouchement rapportées dans le livre. Parfois, assise à côté de Cam dans le pick-up, elle lui en lisait tout haut des passages.

Quand elle lui lut celui concernant les choses importantes que le mari pouvait faire quand sa femme était en train d'accoucher, il dit : « Bon, si je comprends bien, toi tu es allongée là, tu hurles et tu gémis, et moi je suis supposé te faire un long baiser passionné ?

— Stephen dit que ça aide le col de l'utérus à se dilater. Comme ça, le bébé peut sortir plus facilement.

— Très bien. T'embrasser paraît toujours une bonne idée. »

Ils se marièrent en août, un mariage décidé si vite que les seules personnes qui y assistèrent étaient Patty (qui vivait toujours à Manhattan, dans l'Upper East Side, et travaillait dans une agence de pub), Darla (accompagnée de Bobby qui ne voulait pas la laisser y aller sans lui), Walt et Edith, enfin un couple d'amis de Cam qui élevait des chèvres dans le Vermont. Les parents de Cam, Roger et Roberta, firent le voyage depuis Amelia Island en Floride. Ils arrivèrent la veille de la cérémonie et repartirent le lendemain matin. Son frère, Roger Junior, vint de Dallas avec sa femme Annette. Les frères ne s'étaient pas vus depuis des années, manifestement. Kimmie, la fille de Darla, avait pour tâche de répandre des pétales de fleurs le long de l'allée qui menait à la tonnelle improvisée par Cam, derrière la maison, où ils prononcèrent leurs vœux. La mère de Cam actionnait sa bombe insecticide partout où elle passait et restait près de Roger Junior et Annette.

Eleanor portait une robe Gunne Sax, desserrée dans le dos à cause de son gros ventre, et une guirlande de fleurs dans les cheveux. Cam était vêtu d'une chemise blanche, d'un pantalon de smoking tenu par des bretelles qu'elle avait déniché dans une friperie à Keene. Son ami éleveur de chèvres joua de la guitare et chanta une chanson d'Eric Andersen, « Close the Door Lightly When You Go ». Les paroles, qui racontaient la rupture d'un couple, n'étaient donc pas vraiment appropriées pour un mariage, mais Cam expliqua que c'était l'une des rares chansons dont Jeremy retenait les paroles, alors tant pis pour le passage « Bon voyage, mon tendre amour ». Et surtout, il en connaissait tous les accords.

Ils prononcèrent leurs vœux dans le pré sous la maison, à une trentaine de mètres du frêne géant en haut de la colline. Eleanor lut les vœux qu'elle avait rédigés la veille sur un rocher près de la cascade. « Je promets que mon cœur restera ouvert à chacun des chapitres de notre vie ensemble, même les plus difficiles. Je sais qu'il y en aura. »

Cam sortit aussi une feuille de sa poche. Elle ne l'avait jamais vu pleurer, mais cet après-midi-là, en lisant le sonnet d'Elizabeth Barrett Browning qu'il avait choisi, sa voix se brisa.

« Comment je t'aime ? Laisse-moi en énumérer les façons. »

12

La question de l'argent

Ils firent beaucoup l'amour durant l'été et l'automne qui suivit. Dans le pré derrière la maison, dans un coin couvert de mousse, leurs vêtements jetés sur un rocher, sous le frêne, sur une couverture que Cam étendait pour eux et une fois, au crépuscule, à la fin d'un après-midi bruineux quand personne ne risquait de venir nager, au trou d'eau sous la cascade. Après avoir été maigre pendant des années, elle adorait la sensation de son corps qui se remplissait, comme si elle était un fruit bien mûr.

Ils avaient installé un tourne-disque dans leur chambre et écoutaient de la musique tous les soirs, la bande sonore de leur vie. Van Morrison chantant « Tupelo Honey ». Les préférés de Cam – Grateful Dead – et d'Eleanor – Emmylou Harris, Buffalo Springfield, Doc Watson. Les vieux albums de chansons tristes ne lui parlaient plus autant.

« Même quand mes parents étaient encore en vie, j'étais toujours triste de n'être la préférée de personne. Aujourd'hui je suis la préférée de Cam. Avant, je ne savais pas ce que ça faisait », expliqua-t-elle à Darla.

Tout l'automne ils mangèrent des légumes et des céréales, des repas sains, et aussi des tartes, des cookies, des brownies, des gâteaux aux graines de pavot qu'elle confectionnait. Après avoir vécu seule dans la maison pendant des années, elle prenait plaisir à préparer des repas pour quelqu'un d'autre. Très souvent ils mangeaient nus, à la lueur des bougies, sur le tapis devant la cheminée.

Walt les surprit un soir en passant leur déposer un paquet livré par erreur chez Edith et lui : un cadeau des parents de Cam, un mobile avec des personnages de Disney et l'air de « It's a Small World ».

En entendant le pick-up de Walt s'arrêter devant chez eux, Eleanor attrapa sa chemise et enfila son pantalon de grossesse. Cam resta assis tandis que le beurre d'un épi de maïs dégoulinait sur sa peau magnifique constellée de taches de rousseur. Eleanor boutonna sa chemise en allant ouvrir la porte.

Quand Walt lui eut donné le paquet et repartit, ils éclatèrent de rire.

« Il y réfléchira peut-être à deux fois avant de passer sans prévenir, dit Cam plus tard. En fait, avec les seins que tu as, il va passer tous les soirs maintenant, dans l'espoir d'y jeter un coup d'œil. » Il tendit le bras au-dessus de leur part de tarte commune pour toucher sa peau. Elle se sentait comme une déesse de la fertilité.

« On devrait faire six bébés. Dix, dit-il.

— Voyons déjà ce que donne celui-là », proposa-t-elle tandis qu'il la renversait sur le tapis.

Jusqu'à l'hiver, ils s'étaient étonnamment peu inquiétés de leurs revenus. Les bols en loupe d'arbre de Cam ne rapportaient pas grand-chose, mais il installa son établi dans la grange et transforma l'espace de travail d'Eleanor en menuiserie, tandis qu'elle déplaça son bureau dans la maison. Tous les matins elle travaillait au prochain *Bodie*. Elle pouvait compter plusieurs fois dans l'année sur un chèque qui lui arrivait dans la boîte aux lettres en paiement de ses droits d'auteur sur ses précédents livres. Ils ne menaient pas un grand train de vie, mais si elle avait envie d'acheter un berceau coûteux, des boucles d'oreilles ou de beaux chaussons faits main pour Cam, elle ne regardait pas à la dépense.

À l'approche de Thanksgiving, Eleanor reçut un coup de téléphone de son agente. « Nous venons d'avoir les chiffres des dernières ventes du nouveau *Bodie*. Il ne marche pas. Un changement s'est produit. Tous les enfants lisent de la fantasy maintenant. On dirait que Bodie a fait son temps. L'éditeur ne renouvelle pas ton contrat. »

Elle passa le mois de décembre à travailler à une nouvelle série. Personne à New York ne lisait des manuscrits en période de Noël, mais en janvier, quand les affaires reprirent, toutes ses propositions revinrent avec un refus poli.

En février, il faudrait payer les impôts fonciers ainsi que des pneus neufs pour la Toyota. Puis la transmission du pick-up de Cam rendit l'âme et le coût de la réparation dépassait la valeur du véhicule. Les gens qui voulaient des bols en loupe semblaient tous avoir acheté ceux dont ils avaient besoin et peu de nouveaux clients se profilaient à l'horizon.

La banque téléphona. Pour la première fois, le chèque qu'Eleanor avait fait pour rembourser l'emprunt sur la maison était revenu. Provision insuffisante.

Cam ne s'inquiétait jamais de ce genre de chose. Eleanor avait aimé cette attitude auparavant, sa façon de toujours sembler détendu et insouciant, de paraître inconscient des considérations pratiques qui la tenaient éveillée la nuit. Mais maintenant, assise devant son bureau, elle en avait mal à la tête. Elle regardait son énorme ventre. Elle avait enfin la famille dont elle rêvait. Mais elle n'avait qu'une envie : faire du pain ou se mettre au lit, pour lire des recettes et des catalogues de graines. Ou peut-être ne rien faire. Sa poitrine se serrait.

Elle commençait la journée en établissant des listes d'idées à creuser. Cam commençait la sienne en courant jusqu'à la cascade. Des rides apparaissaient sur le front d'Eleanor. Pas sur celui de Cam.

Souvent, au lit le soir, Eleanor pensait à l'argent dont ils auraient besoin. Elle calculait le coût d'un lave-linge comparé à celui de ses visites à la laverie automatique et le taux horaire de la garde d'enfant nécessaire quand le bébé serait né et qu'elle serait prête à se remettre au travail, en supposant que quelqu'un la paie de nouveau pour son travail.

« Je crois que j'ai été gâtée, dit-elle à Cam. Durant ces dernières années, mon travail était très demandé. Je ne me suis jamais inquiétée de la manière de gagner ma vie. » Ce qui lui semblait inaccessible alors, c'était la vie de famille. Et maintenant elle l'avait.

« Tu trouveras une solution », lui assura Cam. Le choix qu'il fit du pronom ne passa pas inaperçu. L'été où il avait emménagé dans la maison, ils avaient fait un emprunt à la banque pour lui construire un atelier de menuiserie derrière la maison et il était en train de terminer le toit, mais ils savaient tous deux, même s'ils n'en parlaient pas, que ce qu'il gagnait en vendant ses objets en bois ne couvrait pas, et de loin, le coût de la construction.

Pourtant, dans l'ensemble leur vie était agréable. Eleanor adorait entendre le bourdonnement des outils de son mari dans l'atelier et sa façon de siffloter quand il rentrait à la maison après une longue journée. Il la prenait dans ses bras là où elle était assise, dans le rocking-chair devant le poêle, et lisait son exemplaire bien fatigué du *Guide de la naissance naturelle*. Cependant elle sentait aussi un tout petit nœud se former en elle, sur des questions qu'elle n'aimait pas se poser, mais qui lui venaient parfois à l'esprit. Qui contribue à quoi et pour quel montant ? Des pensées d'un genre nouveau. Pourquoi était-ce toujours Eleanor qui devait se demander où trouver l'argent ?

La relation entre Eleanor et Cam n'avait rien de comparable avec celle qui unissait Darla et Bobby, bien entendu. Quand elle parlait avec Darla, qui continuait à mettre de l'argent de côté pour quitter Bobby, elle s'estimait heureuse que l'homme qu'elle avait épousé ne soit pas seulement beau et talentueux, mais aussi aimant et d'un grand soutien. Le soir, dans leur lit, quand son mari s'approchait d'elle, ou elle de lui, son corps s'animait toujours. Il lui suffisait de le voir franchir la porte à la fin de la journée, secouer la neige de ses bottes pour qu'elle retienne son souffle. Que valait un salaire régulier comparé aux émotions qu'elle ressentait quand il passait Donna Summer, la prenait dans ses bras, avec son ventre de femme enceinte de huit mois, et la faisait tournoyer dans la cuisine ?

« Avec la naissance du bébé et moi qui n'ai pas encore de contrat pour un nouveau livre, il va peut-être falloir que tu trouves un vrai travail », lui déclara-t-elle un soir, au lit.

Elle croisa son regard, qui ne ressemblait en rien à celui qu'elle connaissait.

« J'ai un vrai travail. Je fais des bols. »

Habituellement ils faisaient l'amour tous les soirs, mais pas cette fois.

Elle savait qu'il essayait de ramener plus d'argent. Le samedi, il participait à des expositions d'artisanat pour y vendre sa production. Il parcourait de plus grandes distances qu'auparavant, restait absent plus longtemps, et parfois, mais pas toujours, il revenait avec des billets dans la poche.

Eleanor l'accompagnait de temps en temps. Une femme d'à peine plus de vingt ans, qui portait des boucles d'oreilles réalisées avec les plumes d'un oiseau exotique et des sandales artisanales, était tombée amoureuse d'un coffret à bijoux en loupe d'arbre, l'un des plus beaux objets qu'il ait jamais fabriqués. Quand elle annonça à Cam qu'elle ne pouvait pas y mettre le prix, cinquante dollars, il le lui déposa dans les mains. Elle lui dit qu'elle s'appelait Fiona. Elle était astrologue.

« Garde-le », dit Cam. Il leva la main et caressa la plume qui pendait à son oreille droite. « Ça me fait plaisir de penser que mon coffret servira à ces magnifiques boucles d'oreilles.

— Laisse-moi deviner. Tu es scorpion », dit Fiona.

Même Eleanor, qui ne croyait pas à l'astrologie, savait ce que signifiaient ces paroles.

Elle regarda Fiona s'éloigner d'un pas léger. Elle était consciente de la lourdeur de son corps, de ses chevilles enflées, de son visage bouffi. Leur bébé donnait sans arrêt des coups de pied et elle avait mal au dos. Par mesure d'économie, elle avait cessé d'acheter la crème coûteuse qu'elle demandait à Cam d'étaler sur son ventre. Quand ce rituel avait pris fin, vers son cinquième mois, il n'avait pas paru le remarquer. La peau de son ventre était à présent couverte de vergetures. Fiona portait un petit haut qui laissait voir son nombril et une jupe paysanne sur les hanches.

Une autre belle jeune femme s'approcha du stand de Cam. N'y avait-il que de superbes créatures de vingt-deux ans qui aimaient les bols en loupe d'arbre ?

Eleanor se dit qu'elle ne devait pas s'inquiéter. Le problème d'argent allait s'arranger. Elle appartenait à une famille à présent.

13

Voici votre fille

Ils n'avaient pas d'assurance maladie. Même s'ils avaient eu assez d'argent pour l'hôpital, elle et Cam avaient décidé, après avoir étudié *Le Guide de la naissance naturelle*, que leur bébé naîtrait à la maison. Eleanor avait trouvé une sage-femme qui habitait près de Concord, à quarante-cinq kilomètres d'Akersville. Valerie, la quarantaine, vivait seule avec ses trois filles, qui venaient parfois avec elle assister aux accouchements. Une fois par mois, Eleanor se rendait à Concord pour une visite de contrôle. À l'automne, alors qu'elle n'avait pas réussi à obtenir de nouveau contrat, elle avait demandé à Valerie s'ils pouvaient payer les derniers versements pour le suivi de la grossesse en lui offrant un grand saladier en loupe d'arbre. Valerie accepta et Eleanor se rendit compte que l'économie ainsi réalisée ne constituait qu'une part de sa satisfaction dans cet arrangement. Elle était contente de savoir que Cam contribuait aux besoins de leur bébé. « Si seulement on pouvait payer les impôts fonciers en bols », dit-elle le jour où ils l'apportèrent chez Valerie.

En février, deux semaines avant son terme – Cam était parti dans le Vermont pour une exposition –, elle fit les quarante-cinq kilomètres seule. Il neigeait déjà un peu quand elle se mit en route le matin. Après avoir appris que son col était dilaté de trois centimètres, elle reprit la voiture pour rentrer. La route était glissante et le pare-brise n'arrêtait pas de givrer. À quelques kilomètres de chez elle, Eleanor dérapa sur une plaque de verglas et rentra dans un arbre. Quand elle ouvrit les yeux, elle s'aperçut que la voiture avait fait un tête-à-queue.

Une seconde avant le choc, sa main avait quitté le volant pour se poser sur son ventre. Le bébé n'était pas encore né, mais son instinct de protection avait primé sur tout le reste, comme il le ferait des milliers de fois dans les années à venir. Puis elle découvrit une bosse sur son front, là où il avait heurté le pare-brise, et elle sentit un élancement dans le cou. Mais, sur le moment, elle ne prêta attention qu'au coup de pied ferme et rapide du bébé – le pied devenu familier, ou peut-être était-ce une main, juste sous ses côtes.

« Tu vas bien », dit-elle tout haut. Il n'y avait dans la voiture personne d'autre que son bébé pas encore né.

Le moteur avait calé à cause du choc. Elle tourna la clé de contact. Rien. Durant quelques minutes, elle resta assise à la place du conducteur dans sa voiture en panne, vêtue de sa parka dont elle ne pouvait plus remonter la fermeture Éclair sur son ventre, les yeux fixés sur une branche couchée en travers du pare-brise en miettes. Le petit sapin en carton parfumé tournoyait encore, et dehors la neige continuait à tomber. Assise dans la voiture, elle essayait de ne pas penser à ce que serait la suite. Elle sortit finalement de la voiture, contempla l'avant enfoncé de la Toyota, ce véhicule que leur poignée d'amis avait orné de boîtes de conserve et de rudbeckies le jour de leur mariage, l'été précédent, et sur lequel ils avaient peint : « On est dingues. On l'a fait. »

Ce jour lui semblait maintenant à des années-lumière.

La maison de Walt et d'Edith n'était pas loin. Elle savait qu'une fois là-bas Walt la ramènerait chez elle.

Plus tard, quand Cam rentra, ils firent remorquer la voiture mais elle était irréparable. Il ne restait plus qu'à attendre l'argent de l'assurance – malheureusement, quand il arriva, ils se demandèrent quel genre de véhicule ils allaient bien trouver avec les huit cents dollars qu'ils reçurent. Cependant Eleanor n'était pas blessée, le bébé allait bien, c'était tout ce qui comptait.

« Tu n'aurais pas dû y aller seule, lui dit Walt qui l'avait conduite chez elle, tout en alimentant le poêle. Où est ton mari ? »

Les jours suivants, la neige tombait toujours. Eleanor barrait les jours sur le calendrier, ils se débrouillaient avec ce qu'ils avaient au congélateur et une quiche que leur avaient apportée leurs voisins Simon et Tilda, chaussés d'après-skis.

Darla avait une piètre opinion du projet d'accouchement à la maison. Elle racontait que ses trois jours à l'hôpital après la naissance de sa fille Kimmie, six ans plus tôt, avaient été les seuls, de mémoire, pendant lesquels on avait vraiment pris soin d'elle, ce qui n'était pas dans les habitudes de son mari Bobby.

« Profite de ces vacances », conseilla-t-elle à Eleanor.

La neige tombait toujours. Malgré ses soucis, elle ne pouvait nier la beauté de ce qu'ils voyaient par la fenêtre, et par-dessus tout l'impression d'ensemble : les congères ressemblaient à des draps déployés sur les meubles d'une vieille demeure anglaise et cachaient le fouillis (des réservoirs de propane rouillés, le lave-linge fichu mis au rancart au printemps), de sorte qu'on distinguait seulement une étendue blanche, vaste et ininterrompue. Au cours de la dernière nuit de la tempête, la neige s'était brièvement transformée en pluie verglaçante. Quand ils s'éveillèrent, les branches, les brindilles, ainsi que les câbles électriques raccordant la maison, la corde à linge et les deux chaussettes dépareillées qui y étaient encore accrochées étaient pris dans la glace. Le soleil se leva et, pendant quelques heures, tout étincela au point qu'en sortant pour pelleter Cam dut mettre ses lunettes de soleil. Ce matin-là, il ressemblait à une star de cinéma.

Le monde ne paraissait jamais aussi paisible que juste après une chute de neige. Seuls véhicules sur la route, les lents chasse-neige raclaient la boue gelée, mais il faudrait des heures pour que l'un d'eux atteigne leur petite ferme. Durant quelques jours, Eleanor consacra son temps à la cuisine : ragoûts d'après les recettes de Tassajara, muesli, muffins à la farine complète qu'elle enveloppa dans du papier d'alu et mit dans le congélateur qu'ils avaient acheté avec le reste de l'avance sur le dernier *Bodie*. Sa grossesse et ses soucis d'argent avaient fait naître chez elle un besoin d'emmagasiner des provisions. (Elle mit à part un des muffins de la fournée pour Cam, mais pas pour elle.)

« Prends une photo », dit-elle à Cam en plaçant les réserves au seul endroit encore libre parmi tous les autres plats qu'elle avait préparés pour plus tard. Mieux valait les voir ici, avec leurs étiquettes apparentes et les dates de préparation, que de dépenser ce qu'elle avait mis de côté. Le contenu de ce congélateur était ce qui ressemblait le plus à de l'argent en banque. Ce jour-là, pendant qu'il la photographiait dans son T-shirt de hockey tendu sur son ventre, ses seins incroyables, son ventre présenté à l'objectif comme un prix qu'elle aurait gagné dans une foire, il vint à l'esprit d'Eleanor que ce serait le seul cliché d'elle enceinte. Cam n'aimait pas trop prendre des photos. « J'ai tout en tête », disait-il.

Dans l'après-midi du neuvième jour de neige, qui tombait presque sans interruption, occupée à remplir la bouilloire debout devant l'évier, Eleanor sentit un flot de liquide chaud couler sur sa jambe.

« C'est pour aujourd'hui », annonça-t-elle à Cam, et elle composa le numéro de la sage-femme. Valerie habitait à une demi-heure de route, mais elle avait un 4 x 4 et le chasse-neige avait fini par passer dans leur allée au petit matin. C'était une bonne chose.

Elle mit son disque de Doc Watson. *Shady grove, my little love, shady grove, my darling*. Des chansons gaies, dans l'ensemble. Ce n'était pas le moment pour Joni Mitchell, ni pour Bob Dylan. Elle plaça une boule de pâte à pain dans un saladier à côté du poêle pour la faire lever. « Quand elle sera cuite, il y aura sans doute quelqu'un d'autre dans la maison », dit-elle à Cam. Quelqu'un qui n'entrerait pas par la porte.

En milieu d'après-midi, les contractions devinrent plus fortes et moins espacées. Elle rappela Valerie.

Walt passa dans son pick-up. Elle l'entendit parler avec Cam dans la cuisine. « Quand Edith a accouché de Walt Junior et de Cassie, on faisait asseoir les pères dans la salle d'attente. Les temps ont changé.

— Ou bien on est revenus au temps d'avant », fit remarquer Cam. Leur bébé n'était pas le premier à naître dans cette maison.

« Tu n'as pas tort. Si ce n'est pas cassé, pourquoi réparer ? » acquiesça Walt.

Après le départ de Walt, Jeremy, l'ami de Cam, arriva avec des provisions : un paquet de Cocoa Puffs et pour Cam son exemplaire en papier recyclé du numéro sur les maillots de bain de *Sports Illustrated*, ainsi qu'un T-shirt tie and dye taille zéro. De la chambre, Eleanor les entendait tous les deux, son mari et son ami, s'exclamer devant le match des Celtics (John Havlicek venait d'accomplir un tir miraculeux du milieu du terrain) et à propos d'un mannequin en maillot de bain qu'ils trouvaient particulièrement excitante. Jeremy avait repéré une voiture pour eux : une Plymouth Valiant, toujours un bon choix. La voiture avait douze ans, passés tous dans l'État de Géorgie sauf les derniers.

« Elle est canon, mec. Moteur à six cylindres inclinés. Transmission par boutons-poussoirs », entendit-elle Jeremy expliquer à Cam.

Leur voisine Betsy passa avec sa fille Coco. « Nous avons pensé qu'un peu de pain à la banane te ferait plaisir. C'est Coco qui l'a fait. » Eleanor se leva un instant pour dire bonjour et parce qu'elle pensait que, debout, la douleur ne serait pas trop forte, mais elle se trompait. Elle aperçut brièvement la petite fille de leur voisine et Cam, accroupi à côté d'elle, de sorte qu'ils se trouvaient au même niveau, expliquant comment se formaient les loupes sur les arbres.

Davantage de contractions. Plus fortes à présent et si rapprochées qu'elle avait à peine repris son souffle qu'une autre la submergeait. Eleanor se mit à genoux par terre, la joue contre le bois, pensant aux soirs où Cam et elle avaient fait l'amour ici même.

Vint alors la plus forte de toutes les contractions. Eleanor imaginait Valerie au volant de son 4 x 4, roulant vers la ferme sur les routes enneigées. *Viens vite.*

Un son qu'elle n'avait jamais entendu sortit de sa gorge, le son qu'on émet quand on fait la chose la plus difficile qu'on ait jamais tentée. Les hurlements des fans et Bob Cousy annonçant un point extraordinaire montaient du salon. Elle entendit le cri de triomphe de Jeremy. Les Celtics devaient être en train de gagner.

Valerie arriva. Porte ouverte à la volée, porte claquée, sa fille Asa en pyjama trimballant sa ferme Fisher Price. Eleanor entendit Valerie parler à Cam. « Elle se fera vite oublier. » Puis le bruit du robinet. Valerie se lavait les mains, préparait des serviettes et une cuvette d'eau, réchauffait une pile de couvertures sur le poêle, déballait ses instruments. Cam, revenu près d'Eleanor, lui affirmait qu'elle était fantastique. Asa, dans un coin, imitait les sons des animaux.

Pendant le bref répit entre les contractions, Eleanor restait étendue sur le lit, jambes écartées, genoux pliés.

Valerie revint dans la pièce et l'examina. « Vous y êtes presque. Huit centimètres. » Elle étala sa serviette sur la table, près du lit, et y disposa compresses, speculum, ciseaux. Une cruche remplie d'eau. Un bol de glaçons.

« Ça fait du bien de marcher », dit-elle à Eleanor, mais celle-ci s'était mise à trembler d'une façon qui n'avait rien à voir avec la température de la pièce, chaude comme il fallait. Le matin, Cam avait chargé le poêle à ras bord et ouvert les trappes.

Une autre voix à la porte. Darla. Le bruit que font les bottes quand on les tape contre le poêle pour en faire tomber la glace.

Il faisait nuit, c'était la pleine lune. Sa lumière entrait par la fenêtre de la chambre, balafrant le couvre-lit bleu à motifs de double alliance. Dans la cuisine, Asa demandait s'ils avaient du lait chocolaté. Darla parlait à Cam qui avait décongelé un steak quand les contractions avaient commencé. Maintenant, il le mettait dans la poêle.

« Je n'étais pas sûre que ma voiture arriverait jusqu'ici. Je me suis dit que ça pourrait te faire plaisir. » Darla était sur le seuil de la porte.

Un filet rempli d'oranges de Floride s'ouvrit sur le lit et les fruits roulèrent par terre. De là où elle se trouvait, au pied du lit (Eleanor respirait fort à présent, elle transpirait), Darla introduisit l'ongle de son pouce dans la peau et un jet de jus d'orange fut projeté en l'air. Entre deux respirations, Eleanor en accueillit le parfum comme si c'était un repas.

Dans la cuisine, une autre odeur, qui lui donnait mal au cœur. L'odeur de la viande. Le steak de Cam grésillait dans la poêle.

« Mets-le dehors, dit Eleanor entre deux contractions. Je vais vomir. » Le visage de Valerie afficha de l'impatience ou de l'irritation, l'expression d'une femme habituée aux ratés et aux déceptions causés par les hommes. Ce n'était pas la première fois de sa vie de sage-femme qu'elle voyait un père inconscient des efforts de sa femme en train d'accoucher. Pas la première fois qu'un événement sportif servait de fond sonore à la naissance d'un enfant.

Les contractions s'intensifiaient. Cam revint, prit sa place sur le lit à côté d'Eleanor. Elle entendait le bruit du match de basket venant du salon.

Puis plus un mot. Tout s'accéléra. Cam remonta Eleanor sur les oreillers, lui soutint le dos, Darla lui massait les épaules. La sage-femme était agenouillée au pied du lit, la lampe de chevet placée de manière à éclairer la zone où le bébé ferait son apparition.

Cam se pencha pour embrasser Eleanor, comme le recommandait *Le Guide de la naissance naturelle*. Un baiser sur la bouche, censé aider Eleanor à dilater son col des deux derniers centimètres. Eleanor sentait l'odeur du steak dans son souffle.

À la troisième poussée, elle fut submergée par une douleur fulgurante, comme si un métal brûlant lui marquait les chairs, comme si son corps tout entier était écartelé, une déchirure irrégulière de ses parties les plus délicates, les plus tendres. Et le bébé sortit en spirale de son corps et tout le reste – le steak, les Celtics, les mannequins en maillot de bain, les animaux Fisher Price, les oranges – fut oublié.

Ils virent d'abord son visage petit et rond, vagissant, avec de grands yeux noirs et un casque complet de cheveux. Valerie passa la main sur la substance blanche et crémeuse couvrant la peau du bébé et la passa sur ses propres joues, autour de ses yeux.

« Vernix. La meilleure crème hydratante jamais inventée. Comment croyez-vous que je sois arrivée à cet âge sans aucune ride ? »

Rires. D'autres propos sur le basket-ball. Jeremy sortit du salon où le match était terminé et entra dans la chambre.

« Elle ressemble à Bill Walton », dit-il.

Mais que fichait-il ici ? Eleanor voulait être seule avec Cam.

« Voici votre fille », dit Valerie. Puis Alison fut dans ses bras, et plus rien d'autre n'eut d'importance.

14

Second rôle

Une semaine après la naissance d'Alison – mois de mars, fonte des neiges, saison boueuse – ils trouvèrent le chèque de l'assurance pour leur Toyota accidentée dans la boîte aux lettres et ils achetèrent la Plymouth Valiant de 1965 avec ses plaques de Géorgie. Il restait tout juste assez pour un siège-auto et un siège sauteur pour bébé recommandé par Darla.

Eleanor eut une montée de lait et ses seins gonflèrent comme dans un dessin animé. Elle pleura à la vue de son corps, de son ventre toujours protubérant et de ses muscles distendus. Personne ne l'avait préparée à cet état. Son mari pouvait aborder la paternité avec un corps intact, le ventre toujours aussi plat, les muscles abdominaux ondulant sous la peau de son torse parfait. Mais Eleanor, après l'accouchement, conservait des vergetures et une peau déchiquetée aux endroits les plus intimes, sans parler des quinze kilos en trop.

Trois semaines après la naissance, une femme qui croisa Eleanor à l'épicerie lui demanda : « Il est pour quand, votre bébé ? »

Dehors, sur le parking, elle appuya le front sur le volant et se mit à pleurer.

Une chose toutefois la ravissait : le pouvoir qu'elle possédait, dans son corps, de nourrir leur fille. Quand Alison pleurait, tout ce dont elle avait besoin c'était du sein d'Eleanor et de nouveau le monde tournait rond. Eleanor savourait cette relation primaire, animale avec son bébé. Il lui suffisait d'entendre la voix d'Alison, parfois seulement d'entrer dans la pièce et de la voir dans son berceau, pour sentir le lait couler.

Cam aussi aimait Alison, bien sûr. Mais pour lui, c'était différent. À cette étape de la vie du bébé, la nourriture était ce qui importait le plus dans son monde, et Cam ne pouvait pas y pourvoir. Eleanor se demanda un moment ce que ressentait un homme quand il tenait sa toute petite fille dans ses bras, l'entendait pleurer et savait qu'il ne pouvait rien faire pour elle sinon la donner à sa mère. Quelle impuissance il devait éprouver.

« Je sais qu'il fait de son mieux. Mais pour l'instant Cam a l'impression d'être presque superflu (elle se sentait coupable de l'exprimer tout haut).

— M'en parle pas, dit Darla. Après la naissance de Kimmie, Bobby ne pensait qu'à distribuer des cigares, boire des shots de tequila et me demander si on pouvait de nouveau faire l'amour. »

Eleanor ne partageait pas l'amertume de Darla, mais l'idée lui était venue qu'après la fécondation le père n'avait pas grand-chose à faire sinon plier et changer les couches, et rester à proximité de sa femme en essayant de la soutenir.

Elle pensa à ses parents et à la façon dont, pour eux, elle avait constitué une sorte d'intruse dans leur histoire d'amour. Sa naissance avait été acceptée à contrecœur, sa présence dans leur vie ressemblait à la visite regrettable mais nécessaire d'une parente venue de loin et qui abuse de l'hospitalité.

Pour l'enfant d'Eleanor, d'Eleanor et de Cam, ce serait différent. La naissance d'Alison marquait le début d'un autre genre d'histoire d'amour – entre elle et leur fille. S'il existait un outsider dans l'histoire, c'était Cam. « Je ne savais pas qu'il était possible d'aimer autant quelqu'un », dit-elle à Walt et à Edith quand ils vinrent voir le bébé.

Walt avait tapoté le dos de Cam, avec l'air d'un homme accueillant un camarade dans un nouveau club inconnu.

« À partir de maintenant tu joues le second rôle, mon vieux. Il va falloir que tu t'y habitues. »

15

Des bateaux dans la nuit

Difficile de comprendre comment un tout petit bébé qui dormait le plus clair du temps avait pu créer un tel bouleversement dans leur vie, mais Eleanor était constamment épuisée et plongée dans un état qui combinait bizarrement euphorie et chagrin.

Ils avaient créé cet être précieux, miraculeux. Durant des heures, Eleanor n'aspirait qu'à tenir Alison dans ses bras et à contempler son visage. Mais il existait une autre réalité : son corps appartenait désormais à son enfant. Elle se rappelait difficilement celle qu'elle avait été, avant. Quelque part au cours du processus qui l'avait amenée à être mère, elle avait perdu une partie d'elle-même.

La tristesse l'envahissait d'un coup chaque fois qu'elle plaçait Alison au sein. Elle supposait qu'une hormone devait se libérer dans son sang, mais savoir que la chimie de son corps lui jouait des tours n'effaçait pas l'impression qu'elle plongeait dans un puits sans fond.

Pour Cam, les hormones n'entraient pas en jeu, mais il en constatait les effets chez Eleanor. Ses seins, qui avaient été pour Cam une source apparemment infinie de plaisir, plus encore durant sa grossesse, étaient devenus des réservoirs de lait dont la seule fonction consistait à nourrir leur enfant. Un soir, au lit, pas très longtemps après la naissance de leur fille, il avait tendu la main pour les toucher, et elle s'était rétractée aussi brusquement que si elle avait reçu une décharge électrique.

Puis elle s'était excusée. « Ça ne me paraît pas bien que tu me touches là en ce moment. »

Maintenant ils faisaient de nouveau l'amour, mais pas aussi souvent, pas avec autant d'énergie. Eleanor trouvait troublant que très souvent, même quand ils réussissaient à garder un parfait silence, Alison se réveille dans le petit couffin où ils la posaient près de leur lit et se mette à pleurer, comme si elle savait qu'il se passait quelque chose sans rapport avec elle et qu'elle n'aimait pas ça. Comme si elle leur rappelait qu'elle était devenue le centre de leur univers.

« Tu n'as pas besoin de la prendre à la seconde. Elle va bien », murmurait Cam.

Mais le charme était rompu.

Alison avait six semaines quand Eleanor retourna devant son bureau. En l'absence d'un nouveau contrat, elle dessinait des illustrations pour une série de livres de lecture destinés aux écoles primaires. Ce travail ne lui rapportait pas grand-chose et n'était pas passionnant, mais des chèques arrivaient régulièrement et ils avaient besoin de cet apport d'argent.

Elle imagina un moyen de tenir sa fille, et même de la nourrir, tout en dessinant. Elle avait trouvé une façon de s'asseoir jambes croisées dans une sorte de position du lotus modifiée, Alison lovée sur sa cuisse et calée contre son sein.

Il fut un temps où Eleanor allait retrouver Cam dans la grange presque tous les jours quand ils arrivaient au bout de leur journée de travail, en fin d'après-midi. Elle apportait une bière pour tous les deux et, très souvent, chacun déshabillait l'autre puis ils s'allongeaient sur le tapis en mousse qu'il avait installé dans ce but.

Ce rituel était moins fréquent maintenant. Un jour, comme elle entrait dans l'atelier de Cam parce qu'elle avait besoin de sa signature sur leur déclaration d'impôts, il lui dit qu'il ne se rappelait même pas la dernière fois où ils avaient fait l'amour.

« Oh, mon Dieu. Je suis tellement fatiguée. » Durant cette période, quand elle trouvait une demi-heure pendant que le bébé dormait et qu'il n'y avait pas de lessive à faire, elle souhaitait simplement se retrouver seule.

Ils ne parlaient plus de leur ancien rêve d'avoir dix enfants, ni six, ni même quatre. Ils avaient l'impression de s'entrevoir dans la pièce, comme deux personnes qui se sont un jour rencontrées, longtemps auparavant, mais ne se rappelaient plus où.

Un jour qu'elle se rendait en ville pour faire des courses et passer à la décharge, Eleanor avait croisé Cam qui roulait en sens inverse, au volant de son vieux pick-up vert qu'ils avaient finalement réussi à réparer. Durant une fraction de seconde, elle n'avait pas reconnu son mari. Sur l'instant, elle s'était dit : « Quel bel homme ! » Puis elle avait pris conscience qu'elle était mariée avec lui.

Des bateaux passant dans la nuit. C'était parfois ce qu'elle ressentait. Et pourtant, c'était la réalité aussi, avoir fait ensemble ce bébé, cet être, et partager l'aventure étrange et mystérieuse des premiers jours avec lui les avait rapprochés.

Il arrivait à Eleanor de ne pas quitter son jogging plusieurs jours d'affilée. Certains jours, au dîner, ils ne réussissaient à cuisiner qu'un bol de soupe en boîte. Mais un soir, au début de septembre, quand les feuilles commencèrent à jaunir et que la première gelée toucha leurs plants de tomates, Eleanor décida de préparer un bon repas pour eux deux : spaghettis carbonara, accompagnés des derniers légumes verts du jardin, et des brownies faits maison. Elle acheta une bouteille de chianti chez le caviste. (Des bougies, ils en avaient toujours sous la main.) Dès qu'elle eut posé Alison dans son berceau, elle se changea. Elle enfila la seule belle robe dans laquelle elle entrait encore, mit son disque d'Al Green. Puis se passa du rouge à lèvres.

Quand Cam rentra après avoir couru, il parcourut des yeux, avec étonnement, la pièce sombre, éclairée seulement par trois bougies et une lampe à huile. Cela faisait si longtemps.

« En quelle occasion ? J'ai oublié quelque chose ? demanda-t-il.

— Rien de spécial. Je me suis juste dit que nous devions nous souvenir d'où vient ce bébé. Toi et moi. »

Ils mangèrent devant la cheminée, comme au bon vieux temps. (Pas si vieux. Ils ne se connaissaient même pas depuis deux ans.) Au cours du repas, Cam lui prit la main par-dessus la table et la porta à ses lèvres. « Tu es toujours une très belle femme.

— Je n'en ai pas l'impression. »

Ils emportèrent les bougies dans la chambre. Depuis la naissance d'Alison, Eleanor se déshabillait la plupart du temps dans le noir et dormait avec une chemise de nuit qu'elle déboutonnait pour allaiter plus facilement le bébé dans leur lit.

« Laisse-moi te regarder », dit-il en approchant la lampe à huile.

Six semaines plus tard, elle n'avait pas ses règles.

« Je ne savais pas qu'on pouvait tomber enceinte pendant qu'on allaite », dit-elle à Cam. Elle avait peur que la nouvelle le contrarie. Elle-même ne savait pas quoi penser de l'arrivée d'un autre bébé, si vite après le premier. Mais il poussa un cri de joie en la serrant dans ses bras.

« Je ne sais pas du tout comment on va s'en sortir financièrement, dit-elle.

— Tu recommences. » Il sourit. « C'est juste de l'argent. »

16

L'épouse du gardien de première base

« Je me suis inscrit dans une équipe de softball, les Yellow Jackets », déclara Cam en sautant du pick-up un samedi matin, au retour de la décharge.

Eleanor trouvait que le moment était assez mal choisi pour que son mari s'engage à jouer trois soirs par semaine. C'était le mois d'avril, six semaines après le premier anniversaire d'Alison et trois mois avant la naissance du nouveau bébé. Il se dirigeait déjà vers le garage pour y chercher son vieux gant.

« On m'a mis gardien de première base. Un gaucher aux grands bras. Comment pourrais-je être mauvais ? »

Le mardi soir, il alla seul au terrain de softball, mais en rentrant il raconta à Eleanor que les femmes des joueurs venaient assister aux rencontres. « Ce sont des types super. J'imagine que leurs femmes aussi. Tout le monde a des enfants jeunes et des bébés en route. Tu dis souvent que tu voudrais connaître d'autres gens en ville. »

Par la suite, Eleanor ne rata jamais un jeu. Cam avait raison : c'était agréable d'être assise sur les gradins du terrain poussiéreux, Alison dans les bras ou sur une couverture à côté d'elle, par les fraîches soirées du printemps (et plus tard les chaudes soirées d'été).

De regarder distraitement les joueurs, mais surtout (toujours en gardant un œil sur les enfants plus grands qui jouaient dans la terre un peu plus loin), de parler avec les autres femmes – expérience nouvelle pour elle – de tous les petits détails, apparemment insignifiants, de la vie de leurs enfants qui, à l'époque, les accaparaient : fallait-il leur donner une tétine, quand commencer les repas solides, que faire en voyant son enfant de quatre ans se masturber. Elles parlaient d'autre chose que des enfants. De recettes, bien sûr. Mais aussi, notamment après une bière – et il y avait toujours de la bière –, le sexe occupait la conversation. Qui avait des rapports. Qui n'en avait pas. Qui cela intéressait encore.

Cam faisait partie des plus jeunes joueurs. Les autres avaient pour la plupart la trentaine et le receveur, Buck Hollingsworth, sans doute plus de quarante ans, à en juger par ses cheveux et son ventre.

Rich McGann était le principal lanceur des Yellow Jackets (Carol, sa femme infirmière, arrivait parfois en retard, encore en blouse). Sal Perrone jouait seconde base, certainement pas conscient que, dans les gradins, sa femme Lucinda faisait des commentaires flatteurs sur tous les assez beaux garçons qui venaient frapper la balle, et ses comparaisons n'étaient pas favorables à Sal. Sal était le moins bon coureur de l'équipe, mais il savait frapper. Alors qu'il comptait plus de coups de circuit que tous les autres, chaque fois qu'il en frappait un, il avait l'air étonné, comme s'il n'arrivait pas à croire que quelqu'un comme lui ait accompli cet exploit.

Le plus mauvais joueur de l'équipe était Harry Botts. Il avait ouvert un café où il vendait aussi des disques d'occasion, dans un magasin abandonné depuis longtemps de la rue principale d'Akersville. Tous les un ou deux ans, se créait un petit commerce intéressant :

une librairie, une boutique de céramiques, une coopérative de produits diététiques, qui fermait généralement dans l'année. Mais le magasin de disques de Harry survivait depuis une demi-douzaine de saisons, en grande partie parce que, disait-on, il avait placé son fonds en fidéicommis.

Harry n'avait jamais joué dans une équipe de softball avant son intégration aux Yellow Jackets. On l'avait affecté au champ extérieur, où il n'avait encore jamais attrapé une seule balle. On savait que ses passages au bâton étaient des retraits sur des prises garantis. Mais les joueurs conservaient une certaine affection amusée pour Harry, d'autant plus qu'il ne venait jamais sans une glacière remplie de bonnes bières allemandes. Les bières et sa casquette des Cubs. Personne ne savait pourquoi Harry avait quitté Chicago pour Akersville, un déménagement improbable, mais on le considérait un peu comme la mascotte de l'équipe.

Eleanor retrouvait très souvent sur les gradins Peggy Olin, dont le mari Bob jouait en arrêt court. Chaque fois qu'il glissait dans une base, Peggy grognait. « Tu sais à quel point c'était dur d'enlever les taches d'herbe la dernière fois ? » confiait-elle à Eleanor.

La fille de Peggy et Bob, Gina, avait deux ans de plus qu'Alison. Leur autre fille, Katie, l'aînée, entraînait les plus petits à jouer à 1,2,3 soleil et à chat. L'été où elles firent connaissance, Peggy venait de lire un livre d'Adelle Davis qui l'avait incitée à changer l'alimentation de la famille. Elle donnait aux enfants des goûters diététiques mais immangeables qu'ils s'empressaient de jeter dès qu'ils étaient hors de vue, tandis que son mari s'empiffrait de frites au stand de hot-dogs.

Peggy croyait à l'allaitement à la demande. Elle nourrissait encore au sein Gina qui avait trois ans, et ne ratait jamais une occasion de faire des remarques quand elle voyait l'une des autres mères sortir un biberon de lait maternisé. « Elles ne savent pas tous les bienfaits dont elles privent leurs enfants en leur donnant ce truc ? » Eleanor, qui allaitait aussi, montrait quand même moins de détermination que Peggy. (Un an plus tard Peggy continuait à donner occasionnellement le sein à sa fille, même si à l'âge de quatre ans Gina savait déboutonner la chemise de sa mère et réclamer encore le sein.) Grande pour ses trois ans, la peau claire et les cheveux blond vénitien, Gina, qui restait la plupart du temps assise sur les gradins avec sa mère, avait constamment besoin de crème solaire et d'anti-moustiques.

Devant un tel comportement, Bonnie Henderson, la femme du gardien de troisième base, levait les yeux au ciel. La philosophie de cette mère d'un genre différent, si elle en avait une, consistait en gros à donner à ses deux fils, au début de chaque match, un grand paquet de maïs soufflé au fromage et un Coca, et de les arroser d'un jet glacé de leur pistolet à eau chaque fois que l'un d'eux faisait des siennes. Avant leur naissance, elle travaillait comme agent des services correctionnels à la prison d'État et avait conservé de l'expérience quelques-unes des techniques.

« Si j'ai un peu une drôle de démarche aujourd'hui, les filles, c'est à cause des trucs dingues qu'on a faits hier soir, Jerry et moi », raconta Bonnie un soir. Ses histoires consistaient principalement à décrire comment les enfants étaient entrés dans la chambre du couple à un moment inopportun – c'est-à-dire n'importe quand, à entendre Bonnie – ou à les surprendre dans des endroits incongrus où ils faisaient l'amour.

« Je crois qu'elle invente, dit Carol.

— Je ne sais pas, répondit Lucinda. Vous avez vu la façon dont Jerry lui a mis la main aux fesses l'autre soir, après avoir frappé un coup de circuit ? »

Les femmes, quoique un peu choquées, semblaient plutôt envieuses. Même si aucune ne se disait vraiment insatisfaite de sa vie. Elles étaient jeunes. Leurs enfants étaient en bonne santé et elles aussi. Les plaisanteries de ces soirs d'été, plutôt que des plaintes, relevaient d'un rituel de reconnaissance, une façon pour les femmes de nouer des liens entre elles en partageant leurs difficultés communes à propos de leurs enfants, de leur mari, des jugements des belles-mères et des problèmes de poids après la naissance.

Au cours de la saison, un nouveau joueur rejoignit l'équipe. Deux, en fait : Ray et Timmy Pouliot. Ray était lanceur de relève avec comme spécialité la balle papillon. Il était menuisier et portait des débardeurs qui mettaient ses muscles en valeur. Il fallut quelques minutes à Eleanor pour comprendre que Timmy, placé en champ droit, était le garçon qu'elle avait rencontré quelques années plus tôt, le jour où, à la cascade, il avait admiré son dessin et l'avait questionnée sur un éventuel petit ami. Eleanor se rappelait comment Timmy lui avait confié qu'il avait trouvé son père dans le garage. Le pistolet.

Elle estima qu'il devait avoir dix-huit ans. Il s'était étoffé, il était même costaud et portait le nom de son père tatoué sur le biceps, mais Eleanor retrouvait une certaine douceur angélique dans ses yeux d'un bleu incroyable, de la tristesse peut-être, qui le différenciait des autres hommes de l'équipe.

Les frères Pouliot roulaient à moto. Ils arrivaient en général sans casque, dans le vrombissement de leur Harley, au moment où le jeu commençait. Ils étaient encore dans la Grand-Rue qu'on entendait déjà leur moto.

Cet été-là, la petite amie de Timmy, Mandy, travaillait à la caisse du Stop & Shop. Au début de la saison, elle s'installa sur les gradins avec les femmes des autres joueurs mais comme, souvent, la conversation en venait aux grossesses et à l'allaitement, à la garderie et aux jardins d'enfants, elle se rapprocha du terrain. Vêtue de son petit haut et de son short court, elle proposait d'aider Coco dans son projet de soirée, quel qu'il soit – par exemple faire des tresses à tout le monde, très souvent – ou simplement pour regarder le match. À la fin, elle sautait à l'arrière de la moto, enlaçait la taille de Timmy et tous deux démarraient dans un nuage de poussière.

Eleanor en était à huit mois et demi de sa seconde grossesse. Elle avait un mal de dos permanent et son visage se couvrait de rougeurs. Ce soir-là, allongée dans le noir avec Cam, la tête nichée contre sa poitrine, elle parla des frères Pouliot.

« Ray a attrapé une sacrée balle, déclara Cam.

— La petite amie de Timmy qu'il a emmenée au terrain a un corps de rêve », observa Eleanor. Elle n'avait pas encore perdu les kilos restants après la naissance d'Alison quand elle était de nouveau tombée enceinte. « Mandy. La blonde.

— Je n'ai pas remarqué », assura-t-il.

17

Glace noire

À quelques kilomètres de leur maison, il y avait un lac sur lequel ils avaient patiné le premier hiver, avant la naissance d'Alison. Le centre de gravité d'Eleanor avait changé à cause de son gros ventre, mais elle avait réussi à se mouvoir sur la glace, soutenue par Cam. La glace était inégale et Eleanor souffrait du dos. Ils n'étaient restés que quelques minutes. Mais c'était une bonne journée.

Un an plus tard, enceinte d'Ursula et chargée d'un bébé dont il fallait s'occuper, il était devenu plus difficile pour Eleanor de sortir patiner. Vint alors un de ces jours peu courants et précieux (dcs années pouvaient passer sans qu'on en connaisse un seul), où une combinaison parfaite des conditions météorologiques se produisait : une forte gelée, pas de neige, de la pluie peut-être, suivie de températures glaciales qui déposaient partout une couche de glace noire. Un temps parfait pour patiner.

Ils s'en aperçurent un soir qu'ils étaient allés au cinéma – une de leurs rares sorties –, pendant que Darla gardait Alison. Ils s'étaient garés près du lac gelé pour admirer la pleine lune.

« Tu sais ce qu'il faut qu'on fasse ? » dit Cam à Eleanor tandis que, debout sur la berge, ils contemplaient le lac.

Leurs patins se trouvaient toujours à l'arrière de la voiture pour des occasions imprévues comme celle-ci. Ils les lacèrent et s'avancèrent sur la glace. Sans autre lumière que celle de la lune, ils s'élancèrent. Ils étaient seuls.

Cette nuit-là, la glace était comme du verre. Les lames des patins d'Eleanor récemment affûtées, le bras de son mari autour de sa taille, sa main gantée dans la sienne : elle eut la sensation – dont elle se souvenait encore – qu'elle allait s'envoler. *Rappelle-toi ce moment*, se dit-elle.

Soudain un grondement étrange résonna sous les lames de leurs patins, comme si une créature marine venue du fond des âges se réveillait d'un long sommeil, se trouvait piégée sous la glace et poussait pour s'échapper. Eleanor crut que la glace allait se rompre, mais Cam lui expliqua qu'elle se dilatait, simplement.

« Nous sommes en sécurité. Je ne te laisserai pas tomber à l'eau. »

Les mois qui suivirent la naissance d'Ursula en juillet s'écoulèrent pour Eleanor dans une sorte de brouillard laiteux. Il y avait sans cesse un bébé à nourrir, un bébé à changer, un panier de lessive à laver, un évier rempli de vaisselle, et quelque part au milieu de tout cela quelqu'un devait gagner de quoi vivre. Il se trouvait que c'était surtout Eleanor. Cam s'occupait d'amuser les enfants. C'était un père à la fois drôle, tendre et surprenant. On ne savait jamais quand il allait entrer dans la maison avec un bocal rempli de têtards qu'il avait pêchés dans le ruisseau pour que les enfants les mettent dans un seau et les observent, avec un chien qu'il avait sculpté pour Alison (il y passa toute une journée) ou, un hiver, avec une chouette couverte de neige qu'il avait trouvée morte sur la route, gelée et parfaitement intacte. Un jour, il rapporta une pile de quarante-cinq tours des années soixante qu'il avait trouvée dans un vide-grenier en rentrant d'une exposition d'artisanat. Alison n'avait que trois ans à l'époque et Ursula commençait seulement à marcher. Ils les écoutèrent tous, l'un après l'autre, et dansèrent dans la cuisine, Ursula dans les bras d'Eleanor et Alison sur les épaules de Cam.

Il aimait plus que tout leur montrer les choses de la nature. Il sortait de sa poche une boulette étrange et mystérieuse, qui s'avérait être les déjections d'un animal – d'un coyote, peut-être, ou d'un renard, ou même d'un orignal. Quand on l'ouvrait, on y découvrait des petits bouts d'os et des poils, restes de ce que l'animal avait mangé le soir précédent. Il connaissait le nom des constellations et les histoires qui allaient avec, et il pouvait sculpter une poupée avec son canif ou faire une cabane dans une vieille boîte en carton qu'il couvrait d'un parapluie. Il rapporta de la peinture et laissa les doigts des filles en couvrir un mur entier dans le garage.

Ce n'était cependant pas un père auquel Eleanor pouvait confier deux petites filles pendant plusieurs heures pour aller travailler. Elle s'installait à l'autre bout de la cuisine, assez près pour garder l'œil sur les enfants, mais elle avait du mal à se concentrer. « Je suis content de te donner un coup de main », disait-il, phrase qui aurait autrefois semblé inoffensive, mais dans laquelle Eleanor décelait maintenant la conviction implicite que la charge de leurs enfants lui revenait principalement.

Elle commença à esquisser une critique de sa formule désinvolte, mais s'arrêta aussitôt.

À une époque, et pendant des années, Eleanor pensait qu'il lui fallait simplement aimer quelqu'un profondément, quelqu'un qui l'aimait aussi –, et c'était ce qu'elle avait. Elle avait une famille, ce qu'elle avait désiré plus que tout. Mais quelque part en elle se nichait une sorte de petit noyau dur de ressentiment. Elle le sentait parfois en constatant la légèreté de Cam qui partait pédaler le samedi matin, alors que la vaisselle des gaufres qu'il avait préparées s'empilait dans l'évier. C'était un cuisinier joyeux mais désordonné.

« Quand est-ce que je pourrai prendre un samedi matin pour partir à l'aventure ? demanda-t-elle, alors qu'il gonflait les roues de son vélo dans l'allée.

— Ne te raconte pas d'histoire, El. Tu te vois vraiment partir en VTT un samedi matin ? »

Il avait mis le doigt sur le problème. Elle n'avait plus le temps pour elle et depuis si longtemps qu'elle ne savait plus ce qu'elle en ferait si ça lui arrivait.

18

Des gens qu'on aime meurent

Ursula portait encore des couches et Alison n'en avait plus depuis peu de temps quand Eleanor se rendit compte qu'elle était de nouveau enceinte. Cette fois, ce n'était pas le résultat d'un intermède romantique sur fond musical d'Al Green, ni d'un dîner au coin du feu avec une bouteille de vin, une fois les enfants couchés. Ces occasions ne se produisaient plus. Elle était à plat depuis si longtemps qu'elle n'avait pas remarqué la petite déchirure de son diaphragme. Peut-être l'avait-elle remarquée, mais elle n'avait pas encore trouvé le temps de le remplacer. Elle s'était déjà retrouvée enceinte une fois alors qu'elle allaitait, mais même si elle ne nourrissait plus Ursula qu'à l'heure du coucher, elle préférait croire que cela ne se reproduirait pas.

En août, le jour qui précéda l'éclipse de lune (Alison avait trois ans et demi, Ursula deux ans), Cam casa tout le monde dans le pick-up et partit pour le sommet de Hopewell Hill d'où la vue était le plus belle. « Elles ne s'en souviendront peut-être pas, mais j'aime bien leur montrer des choses », dit-il.

C'était ainsi. La nuit, ils emmenaient les filles voir la lune disparaître. Ils disséquaient les excréments de coyote avec elles. Dans le jardin, ils donnaient à leur fille de deux ans une poignée de graines de radis à enfoncer dans la terre et lui tendaient la spatule à lécher quand ils faisaient un gâteau au chocolat. Ils tournaient les pages d'un album de Richard Scarry, *What Do People Do All Day?*, en montrant les animaux personnifiés et en énonçant leurs métiers. Ils ramassaient des feuilles à l'automne, les repassaient, les plaçaient entre deux feuilles de papier paraffiné et les scotchaient sur les carreaux de la fenêtre sur le rebord de laquelle ils avaient mis un noyau d'avocat dans un verre d'eau pour le regarder germer. Ils portaient leur fille de trois ans et sa sœur dehors la nuit pour attraper des flocons de neige. Qui sait ce dont elles se souviendraient et ce qu'elles en penseraient, ils espéraient qu'elles conserveraient de leur enfance, à défaut d'autre chose, la certitude d'avoir été aimées. Ils montraient le monde à leurs enfants. À elles de décider ce qu'elles en feraient.

Un matin de décembre (Alison presque quatre ans, Ursula deux ans et demi, Eleanor à deux semaines de son accouchement), Walt passa avec un chargement de bois de chauffage. Tout en descendant de son pick-up les bûches déjà fendues, il demanda s'ils avaient entendu la nouvelle. « Tu te souviens de ces garçons qui étaient à l'Ed Sullivan Show il y a quelques années ? Avec leur drôle de coupe de cheveux, et toutes les filles qui hurlaient en les voyant ? Tu sais, celui qui avait une femme japonaise ? »

Personne d'autre que Walt n'aurait choisi de définir John Lennon comme un des chanteurs de l'Ed Sullivan Show.

« On lui a tiré dessus hier soir. Mort sur le coup », dit-il.

Walt enchaîna sur New York : à quel point la ville était dangereuse, comment pouvait-on avoir envie d'y vivre ? Eleanor ne parvenait pas à se concentrer sur ce qu'il disait.

« J'ai pensé que tu voudrais être au courant, lui dit-il. Sachant que tu passes tout le temps leurs disques. »

Eleanor rentra dans la maison. Elle se souvenait de ce dimanche soir, il y avait si longtemps, dans la maison de ses parents à Newton, quand elle avait entendu les Beatles pour la première fois, elle et quelques millions d'autres gens. Elle avait dix ans. La plupart des filles adoraient Paul, mais Eleanor avait toujours préféré John. Elle revit Charlie, son chien, attaché sur le toit de la voiture de police, abattu parce qu'il chassait les chevreuils. Elle se tenait devant l'évier, regardait Alison sur le canapé, un bagel entamé dans la main, et à côté Ursula calée sur les coussins avec son biberon. Les yeux de ses deux filles étaient complètement scotchés sur l'écran de la télé où Bert expliquait à Ernie pourquoi prendre un parapluie était une bonne idée.

Tant de choses vont leur arriver.

Cam et elle ne pouvaient rien y faire, ou presque rien.

Elle entendit son pick-up dans l'allée. En entrant, il prit Eleanor dans ses bras. Il avait entendu la nouvelle dans la voiture en revenant de la ville.

« Je sais que c'est dingue d'être aussi triste pour quelqu'un que je n'ai jamais vu, alors que des gens meurent tous les jours dans le monde entier, dit-elle. Mais je n'avais jamais envisagé que ça puisse arriver à un des Beatles.

— Plus on vieillit, plus on vit des moments difficiles, dit-il. De bons moments aussi. Des gens qu'on aime meurent. On n'y échappe pas. »

19

Un garçon au pied palmé

Les chances étaient minces, compte tenu de ce qu'elle savait sur le gène des cheveux roux qui était récessif, mais finalement, avec leur fils Toby, ils eurent leur bébé roux. Il naquit le jour de Noël. Il vint au monde en hurlant et pesait quatre kilos et demi. Deux heures après l'accouchement, Eleanor le tenait contre sa poitrine et l'examinait sous toutes les coutures. Elle découvrit une particularité magique qui s'avéra la première parmi beaucoup d'autres.

« Notre fils a un pied palmé », dit-elle à Cam sans le moindre désarroi. Plutôt avec émerveillement.

« Il traversera peut-être la Manche, ou nagera jusqu'à Cuba, répondit Cam.

— J'ai l'impression qu'il sera différent des deux autres. Pas seulement parce que c'est un garçon et qu'il est roux. On dirait un enfant trouvé dans un chou. Un enfant magique.

— Tout ce que je sais, c'est qu'ils sont plus nombreux que nous, maintenant », déclara Cam.

Dès la naissance, Toby avait une voix étonnamment grave. On aurait dit un homme piégé dans un corps de bébé, disait Eleanor. Impatient de grandir.

Eleanor aimait ses enfants de la même manière, mais Toby occupait une place spéciale dans son cœur. Cam et Eleanor avaient l'impression qu'il venait d'une autre galaxie, un bébé d'ailleurs, étrange et miraculeux, venu vivre chez eux.

Il avait de drôles d'oreilles, comme des coquillages, mais pointues. Durant ces premières minutes, tandis qu'Eleanor inspectait chaque centimètre du corps de son fils nouveau-né, elle avait découvert qu'une peau fine, presque translucide, reliait les orteils de son pied gauche, seulement le gauche, et très brièvement elle s'était inquiétée, même si, bientôt, le pied gauche palmé de son fils allait devenir l'une des singularités qu'elle chérissait chez cet enfant venu d'ailleurs. Quand les amies d'Ursula et d'Alison venaient jouer, les filles lui enlevaient sa chaussure et sa chaussette, s'il n'était pas déjà pieds nus, pour montrer la caractéristique magique de leur frère stupéfiant.

Il était né dans la baignoire et c'était peut-être la raison de son attirance pour l'eau. Là où il y en avait, Toby s'approchait et, si c'était possible, sautait dedans. Les drôles d'orteils de son pied gauche le faisaient nager aussi vite qu'une loutre, disait-il. Ou qu'un rat musqué. Où avait-il appris l'existence des rats musqués ? Dans une autre vie peut-être.

Alison n'avait pas encore quatre ans quand Toby rejoignit la famille, mais elle supplia qu'on la laisse tenir son frère. Eleanor savait qu'elle aurait préféré perdre un bras plutôt que de lâcher le bébé. Il était entré dans le monde comme il entra partout dès ce moment, comme un taureau de rodéo sortant de l'enclos en ruant et en bottant. Toby montrait aussi une autre facette. Des trois enfants, il était le plus avide de contact, celui pour qui se frotter contre la peau d'un autre être humain semblait encore plus vital que de manger.

Durant les quelques mois précédant le moment où il se mit à ramper, ce qu'il fit plus tôt que les filles ou que tous les bébés qu'elle avait observés, Eleanor posait son transat sur la table à dessin des filles de sorte que, quand elle traversait la pièce en courant, en plein jeu, Ursula puisse lui caresser la tête en passant, comme le joueur de champ gauche préféré de Cam, Carl Yastrzemski, touchant la troisième base et sur le point de marquer un coup de circuit décisif. Il ne quittait pas des yeux ses sœurs quand devant lui elles se précipitaient pour aller jouer dans la neige ou dans le sable. On voyait bien que, déjà, ne pas pouvoir en faire autant le rendait fou. Mais dès qu'il sut ramper, puis marcher, il n'arrêta plus. Partout où allaient les filles, il les suivait.

En mars (Toby avait tout juste trois mois), ils fabriquèrent pour la première fois leurs bonshommes-bouchons et les bateaux leur permettant de voyager sur le ruisseau. Ils en avaient eu l'idée un matin, juste après l'anniversaire d'Ali. Deux journées anormalement chaudes suivirent un mois entier de températures en dessous de zéro, qui firent fondre presque toute la neige et, au cours de leur promenade quotidienne à la cascade, ils virent que la débâcle avait fait monter le niveau de l'eau. Le ruisseau bondissait sur les rochers, puis coulait de nouveau plus calmement.

« Si seulement on avait un bateau. On pourrait voguer sur le ruisseau », dit Alison.

Ce n'était pas une rivière, bien sûr. Le ruisseau ne faisait guère plus d'un mètre de large en moyenne. Assez profond pour les truites, mais impraticable avec un bateau. En rentrant à la maison, Eleanor annonça pourtant qu'ils allaient construire des embarcations pour descendre la rivière.

« Il nous faut des gens pour monter dans les bateaux, dit Ursula.

— Pas de problème. On va en fabriquer », déclara Eleanor.

Ils confectionnèrent une demi-douzaine de petites barques et le lendemain, tandis que l'eau coulait plus vite que jamais, ils les transportèrent au ruisseau. Eleanor tenait fermement la main des filles, une de chaque côté, et Toby était installé dans le porte-bébé.

Ils passèrent presque tout l'après-midi à mettre leurs bateaux à l'eau et à courir sur la rive pour les suivre. En rentrant à la maison, Eleanor prépara du chocolat chaud.

« Il faut toujours faire ça. Tous les ans. Notre tradition familiale », déclara Ursula.

Ursula était ainsi. Elle ne voulait pas que les choses changent. Eleanor non plus, en fait. Sauf qu'elle savait, contrairement à ses enfants, que c'était impossible.

20

C'était son œuvre d'art

Un jour, assise à l'avant du Caddie d'Eleanor devant la caisse, Ursula avait remarqué un numéro de *People Magazine* consacré au prochain mariage du prince Charles et de Lady Diana. Ce fut peut-être le mot « princesse » qui attira l'attention d'Ursula, ainsi que la beauté de Diana. Eleanor lui expliqua l'histoire et Ursula la supplia d'acheter le magazine. Elle le trimballait partout avec elle, jusque dans son lit, pour contempler les photos. Le matin du mariage royal à Londres, un jour de juillet où la température tournait autour de trente-deux degrés, elle s'assit par terre dans le séjour, les yeux rivés sur la télévision. Elle voulait savoir comment on devient princesse et si cela pouvait aussi lui arriver.

Très jeune, Alison avait déjà acquis cette façon directe, honnête et un peu méprisante de s'adresser à sa sœur et au reste de la famille.

« Non. Il faut être riche. Tes parents doivent habiter dans une maison luxueuse. N'y pense plus. »

Mais Ursula y pensait toujours. Elle voulait savoir quels étaient les princes qui n'avaient pas encore trouvé une épouse. La tiare de Diana et le carrosse dans lequel ils montèrent après la cérémonie, elle et le prince Charles, l'intéressaient particulièrement.

Elle scotcha une photo de la princesse Diana sur le mur de sa chambre. Par la suite, elle en ajouta d'autres qui formaient tout un collage où figuraient le prince William et le prince Harry, ainsi que sa préférée, la princesse Diana dansant avec John Travolta. Quand Eleanor lui expliqua que le prince William deviendrait probablement roi un jour, elle décida de l'épouser.

« Je t'ai déjà expliqué que c'était sans espoir », lui répéta Alison. Mais Ursula était une incorrigible optimiste.

« Rabat-joie », répliqua-t-elle.

Un jour qu'elle faisait le ménage dans la chambre d'Ursula, en passant l'aspirateur autour de son hôpital de poupées Barbie et de la marionnette en papier mâché de Madonna, Eleanor se surprit à observer les photos de la princesse Diana punaisées au mur. Les robes magnifiques, les voyages exotiques avec le prince Charles, les portraits de Diana et de ses fils. Même si c'était difficile et peut-être dingue d'avoir mis au monde trois enfants en si peu de temps, Eleanor savait qu'elle n'aurait jamais voulu être ailleurs, qu'elle n'aurait jamais voulu vivre autrement. Les rares fois où elle avait les mains libres, où il n'y avait plus de couches à laver ou de linge à plier, Eleanor installait son bébé magique et roux sur sa couverture, sortait son carnet de croquis et tentait de saisir l'instant. Elle n'y parvenait pas vraiment. Les dessins qu'elle réalisa à cette époque de leur vie possédaient pourtant une qualité qui n'apparaissait pas dans ceux qu'elle avait faits précédemment : une sorte de tendresse.

Il y avait autre chose. Elle ressentait la vitesse du temps qui passait, du changement de ses enfants qui grandissaient. Bien sûr, chaque étape franchie en annonçait une autre (ramper, marcher, sauter, gambader), mais elle vivait cette évolution avec un pincement au cœur. Quand Toby se désintéressa de son sein (et elle savait à présent que Toby serait le dernier), cette étape fut pour elle comme une petite mort.

Plus de bébés. Un chapitre s'était refermé. Les mois merveilleux durant lesquels son corps avait donné à cet enfant spécial tout ce dont il avait besoin, où il lui suffisait de déboutonner sa chemise pour le lui offrir, étaient derrière elle. Elle pouvait commencer à reconquérir son corps, peut-être. S'autoriser des pensées et des idées indépendantes de ces trois petites personnes qui avaient occupé tous ses instants de veille au cours des quelques années passées. Elle allait peut-être retrouver de l'inspiration pour des livres et des illustrations. Sa carrière au point mort pourrait repartir, avec un peu de chance. Cam et elle récupéreraient leur lit pour y faire l'amour ou y dormir sans interruption. Mais chaque fois, au printemps, quand sur les rives du ruisseau ils mettaient à l'eau leurs bateaux, elle pensait qu'une année de plus était passée qui la rapprochait du jour où son fils et ses filles ne vivraient plus avec eux. Comment le supporterait-elle ?

Des années plus tard, se remémorant cette époque, Eleanor essaya de déterminer le moment où avait commencé le déclin lent, inexorable, de la passion qui avait marqué son mariage, un déclin si progressif que les changements étaient à peine perceptibles, de même que l'abandon plein de regret de Cam tandis qu'il commençait à s'éloigner d'elle, comme l'un des bateaux qu'ils fabriquaient pour leurs bonshommes-bouchons, au mois de mars, flottant paresseusement sur le ruisseau. Le glissement s'était produit si insidieusement que sans doute ni l'un ni l'autre ne s'en était rendu compte jusqu'au jour où, levant les yeux, elle vit qu'il n'était plus là.

« Mon Dieu, qu'est-ce qui nous est arrivé ? dit Cam un soir, tandis que, assis face à face au pub de la ville, ils mangeaient un steak. Je dîne ici avec ma femme et c'est la première fois que nous sommes vraiment seuls ensemble depuis, quoi ? Quatre mois ? Peut-être six ? Et nous nous demandons s'il faut mettre des yoyos dans les oreilles d'Ursula à cause de ses otites à répétition et si nous pouvons nous permettre d'acheter un vélo à Alison ? »

Il tendit le bras au-dessus de la table et lui prit la main. « En rentrant ce soir, faisons l'amour », dit-il.

Elle hocha la tête et sourit. À leur retour, Cam paya la baby-sitter, Coco, treize ans maintenant, la déesse du terrain de softball aux yeux de leurs enfants, et la reconduisit chez elle. Pendant son absence, Eleanor alluma des bougies dans la chambre, mit de la musique et inséra le diaphragme qu'elle s'était récemment procuré. Elle alla voir les enfants, tous endormis, chacun dans son lit pour une fois, et grimpa dans celui qu'elle partageait avec Cam. Pas de chemise de nuit, ce soir-là.

Le lendemain matin, quand elle se leva, il était en train de se raser.

« Et notre plan ? » lui demanda-t-elle. Il se mit à rire, un peu contrit.

« Quand je suis rentré après avoir déposé Coco, tu dormais à poings fermés. Ça ne fait rien. Tu avais sans doute besoin de repos. »

Cam prenait plaisir à être père, plus que beaucoup d'hommes (Darla racontait que Bobby, son mari, n'avait jamais changé une seule fois la couche de Kimmie ni donné un bain). Il était néanmoins tout à fait évident que Cam avait le rôle du père amusant et Eleanor celui de la mère pratique. C'était elle qui s'assurait que les enfants se couchaient à une heure raisonnable et qui objectait, si l'on proposait de faire des s'mores dans la cheminée à 8 heures et demie du soir, que ce n'était pas vraiment possible. Cam était celui qui construisait des cabanes incroyables dans la neige et réveillait les enfants pour qu'ils assistent à une pluie de météores. Celui qui surveillait les préparations d'un petit déjeuner au lit le jour de la fête des Mères : gaufres et sirop d'érable recueilli en saignant leurs arbres, bouquet de pissenlits dans un pot. « Tu n'imagines pas l'état de la cuisine quand je me suis levée », confia Eleanor à Darla.

Peu importait. Elle avait enfin ce qu'elle avait toujours voulu plus que tout. Eux, Eleanor et Cam, qui avaient jusque-là dormi nus, peau contre peau, avant la naissance des enfants, se retrouvaient séparés presque toutes les nuits par des petits corps chauds en grenouillère qui sentaient parfois un peu le pipi. Tant pis si elle ne créait plus de livres pour enfants et si les éditeurs ne l'appelaient plus, tant pis s'il lui fallait encore perdre les dix kilos restants de sa dernière grossesse ou peut-être de la précédente.

C'était son œuvre d'art. Cette famille.

21

Sur les braises

L'été arriva, et la saison de softball. Lors d'un des derniers matchs, Harry Botts qui devait courir après la balle s'élança dans la mauvaise direction et s'écrasa contre Cam debout dans la première base. La cheville de Cam se brisa sous l'impact. Le craquement de l'os s'entendit jusqu'à la camionnette de hot-dogs, au-delà du champ droit, où Coco vernissait les ongles d'Ursula.

Ils durent emprunter deux mille dollars aux parents de Cam pour payer les frais médicaux. En un sens, c'était reposant de ne pas avoir à entasser les enfants dans la voiture, préparer tous les Tupperware remplis de sandwichs, assembler les sweat-shirts et les chaussures, et partir pour le terrain trois soirs par semaine. Mais Eleanor regrettait ces moments. Pas tant pour le softball que pour la compagnie des femmes assises dans les gradins. Et pour le plaisir de regarder les enfants jouer dans l'herbe, de leur donner des crackers, des briques de jus de fruits et des sandwichs. D'observer la silhouette de son mari roux gardant la première base, bras droit tendu, attendant de faire sortir le prochain frappeur.

Alors que la saison de softball était déjà bien entamée, Eleanor tomba sur Timmy Pouliot qui achetait de la bière au magasin d'alcools.

« Vous m'avez manqué aux matchs, lui dit-il.

— Viens à notre fête du Travail, début septembre. Avec ta petite amie. »

Le jour approchait. Eleanor et Cam ne savaient pas encore ce qu'ils allaient faire pour leur fête annuelle de fin de saison, mais il leur semblait important de maintenir la tradition, même s'ils avaient encore moins d'argent que d'habitude à cause de la fracture de Cam, sans parler du troisième bébé. Malgré ses béquilles, il pouvait s'occuper du barbecue. Eleanor prépara des brocs de mojito et Harry Botts fournit la bière. Ils installèrent dehors leurs haut-parleurs, qui diffusaient à plein Blondie, *Parallel Lines*, le premier CD qu'ils avaient acheté. Malgré sa cheville hors course, Cam dansait près du feu, et les étincelles autour de lui s'élevaient dans le noir. Eleanor était adossée à la porte de la véranda et tenait son fils serré contre elle. Même à l'époque, alors qu'il ne marchait pas encore, il n'était pas de ces enfants qu'une mère ose quitter des yeux.

Eleanor s'était mise à suivre les séances de gymnastique de Jane Fonda, mais elle était loin d'avoir retrouvé son corps. Celui auquel elle s'était habituée. Elle avait acheté une robe d'été pour la fête, plus courte que celles qu'elle portait depuis si longtemps, une robe dos nu qui laissait voir plus de peau que d'habitude.

Elle avait été déçue que Cam ne remarque pas sa tenue. En tendant des glaces aux enfants (Joshie, le fils de Sal et Lucinda Perrone, se plaignait comme toujours que quelqu'un lui était passé devant dans la queue), elle s'était fait accaparer par l'une des femmes de l'équipe qu'elle aimait le moins, Jeannie Owen, qu'on n'avait pas vue autrement qu'en vêtements de grossesse depuis 1978. Elle attendait son cinquième enfant. Paulette, son aînée, avait un problème récurrent de constipation, raconta-t-elle à Eleanor. Sous prétexte de connaître l'avis d'Eleanor sur les lavements, elle trouvait plus intéressant de donner le sien.

Darla, toujours prompte à évaluer une situation, cria : « J'ai besoin de toi à la cuisine, El ! »

Elles débarrassaient les assiettes quand Eleanor entendit le vrombissement d'une moto. Timmy Pouliot arrivait avec sa petite amie de l'été installée derrière lui.

« Allons voir qui Timmy a amené cette fois-ci. Celle qui l'accompagnait l'an dernier va être difficile à égaler. »

La tenue de la nouvelle petite amie, Amber, rappelait à Eleanor celles des actrices de *Shérif, fais-moi peur*, une série que ses enfants adoraient. Se trouvant soudain ridicule dans sa robe d'été rayée rose et vert avec ses volants inutiles et sa jupe trop courte, elle fonça dans la chambre et enfila un sweat-shirt par-dessus.

Timmy gara sa moto, prit une bière dans la glacière et rejoignit les hommes dans le pré, là où Cam avait installé un jeu de fer à cheval. Amber partit en direction des mojitos. Elle avait dix bonnes années de moins que les autres femmes. Elle but une grande gorgée de son verre.

Elle se dirigea vers le jeu. Tous les hommes de l'équipe la suivirent des yeux quand elle traversa la pelouse et se pencha pour lancer son fer à cheval.

Debout devant l'évier, Eleanor regardait du côté du barbecue. Il ne lui était jamais difficile de repérer son mari dans la foule : l'homme le plus grand, le plus roux. Il tenait une bière dans une main et posait l'autre sur l'épaule de l'un de ses copains du softball. Il était l'âme de la fête. Si elle ne l'avait jamais vu auparavant, elle aurait pu tomber amoureuse de lui ce soir-là.

Il ne se rendait pas compte qu'elle l'observait. Il regardait la petite amie de Timmy Pouliot. Comme tout le monde.

Eleanor surprit son reflet dans la vitre, la tenue ridicule qu'elle avait choisie pour la fête, sa frange qu'elle avait elle-même coupée récemment dans une tentative ratée de dissimuler les rides de son front.

Elle sortit d'une boîte un tampon à récurer pour nettoyer la poêle dans laquelle elle avait fait frire le travers de porc.

« Besoin d'aide ? » Une voix d'homme derrière elle. « Au fait, j'aime bien cette robe. » C'était Timmy Pouliot qui rapportait des verres.

« Là, je sais que tu mens, dit-elle en riant.

— Pas du tout. Tu as toujours été superbe, même quand tu pondais tous ces bébés. C'est mon opinion, en tout cas.

— Ta petite amie est à tomber. Les hommes là-bas ne la quittent pas des yeux.

— Tu sais ce que c'est. Il suffit de présenter à une bande de types une fille dans une tenue moulante et ils deviennent dingues. On est tous pareils à une meute de chiens, langue pendante, mais ça ne veut rien dire.

— Vraiment ?

— Tu ne sais pas que j'ai toujours été amoureux de toi ? » Sa voix avait changé. Elle était plus rauque. Il posa le plateau et disposa les verres un par un sur le plan de travail comme s'il plaçait les pièces sur un échiquier. Comme s'il voulait que ça dure le plus longtemps possible.

« Qu'est-ce que tu as bu ce soir ? demanda-t-elle.

— Tu crois que je plaisante ? »

Elle s'arrêta de frotter fort et se retourna. Il resta immobile un moment, le plateau vide dans les mains.

Son expression était à la fois douce et triste. Plus tard, elle se souviendrait des cris des enfants, « Un, deux, trois, soleil » dans l'obscurité, de l'odeur de la viande sur le gril, de Debbie Harry chantant « Heart of Glass ». Timmy Pouliot et ses yeux bleus debout, là. Personne n'avait regardé Eleanor comme le faisait Timmy Pouliot en cet instant, pas même Cam au début de leur union.

22

Mon corps veut tout le temps être vilain

En dehors des visites périodiques de son père à Crazyland, des disputes quand ses parents n'étaient pas simplement ivres, mais complètement torchés, et de leurs cris quand ils faisaient l'amour la nuit, l'enfance d'Eleanor avait été étrangement silencieuse. Elle passait beaucoup de temps dans sa chambre avec ses crayons de couleur. La conversation à table ne l'incluait que rarement. La maison était impeccable, en grande partie parce qu'il ne s'y passait pas grand-chose.

La maison qu'elle habitait maintenant, au bout du chemin sans issue, à l'ombre d'Old Ashworthy, n'était presque jamais bien rangée et jamais silencieuse, à part la nuit, mais pour Eleanor c'était la preuve que tout allait bien. La maison était vivante. Les enfants jouaient. Quand on entrait par la véranda, on voyait les créations des enfants sur la table de la cuisine. Des collections d'insectes sur le rebord de la fenêtre. Des chaussures fluo, des figurines de héros, des chaussettes dépareillées et des expériences en cours, des images et des lettres de l'alphabet aimantées sur le réfrigérateur, des noyaux d'avocat qui germaient, des patins, des crayons, des épées, des poupées Barbie nues et tondues, des roulés aux fruits entamés, des Schtroumpfs, des cailloux. Il y avait un chien par terre, un tableau sur le réfrigérateur récompensant par des étoiles celui qui faisait pipi dans les toilettes (spécialement pour Toby, qui pourtant, une fois débarrassé de sa couche, préférait faire pipi dehors, même en hiver. En poussant des cris et en riant, il baissait son pantalon s'il n'était pas déjà tout nu et aspergeait la neige de dessins jaunes).

Tandis qu'Ursula affichait presque constamment un air égal et enjoué, Toby fut, dès le début, un enfant aux émotions extrêmement fluctuantes : grosses passions et grands sentiments, ravissement ou désespoir. À la différence de l'humeur sombre, fréquente chez Alison, qui durait souvent des jours entiers, puis disparaissait aussi mystérieusement qu'elle était venue, les moments de chagrin de Toby, dès qu'il eut quelques mois, se déclenchaient comme une tornade, rapides, puissants, puis se volatilisaient, le tout en quelques minutes.

Il parla plus tôt que ses sœurs et, avant même ses deux ans, il faisait beaucoup de remarques surprenantes. « J'entends tout le temps de la musique dans ma tête », disait-il de sa voix grave. Il fredonnait souvent, parfois même quand il dormait. Il dansait, avec ou sans disque. Ce fut avec Ali que Toby élabora un langage qu'ils étaient les seuls à comprendre. Parfois, assise à son bureau, occupée à dessiner, Eleanor entendait leurs conversations étranges et incompréhensibles, faites de sons sans rapport avec l'anglais. Quand il décidait de communiquer par des mots que tout le monde comprenait, ce qu'il disait restait presque aussi bizarre.

« J'ai parlé à Dieu l'autre jour. » Il n'avait pas trois ans quand il prononça ces mots.

« Vous saviez que j'avais été un bison ? Avant de venir vivre dans notre famille ? »

Il concéda qu'à présent il était un garçon. Mais un garçon pas comme les autres. Sa collection de cailloux s'alignait sur cinq rangées le long du mur de la chambre de naissance où ils avaient posé un matelas par terre pour lui, et il était capable de dire de quelle parcelle de terrain, de quel endroit dans les bois provenait chacun. Il savait des choses que personne ne lui avait expliquées, et régulièrement faisait part d'observations sur la vie et le monde semblant indiquer qu'il était là depuis quelques centaines d'années. Toute la journée il ne cessait de courir, de danser ou de bondir, mais quand arrivait l'heure du coucher et qu'ils se blottissaient tous sur le canapé avec le dernier butin emprunté à la bibliothèque, c'était Toby qui se serrait tout contre Eleanor, qui lui caressait le bras avec un air de vénération tout en tournant autour de son doigt et en se fourrant dans l'oreille un bout de ruban jadis rose, à présent gris, qu'il avait depuis tout petit. « Je veux qu'on soit toujours comme ça », disait-il.

La famille venait de fêter le deuxième anniversaire de Toby quand il leur expliqua au dîner : « Mon cerveau veut toujours être gentil, mais mon corps veut tout le temps être vilain. » Ce jour-là, sa maîtresse du jardin d'enfants avait demandé à Eleanor et à Cam de venir à l'école (ce n'était pas la première fois) parce qu'il avait encore fait des bêtises. Il avait pris une paire de ciseaux prévus pour une activité qui ne l'intéressait pas et avait coupé une mèche de cheveux d'Amanda Dunfey. Dans la voiture, en rentrant à la maison, il expliqua à Eleanor de sa voix rauque (presque une voix d'homme chez cet enfant de deux ans), mais contrite et déconcertée, qu'il avait simplement trouvé ses cheveux très beaux. Ils repousseraient ! Il voulait juste emporter à la maison le bout de sa queue-de-cheval, enfin peut-être plus que le bout, et le mettre dans sa boîte avec ses autres trésors.

« Amanda a des cheveux si doux, Maman. Je voulais me caresser la joue avec. »

23

Une BD pas comique

Au début de leur mariage, une fois que la souffrance causée par le rejet de son livre chez son éditeur se fut atténuée et sans vraiment croire qu'il en sortirait quelque chose, Eleanor avait commencé une bande dessinée sur leur vie à la ferme. Pour des raisons qu'elle ne s'expliquait toujours pas tout à fait, peut-être parce que le résultat était trop sensible et trop précieux pour être montré, elle avait gardé son projet secret. Elle n'en avait même pas parlé à Cam.

Cette bande dessinée ne contenait pas de blagues, elle ne faisait pas éclater de rire. Dans ses vignettes, elle aimait donner une image honnête, tendre, mais pas sentimentale, de la vie d'une famille. Elle ne l'avait jamais envisagée comme une source de revenus ni comme une possibilité professionnelle. Elle s'y attelait tôt le matin devant son bureau, en général avant le réveil du reste de la famille, par pur plaisir. Des années auparavant, avant son mariage, elle avait souvent connu ce sentiment grâce à son travail. Cette BD lui prouvait qu'elle parvenait à réveiller une partie d'elle-même qui, sinon, aurait disparu au cours des journées sans fin, épuisantes et parfois abrutissantes, passées à s'occuper d'un petit enfant, puis d'un autre et d'un autre encore.

Au fil des ans, la panoplie des personnages de la BD d'Eleanor s'agrandit. Et devint une famille fictive, mais très semblable à la sienne. Le personnage central était la mère, Maggie, une bibliothécaire qui jouait du ukulélé dans un groupe de rock local. Cette femme essayait sans arrêt et sans succès de retrouver la ligne (elle suivait toutes les séances d'entraînement de Jane Fonda, mais après chaque séance elle avalait un brownie). Les cheveux de Maggie, comme ceux d'Eleanor, étaient généralement en bataille, sauf sur la planche qui racontait la permanente désastreuse de Maggie. Le père, Bo, était un beau potier qui jouait au basket dans une équipe locale et fabriquait des tasses superbes que presque personne n'achetait.

Dans la bande dessinée d'Eleanor, la famille comportait deux filles, Jessie et Kate, ainsi qu'un fils plus jeune, Jasper, qui collectionnait les cailloux et faisait beaucoup de bêtises. Pour tous les autres personnages, Eleanor avait pris soin d'introduire de nombreux éléments de fiction dans le récit afin de les distinguer des personnes réelles qui les avaient inspirés. Mais en créant le personnage de Jasper, elle avait ressenti le besoin de le rapprocher davantage de son fils.

La plupart des thèmes qu'elle explorait dans ce qu'elle appelait sa BD pas comique restaient proches de son expérience. On y trouvait toutes les pêches à réduire en purée, tous les personnages de Lego et de Playmobil à ramasser.

Elle voulait raconter des histoires, mais des histoires qui parlaient des réalités et des difficultés de la vraie vie : une mère qui passait une heure à faire d'incessants allers-retours sur la même route pour retrouver le sabre d'un pirate Playmobil, ou un très jeune fils plantant sa tête dans un bol de gelée, juste pour voir ce que ça faisait.

Mon cerveau veut toujours être gentil, mais mon corps veut tout le temps être vilain. Eleanor avait introduit cette remarque – attribuée à Jasper, bien sûr – dans la dernière vignette d'une de ses premières planches.

Eleanor voulait décrire le métier de parents de façon plus fouillée et plus vraie que ce qu'elle trouvait dans les magazines féminins, un regard plus actuel sur la vie de famille et la condition de parents, qui n'arrondissait pas les angles et ne passait pas sous silence les moments difficiles. Sa passion pour l'éducation des enfants y figurait, au centre de chaque planche. Mais elle regardait honnêtement, sans se voiler la face, l'autre aspect du sujet : à quel point c'était difficile et frustrant, à quel point on se sentait seule, et la tension que ce sentiment provoquait dans le couple. Elle voulait explorer la possibilité d'être à la fois une mère au foyer *et* une féministe de sa génération, le tout en l'espace de vingt-quatre heures. Elle voulait illustrer toutes les heures passées sur un tapis, allongée à côté d'un bébé, à lire *La chenille qui fait des trous* sept fois de suite ou à jouer à Candyland, jeu qu'elle détestait mais qu'Ursula adorait. (*Encore*, criait-elle. *Encore. Encore.*) Elle voulait partager la drôlerie, l'ennui et l'amour contenus dans ces moments, ainsi que les leçons qu'elle en avait tirées. Mais aussi, et c'était peut-être pourquoi, pendant longtemps, elle ne montra sa BD à personne, elle voulait explorer les complexités d'un mariage, le conflit qu'elle éprouvait entre son amour pour son mari et les nombreux aspects contrariants de sa vie conjugale.

Environ deux ans après avoir commencé à dessiner, elle envoya une planche au journal local, *The Akersville*

Gazette. La planche fut publiée et on lui demanda si elle en avait une autre. (Oui, en fait. Même une centaine, probablement. Et il lui en venait d'autres à l'esprit tous les jours.)

Aujourd'hui, sa BD était un pilier de l'hebdomadaire. Elle s'appelait *L'Arbre de la famille*, en l'honneur d'Old Ashworthy, qui apparaissait souvent dans les vignettes comportant une scène à l'extérieur. Eleanor n'était payée que vingt-cinq dollars par semaine, mais ça lui faisait du bien de travailler.

À la vérité – c'était presque dangereux de l'avouer, alors que les femmes de son âge s'attachaient à réécrire l'histoire de leurs mères au foyer, et à faire elles-mêmes carrière hors de chez elles –, pour Eleanor, élever leurs trois enfants demeurait le centre de sa vie. Eleanor considérait les journées passées avec eux comme une sorte d'œuvre d'art et, de même que dans tout art, beaucoup de ses tentatives échouaient. Cependant, pour elle, la tâche à laquelle elle se consacrait était aussi exigeante et précieuse que la création de n'importe quel livre.

Au cours de ses quelques conversations avec Patty – qui, là-bas à New York, en robes Diane von Furstenberg et hauts talons, se plaignait que son ami du moment, quel qu'il soit, la détournait de sa carrière –, la vie d'Eleanor paraissait désespérément démodée, déphasée par rapport à son époque. Peu lui importait.

Cam et elle étaient des parents à l'ancienne qui chantaient encore le bénédicité avant chaque repas et préféraient aller se promener à la cascade plutôt qu'au centre commercial. Ils avaient décidé qu'il n'y aurait jamais de Nintendo chez eux. Elle voulait mettre en scène, dans ses dessins, une famille qui avait réussi à maintenir un mode de vie simple, sans complications, dans un monde qui se transformait à toute vitesse.

Ils faisaient des gâteaux, collaient des napperons en papier sur du carton pour confectionner les cartes de la Saint-Valentin et attrapaient des lucioles. Ils fabriquaient des bonshommes-bouchons. Mais le couple de sa BD rencontrait aussi des difficultés relationnelles. En soutenant les espoirs et les rêves de ses enfants, il se demandait souvent ce qu'étaient devenus les siens.

Eleanor aimait à penser qu'elle s'employait à mettre un cadre autour des événements de sa journée pour leur donner un sens qu'ils n'auraient pas eu autrement. Raconter ses histoires en cinq vignettes, format de la bande dessinée hebdomadaire, lui permettait de prendre un peu de recul par rapport à sa vie. Elle pouvait choisir un sujet aussi insignifiant que le désespoir qu'elle avait éprouvé quand sa fille avait gratté une croûte de varicelle sur son cuir chevelu, sachant que les cheveux ne repousseraient jamais à cet endroit. Elle pouvait aussi montrer comment son mari avait choisi de lui offrir un nouveau grille-pain pour ses trente ans, ou illustrer le jour où le chapeau de cow-boy que son fils adorait, emporté par une rafale de vent au bord de la cascade, avait fini dans l'eau, et le supplice qu'elle avait subi devant le chagrin de l'enfant. Chaque fois qu'elle commémorait ces événements, petits et grands, en dessinant les personnages et en remplissant les bulles de leurs dialogues au-dessus de leur tête, elle donnait une autre dimension à ce qu'elle avait choisi de faire de sa vie.

Un jour, elle dessina une série de vignettes montrant le personnage de la mère, Maggie, assise sur le canapé d'un salon dont les meubles et le tapis tressé, trouvés dans un vide-grenier, ressemblaient beaucoup à ceux de son propre salon. Elle lisait un livre à sa fille cadette, Jessie. Il s'agissait d'un ouvrage qu'Eleanor avait lu elle-même à Ursula, *Une chanson pour l'oiseau.*

L'enfant de la BD, Jessie, suçait son pouce, comme Ursula, et demandait à sa mère, Maggie, où se trouvaient ses parents.

« Ils sont morts », répondait Maggie. Comme Ursula quand elle avait posé cette question à Eleanor, Jessie restait silencieuse, tout en méditant sur ces mots.

« Est-ce que tu vas mourir un jour ? demandait l'enfant à sa mère.

— Pas avant longtemps, ma chérie. »

Puis la question la plus difficile : « Est-ce que je vais mourir un jour ? »

Dans la dernière vignette, on voyait Maggie toujours assise, réfléchissant à la question de sa fille. Parfois, il n'y avait pas de bonne réponse.

« Ils sont plus nombreux que nous, maintenant », avait dit Cam en riant à la naissance de leur fils.

Eleanor adorait leur famille bruyante, turbulente et toujours un peu chaotique, à l'opposé du silence et de la solitude de celle où elle avait été élevée. Elle savait que l'ambiance dans laquelle son mari avait grandi avait dû également manquer de chaleur. Il lui suffisait d'observer la façon dont les parents de Cam saluaient leur fils et même leurs petits-enfants lors de leur visite à Noël, et de nouveau quand ils arrivaient en août dans la Lincoln Town Car de Roger, avec les clubs de golf dans le coffre pour la partie annuelle de Roger avec son fils, des pulls tous pareils pour les enfants et les mêmes remarques tous les ans (« Comme tu as grandi » et « Comment ça va à l'école ? »).

Voilà la vie qu'avait voulue Eleanor : un tourbillon constant d'activité, les petits corps chauds grimpant sur ses genoux, un tas de chaussures devant la porte grillagée que les enfants ouvraient et fermaient toute la journée quand ils entraient et sortaient, le chœur de leurs voix adorables, haut perchées. (Et celle de Toby, étonnamment grave presque depuis sa naissance. Il n'avait jamais eu l'air d'un bébé. Plutôt d'un minuscule petit homme.) Tous trois s'entassaient dans le lit après leur bain, apportant l'odeur du shampoing pour bébés, Ursula se jetait au cou d'Eleanor, Alison (toujours sur la réserve) lissait les boucles mouillées de son frère, Toby tortillait son ruban dans son oreille, son petit pied (le pied palmé) caressait celui de sa sœur. Pourquoi les gens trouvaient-ils qu'une maison ordonnée ou silencieuse constituait une réussite ? Pour Eleanor, le bruit des voix de sa famille sonnait comme de la musique. Même quand elles noyaient la sienne. Même quand elles noyaient celle de son mari.

Elle les voyait tous deux – elle et Cam – comme deux rafteurs en rivière de classe 5. Ils n'avaient pas le temps de discuter de leurs choix ou de les mettre en question une fois qu'ils étaient faits. Il n'y avait pas de place pour la réflexion ou même l'inquiétude. Il fallait tenir bon, pagayer dur et se laisser aller à l'expérience en espérant trouver l'endroit, quel qu'il soit, où amener l'embarcation à bon port. Mais le cœur battait si vite qu'on avait l'impression que la poitrine allait exploser. D'abord on se mouillait. D'abord l'eau tourbillonnait tout autour, on risquait de chavirer ou presque. On ne savait jamais si on allait s'en sortir, mais on ne pouvait pas s'arrêter.

Eleanor était trop prise par les enfants et son travail pour réfléchir à ses objectifs dans la vie. Elle était toujours étonnée que son amie Darla, même en plein mariage raté, ne perde jamais de vue les siens. Elle parlait régulièrement de quitter Bob, d'économiser de quoi verser des arrhes pour s'assurer un toit à elle et à Kimmie, et de s'inscrire à une formation d'entrepreneur des pompes funèbres, alors qu'Eleanor ne pensait qu'à la journée en cours.

Il y en avait toujours un qui avait besoin d'elle. Repas, toilettes, lacets, jouets perdus, Barbie, cailloux, pansements, robes détestées, dioramas de volcans, insectes, Lego, pop-corn, chagrin. Joie de nouveau.

Viens voir. Viens jouer. Un événement ne devenait vraiment réel dans la vie de ses enfants que s'ils le lui racontaient, à moins qu'elle en ait été témoin.

Elle connaissait le moindre centimètre de leur corps, mais s'occupait rarement du sien. Tout en sachant que les femmes ne devaient pas se consacrer strictement à leurs bébés et leurs enfants, en particulier les femmes de sa génération qui avaient remis en cause la définition du rôle de la femme, elle éprouvait un plaisir presque coupable à aimer s'occuper de ses enfants en faisant abstraction de son rêve artistique, ou du moins en acceptant de le mettre de côté. Et au détriment de son couple, sans doute.

Eleanor n'explorait pas ces sujets dans sa BD *L'Arbre de la famille*. Elle les abordait à peine dans sa tête. Elle s'était promis jadis de ne jamais laisser un de ses fils ou une de ses filles se sentir exclus comme elle l'avait été. Celui qu'elle reléguait à la dernière place était sans doute son mari. À un moment, elle l'avait perdu de vue. Et il l'avait aussi perdue de vue.

Le problème risquait d'être plus profond. Peut-être s'était-elle elle-même perdue de vue.

24

La polonaise de Wieniawski

Dès le début de leur relation, Cam avait dit à Eleanor que son frère, Roger Junior, était le préféré de ses parents. Pour Eleanor, l'idée d'éprouver plus d'amour pour l'un de ses enfants que pour les autres était inimaginable. Cependant, il était sans doute vrai que Toby inspirait une forme particulière d'amour débordant sans commune mesure avec ce qu'elle connaissait. Il était lui-même incontrôlable, au point qu'un jour, à bout de nerfs, elle l'enferma dans la chambre de naissance et coinça un balai contre la poignée de la porte pour l'empêcher de la démolir.

« J'ai besoin de calme », lui expliqua-t-elle tandis qu'à travers la porte il promettait d'être gentil à partir de ce moment et pour le restant de ses jours. Il pleurait et elle aussi.

« J'ai atteint mes limites, lui dit-elle en le laissant sortir, trente secondes plus tard.

— Pauvre Maman. » Il se jeta à son cou et lécha ses larmes.

Cet été-là, Eleanor fit sa plus belle récolte de tomates. Fin août, elle en ramassa des dizaines de kilos. Elle comptait sortir la Cocotte-Minute le lendemain et préparer de la sauce pour tout l'hiver. Le jardin avait également produit pas mal de basilic. Elle rangea les tomates à la cuisine dans des paniers, prévoyant de s'y mettre le lendemain en fin d'après-midi, quand il ferait plus frais.

Laissant la maisonnée sous la responsabilité de Cam, elle partit acheter des bocaux en ville. En rentrant, avant même de poser le pied à l'intérieur de la maison, de l'endroit où elle s'était garée à côté de l'atelier de Cam elle devina que quelque chose était arrivé. Peut-être à cause du calme inhabituel, du silence.

Un pas dans la cuisine et elle découvrit ce qui ressemblait au premier abord à une scène de crime. Son fils s'en était pris aux tomates. Il avait sans doute commencé par une seule, une grosse Jet Star bien juteuse, ou par une Early Girl qui lui avait fait de l'œil, placée au-dessus du panier plein à ras bord. Il avait sans doute eu l'intention de ne lancer que celle-là, mais une fois son geste accompli, le plaisir éprouvé lui avait donné l'envie irrésistible de continuer. À l'arrivée d'Eleanor dans la cuisine, les quatre paniers étaient vides. Du jus de tomate, des pépins de tomate, de la peau de tomate couvraient les portes des placards et les murs. Son fils se tenait au centre de la pièce, l'air profondément contrit et, en même temps, ravi.

« Je n'ai pas pu m'en empêcher », dit-il en secouant sa tête de sorte que ses boucles s'agitèrent dans tous les sens, le visage angélique.

Cam apparut après le désastre des tomates, sans que sa sérénité en soit affectée. « Salut, mon pote, dit-il en faisant tourner Toby bien haut au-dessus de sa tête pendant qu'Eleanor, à quatre pattes, ramassait pépins et peaux de tomate. On dirait que tu t'es bien amusé. » Il déshabilla son fils, enleva lui aussi ses vêtements et sortit ouvrir le robinet d'arrosage. Eleanor, devant l'évier, rinçait la serpillière et les regardait danser. Ses deux roux chéris.

Toby venait d'avoir trois ans quand il vit un spectacle à la télévision où un enfant prodige chinois, Mei Mei Ling, jouait au violon un morceau appelé la polonaise de Wieniawski. À l'instant où Mei Mei posa son petit violon, Toby annonça à Eleanor qu'il lui en fallait un tout pareil.

La première fois que Toby mentionna son désir de posséder un violon, Eleanor pensa qu'il s'agissait probablement d'un caprice passager, bien que même à cet âge Toby n'en fût pas coutumier. Ses passions étaient claires et constantes – les escargots et les crustacés, ramasser des cailloux, étudier de longues heures les livres de Tintin, nager dans le ruisseau au bout du chemin à chaque occasion, et poursuivre leurs bateaux chargés de bonshommes-bouchons au fil de l'eau. Eleanor savait par expérience que la curiosité de Toby, s'il s'intéressait à quelque chose, ne faisait que s'intensifier plutôt que de diminuer.

Pour sa collection, il remplissait tous les jours ses poches de cailloux trouvés dans la propriété et en randonnée – de si nombreux cailloux qu'ils couvraient le sol de sa chambre. Avant de laver ses pantalons, Eleanor commençait par vider les poches des dernières trouvailles du jour.

De même, il connaissait les noms de tous les escargots de son terrarium. Un jour (un jour, et ce fut la seule fois), ils allèrent rendre visite aux parents de Cam à Amelia Island, un voyage de dix-sept heures en voiture. Toby passa tout le trajet à étudier un livre de la bibliothèque sur les espèces d'escargots qu'on trouve en Amérique du Sud.

Il relança le sujet du violon le soir même, quand Eleanor le mit au lit, et encore le lendemain au petit déjeuner. Il proposa de vendre sa collection de trolls et aussi, s'il le fallait, ses Tortues Ninjas et ses Schtroumpfs pour financer l'achat de l'instrument. Il promit de faire des petits travaux. Plus tard dans la journée, quand ils partirent en voiture pour des courses en ville, il demanda à Eleanor : « On va chercher mon violon ? »

Ils lui achetèrent finalement un instrument ¼ et l'inscrivirent à des cours pratiquant la méthode Suzuki. Eleanor n'ayant pas le temps de le faire travailler, comme elle l'aurait fait auparavant, Alison accepta de suivre les cours avec son frère et d'apprendre aussi à jouer. Il la surpassa en quelques semaines et elle perdit tout intérêt pour les cours. Mais c'était sans importance, Toby était content de travailler seul.

L'endroit qu'il préférait, à cause de l'acoustique de la pièce, naturellement, était la salle de bains, ce qui posait un problème car ils n'en avaient qu'une. Souvent, quand Toby s'y installait pour travailler ses gammes, l'un ou l'autre finissait par tambouriner à la porte en réclamant les toilettes.

« Tu peux entrer. Ça ne me gêne pas que tu me voies jouer », disait-il.

Il avait des partitions de morceaux faciles, qu'il ressentait comme un affront. « Je veux celle qu'on a entendue à la télé », dit-il à Eleanor. Il voulait parler de la pièce de Wieniawski. Cam avait trouvé un enregistrement du morceau dans un magasin de Boston (mais pas par l'enfant prodige chinois, comme Toby aurait préféré). Toby leur demandait de lui mettre le disque plusieurs fois par jour, tous les jours.

Eleanor le trouvait parfois devant le tourne-disque. Il écoutait, extrêmement concentré, et agitait ses cheveux roux comme il avait vu un jour un chef d'orchestre le faire à la télé.

Si son professeur suivait une méthode conventionnelle d'apprentissage, Toby avait conçu sa propre technique afin de maîtriser le morceau qu'il aimait. En écoutant le disque, il avait reconnu les huit ou dix premières notes de la polonaise. Il n'arrêtait pas de les jouer. Chaque jour, il essayait d'en ajouter deux ou trois.

Eleanor aimait bien se tenir sur le seuil de la porte de la salle de bains et regarder ce fils étrange, miraculeux, roux, au pied palmé, dont les doigts trop courts avaient du mal à se placer sur le manche du petit violon.

Toby ne paraissait pas avoir conscience de sa présence. Très souvent, à ces moments-là ou quand une de ses sœurs, renonçant à l'intimité, entrait faire pipi, Toby continuait à jouer. Il s'apercevait peut-être qu'elle était assise sur les toilettes. Plus probablement, il ne s'en rendait pas compte.

« Foutu Wieniawski, déclara Cam un après-midi en rentrant de l'atelier et en entendant Toby travailler son morceau comme d'habitude.

— Il va finir au Carnegie Hall ou à San Quentin », répondit Eleanor. Ils savaient une chose : sa vie ne ressemblerait à celle de personne d'autre.

Eleanor était au jardin à pelleter du fumier sur ses courges. Soudain, Cam se glissa à côté d'elle.

« Je croyais que tu donnais le bain aux enfants, dit-elle.

— Je les ai déshabillés et je les ai arrosés. Le résultat est le même.

— On ferait mieux d'aller les voir. » Il ne fallait jamais longtemps à Toby pour trouver une bêtise à faire.

« On y va, dit-il. Il me faut juste un moment. »

Elle avait une pelle pleine de fumier dans les mains. De la terre sur le visage, certainement. Elle portait sa vieille salopette et devait sentir la bouse de vache. « Qu'est-ce qu'il y a ?

— J'ai envie de toi. »

Il la prit dans ses bras. Il lui retira le bandana qui retenait ses cheveux. Il posa sa bouche contre la sienne et l'embrassa fougueusement. Une phrase vint à l'esprit d'Eleanor, quelque chose que Sylvia Plath avait écrit dans son journal jadis à propos du soir où elle avait rencontré l'homme qu'elle allait épouser, Ted Hugues, le père de ses futurs enfants. Elle avait décrit ainsi cette soirée : *Il m'embrassa à pleine bouche et déchira mon bandeau. Mon joli bandeau rouge*. Ce fut ainsi que Cam embrassa Eleanor cet après-midi-là dans le jardin.

Eleanor connaissait la suite, bien sûr. Sylvia Plath avait eu des enfants. Ted Hughes avait eu une liaison. Sylvia Plath avait fini la tête dans le four.

Ce ne serait pas l'histoire de Cam et d'Eleanor. À part le baiser.

25

Du sexe dans l'air

Comme les enfants grandissaient, Eleanor acceptait davantage de travail en free-lance. Ses journées passées devant son bureau à inventer des histoires et à les illustrer lui manquaient, mais, après le refus de son éditeur de renouveler son contrat, il était devenu évident qu'il lui fallait trouver un nouveau moyen d'assurer leurs dépenses. Les aventures de Bodie voyageant à travers le monde, orpheline accompagnée d'un cochon domestique et d'une valise rouge, leur avaient procuré une maison, avaient payé l'atelier de Cam, lui avaient permis pendant des années de rester chez elle et de travailler en pyjama, entourée de ses crayons de couleur. À une époque, Eleanor avait cru que cette vie durerait éternellement.

À présent, elle voulait seulement payer les factures de chaque mois. Quand il restait un peu d'argent, elle achetait le livre sur les insectes que convoitait Alison, ou elle emmenait Ursula à Santa Anna. Ursula en avait vu des photos dans une brochure et rêvait d'y aller. À vrai dire, la plupart de leurs meilleurs moments se déroulaient ici même, à la ferme. Ils montaient des pièces, créaient des cadeaux pour la Saint-Valentin, construisaient des cabanes dans la neige en hiver, mettaient à l'eau leurs bateaux chargés de leurs bonshommes-bouchons au printemps et, quand il faisait assez chaud, allaient à la cascade tous les après-midi sauter dans le trou d'eau. Rien de tout cela ne nécessitait beaucoup d'argent.

Quand Alison entra au cours préparatoire et qu'Ursula fut inscrite en maternelle, leurs vies avaient adopté une sorte de routine. Toby allait à la garderie quatre matins par semaine. Le cinquième, le vendredi, il restait à la maison avec Eleanor. En hiver, le vendredi soir, ils sortaient tous manger une pizza et, en de rares occasions – de plus en plus rares –, ils laissaient les enfants à Coco pour aller au cinéma. Trois soirs par semaine, pendant la saison de softball, ils se rendaient sur le terrain.

Cam travaillait toujours le bois, mais, fortement encouragé par Eleanor, il avait ajouté une activité secondaire : il taillait des cuillères en bois. Quatre boutiques d'artisanat les exposaient et si les ventes ne rapportaient jamais beaucoup d'argent, pour la première fois depuis leur mariage il était devenu un contributeur officiel.

Cependant, le remboursement de l'emprunt et le paiement des impôts sur leur propriété incombaient principalement à Eleanor. Elle se mettait au travail en général à 8 heures, dès que les enfants étaient partis à l'école ou à la garderie, restait concentrée jusqu'à 4 heures, quand les enfants rentraient. Puis c'était l'heure de les écouter raconter leur journée, de préparer le dîner, tandis que les filles faisaient leurs devoirs et que Toby, à plat ventre par terre, construisait des tipis, lui montrait un caillou qu'il venait de trouver pour sa collection ou apprenait un tour à Sally. Debout devant la cuisinière, Eleanor écoutait la radio et le bourdonnement des voix des enfants. Elle laissait alors les soucis de la journée s'envoler. Rien ne pouvait ébranler le sentiment que lui inspirait leur vie, pas même la nouvelle qu'il fallait refaire le toit, ni un mot de la nourrice de Toby les informant de ses dernières frasques, pas même les absences de plus en plus longues de Cam pour se rendre à des expositions d'artisanat jusqu'à Portland, dans le Maine. Darla parlait sans cesse de quitter Bobby. Patty, de retour à New York (son histoire d'amour avec un reporter sportif de Boston était terminée), digérait mal de n'avoir pas été prise comme associée dans son agence de pub, alors que beaucoup d'hommes moins qualifiés y étaient parvenus. Sur les gradins du terrain de softball, les femmes rêvaient d'une virée à Hawaï ou en Floride, avec ou plutôt sans leur mari, pendant que pour Eleanor rien ne valait sa maison.

Avant de manger, ils se prenaient par la main et chantaient le bénédicité – « Simple Gifts », une chanson de danse shaker qu'Eleanor leur avait apprise –, mais ensuite le repas prenait l'allure d'un joyeux capharnaüm. Ursula racontait que Gina Olin avait vomi dans le bus, parlait d'un fait intéressant qu'elle avait appris sur sa passion du moment, l'Islande, ou décrivait la tenue que son élégante maîtresse de maternelle, Miss Thibeault, portait ce jour-là. (Un tailleur-pantalon en velours violet ! Une jupe imprimée d'un motif de singes et une chemise assortie ! Des boucles d'oreilles en forme de licornes !)

Alison, qui n'avait aucune patience pour les commentaires d'Ursula sur la mode, exposait alors son envie de reproduire une expérience qu'elle avait trouvée dans un livre. L'un des trois enfants renversait invariablement son lait. Cam se levait d'un bond pour proposer d'oublier le lait et de servir à tout le monde une glace à la racinette. Était-il possible que Toby n'en ait jamais goûté ?

« Pas tant qu'il n'a pas fini son dîner », disait Eleanor. Puis à Toby : « Je ne veux plus voir un seul bout de brocoli dans ton assiette, monsieur. » Toby en calait aussitôt un morceau dans son oreille.

« Brocoli plus là, Maman. » Cam attrapait la bouteille de racinette.

Eleanor le regardait faire. Inutile de dire quoi que ce soit. C'était la seule personne sur la planète qui comprenait ce qu'ils faisaient là, ce qu'ils avaient construit. Si, une minute plus tard, Toby renversait sa glace, enfonçait la paille dans son nez ou soufflait si fort dedans que la racinette coulait sur la table, comme c'était fort probable, les parents secouaient la tête en mimant le désespoir. Mais à la vérité c'était ce qu'ils avaient voulu : leur fille de six ans penchée sur son livre de vocabulaire mandarin, sa petite sœur dessinant les chaussures sensationnelles de Miss Thibeault, dans cette cuisine trop petite où une chienne trop grosse se plantait systématiquement au milieu du passage, et où un petit garçon roux flamboyant se précipitait sur elle pour enfouir la tête dans son pelage.

Toby adorait ses sœurs. En dépit de son caractère bien trempé, il était toujours prêt à se plier à leurs quatre volontés du moment qu'elles le faisaient participer. Elles le déguisaient, le tiraient dans le chariot, lui donnaient des rôles dans les pièces qu'elles inventaient. Il se comportait de manière extravagante, exubérante, anarchique. Même quand il bravait un interdit, comme le jour où il se renversa un bol de riz sur la tête en annonçant une tempête de neige, il leur était presque impossible de lui parler sévèrement. Les parents essayaient de se mettre en colère, mais finissaient par rire.

Une fois la journée terminée, le bain des enfants expédié, le chapitre du livre en cours lu jusqu'au bout, le jeu d'Uno achevé, les enfants enfin au lit, tandis que la chienne ronflait près du poêle, Eleanor et Cam pouvaient à leur tour se coucher tous les deux. Ils se déshabillaient et se laissaient tomber sur le lit. Si Cam ne tendait plus le bras vers Eleanor, ni Eleanor vers Cam, était-ce encore ce qui comptait le plus ? Eleanor se répétait qu'ils avaient de la chance. Ils s'aimaient. Ils vivaient dans une jolie ferme au bout d'un long chemin de terre près d'une cascade. Ils avaient trois enfants en bonne santé. Cela seul importait.

Leur vie avait adopté un rythme, marqué par les saisons et par l'âge de chacun : qui devait faire la sieste, qui il fallait changer. Puis vint le stade où plus personne n'avait besoin de sieste ni de couches. L'hiver, ils chargeaient le poêle à bois, déneigeaient la voiture, préparaient des cadeaux pour la Saint-Valentin, restaient en pyjama toute la journée avec une pile de livres de la bibliothèque. Aux premiers signes du printemps, ils fabriquaient des bonshommes-bouchons. Puis venait la saison de softball.

Eleanor attendait les matchs avec impatience. Pas tant pour le jeu que pour tout ce qui allait avec : le plaisir de regarder les enfants des autres et mesurer combien ils avaient grandi depuis la dernière saison, la compagnie des autres femmes, la bière fraîche par une chaude soirée. Trois soirs par semaine, Eleanor préparait des sandwichs, des boissons et des Tupperware de crackers en forme de poissons et d'animaux, puis partait au terrain dans le break. Elle ne se lassait jamais de regarder son mari debout dans la première base, ses boucles rousses qui dépassaient de sa casquette, son long bras qui se tendait vers la balle et son gant de gaucher, sa façon gracieuse de courir quand il réussissait une frappe, comme on pouvait généralement l'attendre de lui. L'équipe comportait des frappeurs plus puissants, mais personne ne courait comme Cam.

Le premier soir, Eleanor avait été surprise de voir Walt au terrain de softball. Il ne jouait plus, mais il assurait le rôle d'arbitre lors des matchs. Il connaissait les règles du softball mieux que le Serment d'allégeance. Il apportait des chaises pliantes pour lui et Edith quand il parvenait à la persuader de sortir de la voiture. La plupart du temps, elle restait assise sur le siège avant, lisait un magazine ou tricotait.

Et il s'en passait, des choses, en dehors du terrain. Des lycéennes vendaient des hot-dogs, ou faisaient une collecte pour le voyage scolaire de l'année suivante à Washington, des garçons traînaient pour essayer d'impressionner les filles du stand de hot-dogs en parlant de leurs voitures. D'autres plus jeunes, sur des vélos lowrider, flânaient devant la clôture, crachaient dans la poussière et se passaient le casque pour écouter le baladeur de l'un d'eux. Des femmes de la ville plus âgées vendaient des produits Avon ou venaient jeter un coup d'œil au match. Elles avaient peut-être été mariées à quelqu'un qui autrefois avait joué au softball ici, mais c'était il y a longtemps.

Eleanor, assise dans les tribunes avec les femmes des autres joueurs, entendait le claquement de la balle sur la batte, les hommes qui se hélaient, parfois approbateurs, parfois grossiers. Il arrivait que leurs épouses les apostrophent aussi : *Bien joué, Rich. Tu l'as eu, Timmy. La balle, Bob.*

Et puis il y avait Coco, la fille de leurs voisins Evan et Betsy – et à présent leur baby-sitter, à l'occasion –, adolescente aux longues jambes, peau dorée et queue-de-cheval qui se balançait quand elle courait. Pendant la saison de softball, les chaudes soirées d'été, elle venait au terrain à vélo avec ses amies. Peut-être un peu parce qu'elle était la fille unique de parents plus âgés, elle aimait passer du temps avec la famille d'Eleanor et Cam.

Eleanor avait fait la connaissance de Coco le soir de la naissance d'Alison, quand elle était passée avec sa mère apporter un pain à la banane au début des contractions. Déjà à l'époque, encore enfant, Coco avait quelque chose de spécial. Quand elle arrivait au terrain de softball, tous les enfants plus jeunes levaient la tête, abandonnaient leurs jeux dans la terre et se rassemblaient autour d'elle. Ils savaient qu'elle allait faire quelque chose de passionnant : organiser un jeu, leur apprendre des tours de ficelle ou des mouvements de gymnastique. Quand Coco se mettait en position pour faire la roue, tous les yeux dans les tribunes quittaient le terrain et se tournaient vers la fille dans l'herbe. Les enfants adoraient Coco, évidemment, et les mères appréciaient la façon dont elle les occupait. « Un jour, cette fille va rendre les hommes dingues, déclara Peggy Olin en la regardant.

— Un jour ? Et si c'était maintenant ? » dit Bonnie Henderson.

Cet été-là, Coco montra à Alison et à Gina, la fille de Peggy et Bob, comment faire la roue. Elles ne réussirent ni l'une ni l'autre le mouvement comme Coco, mais elles passèrent les mois de juillet et août à essayer.

Eleanor avait l'impression que les jambes de Coco étaient plus longues que celles de toutes les filles de quinze ans. Son long corps souple enchaînait les roues dans le pré avec une aisance merveilleuse. Alison et Gina à ses côtés exécutaient leurs versions ratées du mouvement et les enfants plus jeunes suivaient comme des canetons en bondissant et en culbutant. Leurs voix haut perchées et joyeuses retentissaient derrière la ligne de la troisième base.

« Vous avez déjà vu des jambes aussi superbes ? » demanda Peggy.

Au début de la saison, Coco ne venait que de temps en temps, mais au fil des mois on la vit tous les soirs de matchs et d'entraînement, sa queue-de-cheval fouettant son dos quand elle courait.

« Je crois que Coco en pince pour toi », dit Eleanor à Cam un soir qu'ils arrivaient au terrain de softball. Elle les attendait à côté de son vélo. Elle semblait avoir mis du mascara, ce qui était nouveau.

Chaque fois que Cam allait frapper la balle, Coco interrompait ce qu'elle faisait pour le regarder, ce qui n'avait pas échappé à l'attention d'Eleanor.

« Tu interprètes, dit Cam. C'est juste une gamine qui se sent seule. Une fille unique. Tu sais ce que c'est.

— Je te demande de faire attention. Elle t'admire tellement. Elle arrive à l'âge de la puberté. Je ne veux surtout pas la voir souffrir. »

Les soirs de softball, on sentait le sexe dans l'air, palpable comme le grésillement des moustiques atterrissant sur un piège à insectes. Les femmes regardaient leurs hommes. Les hommes jouaient aussi héroïquement qu'ils le pouvaient pour leurs femmes. La leur ou celle d'un autre. Certains soirs, on percevait presque la chaleur montant du terrain, celle des femmes regardant les hommes ou regardant les autres femmes.

Celle que Timmy Pouliot avait choisie comme petite amie pour l'été s'appuyait contre la clôture, une bière à la main, à l'écart des épouses. Quand Timmy frappait un coup de circuit, ou même touchait seulement le marbre sur un coup sûr, elle lui collait un baiser et parfois lui donnait une tape sur les fesses. Un jour qu'il avait fait un coup de circuit, elle sauta dans ses bras et lui planta un baiser qui dura un bon moment.

La plupart des femmes détestaient les copines de Timmy, mais ce n'était pas le cas d'Eleanor. Elle les supposait simplement jalouses d'une femme dont le corps était encore parfait, et qui avait le temps de se vernir les ongles des orteils ou de se balader à l'arrière d'une Harley.

« Est-ce qu'un jour on a été aussi canon ? » demanda l'une d'elles en buvant une longue gorgée de Budweiser Light.

Un soir, Jerry, le mari de Bonnie, frappa un coup de circuit particulièrement bien calculé qui emmena au marbre trois coureurs pour gagner le match. Tandis qu'il atteignait la troisième base et arrivait au but, Eleanor se tourna vers Bonnie. « Ça doit faire drôlement plaisir. »

Bonnie renversa la tête en arrière et rit.

« Plaisir, oui, mais j'en connais d'autres », répondit-elle. Il y avait de la fierté dans sa voix et peut-être une certaine conscience que, parmi les mères présentes, elle était probablement la seule à faire une telle réponse.

Sur les gradins, s'installa un silence étrange.

« Tu es trop près du parking, Toby ! » cria Eleanor. Sa vie était ainsi. Elle n'avait jamais le temps de penser très longtemps à quelque chose avant de devoir s'occuper d'un des enfants.

Le soir, en rentrant, elle décida une fois encore que, dès que les enfants seraient couchés, elle et son mari feraient l'amour, mais cette fois ce fut Cam qui s'endormit. Et de toute façon leur petit Toby grimpa dans le lit et se colla contre elle. La main qui se posa sur sa poitrine cette nuit-là était la sienne.

26

L'arrêt incroyable

Les Yellow Jackets jouaient contre une équipe de Franklin, des adversaires parmi les plus coriaces de leur ligue. À la neuvième manche, l'équipe menait d'un seul point et les gars de Franklin jouaient la présence finale au marbre avec l'un de leurs meilleurs frappeurs en attente.

Le lanceur des Yellow Jackets, Rich McGann, lança une balle du monticule, suivie d'une prise, deux autres balles, une autre prise. Le frappeur, le joueur de seconde base de Franklin, se positionna pour le lancer suivant. Prise. Dehors.

Eleanor jeta un coup d'œil à Cam, posté à quelques pas du sac sur la première base, attendant de toucher un coureur. Ils devaient empêcher les gars de Franklin de marquer et effectuer deux autres retraits pour gagner. Six ans s'étaient écoulés depuis la nuit dans sa cabane du Vermont où il s'était déshabillé pour qu'elle le dessine. Il avait toujours un corps superbe.

Le frappeur de puissance de Franklin monta sur le marbre. Il frappa. On entendit le craquement sur la batte. Quelques centimètres de plus et il aurait eu un coup de circuit à portée de main, mais c'était une fausse balle. Première frappe.

Autre lancer. Autre frappe. Même Eleanor qui, après tous ces étés, ne connaissait toujours pas bien le jeu et passait la plupart du temps dans les gradins à garder un œil sur les enfants, était sûre, à voir le frappeur, qu'il était capable en ajustant bien sa frappe d'envoyer la balle à l'autre bout du terrain.

Au troisième lancer, c'est ce qu'il fit. Même les petits de deux ans, rassemblés autour de Coco qui leur donnait des Rice Krispies, levèrent la tête en entendant le claquement de la balle sur le bois. Eleanor mit sa main en visière pour l'observer qui filait vers le champ extérieur.

Un événement incroyable se produisit alors. Harry Botts, le joueur qui en sept ans dans l'équipe n'avait pas une seule fois fait un arrêt de volée, courut vers l'endroit où la balle décrivait un arc descendant. Harry avait une drôle de façon de courir, par bonds, pas particulièrement vite, et son bras tendu ressemblait à une nouille humide et molle. Ce geste n'était pas tant celui d'un joueur de softball que celui d'une personne partant faire son jogging qui cherche à savoir s'il va pleuvoir et s'il faut prendre un parapluie.

Il l'attrapa. Plus exactement, peut-être, la balle atterrit dans le gant de Harry.

Les Yellow Jackets devinrent fous. Les femmes et les petites amies dans les gradins aussi. Personne n'arrivait à croire ce qui venait de se passer, Harry Botts pas plus que les autres.

Il se tenait figé au milieu du terrain, tenant toujours la balle et secouant la tête.

« J'ai attrapé la balle. Je n'arrive pas à croire que je l'aie attrapée », dit-il.

Harry ne bougeait pas. Il contemplait toujours la balle, encore abasourdi. Les joueurs de son équipe lui criaient de la passer à la seconde base pour un double jeu. Harry ne bougeait pas.

« Lance à la deuxième, Harry ! » cria quelqu'un. Tout le monde reprit.

Mais Harry Botts ne bougeait pas. On ne pouvait même pas lui en vouloir. Il était tellement stupéfait de ce qu'il avait fait que rien ne lui venait à l'esprit.

L'autre équipe marqua, mais les Yellow Jackets acclamèrent Harry.

27

Hawaii-Ho!

La fête du Travail à nouveau. La fête à la fortune du pot de Cam et Eleanor. Les Henderson vinrent, ainsi que Sal et Lucinda Perrone avec leur fils Josh, les Olin avec leurs deux filles Katie et Gina. Harry Botts, toujours seul. Ray et Timmy Pouliot à moto.

Walt et Edith vinrent, bien sûr. Walt apporta son pressoir à cidre et un cageot de pommes pour que les enfants s'amusent à les presser. Evan et Betsy, les parents de Coco, arrivèrent en même temps que Simon et Tilda, leurs voisins qui vivaient dans le dôme géodésique. Comme tous les autres adeptes de Buckminster Fuller qu'ils connaissaient, ils avaient placé une pancarte « À vendre par propriétaire » presque tout de suite après l'avoir construit.

« Vous imaginez la difficulté de placer des meubles ou d'accrocher des tableaux dans une maison sans angles droits ni murs normaux ? » dit Tilda. Ils espéraient déménager dans l'Oregon, mais il n'y avait aucun candidat pour vivre dans un dôme géodésique.

Darla était là sans Bobby, ce qui convenait très bien à Eleanor. Elle ne comprenait toujours pas pourquoi Darla restait avec son mari.

Elle était arrivée avec un œil au beurre noir et raconta à tout le monde qu'elle s'était cognée dans une porte.

« J'attends le bon moment. Il me faut juste un peu plus d'argent dans la cagnotte des ménages pour m'échapper. » Toujours les mêmes phrases.

Eleanor ne faisait plus de commentaires.

Pour le repas de la fête du Travail, les invités apportèrent un ragoût, des pelures de pommes de terre grillées, du chili con carne, des ailes de poulet à la mode de Buffalo, des tacos et de la part d'Edith un affreux pain de viande accompagné de Hamburger Helper. Quand tout le monde fut parti, Eleanor le proposa à Sally qui ne s'y intéressa même pas.

Cette année, pour le thème de la fête, Eleanor s'était inspirée d'une chronique du magazine *Family Circle* : « Aloha ! Comment faire une fête hawaïenne dans votre jardin ». Elle suspendit dehors des lanternes en papier avec des lumières blanches, et réalisa les recettes de crevettes à la noix de coco et d'un gâteau renversé à l'ananas. Cam eut beau lui dire que ses copains préféreraient boire de la bière, elle passa au mixeur du jus d'ananas et de la crème de noix de coco. Toby tomba sur le mélange et engloutit tout le contenu du mixeur, heureusement avant qu'elle ait ajouté l'alcool.

Elle avait emprunté à la bibliothèque le disque de Don Ho, *Hawaii-Ho!*. Au coucher du soleil, le jardin fut illuminé de lampes tiki. À cause de ses cinq kilos en trop depuis la naissance de Toby, elle choisit une robe ample de style muumuu. Cam resta torse nu, aussi beau que le premier soir où il l'avait emmenée dans sa petite cabane à Battleboro. Lucinda Perrone – avec son mari, Sal, les seuls parmi leurs invités qui semblaient avoir tenu compte du thème hawaïen – portait un pagne et un haut de bikini. Sal avait enfilé une chemise qu'il avait achetée à un spectacle de Jimmy Buffett.

À un moment de la soirée, Eleanor remarqua Lucinda, un verre de piña colada à la main, qui riait avec Ray Pouliot près du grand frêne. Elle faisait une démonstration de hula, rejetait ses cheveux en arrière, touchait le bras de Ray. Eleanor trouva Sal, vêtu de sa chemise trop voyante aux motifs de perroquet et d'hibiscus, assis tout seul dans le pré, le dos voûté, observant la lune. Il avait sans doute bu un certain nombre de bières. Et il en tenait une dans la main.

« Je ne comprends pas. Qu'est-ce qu'elles veulent les femmes, ces temps-ci, tu peux me le dire ? J'essaie d'être un bon mari, mais je n'arrive jamais à contenter mon épouse, lui dit-il quand elle s'approcha.

— Je suis désolée.

— On ne se parle presque plus, sauf pour savoir qui va aller chercher les gosses. On ne fait que regarder la télé. »

Eleanor ne savait pas quoi répondre et se contenta de rester assise. Parfois, la seule chose à faire est d'écouter.

« J'essaie de la rendre heureuse, poursuivit Sal. Elle voulait à tout prix aller à Disney, alors nous y avons emmené les enfants. En plein mois de juillet, il faisait trente-huit degrés en Floride, et on faisait la queue devant un manège pour s'asseoir dans un bateau et regarder des pirates mécaniques. J'ai fait des heures supplémentaires toute l'année pour payer le voyage. Et chaque soir, de retour à l'hôtel, elle m'énumérait tout ce qui l'avait déçue en moi. Je ne suis pas assez excitant. Je devrais aller à la salle de sport. »

Eleanor savait tout du voyage à Disney. Lucinda lui avait envoyé une carte postale d'Orlando. « Joshie a vomi sur Big Thunder Mountain Railroad. Greta a piqué une crise parce qu'on ne voulait pas lui payer un costume de Blanche-Neige qui coûtait soixante dollars. Dingo a fait un câlin à Jessica et elle a éclaté en sanglots. Sal et moi, on ne se parle plus », écrivait-elle.

« Elle dit que je ne suis pas romantique. Le mari d'une de ses amies lui a offert un diamant en pendentif pour son anniversaire. Rien de ce que je fais ne la surprend.

— Être fiable, c'est une autre forme de romantisme, dit Eleanor d'une voix posée.

— Lu et moi ne faisons presque plus jamais l'amour. Elle est toujours trop fatiguée.

— Ce n'est pas facile après une longue journée avec les enfants. » Une image lui revint en mémoire : Cam tendant le bras vers elle deux nuits plus tôt. Elle avait fait semblant de dormir. « Je comprends ce qu'elle ressent.

— Tu sais comment j'aurais voulu passer ces vacances ? Sous la tente, dans le Maine, et cuisiner sur un feu de camp. Dormir à la belle étoile avec ma femme à côté de moi. »

Ils étaient assis tous les deux dans l'herbe, assez loin du trou où Cam faisait griller des kebabs d'agneau pour ne pas prendre la fumée dans les yeux. Eleanor et Lucinda Perrone entretenaient une forme d'amitié superficielle depuis que les enfants allaient jouer chez les uns ou chez les autres et qu'elles-mêmes se retrouvaient aux soirées de softball, mais à dire vrai Eleanor n'avait jamais aimé Lucinda. Elle comprenait cependant combien c'était facile, quand on avait la charge de plusieurs enfants, de perdre le contact avec son partenaire. Quand ils avaient une vingtaine d'années, ils étaient tous allés aux concerts de Grateful Dead dans le Vermont et avaient lu *Les Joies du sexe* ou simplement beaucoup fait l'amour. Plus encore, parfois. À une époque, même les cours d'accouchement sans douleur semblaient sexy.

Aujourd'hui, ces quantités d'enfants en témoignaient. Et eux avaient oublié ce qui les avait amenés là où ils en étaient.

Eleanor et Sal restèrent assis un moment à contempler le vieux frêne et le pré. Ils avaient conscience des rainettes nocturnes, de Don Ho chantant « Tiny Bubbles » plus loin, de Coco occupée à apprendre le Moonwalk, obsession de Toby du moment, aux enfants plus jeunes. (Quand son corps s'était-il ainsi transformé ? Les vendredis soir, quand elle lui payait ses baby-sittings, Eleanor n'avait rien vu, mais tout à coup, en plus de ses longues jambes que tout le monde avait remarquées pendant les étés de softball quand elle faisait la roue autour du terrain, elle avait de la poitrine. Eleanor se surprit à la fixer.)

C'était une nuit de pleine lune. Les enfants qui ne dormaient pas encore faisaient rôtir des marshmallows et Evan avait sorti sa guitare. À quiconque passerait à ce moment-là, la scène semblerait idéale, comme celles qu'Eleanor imaginait quand elle était enfant dans d'autres familles que la sienne, comme celles qu'elle voulait créer avec Cam. Sauf que la femme de Sal murmurait à l'oreille de Ray Pouliot. Ray hochait la tête comme si elle lui confiait quelque chose d'incroyable. Et Sal Perrone confessait à Eleanor (ce qu'il n'aurait jamais fait s'il n'avait pas bu autant de bières) que parfois, tard le soir, il allait s'asseoir dans le garage et fumait de l'herbe en regardant des vieux numéros de *Penthouse*.

« Voilà ma vie sexuelle : je m'assois sur une chaise de camping et je fantasme sur la Miss Novembre de 1968. »

Eleanor ne ressentait aucune attirance pour Sal, mais elle voyait bien comme il serait facile, dans un moment comme celui-ci, d'imaginer quelqu'un d'autre que la personne avec qui on est marié capable de fournir la réponse aux difficultés de la vie. Il y avait Sal qui rapportait envers et contre tout son salaire à la maison, contrairement à Cam qui ne l'avait jamais fait. Il y avait Lucinda, suspendue aux lèvres de Ray Pouliot. Il y avait Walt qui faisait tourner la manivelle du pressoir à cidre et Edith qui lui disait que ce n'était pas comme ça qu'il fallait faire – Walt, si souvent là quand Cam n'y était pas.

Une fois de plus, d'ailleurs, Eleanor ne savait pas où était Cam. Nulle part en vue.

Dans le pré où Coco avait organisé un jeu de chat au clair de lune, elle entendit la voix de Toby s'élever au-dessus de celle des autres. Il disait quelque chose à propos d'une crotte de chien, suivi par la voix d'un autre enfant, Joshie Perrone, peut-être, qui avait toujours été un pleurnicheur et un cafteur. Elle se dit qu'elle ferait mieux d'aller voir. Toby avait le chic pour s'attirer des ennuis plus vite que n'importe quel autre enfant. Elle le trouva perché sur une branche d'Old Ashworthy. Il lui expliqua qu'il faisait comme s'il était une chouette.

Il était tard quand les derniers invités partirent, la plupart avec des enfants endormis dans les bras, en laissant une montagne de vaisselle à laver, tous les restes à emballer et à ranger. Pour Eleanor, le meilleur moment venait toujours après, quand ils se déshabillaient et se mettaient au lit. Après huit ans de mariage, ils ne faisaient peut-être plus l'amour aussi souvent, mais ils se serraient l'un contre l'autre.

« Lucinda Perrone va quitter Sal, déclara Eleanor.

— Elle te l'a dit ?

— J'en suis sûre.

— Faisons en sorte que ça ne nous arrive jamais », dit Cam. Il l'attira contre lui. « Les enfants ne s'en remettraient pas. » Il posa la main sur son sein.

« Tu te souviens comment ils étaient avant ? Voilà ce que ça fait d'allaiter trois bébés.

— Je m'en fiche », lui répondit-il. Elle prit note du fait qu'il ne contredisait pas son jugement sur ses seins. Il se contenta de dire que ce qu'ils étaient devenus n'avait pas d'importance.

« Ils ont nourri nos enfants. Voilà ce qui compte », dit-il.

Une vague de tristesse emplit Eleanor. Mais aussi autre chose. Une forme d'acceptation, peut-être. C'était ce qui arrivait. Ce qui leur était arrivé, du moins. Certaines choses disparaissaient, mais en leur absence un lien étrange et profond s'établissait, sans doute en partie parce qu'ils connaissaient leurs déceptions mutuelles. *Nous sommes là*, pensa-t-elle. Sous ce toit, au bout du chemin, et nous vivons cette vie.

Le reste du monde s'évanouit et il n'y eut plus qu'eux deux dans leur lit. Plus qu'eux deux, jusqu'à ce que, au milieu de la nuit, l'un ou l'autre ou même les trois enfants entrent à pas de loup dans la chambre et grimpent à leur côté.

Mais à cet instant, au milieu de la nuit, ils étaient ensemble et seuls dans le noir, sans autre bruit que le ululement d'une chouette, une vraie chouette cette fois, perchée dans les hautes branches de l'arbre géant, juste devant la fenêtre. Dehors, ce long cri mélancolique. Un peu plus tard, une autre chouette, sa partenaire peut-être, lui répondit d'un autre arbre.

28

Le pacte de Pas de Larmes

Les hivers étaient rudes au bout de leur long chemin de terre. Matins glacials, batterie de la voiture déchargée. Routes verglacées. Journées courtes. Longs préparatifs, chaque fois qu'on quittait la maison avec les enfants, pour fermer les combinaisons de ski, trouver les moufles, les cagoules, les écharpes, les chaussures. On pouvait parier que, quand tout le monde était enfin prêt, un des enfants aurait besoin d'aller aux toilettes et il faudrait le dépouiller de tout l'attirail. Et au retour, il fallait accrocher les vêtements mouillés, faire sécher les chaussures, passer la serpillière. « Parfois, j'ai l'impression que de novembre à mars, je n'arrête pas de passer la serpillière », dit Eleanor à Darla. Dans ces moments-là, elle se prenait à rêver un bref instant à ce que serait la vie dans un endroit comme la Californie. Un bref instant seulement. Elle savait qu'elle ne quitterait jamais la ferme.

Quand le temps le permettait, quand il faisait froid mais qu'il ne neigeait pas, Eleanor entassait les enfants dans la voiture avant de se mettre en quête d'un bassin et de lacer leurs patins. Ils posaient une petite chaise en bois sur la glace pour que Toby la pousse et parfois Ursula le faisait asseoir dessus et le promenait sur la surface. Un jour, Eleanor apporta une radiocassette et passa de vieilles chansons des Beatles. Mais le froid devait avoir un effet sur les piles, car le rythme de plus en plus lent donna une voix de basse à Paul McCartney et un son bizarrement faux aux guitares. Cam patinait merveilleusement bien. Il filait sur la glace avec sa crosse de hockey, saisissait Ursula dans ses bras et la faisait tournoyer. « Je vole ! » criait-elle, les bras écartés comme si elle enlaçait le ciel. Elle savait que son père ne la lâcherait pas.

Eleanor avait rarement l'occasion de se lancer sur la glace, si même elle arrivait jusque-là. À peine avait-elle équipé tout le monde de casquettes et de moufles, et lacé leurs patins, que Toby avait besoin d'aller aux toilettes ou qu'Alison se plaignait d'avoir froid. Ils rentraient à la maison, mangeaient du pop-corn et buvaient du chocolat chaud, regardaient une rediffusion de *La croisière s'amuse* ou un film sur leur nouveau magnétoscope – *La Coccinelle à Monte-Carlo*, *Fidèle Vagabond*. Disney dans votre salon ! Vous imaginez !

Même en bourrant le poêle il était difficile de chauffer la maison, surtout en haut, les chambres des enfants. Tous les soirs, vingt minutes avant de les mettre au lit, Eleanor remplissait trois bouillottes qu'elle mettait sous les couvertures, de sorte que, même si la pièce était froide, il faisait bon dans leur lit quand ils s'y glissaient. Une fois couchée, rarement tard (la plupart du temps ils étaient épuisés à 9 heures et demie), elle enlaçait la poitrine ferme de Cam, sentait son cœur battre. C'était le moment, le seul souvent, où ils pouvaient parler de leur journée.

« Tu crois qu'il faut s'inquiéter du temps que passe Toby à aligner ses cailloux dans sa chambre ? Quelquefois, quand je lui parle pendant qu'il joue, il ne m'entend même pas. À ton avis, il n'est pas autiste, hein ?

— Je pense que tu te fais trop de souci. Dors, répondait Cam.

— À ton avis, qu'est-ce que ça signifie qu'Alison ait jeté la robe que ta mère lui a envoyée pour son anniversaire ?

— Reconnais qu'elle était vraiment moche. » Il n'était pas enclin à analyser comme Eleanor toutes les facettes des événements du monde dans lequel évoluaient leurs enfants.

« Et si on s'intéressait à toi et moi, pour changer ? dit-il en la serrant dans ses bras.

— La robe n'était pas si moche. »

En hiver, ils faisaient beaucoup de travaux manuels et préparaient des cookies, des muffins, du pain. Quand les enfants commençaient à ne plus tenir en place, Eleanor les entassait dans le break et les emmenait au bowling, la grande attraction de la ville avec la décharge. Deux parties pour tous les quatre, plus la location de chaussures. Ce n'était pas donné, mais parfois, surtout quand la température descendait autour de moins quinze trois jours d'affilée, ils avaient tous besoin de sortir de la maison.

Le problème au bowling c'était Toby. Étant le plus jeune et le plus petit, il avait plus de mal que ses sœurs à faire tomber les quilles. Rien d'étonnant. Mais par fierté il trouvait inacceptable, même à quatre ans, même à trois ans, l'idée d'utiliser des rails pour empêcher sa boule de finir dans les gouttières chaque fois que c'était son tour.

Il terminait inévitablement avec le plus mauvais score. Le désespoir s'emparait de lui. Plus d'une fois, un joyeux après-midi au bowling s'achevait par une scène : Toby se jetait par terre pile à l'endroit où ils venaient de compter les points, comme le parent d'un défunt au crématorium. Inconsolable.

Eleanor finit par instituer une règle selon laquelle ils devaient tous réciter ce qu'elle appela le pacte de Pas de Larmes, une promesse en deux phrases – rester calme, quel que soit le score –, écrites sur le pare-soleil de son break qu'elle baissait pour l'occasion avant d'entrer au bowling. Toby était le seul qui risquait de s'effondrer s'il perdait (et il perdait chaque fois). Mais tous les quatre, y compris Eleanor, récitaient le pacte. Toby prit sa promesse au sérieux. Il ne piqua plus jamais de colère au bowling.

L'hiver avait quelque chose de bon, surtout s'il était rude. Quand le froid finissait par se dissiper et que le printemps pointait, on éprouvait une grande joie qu'aucun habitant de Californie ou de Floride n'aurait pu comprendre ni apprécier. Il était temps de fabriquer des bonshommes-bouchons. Puis les feuilles du frêne se déployaient, les sabots de Vénus sortaient de terre et leurs fleurs étranges en forme de bourse, un peu sensuelles, s'épanouissaient. Le lilas embaumait, odeur qui rappelait toujours à Eleanor la première fois qu'elle avait emprunté le chemin de terre. Ursula ramassait un panier de fleurs et les disposait sur son oreiller pour sentir leur parfum toute la nuit. Toby cherchait des vers de terre et essayait de leur apprendre des tours. Ensemble, ils mettaient leurs bateaux à l'eau. De retour à la maison, ils pleuraient la disparition des bonshommes-bouchons qui n'avaient pas réussi à descendre le ruisseau et plaçaient les survivants sur une étagère pour les remettre à l'eau l'année suivante. Rappel que, quelle que soit la rudesse de l'hiver, le printemps revenait toujours. Juste quand on atteignait ses limites.

Puis c'était le moment de planter les petits pois. Ensuite, la saison de softball recommençait.

29

Parfois même le lait maternel ne suffit pas

C'était l'année où Eleanor et Cam creusèrent le bassin.

Ils en parlaient depuis des lustres. L'après-midi, quand il faisait chaud, tous les cinq allaient à pied à la cascade (tous les quatre, si Cam était parti sur son VTT ou à l'entraînement de softball). Ils emportaient parfois leurs cannes pour pêcher en aval, mais ce n'était pas là un endroit propice à la baignade de jeunes enfants : l'eau trop rapide faisait des tourbillons, les cailloux étaient trop pointus.

Quelques mois auparavant, Eleanor avait vendu un article à un magazine féminin. (Elle racontait la décision d'Alison, quand elle avait six ans, d'arrêter de répondre à tout autre nom que Little Joe. Elle était tombée amoureuse du personnage joué par Michael Landon dans la rediffusion de *Bonanza* sur Nickelodeon. La seule chose qu'elle voulait pour son anniversaire cette année-là, c'était une paire de bottes de cow-boy.

Telle qu'elle l'avait écrite, c'était une histoire amusante. « Ta fille a de l'imagination », lui dit l'une des femmes, au softball, après l'avoir lue.)

Comme l'argent leur semblait tombé du ciel, Eleanor et Cam s'en servirent pour louer une tractopelle. Pendant dix jours d'affilée, Buck Hollingsworth, le receveur des Yellow Jackets, se présenta chez eux le matin à 7 heures pour creuser le bassin.

Alison trouvait l'engin trop bruyant et elle passa beaucoup de temps dans sa chambre, pendant cette période, à travailler sur un modèle réduit du *Titanic*. Mais Ursula et Toby étaient fascinés par les travaux. Tous les jours, ils restaient des heures assis dans l'herbe à regarder Buck aux commandes. Quand il leur demanda s'ils voulaient monter dans la cabine avec lui et l'aider à piloter l'engin, Toby réagit comme si les portes du paradis s'ouvraient pour lui. Ursula, toujours à l'écoute des autres, céda sa place dans la cabine pour que son frère reste plus longtemps avec Buck à manier les commandes de la tractopelle.

Le trou terminé, Buck fit son dernier jour et s'en alla. Toby eut l'air aussi malheureux que s'il avait perdu son meilleur ami.

Dans les jours qui suivirent, l'eau commença à remplir le trou et des grenouilles arrivèrent de nulle part. La terre se transforma en une boue extraordinaire et, jusqu'à la fin de l'été, les enfants n'eurent qu'une envie : jouer dans le trou. Même Alison, bien que toujours plus calme et réservée, avait pris l'habitude d'appliquer une couche épaisse de boue sombre et collante sur ses jambes, ses bras et son visage, puis s'allongeait au soleil le temps qu'elle sèche. Quand l'eau devint assez profonde, ils sautèrent ensemble dans leur bassin. Consciente de son corps dès son plus jeune âge, Alison ne quittait pas son maillot de bain, mais Ursula et Toby passèrent une bonne partie de l'été tout nus dans la boue. Ils ne s'habillaient pratiquement que pour s'entasser dans la voiture et aller assister à un match de softball de Cam.

L'amitié d'Eleanor et de Peggy Olin reposait sur les enfants. Le fait que Gina, la fille de Peggy, était plus vieille qu'Alison lui conférait une certaine autorité. Peggy donnait régulièrement son avis à Eleanor sur l'institutrice de maternelle qu'elle préférait et où trouver des après-skis au meilleur prix. À part les communiqués de Bonnie Henderson sur sa vie sexuelle, il ne se disait rien d'important dans les gradins pendant les matchs des Yellow Jackets. Mais durant quelques étés Eleanor considéra Peggy comme sa plus proche amie, après Darla.

Un jour, à la fin mai, la saison des mouches noires, Peggy ne se montra pas sur les gradins. Bob n'était pas non plus sur le terrain. La femme d'un des joueurs leur apprit la nouvelle : on avait diagnostiqué à Gina, la fille de Peggy et Bob, la petite élevée au riz complet et au tofu, une forme rare de cancer.

L'équipe décida d'organiser une collecte. Quelqu'un suggéra une vente de gâteaux et quelqu'un d'autre fit circuler une carte que tous les joueurs et toutes les épouses signèrent. Peggy et Bob allèrent à Boston ce week-end-là pour consulter un spécialiste à Dana Farber. Puis ils s'adressèrent à Johns Hopkins. Puis à St Jude's. Et ensuite à une clinique en Arizona.

Le week-end du 4 Juillet, sans nouvelles de Peggy, Eleanor savait qu'elle devait appeler. Mais chaque fois qu'elle commençait à composer le numéro, l'idée de ce qu'elle risquait d'entendre sur l'état de santé de Gina la faisait renoncer.

Telle était l'horrible vérité quand on était parent. Dès la naissance d'un enfant, on faisait tout ce qu'on pouvait pour le protéger. On lui préparait à manger, on s'assurait que le tissu de son pyjama n'était pas inflammable et l'espace entre les barreaux de son lit pas dangereux.

À la deuxième grossesse, après avoir lu qu'une maladie rare pouvait être déclenchée par les crottes du chat dans sa litière, on se débarrassait du chat.

On lisait tous les livres écrits par les experts et on suivait leurs conseils. Parfois, au milieu de la nuit, quand un enfant était malade, on entrait doucement dans sa chambre et on écoutait sa respiration.

Pourtant, on ne pouvait pas les protéger de tout. On pouvait brûler tous les fuseaux du royaume – cette image hantait Eleanor depuis qu'elle avait loué *La Belle au bois dormant* au vidéoclub – et pourtant, la princesse blonde objet de vos soins se piquait le doigt et s'endormait d'un sommeil profond et terrible.

Gina Olin par exemple. Nourrie au sein jusqu'à quatre ans. Chauve à présent à cause de la chimiothérapie.

Bob Olin régnait encore dans le champ extérieur, mais la maladie de sa fille l'avait transformé. Il courait après les balles avec une sorte de férocité maniaque absente des saisons précédentes, comme si tout ce qui n'allait pas dans sa vie, c'est-à-dire à peu près tout, pouvait être effacé s'il réussissait à faire coïncider son gant avec le coup en flèche qui venait vers lui. Les hommes étaient censés protéger leur famille à n'importe quel prix. Mais comment pouvait-il protéger sa fille contre une attaque venue de l'intérieur de son corps ?

Peggy emmenait encore Gina de temps en temps au terrain de softball. Elle était maintenant en fauteuil roulant, maigre comme un clou, les yeux vitreux. Toby lui offrit un soir un bâton de mozzarella, mais elle le regarda comme s'il venait d'une autre planète. Ou comme si elle en venait elle-même. Son expression semblait indiquer qu'elle voyait des choses que personne d'autre ne voyait.

Elle flottait au-dessus du terrain de softball. Plus comme un nuage que comme une personne.

La rumeur courait dans les gradins que Peggy et Bob avaient emmené leur fille voir un guérisseur au Québec censé soigner les cas désespérés, en touchant le front de la personne et en plaçant une goutte d'eau miraculeuse sur sa langue. Mais à leur retour, Gina était plus faible que jamais. En août, Peggy avait dû perdre cinq kilos. Elle portait les mêmes vêtements à chaque rencontre et avait manifestement abandonné l'idée de se brosser les cheveux. On avait arrêté la chimiothérapie, sur les conseils des médecins qui avaient incité les Olin à ramener leur fille chez eux et à lui ménager une vie aussi confortable que possible. Bonnie Henderson raconta à Eleanor que Peggy s'était adressée à une des plus jeunes épouses de l'équipe dont le bébé devait naître incessamment et lui avait demandé de lui donner un flacon de son lait quand elle aurait accouché, pour stimuler le système immunitaire de Gina. Les femmes sur les gradins considéraient que sa requête était dingue, mais que pouvait-elle faire d'autre ? Comment une mère pouvait-elle renoncer à tenter de sauver la vie de son enfant ?

Celles dont les enfants étaient en bonne santé restaient silencieuses, juraient de ne plus jamais se plaindre si leur voyou de quatre ou six ans ne voulait pas finir son sandwich. Eleanor en faisait partie. En regardant la forme pâle et ratatinée de Gina dans son fauteuil roulant au dossier couvert d'autocollants, une poupée Cabbage Patch sur les genoux, elle se fit la promesse silencieuse de ne rien demander, plus jamais, sinon que ses enfants restent en bonne santé et en sécurité.

C'était la malédiction du métier de parent. Plus on aimait ses enfants, plus on avait à perdre. N'était-ce pas son propre cœur que le lanceur envoyait vers le marbre et qui volait dans les airs, prêt à être frappé par une batte ? Quand on avait un enfant, on n'était plus jamais en sécurité.

Gina mourut en août. Quand Eleanor l'apprit aux enfants, Alison resta silencieuse une minute, puis ouvrit son cahier de devoirs. Ursula se jeta sur le canapé, en larmes. Toby voulut savoir où on allait mettre son corps et ce qui allait arriver à son âme.

Plus tard dans la nuit – Toby serré contre elle d'un côté, Cam de l'autre, la respiration de leur fils comme une présence apaisante dans la pièce sombre –, Eleanor ne dormait pas et regardait par la fenêtre le clair de lune entre les branches d'Old Ashworthy. Quelque part dans les bois, elle entendit un chien aboyer et plus loin un hurlement qui ressemblait à celui d'une meute de coyotes.

Elle posa la tête sur la poitrine de Cam.

« Tu es réveillé ?

— Maintenant, oui, répondit-il.

— Rappelons-nous toujours ce jour, dit-elle. Tout ce que nous avons. Notre chance. D'avoir cette famille. De vivre ici. D'être ensemble.

— Tu as raison », marmonna Cam. Il était à moitié endormi.

« Je n'ai besoin de rien d'autre. Seulement ça », chuchota-t-elle.

En septembre, le trou que leur avait creusé Buck Hollingsworth au début plein d'espoir de l'été était presque rempli d'eau. Ils avaient un bassin. L'hiver, ils y patinèrent et, au printemps suivant, comme par magie, les têtards apparurent. Cam et Eleanor emmenaient encore les enfants à la cascade presque tous les après-midi pour profiter de la vue et du grondement de l'eau, mais ils se baignaient à présent dans leur bassin familial. Ils l'appelèrent le Lac aux têtards et plantèrent du côté exposé au soleil des graines de lupin qu'ils avaient ramassées quand ils avaient campé dans le Maine.

Plutôt que d'organiser leur fête du Travail, Cam et Eleanor se rendirent à la cérémonie funèbre en la mémoire de Gina. « Si je peux faire quelque chose… » proposa Bonnie Henderson en quittant l'église. Tout le monde savait qu'il n'y avait rien à faire.

De retour chez elle, debout devant le plan de travail de la cuisine, Eleanor regardait par la fenêtre le bassin, l'arbre, le jardin, et sentait presque son cœur se dilater dans sa poitrine. Deux sentiments contradictoires la submergeaient : grand bonheur à la vue de ses trois enfants, terreur à l'idée de ce que ce serait de perdre l'un d'eux. S'il était possible d'aimer quelqu'un plus que cela, elle n'imaginait pas comment.

30

La chaussure de Barbie

Beaucoup de problèmes énormes échappaient au contrôle d'Eleanor en tant que parent et cela contribuait peut-être à son obsession pour les moins importants. Le cancer était une vraie saloperie. Mais Eleanor savait prendre en charge les problèmes ordinaires (et par conséquent essayer de les résoudre) : jouets perdus, invitations à un anniversaire qui n'arrivaient pas, déception quand le jouet au fond de la boîte de Cracker Jack n'était pas le sifflet miniature tant attendu. Chagrin d'Alison quand se terminait le tour de manège qu'elle adorait – des petits bateaux qui tournaient en rond au Foliage Festival annuel. Un autre ticket coûtait vingt-cinq cents. Qui ne l'achèterait pas ?

Cam, sans doute. « Tu te fais trop de souci. Tu ne peux pas tout arranger tout le temps. »

Quand cette obsession d'épargner le chagrin et la déception à ses enfants s'installa-t-elle ? Un parent pouvait-il y parvenir ? Était-il souhaitable qu'elle y parvienne ?

Eleanor connaissait les raisons de son incapacité à supporter les petites déceptions de ses enfants. Dans sa vie de mère, elle réécrivait et créait pour les enfants qu'elle élevait avec Cam l'enfance qu'elle n'avait pas eue. À un moment – là naquit le problème –, elle cessa de tenir compte de ses propres chagrins, tant elle était occupée à tenter de protéger ses enfants des leurs.

À la fête d'anniversaire d'Ursula pour ses six ans, Emily Finster lui offrit une Crystal Barbie, celle qui portait des chaussures en plastique transparent, comme les pantoufles de verre de Cendrillon.

« Mettons les chaussures sur l'étagère jusqu'au départ de tes invités », lui conseilla Eleanor. Mais Ursula ne voulut pas se séparer de ces chaussures durant tout l'après-midi, jusqu'au moment épouvantable (ou ce qui passait pour un moment épouvantable dans le monde tel qu'ils le connaissaient à l'époque) où elle s'aperçut qu'une des chaussures avait disparu. Quelque part – dans une maison remplie de papier cadeau déchiré et de rubans, d'assiettes en carton, de morceaux de gâteaux entamés, de crème glacée fondue, de cire de bougie, de décorations, de médicaments contre les allergies de trois des invités, de petits paniers de M&M's et de M&M's fondus tombés des petits paniers, dans cette maison où Joshie Perrone se plaignait qu'Emily avait eu une part de gâteau plus grosse que la sienne –, quelque part dans cette maison se cachait une chaussure de Barbie et Ursula – la gentille et patiente Ursula qui écrivait toujours des mots de remerciement, vidait le lave-vaisselle sans qu'on le lui demande, faisait passer ses amis, son frère et sa sœur avant elle et ne faisait jamais rien de méchant –, voilà qu'Ursula, assise en plein milieu de sa fête d'anniversaire, pleurait toutes les larmes de son corps parce qu'elle avait perdu une chaussure de Barbie en plastique transparent de la taille de l'ongle de son petit doigt.

Après le départ des enfants – les mères venues les chercher s'attardèrent moins longtemps que d'habitude à cause de l'effondrement sans précédent de l'héroïne de la fête –, Eleanor retourna toute la maison pour retrouver la chaussure. Elle déplaça les coussins, rampa sous la table, vida la poubelle sur le sol de la cuisine et fouilla dans les frites au ketchup et le sucre glace à la recherche de la chaussure perdue. Cam, qui observait la scène, posa brièvement la main sur son épaule. « Tu crois vraiment que c'est nécessaire ? » demanda-t-il avant de se retirer. Il y avait un match à la télé, les Red Sox affrontaient les Yankees.

Vers la fin de l'après-midi, Eleanor monta dans la chambre des enfants toujours à la recherche de la chaussure et l'équilibre entre la santé mentale et la folie bascula aussi clairement que si les deux protagonistes du drame se trouvaient de chaque côté d'une balançoire. Ursula était maintenant calme, raisonnable ; c'était Eleanor qui était devenue dingue. Elle arrachait les draps des lits, renversait le panier de linge sale, tout cela pour retrouver la chaussure de Barbie, tandis qu'Ursula, ses larmes séchées, l'observait avec gêne, la suppliait gentiment. *Ça va, Maman. Je n'en ai pas besoin, après tout. J'aime bien quand Barbie est pieds nus.*

Trop tard à présent. Sans avoir bu la moindre goutte de Jack Daniel's, Eleanor était passée dans le vieux pays bien connu de son enfance, Crazyland. Elle avait mis la maison sens dessus dessous, comme si la seule chose qui empêchait sa fille de sombrer dans le désespoir dépendait de sa réussite à localiser la chaussure de Barbie.

Porte du placard à alcools ouverte en grand. Puis d'autres portes de placards. Toutes celles de la cuisine, mais elle s'était réfugiée dans le garde-manger – la voix de son père dans sa tête : Vivian, où as-tu mis ces foutues olives ? C'est trop demander, quand je rentre à la maison après une longue journée au bureau, qu'il y ait de quoi préparer un martini ?

Toujours pas de chaussure de Barbie. Une heure après avoir commencé à la chercher, toutes les pièces de la maison avaient été fouillées ainsi que la cuisine, la salle de bains et la véranda.

Après la tombée de la nuit, Eleanor trouva la chaussure sur le rebord de la fenêtre. « Oh, je l'avais mise là pour ne pas la perdre », dit Ursula. Son visage révélait une peur disproportionnée par rapport à la perte d'un objet en plastique. Mais il y avait une raison : elle avait vu sa mère perdre la tête.

« J'avais oublié. »

Eleanor posa la chaussure dans la main de sa fille et s'effondra sur le canapé. Sur le seuil de la porte, une bière à la main, son mari avait observé le déroulement des événements tout en gardant l'œil sur le match.

« Je suis désolée. Je ne sais pas ce qui m'a pris », lui dit-elle.

Il la serra dans ses bras.

« Je ne pouvais pas supporter qu'Ursula soit triste le jour de son anniversaire. En fait, ce qui l'a probablement rendue triste, c'était moi.

— Tu essayais simplement que tout soit parfait. Mais ce ne sera jamais parfait. Nos enfants doivent s'y habituer.

— Si quelque chose de vraiment terrible arrivait un jour à l'un de nos enfants, je ne m'en remettrais pas.

— Il arrivera des choses difficiles. Il y en a toujours. Ça s'appelle la vie », dit Cam.

Eleanor se demandait s'il était possible de trop aimer ses enfants. Son problème était peut-être de faire trop attention à eux et son amour leur apparaissait sans doute comme étouffant, oppressant. Ils n'auraient peut-être pas su le dire, ni même le reconnaître, mais elle imaginait qu'à certains moments Alison, au moins elle, détestait probablement sa mère parce qu'elle en faisait trop, parce qu'elle faisait tout ce qui était en son pouvoir et surtout parce qu'elle souffrait de leur chagrin, parfois même avant qu'ils aient le loisir de l'éprouver eux-mêmes.

Un après-midi d'automne, à l'entraînement de T-ball d'Alison, Eleanor observait sa fille qui attendait son tour au marbre sur le banc de touche. Elle avait deviné – elle connaissait si bien sa fille – qu'Alison avait besoin de faire pipi, mais qu'elle ne prendrait pas le risque de perdre son tour pour aller aux toilettes.

Eleanor sut le moment exact où cela se produisit, où Alison mouilla son pantalon, assise sur le banc en attendant son tour. Sa fille lui tournait le dos, mais Eleanor imaginait bien l'expression d'horreur sur son visage.

Son tour était venu de monter sur le marbre. Une tache jaune serait visible sur son uniforme. Tout le monde s'en apercevrait.

Eleanor ne se demanda même pas ce qu'elle allait faire. Elle bondit de sa place, saisit le Coca-Cola d'une autre mère assise à côté d'elle, avança vers le banc de touche, se plaça directement et maladroitement en face d'Alison en tenant la canette ouverte, parut alors trébucher et répandit le contenu de la canette. Elle le répandit avec une précision exquise, exactement entre les jambes du pantalon d'Alison, de sorte que la seule tache visible était à présent celle qu'avait faite le Coca.

« Mince alors, Maman ! Qu'est-ce que tu es manche ! » s'exclama Alison en baissant la tête. Sa voix exprimait un mépris profond et complet.

Comment pouvaient-ils comprendre ? N'ayant pas grandi comme Eleanor – avec des parents qui ne s'intéressaient pas assez à elle –, il n'était pas étonnant que ses enfants éprouvent de l'impatience à l'égard de leur mère et préfèrent l'affection naturelle et sans condition de leur père. Si Cam était plus économe de sacrifices envers ses enfants, c'était probablement pour eux un soulagement. Quand on donne moins, on attend moins en retour.

31

Une carrière dans le nettoyage à sec

Quand Eleanor avait commencé à dessiner ses planches sur leur vie à la ferme, elle n'avait jamais imaginé que quelqu'un les lirait. (Enfin, Walt les lut. Et Darla. Mais c'était à peu près tout.) Raconter ces histoires lui donnait l'impression de dialoguer avec elle-même, une sorte de journal intime que, étonnamment, elle publiait dans le journal local.

Au fil des mois, elle se mit à aborder des sujets plus ardus : la difficulté de vivre la fête des Mères sans sa mère, le jour où Cam avait oublié son anniversaire. Elle avait attendu toute la journée qu'il se passe quelque chose, pensant qu'il lui réservait une surprise, mais en fait la date lui était sortie de l'esprit. Le dessin qu'elle avait réalisé pour illustrer cette partie de l'histoire montrait un homme dégingandé, de longues boucles sortant de sa casquette de base-ball, qui se frappait le front en s'apercevant de son erreur. La bulle disait : « Je peux peut-être me faire tatouer la date sur le bras avant l'année prochaine. »

Quand cette planche parut dans le journal, les copains de l'équipe de softball de Cam ne le ratèrent pas. « Tu donnes une sale image de nous, mec », lui dit Jerry Henderson. À la quincaillerie où Cam venait chercher un foret, le type qui l'accueillit derrière le comptoir lui suggéra de rapporter un cadeau à sa femme en même temps que le foret qu'il venait d'acheter. Une mangeoire à colibris, peut-être ? Une paire de gants de jardinage à fleurs ?

« Tu as beaucoup à te faire pardonner. Et si tu me permets… » Il mentionna alors un précédent épisode de *L'Arbre de la famille*, « Ne lui offre plus de désherbant ». C'était son cadeau de l'année précédente, plus tard immortalisé dans la BD.

Jusqu'alors, Eleanor n'avait pas pensé que Cam puisse prendre ombrage des histoires qu'elle racontait sur leur vie. Ce qu'elle écrivait arrivait à presque tout le monde. Où était le problème ? De plus, elle doutait qu'il lise sa BD.

Elle dessinait *L'Arbre de la famille* depuis presque cinq ans quand elle reçut un appel d'un syndicat de journalistes de New York. Quelqu'un de chez eux était tombé sur la BD et trouvait que le travail d'Eleanor pouvait toucher un public plus large. Serait-elle intéressée s'ils la diffusaient dans d'autres journaux ?

Quand Toby entra en maternelle, les anecdotes de Maggie et sa famille paraissaient chaque semaine dans plus de cinquante journaux à travers le pays : événement qu'Eleanor célébra en s'achetant une vraie table à dessin. Tous les mois, Eleanor recevait un chèque d'environ deux mille dollars. Ils ne roulaient pas sur l'or, mais elle n'avait pas gagné autant d'argent depuis l'époque des *Bodie*, maintenant épuisés.

Aucune percée comparable ne se produisait dans l'univers des bols en loupe de bois faits main, mais maintenant qu'Eleanor gagnait correctement sa vie elle ne s'inquiétait plus autant. Le plus difficile était de trouver le temps de travailler. Elle se levait toujours avant l'aube pour écrire et dessiner, et si elle avait de la chance, si personne n'était malade, s'il ne neigeait pas, elle profitait des heures pendant lesquelles les enfants étaient à l'école – des demi-journées pour Toby – pour travailler à sa table à dessin. Mais elle suggéra à Cam de s'investir un peu plus.

« Donc, d'après toi, ton travail est plus important que le mien, parce que tu gagnes plein de fric ? » dit-il. Elle n'avait jamais entendu une telle tension dans sa voix. Son expression lui rappelait les rares visites de ses parents, quand ils discutaient dans la cuisine avec Roger et Roberta qui relataient les réussites de son frère au Texas. Cam se versait alors un verre de Jack Daniel's (chose rare) et, assis en face d'eux, taillait un bout de bois en une forme quelconque, sans rien dire.

À présent ce qu'elle percevait chez lui n'était pas vraiment de la colère. Il ne contestait pas sa position. Eleanor n'aurait jamais pensé que Cam pouvait être blessé dans son ego parce que sa femme subvenait aux besoins de la famille, mais elle se trompait peut-être.

« Je ne dis pas que mon travail est plus important que le tien. J'ai seulement besoin d'un peu plus d'aide », lui dit Eleanor.

Elle prononça ces mots d'une voix calme et égale, mais elle sentit s'y glisser une trace d'amertume, absente auparavant. Plus tard, en épluchant les pommes de terre du dîner, elle réfléchit à la façon dont les femmes parlaient des responsabilités domestiques, comparée au langage employé par leurs maris. Eleanor n'imaginait aucune des mères qu'elle connaissait parler d'« aider » leur mari pour les tâches ménagères ou de « baby-sitter » leurs enfants.

Un soir qu'elle emballait les casse-croûte avant d'aller regarder son mari jouer au softball – un retour triomphant après sa blessure –, elle lui demanda : « Est-ce que cela t'a jamais traversé l'esprit que moi aussi j'aimerais bien faire un truc amusant ?

— Je ne savais pas que tu jouais au softball », répondit-il. Il était debout derrière elle, les bras autour de ses épaules. Il lui caressait le cou. « Tu serais meilleure que Harry Botts, de toute façon. Et certainement plus mignonne.

— Je préférerais que tu ne plaisantes pas là-dessus, Cam. Tu sais ce que je veux dire.

— Écoute, Ellie. Le jour où tu voudras prendre du temps pour te consacrer à un hobby, je te soutiendrai à cent pour cent.

— Quelqu'un dans cette famille doit gagner la croûte. »

L'expression de Cam, quand elle prononça ces mots, lui rappela celle de Toby le jour où elle l'avait envoyé dans sa chambre parce qu'il avait cueilli toutes les fleurs de courges au potager avant qu'elles ne se transforment en légumes. En voyant le chagrin et le remords se peindre sur son visage, elle n'avait pensé qu'à une chose : le rassurer.

« Ce n'est pas grave, dit-elle. Tout va bien. Tu fais d'autres choses. »

Cam était peut-être tracassé par le fait que son père Roger, là-bas en Floride, continuait à exprimer son inquiétude sur l'improbabilité qu'il gagne jamais correctement sa vie en vendant des bols en bois. Roberta, la mère de Cam, n'avait jamais eu d'emploi rémunéré, même si, aux yeux d'Eleanor, s'occuper du père de Cam était un travail à plein temps. Roger avait récemment rappelé à son fils, pour la troisième fois, qu'il était prêt à financer une entreprise que dirigerait Cam à Akersville. Une affaire de nettoyage à sec, éventuellement. On pouvait y gagner bien sa vie. Peut-être pas aussi bien que Roger Junior avec son entreprise de promotion immobilière, mais suffisamment pour faire sa part et mettre un peu d'argent de côté en prévision de la retraite.

« Merci, Papa, mais le nettoyage à sec n'est pas mon truc. En outre, Eleanor et moi aimons notre travail », répondit Cam à son père.

La tentative en resta là, mais pas vraiment.

Les seules occasions où Eleanor avait vu chez son mari des signes ressemblant à de la mélancolie, c'était lors des visites de ses parents et plus encore après leur départ. À la suite de l'une de leurs rares conversations téléphoniques, il lui arrivait de disparaître dans son atelier pendant des heures. Leur voyage annuel à Noël pouvait plonger Cam dans un silence qui durait toute la journée.

La dernière fois, après le départ de ses parents – le jour où Roger avait soulevé l'idée du nettoyage à sec –, Cam était parti marcher. Normalement, au moins l'un des enfants l'accompagnait, mais cette fois ils avaient tous senti qu'il voulait être seul.

Il ne rentra qu'au bout de plusieurs heures. Les enfants regardaient une vidéo, Eleanor était sur le point de mettre les lasagnes au four. Un coup d'œil à son visage quand il franchit la porte et elle le serra dans ses bras.

« Je suis désolé, lui dit-il. Je me dis parfois que j'ai consacré toute ma vie à m'assurer que je ne ressemblais pas à mon père.

— Eh bien, tu as réussi », dit-elle. C'était une bonne chose.

« Si seulement je pouvais être différent pour toi.

— Alors tu ne serais pas toi. »

Il enfouit la tête dans les cheveux d'Eleanor.

Finalement, ils embauchèrent Coco cinq jours par semaine après l'école. Les enfants l'adoraient, bien entendu, et sa présence à la ferme rendait tout le monde heureux.

« Qu'est-ce que je deviendrais sans Coco ? » dit Eleanor à Darla. Elle n'avait jamais vu d'adolescente plus facile à vivre, plus serviable. Quand Coco passa son permis, Eleanor pensa qu'elle serait tout le temps partie avec ses amies ou avec des garçons, mais venir à la ferme et organiser des jeux pour les enfants au terrain de softball demeura sa priorité.

« Ma fille te paierait sans doute pour avoir la chance de traîner avec ta famille, dit Betsy, la mère de Coco, à Eleanor.

— Et mes enfants préféreraient sans doute passer l'après-midi avec Coco plutôt qu'avec moi. Elle est beaucoup plus amusante », répondit Eleanor.

Le deuxième jour de baby-sitting, Coco apporta son ballon de foot. Eleanor, assise à sa table à dessin l'après-midi, les voyait par la fenêtre tous les quatre – ses enfants et Coco – taper dans le ballon sur le pré. Coco et ses longues jambes magnifiques, queue-de-cheval au vent, gracieuse comme une gazelle, suivie par les enfants telle une couvée de canetons. À l'exception d'Ali, ils n'étaient pas très doués et plutôt comiques, mais aucun d'eux ne trouvait à redire s'il arrivait à Toby de ramasser le ballon et de courir avec, ou si Ursula avait tendance à oublier dans quel but elle devait shooter. Un après-midi Cam se joignit à eux dans leur jeu improvisé. Penchée sur son bloc de croquis, Eleanor entendait leurs voix, satisfaite de savoir que ses enfants s'amusaient bien. Qu'ils vivaient ce qu'elle voulait le plus au monde pour eux : une enfance heureuse.

En quelques semaines, Cam prit chaque jour l'habitude de fermer son atelier de bonne heure pour jouer avec eux. Les garçons contre les filles, décidèrent-ils. Cam et Toby contre Coco, Alison et Ursula. La partie était presque équilibrée, mais une fois Eleanor vit par la fenêtre ses trois enfants jouer dans l'équipe de Coco contre Cam tout seul. Quand ils le battirent par un but contestable de Toby qui passa le ballon entre les poteaux, Cam s'effondra dans l'herbe en feignant d'être au supplice. Les enfants le plaquèrent au sol. (Les enfants seulement. Coco regardait, soudain timide.) Leurs voix annonçant leur victoire portaient jusqu'au sommet de la colline.

Un jour qu'elle avait terminé son travail plus tôt que d'habitude, Eleanor décida de se joindre à eux. Il lui fallut fouiller dans son placard afin de trouver des baskets pour courir dans l'herbe ainsi qu'un short qui datait d'avant sa première grossesse et qu'elle n'avait jamais remis. En descendant de la colline jusqu'à l'endroit où ils jouaient, elle les appela.

« Est-ce que vous avez besoin d'une autre joueuse ?

— Viens dans mon équipe, Maman. » Toby lui sauta au cou. Les filles restèrent en retrait.

« Ne te vexe pas, Maman, mais je ne crois pas que le foot soit ton truc », dit Alison.

Ali avait raison, bien sûr. Eleanor s'assit sur une pierre et les regarda en encourageant tout le monde sans exception. Mais bientôt elle se rendit compte qu'elle ferait sans doute mieux de retourner à son bureau. C'était l'heure où souvent son éditeur du syndicat lui posait des questions sur ses planches avant qu'elle les envoie par fax.

« Je crois que je vais y aller », dit-elle, mais personne n'eut l'air de l'entendre. Ils étaient passés à leur autre jeu favori avec Coco : faire la roue. Même Cam, malgré sa grande taille, s'y essayait avec grâce avant de s'écrouler dans l'herbe.

Un instant, en les voyant tous ensemble, Eleanor eut envie de faire demi-tour et de courir les rejoindre, mais elle se dirigea vers son bureau.

Plus tard, elle les regarda par la fenêtre. Elle levait la tête de temps en temps de son travail quand les voix de ses enfants qui jouaient dans le pré lui faisaient penser que quelqu'un, Coco ou Cam, avait marqué. Elle savait toujours quand Coco et les enfants réussissaient à mettre un but car elle entendait les cris de leurs quatre voix haut perchées, suivis du désespoir feint de Cam. Il se jetait par terre et restait étendu dans l'herbe comme si on lui avait tiré dessus.

« Vous m'avez eu », gémit-il. Toby et Ursula sautèrent sur lui : un fouillis de jambes, de bras, de baskets, de rires, de queues-de-cheval. Même Alison se joignit à eux.

Pas Coco. Depuis ses seize ans elle était devenue plus timide, surtout en présence de Cam.

En observant sa famille de là où elle était assise, Eleanor était soulagée de voir qu'ils s'amusaient si bien ensemble. Elle passait à présent de longues journées à travailler sur *L'Arbre de la famille*. Elle était contente de gagner enfin assez d'argent pour qu'ils n'aient plus à s'inquiéter sans cesse. Sauf que Cam ne semblait jamais s'inquiéter de quoi que ce soit.

À une époque, elle aimait ce trait de caractère chez lui.

32

Bûche de Noël

Ce Noël-là – Noël et aussi l'anniversaire de Toby –, Eleanor fit une *bûche*.

Elle avait pris la recette dans un livre de cuisine trouvé à la décharge. (« Je crois que je sais pourquoi on l'a jeté, fit Darla en le feuilletant quand, à l'occasion d'une visite, elle trouva le livre sur la table. Qui a le temps de faire un pareil truc ? Ou l'argent pour se procurer les ingrédients ? Merde, c'est quoi la "pâte d'amandes" ? »)

Jadis, à l'une des fêtes annuelles des parents d'Eleanor, sa mère avait servi une *bûche de Noël*. Achetée en magasin : Vivian n'était pas bonne cuisinière. Eleanor était restée fascinée par son élaboration, pas tant par les couches de crème glacée et fouettée que par la façon dont le concepteur de ce dessert avait réussi à créer un gâteau qui ressemblait à un véritable rondin, avec de la mousse, des champignons et des petites créatures des bois, le tout en pâte d'amandes. Elle avait demandé à sa mère (elle devait avoir treize ans à l'époque) si elles pouvaient essayer de préparer elles-mêmes un gâteau semblable pour le Noël suivant, mais elles ne le firent jamais. Les projets de pâtisserie – n'importe quels projets – n'intéressaient pas Vivian.

C'était une entreprise démente qui nécessitait de faire d'abord un gâteau plat, d'y étaler un glaçage de moka, de le rouler pour en faire un cylindre en forme de rondin qu'on couvrait encore de glaçage. Puis il fallait travailler à la décoration, créer des champignons et des feuilles, des baies de houx et de la mousse, le tout en pâte d'amandes.

Personne n'avait besoin d'un tel gâteau. Les filles, affalées dans le séjour, passaient en revue leur butin en écoutant Alvin et les Chipmunks en fond sonore. Toby était coiffé de sa couronne d'anniversaire dorée surmontée d'un 4 et Sally était occupée par son os de Noël. Ils auraient aimé tout autant (plus même, compte tenu de ce qui se passa par la suite) qu'on leur serve de la glace à la vanille ou du Jello. Eleanor était ainsi : elle voulait donner à ses enfants ce qui lui avait manqué à elle. Eleanor, qui souhaitait que tout soit parfait.

Elle termina la décoration du gâteau et le posa sur le plan de travail. Elle devait encore trousser la dinde et faire cuire les patates douces, ainsi que mener à bien une douzaine d'autres tâches avant l'arrivée des parents de Cam, en provenance de l'aéroport pour leur visite de vingt-quatre heures.

Son mari, debout devant la porte, enroula autour de son cou l'écharpe qu'Alison lui avait tricotée comme cadeau de Noël. Il avait choisi ce moment pour aller faire du ski de fond. « Super journée, hein ? Neige parfaite », dit-il en laçant ses chaussures.

Elle le regarda, ce bel homme qu'elle aimait et qu'elle détestait parfois. Dans la maison il y avait du papier cadeau et des emballages de jouets partout. Sally s'était emparée du nouveau suricate en peluche de Toby et lui avait mangé l'oreille. Dans une minute, quand il s'en apercevrait, il se mettrait à pleurer. Cam attrapa son bonnet.

« Tu plaisantes ? Tu t'en vas ?

— On ne peut pas s'amuser un peu le jour de Noël ? »

La *bûche de Noël*, récemment décorée, attendait sur le plan de travail. Les voix d'Alvin, Simon et Theodore chantaient « Silver Bells ».

Ce qui se produisit ensuite parut se dérouler au ralenti, mais de manière implacable, irrévocable. Eleanor se saisit du gâteau. Sans manifestation visible de colère, pour le moment, elle s'approcha de la poubelle. L'y jeta. L'écrasa, le rendit méconnaissable. Mais ce n'était qu'un début. Elle parcourut la maison à toute allure, bourrant un sac-poubelle de papier cadeau déchiré.

« Joyeux Noël », dit-elle en fonçant dans le séjour où elle se fraya un chemin dans la montagne de cadeaux qu'elle avait passé tout le mois de décembre à choisir et à emballer. Un Musclor, un Lite-Brite, un microscope. Un poupon.

« Bonne année. »

Ursula et Toby la regardaient sans bouger. Alison battit en retraite dans sa chambre.

Eleanor avait rassemblé un monceau de papier cadeau. Elle se dirigea vers la cheminée.

« Je voulais garder ce bout de ruban pour mes poupées », dit tout bas Ursula. Personne d'autre ne semblait en état de parler.

« Compte jusqu'à dix, Maman », conseilla Ursula. Toby ne pipait mot, examinait un caillou qu'il avait ramassé lors de leur promenade à la cascade quelques jours plus tôt et fredonnait la chanson de Rudolph. Cam enfila son bonnet sur ses oreilles et sortit dans la neige.

33

Il a pris la bombe de crème

Elle reçut des nouvelles de Patty qui travaillait dans la publicité à New York et vivait avec son dernier petit ami en date, le bassiste d'un groupe appelé Manic Depression. Ils projetaient de se rendre en voiture dans le Vermont afin d'y skier pour le Nouvel An et elle se demandait s'ils pouvaient s'arrêter une nuit chez eux.

Le jour de leur visite Eleanor passa toute la matinée à faire le ménage. Elle acheta des coquilles Saint-Jacques pour faire un dîner sortant de l'ordinaire. En la regardant préparer le repas, un livre de cuisine de Julia Child calé sur le plan de travail, les ingrédients alignés devant elle, Cam sourit d'un air amusé avant de se rendre à son atelier.

« Dis-moi, qui sont nos invités ? Charles et Diana ?

— Ils vivent à New York. Pas le genre à manger des macaronis au fromage.

— Ce serait une expérience exotique. Faisons-leur découvrir comment vivent les indigènes dans ce trou perdu. »

Elle exécuta tout de même la recette de Julia Child. Ainsi qu'une mousse au chocolat et des haricots verts aux amandes. Avant leur arrivée, elle envoya Cam en ville acheter une bouteille de vin.

« Quel genre ? » demanda-t-il. Ils ne connaissaient rien au vin, ni l'un ni l'autre, au-delà de « blanc » ou « rouge ».

« Cher », dit-elle. Le pari le plus sûr.

Patty avait dit à Eleanor qu'ils seraient chez elle vers 5 heures et demie, mais ils arrivèrent à 7 heures passées. Eleanor avait pris de l'avance en faisant dîner les enfants. Toby et Ursula prenaient leur bain, Alison lisait à l'étage un manuel sur un quelconque langage de programmation. Alison passait maintenant le plus clair de son temps le nez dans les livres.

Patty et Philippe firent leur apparition dans une Porsche rouge clinquant. La dernière fois qu'Eleanor avait vu son amie, elle était brune, mais cette fois elle avait teint ses cheveux en blond platine. Elle était très mince et le style de ses vêtements révélait immédiatement qu'elle ne sortait pas d'Akersville. Eleanor regrettait d'avoir choisi pour la soirée la robe Laura Ashley qu'elle avait achetée dans une friperie.

Au pied des escaliers, elle appela les enfants. « Venez dire bonjour à nos invités. » Elle n'était peut-être ni mince ni à la mode, elle ne possédait pas de voiture de sport, mais elle jouissait de ce qu'il y avait de mieux au monde : eux. Voilà ce qu'elle avait fait de sa vie pendant que son amie d'internat devenait associée de son agence de publicité : elle avait fondé une famille.

Patty et Philippe avaient apporté un cadeau de la ville : une boîte orange remplie d'un genre de biscuits italiens enveloppés dans un papier très fin qui, quand on y mettait le feu, flottait dans l'air en légers nuages de fumée et de cendre. Les enfants n'aimaient pas trop le goût des biscuits, mais Toby et Ursula en reprenaient sans arrêt pour le plaisir de voir Philippe enflammer les papiers. Alison, tenant toujours son manuel de programmation Matlab, restait en dehors du groupe qu'elle observait.

« Tu ne nous as pas dit ton nom », lui demanda Philippe. Quand elle répondit, il se mit à chanter la chanson d'Elvis Costello. Elle la connaissait, bien sûr. À un moment, Philippe oublia les paroles et ce fut elle qui les chanta. C'était rare, chez Ali. Mais elle adorait cette chanson. C'était important pour elle qu'il existe une chanson comportant son nom.

« Alors, Elvis Costello en pinçait pour toi, tu crois ? Tous les deux, vous êtes sortis ensemble un jour ? » lui demanda Philippe.

Alison avait tendance à tout prendre au pied de la lettre. De leurs trois enfants, elle était la moins capable de reconnaître une plaisanterie. La question de Philippe parut la tracasser, comme si elle avait peur de le décevoir par sa réponse. « Je n'ai jamais rencontré de musicien célèbre. Je n'ai que sept ans, répondit-elle.

— Bon, continue à chanter, ma belle. À un moment ou un autre, tu arriveras peut-être à rester dans le ton.

— Si tu veux savoir la vérité, mon pote, ma fille a gagné le premier prix au concours de chant de l'école avec cette chanson. Tu devrais probablement faire tester ton audition, répliqua Cam.

— C'était une blague. Les gens du coin ne connaissent peut-être pas le concept », dit Philippe.

Eleanor avait dressé la table devant la cheminée. Elle alluma des lampes à huile et mit un disque en essayant de deviner lequel de leur collection restreinte serait assez cool pour quelqu'un comme Philippe. Elle finit par choisir les Talking Heads et Philippe leur déclara qu'il avait joué au club CBGB deux mois plus tôt. Il parlait beaucoup d'un certain David et Eleanor finit par comprendre qu'il s'agissait de David Byrne.

« Bon, je suppose que vous n'êtes pas au courant de ce qu'a mijoté mon grand frère. Il a été élu au Congrès. Cette année, sa carte de Noël est une photo de lui et de la famille à un grand dîner à Washington avec Ron et Nancy », dit Patty.

Eleanor se tut, mais pas Cam.

« Et quels sont ses thèmes ? Les questions sur lesquelles il a fait campagne ? demanda-t-il.

— C'est ça qui est fou, répondit Patty. Après toutes les années passées à s'assurer qu'il ne serait pas incorporé et… disons… à sniffer de la coke, Matt est devenu un républicain pur jus. Il ne parle que des valeurs de la famille, du Serment d'allégeance et de l'augmentation du budget de l'armée. *Just say no*[1]. Tu n'imagines pas ce qu'il raconte à propos des droits des femmes. C'est bizarre.

— Difficile pour toi, non ? dit Eleanor.

— Pas vraiment. C'est seulement de la politique, pas comme si mon frère était vraiment convaincu de tous ces trucs. Il essayait juste de se faire élire. »

Toby descendit de sa chambre, vêtu d'un des T-shirts de Cam dans lequel il aimait bien dormir. Il tenait son violon.

« Est-ce que vous voulez entendre la polonaise de Wieniawski ?

— C'est trop mignon, non ? dit Philippe à Patty quand Toby eut joué les douze mesures qu'il avait apprises. Il faut qu'on en ait un comme ça.

— Un garçon ou un violon ? » demanda Cam.

Eleanor attendit que les deux plus jeunes soient couchés pour servir le dîner. Alison avait de nouveau disparu dans sa chambre. Après un *avgolemono* en entrée,

1. Slogan antidrogue de l'administration Reagan. *(N.d.T.)*

Eleanor apporta les coquilles Saint-Jacques servies dans de véritables coquilles achetées pour l'occasion.

« Mon Dieu, ça a l'air fabuleux ! » Patty examina les coquilles placées devant eux, quatre coquilles Saint-Jacques par personne. « Je crois que j'ai oublié de te dire que nous sommes végétariens.

— Je ne suis pas complètement végétarien, en fait. Mais je ne mange pas de coquillages. Je suis allergique », déclara Philippe.

Le plat principal ne convenant pas, Eleanor se dit qu'elle laisserait le plus possible de haricots verts à ses invités. Quand Cam en versa une généreuse portion dans son assiette, elle lui donna un petit coup de pied sous la table, mais il fit comme s'il ne comprenait pas.

Venait ensuite la mousse au chocolat accompagnée de crème Chantilly. Une autre recette de Julia Child.

« Ne croyez pas que nous mangeons toujours comme ça chez nous, dit Cam. Ma femme veut vous impressionner. Elle pense que, si vous connaissiez notre vie de tous les jours, vous risqueriez de nous prendre pour une bande de péquenauds attardés. Ce que nous sommes probablement. »

Patty gratta la crème Chantilly de sa mousse et porta la cuillère à ses lèvres. Eleanor entendit soudain dans la cuisine le cri de triomphe de Toby. Un instant plus tard, Ursula était sur le seuil de la porte.

« Il a pris la bombe de crème, Maman », dit-elle avec un air de regret et de fierté à la fois. Toby apparut, tout nu, le pénis couvert de chantilly.

« Tu sais, ma chérie, je crois qu'on devrait reprendre la route ce soir », dit Philippe à Patty en se massant les tempes. La perspective d'avoir un fils de quatre ans avait sans doute perdu une partie de son attrait. « On a une longue route à faire. »

Eleanor les accompagna à leur voiture. « Dommage que vous ne restiez pas. Nous avions prévu de faire des gaufres, dit-elle.

— Je suis impatiente de tout raconter à Matt, dit Patty. Il demande toujours de tes nouvelles. »

Voilà que ça recommençait. L'impression de malaise, de vide qu'Eleanor éprouvait chaque fois qu'elle se souvenait de cet été à Rhode Island. Debout dans l'allée, elle regarda leur voiture disparaître et ne rentra pas immédiatement.

Plus tard, au lit, Eleanor revint sur les commentaires que Cam avait adressés à Philippe.

« Tu te rends compte à quel point c'était gênant ? Quand tu as dit que j'essayais de les impressionner avec mes plats sophistiqués ?

— Pour l'amour du ciel, c'était une blague. Mais reconnais que ce n'est pas faux.

— D'accord. C'est vrai que je voulais les impressionner. Je suppose que, inconsciemment, j'éprouve le besoin de faire quelque chose d'important de ma vie.

— Mais tu le fais.

— Tu sais quoi ? Jusqu'à aujourd'hui, j'avais complètement oublié. En fait, je n'ai jamais vraiment aimé Patty. »

34

On doit faire des compromis

Il fut un temps où Eleanor, si on lui demandait ce qu'elle faisait, répondait qu'elle était écrivaine et artiste. Mais au fil des années, et même aujourd'hui, alors que *L'Arbre de la famille* gagnait en succès, elle avait mis de côté cette part d'elle-même. Épuisée comme elle l'était à la fin de la journée, Eleanor n'aurait pourtant pas échangé sa place avec Patty qui travaillait dans son agence de publicité new-yorkaise et s'envolait pour Londres quatre fois par an. Elle n'enviait pas les écrivains qu'elle avait connus à l'époque où elle partait en tournée de promotion pour ses *Bodie*. Certains continuaient à promouvoir leurs nouveaux livres et à signer de gros contrats. Mais, se disait-elle, si elle faisait comme eux elle ne pourrait pas être à la maison avec ses enfants, étaler de la pâte à biscuits, planter des graines de radis ou se pelotonner sur le canapé avec un bol de pop-corn en regardant une émission sur les pingouins.

Eleanor savait qu'elle était décalée par rapport aux femmes comme Patty et ses amies de New York, résolues à ne laisser aucun homme, aucun enfant se mettre en travers de leur carrière. Elle avait ce qu'elle voulait plus que tout : une famille. Cependant, elle avait toujours présent à l'esprit l'autre sujet : gagner sa vie.

Le travail d'Eleanor n'avait rien de prestigieux ces temps-ci. Il y avait sa BD pas comique, bien sûr, mais quand elle avait un peu de temps libre, elle créait des logos d'entreprises, des illustrations de manuels scolaires, des invitations au mariage d'un estivant fortuné qui voulait un dessin à l'encre des mariés entourés d'un cœur. Elle ne refusait pour ainsi dire jamais une proposition. Peu importait qu'elle ne soit pas inspirée par ce qu'on lui demandait. Elle trouvait des idées dans sa BD *L'Arbre de la famille.* Et dans la famille qui en était la source.

Un jour, une étudiante de Harvard travaillant à une thèse sur les difficultés rencontrées par les femmes artistes qui élevaient de jeunes enfants rendit visite à Eleanor. La jeune femme avait adoré les *Bodie* quand elle était petite. Rien d'autre n'aurait pu expliquer pourquoi le nom d'Eleanor figurait sur sa liste.

L'étudiante de troisième cycle, Ashley, était venue de Cambridge en voiture pour l'interviewer. Eleanor étendait le linge quand la visiteuse arriva à la ferme.

« Je ne pensais pas qu'on faisait encore ce genre de choses, dit Ashley.

— Vous savez le plus fou ? J'adore étendre le linge. Savez-vous que les vêtements sentent vraiment bon quand ils ont séché en plein air ? »

Ashley ne parut pas convaincue. « Mais votre mari participe, non ? » Pas question pour cette jeune femme d'utiliser le mot « aider ».

Eleanor se mit à rire. « Cam a peut-être déjà vu une pince à linge, dit-elle. Mais on peut sans aucun doute parier qu'il ne sait pas à quoi ça sert.

— Ça ne vous rend pas furieuse ? Deux poids, deux mesures ? Tout ce que les femmes artistes tolèrent, que jamais les hommes ne supporteraient ? »

C'était bizarre. Eleanor savait que beaucoup de choses auraient mérité sa colère si elle avait commencé à y réfléchir. Elle avait choisi de ne pas y penser. Ou peut-être était-elle réellement en colère sans se l'être jamais avoué.

La bûche de Noël *jetée à la poubelle. Cam partant en VTT. Ses mots quand il avait passé la porte : « Quand est-ce que je pourrai prendre un samedi matin pour partir à l'aventure ? »*

« Je ne suis pas en colère, dit-elle. À quoi ça m'avancerait de l'être ?

— Je veux dire, ça doit épuiser votre énergie, poursuivit Ashley. Les tâches ménagères. Les enfants. » Elle ne savait même pas le reste. Qui gagnait l'essentiel de l'argent de la famille ?

« Vous savez d'où vient mon énergie créatrice ? D'eux. » Eleanor fit un geste en direction du pré où, en cet instant, ses trois enfants étaient absorbés par un jeu semblant impliquer une vieille balle de tennis et une tapette à mouches. « D'une manière ou d'une autre, tout ce que j'ai fait de mieux, je l'ai appris en élevant mes enfants. »

À l'heure du déjeuner, elle prépara pour elles deux une quiche aux brocolis et une salade qu'elles mangèrent dans la véranda. Les enfants entraient de temps en temps en courant et repartaient aussi vite.

« Est-ce qu'il vous arrive d'imaginer ce que vous pourriez faire, si vous n'aviez pas tous ces enfants ? » lui demanda Ashley. À la façon dont elle prononça ces mots, Eleanor eut l'impression qu'elle trouvait triste et peut-être même tragique la tournure qu'avait prise sa vie, d'auteure à succès à mère chauffeur des enfants, travaillant en free-lance et coupant la croûte du pain de Toby.

« C'est vrai, dit-elle. M'occuper de mes enfants signifie que j'ai beaucoup moins de temps pour coucher quelque chose sur le papier. Mais quand je finis par m'installer à mon bureau, j'ai beaucoup plus à dire. »

Elle parlait de sa BD pas comique, bien entendu, mais, à la vérité, et encore maintenant, la plupart du temps qu'elle passait devant son bureau était consacré à dessiner des logos pour des plombiers et des compagnies d'assurances. Elle ne mentionna pas cet aspect de sa vie à la jeune femme qui, au début de sa visite, lui avait raconté combien les *Bodie* avaient changé sa vie.

Ashley parut douter. « Je comprends, dit-elle. Mais vous devez être en colère de temps en temps, non ? Devant tout ce qu'on attend d'une femme et que les hommes considèrent comme allant de soi. N'aimeriez-vous pas avoir une pièce à vous pour travailler ? Au lieu d'une table de cuisine ?

— Je n'y pense pas beaucoup, en fait. Pour moi, être féministe veut dire manifester force, confiance et ténacité pour parvenir à ce qu'on veut faire de sa vie. Dans mon cas, le but était de fonder une famille. C'est ce que j'ai fait. Si je suis moins créative en ce moment, je m'en accommode. Personne ne peut tout avoir dans la vie. Il faut faire des compromis. »

Ashley partit au milieu de l'après-midi. Après son départ, Eleanor, devant l'évier, lavait la vaisselle et repensait à la question de la jeune femme. Elle était peut-être plus en colère qu'elle ne se l'avouait, mais elle ne se permettait pas de le reconnaître.

Et peut-être n'avait-elle pas le temps d'y réfléchir. Eleanor se levait de bonne heure et s'installait à son bureau – envahi par les papiers de l'école et les bons d'achat de l'épicerie – avant le réveil des enfants. Elle avait acheté un très long fil de téléphone de sorte qu'elle pouvait répondre à l'appel d'un client dans le placard du rez-de-chaussée sans entendre les voix des enfants. Elle essayait de donner l'impression à la personne au bout du fil qu'elle était une professionnelle assise dans un bureau quelque part et non une femme en pantalon de jogging avachi, réclamée par un petit garçon de quatre ans tout nu qui cognait contre la porte parce qu'il voulait lui montrer sa crotte.

Elle ne s'était pas acheté de lingerie depuis sa dernière grossesse. Mais elle ne se considérait pas comme une martyre. Elle avait sa famille. Elle avait fait ce choix.

Parfois, occupée devant le plan de travail, Eleanor, tout en remuant le fromage et les macaronis, écoutait les voix de ses enfants provenant de différentes parties de la maison : Ursula et ses Barbie en grande conversation sur la mode ; Alison apprenant le mandarin avec une cassette qu'elle avait empruntée à la bibliothèque ; Toby, dans la salle de bains, travaillant la polonaise de Wieniawski ; Sally, endormie devant le poêle à bois, émettant des bruits qui évoquaient un rêve de chasse aux écureuils.

« C'est cela, *mon* action radicale, avait-elle déclaré à la jeune étudiante de Harvard. Élever trois êtres humains qui changeront le monde. »

35

Valeurs familiales

Elle allait chercher Ursula en voiture à son cours de gymnastique. La radio était allumée. Eleanor préférait en général écouter de la musique mais, pour une raison quelconque, l'autoradio était réglé sur les informations. Le sujet annoncé concernait les étoiles montantes de la politique. Une voix connue sortit du haut-parleur, une voix qu'elle n'avait pas entendue depuis longtemps, mais avant même d'avoir mis un nom dessus elle sentit son ventre se crisper.

« Avec tous ces bénéficiaires de l'aide sociale qui restent assis devant leur télévision et touchent des chèques, il serait temps de penser aux Américains de la classe moyenne qui travaillent dur, pour changer un peu. »

Cela continuait. Des déclarations sur l'Église, sur les valeurs familiales traditionnelles. Le caractère sacré de la vie humaine, dès la conception.

C'était Matt Hallinan, désormais représentant l'État de Rhode Island à la Chambre des représentants des États-Unis.

Elle entendait encore sa voix chuchoter à son oreille et se rappelait ses mains sur ses épaules, sur son visage, quand il la faisait s'allonger.

Eleanor éteignit la radio et s'arrêta sur le bas-côté. Sachant ce qui allait venir, elle sortit de la voiture. Elle vomit.

36

Invitée Numéro Quatre à la Fête

Au printemps, l'institutrice d'Alison avait envoyé un mot à Cam et à Eleanor. Elle souhaitait avoir avec eux un entretien.

L'école commençait à préparer le spectacle annuel, une version musicale de *Cendrillon* et toutes les filles de la classe, sauf celles qui jouaient les rôles de Cendrillon, des demi-sœurs et de la belle-mère, représentaient les Invitées au Bal. Quand la maîtresse qui s'occupait de la pièce, Mrs. Ferguson, avait montré aux filles les robes du soir qu'elles porteraient pour le spectacle (démarche destinée à les consoler de ne pas avoir de rôles parlants), Alison avait refusé d'essayer la sienne. Elle voulait jouer un invité. Ou le prince.

« C'est vraiment la première fois que nous avons vu Alison s'affirmer avec autant de détermination, expliqua Mrs. Ferguson à Eleanor et à Cam lors de leur entretien. Elle a toujours été très calme. Elle a toujours suivi le mouvement. Mais je dois dire que cette affaire a révélé un aspect de son caractère auquel je ne m'attendais pas. C'est très difficile.

— Ne pouvez-vous pas laisser notre fille porter une veste de costume si c'est ce qu'elle préfère ? Le but de ce spectacle est que les enfants s'amusent, non ?

Manifestement, porter une robe de bal n'est pas l'idée que se fait Alison d'un jeu amusant, dit Cam.

— Si on commence à faire une exception pour une élève, qui sait ce que les autres vont demander ? » répondit la maîtresse. Pour Eleanor, cet argument ne tenait pas debout. Combien de petites filles de huit ans dans la classe d'Alison partageaient-elles sa répugnance à porter une robe ?

Finalement, Alison accepta de jouer l'Invitée Numéro Quatre au Bal. Mais son consentement parut à Eleanor plus proche d'une défaite que d'une acceptation. Le soir du spectacle, elle avait mal au ventre et toute la famille resta à la maison.

Plus tard dans la soirée, Ursula entra dans la chambre de ses parents. « Je crois qu'il vaut mieux que vous le sachiez, leur déclara-t-elle. Ali dit qu'en fait elle est un garçon. Vous avez fait une erreur quand elle est née. »

Eleanor n'intégra pas cette histoire à sa BD *L'Arbre de la famille*.

37

Plus de bonshommes-bouchons

Au printemps, quand ils mirent à l'eau leurs bonshommes-bouchons, Alison resta à la maison. C'était la première fois qu'un des enfants ne participait pas à la tradition familiale. « C'est nul. Je ne vois pas l'intérêt de larguer un paquet de bateaux débiles dans l'eau avec des bouchons débiles dedans et de se retrouver avec des chaussures pleines de boue en leur courant après. Et ensuite Ursula se met à brailler si un des bonshommes tombe du bateau. Comme si c'était des vrais.

— Mais ils sont vrais. De vrais bonshommes-bouchons », lui répondit Ursula.

Dix autres journaux signèrent un contrat pour publier *L'Arbre de la famille*. Elle recevait des invitations à des manifestations dans différentes villes. À descendre dans une chambre à l'hôtel, comme au temps de *Bodie*. Mais au temps de *Bodie*, elle n'avait pas d'enfants.

Quitter la maison était difficile. Cam, excellent pour mettre en œuvre sur un coup de tête des activités créatives et sportives dans le jardin – construire un igloo, improviser des sorties nature –, n'était pas très fiable quand il s'agissait d'aller chercher les enfants à l'école, de les emmener aux entraînements de foot ou au cours de musique. Chaque fois qu'elle le laissait seul avec eux, elle constatait en rentrant qu'ils avaient raté un rendez-vous, n'avaient pas fait leurs devoirs et s'étaient bien amusés. Une fois, après une visite, le week-end, à un salon de journalisme à Chicago, elle avait découvert qu'ils avaient peint une fresque sur le mur du séjour. Une autre fois, Ursula avait appliqué un autocollant pour T-shirt représentant Michael Jackson directement sur le ventre de Toby. Il resta sur sa peau pendant des semaines et s'écailla lentement, jusqu'à ce qu'il ne reste plus que le contour d'un œil et une partie de la bouche.

Quand elle commença à voyager pour son travail, Eleanor comptait sur Coco comme baby-sitter, mais Coco, bientôt dix-huit ans, était en terminale, envoyait des demandes d'inscription à l'université et avait réduit ses heures de disponibilité.

Eleanor mit une petite annonce dans le journal. En réfléchissant au meilleur profil pour le poste, elle eut l'impression que le plus important était de trouver quelqu'un d'assez énergique pour courir après Toby et, plus que tout le reste, quelqu'un de fiable dans les domaines où son père ne l'était pas.

Finalement elle engagea Phyllis, une femme divorcée de cinquante-deux ans qui avait élevé seule deux enfants. Dix années comme professeure d'aérobic à la Maison des jeunes l'avaient maintenue en excellente forme. Elle faisait la cuisine. Et elle savait tricoter.

« Donnez-moi quelques mois dans votre famille, et vous porterez tous de nouveaux pulls », dit-elle à Eleanor. Mais ce qui conclut l'affaire fut la façon dont Phyllis répondit à Toby.

En faisant la connaissance de leur fils, en observant ses explosions d'énergie intempestives, certaines personnes ne savaient pas quoi faire de lui, mais Phyllis ne sembla pas impressionnée. La première fois qu'ils se rencontrèrent, elle lui parla d'une voix calme, pas en langage de bébé, et quand elle vit les cailloux qu'il tenait dans sa main elle lui demanda s'il voulait bien les lui montrer. Il les posa dans sa paume et elle les examina attentivement avant de reprendre la parole.

« Moi aussi, j'aime bien les cailloux, dit Phyllis.

— Tu veux voir ma collection ? » lui demanda Toby. Il lui prit la main et l'emmena dans sa chambre. Une minute plus tard, Eleanor entendit de la musique. Il jouait du violon pour elle, les douze mesures de la polonaise de Wieniawski qu'il maîtrisait.

« Encore une chose. Tu savais que j'avais un pied palmé ? » l'entendit-elle dire à Phyllis.

38

Une vie merveilleuse

« Si seulement on pouvait empêcher la Terre de tourner. Si tout pouvait rester comme maintenant », dit Ursula.

C'était un dimanche, une semaine après la fin de l'école. Depuis trois jours, ils subissaient une vague de chaleur inhabituelle pour cette période de l'année, avec des températures qui ne descendaient pas au-dessous de trente-deux degrés et culminaient à plus de trente-huit à midi. Ursula ne cessait de faire des glaces à l'eau parfumées aux fruits, seule nourriture, à part la pastèque, qui leur faisait envie.

Cette semaine-là, Cam et Eleanor dormirent nus, pas tant comme avant, pour sentir le contact de leur peau, que dans le but d'échapper le plus possible à la chaleur. Quand ils se levaient, ils prenaient des douches prolongées, passaient des glaçons et pulvérisaient de l'eau sur leur visage. Ils sautaient dans le bassin. Eleanor se dit qu'aucun bébé ne naîtrait dans neuf mois. Personne ne serait assez fou pour faire l'amour par cette chaleur.

Ce jour-là, Darla et Kimmie avaient projeté d'emmener Alison et Ursula dans un parc aquatique au nord de chez eux, Magic Waves. Ursula rêvait d'y aller depuis qu'elle avait vu un soir une brochure au restaurant

Friendly's. Mais le parc exigeait une taille minimum et Toby était trop petit. Le matin où Darla vint chercher les filles pour l'aventure du parc aquatique, il s'assit devant la fenêtre et les regarda monter en voiture. Durant l'heure qui suivit, il erra comme une âme en peine et demanda mille fois à Eleanor quand ses sœurs allaient rentrer.

Les filles revinrent juste après l'heure du déjeuner. Un orage électrique avait éclaté au parc et tout le monde avait dû sortir de l'eau.

Toby sauta dans les bras d'Ursula.

« Je t'ai retrouvée ! cria-t-il.

— On nous a donné des pass pour revenir un autre jour et un en plus pour un ami. Je parie que tu seras assez grand pour y aller la prochaine fois.

— Ce n'était pas si bien que ça de toute façon. J'ai l'impression que des gens ont fait pipi dans l'eau, déclara Alison.

— Vous êtes revenues », dit Toby. Il leur caressa les cheveux, d'abord ceux d'Ursula, puis ceux d'Alison, les personnes qu'il préférait dans le monde entier. Toby, ce jour-là, eut sans doute l'impression qu'il avait fait revenir ses sœurs par la seule puissance de son désir d'être avec elles.

Cam sortit de son atelier et coupa une pastèque, puis ils construisirent une cabane avec le carton du réfrigérateur qu'on leur avait livré, le vieux Coldspot ayant fini par rendre l'âme. Ils installèrent une poulie menant à une seconde structure qu'Alison appela la Kasbah, faite de deux vieux draps étendus sur la tonnelle de rosiers. Pendant des heures, ils envoyèrent des messages par les poulies entre la cabane et la Kasbah, puis tout le monde céda à la chaleur et à la fatigue. Ursula courut dans la maison et en rapporta une pile de coussins, des livres de la bibliothèque, des marqueurs parfumés et un grand sac de crackers.

Ils étalèrent une couverture sous Old Ashworthy et Alison leur fit un moment la lecture de *La Toile de Charlotte*, leur livre préféré. Puis elles confectionnèrent pour Toby une épée décorée d'emballages de chocolats qu'Ursula avait conservés, Alison leur lut un autre chapitre, Ursula et Toby se déshabillèrent complètement et coururent ensemble dans le bassin en se tenant par la main, bien que l'eau fût encore très froide.

En sortant, ils s'enveloppèrent dans des serviettes, puis Ursula appliqua du vernis sur les ongles des orteils de Toby et sur les siens, mais pas sur ceux d'Alison, naturellement.

Toby grimpa sur la table de pique-nique, tout nu en dehors d'un vieux chapeau de paille de Cam, avec ses orteils violets, et chanta sa chanson favorite du moment, « Shipoopi ». Il l'avait apprise en écoutant le disque de la bande sonore de *The Music Man*, qu'ils avaient trouvé lors d'une récente mission à la décharge. Il poursuivit avec une autre chanson qu'il adorait, « Thriller ». Même si l'album *Thriller* était sorti depuis un moment, il aimait beaucoup la vidéo avec Vincent Price et Michael Jackson qui se transformait en loup-garou. Toby connaissait tous les gestes et les interprétait avec une étonnante justesse et, mieux encore, avec style.

Ils sentaient l'odeur du dîner qui cuisait : poulet frit et pain de maïs. Ils savaient qu'il y aurait ensuite du crumble aux pommes avec de la glace à la vanille. Après quoi, la famille irait se blottir sur le canapé avec Sally et regarderait un film sur le nouveau magnétoscope. Le ventilateur serait mis en route à cause de la chaleur. Le week-end précédent, ils avaient choisi un film sur un chercheur parti dans la toundra en Alaska pour étudier le comportement des loups et, comme ils n'avaient pas encore rapporté la bande au vidéoclub, ils avaient une bonne chance de persuader leurs parents de les laisser le revoir, car leur mère pensait que ce film développait des valeurs positives, comme la gentillesse et le courage.

Ce fut l'après-midi où Ursula déclara qu'elle aimerait pouvoir empêcher la Terre de tourner.

Vraiment, c'était peut-être la journée la plus parfaite de toutes. (Et le plus drôle : elles n'avaient même pas glissé sur le toboggan géant du parc aquatique.)

Plus tard, les filles se rappelleraient exactement où elles étaient quand Ursula prononça ces mots : allongées sur la couverture de la télé, dans la cabane construite avec le carton du réfrigérateur, mangeant le reste de la pastèque, le menton dégoulinant de jus. « Prenons-nous par la main et fermons les yeux. Pour qu'on se souvienne », dit Ursula.

Ce fut Alison qui proposa de faire une capsule temporelle. Quelque temps auparavant, à la décharge, elle avait extirpé un vieux coffre-fort métallique d'un tas d'ordures. Ce n'était pas facile de le transporter du break jusqu'en haut de la colline, mais elle avait persuadé sa mère que le coffre-fort était un trésor digne d'être sauvé.

Il se trouvait dans le garage depuis au moins un an. Cet après-midi-là, ils le tirèrent dehors et passèrent tous les trois près d'une heure à le nettoyer.

L'idée était que chacun d'eux dépose quelque chose dans le coffre. « Il ne faut pas que ce soit n'importe quelle cochonnerie ou ce que vous avez gagné dans une boîte de Happy Meal. Il faut que ce soit quelque chose de vraiment précieux pour vous. Par exemple un truc dont vous avez du mal à vous séparer. Mais c'est justement pour ça qu'il faut le mettre dans la boîte », dit Alison.

Ils n'étaient pas censés révéler aux autres ce qu'ils mettaient dans la capsule temporelle. Ils enveloppèrent leurs objets dans du papier-toilette. Les filles écrivirent une lettre à leur moi futur ou à quiconque découvrirait un jour le coffre. Elles aussi restèrent secrètes.

Bien que ne maîtrisant pas l'orthographe, Toby aussi voulut rédiger une lettre. Alison proposa de l'aider, mais il refusa en disant qu'il allait le faire tout seul. Il prit un marqueur violet parfumé au raisin et passa un moment étonnamment long, cinq minutes au moins, à composer sa lettre.

Quand ils eurent terminé et que chacun eut placé ses trésors dans le coffre, ainsi que sa lettre, ils trouvèrent une pelle dans le garage. Ils réfléchirent intensément au meilleur endroit où enterrer leur capsule temporelle.

C'était presque l'heure du dîner ; leur mère les appela. « Cinq minutes ! » lui crièrent-ils.

Le soleil illuminait les feuilles d'Old Ashworthy, qui semblaient flamboyer, et le ciel était sans nuages.

L'endroit était idéal, naturellement, sous leur arbre extraordinaire, et assez éloigné des plus grosses racines pour qu'ils puissent creuser la terre avec leur pelle.

« Et si on oublie où on l'a enterrée ? dit Ursula.

— Je ne crois pas que ça arrivera, mais au cas où, on va dessiner une carte sur le mur du bûcher », dit Alison.

Ils n'oublieraient rien, rien de ce qui se passa durant l'après-midi.

C'était le dernier jour de leur vie merveilleuse.

39

Poche de cailloux

Le lundi était le jour où elle devait livrer sa BD pas comique, *L'Arbre de la famille*, au syndicat, et la vague de chaleur n'avait pas cédé. Eleanor s'était levée encore plus tôt que d'habitude, espérant terminer son travail avant que la température écrasante ne s'abatte sur eux. La plupart du temps, les idées se bousculaient, mais ce matin-là elle avait la tête vide. Elle écrivit le mot « Chaud » en haut de la page. Et puis plus rien.

De sa table à dessin dans l'arrière-cuisine, Eleanor entendait Ursula laver les bacs à glaçons en chantant sa chanson préférée depuis le début de l'été, « We Are the World », de sa voix claire, légère et haut perchée. Alison était allongée sur l'herbe avec un éventail japonais et une pile de vieux *National Geographic*. Sally était couchée sur la terre et haletait.

Phyllis avait pris un jour de congé pour aller chez le médecin et Coco était partie visiter une école de soins holistiques dans le Vermont, où elle envisageait de s'inscrire plutôt que d'aller à l'université. Un peu à contrecœur, parce qu'un de ses copains des Yellow Jackets était passé lui proposer d'aller voir un pick-up qu'il pensait acheter, Cam avait accepté de surveiller les enfants.

Tôt dans la matinée, il avait mis l'arrosage en route et installé le tapis de glisse, mais personne n'avait assez d'énergie pour courir. Eleanor leva la tête et vit par la fenêtre Ursula et Cam étendus dans l'herbe, tandis que Toby les aspergeait avec un vaporisateur. Cam leur lisait tout haut un recueil de poèmes de Shel Silverstein. Il faisait presque trop chaud pour gaspiller de l'énergie à rire.

Eleanor revint à la planche qu'elle dessinait : une femme lui ressemblant vaguement – le personnage récurrent de sa bande dessinée, Maggie, la mère – fourrait la tête dans le congélateur.

Plus tard, Alison dit qu'elle se rappelait avoir vu Toby s'éloigner, mais elle ne s'était pas inquiétée car, une minute plus tard, elle l'avait entendu jouer du violon dans la maison. Il avait récemment appris deux mesures supplémentaires de la polonaise.

Plus tard ils trouveraient son violon appuyé contre la baignoire, comme s'il avait eu l'intention de revenir s'exercer. C'était du Toby tout craché : il était capable de se concentrer comme un rayon laser. Ou de foncer vers tout autre chose dans une explosion d'énergie, tel Super Mario. Peut-être avait-il entendu Sally aboyer pendant qu'il jouait. Peut-être s'était-il rappelé qu'il devait dire quelque chose à Alison dans leur langage secret. Peut-être avait-il remarqué un insecte sur le bord de la fenêtre et décidé de le mettre dehors pour qu'il retrouve sa maman. Ce serait du Toby tout craché.

Peut-être leur garçon au pied palmé avait-il décidé d'aller nager.

En définitive, ils surent seulement qu'à un moment Toby était parti dans les bois chercher des cailloux, un autre de ses hobbies. Ils le comprirent quand ils le trouvèrent avec des cailloux plein les poches.

Cam s'était endormi dans l'herbe, Ursula à côté de lui et le livre de Shel Silverstein ouvert sur sa poitrine. Ursula s'était levée pour remplir le vaporisateur au tuyau d'arrosage. C'était alors qu'elle l'avait vu : le petit corps robuste de son frère allongé sur le ventre, le visage dans l'eau du bassin, ses longues boucles rousses déployées autour de sa tête comme un animal marin, les bras écartés tel l'ange des neiges, une tong encore à son pied, l'autre flottant un peu plus loin au milieu des nénuphars.

Toby n'était pas simplement sur l'eau, mais au-dessous, assez profond pour que son visage semble toucher le fond du bassin. Il ne bougeait pas.

Ursula appela ses parents. Ils se précipitèrent. Cam, dans l'herbe, se réveilla instantanément. Eleanor sortit de la cuisine. Elle arriva la première près de son fils, pataugea dans le bassin, le prit dans ses bras et tira son corps tout mou hors de l'eau en criant au secours.

Plus tard, ils comprirent ce qui l'avait attiré vers le fond et empêché de remonter. Tous les cailloux qu'il avait ramassés et mis dans ses poches.

Le temps qu'Eleanor allonge Toby dans l'herbe, les autres étaient là. Alison courut à la maison appeler le 911. Cam s'agenouilla près de Toby, appuya sur sa poitrine, essayant de se rappeler les gestes de sauvetage qu'il avait appris des années auparavant.

Aucun d'eux n'avait la notion du temps qui s'écoulait, mais Cam appuya sans doute sur la poitrine de Toby plusieurs minutes. Eleanor, agenouillée par terre à côté de leur fils, frottait ses joues, ses pieds, ses cheveux. Alison, de retour après avoir appelé l'ambulance, était debout dans l'herbe, un bras autour des épaules de sa sœur et le regard fixé sur le visage de son frère. À part quand il dormait, ils ne l'avaient jamais vu aussi immobile.

Toby n'était pas le seul à ne pas respirer. Eleanor avait l'impression qu'aucun d'eux ne respirait. Quelque part au loin – pourtant Ursula se tenait juste à côté d'elle – elle entendait Ursula pleurer.

Toby portait ce jour-là un T-shirt décoré sur le devant de la Tortue Ninja Donatello. Cam, qui appuyait sur la poitrine de Toby, dit quelque chose qu'Eleanor ne comprit pas. Une prière, peut-être. Eleanor, à genoux dans l'herbe, conclut en silence un marché. Elle donnerait tout ce qui était en sa possession pour voir son fils aspirer de l'air dans ses poumons.

Il restait immobile. Son visage avait pris une teinte bleuâtre. Ses mains aux doigts calleux, à cause des heures qu'il passait à jouer la polonaise de Wieniawski, étaient posées contre ses flancs comme deux poissons morts.

Faites que Toby se réveille. C'était la prière que répétait Eleanor. Pas à voix haute, mais dans sa tête. La ferme pouvait être réduite en cendres du moment que leur garçon magique leur était rendu. Elle choisit, en cet instant, d'offrir en sacrifice ce qui lui était le plus précieux en dehors de ses enfants.

Une minute passa. Peut-être cinq. Puis ils reconnurent la sirène sur la route, un son qu'ils n'avaient jamais entendu hors de la ville. Pendant une fraction de seconde, Eleanor pensa : « Toby va adorer ça. » Toby, passionné par les tractopelles, les excavatrices, les camions de pompiers et tout ce qui faisait beaucoup de bruit. Par les gyrophares, les hommes en uniforme et les véhicules qui roulaient vite.

Le camion venait de s'arrêter sous le frêne quand le miracle se produisit : le corps de Toby, jusqu'alors complètement mou, se redressa soudain dans l'herbe comme si un courant électrique l'avait traversé. Puis il cracha de l'eau, de l'eau et de la boue. Il ne pleurait pas, mais tout son corps tremblait.

Quand l'ambulancier s'approcha de Toby, Cam et Eleanor le tenaient dans leurs bras et il continuait à crachoter, bruits merveilleux d'un garçon vivant qui respirait. Sa peau reprenait des couleurs. Ses bras étaient passés autour du cou d'Eleanor et elle enfouissait son visage dans ses cheveux. Il avait le regard fixé sur le ciel et sur Sally qui avait couru vers lui et lui léchait les pieds. Ces magnifiques orteils palmés.

Tu vas bien, répétaient-ils. *Tu vas bien. Nous avons eu tellement peur. Nous t'avons récupéré. Rien d'autre ne compte. Seulement cela.*

Pourtant il était différent. Il pleurait, mais pas comme le Toby d'avant, les rares fois où il pleurait – ni plaintif, ni furieux, ni indigné.

À présent, sa voix, qui avait toujours ressemblé à celle d'un homme, était à peine audible. Il geignait plus qu'il ne pleurait, et toute sa férocité avait disparu. Eleanor se souvenait d'un oiseau qui avait un jour percuté la vitre de la cuisine. Il était tombé par terre et, pendant une minute, n'avait montré aucun signe de vie. Puis il s'était mis à battre des ailes, à émettre d'étranges pépiements et s'était péniblement remis sur ses pattes. Après avoir titubé un moment, il avait battu de nouveau des ailes et décollé d'un vol bizarrement hésitant avant de s'élever et de disparaître derrière les arbres.

Ce serait pareil pour Toby. On pouvait comprendre que, pendant quelques minutes, il demeure immobile dans les bras d'Eleanor tandis que sa famille lui caressait le visage, les cheveux. D'abord il aurait l'expression d'un personnage de BD qui reçoit un coup sur la tête et voit des étoiles tournoyer autour de lui. D'un instant à l'autre, il allait secouer sa magnifique tignasse mouillée par l'eau du bassin, et éclater de son gros rire grave. Il allait regarder aux alentours et s'envoler comme l'oiseau.

Sauf que non. Il restait assis et les fixait tous du regard, l'air encore hébété, comme s'il se demandait : *Qui sont ces gens ?*

« Ça va, mon pote ? Tu nous as fait une de ces frayeurs ! » dit Cam.

Eleanor prit dans ses bras Ursula qui n'arrêtait pas de trembler. « Sans toi, Ursie, on ne serait peut-être pas arrivés à temps. »

Ce qu'elle ne dit pas, parce qu'elle ne s'était pas encore résolue à le penser, était que, si Cam avait fait ce qu'elle lui avait demandé, s'il avait surveillé les enfants comme il l'avait promis, Toby ne se serait jamais retrouvé dans l'eau. S'il avait fait ce qu'il était censé faire, au lieu de s'endormir, leur fils ne se serait pas retrouvé dans cette situation.

À présent, l'un des ambulanciers effectuait des tests. Il fit passer une lampe électrique devant les yeux de Toby et lui demanda de suivre la lumière. Il prit sa tension, écouta son rythme cardiaque.

« Tu connais déjà l'alphabet, mon grand ? » lui demanda-t-il. Toby récitait l'alphabet avant son deuxième anniversaire et avait récemment appris à compter jusqu'à vingt en mandarin avec sa grande sœur. Il connaissait aussi les tables de multiplication et la capitale de chaque État, le nom de tous les dinosaures, y compris ceux dont personne n'avait entendu parler, les quatorze premières mesures de la polonaise de Wieniawski, sans parler de tous les minéraux de son *Encyclopédie des roches et des minéraux*. Il regarda l'homme d'un air absent. « K, dit-il. K. L. Z. » Sa tête retomba sur sa poitrine.

« Il est encore un peu groggy. Cela se comprend, compte tenu de ce qui vient de lui arriver », dit Eleanor. Elle percevait dans sa voix une certaine note de terreur juste sous la surface. Qui essayait-elle de convaincre ? Elle-même, sans doute.

« Je ne suis pas sûr de pouvoir réciter l'alphabet pour le moment, déclara Cam à l'ambulancier. Ne t'en fais pas, Tobes », dit-il à leur fils.

Alison se tenait un peu à l'écart, les mains dans les poches, comme si elle savait déjà. Pas Ursula. À genoux tout près de son frère, elle écartait ses cheveux de son visage, arrangeait ses boucles.

« A, B, C, D, chanta-t-elle. Et si on chantait ensemble ? » Elle devait penser que c'était comme à l'école, que si on ne donnait pas la bonne réponse on pouvait avoir des ennuis.

« X », dit Toby. Il ressemblait à un astronaute revenant vers eux après un séjour dans l'espace. « W. » Il avait les yeux vitreux, dans le vague. Sa peau était très froide.

« Écoutez, dit l'ambulancier à Eleanor. Je suis certain que votre fils va bien s'en sortir, mais il faut l'emmener aux urgences pour lui faire passer quelques examens. Juste pour être sûrs. On lui fera sans doute un électroencéphalogramme. Il faut s'assurer que son cerveau fonctionne comme il faut. »

Ils attachèrent Toby sur la civière. Cela ne lui ressemblait pas de n'opposer aucune résistance. Toby n'était pas du genre à se laisser immobiliser.

Une angoisse terrible commençait à s'emparer d'Eleanor. « Non, non, non. Je veux le garder à la maison », dit-elle aux ambulanciers. Tant qu'ils seraient tous à la ferme, tout irait bien pour lui.

« On ne peut pas le faire un autre jour ? demanda-t-elle.

— Il faut le faire, El », lui dit Cam. Il conduisit Eleanor vers le break.

Jackie Kennedy à Dallas. Le costume rose, avec le sang.

Eleanor voulait monter dans l'ambulance avec Toby, mais les ambulanciers devaient rester à ses côtés. « Suivez-nous », lui dit l'un d'eux. Il n'y avait pas de place pour elle.

Cam conduisait. Personne ne parlait. Une cassette était enclenchée dans l'autoradio, quand Cam mit le contact, la bande-son de *The Music Man* reprit là où ils l'avaient laissée quand elle s'était garée dans l'allée la dernière fois, avec les trois enfants chantant « Seventy-Six Trombones » à l'arrière. Toby plus fort que les autres.

« Coupe la musique », dit Eleanor.

40

Ce moment est passé

Les résultats des examens, quand ils les connurent, ne laissaient pas de place à l'illusion. Lésions au cerveau, modérées à moyennes, résultant de la privation d'oxygène. Le médecin se mit à parler de lobes et d'hémisphères, mais ils ne comprirent pas le reste.

« C'est seulement temporaire, n'est-ce pas ? Combien de temps pour qu'il redevienne comme avant ? » demanda Eleanor.

Le médecin prit une longue inspiration. « Il y a des gens qui peuvent aider à la rééducation de votre fils pour que d'autres zones de son cerveau prennent en charge une partie des fonctions des zones lésées. Les cellules du cerveau ne se régénèrent pas. »

Elle voyait ses lèvres bouger, mais les mots ne voulaient rien dire. Elle avait dû mal entendre.

« Votre fils peut encore vivre une bonne vie. Différente de celle d'avant. Il peut encore éprouver du plaisir avec sa famille. Ses fonctions motrices seront peu affectées. Ses lésions concerneront surtout le langage et les fonctions cognitives », leur dit le médecin.

Dans la salle d'attente, une femme lisait un magazine avec Tom Cruise en couverture. Un bébé pleurait dans la salle. Une mère soulevait un enfant pour qu'il boive à la fontaine. Un autre enfant avait renversé un paquet de Cheerios par terre. À la télévision fixée au mur, *Le Bigdil*.

« Dès maintenant, nous devons tous nous accrocher au fait que Toby aurait pu mourir cet après-midi. » Le médecin continuait à parler. « À certains égards, c'est ce qui est arrivé. Vous avez eu beaucoup de chance que votre mari ait réussi à le ranimer par RCP. Trente secondes de plus, peut-être moins, et nous nous trouverions dans un contexte très différent. Mais on ne peut pas s'attendre à ce que le cerveau humain sorte indemne d'une privation d'oxygène aussi longue. »

Non. Non. Non. Non. Eleanor secouait la tête. Elle tremblait de tout son corps. Cam se pencha sur elle pour la prendre dans ses bras. Elle le repoussa.

Elle venait de prendre conscience des circonstances dans lesquelles l'accident s'était produit. Elle le regarda à cet instant comme si elle se trouvait face à un assassin.

« C'est ta faute », dit-elle. Sa voix n'était qu'un murmure.

Cam se décomposa. Ses boucles rousses lui couvrirent le visage.

« Je donnerais n'importe quoi… Je ferais n'importe quoi.

— Mais tu ne peux plus rien faire maintenant, hein ? Ce moment est passé », dit-elle d'une voix méconnaissable pour elle-même. Glaciale.

41

Nous sommes les enfants

La chambre d'hôpital de Toby, trois jours après l'accident. Toby sur le lit, les bras le long du corps. Il était sous perfusion, du glucose parce qu'il ne pouvait pas manger, et un tas de fils étaient fixés sur sa tête pour enregistrer son activité cérébrale, avait expliqué le médecin.

Tous les quatre – Eleanor, Cam, Ursula et Alison – étaient réunis autour de son lit.

« Vous pouvez essayer de lui parler, suggéra le neurologue appelé en consultation auprès de Toby. Même si on a l'impression que rien ne se passe là-dedans, parfois une voix familière, une musique familière déclenche quelque chose dans les cellules cérébrales. »

« J'ai une idée. On va tous chanter pour lui », dit Ursula.

Pour commencer elle essaya « Thriller ». N'obtenant aucune réponse, elle essaya une autre chanson. Sa voix légère et pure de soprano était à peine audible à cause du bruit des machines.

We are the world...

« Tu te souviens de celle-là, hein, Tobes ? » lui dit-elle.

Eleanor observait l'expression de son fils pendant qu'ils chantaient. Ses jolies lèvres pleines, ses taches de rousseur. L'auréole de cheveux roux sur l'oreiller. Puis elle contempla sa fille cadette. À ce moment-là, elle comprit ce que signifiait chanter de tout son cœur.

« … *we'll make a better day, just you and me.* »

Rien.

42

Ballon. Œuf. Dinosaure.

Ils rangèrent le violon. Les premiers jours de Toby à la maison après son séjour à l'hôpital, Ursula lui mit son disque et le fit asseoir à côté du tourne-disque en plaçant l'aiguille sur le sillon habituel. « C'est ton préféré, Tobes. Tu t'en souviens, hein ? »

Si les notes arrivaient quelque part dans son cerveau endommagé, rien dans ses yeux ni dans son corps étonnamment flasque ne le laissait deviner. Toby fixait Ursula d'un regard vide. Elle était debout à côté du tourne-disque, une règle à la main, et agitait les bras comme un chef d'orchestre.

« Tu ne veux pas arrêter, pour une fois ? » la rembarra Alison. Cela ne lui ressemblait pas de parler à sa sœur sur ce ton. Ursula posa sa règle.

Toby marchait, mais différemment. Il bougeait lentement dans les pièces de la maison et dans la cour où il filait habituellement dans un tourbillon d'énergie débordante. Auparavant, il était toujours en mouvement : vers l'atelier, le potager, les bois ; il allait toujours quelque part, toujours vite. À présent, il dérivait comme les graines de pissenlit par un après-midi sans vent. La plupart du temps, il restait assis, tournait les pages d'un livre si on lui en avait mis un entre les mains ou contemplait le ciel. Parfois il observait le bout de son lacet ou une fourmi qui montait sur la jambe de son pantalon. Une fleur de pissenlit ou un brin d'herbe suffisait à l'occuper.

Eleanor passait des heures à tourner les pages de l'un de leurs livres de bébés, Toby sur ses genoux, et à montrer du doigt les objets ordinaires, les couleurs. *Un ballon. Un œuf. Un dinosaure.* Quand elle n'en pouvait plus, elle allait chercher *Mes cent premiers mots*, pas beaucoup plus avancé, mais un petit peu. *Un fermier. Un boulanger. Un pompier.* Toby ne refusait jamais de rester assis. Mais il ne réagissait jamais non plus.

Très souvent, Sally se plaçait tout près de Toby, la langue sur sa jambe ou son bras. Elle respirait en silence et se mettait à grogner quand un écureuil ou le souvenir d'un os délicieux entrait dans son rêve. Toby avait l'air d'apprécier, pour autant qu'on puisse encore deviner ce qu'il aimait. Son visage, si animé avant l'accident, était dénué de toute expression. Il était toujours aussi beau, mais il ne faisait plus du tout le même effet sans ses blagues, sa façon de danser comme Michael Jackson, sa grosse voix qui annonçait son arrivée dans la pièce où il allait surgir. Eleanor ne savait pas s'il parlait si peu parce qu'il avait oublié les mots ou simplement parce qu'il n'avait rien à dire.

Quand il parlait, c'était en général parce qu'il voulait manger. Il exprimait sa demande en un léger murmure aigu. En entendant cette nouvelle voix étrange, Eleanor devait parfois sortir de la pièce pour que les filles ne la voient pas se prendre la tête dans les mains. De temps en temps, pourtant, Ursula surprenait sa mère le visage appuyé contre le mur ou allongée sur son lit, un coussin dans les bras.

« Estimons-nous heureux qu'il ne soit pas mort, d'accord ? » disait-elle en caressant les cheveux d'Eleanor.

Darla apporta des carrés au citron. Phyllis laissa une bible sur la table. Walt leur rendit visite avec son jeu d'échecs. « Je me disais que je pourrais y jouer avec votre garçon, dit-il.

— Ne te fais pas d'illusions, répliqua Alison.

— Ça ne fait rien. On va passer un bon moment assis au soleil à déplacer les pièces sur l'échiquier. Ce sera peut-être bien pour lui et ça soulagera ta mère. »

Toutefois, celui qui se montra vraiment à la hauteur de la situation fut Cam. Cam, qui n'avait jamais emmené un enfant chez le dentiste et qui avait du mal à se rappeler le nom de leurs enseignants d'une année sur l'autre, prit le téléphone et joignit des médecins qui travaillaient avec des enfants handicapés mentaux aussi loin que Denver ou Atlanta. Il rapporta de la bibliothèque des photocopies d'articles sur les innovations en rééducation des fonctions cérébrales, fit des recherches sur les endroits où Toby pourrait travailler sur le langage et retrouver son tonus musculaire. Les parents de Cam, jamais très impliqués, proposèrent de payer un traitement, mais toutes les personnes contactées, après avoir examiné les scanners de Toby, conclurent la même chose. Dans le cas des lésions cérébrales constatées, les perspectives de progrès étaient faibles. Il ne fallait pas avoir trop d'espoir.

Cam ne se laissa pas décourager. « Ces médecins ne savent pas tout. Ils ne connaissent pas Toby. » Il commanda le livre d'une femme qui avait inventé un moyen d'apprendre à sa fille handicapée mentale à communiquer par la langue des signes, puis un autre sur les aliments qui stimulent le développement de nouvelles cellules cérébrales, et il les cuisina. Il s'inscrivit à un groupe de parole formé par des parents d'enfants handicapés mentaux, terme qu'Eleanor était incapable de prononcer. Le mardi soir, il faisait seul le trajet d'une heure pour assister aux réunions.

Cam essaya d'emmener Toby au terrain de jeux. Il attacha son fils sur la balançoire pour les tout-petits et le poussa si doucement que la balançoire s'élevait à peine. *Un, un, Toby s'amuse.*

« À la maison », dit Toby. Cam était monté avec lui en haut du toboggan pour essayer de guider son corps devenu flasque. Toby avait toujours adoré le toboggan et fait des pieds et des mains au terrain de jeux, chaque fois qu'ils y allaient, pour y rester aussi longtemps que possible.

« À la maison, répéta Toby. Maison. »

Dans la cuisine, ils l'installaient sur sa chaise, posaient devant lui sa tasse décorée d'une grenouille et le bol Beatrix Potter qu'il avait toujours aimé. Il fixait d'un air absent un point au-dessus de la tête des filles. Leur surprenant géologue. Le garçon promis au Carnegie Hall. Le nageur au pied palmé qui aurait peut-être un jour traversé la Manche. L'enfant qui leur avait dit avoir été un bison dans une vie antérieure. L'enfant qui parlait à Dieu.

Et voilà qu'il ne disait plus rien. Il prenait un bout de pain et le mangeait en silence.

43

Mauvaises choses, bonnes personnes

Tout changea.

Les pièces de leur maison étaient devenues presque insupportables à Eleanor. Le plus souvent possible elle se retirait devant son bureau, fixant la page blanche de son carnet à dessin. Il était plus facile de travailler de longues heures que de passer ses journées avec son fils, confrontée en permanence à la disparition du garçon qu'elle avait élevé et adoré pendant quatre ans et demi, remplacé par ce petit étranger roux et bizarre.

Elle était en colère, pour de vrai. Contre Cam, surtout. Mais elle avait un terrible secret qu'elle n'avouait à personne. Elle était aussi en colère contre Toby.

Sa réaction n'avait rien de rationnel, mais Eleanor devait se retenir de ne pas le gronder quand il ne pouvait pas répondre à une question simple, monter l'escalier sans se mettre à quatre pattes ou – c'était le plus difficile – quand elle lui parlait et qu'il la regardait comme s'il ne la voyait pas et ne savait pas qui elle était. Eleanor avait l'impression que la personne responsable de la disparition de son fils adoré était cet imposteur étrange et silencieux, ingénieusement dissimulé dans le même corps, avec les mêmes cheveux flamboyants, et pourtant méconnaissable. Elle voulait retrouver l'ancien Toby, et même si elle reconnaissait que sa conduite n'avait aucun sens, elle en voulait à celui qui occupait sa place à table.

À l'automne, elle aménagea une pièce dans la grange. L'endroit qui servait auparavant à Cam d'atelier de menuiserie devint sa cachette. Elle préférait travailler toute la journée à sa table à dessin dans la grange – toute la journée et toute la nuit – et gagner de quoi payer Phyllis, plutôt que de rester assise et regarder le garçon feuilleter mollement les pages d'un magazine ou contempler par la fenêtre la mangeoire vide des oiseaux.

Ursula avait toujours été la plus tendre des enfants d'Eleanor, mais elle laissait voir à présent une forme de compassion en partie cachée jusqu'alors, sans doute parce qu'elle n'avait pas été nécessaire jusqu'à ce terrible accident. Ursula était héroïque. Elle se mit à défendre et à protéger infatigablement son frère, au mépris de ce que cela lui coûtait. Dès l'instant où Ursula se levait, tout ce qu'elle faisait et disait paraissait orienté vers deux buts : aider son frère, faire en sorte que sa famille soit de nouveau heureuse.

Elle préparait des crêpes pour Cam et Eleanor – petit déjeuner au lit – ainsi que des muffins, des cookies et des bols de pop-corn, comme avant, quand ils s'entassaient sur le canapé pour regarder un film tous ensemble. Phyllis s'occupait de la majorité des tâches ménagères, mais Ursula prenait en charge certaines activités. Elle s'asseyait par terre avec Toby pendant des heures, récitait les chiffres, lui montrait des formes, lui rappelait le nom des choses. Elle suspendait les vêtements qui s'étaient accumulés sur le sol dans la chambre d'Alison. Elle passait l'aspirateur dans le bureau d'Eleanor. Elle disposait les Tortues Ninjas dans des endroits intéressants, dans des mises en scène ayant pour but de pousser son frère à jouer, sauf qu'il ne jouait plus jamais.

Un soir, Ursula mit sur la table des bougies et les assiettes qu'on ne sortait que pour Thanksgiving et posa, au milieu de la table, un vase contenant une rose artificielle qui semblait sortie d'un cimetière. Il n'y avait rien à fêter, mais elle avait vu dans la semaine un reportage de *Phil Donahue* sur l'importance d'entretenir l'amour au sein du mariage.

« Tous les deux, il vous faut un dîner aux chandelles, comme dans les films », expliqua-t-elle à Eleanor. Elle avait mis une cassette de Dolly Partonet et fait des sandwichs pour eux trois à manger en haut, afin que leurs parents aient un peu d'intimité. Elle avait été déçue des vêtements choisis par Eleanor pour ce dîner spécial mais, devinant le peu d'envie de sa mère de mieux s'habiller, elle était montée dans sa chambre. Elle était redescendue avec la couronne de son carton de déguisements.

« Je crois qu'on ferait mieux de la jouer romantique », dit Cam quand Ursula appuya sur la touche *Play*. « I Will Always Love You » démarra – leur fille n'avait peut-être pas remarqué que c'était une chanson triste – et elle les laissa seuls. « Il ne faut pas décevoir notre fille, d'accord ? »

Après l'accident, Cam cessa de se rendre au terrain de softball. Durant un certain temps, tout le monde pensa qu'il reviendrait. En septembre – pas de fête du Travail cette année –, il annonça aux membres de l'équipe qu'il leur faudrait trouver un autre joueur de première base.

Il leur expliqua qu'il avait besoin de passer plus de temps avec Toby. Mais en même temps, il se punissait. Quel intérêt de faire un superbe arrêt sur une balle longue sur le champ droit et de mettre le coureur hors jeu sur la première base, s'il avait été incapable de protéger son fils de quatre ans de la noyade ?

Ursula ne leur dit pas qu'elle avait emprunté plusieurs livres à la bibliothèque : un livre de blagues pour égayer leurs dîners silencieux, un autre intitulé *Amour, Médecine et Miracles* d'un médecin qu'elle avait vu dans l'émission *Phil Donahue* (un autre jour) et un ouvrage de la section « développement personnel » trouvé avec l'aide de Mrs. Jenkins, la bibliothécaire.

Le livre le plus utile, selon Ursula, avait pour titre *Quand de mauvaises choses arrivent à de bonnes personnes*. L'auteur était un rabbin dont le fils était né avec une terrible maladie qui avait fait de lui un vieil homme à sept ans, l'âge d'Ursula, et était mort à dix ans. Ce rabbin, Harold Kushner, avait écrit le livre pour arriver à comprendre comment rester heureux quand une chose aussi terrible se produit, et d'après lui c'était possible.

Ursula, qui était en classe de CE1, trouva la lecture du livre difficile, mais elle persévéra en articulant les mots et en progressant dans sa lecture au fil des chapitres la nuit, dans son lit, pendant que le reste de la famille dormait. Quand elle l'eut terminé, elle écrivit à l'auteur, Harold Kushner, pour lui parler de l'accident de son frère Toby, de la tristesse de ses parents, et lui demander conseil. Elle lui expliqua que malheureusement sa famille n'était pas juive, mais qu'elle avait une toupie.

Harold Kushner lui répondit qu'il n'était pas nécessaire d'être juif pour avoir une relation avec Dieu. Il proposait certains passages de la Bible dans lesquels ses parents et elle pourraient trouver du réconfort. Quand Ursula tenta de leur en parler, sa mère la regarda comme si elle aussi avait le cerveau détraqué.

« Quel Dieu laisserait arriver un pareil truc à Toby ? » dit-elle. Elle ne cria pas après Ursula, mais elle semblait furieuse.

« Tu perds ton temps avec ce livre.

— Calme-toi, El. Ursula essaie juste d'être utile », dit son père.

Eleanor se leva de table. « Tu dois comprendre une chose, Ursula. Il arrive qu'il n'y ait pas de solution. Il arrive que ce qui est cassé ne soit pas réparable. » Elle ramassa le livre qu'Ursula venait d'emprunter à la bibliothèque, *Amour, Médecine et Miracles*, ouvrit la trappe du poêle à bois et le jeta dedans.

Alerte Crazyland.

« C'était un livre de la bibliothèque », dit doucement Ursula. Elle mettait un point d'honneur à ne jamais rendre un livre en retard.

« C'était une bonne idée, Ursie. Mais c'est difficile pour ta maman en ce moment », lui expliqua Cam quand Eleanor quitta la pièce.

Plus tard, dans la cuisine avec Phyllis, elle coupait en rondelles une pâte de cookies aux pépites de chocolat et les disposait sur la plaque quand elle entendit ses parents parler dans la cour. Pas vraiment parler, ce qui ne leur arrivait plus très souvent, sauf par exemple pour décider qui allait conduire Toby chez le kiné et qui irait le chercher.

« Je suis aussi triste que toi, Eleanor. Mais nous devons trouver un moyen de continuer à vivre. Tu ne peux pas te fâcher comme ça contre nos enfants. Notre fille essaie simplement d'être utile. »

Ursula regarda Phyllis qui posa la main sur son épaule. « Tous les parents se disputent quelquefois. Ne t'inquiète pas. » Mais Ursula se faisait du souci.

La nuit, dans son lit, Ursula chercha dans le livre de Harold Kushner une réponse à ses questions : *Quoi faire pour aider son père qui se sent responsable de ce qui s'est produit de plus grave dans la famille ? Et pire encore, si la mère le tient aussi pour responsable ? Comment faire pour que tout le monde retrouve la joie de vivre, ou au moins ne soit plus aussi malheureux ?*

Elle ne trouva pas d'autre idée que la prière. Elle essaya.

En octobre, quand les feuilles de leur grand arbre jaunirent et plus tard quand elles tombèrent, Ursula passait encore des heures chaque jour à faire la lecture à son frère. Elle lui racontait parfois des blagues. Elle lui mettait du vernis sur les ongles des mains et des pieds. Elle nattait ses cheveux que personne n'avait envie de couper. Ursula gardait l'espoir que bientôt Toby sortirait du brouillard comme Scuffy the Tugboat, la regarderait dans les yeux et lui parlerait de son étrange voix rauque, pas seulement les deux ou trois mots qu'il prononçait à présent, mais des phrases et des chansons comme avant. Et des rires.

Tu savais que j'avais vu Mr. T au terrain de jeux ?

Je suis allé chez Dieu. On a fait des spaghettis.

44

Appelez-moi Al

« Si seulement tu laissais tomber ! J'en ai assez de te voir perdre ton temps. Toby est assis là et il ne te regarde même pas. Je ne veux pas te vexer, mais c'est plutôt déprimant », dit Ali à sa sœur.

Alison n'abordait pas la transformation de Toby de la même manière qu'Ursula. Au bon vieux temps, c'est-à-dire avant l'accident – leur nouvelle façon de se situer dans le temps –, elle était la plus enthousiaste de la famille quand il s'agissait de partager avec Toby ses aventures les plus extravagantes : entretenir avec lui de longues conversations dans le langage qu'ils avaient inventé, camper dans les bois, construire une balançoire, sauver un bébé mouffette dont la mère avait été écrasée par une voiture, disséquer un œil de bœuf gros comme une boule de billard, fourni par son institutrice lors d'une leçon sur le corps humain, démonter une vieille radio que Walt avait abandonnée quand il avait nettoyé son garage. Ursula n'aimait pas Toby moins qu'Alison, mais elle était plus consciencieuse et non seulement elle suivait les règles qu'on lui avait données, mais elle aimait vraiment ces règles, alors que pour Toby et pour Alison il n'existait guère de plus grand bonheur que de les enfreindre.

Dans la famille, Toby avait été celui qui partageait l'intérêt d'Alison pour tout ce qui était mécanique – monter des objets ou (la spécialité de Toby) les démonter. Les jours qui avaient suivi l'accident, Alison avait sans cesse essayé de provoquer une réponse chez son frère. Elle lui parla dans leur langage secret. Elle lui mit dans la main un bébé tortue, un ver, une crotte de chouette. Elle lui montra la radio de Walt en lui proposant de la réparer avec lui, mais il restait assis à regarder les objets qu'elle posait devant lui. Sans la moindre lueur d'intérêt.

En septembre, Alison cessa de parler à Toby. Elle évitait de prononcer son nom. En traversant la pièce où il était assis, les yeux fixés sur une balle ou un camion, enroulant son vieux ruban rose autour de son index, elle paraissait ne pas même remarquer sa présence.

« Pourquoi tu ne lui caresses pas la tête ? Tu caresses Sally plus que Toby, lui reprocha un jour Ursula.

— Toby n'est pas un chien. Toby n'est plus rien », répondit Alison.

Un autre changement se produisit dans la vie d'Alison cette année-là, peut-être déclenché par l'accident et par un scepticisme croissant chez elle : pouvait-on oui ou non se fier à ce qu'on considérait comme réel dans la vie et tout n'était-il pas absurde ?

Alison n'avait jamais aimé les vêtements féminins, ni ce qui allait avec : les barrettes et les bracelets, les poupées, tout ce qui était rose. L'été sembla marquer pour elle un passage entre une simple attitude de garçon manqué et une façon de vivre, autant que possible, comme un garçon. Pour Alison, la place du fils paraissait libre. Ce fut peut-être un des éléments déclencheurs. Ou alors elle décida qu'il était devenu trop difficile de faire semblant.

Un soir, au dîner, environ deux mois *après* (inutile de préciser après quoi), Alison leur annonça, tandis qu'Eleanor enveloppait les restes de poulet et qu'elle remplissait le lave-vaisselle avec Cam : « Vous vous souvenez de cette chanson que Toby aimait tellement ? J'y pensais. Quand quelqu'un dit qu'il est né aux États-Unis, c'est censé signifier qu'il est libre, non ? Dans ce pays, on est censé être qui on veut. Même il y a longtemps, quand j'étais petite, on passait toujours le disque à la pochette rose. »

Elle voulait parler de *Free to Be... You and Me*. Pendant des années, c'était le préféré de la famille lors des voyages en voiture.

« Eh bien, je veux être libre, Maman. Je veux être moi-même.

— Et tu ne te sens pas libre en ce moment ? lui demanda Eleanor. Est-ce que ton père et moi te donnons l'impression que tu dois être quelqu'un que tu n'es pas ?

— Ce n'est pas ta faute, ni celle de Papa. Je veux juste que mon nom corresponde à qui je suis. À partir de maintenant, j'aimerais que vous m'appeliez Al. »

Plus tard ce soir-là, dans l'obscurité de leur chambre, Cam se rapprocha d'Eleanor. Ils n'avaient pas fait l'amour depuis l'accident. Il posa la main sur son ventre et le caressa.

« C'est d'ici que sont venus nos bébés. J'aimerai toujours cet endroit », dit-il.

Elle était allongée sans bouger. Elle ne répondit pas. Ils restèrent ainsi sans parler une minute. Plus longtemps sans doute.

« *Al*. Qui dit mieux ? Tu crois que c'est une phase ? » demanda-t-il.

Il testa le mot. Prononça le nom. S'y habitua. Il allait peut-être, très brièvement, se faire du souci pour Alison, mais ça ne le rongerait pas. Il passerait à autre chose.

Cam était doué pour cela.

45

Bon anniversaire de mariage

L'anniversaire de mariage d'Eleanor et de Cam tombait un mois et demi après l'accident. Durant la semaine, Eleanor avait fait un voyage de deux jours à New York pour rencontrer les membres du syndicat de journalistes. Elle avait noté la date, naturellement, mais si elle appela les enfants le soir, elle ne demanda pas à parler à leur père.

En rentrant, elle embrassa les enfants et leur donna les cadeaux qu'elle leur avait rapportés (une paire de lunettes de soleil miroir pour Al qui ne voulait plus qu'on la regarde dans les yeux, un coffret à bijoux pour Ursula, un singe en peluche pour Toby). Cam conduisit Eleanor dans la chambre en lui bandant les yeux. « Bon anniversaire de mariage ! » dit-il en dénouant le bandana cachant ses yeux. Il y avait de l'excitation dans sa voix. Il fallut un moment à Eleanor pour trouver ce qui avait changé.

En son absence, Cam avait refait les murs. Ils étaient d'une douce couleur crème, d'une texture évoquant le lin. Le soleil qui entrait par la fenêtre faisait rayonner la pièce.

Cam n'avait pas utilisé des plaques de plâtre, mais appliqué le plâtre selon la méthode ancienne. Il l'avait recouvert d'une magnifique couche de peinture à base de lait qu'il avait préparée lui-même. Ensuite, il avait tout remis en place et posé un nouveau bol sur la commode – un tout petit, taillé dans une loupe de bois qu'elle reconnut, trouvée en campant, longtemps auparavant, alors qu'elle était enceinte d'Alison. D'une taille parfaite pour y déposer une paire de boucles d'oreilles ou un collier.

Il ne lui avait pas offert de bijoux. C'était le plâtre le cadeau, et c'était un très beau travail, un très beau bol. Mais elle remarqua seulement que le bol était vide.

Pendant qu'elle observait la pièce, Cam se tenait en silence sur le seuil. Il s'approcha et posa les mains sur les hanches d'Eleanor. Il lui toucha peut-être la joue. Quoi qu'il en soit, Eleanor n'y prêta pas attention.

« Alors, quand Darla me demandera ce que tu m'as offert pour notre anniversaire de mariage, j'imagine que je lui répondrai : du plâtre, dit Eleanor, d'une voix neutre, dure.

— Ce n'est pas un travail de plâtrier ordinaire, dit-il, plus calmement. Je l'ai fait à l'ancienne. Je me suis dit que ça te plairait. »

La vérité était qu'elle-même ne lui avait rien donné pour leur anniversaire de mariage cette année. Si Eleanor se montrait honnête envers elle-même, rien de ce que Cam aurait pu lui offrir cet été-là n'aurait changé quoi que ce soit. Une pierre reposait sur son cœur. Plus qu'une pierre. Elle se sentait enfouie sous toute la collection de cailloux de son fils. Des cailloux en telle quantité qu'on ne pouvait même pas deviner la présence d'une femme en dessous.

Il y avait un cours d'aérobic auquel leur baby-sitter Phyllis assistait de temps en temps à la Maison des jeunes où elle avait été professeur. Un jour, elle y emmena Toby. Les mouvements qu'exécutaient les femmes étaient trop compliqués pour lui et la musique trop forte le perturbait, mais en sortant il remarqua un groupe de seniors qui pratiquait le yoga en douceur et quelque chose dans cet exercice lui parla. Phyllis raconta à Cam et à Eleanor qu'il était resté un long moment devant la porte à regarder la séance, et que quand elle lui avait proposé de rentrer à la maison il n'avait pas voulu partir.

Aussitôt, Cam alla jeter un coup d'œil au cours, puis il y emmena Toby. Tous deux étaient les seuls à avoir moins de soixante-dix ans. Il se procura une vidéo des postures de yoga et les travailla avec Toby à la maison.

Cam avait dans l'idée que peut-être, s'il réussissait à faire bouger son fils autrement, l'exercice pourrait stimuler son cerveau. L'intérêt du yoga pour quelqu'un comme Toby, Toby tel qu'il était à présent, résidait dans le calme. Il n'exigeait pas d'explosion d'énergie. On pouvait effectuer les mouvements avec lenteur ou rester assis dans la posture de l'enfant si on voulait. Ou dans aucune posture. La musique était apaisante. Personne ne demandait rien à personne.

Ils s'installaient tous les deux sur le même tapis, Toby devant Cam, et Cam manipulait ses membres pour le placer dans une position approximative. Toby ne prenait jamais l'initiative d'un mouvement, mais il ne résistait pas quand Cam l'aidait à adopter une nouvelle posture. Quand il fut suffisamment à l'aise, Cam l'emmena à la Maison des jeunes.

Un jour d'automne, au cours, pendant la posture du chien tête en bas, une femme âgée installée près du professeur péta. Les autres participants firent comme si de rien n'était, mais quelque chose d'extraordinaire se produisit alors chez Toby.

Il rit. Pas de son gros rire franc d'avant, quand ils regardaient les films de Laurel et Hardy empruntés à la bibliothèque. Mais c'était la première fois depuis l'accident que quelque chose qu'il avait perçu entraînait une telle réaction.

De retour à la maison, ce fut la première chose que Cam raconta à Eleanor. Il la trouva devant le plan de travail en train de couper des légumes pour le dîner.

« Tu ne croiras jamais ce qu'a fait notre fils au yoga.

— Laisse-moi deviner, dit-elle du ton dur et sarcastique qu'elle employait maintenant en s'adressant à Cam. Il a peut-être récité la première strophe de "Where the Sidewalk Ends" ? » Son poème préféré de Shel Silverstein, avant. « Ou peut-être a-t-il chanté les paroles d'une chanson de Dylan en entendant le disque ? » Elle lui tournait toujours le dos. Claquements secs et rythmés de son couteau sur la planche à découper.

« Une femme a pété. Toby a ri.

— J'imagine que je suis censée trouver ça fantastique. » Elle ne leva pas la tête. Elle continua à couper les légumes.

« Ça m'a simplement semblé plein d'espoir. S'il peut percevoir une chose comme ça, il peut arriver à en percevoir d'autres. »

Elle coupa une carotte et le couteau claqua fort contre la planche. Visage fermé.

L'hiver fut le plus froid depuis l'année de la naissance d'Al. Elle était en CE2. Ursula en CE1. Tous les matins, un petit bus à dix places s'arrêtait au bout de leur chemin, différent de celui que prenaient les filles, pour emmener Toby dans son école spécialisée. Tous les jours, avant l'accident, il regardait ses sœurs partir à l'école dans le grand bus jaune et demandait pourquoi il devait rester à la maison. Maintenant, lui aussi montait dans un bus. Mais pas celui qui était prévu.

Elle avait cherché une école pour enfants handicapés mentaux comme Toby, et celle-ci, apparemment, était ce qui se faisait de mieux dans les environs. Toutefois, Eleanor elle-même devait admettre que les progrès de Toby étaient dus en grande partie au temps qu'il passait avec Cam à faire du yoga, à pédaler sur le tricycle que son père lui avait trouvé et à fabriquer avec lui des nichoirs dans l'atelier. Cam taillait le bois, Toby, assis sur le banc à côté de lui, lui tendait un clou de temps en temps.

Il prononçait à présent des phrases courtes et simples – *Je veux des frites. Gros camion arrive. Rentrer à la maison* –, d'une voix monocorde, sans intonation. Il ne dansait ni ne courait plus comme avant, mais il ne montait plus l'escalier à quatre pattes comme les premiers mois suivant l'accident. Il avait une démarche bizarre, posait les pieds bien à plat et déambulait le corps penché. Un jour qu'Eleanor l'avait emmené au concert de printemps des filles, un garçon de la classe d'Ursula l'avait montré du doigt en riant. « Regardez, c'est un zombie. »

Tout le monde s'était mis à rire.

« Mon frère a un problème au cerveau, leur dit Ursula. Vous savez ce que c'est, votre problème à vous ? Votre cœur. »

La semaine suivante, lorsque ce fut au tour d'Ursula de présenter un exposé en classe, elle choisit Toby comme sujet.

« Mon frère était très intelligent, expliqua-t-elle à la classe. Puis il est tombé dans un bassin. Peut-être qu'un jour les docteurs trouveront comment faire mieux marcher son cerveau. En attendant, il est toujours lui-même à l'intérieur.

« Ce qu'on aime chez quelqu'un, ce n'est pas son cerveau. C'est la personne », ajouta-t-elle.

46

Plus rien n'a d'importance

Durant les semaines qui suivirent l'accident de Toby, comprenant ce qu'Eleanor traversait, le syndicat de journalistes publia d'anciennes planches de *L'Arbre de la famille*. Au bout d'un mois, elle reprit son travail, la tête aussi vide que semblait l'être celle de Toby. Elle continuait à rendre sa BD chaque lundi, mais les histoires qu'elle proposait avaient à présent un caractère forcé, comme les épisodes d'une vieille sitcom qu'elle aurait regardée quand elle était petite.

Eleanor avait toujours réussi, dans le format de ces cinq cases, à conclure par une touche optimiste les histoires qu'elle racontait en images et en dialogues. Maintenant, leur vie ne laissait pas de place à l'humour ni à une fin heureuse.

Elle se disait qu'elle devait continuer. C'était leur principale source de revenus. Mais elle n'y arrivait pas. Tout l'intérêt de la BD tenait au récit authentique du quotidien vécu par une famille, mais Eleanor était incapable de se résoudre à relater l'histoire qu'ils vivaient à présent. Jasper, son personnage chéri, n'était plus Jasper.

Comme *L'Arbre de la famille* paraissait dans une centaine de journaux partout dans le pays, la BD permettait de payer les factures, mais la communauté qui s'était formée autour des personnages faisait tout autant plaisir à Eleanor. Chaque semaine depuis le début de la parution, et de plus en plus à mesure que le nombre de lectrices augmentait, elle trouvait dans sa boîte aux lettres des courriers qui lui disaient l'importance de ses histoires, la gratitude qu'elles éprouvaient pour quelqu'un capable de parler de la vie de famille, de dessiner des sujets que personne n'abordait. La plupart émanaient de lectrices à peu près de l'âge d'Eleanor, des mères de famille qui tentaient de trouver leur chemin dans leurs propres complexités. D'autres lui confiaient tout ce que signifiait sa BD pour elles. Une femme de quatre-vingt-dix ans lui écrivit : « Vous m'avez fait revivre mes jeunes années. » Une jeune femme lui avoua que c'était en lisant la BD d'Eleanor chaque semaine qu'elle avait pris conscience de son désir d'enfant.

« Qui aurait cru que quelques dessins auraient un tel pouvoir ? Il se passe tant de choses dans les scènes que vous dessinez », expliqua-t-elle.

« Je me disais que si je voulais réussir professionnellement, je devais sacrifier l'idée de fonder une famille. Vous m'avez fait comprendre qu'il était possible de réussir les deux. Pas facile, mais possible », témoigna une autre lectrice.

Un prisonnier lui écrivait de temps en temps. « Je n'ai pas vu ma femme et mes enfants depuis cinq ans. Quand j'ouvre le journal et que je vois vos dessins de Maggie, Bo et leurs enfants, j'aime bien imaginer qu'ils sont ma famille. Ce père, Bo, c'est moi. »

Après l'accident de Toby, Jasper resta un moment absent de la bande dessinée, mais les lecteurs demandèrent des explications. Certains s'inquiétaient. À juste titre, bien sûr. Eleanor décida de le réintroduire.

Après une douzaine de faux départs, elle finit par créer une planche, une seule. Jasper regardait par la fenêtre, les yeux dans le vague. Sa mère, Maggie, se tenait derrière lui. Eleanor n'aurait pu dire comment elle était parvenue à ce résultat, mais en quelques coups de crayon elle avait su reproduire sur le visage de la mère une expression de dévastation complète et irréparable.

Au bout de cinq jours, n'ayant rien produit de plus malgré les heures innombrables passées devant sa table à dessin, Eleanor appela son éditeur au syndicat.

« La BD est terminée », dit-elle. Appeler *L'Arbre de la famille* une « BD pas comique » avait été sa plaisanterie. C'était devenu la réalité. « Tant que personne sur le marché ne sera intéressé par une BD tragique, je vais devoir imaginer une autre façon de travailler, dit-elle à Darla.

— Comment vas-tu t'en sortir financièrement ? » demanda Darla. Eleanor lui faisait part de sa décision d'en finir avec *L'Arbre de la famille* avant même d'en parler à Cam qui n'aurait de toute façon exprimé aucune inquiétude.

« Peu importe », dit Eleanor. Plus rien ne semblait avoir d'importance.

Elle revint à son activité en free-lance, principalement des travaux ponctuels comme la création de logos. Elle appela l'éditrice de manuels scolaires pour qui elle travaillait avant que la BD soit remarquée par le syndicat et annonça qu'elle était prête à reprendre sa collaboration.

« Je ne comprends pas, lui répondit son ancienne

patronne. Je croyais que vous aviez touché le gros lot. Je ne peux pas rivaliser avec ce que vous avez dû gagner en travaillant avec le syndicat.

— Ça ne fait rien », répondit Eleanor. Elle n'avait aucune envie d'expliquer ses raisons.

47

Shavasana

Cam n'annonça jamais qu'il abandonnait son atelier de menuiserie. Il cessa simplement d'y aller. Quel intérêt y avait-il à créer un bol de plus en loupe de bois, alors que ses étagères en débordaient ? Ses créations étaient magnifiques, mais invendues.

Cam passait ses journées avec Toby. Il lui faisait faire des exercices de kinésithérapie qui ne semblaient pas améliorer de façon perceptible sa motricité, il feuilletait avec lui les pages de *Mes premiers mots*.

« Montre-moi la tortue, Toby », lui demandait Cam. Parfois il répondait bien. La plupart du temps, non.

Depuis quelques mois, Toby et Cam assistaient ensemble au cours de yoga pour les seniors. Tous les samedis, ils se rendaient ensemble à la Maison des jeunes. Toby avait maintenant son tapis à côté de celui de Cam. Quand leur professeur annonçait Guerrier 1, il prenait la posture, de même que pour l'Arbre, le Poisson, le Chien tête en bas, le Bébé heureux et Shavasana. À la fin du cours, il disait *namaste*.

« Tu devrais essayer. Si quelqu'un a besoin d'une heure de décompression, c'est bien toi », suggéra Cam à Eleanor.

Il lui fit cette proposition sans doute parce qu'il l'aimait et qu'il était inquiet, mais elle la prit comme une critique. Il ne lui avait pas échappé que, à l'évidence, ce qui permettait à son mari de se décontracter au cours de yoga était le fait que sa femme tenait la maison et gagnait de quoi les faire vivre.

Eleanor ne savait plus comment ralentir son rythme. Elle prétendait qu'elle avait trop à faire, mais il y avait une autre explication. Tant qu'elle bougeait, elle tenait le coup. Les moments où elle ne faisait rien étaient les plus durs. Ce qu'Eleanor ne voulait surtout pas, c'était passer dix minutes, ou même une, immobile sur un tapis de yoga, seule avec ses pensées.

48

En moto sans casque

Un dimanche après-midi, Cam avait emmené les enfants au cinéma voir une reprise des *101 Dalmatiens*. Eleanor sortit faire des courses. Elle venait de dépasser le rayon des glaces quand elle entendit une voix familière l'appeler à celui des produits frais.

« Ce doit être mon jour de chance. Tomber sur toi ici ! »

C'était Timmy Pouliot. « Tu avais disparu. Tous les gars de l'équipe s'ennuient de toi et de Cam. »

Il savait ce qui était arrivé, bien sûr. Tout le monde le savait.

« J'étais certain de te voir toujours là-haut dans les gradins pendant qu'on jouait. Je demandais souvent à Cam comment il avait eu la chance de choper une super nana comme toi. »

Eleanor ne s'était pas considérée comme une super nana depuis longtemps, si même cela lui était jamais arrivé. L'expression la déconcerta.

« Cam passe beaucoup de temps avec Toby. Il n'y a plus de place pour le softball.

— On est tous navrés pour ton fils.

— Oui. »

Il choisit un melon. Le renifla. « On a quand même le droit de s'amuser un peu de temps en temps, non ?

— Sans doute. »

Il devait lire sur son visage le temps qui s'était écoulé sans qu'elle ait fait quoi que ce soit ressemblant même de loin à un divertissement. Peut-être lisait-il le temps qui s'était écoulé depuis que quelqu'un l'avait embrassée. Elle examina un avocat.

« Je devrais en acheter. Ma fille cadette adore le guacamole.

— Tu t'occupes un peu de toi ? » demanda-t-il.

Elle eut un petit rire.

« Je t'offre une bière, reprit-il.

— J'ai toutes ces courses. » *Lait, œufs, beurre, céréales, papier-toilette.*

« Fais quelque chose de dangereux. Abandonne ton Caddie. »

Sans plus réfléchir, elle le fit.

Il y avait un bar en face. Il commanda une IPA pour tous les deux.

« Alors, Timmy, avec qui tu sors en ce moment ?

— Personne pour l'instant. Rien qui compte.

— Chaque été tu trouves une fille différente, toujours splendide.

— Leur allure en bikini, ça ne suffit pas, tu comprends ? À un moment il faut bien descendre de la moto.

— Je ne sais pas. Là maintenant, un tour à l'arrière d'une moto me paraît une distraction assez agréable.

— Ah, oui ? Allons-y. »

Elle précisa qu'elle ne disposait que d'une demi-heure. En ce moment, Cruella d'Enfer devait kidnapper les petits dalmatiens et les emmener dans son château pour les transformer en manteaux de fourrure. Au bon vieux temps, elle se serait inquiétée de la réaction de Toby devant cet épisode. Elle lui aurait révélé à l'avance que tous seraient sauvés à la fin. Mais à présent Toby ne comprendrait sans doute même pas ce qui se passait à l'écran.

« Je te ramènerai à ton Caddie largement à temps. »

Sur le parking, il se rendit compte du problème.

« Oh, mince, je n'ai pas de casque. Je n'ai jamais aimé ça, mais toi, tu devrais en porter un. À cause de tes enfants et tout le reste. »

Elle lui dit qu'elle préférait sentir le vent dans ses cheveux.

Elle ferma les bras autour de sa taille. C'était la façon classique de se tenir pour un passager, se souvint-elle. Mais le simple contact de son corps lui fit du bien.

« Je n'étais jamais montée sur une moto », lui dit-elle. Le rugissement du moteur l'obligeait à crier.

« Tu n'as pas besoin de serrer aussi fort. Mais ça me plaît. »

Ses seins s'appuyaient contre le dos de Timmy. Elle relâcha son étreinte. Ils tournèrent vers l'ouest, sortirent de la ville en direction du soleil couchant. Elle se pencha.

« Tu es une motarde-née ! » lui lança-t-il par-dessus son épaule.

Elle aurait aimé continuer à rouler, loin de cette ville, vers l'océan ou les montagnes. Mais il prenait sa promesse au sérieux. Ils furent de retour sur le parking du supermarché au bout d'une demi-heure. Elle descendit de la moto et arrangea ses cheveux ébouriffés. Elle sentait les battements de son cœur.

« La prochaine fois, je t'emmènerai sur une route que je connais où il y a un gros rocher. De là-haut, on voit le monde. Ça nous prendra juste deux heures.

— C'était exactement ce qu'il me fallait », dit Eleanor. *I wish I had a river I could skate away on.*

« Appelle-moi quand tu veux. » Il sortit un stylo de sa poche et lui prit la main, de sorte qu'elle crut un instant qu'il allait l'embrasser. Il ôta le capuchon du stylo et nota son numéro sur la paume ouverte.

Eleanor récupéra son Caddie et paya ses courses. Cam était dans la cour quand elle rentra. Son mari ne leva pas la tête pour la regarder garer la voiture et sortir les courses du coffre.

Alison, Al, était à l'étage, où elle passait la plupart de son temps. Ursula jouait à Candyland avec Toby. Elle lui avait appris à actionner la roulette, mais elle déplaçait les pièces pour lui. Elle entendait la voix douce de sa fille dans le salon, expliquant patiemment à son frère, encore une fois, pourquoi elle avait fait reculer sa pièce jusqu'au Marais de Mélasse. Toby ne montrait d'aucune manière qu'il était désolé, mais Ursula aimait faire comme s'il lui importait de gagner ou non.

En rangeant les courses, Eleanor réfléchit à l'heure qu'elle venait de passer.

Le corps de Timmy ne ressemblait pas du tout à celui de son mari. Plus solide et plus compact. Plus charpenté que celui de Cam, qui était plutôt dégingandé. Si elle avait posé les mains sur le torse de son mari, comme elle l'avait fait sur celui de Timmy, elle aurait senti chacune de ses côtes. Mais Timmy aimait bien la bière.

Elle ouvrit un paquet de petits pois surgelés, le posa sur le plan de travail et mit de l'eau à bouillir. Ursula entra dans la cuisine, cherchant quelque chose à grignoter.

« Qu'est-ce qui est écrit, sur ta main ? demanda-t-elle.
— Un numéro de téléphone que j'ai trouvé sur un tableau d'affichage. Un type qui vend du bois de chauffage. »

Elle s'avisa plus tard que c'était la première fois qu'elle mentait à l'un de ses enfants.

L'hiver, Cam s'inscrivit à une formation de kinésithérapeute. Il y avait une école à Boston où on préparait les élèves en trois ans, par des cours en immersion d'une semaine tous les mois et un programme accéléré l'été. Il pensait pouvoir recevoir des clients dans la grange quand il aurait obtenu son diplôme, expliqua-t-il à Eleanor. Il débarrasserait ses outils. Poserait peut-être un plancher moins rustique. Eleanor pouvait conserver son espace de travail. Il ne prenait pas tellement de place.

« Je veux contribuer davantage. Un bon kiné peut rapporter pas mal d'argent. Ça ferait une grande différence, qui t'enlèverait une partie de la pression. Et je pourrais peut-être apprendre de nouvelles techniques pour travailler avec Toby.
— Si ça te fait plaisir », dit-elle.

Coco était entrée dans son école, le Centre d'études holistiques, dans le Vermont. On y enseignait le reiki, le massage et le yoga, ce que Cam (Cam et Toby, dit-elle) lui avait donné envie d'explorer. De retour chez elle à Noël, elle passa les voir. Elle avait fait des T-shirts tie and dye pour les enfants et d'autres plus grands pour Cam et Eleanor.

Coco trouvait naturellement très bonne l'idée de devenir kinésithérapeute. Coco trouvait très bien tout ce que faisait Cam, la kinésithérapie en particulier.

« Ce sera certainement un gros avantage d'avoir toujours travaillé de tes mains, dit-elle.

— Les cours de yoga où je suis allé avec Toby m'ont vraiment fait réfléchir. Je perçois la relation entre le corps et le cerveau. Le yoga est extraordinaire pour cela.

— Tu devrais essayer, Eleanor, dit Coco. Ça pourrait t'aider à être moins stressée. »

« Alors maintenant, même ma baby-sitter me donne des conseils pour me détendre », dit Eleanor à Darla qui passa le lendemain. (Bobby lui avait fait une scène le soir de Noël. Son maquillage ne cachait pas les marques sur son visage.)

« Coco a eu le culot de me dire que je devrais prendre soin de moi. La grande spécialiste de dix-huit ans.

— Et elle a raison, bien sûr. C'est ce qui est tellement agaçant. Comme toi, tu as raison quand tu me dis de quitter Bobby. Parfois on se sent minable en entendant la vérité. »

Eleanor savait bien qu'elle devait avoir autre chose dans sa vie que s'occuper des enfants et payer les factures. Mais l'idée de rester à ne rien faire sur un tapis en écoutant un CD de *kirtan* tout en faisant des salutations au soleil ne lui disait absolument rien. Ce qu'elle voulait, en fait, c'était appeler Timmy Pouliot et refaire un tour à moto.

49

Gravité zéro

Cette année-là, Eleanor acheta son premier ordinateur et on annonça qu'une enseignante allait partir dans l'espace.

Elle avait toujours résisté à la technologie. Elle s'était accrochée à sa machine à écrire manuelle pendant des années avant d'acheter finalement sa Selectric IBM. À l'époque de sa BD, son éditeur au syndicat la pressait sans cesse de se moderniser. Plus significatif peut-être, Al, obsédée par la technologie depuis le jardin d'enfants, avait reçu de ses grands-parents un Pong pour Noël. Elle en avait profité pour conseiller à sa mère d'acheter un ordinateur fabriqué par une nouvelle société appelée Apple. Un Macintosh.

Al lui expliqua que les ordinateurs et la programmation allaient se répandre partout. Si on ne l'acceptait pas, on resterait à l'âge de pierre. Il suffisait de voir Challenger ! Voilà vers quoi tendait le monde. La technologie.

« Avant que tu ne t'en rendes compte, Maman, les ordinateurs contiendront des programmes graphiques », dit Al à Eleanor. Des films aussi, peut-être, ainsi que des systèmes de communication sans téléphone. Lors d'une de ses visites à la bibliothèque, elle avait trouvé un article sur un laboratoire de Stanford dirigé par un certain Terry Winograd, qu'elle se mit à citer régulièrement à ses parents. « Bientôt, on parlera à son téléphone et on dira à sa chaîne stéréo quelle musique on veut écouter », poursuivit-elle. Elle savait déjà qu'elle étudierait un jour à Stanford avec le docteur Winograd.

Selon Al, les ordinateurs allaient révolutionner le monde. Elle-même préférait les PC, mais l'Apple Macintosh convenait mieux aux besoins de sa mère.

« Crois-moi. Je m'y connais. »

Finalement, même si cet achat représentait un gros investissement, Eleanor commanda un des nouveaux ordinateurs Macintosh. Le carton demeura dans son studio deux mois avant qu'elle ait le courage de l'ouvrir.

« Tu n'imagines même pas toute la mémoire qu'on peut stocker sur une puce minuscule. On dirait de la magie, mais c'est la réalité, dit Al. Tu verras, Maman. Ça va tout changer. »

Aucun ordinateur dans le monde ne peut aider Toby, pensa Eleanor, mais elle ne le dit pas.

À l'automne, tout le monde sembla partir dans différentes directions. Eleanor travaillait de longues heures dans son studio, essayant de gagner de l'argent. Cam faisait des allers et retours à Boston pour sa formation de kiné et, les semaines où en principe il était à la maison, il passait de plus en plus de temps ailleurs – Eleanor ne lui demandait même pas où – à étudier ses manuels d'anatomie, quand il n'emmenait pas Toby au yoga. Comme Eleanor travaillait beaucoup, Phyllis préparait la plupart des repas. Al vivait à l'étage, dans la chambre des enfants, lisait des ouvrages de programmation et étudiait le mandarin. Il se passait parfois des jours sans qu'ils prennent leurs repas ensemble.

Une tradition qu'ils garderaient toujours, disait jadis Eleanor.

Ursula se passionnait pour le lancement de Challenger. Christa McAuliffe vivait à une demi-heure d'Akersville, à Concord. Elle était mariée, avait deux enfants, travaillait comme professeur de sciences dans un lycée et nourrissait depuis toujours l'ambition d'aller dans l'espace. À part quand elle enfilait sa combinaison d'astronaute, elle ressemblait à une mère ordinaire. De celles qui sont heureuses.

La classe d'Ursula créa un tableau d'affichage pour Challenger. Chaque fois qu'une élève trouvait un article dans le journal sur Christa McAuliffe ou les autres astronautes, elle le découpait et l'apportait en classe pour l'ajouter au tableau. Dès Thanksgiving, il était déjà presque plein, alors que le lancement de Challenger n'était prévu qu'en janvier.

En novembre, Ursula ne parlait plus que de la mission spatiale. Elle connaissait le nom de tous les astronautes, mais s'intéressait surtout à Christa McAuliffe. Christa avait l'air de tout prendre du bon côté, comme Ursula, en fait. Sur les photos affichées au tableau, Christa souriait.

Un jour qu'Ursula accompagnait sa mère chez Stop & Shop, elle remarqua une édition spéciale de *People* montrant Christa McAuliffe en couverture. Eleanor n'achetait généralement pas ce genre de magazines, mais Ursula promit de ratisser toutes les feuilles sous Old Ashworthy et de vider le lave-vaisselle pendant un mois si sa mère cédait. Eleanor mit le magazine dans son Caddie, sans doute moins par intérêt pour ce marché que parce qu'elle n'avait pas l'énergie de discuter.

Eleanor se sentait tout le temps fatiguée, une fatigue sans rapport avec le fait qu'elle se couchait tard et qu'elle travaillait plus que d'habitude. Il s'agissait d'une lassitude profonde. Elle avait beau chercher des idées porteuses d'espoir, elle ne trouvait rien.

Pour Ursula, rien n'illustrait mieux l'espoir que le lancement de Challenger.

Au dîner, à la famille réunie autour de la table, elle parlait encore et encore de Christa. Elle connaissait le nom de ses enfants, savait qu'elle jouait du piano à son âge. Pour Christa, tout le monde devait avoir un rêve et ne jamais l'abandonner. Ursula avait regardé une émission à la télé qui montrait l'astronaute au centre spatial du Texas où elle s'entraînait à se mouvoir dans un environnement sans gravité. On la voyait flotter dans une maquette de capsule spatiale et faire des sauts périlleux.

On aurait pu croire que dans de telles conditions les cheveux de Christa partiraient dans tous les sens, fit remarquer Ursula, mais ils paraissaient presque pareils dans la capsule spatiale sans gravité que sur les autres photos du tableau d'affichage. Ursula avait du mal à comprendre, alors Eleanor lui expliqua qu'elle s'était fait faire une permanente. Il fallait plus qu'un environnement de gravité zéro pour la décoiffer.

Ursula aurait bien voulu se trouver dans un endroit sans gravité. « Quand je serai grande, je serai astronaute, déclara-t-elle au dîner.

— Je te souhaite bien du courage », répliqua sa grande sœur, du ton amer qu'elle employait presque chaque fois qu'elle prenait la parole. La famille savait qu'il fallait l'appeler Al, mais les uns et les autres oubliaient souvent, ce qui constituait une source d'irritation supplémentaire.

« Tu devras être super bonne en maths. Et en plus, on te fera passer un test où tu devras faire plein de pompes et de jumping jacks. Tu n'y arriveras jamais, assura Al.

— Ce n'est pas ce que dit Christa. Christa dit que si on essaie vraiment et si on croit qu'on peut le faire, tout est possible. Christa dit qu'il faut demander la lune », dit Ursula.

Al leva les yeux au ciel et prit un morceau de poulet. Sa main passa devant l'assiette de Toby comme s'il n'était pas là. Toby remarqua le morceau de poulet et examina sa fourchette.

« De toute façon, j'ai eu B+ en arithmétique sur le dernier bulletin », répliqua Ursula. Elle faisait aussi des abdominaux tous les soirs.

« Tu sais combien de gens essaient d'entrer à la NASA ? Genre, un million.

— Je trouve qu'Ursula a raison de vouloir devenir astronaute », déclara Eleanor. Elle se comportait comme les mères ordinaires doivent se comporter avec leurs enfants, mais même Ursula sentait que c'était plutôt un rôle qu'elle jouait.

« Et si je me faisais embaucher comme astronaute, moi aussi ? Qu'est-ce que tu en penses, El ? » demanda Cam. Il prit un biscuit pour figurer un vaisseau spatial et le fit atterrir dans l'assiette d'Eleanor.

Elle le regarda sans rien dire. Son attitude commençait à ressembler à celle de Toby. Quel que soit le lointain pays que leur fils habitait à présent, elle semblait l'y avoir rejoint. À moins qu'elle ne soit ailleurs.

« Tu serais un grand astronaute, Papa. Tu sais tout faire, dit Ursula.

— Il y a un âge limite pour les astronautes, intervint Al.

— Oh, tant pis », dit Cam. Au fond, s'il partait dans l'espace, sa famille lui manquerait beaucoup.

Ursula parlait autant de Challenger pour une autre raison aussi. Cela leur fournissait un sujet de conversation. Elle ne se rappelait pas qu'ils aient jamais eu ce problème, mais dans les six mois suivant l'accident ils avaient eu de moins en moins de choses à se dire. Auparavant, c'était très souvent Toby qui alimentait la conversation et son silence leur avait fait perdre la parole.

Perdre la parole. Ursula ne savait plus où elle avait entendu cette expression, mais elle comprenait à présent ce qu'elle signifiait. On pouvait perdre son argent, ou l'appétit, et un jour elle avait entendu une femme à la poste parler d'un homme qui avait perdu la boule. Mais perdre la parole lui semblait encore plus triste.

Toby avait occupé énormément d'espace dans la famille et, même s'il était présent dans la pièce avec eux – en fait, davantage, maintenant qu'il ne disparaissait plus brusquement comme autrefois, qu'il ne grimpait plus partout et ne se perdait plus dans les musées et dans les centres commerciaux –, Ursula faisait tout ce qui était en son pouvoir pour remplir l'espace devenu vacant. Sans que ses efforts soient vraiment couronnés de succès.

Ursula trouvait que toute la maison ressemblait à une cellule de gravité zéro. Ils y flottaient tels des astronautes, agitaient les bras, se retrouvaient la tête en bas ou pirouettaient, faisaient des choses normales comme manger de la Jello ou presser le tube de dentifrice, sauf que la Jello restait en l'air en attendant qu'on la gobe.

Ils ne butaient pas les uns contre les autres. Ils étendaient les bras, mais ne se touchaient pas. La seule différence par rapport à ce qu'elle voyait à la télé, c'était que les astronautes, eux, avaient l'air de s'amuser.

50

Mille morceaux

Tout au long du mois, Ursula compta les jours jusqu'au lancement de Challenger. Il fut reporté deux fois à cause du froid inhabituel régnant à Cap Canaveral. Puis la nouvelle arriva : la navette allait partir. Ce matin, les astronautes s'envolaient dans l'espace.

Les élèves de l'école de filles devaient suivre le lancement au réfectoire. Elles avaient toutes signé une carte qu'elles avaient envoyée à Concord, où vivait Christa McAuliffe, pour lui dire qu'elles l'acclameraient quand la fusée serait mise à feu sur la rampe de lancement. Personne ne l'acclamerait plus fort qu'Ursula.

Eleanor emballait son déjeuner pour midi quand Ursula descendit au petit déjeuner. Elle portait une combinaison bleu clair assortie aux combinaisons de l'équipage de la navette. Elle était trop excitée pour déjeuner, expliqua-t-elle. Elle mangerait à la fête prévue à l'école après le décollage. Cam passerait toute la journée à un atelier de kinésithérapie. En le regardant sortir de la maison, Eleanor fut frappée par sa beauté, et par le temps écoulé depuis la dernière fois qu'ils s'étaient touchés. Quand il se pencha pour embrasser Ursula et lui caresser la joue, Eleanor éprouva un drôle de petit élancement en se rappelant l'effet qu'un tel geste lui procurait. Elle était tellement en colère, et depuis si longtemps, qu'elle l'avait presque oublié.

Eleanor n'en avait pas fini d'être en colère contre Cam, mais elle admirait ce qu'il tentait de faire avec Toby. De tous leurs essais, le yoga semblait le plus efficace.

« Tu ne veux pas voir le lancement de Challenger, Papa ? lui demanda Ursula au moment où il partait.

— Tu me raconteras ce soir.

— C'est le plus beau jour de ma vie, dit Ursula en s'éloignant pour prendre le bus scolaire. Je ne l'oublierai jamais. »

Eleanor se remémora les premiers pas sur la lune. Neil Armstrong plantant le drapeau. Matt Hallinan et elle sur la banquette avant de sa voiture, le chuchotement à son oreille tandis qu'il s'introduisait en elle. *Un petit pas pour l'homme.*

Debout sur le seuil de la porte, regardant son mari marcher vers son pick-up, elle aurait aimé pouvoir ouvrir son cœur.

« Cam ! » appela-t-elle. Elle pensait combien ce serait agréable de l'enlacer, comme elle avait enlacé Timmy Pouliot à l'arrière de sa moto. Elle avait presque oublié la sensation qu'elle éprouvait à être dans les bras de son mari. Elle voulait dire quelque chose, quelque chose de tendre même, cela faisait si longtemps, mais elle ne savait pas quoi. Ils s'étaient tellement éloignés l'un de l'autre. Elle ne savait pas comment revenir.

Cam ne se retourna pas. Il n'avait peut-être pas entendu Eleanor l'appeler. Il mit le contact et s'en alla.

Quand les enfants furent partis – les filles pour leur école, Toby pour l'établissement spécialisé, Ursula serrant sur sa poitrine le journal du matin avec une photo géante de Challenger et le titre « C'est parti ! » –, Eleanor emporta son café et son bagel dans son bureau.

Elle mit un CD de Joni Mitchell qu'elle aimait beaucoup, *Hejira*. Elle avait pour habitude, quand elle était assise à son bureau, d'écouter une chanson en boucle de sorte qu'elle devenait une sorte de mantra. Ce matin, sans doute en hommage au lancement de la navette et aux deux femmes qui y prenaient place en Floride, elle ne cessait de passer « Amelia ».

The drone offlying engines, is a song so wild and blue. Seule dans son bureau, Eleanor chantait avec Joni. Elle n'était pas sereine, sans bien savoir pourquoi.

Eleanor alluma le nouvel ordinateur, qu'elle avait fini par se résoudre à sortir de son carton, la première fois avec autant de précautions que si elle manipulait une grenade. Elle commençait maintenant chaque journée en l'allumant. Elle glissait la disquette dans la fente, écoutait le cliquettement qui signifiait qu'elle pouvait se mettre au travail (dessiner le logo d'une entreprise ou un en-tête). Un visage souriant apparut sur l'écran.

Elle contemplait l'écran de l'ordinateur. Sans raison, sauf que c'était l'époque de l'année où ses parents s'étaient tués dans l'accident, elle pensa à sa mère.

Il y avait tant de choses dans la vie d'Eleanor que sa mère n'aurait pas reconnues. À commencer par cette maison et les trois enfants qu'elle y avait mis au monde – celle qui semblait vivre en permanence dans un nuage de mécontentement, celle qui voulait que tout le monde soit heureux, et celui qui avait failli mourir et leur était revenu sous la forme d'un petit étranger triste et silencieux.

Ses parents, s'ils renaissaient à la vie juste un jour, reconnaîtraient à peine Eleanor. Ils ne savaient rien des livres qu'elle avait écrits, de la ferme dont elle avait fait sa maison, de l'homme grand, roux, insaisissable – chevrier, joueur de première base, créateur de bols et de cabanes à partir du carton d'un réfrigérateur – dont elle était tombée amoureuse. Ils ne savaient rien de l'amour farouche qu'elle éprouvait pour ses enfants, de son obsession pour leur sécurité, du chagrin indicible qu'elle ressentait d'avoir échoué et de son violent désir de reconquérir une vie à elle – ce désir ressenti sur la moto de Timmy Pouliot en traçant la route les cheveux au vent –, même si elle consacrait ses journées, l'une après l'autre, à la famille qui l'attendait à la maison.

Qu'auraient pensé Martin et Vivian du Macintosh trônant sur son bureau, un appareil que personne n'aurait imaginé vingt ans plus tôt ? D'une petite-fille qui n'aimait pas les robes, qui passait son temps dans sa chambre à étudier un langage incompréhensible appelé « programmation » ? De la navette sur la rampe de lancement en Floride et des enfants dans les réfectoires scolaires qui, dans toute l'Amérique, comptaient ensemble à rebours – *dix, neuf, huit, sept* – et de Christa McAuliffe sur le point de s'envoler dans l'espace ? C'était étrange de penser que, quand les parents d'Eleanor étaient morts, Neil Armstrong n'avait pas encore posé le pied sur la lune.

Demander la lune, disait Christa. C'était le plan de Cam pour la rééducation de Toby : croire qu'un jour, s'ils faisaient assez de salutations au soleil, son cerveau retrouverait ses capacités. Les mots reviendraient. (Le docteur Terry Winograd, le héros d'Alison, avait-il un programme d'ordinateur pour cela ?)

Cam croyait que leur fils apprendrait à faire du vélo. Il prononcerait des phrases complètes. Il leur dirait de nouveau ce qu'il pensait. Car il aurait des pensées. Il en avait peut-être déjà, mais Eleanor ne savait pas ce qu'elles pouvaient être.

Un jour il tomberait amoureux d'une femme, qui l'aimerait aussi.

Ursula possédait une même forme d'optimisme. Elle avait foi en l'idée que, si elle y mettait tout son cœur, elle parviendrait à rétablir tout comme avant, ou du moins à obtenir que tout aille bien. C'était peut-être ce qui avait nourri son obsession pour Challenger : le lancement de la fusée semblait représenter, pas seulement pour elle mais pour toutes les personnes rassemblées ce matin à Cap Canaveral, la foi en des horizons infinis, le triomphe de l'espoir quand, dans sa propre famille, il n'y en avait plus guère.

Eleanor se mit au travail. Elle devait créer une série de portraits d'inventeurs américains célèbres et rédiger un texte succinct sur chacun. Le sujet du matin : Eli Whitney et sa machine à égrener le coton. Elle aurait bien voulu s'intéresser à Eli Whitney, mais elle en était loin.

Vers midi, Darla l'appela. « Tu as regardé, hein ?

— En fait, non. J'ai beaucoup de travail. J'allais m'attaquer à Thomas Edison. Et si tu veux savoir la vérité, j'en ai un peu ras le bol de Challenger. Ursula ne parle que de ça.

— Allume la télé », dit simplement Darla.

En général, les filles revenaient seules de l'arrêt du bus, mais ce jour-là Eleanor et Toby les attendaient, garés en face de l'arrêt de bus. Les trois enfants qui sortirent les premiers, avant ses filles, avaient l'air hébété, comme s'ils venaient de descendre d'un manège vraiment terrifiant dans un parc d'attractions et avaient envie de vomir. Même Al, qui affichait depuis six mois un air genre « allez vous faire foutre », semblait profondément ébranlée.

Ursula descendit la dernière. Sa combinaison bleue avec l'insigne de la NASA sur la poche ressemblait à présent à un mauvais déguisement de Halloween. Son teint avait complètement changé depuis qu'elle avait quitté la maison le matin : elle était pâle, bleuâtre, les traits étonnamment tirés, comme si elle manquait d'air. Elle semblait soudain toute petite. Quand elle traversa la rue pour rejoindre sa mère et son frère, on aurait dit une très vieille femme.

« Ils ont explosé, dit Ursula d'une voix atone. Ils ont explosé en mille morceaux.

— Oh, ma chérie ! » Eleanor serra sa fille contre elle. Elle qui avait cru qu'il lui suffisait de retrouver la chaussure de Barbie pour protéger sa fille du chagrin.

Elle revit le jour où, dans sa chambre à l'internat, le professeur était venu lui annoncer l'accident de ses parents. Et comment, par la suite, elle avait dû revenir sur les mêmes détails bizarres, sans importance, comme si elle pouvait ainsi trouver un sens à ce qui s'était produit.

Ma camarade de chambre, Patty, venait de faire du pop-corn. Je travaillais à une peinture, mais j'avais fait une pause. Nous nous mettions du vernis à ongles.

« On a vu quand c'est arrivé, mais au début personne n'a compris ce qui se passait, même pas Mrs. Ferguson, dit Ursula. On a cru que la fumée, c'était normal. »

Eleanor s'accroupit pour prendre Ursula dans ses bras. Elle voulait aussi enlacer son aînée, mais celle-ci s'écarta, alors qu'Ursula se serra contre sa mère.

Il se passa alors une chose surprenante. Toby ne comprenait sans doute pas l'explosion de la navette ni le sort des astronautes, mais il sentit qu'il s'était produit un événement terrible. Un seul regard au visage d'Ursula suffisait à le comprendre. Il lui caressa les cheveux.

On regardait toutes la télé. On a vu ses enfants dans les gradins. Tout le monde poussait des hourras. Ensuite, c'est devenu dingue. Quand la fusée a explosé, on a tous applaudi. On n'avait pas compris. Après seulement, on a compris.

Les morceaux sont tombés dans l'océan. Ils se sont éparpillés. Il ne restait plus rien.

Il se passa autre chose ce jour-là. Par rapport à la catastrophe de Cap Canaveral, ce fut sans conséquence. Mais pas pour leur famille.

Après avoir récupéré les filles à l'arrêt du bus, Eleanor fit un détour par la cascade pour rentrer.

Ils n'y allaient pas souvent à cette époque de l'année. Le chemin les obligeait à quitter le parcours habituel.

En hiver, la cascade ne ressemblait pas du tout à ce qu'elle était au printemps, quand Eleanor et les enfants venaient mettre à l'eau leurs bonshommes-bouchons, et plus tard, quand la température se réchauffait, que les pêcheurs faisaient leur apparition, et qu'eux sortaient leur nappe de pique-nique, leurs crayons de couleur et leurs livres.

Il y avait quelque chose dans la formation de la glace sur les rochers, dans la façon dont la cascade semblait suspendue, en colonne de glace, hérissée de formes pointues comme celles d'un glacier qui se dressaient sous le pont à l'endroit même où, quelques mois plus tard, ils mettraient leurs bateaux à l'eau. Si on regardait du pont vers le bas avec des idées noires, on pourrait se demander ce qui arriverait à celui qui se laisserait glisser sur la glace avant de tomber à l'eau. On ne se briserait peut-être pas le crâne sur les rochers, mais on mourrait probablement de froid avant de réussir à ressortir. Même au début de l'été, l'eau du ruisseau était glaciale.

Cet après-midi-là, peut-être parce qu'ils étaient venus si souvent à cet endroit à leur époque la plus heureuse, Eleanor voulut s'asseoir un moment avec ses enfants près du pont de pierre. Simplement s'asseoir ensemble. Peut-être, se disait-elle, qu'en ce jour d'immense tristesse ils trouveraient un réconfort là où ils avaient connu tant de moments heureux.

Quelque part, loin sous la glace, les truites dormaient et se réveilleraient au printemps. Les saisons nous apprenaient qu'après l'hiver venait le printemps. Qu'après un grand chagrin venait un nouveau jour.

Pour Eleanor, et sans doute aussi pour les enfants, la cascade était ce qui se rapprochait le plus d'une église.

Elle étudiait dans le rétroviseur le visage de ses enfants installés sur la banquette arrière. Elle n'avait pas la moindre idée de ce que Toby avait compris des événements et de ce qu'il pensait.

Al avait les yeux fixés sur son jeu de Donkey Kong. Ursula fixait son numéro très défraîchi de *People* et toutes les photos de Christa petite jouant du piano, Christa et ses enfants à Disney World, Christa à l'entraînement des astronautes. Elle pensait à Christa dans sa combinaison bleue, agitant la main en direction de la foule quand elle avait traversé le tarmac pour rejoindre la navette spatiale.

Un souvenir revint à l'esprit d'Eleanor : à l'âge d'Ursula elle avait examiné dans *Life* les photos de John Kennedy et Jackie prises avant l'assassinat. Comme si elles pouvaient contenir des indices en rapport avec l'épouvantable événement sur le point de se produire.

Eleanor pensait qu'ils seraient seuls près de la cascade, un jour comme celui-ci. Mais un pick-up était stationné à leur place habituelle, un pick-up bien connu. Ils étaient à trente mètres de la cascade, mais c'était facile de reconnaître le Dodge vert vif de 1972 appartenant à son mari.

N'importe quel autre jour, la vision inattendue du pick-up de leur père arrêté sur le bas-côté de la route aurait provoqué chez Ursula une exclamation : « On va lui faire une surprise ! »

Pas cette fois. Eleanor était la seule à avoir remarqué le vieux pick-up de Cam, mais même à cette distance, elle comprit. Pas seulement le pick-up, mais aussi le reste.

Freiner aussi fort et aussi brusquement qu'elle le fit n'était pas recommandé sur les routes verglacées. Elle sentit les roues de la voiture déraper.

En une seconde, Eleanor parvint à maîtriser la voiture. Les pneus crissèrent sur le verglas, puis sur le gravier, et les filles levèrent la tête.

« Qu'est-ce que tu fais, Maman ? » demanda Al. Elle jeta un bref coup d'œil dehors, suffisant pour voir le pick-up de son père. Ursula regardait aussi par la vitre.

« Qu'est-ce que Papa fait ici ? demanda Ursula. Son atelier a peut-être été annulé à cause de Challenger. »

Al encore : « Pourquoi on fait demi-tour ?

— J'ai décidé de rentrer par l'autre route, finalement. Votre papa a peut-être besoin d'être seul. »

Sauf qu'il n'était pas seul. Ses enfants, penchées l'une sur son jeu, l'autre sur son magazine, n'avaient pas vu, contrairement à Eleanor. Il y avait quelqu'un assis à côté de son mari sur la banquette.

C'était Coco. Facile à reconnaître, même de dos, grâce à son bonnet rouge et à l'écharpe tricotée par Alison, offerte récemment pour Noël.

Ils s'enlaçaient. Ils s'embrassaient.

« En rentrant, je nous fais du pop-corn et un chocolat chaud », dit Eleanor. Elle avait envie d'appuyer sur le champignon, mais la route était trop verglacée, et elle se souvenait encore de son tête-à-queue exactement au même endroit, un hiver lointain, un bébé dans son ventre et son mari de retour à la ferme qui chargeait le poêle, une époque où elle avait l'impression qu'ils avaient toute la vie devant eux et où elle n'aurait jamais pu imaginer un moment comme celui-ci.

Ils roulaient en silence. Un jour ordinaire, Eleanor aurait mis une cassette et ils auraient chanté, mais pas aujourd'hui.

En passant devant la maison de Walt et d'Edith, elle aperçut Walt qui dégageait la neige et lui vint l'envie de s'arrêter.

« J'en ai pour une minute », dit-elle aux enfants. Elle sortit de la voiture en laissant tourner le moteur.

« On dirait que tu as vu un fantôme, dit Walt quand il la vit s'approcher. L'histoire de Challenger t'a bouleversée ?

— Mon mariage est fichu.

— Oh, ma chérie ! » Exactement les mots qu'elle avait adressés à Ursula. Il lui tendit les bras et un bref moment, à peine quelques secondes à cause des enfants et du moteur qui tournait, elle enfouit la tête contre son épaule.

« Il fallait que je le dise à quelqu'un. »

Elle conduisit très lentement le reste du chemin. Tant qu'ils étaient dans la voiture, tant qu'ils n'étaient pas encore rentrés, elle avait l'impression qu'elle pouvait arrêter le temps.

Cam ne rentra pas dîner. Eleanor prépara un repas, mais personne n'avait envie de manger. Les jours précédant le lancement, Ursula avait insisté pour que la télévision reste sur la chaîne d'informations, mais ce soir-là personne ne l'alluma. Les filles montèrent dans leur chambre. Toby enfila son peignoir Thomas the Tank Engine, alla chercher son suricate dans le lit d'Eleanor et s'assit sur le tapis. Eleanor chargea le poêle.

Il était 7 heures et demie quand Cam ouvrit la porte, laissant entrer une rafale d'air froid. « Désolé, dit-il. Un type sur la route avait besoin d'aide pour changer une roue. » Debout devant la table, sa parka toujours sur le dos, il prit dans le plat un pilon de poulet et mordit dedans.

Il devait être la seule personne des États-Unis d'Amérique à ne pas savoir ce qui était arrivé ce jour-là. Il avait franchi la porte, secoué la neige de ses bottes, appelé Ursula pour qu'elle lui raconte. La Floride. Christa. Challenger.

« Elle est en haut. Elle a dit qu'elle voulait être seule, dit Eleanor.

— Où est ma future astronaute ? Descends faire un bisou à ton papa, lança-t-il.

— Je t'ai vu avec ta petite amie à Hopewell Falls », dit Eleanor, tandis qu'il prenait une bière. Ayant passé la journée dans son pick-up sans écouter les informations, bien qu'accompagné, il avait soif. « Et aussi, Christa McAuliffe est morte. »

Le soir, après avoir couché les filles – elle s'en chargea seule cette fois, sauf que Cam mit Toby en pyjama et l'installa sur son matelas dans la chambre de naissance –, Eleanor fit du thé et tous deux s'assirent à la table de la cuisine. Ils attendirent que tout le monde soit endormi et baissèrent la voix, sachant que le son portait jusqu'aux chambres à l'étage. Elle ne se souvenait pas d'avoir jamais vu sur le visage de Cam l'expression qu'il avait en ce moment. Elle aurait préféré y voir du désespoir, mais c'était plutôt du regret, un calme inquiétant et de la pitié.

« Nous ne voulions pas que cela arrive », dit-il.

Nous. Une nouvelle configuration dans laquelle son mari avait une place auprès de leur baby-sitter. Des années auparavant, quand elle n'était pas beaucoup plus grande qu'Alison maintenant, Coco était entrée dans leur cuisine avec un pain à la banane pour fêter la naissance du premier enfant de Cam et d'Eleanor. À l'automne, Eleanor et Ursula avait fait un carrot cake pour ses dix-huit ans.

Cam but une gorgée de thé, se frotta le menton. Il n'y avait pas d'excuse dans ses yeux. Cela aurait dû être le moment où il la prenait dans ses bras et disait : « À quoi je pensais ? Tu es la femme de ma vie. »

« Tu sais aussi bien que moi que ça ne va plus entre nous depuis longtemps », dit Cam à Eleanor. Elle le reconnaissait, maintenant qu'il le formulait. Depuis le matin, sept mois plus tôt, où elle s'était agenouillée au bord de leur bassin, penchée sur le corps inanimé de leur fils, elle n'avait pas pu pardonner à son mari. À de nombreux égards, elle avait fait une croix sur leur couple ce jour-là. Maintenant, c'était lui qui rompait.

« Il ne s'agit pas que de l'accident, dit-il. Cela fait longtemps qu'on n'est plus sur la même longueur d'onde. »

Eleanor fixait la botte de Cam. Elle se souvenait, de façon absurde, d'un soir où ils avaient dansé la polka à la mairie d'Akersville, de la nuit de pleine lune où ils avaient patiné tandis que la glace sous leurs pieds gémissait bizarrement. *Dilatation. Contraction. Dilatation.* Elle se rappelait qu'un soir, il n'y avait pas si longtemps, après l'accident de Toby, il avait tendu le bras vers elle dans le noir, et elle avait soupiré : « Oh, mon Dieu, pas maintenant. »

« Je n'en ai plus envie. Je ne sais pas si le désir reviendra jamais, lui avait-elle dit.

— Si je pouvais arranger les choses, je le ferais », avait-il répondu. (Il avait essayé, vraiment. Les cours de yoga à la Maison des jeunes. Le plâtre dans leur chambre. La peinture au lait.)

Pourquoi était-elle surprise qu'il ait choisi de chercher quelqu'un d'autre, ou que, lorsque cette personne s'était présentée, ce qui était arrivé de nombreux après-midi dans le pré en jouant au football, il ait saisi l'opportunité ?

Pour Eleanor, Cam serait toujours l'homme qui avait laissé leur fils s'aventurer seul dans le bassin. Pour Coco, Cam restait le bel artiste-héros qu'elle aimait depuis qu'elle faisait la roue autour du terrain de softball, un homme qui savait fabriquer des bols avec des loupes de bois, des cabanes avec des cartons de réfrigérateur, des châteaux de glace avec de la neige, un homme capable de faire des arrêts époustouflants sur le terrain de softball et d'envoyer un ballon de foot plus loin que n'importe qui d'autre. Quel homme refuserait d'être avec une jeune fille qui vous considérait comme un héros, plutôt qu'avec celle qui avait assisté à votre plus gros échec et ne vous permettait jamais de l'oublier ?

« Je suis désolé. Je suis amoureux de Coco. Je sais ce que tu penses de moi, mais je ne suis pas comme ça. Simplement, je ne veux plus être ton mari. »

51

Un mariage trop court pour que le pêcher porte des fruits

Quand Eleanor put se résoudre à réfléchir sur ces années (ce dont elle fut longtemps incapable), elle jugea que les plus heureuses de sa vie avaient été celles durant lesquelles ses enfants étaient petits, même si s'occuper d'eux et les élever les avait dévorés, Cam et elle-même, sans doute au détriment de leur couple. Plus tard, elle se rendit compte de la brièveté de cette période qui constituait la somme totale de son mariage avec le père de ses enfants, avant que tout s'écroule. Elle n'avait duré que quelques saisons, si on voulait compter, pas même assez pour enterrer un chien ensemble ou pour voir leur pêcher porter des fruits. Orages sur la véranda, pique-niques dans le pré, projets scientifiques, projets artistiques, excursions au bord de l'océan, jours de neige, jours de maladie, soirées d'été au terrain de softball, crêpes à la chantilly les matins d'hiver (une idée de Cam, naturellement), déneigement de la voiture, trajets à la décharge, visités embarrassantes des grands-parents, comptes bancaires à découvert et parfois, plus rarement, chèque inattendu et sorties pour dîner en tête à tête en se regardant dans les yeux.

Se tenaient-ils alors la main sur la table ? Quand ils rentraient et payaient la baby-sitter – la baby-sitter, quelle histoire –, faisaient-ils l'amour ? S'aimaient-ils encore ou étaient-ils trop distraits par tout le reste pour se poser la question, trop dévorés par tout le reste pour se demander s'ils étaient heureux ?

Plus tard, elle se questionnerait : était-ce si bien, après tout ? Ne s'était-elle pas fait des illusions ? En fait, les problèmes avaient peut-être toujours été là, tapis sous les belles images de leur vie commune. Les problèmes étaient peut-être toujours partout, ce qui importait, c'était ce qu'on en faisait. Certaines personnes s'accrochaient et continuaient à garder la tête hors de l'eau. D'autres chaviraient.

Plus tard, Alison commença à s'éloigner d'elle. Alison, puis Ursula, jamais Toby, Dieu merci. Eleanor se demandait si tout cela avait existé, finalement. Elle avait peut-être été une mauvaise mère, sans même le savoir. Peut-être que rien de ce qu'elle avait cru n'était vrai.

Des scènes lui revenaient en mémoire la nuit. Pas les bons moments, les autres.

Un jour, elle avait trouvé un vieux steak haché au fond du réfrigérateur. Il était là depuis si longtemps que, quand elle le sortit, il grouillait de vers. Voilà l'image qui lui venait maintenant.

Du lait tourné. Le sang dans la voiture de Matt Hallinan. La voix sortant d'une machine au cou du médecin qui avait pratiqué l'avortement. Mr. Guttenberg dans sa chambre à l'internat. *Il y a eu un accident*.

Elle était de retour à Crazyland. La pièce tournait. Tout ce qui n'allait pas, et qu'elle avait choisi de ne pas prendre en considération, tourbillonnait autour d'elle comme le voile blanc lors d'une tempête de neige, si épais que la visibilité n'excédait pas deux mètres sur la route et qu'il ne restait plus qu'une solution, s'arrêter – sauf que ce n'était pas possible.

Elle faisait ronfler le moteur. La chasse à la chaussure de Barbie, la *bûche de Noël*, en dix fois pire.

Elle pensa au jour où son break était tombé en panne sur une route boueuse avec quatre enfants à l'arrière (les siens et Jack, l'ami de Toby). Elle avait frappé à une porte en ville pour appeler Cam, mais il n'avait pas répondu et quand elle avait fini par rentrer à pied avec les enfants, elle avait découvert qu'il écoutait les Talking Heads si fort qu'il n'avait pas entendu le téléphone.

« Il faut que tu écoutes cette chanson », avait-il déclaré à son entrée. Il n'avait rien dit d'autre, il avait simplement mis « Creatures of Love ».

Elle s'était contentée de le regarder.

Il y eut la fois où elle crut être de nouveau enceinte alors qu'ils savaient qu'ils ne pouvaient pas se le permettre. Elle avait pleuré toute la nuit. Ils essayaient encore de trouver une solution quand elle avait fait une fausse couche – du sang partout sur le sol de la cuisine alors qu'elle passait la serpillière. Ils ne dormirent presque pas de la nuit, enlacés. « J'imagine qu'on voulait vraiment ce bébé, après tout », avait-il dit.

Mais ils n'avaient pas réessayé.

Son haleine qui sentait le steak le soir de la naissance d'Alison. Sa façon de regarder la petite amie de Timmy Pouliot à leur fête du Travail. Le bref moment, mais elle se le rappelait – ou l'avait-elle inventé ? –, quand, son bras passé autour d'elle dans le noir, quelques mois après la naissance de l'un de leurs enfants (Ursula ? Toby ?), il avait saisi la peau flasque de son ventre et avait dit : « Peut-être que quelqu'un devrait manger moins de beurre. » L'expression sur son visage quand elle sortait de la baignoire.

Puis plus rien. Il ne la regardait plus ôter sa robe ou laisser tomber sa serviette par terre.

Ils s'étaient disputés pour des bêtises : qui devait nettoyer le bac à légumes du réfrigérateur, qui devait vérifier si Ursula avait des poux, et si elle en avait, qui devait passer les six heures suivantes à enlever les lentes. Ils avaient juré que cela ne leur arriverait pas, mais des jours s'écoulaient sans qu'ils abordent d'autres sujets que décider qui irait chercher tel enfant chez tel ami, ou quoi acheter au supermarché. À une époque, elle adorait le côté artiste de Cam et son excitation quand il trouvait un magnifique morceau de bois à partir duquel il créait un superbe saladier – peu importait que jamais personne ne l'achète.

Puis les choses avaient changé. Plus tard, quand il se lançait dans un projet étonnant – un cairn, un lit de mousse au milieu des bois, un carillon fait de vieilles cuillères –, une vague irritation s'emparait d'elle.

Pourquoi ne cherchait-il pas du travail ?

Elle se souvenait d'un soir récent que jusque-là elle avait choisi d'oublier.

Eleanor, assise à la table de la cuisine, réglait des factures. Trop nombreuses, comme d'habitude. Une fois de plus, elle devait choisir lesquelles payer immédiatement, lesquelles mettre de côté pour le mois suivant.

Cam faisait des tractions à la barre qu'il avait installée à la porte du salon. Elle étudia son torse parfait, ses abdominaux ciselés. Elle posa sa calculette.

« Ça ne t'arrive jamais de penser à l'argent ? » demanda-t-elle.

On était en novembre, un mois toujours difficile. Les jours devenaient sombres et courts, surtout au changement d'heure. Le frêne était nu, ses feuilles tourbillonnaient devant la fenêtre et tout l'hiver s'étendait devant eux.

Un instant, il parut déconcerté. Ils passaient une soirée agréable jusqu'ici. Lui, en tout cas.

« Ce n'est pas drôle de penser à l'argent, dit-elle. Mais il faut bien que quelqu'un le fasse. »

Le sourire disparut, son expression changea. Il restait debout dans l'encadrement de la porte, torse nu. Comme un homme sans armes, assailli dans une ruelle. Impossible de fuir. Il la fixa pendant un moment étonnamment long.

« L'argent t'intéresse à ce point ? Je vais t'en donner, de l'argent », dit-il d'une voix basse et pleine de mépris, une voix qu'elle ne lui avait jamais entendue. Il disparut dans son atelier dix bonnes minutes. Il revint, les poches gonflées de bouts de papier de la taille de billets d'un dollar, mais la tête de George Washington ou de Benjamin Franklin était remplacée par une affreuse caricature verte de celle d'Eleanor.

Les billets volèrent sur sa tête et sur le sol de la cuisine comme les confettis à un mariage. Au moins vingt. Plutôt cinquante.

« Le voilà, ce putain de fric que tu réclames tout le temps. Ce fric que tu adores. »

Même en pleine scène, ils faisaient attention tous les deux à ne pas réveiller les enfants. Elle ne reconnaissait pas sa voix, un affreux chuchotement. Plus un sifflement qu'un chuchotement.

« Tu es contente, Eleanor ? Tu es contente maintenant ? »

Plus tard, il s'était excusé. Cam savait bien s'excuser, toujours prêt à faire la paix, à reconnaître son tort. Cam savait bien oublier les mauvais moments. Mais le souvenir de cette soirée, de son expression au moment où il répandait sur elle les faux billets tandis qu'elle pleurait, était resté gravé dans sa mémoire. Jusqu'à ce soir-là, elle ne le savait pas capable d'une telle froideur ou, il faut l'appeler par son nom, d'une telle colère froide. Peut-être était-ce ce qui arrivait quand quelqu'un qui avait été amoureux ne l'était plus.

DEUXIÈME PARTIE

52

Joint torique défectueux

En février, Eleanor sortait toujours la boîte de matériel pour fabriquer les cadeaux de la Saint-Valentin : papier d'origami, échantillons de papier peint et napperons, paillettes, stickers, faux diamants autocollants, piles de vieux magazines et de catalogues de jardinage à découper. Leurs créations devenaient de plus en plus élaborées au fil du temps. L'année précédente, Ursula avait utilisé un pistolet à colle pour fixer de jolis coquillages autour d'une boîte de chocolats en forme de cœur qu'offraient tous les ans ses grands-parents pour Noël. Elle avait mis un mot dans chacun des alvéoles vides, le tout destiné à sa mère. Al, qui n'aimait pas la futilité, avait découpé les photos de différentes variétés de tomates dans un catalogue de jardinage et les avait collées sur une vieille boîte de cigares pour que Cam y place des leurres de pêche et ses clés de voiture qu'il perdait tout le temps. Toby, avant l'accident, choisissait des cailloux de sa collection qu'il couvrait de peinture rouge et de vermicelles de sucre colorés. Une fois, il s'était mis tout nu, avait collé des cœurs sur son corps et leur avait déclaré que c'était lui le cadeau de la Saint-Valentin.

Tout était différent cette année. La première semaine de février, ils auraient dû travailler tous les soirs sur leurs cartes, mais Eleanor n'avait pas rassemblé le stock habituel de fournitures. Il n'y avait qu'une pile de papier cartonné, reste de l'année précédente, et quelques marqueurs secs.

Le moment était mal choisi pour célébrer l'amour. La semaine qui suivit sa découverte de Cam et Coco ensemble (si elle ne les avait pas surpris ce jour-là, quand lui en aurait-il parlé ?), tous les cinq (Cam, Eleanor, les enfants) n'avaient rien changé dans leur vie quotidienne, malgré l'ombre qui pesait sur eux tous, que même Toby paraissait capter. Il était plus calme et plus mou que d'habitude. Le ruban autrefois rose était constamment enroulé autour de son index et il tournait le bout effiloché dans le lobe pâle de son oreille.

Eleanor pensait que les filles attribueraient cette atmosphère pesante à l'accident de Challenger. Le lendemain de l'explosion, Ursula avait décroché toutes les photos qu'elle avait exposées dans sa chambre. En sortant la poubelle l'après-midi, Eleanor trouva la pièce commémorative que les parents de Cam lui avaient envoyée de Floride, avec, gravés dessus, la date du 28 janvier 1986 et les profils des astronautes.

Environ une semaine après qu'Eleanor avait aperçu Cam et Coco, il s'approcha d'elle, tandis qu'elle débarrassait les restes du dîner. Les enfants dormaient. La maison était silencieuse.

Depuis le premier soir, ils ne s'étaient pour ainsi dire pas adressé la parole. À la manière dont il posa une main sur son épaule, elle faillit croire qu'il s'apprêtait à déclarer que toute cette histoire était une énorme erreur et à lui demander pardon.

« Je ne sais pas ce qui m'a pris. Tu es la femme avec qui je veux vivre. Nous avons construit cette famille ensemble », allait-il dire certainement.

« On peut parler ? » demanda-t-il.

Ils s'assirent sur le canapé près du poêle. Il avait dû acheter une bouteille de vin avant de rentrer. Il en versa un verre à chacun. Par le passé, chaque fois qu'ils achetaient une bouteille de vin, elle mettait le bouchon de côté pour la fabrication des bonshommes-bouchons. Cette fois elle se contenta de l'observer, incapable d'imaginer où ils en seraient à la saison où la neige fondrait.

« Tu sais, on n'a pas besoin d'en faire une tragédie, lui dit-il. On n'a pas à se plaindre. On a trois enfants merveilleux. »

Elle but une gorgée de vin et le regarda dans les yeux, cherchant à comprendre ce qu'il voulait dire.

« Si c'était à recommencer, je t'épouserais de nouveau. Tu as été une mère merveilleuse pour nos enfants. »

C'était tout ? Le visage d'Eleanor dut trahir sa réaction intérieure, car il ajouta : « Et bien plus encore. »

Eleanor, immobile, était incapable de parler.

« Ce qui est important, c'est qu'on reste amis. Je sais qu'on peut y arriver. J'ai beaucoup de respect pour toi, El. »

Elle aurait dû lui répondre la même chose, mais elle ne pouvait pas.

« Promettons-nous de ne jamais parler en mal l'un de l'autre aux enfants, poursuivit-il. Si on y parvient, je crois qu'ils iront bien. »

Elle approcha le verre de ses lèvres et but une longue gorgée. Elle le regarda. Même ces derniers temps, il lui arrivait d'être frappée par sa beauté, mais pour la première fois elle s'aperçut qu'il n'était plus tout à fait celui d'autrefois. Sa peau était pâle, il avait besoin d'aller chez le coiffeur.

« Oui. Ça paraît raisonnable », dit-elle.

La semaine suivante, Eleanor convoqua une réunion de famille. Elle prépara le repas le plus réconfortant qu'elle connaissait, des macaronis au fromage, et annonça aux enfants qu'ils n'étaient pas obligés de finir leurs brocolis pour manger le dessert. Elle avait fait des brownies, leur dessert préféré.

Elle observait ses trois enfants réunis autour de la table en train de dîner (et aussi quand ils chantèrent pour les grâces toujours le même air, « Simple Gifts »). Elle voulait garder leurs visages en mémoire. Des choses difficiles s'étaient produites avant celle-ci et, moins d'un an plus tôt, un événement vraiment terrible. Mais auparavant, leur famille avait toujours tout affronté ensemble. C'était le dernier soir où leur monde était intact.

Ils avaient récemment vécu une catastrophe nationale. Ils avaient vu le vaisseau spatial qui emportait leur héroïne se briser en mille morceaux devant leurs yeux. Ils avaient survécu à l'accident de leur frère et à la longue et triste période de froid qui s'était installée par la suite, ils avaient perçu la tension entre leurs parents, peut-être même remarqué qu'ils ne se touchaient ni ne se regardaient presque plus jamais.

Malgré tout, ils auraient tout de même dit (ou même pas dit, car c'était pour eux une évidence comme les saisons, le sol sous leurs pieds ou la certitude qu'ils vivraient toujours ensemble au bout du chemin sans issue) que leurs parents s'aimaient. Ursula, celle qui s'était donné le rôle de sauveteur, leur infatigable boute-en-train et mascotte, se demandait peut-être s'ils étaient heureux et ce qu'elle pouvait faire s'ils ne l'étaient pas. Leur irritation de plus en plus manifeste l'un envers l'autre (celle de leur mère vis-à-vis de leur père, du moins) demeurait acceptable, du moment qu'ils étaient ensemble.

Leur famille, le cercle qu'ils formaient tous les cinq quand ils se tenaient les mains, chantaient les grâces à table, ou se touchaient les doigts autour d'Old Ashworthy, constituait le socle sur lequel ils croyaient pouvoir toujours compter. À l'instant où ils s'assirent à table ce soir-là, c'était pour eux une réalité évidente tout comme l'air qu'ils respiraient. À l'instant où ils iraient se coucher, tout aurait changé.

Après les brownies, ils débarrassèrent ensemble, plièrent les serviettes et allèrent mettre les déchets sur le compost à la lumière de la puissante torche d'Al. Pour la première fois depuis l'explosion de Challenger, Ursula parla de nouveaux projets : auditions pour le concours de talents, sa fiche de lecture sur *Betsy and Tacy Go Downtown*, la nouvelle élève de la classe.

« Ils vivaient à San Diego, quand son père a décidé de quitter son travail. Peut-être que ce qui s'est vraiment passé, d'après elle, c'est qu'il s'est fait virer parce qu'il buvait trop, et ils n'ont pas pu emmener leur chien parce que les chiens sont interdits dans son immeuble, mais elle espère qu'ils auront un hamster », racontait Ursula. En écoutant sa fille cadette, Eleanor pensait à la séquence qu'ils avaient tous regardée des centaines de fois, celle des astronautes souriant et agitant la main en marchant vers la navette spatiale ce matin-là. Aucun indice de ce qui allait suivre.

Elle se faisait l'effet d'un sniper sur le point de viser un piéton sans méfiance qui promenait son chien.

« J'ai parlé à Juniper [la nouvelle élève ; ses parents étaient manifestement des hippies, peut-être adeptes comme elle du *Guide de la naissance naturelle*] de la cabane qu'Al et moi allons construire. Je me disais qu'on pourrait l'inviter et peut-être même lui proposer de dormir à la maison. » Il y avait aussi une collecte à l'école le samedi suivant avec une course à trois jambes. Les parents contre les enfants.

Ursula semblait de nouveau heureuse. Presque comme avant.

Eleanor lança un regard en direction de Cam. Ils pouvaient encore changer d'avis. Ils n'avaient peut-être pas besoin de passer par cette épreuve, après tout. Un instant, elle envisagea un moyen d'éviter le scénario qu'elle redoutait. Et si, au moment même où ils se trouvaient au bord du précipice, prêts à sauter, ils choisissaient de faire demi-tour, de descendre de la montagne et d'établir le camp à côté d'un cours d'eau paisible ? De recommencer. De mieux faire cette fois-ci.

Mais ce n'était pas possible. Il lui suffit de regarder la mâchoire serrée de Cam, sa façon à la fois déterminée et tranquille de s'installer dans le rocking-chair devant la cheminée, pour savoir que son choix était définitif. Cam était ainsi : une fois qu'il avait pris sa décision, il ne revenait jamais en arrière.

En cet instant précis, il pensait peut-être à Coco. (Et plus tard, une fois leur réunion de famille terminée, il irait dans son atelier et l'appellerait. « Je ne pourrai sans doute pas te voir pendant un certain temps. Jusqu'à ce que les choses se calment », dirait-il.) Il avait dû expliquer à Coco que ce soir-là ils mettaient les enfants au courant et qu'il lui faudrait s'occuper beaucoup d'eux dans les jours qui suivraient.

Eleanor imagina Coco, dans son internat du Vermont, ses longues jambes magnifiques repliées sous elle, ses beaux cheveux longs, libres sur les épaules. L'air inquiet. « Les enfants prennent ça comment ? demanderait-elle.

— Ça a été dur, bien sûr, lui dirait Cam. Mais tu connais mes gosses. Ça ira. Ils adorent leur mère. Mais ils t'adorent aussi. »

Eleanor imaginait les mots qui allaient suivre. Cam chuchotant : *Pas autant que moi, naturellement.*

« Ça ira pour les enfants. Ils ne veulent qu'une chose, qu'on soit heureux. »

Les enfants ne l'avaient pas fait exprès, mais ils s'étaient installés sur le canapé par ordre de naissance. Ils s'étaient lavé les dents et avaient enfilé leur pyjama.

« Bon, dit Ursula qui avait repris son rôle de porte-parole de la famille. Maman et Papa ont quelque chose à nous dire. »

Même Toby semblait en attente ce soir-là. Une grande nouvelle surprenante allait sans doute suivre. Une balade hivernale en camping ou un nouveau projet de construction, peut-être. Depuis qu'elle avait rendu visite à son amie Pamela, dont les parents possédaient une ferme, Al faisait fortement pression pour que la famille adopte des chèvres naines.

« Tu en avais une, Papa. Maman nous l'a raconté. Opal. Tu l'avais emmenée à l'exposition d'artisanat en lui mettant une fleur au collier, le jour où Maman et toi vous êtes tombés amoureux. »

C'était peut-être le moment où leurs parents diraient : « D'accord, va pour des chèvres. Mais pas plus de six. »

Les trois enfants étaient assis, chacun avec son chocolat chaud, attendant le début de la réunion de famille.

Quelle que soit la grande nouvelle qu'on allait leur annoncer, ils étaient prêts.

« Good Morning to You ». La première chanson qu'Eleanor avait apprise à Alison. *We're all in our places, with sun-shiny faces.*

Eleanor prit la parole.

« Vous savez que nous vous aimons plus que tout. Nous sommes très fiers de vous trois. Vous êtes les meilleurs enfants du monde. »

Bla bla bla, aurait-elle aussi bien pu dire. *Bla bla bla bla bla.*

« Mais votre père et moi… Nous n'avons pas été… Nous avons pris la décision… »

Eleanor n'avait pris aucune décision. Contrairement à Cam.

« Cela n'a rien à voir avec vous trois. » C'était la contribution de Cam.

Progression à petits pas.

Elle observa leurs visages tandis qu'ils s'habituaient au sens des mots. Effondrement graduel. Comme dans un film d'avalanche en accéléré, le versant de la montagne s'affaissait sur lui-même, s'écroulait jusqu'au moment où il ne restait plus qu'un monceau de neige. Et au milieu de tout cela, le mot « divorce ».

« Nous avons encore des sentiments l'un pour l'autre », leur dit Cam.

Bla bla bla.

« Nous serons toujours vos parents. Tout ce qui est important restera exactement comme avant. »

Mensonge.

« Votre mère et moi avons besoin d'un peu d'espace. »

Besoin d'espace. Où Eleanor avait-elle déjà entendu ces mots ?

« Ce qui est important, c'est qu'on vous aime beaucoup, beaucoup. »

Alors, si vous nous aimez tellement, pourquoi nous faire ça ? Si vous vous souciez de nous plus que tout, comment pouvez-vous laisser une chose pareille se produire ?

« Nous savons que vous devez être très tristes en ce moment, dit Eleanor. C'est normal. Il y a peut-être des questions que vous aimeriez nous poser. Ou simplement des choses que vous voulez dire. »

Ils n'avaient rien à dire, en fait. Ursula se leva du canapé. « C'est l'heure de *Cosby* », dit-elle. Voilà une famille heureuse. Les Huxtable.

Al ne s'intéressait pas à la télévision. « J'imagine que vous avez fini, hein ? dit-elle quand Eleanor eut terminé son discours. Alors, je peux y aller maintenant ? » Elle ramassa son manuel de programmation et monta dans sa chambre. Une minute plus tard, ils entendirent la cassette de mandarin et Al qui répétait les phrases.

Les yeux d'Ursula restaient fixés sur l'écran – un épisode dans lequel Rudy Huxtable volait un paquet de chewing-gums dans un magasin de proximité et son père, le docteur Huxtable, incarné par Bill Cosby, l'obligeait à le rendre. Toby était assis par terre à côté d'elle et empilait des cubes.

Eleanor débarrassait les tasses de chocolat chaud qu'elle leur avait préparées quand se produisit enfin la réaction pour laquelle ils avaient rassemblé tout leur courage. Elle vint de celui qui semblait le moins à même d'en avoir une.

Toby. Il se dressa sur le tapis comme si un courant électrique de haut voltage avait traversé son corps. Ou plutôt comme si du magma, surgissant du centre de la terre, avait finalement atteint la surface et crachait de la lave enflammée dans toutes les directions. Il renversa les cubes. Puis il se jeta par terre et poussa un hurlement si brut et si primitif qu'on l'aurait dit issu d'un animal à l'agonie ayant reçu une balle en plein cœur.

« Ça va bien se passer, Tobes », dit Eleanor en s'agenouillant par terre à côté de lui, à peu près comme le jour où elle l'avait trouvé dans le bassin, mais cette fois il se débattit. Avec une force que personne n'aurait attendue d'un enfant de cinq ans, il repoussa ses bras, lui tira les cheveux, lui donna des coups de pied dans le ventre, dans la poitrine. Il se roulait par terre, il hurlait. Des mois après que ses poches remplies de cailloux l'avaient retenu au fond du bassin, il n'avait pour ainsi dire pas manifesté la moindre émotion. À présent, elles déferlaient comme un torrent. En d'autres circonstances, on aurait pu y voir une évolution encourageante.

La crise dura plusieurs minutes. Puis le corps de Toby devint tout flasque. Eleanor le prit dans ses bras et l'emporta dans son lit.

« Ça va bien se passer, Toby. Je te le promets. Nous nous aimerons tous toujours. »

Il ne cessait de répéter quatre mots. Ceux-là mêmes qu'Eleanor, bien qu'en possession d'un vocabulaire incommensurablement plus vaste, avait aussi envie de prononcer.

Je veux ma famille.

Plus tard, elle ferait toujours le lien entre la fin de son couple et l'explosion de Challenger. Dans les deux cas, il n'y avait eu aucun signe avant-coureur. Un joint torique défectueux. Personne n'y avait prêté attention, voilà tout.

Eleanor avait toujours remarqué une grosse différence entre elle et Cam : lui avait une étonnante capacité à naviguer dans la vie, même dans les périodes difficiles, ou terribles. Son aisance lui permettait de se décharger d'un vieux chagrin, avec toujours la certitude qu'une joie nouvelle le remplacerait. Cam ne souffrait pas de blessures, de chagrin ou d'anxiété comme Eleanor. Il n'aurait pas passé une seconde à s'inquiéter de la perte d'une chaussure de Barbie. Il savait aussi très bien esquiver les problèmes provoqués par une fille qui avait tyrannisé Toby au terrain de jeux, le spectre menaçant d'un avis d'imposition qu'ils ne pouvaient pas payer, les lettres de l'institutrice d'Alison mentionnant que leur fille semblait déprimée.

« On devrait peut-être l'emmener voir un psychologue, avait proposé Eleanor.

— Ou manger une glace », avait-il répondu en souriant.

L'art de Cam pour refuser de s'encombrer de tristesse ou d'inquiétude ressemblait à un don. Eleanor aurait aimé l'imiter. Parfois, elle avait l'impression que le poids du monde reposait sur ses seules épaules. Ce qui donnait à Cam cette insouciance enviable résultait peut-être également d'une faculté d'oubli exaspérante. La vie ne lui paraissait pas aussi sérieuse.

Il n'éprouvait aucune nostalgie de leur passé. (« Pourquoi je regarderais en arrière ? On est dans le présent. ») Les vieux souvenirs, les vieilles blessures, les chagrins, les deuils : il n'y pensait plus. Alors que tout ce qui était arrivé à Eleanor – son enfance solitaire, l'accident de ses parents, l'été dans la voiture de Matt Hallinan et ceux qui avaient suivi, et toutes les autres saisons – demeurait vivant en elle. Eleanor se souvenait de tout, n'abandonnait jamais rien.

Elle apportait également ce don, ou cette malédiction, à son travail. Elle se souvenait parfaitement du moment où la voiture de police était apparue dans l'allée, chargée du corps de Charlie sanglé sur le toit. L'image restait si précise que, si elle avait voulu, elle aurait pu la dessiner. De même qu'elle entendait encore la voix de Mr. Guttenberg devant sa chambre de l'internat le soir où il était venu lui annoncer l'accident.

Plus que toutes les autres, l'image qu'elle ne pourrait jamais s'ôter de l'esprit était celle de son fils, la tête dans le bassin. Et Cam, censé le surveiller, qui descendait de la colline en courant.

Ce moment et un millier d'autres moins graves qui avaient abouti à ce malheur avaient durci son cœur. Même si Eleanor racontait à Darla que la liaison entre Cam et Coco avait brisé son couple, elle savait que ce n'était pas tout à fait vrai. Cam amoureux d'une autre constituait le symptôme, pas la cause. Pour Eleanor, il serait toujours le responsable de ce qui leur était arrivé de pire dans leur vie. L'incapacité d'Eleanor à pardonner avait brisé son couple.

Peu importait combien de fois il lui avait répété qu'il était désolé, déterminé à devenir meilleur, peu importait qu'il se consacre à plein temps à la rééducation de Toby – ce même homme qui lui avait un jour demandé où elle rangeait les couches –, Eleanor avait toujours du mal à le regarder en face. Ursula l'avait remarqué. Elle posa la question un jour au petit déjeuner : « Maman, pourquoi tu regardes toujours ailleurs quand Papa te parle ? »

Rien n'échappait à Ursula.

53

Bien loin de la Saint-Valentin

La Saint-Valentin arriva et s'acheva, privée de l'habituel tourbillon de créations et de desserts aux fraises. Ursula fut la seule à offrir des cartes, et seulement à ses parents. *Love!* écrivit-elle en lettres si grosses qu'elles tenaient à peine sur le papier. Moins une célébration qu'une supplique.

Cam et Eleanor vivaient toujours sous le même toit, mais ne se parlaient presque plus. Si Cam croisait Eleanor en passant dans la cuisine, il disait : « Excuse-moi. » Quand elle le voyait près de franchir la porte alors qu'elle se trouvait devant l'évier, Eleanor passait dans une autre pièce. Comme si respirer le même air leur faisait mal.

L'un d'eux allait partir. L'un d'eux allait rester. La situation était clairement en phase terminale. Ils attendaient le dernier souffle de leur mariage, bien loin de la Saint-Valentin.

Après la découverte de la liaison entre Cam et Coco et l'annonce qu'il ne l'aimait plus, Eleanor aurait pu lui demander de déménager. Elle aurait eu des motifs légaux pour le faire. Moraux, en tout cas.

Mais cette décision aurait signifié qu'il fallait vivre à un endroit où chaque pièce résonnait des souvenirs d'une vie qui n'était plus la leur. Plus que n'importe quel autre, ce lieu avait représenté son port d'attache. Depuis la naissance de leurs enfants, elle les avait imaginés fêtant là leur mariage un jour et elle espérait voir ses petits-enfants courir dans le pré. Il y a longtemps, elle avait souhaité que ses cendres et celles de Cam soient répandues sous le grand arbre. Mais la perspective de rester seule avec les enfants dans la maison où ils étaient nés, devant le pré où leurs parents, à présent séparés, avaient prononcé leurs vœux de mariage, lui semblait d'une insondable tristesse.

Elle avait fait de cette ferme son foyer. Elle n'imaginait pas pouvoir aimer une autre maison autant que celle-ci, c'était si vrai que peu importait où elle s'installerait ensuite, seulement il fallait que les enfants s'y sentent en sécurité. Elle avait trouvé, en vivant avec le père de ses enfants au bout de ce chemin sans issue, quelque chose qu'elle n'avait jamais connu auparavant : une vie de famille. Mais il lui était impossible d'y rester, quand toutes les pièces, ainsi que le pré, le potager, le studio, le bassin (le bassin plus que tout), évoquaient des souvenirs d'une vie qui n'était plus la sienne.

Elle se souvenait comme si c'était hier du premier après-midi où elle avait découvert la maison avec Ed, le vieil agent immobilier. Les larges lattes du plancher. Le mur sur lequel, tous les 4 Juillet, des générations de Murchison notaient la taille de leurs enfants et tiraient ensuite trois coups de leur canon miniature. Le petit tertre au bout du pré où Cam, Eleanor et leurs enfants avaient planté une rangée de sapins qui devaient leur servir d'arbres de Noël pendant les trente années à venir.

Cette année, comme d'habitude, ils avaient traversé ensemble le pré couvert de neige pour abattre leur arbre et le dresser, comme toujours, dans le coin en face de la cheminée. Elle avait soigneusement choisi les cadeaux de ses enfants pour ce dernier Noël, ce qu'elle faisait tous les ans, comme si trouver une poupée Cabbage Patch pour Ursula ou acheter le Commodore 64 pour Al pouvait garantir leur bonheur. (Toby, c'était une autre histoire. Toby ne montrait plus d'intérêt pour ce qu'on lui offrait.)

Venait ensuite l'autre aspect. Comment elle avait saisi le plat contenant le précieux gâteau qu'elle avait passé trois heures à préparer et qu'elle avait jeté à la poubelle, tandis que les trois enfants la regardaient, figés au milieu des cadeaux qu'ils venaient d'ouvrir, des guirlandes qui clignotaient.

Est-ce ainsi qu'on protège ses enfants ? Est-ce ainsi qu'on garantit leur bonheur ?

Si Cam avait été du genre à ressasser les vieilles blessures, comme Eleanor, il aurait pu lui en vouloir à jamais de son geste, mais elle supposait que, si on lui rappelait maintenant : « C'était assez horrible, ce que ta femme a fait de la *bûche de Noël* », il ne s'en souviendrait peut-être même pas.

Eleanor se souvenait de tout et c'était la raison pour laquelle elle était certaine de devoir quitter cette maison.

Son avocat lui dit d'abord de ne pas le faire. Puis il lui conseilla, si elle était sûre de devoir quitter la propriété, de la faire estimer par un expert et de fixer le montant de sa valeur actuelle sur le marché. Ils en déduiraient la somme que devrait trouver Cam pour lui racheter sa part. Cinquante pour cent de la valeur de la ferme.

Comment pourrait-on calculer cette valeur ? Inestimable, si une famille heureuse y vivait. Nulle, dans tout autre cas.

De toute façon, elle savait que, quel que soit le montant fixé par l'expert, Cam ne pourrait jamais lui racheter sa part. Il ne gagnait presque rien. Leurs économies, même s'il avait droit à la moitié, dépassaient à peine mille dollars.

Elle ne travaillait plus à sa bande dessinée et s'en sortait tout juste grâce à ses travaux en free-lance. De plus, l'école et l'orthophonie de Toby avaient épuisé l'argent qu'elle avait mis de côté lorsqu'elle était une auteure à succès de livres pour enfants. Eleanor ne pouvait s'acheter une nouvelle maison sans l'argent du rachat de Cam. Pourtant l'idée de vendre la ferme, si elle ne devait plus jamais y habiter, revenait à imaginer la mort.

L'accord auquel ils parvinrent donnait neuf ans à Cam pour trouver comment racheter sa part. En attendant, il aurait l'emprunt à rembourser et Eleanor louerait quelque chose ailleurs. « Je n'approuve pas cet arrangement. Franchement, je pense que c'est un très mauvais compromis pour vous, lui dit son avocat. Neuf ans, poursuivit-il. Votre ex-mari n'est pas idiot. Il va trouver une solution. Ou alors ses parents passeront l'arme à gauche et il héritera. Ou encore ils le renfloueront. »

Le document qu'ils établirent stipulait que, aux dix-huit ans d'Alison, Eleanor et Cam feraient évaluer la ferme. Cam aurait alors l'obligation de payer à Eleanor la moitié de cette somme pour acquérir la pleine possession de la propriété. À défaut, la maison serait mise en vente.

« Ce n'est pas mon affaire, mais vous devez me promettre que le jour des dix-huit ans de votre fille aînée vous exigerez le paiement intégral de votre part. Si votre ex-mari est incapable de vous le verser, vous mettrez un panneau “À vendre” », déclara l’avocat à Eleanor.

Elle signa le document. Cam aussi.

« Je ne comprends pas pourquoi Papa et toi devez faire ça », dit Ursula en parlant du divorce.

Ursula, l’éternelle négociatrice, la conciliatrice. Quant à Al, elle semblait les avoir tous exclus de sa vie. En rentrant de l’école, elle montait dans sa chambre et n’en sortait presque plus, sauf quand on l’appelait pour les repas. Ursula se retrouvait une fois encore porte-parole des enfants.

« Pourquoi vous n’allez pas voir un conseiller conjugal ? Vous pourriez partir, rien que vous deux, faire un voyage romantique. Al et moi, on pourrait s’occuper de tout. Phyllis nous conduirait à nos activités. Et Coco viendrait les week-ends en rentrant de son école et on jouerait au foot. »

Ils adoraient tous Coco. Elle arrangerait les choses. C’était ainsi que les enfants la voyaient, avant. Et continuaient à le faire.

54

Pourquoi tu fiches notre vie en l'air ?

Eleanor supposait que l'étape suivante, après la nouvelle de leur divorce, serait que Cam annonce aux enfants que Coco et lui formaient à présent un couple. Même si Eleanor souhaitait leur épargner des souffrances, elle attendait ce moment. Les filles ne manqueraient pas de détester Coco. Elles seraient furieuses contre leur père. Aussi furieuses qu'Eleanor.

Mais l'annonce ne fut jamais faite.

Cam avait peut-être raison : parler aux enfants de sa relation avec Coco dès maintenant serait trop dur pour eux. Mais ce non-dit eut pour résultat de provoquer d'autres problèmes qui retombèrent sur les épaules d'Eleanor.

Eleanor apparut comme celle qui partait, donc la responsable. Leur mère quittait leur père. C'était ce qu'il semblait et Cam ne fit rien pour les détromper. Eleanor, qui aurait bien voulu leur expliquer la réalité, pensait qu'en le faisant elle deviendrait celle qu'elle avait juré de ne jamais être : le parent amer qui monte ses enfants contre l'autre parent. Cam et elle s'étaient promis de ne jamais se critiquer mutuellement. Pour respecter cette promesse, Eleanor devait tenir sa langue, ne pas avouer que Cam était tombé amoureux de leur baby-sitter.

Les choses en étaient là : depuis que Cam avait confié à Eleanor qu'il aimait Coco, celle-ci avait tout à coup disparu de la circulation. Elle suivait sûrement ses cours d'holistique dans son école du Vermont. D'après une conversation qu'Eleanor avait eue avec sa mère, Betsy, rencontrée par hasard à la coopérative alimentaire, elle comprit que les parents de Coco ne savaient rien de sa liaison avec Cam. Leur fille était majeure, cependant Eleanor doutait que Betsy et Evan auraient été contents d'apprendre que Coco fréquentait un homme de presque vingt ans son aîné, qu'elle connaissait depuis qu'elle avait douze ans, et qui avait lui-même trois enfants.

Al fut la première à exprimer sa colère contre Eleanor. Eleanor leur avait parlé comme le font les parents qui divorcent. Elle avait assuré que Cam et elle avaient encore des sentiments l'un pour l'autre, que rien n'était la faute des enfants, et que l'amour de leurs parents pour eux ne changerait pas. Elle leur fit comprendre qu'ils pourraient tous les trois se sentir mieux sans la tension engendrée par les disputes de leurs parents.

Eleanor détestait le son de sa voix quand elle tenait ces propos. Mais pas autant qu'Ursula.

« Je ne veux pas entendre ça ! cria Ursula en se bouchant les oreilles lorsque Eleanor se lança dans sa tentative la plus récente pour les rassurer.

— Vous verrez, dit Eleanor. On se débrouillera pour que ça marche. Le plus important, ce sera toujours vous trois.

— Putain, si on est tellement importants, pourquoi tu fiches notre vie en l'air ? » demanda Al.

(Elle avait dit « putain ». Elle avait employé ce mot. Elle devait savoir que, vu les circonstances, Eleanor ne lui reprocherait pas d'avoir employé un gros mot.

C'était aux enfants de lui en vouloir. De lui en vouloir autant qu'ils en auraient envie.)

« Je voudrais que vous me parliez de ce que vous ressentez », dit Eleanor un jour qu'ils se trouvaient tous les quatre dans la voiture, sans doute pour emmener Al à son entraînement de basket. Personne n'avait ouvert la bouche depuis un quart d'heure.

« Tu quittes la famille », répondit Ursula. Plus aucune douceur ni amour dans sa voix. « Qu'est-ce que tu *crois* qu'on ressent ? »

« Tu dois leur dire la vérité, lui conseilla Darla. Tu ne vois pas que, en réalité, tu protèges ce type ? Cet abruti t'a trompée avec votre putain de baby-sitter, et tu lui laisses le beau rôle devant les enfants. Du coup tu passes pour la mauvaise mère et lui pour la pauvre victime innocente que tu abandonnes.

— Je ne veux pas monter nos enfants contre leur père, répondit Eleanor.

— Dans ce cas, ils se tourneront contre toi.

— Ça n'arrivera pas. Ça ne peut pas arriver.

— Beaucoup de merdes apparaissent quand des gens qui étaient amoureux cessent de s'aimer. Inévitablement, ils réécrivent l'histoire. Je le fais sans doute moi-même. À une époque, j'ai dû vraiment aimer Bobby, mais je ne me rappelle même plus pourquoi.

— Nos enfants nous aiment tous les deux. Ça ne changera jamais. »

55

Un nouveau matelas

Longtemps auparavant, à la suite d'une autre période difficile dans sa vie, Eleanor s'était mise en quête d'une maison à acheter. Deux semaines après l'aveu de Cam, elle s'était de nouveau mise à chercher un endroit où habiter, mais cette fois elle serait locataire.

Elle fit ensuite une chose qui aurait semblé inimaginable pour quelqu'un qui aimait nager dans le bassin ou y patiner, faire pousser des tomates et regarder les étoiles, mais c'était avant. Elle se dirigeait à présent vers le sud de Boston, un endroit où elle avait dit qu'elle ne reviendrait jamais. Assez près pour que les enfants puissent faire des allers et retours. Assez loin pour qu'elle essaie de recommencer à zéro.

Elle envisagea de prendre une maison dans un lotissement. Plus simple. Plus facile à entretenir. Moins cher. Les trois premières qu'elle visita ne convenaient pas ; Eleanor le sut dès qu'elle franchit la porte. La quatrième était parfaite : construction récente, un peu terne, mais disposant d'une courette et d'assez de place pour que les enfants aient chacun leur chambre. Même si la cuisine était petite, les enfants pourraient y faire leurs devoirs pendant qu'Eleanor préparerait le dîner et il y avait la place pour un canapé sur lequel ils pourraient regarder des films. Dans la salle à manger, ensoleillée, elle placerait une grande table capable d'accueillir les fournitures pour la Saint-Valentin en février, et une baie vitrée offrait une place parfaite pour l'arbre de Noël.

Elle n'aimerait pas cette maison comme elle avait aimé la ferme, mais ce n'était pas nécessaire. Et par certains côtés, en particulier en ce qui concernait les enfants, elle offrait des avantages que n'avait pas la ferme. À l'école que fréquentait Toby près d'Akersville, des enfants souffrant de toute sorte de handicaps étaient placés dans une classe trop petite. Là où ils allaient vivre, une école pour jeunes handicapés mentaux comme Toby se trouvait à proximité. Un bus viendrait le chercher tous les matins et l'y emmènerait.

L'idée était de laisser les enfants terminer l'année scolaire là où ils étaient. Eleanor viendrait les voir le week-end. D'ici les vacances d'été, elle installerait la maison et ils emménageraient à la fin des classes. Ainsi, en septembre, ils seraient habitués à leur nouveau foyer.

Les filles devraient changer d'école, bien sûr, mais elles trouveraient des professeurs plus compétents, de meilleures opportunités. Elles iraient toutes seules à pied à la bibliothèque. À défaut de bassin, une grande piscine municipale et, en hiver, une patinoire extérieure. Al rejoindrait une équipe de basket-ball d'un niveau plus élevé. Eleanor prendrait un abonnement familial au musée des Sciences.

Eleanor mit en avant tous ces avantages du déménagement pour Al et Ursula, moins pour Toby, même s'il était dans la voiture quand elle les présenta.

« Vos amies pourront venir sans que leurs parents soient obligés de les accompagner.

— Quelles amies ? demanda Al. On ne connaît personne à Brookline. »

Eleanor ne se faisait pas d'illusions. Aucun des attraits de la vie citadine qu'elle évoquait ne pouvait remplacer ce qu'ils perdaient, et les enfants le savaient bien. Jusqu'ici, leur mère avait été celle sur qui Al, Ursula et Toby comptaient pour arranger les choses. Qui était-elle devenue ? Celle qui cassait tout.

Elle ne dit rien de leur arrangement : l'obligation, dans un avenir lointain, que leur père rachète la part d'Eleanor dans la ferme qu'ils possédaient. Le plus important, c'était que la ferme ne disparaisse pas de leur vie. Ils y passeraient le week-end. Même si elle-même n'y habitait plus, elle savait que c'était une bonne chose.

Les propriétaires de la maison qu'Eleanor avait choisi de louer avaient déménagé en Floride pour se rapprocher de leurs petits-enfants. Elle pouvait y rester aussi longtemps qu'elle voulait. La première semaine de mars (la saison des bonshommes-bouchons, mais pas cette année), elle loua une camionnette. Walt l'aida, mais il y avait étonnamment peu à faire, finalement. Eleanor ne souhaitait pas démanteler le foyer de ses enfants et de toute façon elle ne voulait pas emporter grand-chose. Elle trouva les meubles dont elle avait besoin dans des magasins d'occasion et récupéra certains objets que les propriétaires ne voulaient pas emporter en Floride.

Elle acheta une nouvelle table à dessin, moins grande, transforma une petite pièce de rangement en bureau et brancha son Mac. En garant sa voiture dans l'allée, elle ne se dit pas : « Je suis chez moi. »

Quelques jours après le déménagement, Eleanor retourna encore une fois à la ferme pour prendre les derniers cartons (quelques vêtements, ses livres de cuisine, des moules à muffins) qui n'avaient pas trouvé de place dans la petite camionnette. C'était un mardi, en fin de matinée, les trois enfants étaient à l'école. Cam fendait du bois dans la cour.

« Ça a l'air lourd. Je vais te donner un coup de main », dit-il.

Il la suivit dans la maison. À la cuisine, elle remarqua une casserole de friandises aux Rice Krispies faites maison sur le plan de travail (cela ne faisait pas partie de son répertoire, ni de celui de ses enfants et Phyllis ne faisait pas de pâtisserie). Une paire de patins à glace de femme qu'elle ne connaissait pas était suspendue près du poêle. « Coco est venue, dit-elle.

— Elle est rentrée de l'école pour quelques jours. Les enfants voulaient la voir. »

Il parlait d'une voix neutre qui ne révélait rien.

Pleine lune. Glace noire. Bruit de craquement sous les lames de ses patins.

Elle avait laissé le carton de vêtements dans le placard. Pour aller le chercher, elle devait passer dans leur ancienne chambre.

« J'en ai pour une seconde. »

Durant toutes les années qui avaient vu la naissance de leurs trois enfants, le millier de fois où ils avaient fait l'amour dans ce lit (tous les jours au début, puis moins souvent), les nuits au cours desquelles un des enfants et en général les trois avaient fini à côté d'eux, ils avaient toujours eu l'intention d'acheter un vrai matelas, mais ne l'avaient jamais fait. Ils dormaient sur le futon de la cabane de Cam quand il vivait dans le Vermont.

Il y avait un nouveau matelas dans leur chambre. De bonne qualité, apparemment.

Eleanor, près de la place qui avait été la sienne dans le lit, regardait par la fenêtre. De là, quand elle avait accouché de leurs filles et, la dernière fois, de leur fils, elle voyait les branches du vieux frêne qui se découpaient sur le ciel. Pendant les contractions, elle fixait un point au plafond. Quand elle avait emménagé dans la maison, avant de rencontrer Cam, elle y avait collé une unique étoile qui brillait dans le noir.

L'étoile était toujours là.

Elle se souvenait de leur première nuit ensemble. Elle avait essayé de compter les taches de rousseur sur le torse de Cam, puis abandonné. Sa peau nue et pâle semblait éclairée de l'intérieur à la lumière des bougies.

Une nuit d'hiver. Le bruit d'un match de basket venant de l'autre pièce, des oranges tombant du lit, le monde, ou juste son corps, écartelé.

Nous avons une fille.

Seize mois plus tard : *Nous avons une autre fille.* Elle avait été très heureuse qu'il ne montre pas trace de déception à cette annonce. Il n'était pas de ces hommes qui veulent un fils à tout prix.

Et une fois encore, un autre bébé. Elle revit l'instant, dans la baignoire cette fois, où Toby fit irruption dans le monde – Toby, né si vite qu'ils durent couper le cordon et envelopper le bébé dans des couvertures avant l'arrivée de la sage-femme. Avant même de connaître le sexe du bébé, Cam avait crié : « Celui-là est un rouquin ! » Ces boucles mouillées. Ces poings qui battaient l'air. *Un garçon.* Ils s'étaient dit que le sexe du bébé n'avait pas d'importance, mais quand ils le découvrirent Cam répéta plusieurs fois : « Je n'y crois pas. Nous avons un fils. »

Elle se souvenait des pronoms. *Nous avons une fille. Nous avons un fils. Nous.* Cette façon de parler d'eux deux comme une seule entité allait changer. Avait déjà changé.

Il y avait toujours eu sur le lit un édredon orné d'un motif de double alliance, cousu par la grand-mère de Cam, mais ce jour-là il n'y avait que des draps.

Debout devant la fenêtre, elle regardait le paysage familier. L'arbre, le pré en contrebas. Le mur de pierre. Le bassin. Elle aurait tout donné pour ne pas l'avoir fait creuser. Elle n'entendit pas Cam entrer dans la pièce.

« J'allais juste changer les draps », dit-il. Tant de phrases prenaient un nouveau sens.

Elle leva les yeux sur son mari debout près d'elle – elle n'avait pas encore cessé de le considérer comme tel. Il lui toucha le bras.

Plus tard, sur la route qui la ramenait à sa nouvelle maison dans la ville inconnue où elle dormait, elle tenta de reconstituer ce qui s'était passé avec Cam l'après-midi à la ferme. Il avait dû la prendre dans ses bras, mais cette étreinte ne ressemblait en rien à du désir ou de la nostalgie. Sa manière de la toucher était plutôt la reconnaissance d'un chagrin mutuel, comme le réconfort qu'offre une personne à une autre quand il y a eu un décès dans la famille.

Cam l'avait prise dans ses bras. Elle ne lui rendit pas son étreinte, mais s'effondra contre lui. S'il ne l'avait pas retenue, elle serait sans doute tombée.

Il était la seule personne sur terre qui se rappelait tout ce qui s'était passé dans cette maison. Comment se pouvait-il qu'il soit à la fois à l'origine de son plus grand chagrin et son unique source de réconfort ? Cet après-midi-là, il fut les deux.

Ils ne parlèrent ni l'un ni l'autre. Il passa sa chemise par-dessus sa tête, comme il l'avait fait le premier soir, dans sa cabane du Vermont, des années auparavant. Elle déboutonna son chemisier, libéra ses seins fatigués qui avaient allaité, sans plus se soucier de leur aspect à la lumière du jour, parce qu'il le connaissait déjà et que, de toute façon, il n'était plus nécessaire d'être pour lui ce qu'elle n'était plus : un objet de désir. Un jour viendrait où ils seraient des étrangers l'un pour l'autre, mais ce jour n'était pas encore arrivé. Ce jour-là, ils étaient l'un pour l'autre la seule personne au monde qui savait ce qui avait été perdu.

Ils se débarrassèrent de leur jean et laissèrent tomber leurs vêtements. Ils se firent face, moins comme un homme et une femme que comme les deux parties d'un tout, les deux moitiés d'un couple qui se séparait. À la différence de la première fois, ils ne se faisaient ni l'un ni l'autre la moindre illusion : ce qui se passait ne renfermait aucune promesse pour l'avenir. Ils honoraient leur passé commun, voilà tout. Bizarrement, elle avait l'impression de rendre hommage à leurs enfants. À l'endroit d'où ils venaient, où ils avaient commencé.

« Je pense qu'on devrait faire plein de bébés ensemble, lui avait-il dit jadis. Je veux fonder une famille. » Eh bien, ils l'avaient fait. Et le moment était venu de la défaire.

Elle connaissait le corps de Cam aussi bien que le sien. Il aurait pu dire la même chose. Elle savait où se trouvait la tache de naissance qu'il appelait le Dakota du Nord. Il savait où se trouvaient les vergetures de sa première grossesse et des deux suivantes.

« Nous allons être tous les deux les parents de cet enfant, avait-elle dit. Mais mon corps est dans un sale état et toi, tu ressembles à une statue en marbre du Metropolitan Museum.

— Tu es belle à mes yeux », avait-il répondu. À l'époque, elle le croyait. À l'époque, il le pensait sans doute.

Le corps de Cam avait à peine changé depuis leur première rencontre. Un coup d'œil à Eleanor suffisait pour savoir qu'elle avait eu des enfants. Maintenant, il était amoureux d'une fille mince aux petits seins parfaits, au ventre plat et aux jambes qui n'en finissaient pas, une fille qui le croyait capable de décrocher la lune.

Un souvenir lui revint.

Ils faisaient un voyage en famille dans le Maine, accompagnés de Coco, douze ans à l'époque, qui devait les aider à distraire les enfants et donner la possibilité à Cam et à Eleanor de déguster un homard et boire un verre de vin en tête à tête de temps en temps. Sur la route qui menait à Acadia National Park, sur une aire de repos, Coco avait eu ses premières règles. Gênée d'avoir du sang sur son short, elle avait pris Eleanor à part. « Ne t'en fais pas », l'avait rassurée Eleanor.

Elle avait emmené Coco dans les toilettes des femmes. Elles étaient entrées dans la même cabine. Eleanor, accroupie à côté de Coco qui était assise sur les toilettes, lui avait montré comment mettre un tampon.

Cam et Eleanor n'avaient pas fait l'amour très longtemps ce dernier après-midi. Rien ne distinguait d'une quelconque façon cette fois des centaines d'autres où leurs corps avaient fusionné ainsi, sauf la certitude qu'ils se disaient au revoir. Ils ne se retrouveraient jamais plus dans cette chambre. Ils s'enlaçaient, mais ne s'embrassaient pas.

Elle se rhabilla et ramassa le carton qu'elle avait posé, celui contenant ses livres de cuisine, qu'elle n'utiliserait que rarement, voire jamais plus. *Le Livre du pain Tassajara*. (Le pain au levain maison tartiné de beurre qu'ils se donnaient à manger nus devant la cheminée.) *Julia Child, Mastering the Art of French Cooking*. (Consulté une seule fois, le soir où Patty était venue dîner. Coquilles Saint-Jacques. Mousse au chocolat.) *The Silver Palate*. (Le poulet Marbella, son plat de secours pendant des années, quand ses beaux-parents venaient leur rendre visite.) Tant de façons de marquer le passage du temps dans un couple, les saisons de l'amour.

Ni l'un ni l'autre ne prononça un seul mot quand elle partit, après.

Où commencer ? Où finir ?

56

Je vous aimerai toujours

Parfois, quand elle se réveillait seule dans sa nouvelle maison, elle ne se rappelait plus où elle était, tendait le bras vers une porte qui se serait trouvée là dans leur ancienne chambre, ou se cognait contre un mur qu'elle n'attendait pas à cet endroit, n'étant pas encore habituée à la disposition des pièces.

Après des années passées à s'occuper de jeunes enfants, Eleanor trouvait étrange de vivre comme elle le fit les premiers mois suivant son déménagement, seule dans une maison de ville, sans personne à nourrir ou à interroger : Tu as fait tes devoirs ? Ta clarinette ? Les premières semaines, elle appelait les enfants tous les soirs, mais leurs conversations étaient empreintes de gêne et elle avait parfois l'impression que les filles avaient l'esprit ailleurs, qu'elles étaient impatientes de raccrocher et de retourner à leurs occupations.

Un jour Ursula dit à Eleanor qui les appelait que Coco était là. En rentrant de son école, elle était passée leur dire bonjour. Elle leur avait préparé un wok de légumes sautés avec des nouilles qu'elle avait achetées à Chinatown.

« Coco va nous emmener à *Disney on Ice* », ajouta Ursula. Elle voyait des pubs à la télé depuis qu'elle était petite et avait toujours rêvé d'y aller.

« On a même réussi à convaincre Papa de venir. Même s'il n'est pas fan de Disney.

— Coco vient très souvent ces temps-ci, non ? demanda Eleanor.

— On lui manque. Phyllis est toujours notre baby-sitter. Coco est simplement notre amie, maintenant. »

Cam n'avait rien dit du reste. Il cachait ce qui se passait entre lui et Coco les week-ends où les enfants étaient avec Eleanor.

Eleanor posa une question à Ursula sur son exposé en sciences sociales. Elle travaillait sur Helen Keller. Peut-être pourraient-elles aller toutes les deux à la bibliothèque quand elles se retrouveraient ce week-end ?

« Peut-être », répondit Ursula.

Elle devait y aller. C'était à son tour de jouer au Monopoly. Elle ne voulait pas faire attendre les autres.

« Coco a fait du pop-corn », dit Ursula pour finir. Eleanor entendit des rires en fond sonore.

Seule dans son lotissement de Brookline, Eleanor passait ses journées sur une série de livres Easy Reader sur les présidents, qu'elle s'était engagée à écrire et à illustrer. On lui avait attribué les biographies de Woodrow Wilson et William Howard Taft. Existait-il un président plus ennuyeux ? Après avoir éteint son ordinateur à la fin des longues heures passées devant son bureau, elle peignait les chambres des enfants dans les couleurs qu'ils avaient choisies avec elle : jaune bouton-d'or pour Ursula, vert pour Toby et un affreux violet pour lequel Al avait insisté.

« As-tu réfléchi au fait qu'être entourée de quatre murs couleur aubergine risquait d'être assez déprimant ? lui demanda Eleanor.

— Ce n'est pas la couleur de mes murs qui est déprimante », répondit Al. Elle parlait d'une voix basse, un peu hargneuse et sarcastique. Elle employait de plus en plus souvent ce ton, avec Eleanor du moins. Al s'adressait-elle de la même manière à Cam ? La seule fois qu'elle tenta de lui en toucher un mot, il répondit sèchement, et avec mépris.

« Tu as ta relation avec Al, j'ai la mienne. La façon dont nos enfants te parlent, c'est leur affaire, pas la mienne. »

Elle se dit que les choses iraient mieux à la fin de l'année scolaire quand ils viendraient vivre avec elle. Elle acheta un baby-foot et un trampoline. À part les quelques acquisitions qu'elle fit en espérant amuser les enfants, il n'y avait pas encore beaucoup de meubles. Ses pas sur le plancher renvoyaient un son creux, un écho quand elle passait d'une pièce à l'autre.

Le vendredi après-midi, Eleanor prit la route nationale pour aller chercher les enfants ; c'était la première fois qu'elle retournait dans leur ancienne ferme en tant que visiteuse. Tous les trois l'attendaient dehors, leurs sacs alignés à côté d'eux dans l'allée. Le message était clair : Cam, bien qu'invisible, ne voulait pas qu'elle entre dans la maison qui avait été la sienne.

Lorsqu'ils arrivèrent au lotissement, elle leur montra leurs chambres. « Je ne savais pas que la mienne allait être aussi violette, dit Al.

— Ne t'en fais pas. Quand tu auras mis quelques affiches, ça se verra moins. »

Chaque vendredi après-midi de printemps, elle se rendit à Akersville prendre les enfants pour le week-end. Cam les ramenait à la ferme le dimanche.

Comme la maison n'était pas encore équipée pour y faire la cuisine et que les enfants n'y avaient pas leurs affaires, Eleanor les emmenaient manger des hamburgers dans un petit restaurant ou au bowling. Dès que s'ouvrit la saison de basket d'Al, Eleanor fit quand elle le pouvait le long trajet pour assister à ses matchs, et le trajet encore plus long pour rentrer. Elle s'asseyait sur les gradins avec les mères, dont une ou deux étaient de vieilles amies depuis les étés de softball à l'époque où elles suivaient les Yellow Jackets, d'autres les mères d'élèves de la classe d'Al qu'elle connaissait depuis que leurs enfants étaient bébés, des femmes dont les enfants étaient venus jouer à la ferme année après année, des femmes qui avaient vendu avec elle des produits Avon pour rassembler l'argent nécessaire au voyage de la classe au musée des Sciences.

Elles connaissaient toutes son nom, certaines la saluaient. Elles savaient ce qui s'était passé. Ou croyaient le savoir : Eleanor était celle qui avait quitté le domicile. Cam était resté. Les enfants vivaient avec lui.

Mais en dehors d'un salut sans chaleur, rares étaient celles qui lui parlaient. Elles la soupçonnaient peut-être d'avoir des vues sur leur mari, s'imaginaient que le divorce était contagieux, ou bien Eleanor leur rappelait tout ce qu'elles ne voulaient pas vivre elles-mêmes.

Cam assistait aussi aux matchs d'Al, bien sûr, jamais avec Coco. Un jour pourtant, en allant chercher les enfants à la ferme, Eleanor avait rencontré Evan et Betsy qui marchaient le long de la route. Leur brève conversation, par la vitre ouverte de la voiture, lui avait prouvé que les parents de Coco n'avaient toujours aucune idée de la relation de leur fille avec Cam. Betsy suggéra qu'il devait être plus facile d'obtenir des aides expérimentées pour Toby, maintenant qu'Eleanor vivait près de Boston ; Evan raconta les détails de la vie de Coco au Centre d'études holistiques. Ils semblaient partagés entre regret et méfiance. Elle nota une certaine froideur étrange dans leur manière de s'adresser à elle. Ils avaient apparemment élaboré un scénario dans lequel Eleanor était responsable de la rupture et Cam le pauvre mari abandonné qui gardait la boutique.

Une autre fois, en juin, juste avant les vacances, Eleanor était tombée sur Coco dans la cour de la maison. Elle tapait dans un ballon avec Al. De loin, elle avait salué Eleanor, comme si elle avait oublié le chapitre le plus récent de leur longue histoire commune. Quant à Cam, quand il apparaissait à la porte de chez elle pour ramener les enfants le dimanche après-midi, il aurait pu être le livreur de pizzas tant il se limitait à quelques mots.

Après son départ, Eleanor marchait jusqu'à Coolidge Corner pour s'acheter une glace. Un jour, assise sur un banc devant la boutique, elle entendit un autoradio réglé sur une station de country diffuser la chanson de Dolly Parton « I Will Always Love You ».

Un couple d'adolescents sortit de la boutique avec un énorme banana split. La fille portait un short court comme Daisy Duke, le garçon un débardeur, même s'il semblait n'avoir commencé à se raser que récemment. Quand la glace coula sur le menton de la fille, il la lécha tandis que, à la radio, Dolly chantait cette phrase qui avait toujours ému Eleanor.

Bittersweet memories. That's all I'm taking with me.

Un vieux couple s'approcha. Ils étaient sans doute mariés depuis si longtemps que le mari n'avait pas besoin de demander à sa femme quel parfum elle voulait, si elle préférait un cône en gaufrette ou en azyme. La femme attendait dehors, à l'autre bout du banc, que son mari aille au guichet acheter leurs glaces.

« Nous prenons toujours noix au sirop d'érable », dit-elle à Eleanor.

Eleanor termina sa glace et rentra chez elle à pied, mais « chez elle » avait maintenant un sens complètement différent. Chez elle, c'était une maison propre, neutre, en plein Brookline, avec des plans de travail en Corian et des sols en carreaux de vinyle. Pas de chien. Pas de ululements de chouette. Pas d'étoiles. Pas de petits corps chauds qui grimpaient contre elle au milieu de la nuit. Quand elle se réveillait le matin, sans personne d'autre qu'elle-même, le lit lui paraissait aussi vaste que l'océan.

57

Crazyland droit devant

Elle avait toujours fait attention à la boisson. Elle ne voulait surtout pas devenir comme ses parents. Mais un jour elle acheta une bouteille de Jack Daniel's, le whisky préféré de son père. Le soir, elle but quatre shots. En se versant le cinquième, elle composa le numéro de Cam.

« Tu es seul ? Ta copine est là ? Peut-être qu'elle fait du baby-sitting ? » Elle prononça ce mot comme si c'était une obscénité.

Crazyland droit devant.

« Arrête, Eleanor. Ne fais pas ça.

— Quand as-tu l'intention de leur dire la vérité ? Tu attends peut-être le vingt et unième anniversaire de Coco ? Dans ce cas… ça va prendre un moment.

— Les enfants ont vécu beaucoup de changements. » Cam parlait d'une voix calme, égale, comme le narrateur d'un documentaire animalier, ou Mister Rogers.

« C'est assez pratique pour toi de les maintenir dans l'ignorance, de cacher la raison du divorce. De laisser croire que je suis celle qui a plaqué notre famille.

— Personne n'a plaqué notre famille. » (De nouveau Mister Rogers. Musique douce en fond sonore,

Kate Bush, pensa-t-elle.) « Nous avons évolué dans des directions différentes.

— Et la tienne t'a conduit tout droit vers une fille de dix-huit ans. » Elle serrait tellement fort le téléphone que si l'appareil avait été un chaton, il serait déjà mort. Son cœur battait la chamade. « Comment crois-tu que tes vieux amis Evan et Betsy prendraient la chose s'ils savaient ?

— Pourquoi faut-il que tu sois aussi amère, Eleanor ? Ce n'est pas bon pour nos enfants. Ce n'est pas bon pour toi non plus.

— Et tu te fais beaucoup de souci pour moi, hein, Cam ? Je suis tout en haut de la liste de tes préoccupations, juste après l'achat d'un nouveau matelas ou une expédition en famille à *Disney on Ice* avec Coco. » Sa voix avait une dureté inaccoutumée. Pas très différente de celle d'Al, se dit-elle. Ou de celle d'Ursula. C'était peut-être une conséquence du divorce : les gens devenaient mesquins.

« J'imagine que tu te places au-dessus de la mêlée ? dit-elle.

— Je vais raccrocher.

— *Namaste.* »

Elle prononça le mot d'une manière qui n'avait rien à voir avec celle d'un professeur de yoga.

58

Code du silence

En juin, au premier week-end des vacances, les enfants emménagèrent dans la maison de Brookline. Le soir, Eleanor les emmena dîner à Boston, dans un restaurant chinois où on pouvait trouver son signe astrologique chinois sur les sets de table en papier. Alison était de l'année du serpent. Ursula, belle découverte, du cheval. Toby, du singe. Eleanor, à sa grande déception, était aussi née l'année du serpent.

Ils choisirent un assortiment de plats et des boissons avec des ombrelles en papier. En rentrant, ils s'arrêtèrent pour manger une glace. Eleanor se sentait l'âme d'un guide touristique et leur montra tous les endroits intéressants. Voici la Maison des jeunes où on peut nager, même l'hiver, rendez-vous compte. Voici le magasin de loisirs créatifs, la drôle de boutique située dans une petite rue, tenue par un homme qui vend des bandes dessinées et des figurines. *Regarde ça, Toby. Le château Grayskull dans la vitrine*.

Ils s'arrêtèrent devant les affiches du cinéma. *La Folle Journée de Ferris Bueller* pourrait plaire à Al. Elle était la plus difficile. Tout intéressait Ursula. Avant, du moins.

« Oh, dites donc. Ça a l'air vraiment rigolo ! » s'exclama Eleanor en étudiant l'affiche. Elle avait adopté un ton jovial et forcé, un air de fausse gaieté, comme à un premier rendez-vous, mais avec ses propres enfants.

Peu à peu, la vie prit un cours régulier à la maison. Un nouveau cours régulier. Les enfants repartirent à l'école. Ils firent la connaissance d'autres camarades. Al intégra l'équipe de basket. Le matin, le bus venait chercher Toby et l'emmenait à l'école pour enfants souffrant de troubles cognitifs où Eleanor l'avait inscrit. Deux fois par semaine, il travaillait avec une éducatrice qui l'aidait à apprendre à lire, dépense que les parents de Cam avaient proposé de couvrir. Toby avait un ami, Jacob, atteint de trisomie 21. Un jour, Jacob vint chez eux et tous deux passèrent l'après-midi à regarder la collection de cailloux de Toby.

Les enfants avaient changé. Ils avaient grandi, ce qui expliquait en partie cette évolution. Mais ils montraient une forme d'autoprotection inconnue vis-à-vis d'Eleanor, une distance prudente. Ils ne grimpaient plus dans son lit. Elle se dit que peut-être cette vieille habitude se serait éteinte même si Cam et elle étaient restés ensemble. À toutes sortes de détails, elle sentait qu'ils s'éloignaient. Ils transportaient leurs vêtements dans des sacs en papier kraft (elle leur avait acheté des petites valises, mais ils semblaient préférer les sacs en papier) quand ils passaient d'une maison à l'autre, comme s'ils traversaient une zone démilitarisée entre des territoires ennemis. La seule constante dans leur vie, c'était leur fratrie.

Leur conduite résultait peut-être d'une décision de leur part, mais elle était plus probablement dictée par l'instinct : tous trois (Eleanor incluait délibérément

Toby) respectaient un code de silence strict avec l'un de leurs parents concernant les activités de l'autre. Ce qui se passait dans une maison n'était jamais raconté dans l'autre.

Ou du moins – plus exactement – ils ne racontaient presque jamais à Eleanor ce qui se passait dans son ancienne maison. Elle ne savait pas ce qu'ils rapportaient à Cam de la vie chez leur mère, dont d'ailleurs il n'y avait pas grand-chose à dire.

Ils mentionnaient de temps en temps une visite de Coco, à l'occasion du week-end, lorsqu'elle rentrait de son école – une sortie, un dîner –, mais Eleanor ne percevait rien pouvant indiquer qu'ils la considéraient autrement que comme une amie de la famille, une amie qui aimait bien faire un saut et jouer au Monopoly ou patiner avec eux sur le bassin.

Eleanor ne voyait plus Darla aussi facilement qu'à l'époque d'Akersville, mais elles se parlaient souvent au téléphone, à des heures bizarres, jamais quand Bobby était à la maison. Bobby était le premier sujet de conversation de Darla. Un soir qu'il était ivre, il lui avait tiré si fort sur le bras qu'il l'avait démis et elle s'était de nouveau retrouvée aux urgences. Quand les infirmières lui avaient demandé comment c'était arrivé, elle avait menti. Une autre fois, Eleanor s'arrêta chez Darla après avoir déposé les enfants à la ferme et elle repéra un hématome sur son bras. Darla l'avait enduit de fond de teint, mais le violet se voyait au travers. En tout cas Eleanor le voyait.

« Il faut que tu le quittes, dit Eleanor.

— Tu sais quel trou à rats je pourrais nous offrir, à Kimmie et moi ?

— Tu y serais quand même mieux. Tu crois que c'est bon pour Kimmie de voir son père te taper dessus ?

— Ce n'est pas si terrible. En général, il ne perd les pédales qu'en cas de défaite des Red Sox.

— Donc, s'ils arrivent en finale, tes problèmes de couple disparaissent ? demanda Eleanor.

— Si je me fais renverser par un bus, mes problèmes de couple disparaissent », répondit Darla.

59

Un matelas à eau

Mars de nouveau. Avec l'arrivée d'un front chaud, la neige avait presque entièrement fondu. Au bon vieux temps, Eleanor et les enfants auraient fabriqué leurs bateaux et leurs bonshommes-bouchons qu'ils auraient mis à l'eau dans le ruisseau, mais ils passaient le week-end avec Cam. Elle les déposa à la ferme, s'arrêta devant une cabine téléphonique et appela Timmy Pouliot.

Eleanor n'avait pas revu Timmy depuis leur rencontre au Stop & Shop et leur improbable virée à moto. À dire vrai, Timmy Pouliot lui trottait dans la tête depuis un moment. Parfois, seule dans son lit à Brookline, elle se laissait aller à penser à lui, à ce qu'elle avait ressenti à l'arrière de sa moto, les bras enserrant sa taille. Elle imaginait aussi d'autres choses : Timmy qui l'embrassait, qui la déshabillait. Elle se représentait le tatouage sur son bras portant le nom de son père. Se le représentait nu, au lit à côté d'elle.

Cet après-midi-là, avant de prendre la route pour Akersville, Eleanor avait écrit son numéro sur un bout de papier avant de quitter Brookline. En introduisant la pièce dans la fente du téléphone, sa main tremblait. Peut-être ne décrocherait-il pas. Plus probablement, il serait sorti pour un rendez-vous amoureux.

Il répondit.

« Je me suis rappelé que tu as toujours aimé mes cookies aux pépites de chocolat, dit-elle. J'en ai fait une grosse fournée. Je me disais que je pourrais t'en apporter. »

Il parut surpris, mais agréablement. Il lui donna l'adresse de son appartement.

C'était au deuxième étage sans ascenseur au-dessus du vidéoclub. Un endroit où ne pouvait vivre que quelqu'un de jeune ou de désargenté. Timmy Pouliot était les deux.

Il y avait un autocollant sur la porte d'entrée : « Économisez l'eau, buvez de la bière. » Eleanor entendait dans un autre appartement du même palier un air qui, pensait-elle, devait être Led Zeppelin et, venant d'ailleurs, un bébé qui pleurait et une femme qui lui criait de se taire. Quelqu'un avait accroché dans l'entrée l'affiche d'un homme nu sous son ciré jaune avec la légende : « Les gens bien sortent toujours couverts. »

Eleanor imaginait à quoi elle devait ressembler, debout devant la porte : une femme de trente-quatre ans avec une permanente maison, essoufflée d'avoir monté l'escalier, vêtue d'une robe Laura Ashley, portant du rouge à lèvres pour la première fois depuis deux ans, tenant une boîte de cookies aux pépites de chocolat. Elle s'était mis du parfum, mais le vaporisateur en avait répandu plus que prévu et elle avait l'impression que l'odeur envahissait le palier. Si elle n'avait pas déjà frappé à la porte, elle se serait peut-être ravisée et serait rentrée chez elle.

Elle visualisa la suite : il ouvrirait la porte, elle lui tendrait les cookies. Elle s'imagina l'embrasser.

Les femmes étaient-elles censées se munir en permanence de préservatifs, maintenant que circulait ce terrible et inconnu virus qui, disait-on, était mortel ? Elle ignorait les usages en cours et, de toute façon, elle ne les avait jamais connus.

Enfin il ouvrit la porte, visiblement très content de la voir. Elle avait oublié le bleu de ses yeux et, plus encore, l'intensité de son regard. Il était en pantalon de peintre et T-shirt, ses cheveux mouillés lui donnaient l'air de sortir de la douche. Elle lui tendit les cookies.

« Je ne voulais pas les manger tous, dit-elle.

— Tu n'as pas de souci à te faire. Tu as toujours eu un corps de rêve. »

Il l'invita à entrer. Elle vit une télé à grand écran, un fauteuil inclinable, un pouf, ainsi qu'une pipe à eau et quelques cartons à pizza vides.

« Bon sang, j'aurais dû ranger. Je n'ai pas trop l'habitude de recevoir des invités. »

Elle s'assit sur le pouf, sans savoir quoi faire de ses jambes.

Elle s'était changée plusieurs fois avant de prendre la route. Ursula avait remarqué avec surprise qu'elle s'était maquillée. Elle avait aussi fouillé dans son tiroir de sous-vêtements à la recherche d'un slip qui n'avait pas été détendu par l'une ou l'autre de ses grossesses. Elle avait aussi dû faire les cookies.

Il lui proposa une bière. Elle l'accepta. Il en avait lui-même entamé une.

« Alors, comment vont tes enfants ? lui demanda-t-il. Je veux dire, je sais que ce n'est pas facile avec ton petit garçon. Mais le plus important c'est qu'il aurait pu mourir, non ? Cam lui a sauvé la vie. J'espère que j'aurais eu le cran de faire quelque chose comme ça. De ne pas perdre la tête. »

Eleanor restait assise sans rien dire. Timmy poursuivit.

« Je ne voudrais pas qu'il arrive un truc pareil, naturellement. Mais si ça se produisait.

— Mes enfants vont plutôt bien. Tout le monde va plutôt bien, vu les circonstances. »

À part sa fille qui vivait quasi cloîtrée dans sa chambre. Son fils qui essayait de maîtriser les cinq premières lettres de l'alphabet depuis trois mois, sans succès. Son ex-mari, ex-menuisier devenu adepte du yoga et élève kinésithérapeute, amoureux de leur baby-sitter, même si personne n'était censé le savoir. À l'exception d'Ursula, si bonne, si stable, si fiable, tous les membres de la famille, y compris Toby, étaient méconnaissables par rapport à ce qu'ils étaient à peine deux ans auparavant. Mais Ursula non plus n'était plus la même depuis l'explosion de Challenger.

« On parle déjà de la prochaine saison de softball. On se disait que Cam allait beaucoup nous manquer, notre Homme de la première base. Je ne l'ai pas vu depuis plus d'un an. »

Eleanor porta la bouteille de bière à ses lèvres. Donc Timmy Pouliot aussi ignorait que Cam et elle n'étaient plus ensemble.

« Ton mari, il a de la chance », dit Timmy en mordant dans un cookie. Depuis qu'elle le connaissait, il l'avait toujours regardée d'une façon particulière. Avec une sorte de nostalgie. Même à treize ans, la première fois qu'elle l'avait rencontré à la cascade, quand ils avaient parlé de Van Gogh et qu'il lui avait raconté le suicide de son père.

« Salue Cam pour moi, d'accord ? Il nous manque. »

Eleanor n'avait pas du tout imaginé que sa visite à Timmy Pouliot se passerait ainsi. Assise sur le pouf en plastique jaune, respirant son parfum entêtant mêlé à une légère odeur de marijuana, elle se rendit compte qu'elle n'avait pas prévu de scénario particulier sur ce qui pouvait arriver en venant chez lui. Elle n'avait pas dépassé l'idée de mettre du rouge à lèvres et d'apporter des cookies. Mais elle avait enfilé son seul slip correct.

« Dommage qu'il n'ait pas pu venir, poursuivit Timmy. Je l'admire vraiment. J'espère être un aussi bon père pour mes enfants. Si j'en ai un jour. »

La bouche pleine de cookie, visiblement pas rasé depuis deux jours, il n'était pas aussi beau que Cam, mais il avait un visage avenant.

Elle se prit un instant la tête dans les mains, puis le regarda droit dans les yeux.

« En fait, je ne suis pas venue ici pour parler de mon mari. »

Elle avait franchi le pas. Elle tombait. Elle s'en fichait. Quelle importance si elle avait l'air complètement idiote et dingue ? Elle se fichait même de lui apparaître comme une mauvaise mère.

« Je pense que tu n'es pas au courant. Cam et moi, nous nous sommes séparés l'hiver dernier. Le divorce sera prononcé dans les jours qui viennent.

— Oh, merde. Putain ! J'ai toujours cru que tous les deux vous formiez un couple parfait. »

Peut-être, il y a longtemps.

« Les gosses. Ça doit être dur. Si je peux faire quelque chose… »

Son regard passa sur l'affiche de bière, le carton de pizza. De l'autre côté d'un rideau de perles, le lit.

« Je me disais que j'aimerais bien coucher avec toi. »

Eleanor eut l'impression que Timmy avait du mal à intégrer l'information, comme c'était le cas de Toby quand elle lui parlait. Une même confusion s'afficha un instant sur son visage.

« Oh, la vache ! Oh, la vache ! Je ne m'attendais pas à ça. »

Elle s'excusait déjà. « Je ne sais pas ce qui m'a pris. Je suis devenue un peu dingue tout d'un coup. »

Il lui toucha la main. « Tu n'es pas dingue.

— Je suis désolée. » Elle tenta de se lever, mais ce n'était pas facile. « Tu dois me prendre pour une pauvre idiote. »

Il s'approcha d'elle, de sorte que leurs têtes se touchaient presque. Il lui caressa le visage.

« C'est moi l'idiot, dit-il. Une femme belle et sexy dont je suis fou depuis la cinquième se pointe dans mon appart pour me dire qu'elle a envie de faire l'amour avec moi, et voilà que je lui parle de softball et de son mari qui est un type formidable. Son ex-mari. »

Il l'embrassa. Un premier baiser bizarrement timide, comme celui d'un collégien, mais le suivant fut tout autre.

« Je n'ai jamais fait ça, lui confia-t-elle. Pas depuis que je suis mariée. » Et pas beaucoup avant, non plus.

Il passait les mains dans ses cheveux, l'embrassait dans le cou. Elle sentait son corps chaud, vibrant, contre le sien.

« Je ne sais pas quoi faire, dit-elle.

— Moi si. »

Il avait un matelas à eau et plein de magazines de motos dessus, ainsi qu'un roman de Stephen King, *Ça*. D'une main il les balaya et les fit tomber par terre.

« Viens », dit-il.

Eleanor établit une règle concernant Timmy Pouliot. À commencer par la façon dont elle le désignait, même si la seule à qui elle parla de lui fut Darla. Quand elle pensait à lui, ce qui arrivait fréquemment, ce n'était pas sous le nom de Timmy. Toujours sous celui de Timmy Pouliot. Cela le rangeait dans une catégorie différente de celle des autres personnes de sa vie : son ex-mari, les parents des amis de ses enfants, l'orthophoniste de Toby, les membres de l'équipe de softball de Cam. Elle parlait de lui comme d'une vedette de cinéma, d'un politicien ou d'un athlète connu, quelqu'un dont on a entendu parler et qu'on observe de loin. Qu'on admire, peut-être. Mais elle ne le voyait pas comme un ami, ni – même après avoir fait l'amour – comme un amant. L'appartement de Timmy Pouliot était un endroit où elle pouvait se rendre de temps en temps et, pendant une heure ou deux, s'échapper de son quotidien. Elle qui s'occupait toujours des autres, là c'était d'elle qu'il s'occupait.

Après sa première visite à l'appartement de Timmy Pouliot, elle avait cru que cela ne se reproduirait probablement pas, mais quelques semaines plus tard il l'appela : « Je pensais à toi, dit-il. Qu'est-ce que je raconte ? Je pense tout le temps à toi. »

Quand Eleanor arrivait, il lui faisait d'abord couler un bain. Elle n'avait aucune idée de la conduite à suivre avec un amant, mais elle se doutait que son mode de fonctionnement était inhabituel. Timmy Pouliot avait perçu qu'elle souffrait d'un manque d'affection et il se révéla très doué pour lui en témoigner. Depuis la première fois, il avait toujours des sels de bain pour elle, ainsi que des lotions et des bougies qu'il allumait pendant qu'elle s'allongeait dans la baignoire. Il lui avait demandé si elle préférait rester seule, mais elle aimait sa compagnie. Il s'asseyait sur le siège des toilettes, une bière à la main, et ils parlaient.

Cela devint une habitude, le vendredi soir après avoir déposé les enfants. Elle se mit à attendre avec impatience toute la semaine le bain chez Timmy Pouliot, puis l'amour sur le matelas à eau, mais sans jamais compter dessus. À l'occasion – si les enfants étaient en vacances avec leur père et une fois, au milieu d'un jour de semaine alors qu'ils étaient tous à l'école, quand elle s'était rappelé que c'était l'anniversaire de l'accident de ses parents –, elle se rendait chez lui pour le seul plaisir de le voir, sans avoir à déposer ou à aller chercher les enfants. Elle mettait la musique à fond en conduisant et peu lui importait le temps qu'il lui fallait. Le temps passé en voiture pour aller chez Timmy Pouliot semblait toujours apaisant à Eleanor, et excitant. Elle adorait sa façon de la caresser, mais aussi ce qui précédait. Le bain.

Ce n'était pas exactement le genre de bain qu'on trouvait dans les pages des magazines féminins, dans les articles qu'elle lisait ou même illustrait parfois, « Un moment pour moi » ou « Créez votre spa évasion chez vous », même s'il allumait toujours une bougie à la cannelle et choisissait l'une de ses rares cassettes autres que du métal ou du country. Une immense serviette des New England Patriots était accrochée à la porte et sur l'étagère au-dessus de la baignoire, une bombe de déodorant et une autre de crème à raser. Un short de sport pendait à un crochet sur la porte et une affiche semblait punaisée là depuis un bon moment : la photo classique de Farrah Fawcett, si ancienne que le maillot de bain qu'elle portait était complètement décoloré.

Il testait toujours la température de l'eau avec son poignet, comme on le fait pour le bain d'un bébé. Il mettait du vin à rafraîchir pour elle et avait acheté une éponge spéciale, une éponge végétale, pour lui frotter le dos.

La première fois, elle avait veillé à lui cacher certaines parties de son corps, à rentrer le ventre en se levant du lit. Elle n'aimait pas ses seins affaissés. Et puis, il y avait les vergetures.

« Ne sois pas timide avec moi, lui dit-il. Je te trouve très belle. Tu as eu des enfants, voilà tout. Tu es une mère. »

Par la suite, Eleanor éprouva une étonnante absence de gêne à se déshabiller devant Timmy Pouliot. Au cours des années, elle avait vu beaucoup de ses petites amies et leur corps parfait. Mais il lui fit bien comprendre qu'il aimait la regarder et que le corps nu d'Eleanor n'y changeait rien.

Lorsqu'elle reprenait sa voiture, parfois à minuit, parfois plus tard, l'air froid de la nuit lui piquait le visage. Sur la longue route jusqu'à Brookline, elle pensait que ces visites nocturnes du vendredi chez l'ancien coéquipier de son ex-mari ne représentaient rien de plus qu'une petite oasis de confort qu'elle s'était autorisée à aborder, juste quelques instants.

Rien d'important. Rien de réel.

Tout l'été et à l'automne, après avoir déposé les enfants chez Cam (c'était encore bizarre de désigner ainsi leur ancienne maison), Eleanor roulait jusqu'à l'immeuble du vidéoclub. Elle se garait dans une petite rue et montait les deux étages jusqu'à l'appartement de Timmy Pouliot. Elle entendait parfois l'eau couler dans la baignoire avant même qu'il ouvre la porte.

Elle s'était demandé ce qu'il trouvait à une femme de sept ans son aînée qui venait chez lui prendre un bain, mais elle avait fini par accepter qu'il apprécie, étrangement, les moments qu'ils passaient ensemble. Parfois, dans l'eau, elle lui racontait sa semaine. Parfois elle ne disait rien, et lui, assis sur le couvercle des toilettes, buvait une bière. Parfois il lui racontait ce qui s'était produit à son travail, un problème avec sa voiture, une journée de pêche avec son frère ou une soirée chez sa mère où il avait rencontré son nouveau copain, un crétin, mais elle paraissait heureuse avec lui alors il ne disait rien. Il pouvait même arriver à Timmy Pouliot de raconter une histoire concernant une petite amie, une parmi la succession apparemment infinie de petites amies toutes plus jeunes et belles les unes que les autres. Il savait qu'Eleanor ne serait pas jalouse et elle ne l'était pas.

Il arrivait qu'ils sautent une semaine. Elle ne voulait pas épuiser ce plaisir ou laisser croire qu'elle attendait quelque chose de lui, ce qui n'était pas le cas.

Chaque fois qu'elle quittait l'appartement et descendait les deux longues volées de marches, Eleanor pensait que cette soirée était la dernière. Tôt ou tard, il aurait une nouvelle copine. Timmy Pouliot ne manquait jamais d'occasions. Un jour, il en épouserait une.

« J'ai rencontré une fille », dit Timmy. Eleanor était dans son bain, avec le verre de vin qu'il lui avait versé. La saison de softball recommençait. Lui était assis à sa place habituelle avec une bière. « Rien d'important. On traîne ensemble, c'est tout. Elle aime les Harley. »

Après quoi, Eleanor eut le tact de ne pas venir pendant un certain temps. Un soir de novembre, coup de téléphone. On venait de changer d'heure et il faisait nuit vers 4 heures et demie. Elle s'apprêtait à emmener les enfants chez Cam quand le téléphone sonna.

« Un bain, ça te dit ? » Ils recommencèrent.

Elle ne passait jamais la nuit avec lui, mais un soir elle resta plus longtemps que d'habitude. Après avoir fait l'amour, elle s'endormit. Et quand elle rouvrit les yeux c'était presque le matin.

« Tu aurais dû me réveiller, dit-elle.

— Pourquoi donc ? Je me suis dit qu'un peu de repos te ferait du bien. Et en plus, j'aime bien te regarder dormir. »

Elle s'étonnait de la facilité avec laquelle elle se montrait nue devant Timmy Pouliot. Elle adorait son corps ferme et très musclé, alors que Cam était si mince. La première fois qu'il toucha sa peau nue, Eleanor fut surprise par le contact rugueux de ses mains. « Je sais », dit-il. Il avait dû remarquer sa réaction. « Voilà ce que c'est de travailler dehors dans le bâtiment. » Il lui assura qu'il allait acheter une lotion pour les mains. Quand elle se rhabillait avant de partir, ils ne fixaient jamais de date pour se revoir. Elle ne l'invitait pas à manger chez elle et ne lui faisait pas de gâteaux. Ils ne sortaient jamais dîner ensemble et n'allaient pas au bar des sports qu'il fréquentait. S'il l'avait un jour emmenée faire un tour à moto, l'expérience ne fut pas renouvelée. Leur relation, pour ce qu'elle était, avait pour cadre les deux pièces de l'appartement, deux endroits, le lit et la baignoire, nulle part ailleurs.

« Ma mère s'en est prise à moi l'autre jour », lui raconta un jour Timmy Pouliot. Ils étaient allongés dans le lit l'un contre l'autre, comme d'habitude. « Elle voulait savoir quand j'allais m'installer avec quelqu'un. Avoir des enfants.

— Et quand penses-tu que ça va se produire ? » demanda Eleanor. Il allait peut-être lui annoncer qu'à son avis elle ne devait plus venir. Ils avaient vécu des moments super, mais il fallait qu'il avance.

« Je lui ai répondu qu'il faudrait que je trouve la femme parfaite. Toutes les filles avec qui je traîne, aucune d'elles ne fait l'affaire. »

Eleanor était couchée à côté de lui dans ses draps des Patriots et elle ne répondit pas. Elle observait son torse large et puissant, la cicatrice sur sa main droite qui datait de ses débuts de menuisier quand il avait failli perdre un doigt en travaillant sur le banc de scie, le tatouage avec le nom de son père sur son biceps, sa cicatrice d'appendicite, celle sur sa cuisse due à un accident de moto quand il avait seize ans. Parfois, quand il pleuvait, il boitait un peu, même si la plupart des gens ne le remarquaient pas.

Elle connaissait si bien son corps, tout comme il connaissait le sien.

« Tu devrais peut-être sortir avec un autre genre de femmes.

— Eh bien, regarde-moi. C'est ce que je fais, non ? »

Une femme plus jeune, dit-elle. Quelqu'un avec qui il aurait des enfants. Quelqu'un qui ne passait pas ses journées à s'occuper d'un fils handicapé. Elle commença à se rhabiller.

« Tu sais que tu es la fille de mes rêves, pas vrai ? »

Elle se mit à rire.

60

Jamais le bon moment

Quand elle prenait la route vers leur ancienne maison pour déposer ou aller chercher les enfants, les mots qu'elle s'était toujours murmurés lui venaient à l'esprit au dernier virage : « Je suis chez moi. » Mais ce n'était plus sa maison. Elle ne prononçait plus les mots.

À l'évidence elle n'y était plus la bienvenue. Le dimanche, si elle devait aller elle-même chercher les enfants, comme cela se produisait parfois quand Cam était parti à ses cours de kinésithérapie et que Phyllis s'occupait d'eux, tous les trois l'attendaient toujours dehors. S'il faisait trop froid, Cam avait dû leur demander de guetter par la fenêtre l'arrivée d'Eleanor, car ils sortaient en courant, comme pour éviter qu'elle descende de voiture et entre les chercher.

Elle ne voyait presque jamais Cam, mais quand cela arrivait elle était prise au dépourvu. Il se montrait cordial, rien dans son comportement vis-à-vis d'Eleanor ne la différenciait d'une femme qui le servirait à la quincaillerie ou à la banque. Quiconque les aurait vus se rencontrer tels qu'ils étaient à présent, très brièvement, sur les marches de la maison où leurs enfants étaient nés n'aurait jamais deviné que ces deux personnes s'étaient aimées, avaient fait l'amour ensemble.

En regardant ses enfants disparaître dans la maison – un frisson persistant parce qu'elle était devenue pour son ex-mari quelqu'un qu'il n'accueillait pas autrement qu'un représentant en aspirateurs ou le démarcheur d'un candidat politique –, elle allait chercher du réconfort là où elle en trouvait. Dix minutes plus tard, elle montait l'escalier au-dessus du vidéoclub.

Elle avait pensé que ses visites chez Timmy Pouliot cesseraient à l'arrivée de l'hiver. Elle ne l'intéresserait sans doute plus, il trouverait une petite amie de son âge. Mais à la fonte des neiges (saison des bonshommes-bouchons, même si Eleanor et les enfants n'en fabriquaient plus), elle continuait à lui rendre visite et l'été, saison où elle l'avait imaginé avec une adorable fille de vingt et un ans à l'arrière de sa moto, ils se voyaient toujours le vendredi soir. Pas toutes les semaines, mais souvent.

La première fois qu'elle s'était invitée chez lui, elle était très nerveuse et Timmy ignorait tout de son divorce mais, depuis, ses visites lui semblaient le meilleur moment de sa semaine. Elles constituaient ce qu'il y avait de plus simple parmi tout ce qu'elle vivait – son inquiétude pour le cerveau de Toby et l'humeur maussade d'Al (appelons un chat un chat : sa dépression), sa fureur contre Cam, sa maison qui lui manquait, les étoiles et le bruit de la cascade au bout du chemin qui lui manquaient, les changements chez ses enfants, le moyen de payer les factures. Entrer dans l'appartement de Timmy Pouliot et le laisser déboutonner sa veste. Ôter son jean et entrer dans la baignoire.

Il mettait une bouteille de vin au réfrigérateur pour elle et lui versait toujours un verre quand elle arrivait. « Raconte-moi les dernières nouvelles », disait-il.

Eleanor parlait surtout de ses enfants, mais Timmy avait toujours l'air intéressé.

Un vendredi soir, presque un an depuis qu'Eleanor avait commencé à se rendre chez Timmy Pouliot, elle avait dû paraître plus épuisée que d'habitude. C'était l'hiver et elle avait mis deux fois plus de temps pour venir à Akersville. Timmy Pouliot lui lança un seul regard et déclara : « Je sais ce qu'il te faut. » Alors il lui avait fait un massage, suivi comme chaque fois du bain.

Darla vint la voir à Brookline. Elle n'était allée à Boston que rarement, lors d'une sortie scolaire au musée des Sciences et une autre fois, avec Bobby, au Fenway Park.

Pour leur grand week-end à Boston, Darla et Eleanor allèrent prendre un petit déjeuner dehors et commandèrent des croissants et un cappuccino, une nouvelle expérience pour Darla. Elles emmenèrent Toby au musée pour enfants, traversèrent le Congress Street Bridge pour voir les bateaux de la Tea Party. Eleanor expliqua l'histoire des colons jetant le thé par-dessus bord. Toby était surtout intéressé par la barre de muesli qu'elle lui avait donnée, puis, quand il l'eut mangée, par l'emballage.

Eleanor, qui le voyait tous les jours, avait du mal à percevoir les changements chez son fils, mais Darla qui ne l'avait pas vu depuis des mois fut surprise de ses progrès.

« Je dois reconnaître que c'est grâce à Cam, dit Eleanor à son amie. C'est lui qui a emmené Toby au yoga quand j'étais trop désespérée. Pour la première fois depuis l'accident, quelque chose semblait l'intéresser.

— Cam n'est pas un mauvais gars.

— Je sais », répondit Eleanor. Il aurait été plus facile qu'il le soit.

Ils rentrèrent chez Eleanor en métro, une autre première pour Darla. Le soir, elles laissèrent Toby à la maison avec les filles et allèrent dîner dans le North End. Elles mangèrent une vraie pizza, pas comme celles d'Akersville. Darla adora le North End, les marchés qui vendaient des pâtes fraîches, l'odeur de l'ail, les musiciens de rue au Faneuil Hall.

« Quand j'aurai rassemblé assez de fric pour quitter Bobby, c'est là que je viendrai avec Kimmie. » Elle avait cherché des écoles de pompes funèbres dans le quartier. Il y en avait deux.

Auparavant, quand Darla parlait de quitter Bobby, Eleanor l'encourageait toujours, mais cette fois elle ne cacha pas son impatience.

« Tu en parles tout le temps, mais tu ne le fais pas. » Elle prononça ces mots d'un ton plus cassant qu'elle ne le voulait. Elle vit sur le visage de Darla qu'elle l'avait heurtée.

« Ce n'est pas le moment.

— Ce n'est jamais le bon moment », répliqua Eleanor.

61

Comme dans *La Mélodie du bonheur*

Elle sut un jour par Darla, qui faisait le ménage chez Betsy et Evans, que Coco avait réussi son diplôme d'études holistiques. Elle était partie à Hawaï suivre un cours de « modalités de soins de haut niveau », selon les mots de sa mère. Apparemment elle avait rencontré quelqu'un lors d'une retraite d'acroyoga. « Ça a l'air sérieux », avait confié Betsy à Darla. À l'annonce de cette nouvelle, Eleanor avait éprouvé un brusque soulagement, même si elle aurait été incapable de dire pourquoi.

Puis soudain, après plus d'un an d'absence, il y eut une étonnante nouvelle.

« Coco est revenue », annonça Toby. Ils étaient en voiture, un dimanche après-midi, sur la route de retour entre Akersville et Brookline, après un week-end avec Cam. Eleanor sentait le silence gêné de ses filles à l'arrière. Ursula donna un coup de coude à Toby pour lui ordonner de se taire. Mais Toby n'en tint pas compte.

« Elle habite dans notre maison. Ils nous l'ont dit en rentrant après la glace, déclara Toby.

— Coco et Papa vont se marier », dit Ursula. Ils avaient dû la désigner pour l'annoncer.

Eleanor se savait observée par tous. Par les filles, du moins. Et même Toby comprenait peut-être que le moment était important.

Eleanor gardait les yeux fixés sur la route. « Quand est-ce arrivé ?

— Quand Coco est rentrée de Hawaï, ils se sont rendu compte qu'ils se manquaient beaucoup, dit Ursula. C'est comme dans un film : ils se connaissent depuis toujours, ou presque, mais ils s'aperçoivent qu'ils sont amoureux. »

Eleanor mesurait la prudence dans la voix de sa fille cadette, la tension des autres dans la voiture, même celle de Toby. Les enfants ne racontaient presque jamais ce qu'il se passait chez leur père. Cette fois Ursula avait certainement pris la décision – plus probablement, Al et Ursula l'avaient prise ensemble – qu'il était temps d'apprendre à leur mère que Coco avait emménagé chez eux, et que Cam et Coco allaient se marier.

Elles pressentaient qu'elles entraient en terrain miné, mais de toute façon Eleanor l'aurait appris. Elles avaient dû penser qu'il était préférable de l'informer maintenant et, tant qu'elles y étaient, Ursula faisait de son mieux pour convaincre Eleanor que tous trois étaient d'accord avec ce qui arrivait. Mieux que d'accord. Contents. Elle ne voulait surtout pas laisser penser qu'ils étaient perturbés par cet événement. Leur mère avait suffisamment de griefs contre leur père. Elles ne voulaient pas en ajouter un de plus sur la liste.

Eleanor avait déjà appris au fil des ans que les enfants de parents divorcés étaient comparables aux citoyens de deux pays ennemis : ils respectaient les lois et les coutumes de chacun, selon le lieu où ils se trouvaient. Ils traversaient les frontières, passaient la douane. Ils abandonnaient la langue, les vêtements et les usages culturels d'un pays en entrant dans l'autre, et inversement quand ils revenaient. Ils devaient rester en harmonie avec l'endroit où ils se trouvaient. Leur unique source de continuité était leur relation entre eux.

« Il a dit que c'est arrivé quand elle est rentrée », ajouta Al. La contribution d'Al parut incongrue à Eleanor. Elle voulait peut-être insister sur le fait que l'idylle entre leur père et Coco constituait un développement récent, ou bien elle avait envisagé la possibilité que ce ne soit pas le cas.

« C'est comme dans *La Mélodie du bonheur*, quand la fille commence par être une gouvernante qui aide la famille, et un jour le père s'aperçoit qu'ils doivent se marier », précisa Ursula.

Sauf que dans leur cas, à la différence de celui des von Trapp, la mère des enfants n'était pas morte. Elle était bien vivante – en tout cas, vivante – et habitait dans un lotissement à Brookline. Coco ne chantait pas très bien. Cela mis à part, elle tenait manifestement le rôle de Julie Andrews.

« C'est vraiment bien que Papa soit amoureux, finalement. Il était tellement seul dans la maison ces derniers temps sans jamais personne avec lui. »

Eleanor s'agrippait au volant. Elle sentait sa poitrine se serrer. « Et la maman et le papa de Coco ? Qu'est-ce qu'ils en pensent ? » demanda-t-elle. La plupart des parents ne se réjouiraient pas à l'annonce du mariage de leur fille avec un homme deux fois plus vieux qu'elle, plus jeune que son père d'à peine quelques années.

« Coco a dit qu'au début il a fallu les convaincre, reprit Ursula. Mais quand ils ont vu le bonheur de Coco, ils ont dit qu'ils étaient d'accord. Je crois que ça fait de Betsy et Evan un peu nos grands-parents.

— C'est vraiment parfait. Vous étiez un peu en manque dans ce domaine, déclara Eleanor.

— Papa a dit que tu serais peut-être furieuse », dit Ursula. Elle attendait sans doute le moment Crazyland.

« Pourquoi serais-je furieuse ? » Eleanor régla le rétroviseur pour observer les visages d'Al et d'Ursula. Quant à celui de Toby, elle savait à quoi s'attendre. « Nous sommes divorcés. Il peut faire ce qu'il veut.

— C'est ce que j'ai dit, reprit Ursula. Ce n'est pas comme si quelqu'un qu'on n'avait jamais vu venait vivre à la maison. On aime Coco. Tu l'aimes bien aussi, hein, Maman ? »

Le mariage eut lieu six semaines plus tard, en petit comité, déduisit Eleanor : juste Evan, Betsy et les enfants. Ils n'en parlèrent pas sur le moment et n'en auraient peut-être rien dit par la suite si Toby n'avait pas mentionné le gâteau surmonté de deux personnages miniatures et couvert d'un glaçage au chocolat, son préféré.

Tous les vendredis, quand Eleanor déposait Alison, Ursula et Toby à la ferme, elle voyait la Coccinelle VW jaune de Coco dans l'allée. Un jour que le linge séchait dehors, elle remarqua une rangée de mini-slips accrochés à la corde. Coco avait planté des pétunias, mais comme une jardinière débutante. Une unique rangée de plantes, à trente centimètres les unes des autres, comme des soldats.

Les enfants parlaient très peu de Coco à leur mère, mais quand ils rentraient à la fin d'un week-end à la ferme et qu'ils déballaient le contenu de leurs sacs à dos, il en sortait des travaux manuels (pas de ceux qu'Eleanor aurait inventés, ceux-là provenaient pour la plupart de kits achetés en magasin : cache-pots décorés de visages souriants, porte-clés représentant des chiots aux yeux globuleux, tous identiques) et des petits Tupperware remplis de cookies bons pour la santé que Cam n'aurait jamais trouvé le temps de faire. Parfois Eleanor remarquait dans leurs affaires un nouveau T-shirt portant une licorne (appartenant à Ursula) et l'inscription « Les rêves peuvent se réaliser », ou un flacon d'un remède à base de plantes pour Toby, censé l'aider à développer de nouvelles cellules dans son cerveau.

Un dimanche, Al apparut avec une paire de Doc Martens que Coco lui avait achetée au centre commercial, chaussures qu'elle désirait depuis un an. Une autre fois, en déshabillant Toby pour le mettre au lit, elle trouva le tatouage d'une chèvre entourée du mot « Capricorne » écrit autour. Coco aurait aussi bien pu prendre un marqueur et écrire « Coco était là ».

Ce n'est pas ton fils. Ne gribouille pas sur lui, avait-elle envie de dire à Coco.

62

Fille de rêve

Malgré le manque de lumière, l'odeur de nourriture persistante venue de chez les voisins, les pleurs de leur bébé, l'affiche décolorée de Farrah, l'appartement de Timmy Pouliot était le lieu où, étonnamment, Eleanor trouvait invariablement du réconfort. Chaque fois qu'elle passait la porte, le vendredi soir, après avoir déposé ses enfants, elle sentait tout son corps se ramollir. Elle fermait les yeux et quand elle les rouvrait il était là, la prenait dans ses bras, enfouissait la tête dans ses cheveux.

« Enlève tes chaussures », disait-il. Elle se débarrassait de tous ses vêtements.

Elle aimait beaucoup le moment où il lui présentait la serviette quand elle sortait de la baignoire. Plus tard, sur son matelas à eau avachi, il posait la tête sur son ventre et embrassait ses vergetures.

« Je te connais », lui dit-il un jour.

Elle le connaissait aussi, et pas seulement son corps, bien que celui-ci aussi.

Souvent, quand elle arrivait, il écoutait Guns N' Roses, mais il aimait aussi Hank Williams et Vince Gill. Il avait une voix douce et il apprenait la guitare tout seul.

Il écrivit une chanson pour Eleanor qu'il intitula « Fille de rêve ».

Il se tenait debout sur le lit, oscillant un peu puisque c'était un matelas à eau. Il était nu, sauf un bandana. Il avait un peu de ventre, à peine. Un gentil sourire. Le tatouage du prénom de son père décédé « Brian ». Le tatoueur aurait dû écrire « Bryan », mais la correction aurait coûté trop cher, alors il l'avait laissé tel quel. Parfois, étendue à côté de lui, Eleanor passait le doigt sur les lettres.

Quelqu'un qui ne s'intéressait pas à Timmy Pouliot aurait sans doute trouvé la chanson très mauvaise, mais sans se l'expliquer elle se mit à pleurer. Il connaissait deux accords tout au plus. Il était question de l'« amour » et du « ciel là-haut ». Le refrain parlait d'Eleanor comme de sa fille de rêve.

« C'est la première fois que j'écris une chanson. J'imagine que tu m'inspires », lui dit-il.

Plus tard, en reprenant la route 93 vers le sud pour rentrer à Brookline, Eleanor se demanda comment se passerait le repas si elle invitait Timmy Pouliot un soir à dîner avec elle et ses enfants. Ils le connaissaient un peu grâce aux matchs des Yellow Jackets. Mais jamais de la vie ils n'imagineraient qu'il était le petit ami de leur mère.

Cela ne dérangerait pas Toby, bien sûr. Toby aimait tout le monde, et un type avec une moto encore plus. Timmy l'emmènerait faire un tour. Pas trop vite, pour qu'Eleanor ne s'inquiète pas, et avec un casque. La plupart des gens à qui Toby montrait sa collection de cailloux y jetaient un coup d'œil en disant : « Ouah ! Impressionnant ! » Timmy observerait vraiment chaque caillou et lui demanderait où il l'avait trouvé, lequel il préférait. Toby sortirait alors sa plus belle trouvaille, un morceau de granit avec une toute petite inclusion de grenat.

En découvrant Timmy dans le rôle inattendu de petit ami de sa mère, Ursula serait déconcertée, puis déçue. Elle avait récemment commencé à suggérer à Eleanor des hommes qu'elle devrait rencontrer : le père veuf d'un garçon de sa classe dont le regard semblait fixé par terre chaque fois qu'elle le voyait lors d'une réunion à l'école, leur voisin Barry, au bout de la rue, qui portait de magnifiques costumes et avait un caniche. Barry était clairement gay, mais Ursula adorait son chien.

Timmy semblerait à Ursula mal habillé et débraillé. « Et c'est quoi, son travail ? » demanderait-elle. Ursula aurait bien aimé que sa mère épouse quelqu'un possédant une maison au Cap, un manoir ou un bateau. Ou encore qu'il appartienne à la couronne britannique. En voyant les modes de transport choisis par Timmy (la moto ou sa propre Subaru, vieille de dix ans) elle conclurait, à juste titre, qu'il était pauvre.

Al aurait honte de la façon dont Timmy regarderait sa mère et la toucherait. Ce qu'il ferait sans aucun doute. Il ne pouvait pas s'en empêcher.

« Je te promets que je ne ferai rien de complètement cinglé, mais ne t'attends pas à ce que je ne te touche pas de la soirée. Il faudra au moins que je t'embrasse », dirait-il à Eleanor si elle l'invitait chez elle.

Elle le repousserait, mais pas très fort.

63

Monsieur Rigolo

Souvent, au cours des mois et des années qui suivirent leur séparation, Eleanor se rappelait ce qu'ils s'étaient promis l'un à l'autre, et à eux-mêmes : ne jamais parler en mal l'un de l'autre aux enfants. Cam réussit probablement à respecter cette promesse. Apparemment, il se comportait comme si Eleanor n'avait jamais existé. Quant à elle, elle ressassait leur histoire au point de mettre en doute les aspects positifs de leur mariage, ou ceux qu'elle avait crus positifs à l'époque.

Peut-être avaient-ils seulement paru heureux au bon vieux temps. Peut-être Cam n'avait-il jamais été amoureux d'elle, peut-être aimait-il seulement la vie à la ferme et tout ce qui allait avec. Peut-être s'était-elle rongée à prétendre toutes ces années que ce n'était pas bien grave si Cam passait autant de temps à fabriquer ses bols et à jouer au softball, et commençait-elle tout juste à reconnaître sa colère.

Eleanor ne savait plus distinguer la réalité. L'histoire qu'elle avait vécue, celle qu'elle racontait dans sa BD *L'Arbre de la famille*, lui semblait à présent une fiction.

Au bon vieux temps, quand ils étaient un couple, les premières années du moins, elle assurait que ce n'était pas un problème qu'elle gagne seule presque tout l'argent de la maison. Ils faisaient chacun ce qu'ils savaient faire. Ils formaient une équipe. Mais quand elle ne toucha plus de droits d'auteur et qu'elle dut trouver de quoi payer les appareils dentaires dont Al et Ursula avaient besoin et les séances de rééducation de Toby – et il n'y avait personne pour dégager la neige ni pour réparer le lave-vaisselle quand il tomba en panne –, l'absence de contribution du père de ses enfants commença à lui peser davantage. Elle savait bien que malgré ses nouveaux revenus de massothérapeute il était encore plus juste qu'elle financièrement, surtout depuis qu'il devait rembourser l'emprunt. Pourtant, les rares fois où elle le voyait, Cam semblait évoluer dans la vie avec toujours la même aisance et la même décontraction.

Elle l'appela un soir, chose rare, pour lui dire qu'Ursula voulait prendre des cours de guitare, qu'Al avait mordu dans une noix du Brésil et s'était cassé une dent, qu'un médecin avait recommandé des chaussures orthopédiques à Toby pour améliorer son équilibre.

« Je ne peux pas tout faire seule. Il faut que tu participes. »

Elle l'entendit soupirer au bout du fil. « Je ne sais pas quoi te dire, Eleanor. » Sa voix paraissait lointaine, comme s'il était en posture de yoga, celle de la fin du cours, quand on s'étend et se relaxe, et qu'elle faisait irruption dans la pièce, accompagnée d'une épouvantable musique poussée à plein volume.

« Je suis navré que tu sois si crispée à propos de l'argent. Pour ton bien, j'espère que tu vas apprendre à te débarrasser de ta colère », dit-il.

Elle sentait l'amertume s'emparer d'elle. Elle ne se souciait plus de savoir si ses enfants entendaient ce qu'elle lui disait au téléphone, les discours qu'elle tenait sur sa charge de travail, sur ce qu'il fallait pour subvenir aux besoins d'une famille. Elle souhaitait peut-être qu'ils l'entendent, comme si cela pouvait les amener à reconnaître à quel point il avait été injuste, comme si elle pouvait les empêcher d'aimer leur père. Pourquoi un parent aimant voudrait-il agir ainsi ?

« Bien sûr, tu es celui qui est cool, dit-elle, assez fort pour être entendue dans la pièce voisine où ils faisaient leurs devoirs. Monsieur Décontracté, Monsieur Rigolo. Imagine comme c'est rigolo de payer un appareil dentaire. »

Sauf qu'il ne le saurait jamais.

Cette conversation se passa au téléphone, mais elle l'imaginait à l'autre bout du fil. Elle savait même où il était assis, devant la vieille table à tréteaux qu'il avait fabriquée avec le bois d'un arbre tombé un jour d'orage, les cheveux attachés en queue-de-cheval peut-être, les pieds sur le vieux tabouret en velours venant de chez sa grand-mère. Le poêle à bois était allumé et Coco préparait un dîner extrêmement sain pour tous les deux. Dehors, de la glace et la neige tombant des branches nues de leur vieil arbre. Elle imaginait Sally à ses pieds, rêvant de chasse à l'écureuil. La question ne s'était jamais posée, au moment de leur séparation, de savoir lequel des deux garderait la chienne.

« Moi aussi, je serais peut-être relax et décontractée si je ne devais pas assumer financièrement trois enfants », lui déclara Eleanor. Alerte Crazyland : elle s'y dirigeait tout droit.

Quoi qu'ait pu répondre leur père, les enfants ne l'entendaient pas. Ils ne percevaient que le ton strident de leur mère que personne ne détestait autant qu'Eleanor elle-même.

Cam avait dû dire quelque chose à propos de la ferme. Qu'il travaillait dur maintenant pour en prendre soin, en plus de sa formation de kinésithérapeute et de son travail avec Toby.

« Tu es un vrai héros, d'accord. Tu as peut-être oublié qui a acheté cette ferme. Qui a remboursé l'emprunt toutes les années où tu partais aux expositions d'artisanat faire du charme à une fille ou une autre. »

Il dut raccrocher à ce moment-là. Ursula était à côté de sa mère.

« Si seulement tu n'étais pas aussi dure avec Papa tout le temps », dit-elle. Al était déjà partie dans sa chambre. Toby, installé par terre, gardait les yeux fixés sur les commandes de son jeu vidéo. Il fallait aligner des bijoux de la même couleur pour remplir une rangée. Toby n'y parvenait jamais.

64

Au revoir, *Bonsoir Lune*

On était en août. Les filles étaient en vacances. Pas Toby. Pour lui, l'école durait toute l'année, même s'il n'en retirait pas un grand profit. Ursula essayait de lui apprendre à nouer ses lacets. Al était installée comme toujours devant le Commodore 64. Elle avait découvert récemment une carte son qui recréait des chansons à trois voix. Elle venait de programmer avec succès une mauvaise version de « Fast Car ». Les paroles de Tracy Chapman apparaissaient sur l'écran, *Starting from zero, got nothing to lose*, tandis qu'un flocon de neige rebondissait à leur suite.

Pendant qu'Eleanor remplissait le lave-vaisselle et que les trois enfants prenaient leur petit déjeuner, Ursula se mit à parler d'un vide-grenier qu'ils comptaient faire à la ferme de leur père quinze jours plus tard. Cette information, même minime, était plus que ce qu'ils partageaient normalement avec leur mère. Mais Ursula expliqua qu'elle avait l'intention d'envoyer l'argent récolté en Éthiopie pour les bébés qui mouraient de faim. Ils avaient vu des photos dans un magazine.

« C'est super ! Qu'est-ce que tu vas vendre ? » demanda Eleanor.

Elle avait fait des gaufres ce matin-là. Elle se sentait coupable d'avoir passé toute la journée de la veille à son bureau pour envoyer des présentations.

« Des tonnes de trucs. Papa a dit qu'on ferait bien de se débarrasser de tous les vieux livres de quand on était petits. Il doit y en avoir une centaine », dit Ursula.

Eleanor revoyait les couvertures et l'étagère dans la chambre de naissance sur laquelle ils étaient rangés. *Blueberries for Sal*, *Babar*, *Caps for Sale*, *Ferdinand*, *La Demoiselle aux lupins*, *The Little House*, *Bonsoir Lune* et plus tard *Les Chapardeurs*, *Matilda*, *James et la Grosse Pêche*. Ainsi que quelques centaines d'autres. Elle avait l'impression que l'histoire des années qu'elle avait passées à élever ses enfants dans la maison était contenue dans les pages de ces livres.

« Tu ne peux pas vendre ces livres », dit Eleanor. Elle tentait de garder une voix calme.

« On ne les lit plus. Ils n'intéressent même pas Toby », dit Al.

Eleanor posa la bouteille en plastique de sirop d'érable sur la table. Brutalement, peut-être.

« Ma maîtresse dit qu'il faut essayer de ne pas acheter autant de plastique », expliqua Ursula. Elle changeait de sujet, ou du moins essayait.

« Le sirop de Papa vient des arbres », dit Toby. Il faisait des phrases, enfin. Eleanor aurait dû s'en réjouir, mais ce ne fut pas ce qui lui vint à l'esprit sur le moment.

« Ton papa fait tout très bien, dit-elle du ton amer qu'elle adoptait presque toujours quand il était question de Cam.

— Qui es-tu maintenant, de toute façon ? » demanda Al. Elle se leva de table.

« Je suis sérieuse. *Qui es-tu ?* »

C'était une question que Cam avait posée lui aussi. C'était une question qu'Eleanor se posait elle-même.

Les enfants partaient camper avec leur père le week-end suivant. Ils formaient un tout à présent : Al, Ursula et Toby, une petite tribu qui allait et venait tant bien que mal entre la ferme où tous trois étaient nés, occupée par leur père heureux, insouciant, et sa nouvelle épouse, et la maison habitée par leur mère en colère et pleine de ressentiment.

Le samedi matin, Eleanor se réveilla avec un plan en tête. Elle n'aurait pas senti une plus forte poussée d'adrénaline si elle avait projeté d'attaquer une banque.

Elle se mit en route de bonne heure pour la ferme. La température était montée à plus de trente-deux degrés toute la semaine et elle s'était dit qu'en partant tôt elle éviterait le pic de chaleur. Mais à son arrivée à 8 heures et demie, il faisait déjà très chaud.

En abordant l'allée, elle vit la Coccinelle de Coco. Quand elle s'arrêta devant la maison, Coco apparut dans la véranda. Cam avait donc choisi d'aller camper seul avec les enfants. Coco avait peut-être des rendez-vous pour des massages. Peut-être cette jeune femme de vingt ans avait-elle besoin d'une pause dans son rôle de parent.

À l'exception d'une fois, juste le temps d'un rapide bonjour, depuis sa séparation d'avec Cam Eleanor n'avait pas revu Coco. La dernière fois qu'elles s'étaient parlé, c'était dans la cuisine où elles faisaient de la pâtisserie ensemble, à l'époque où elle payait Coco un dollar de l'heure pour garder les enfants.

Coco portait une robe très courte, comme une chemise de nuit. Peut-être en était-ce une. Elle voyait en transparence les petits seins et les mamelons sombres de

Coco. Longues jambes. Pieds nus. Jolis orteils vernis. Eleanor l'imaginait dans l'herbe avec Ursula (Toby aussi, peut-être, mais certainement pas Al), appliquant le vernis sur les orteils l'une de l'autre.

« Je suis venue chercher quelques affaires, dit Eleanor en s'approchant de la porte. Je n'en ai pas pour longtemps. » Coco la suivit, comme si ses cinquante-cinq kilos pouvaient empêcher Eleanor d'entrer dans la maison qu'elle avait achetée quand elle avait l'âge de Coco.

Eleanor avait apporté une boîte de sacs-poubelle verts en plastique, les plus grands, très résistants.

« Je ne suis pas sûre que Cam soit d'accord pour que tu entres dans son espace privé », dit Coco. Mais personne n'aurait pris ses paroles au sérieux, tant sa voix était douce et hésitante. Son intonation, qui montait à la fin de la phrase, en faisait plutôt une question.

Eleanor la frôla en se dirigeant vers la chambre de naissance.

Elle s'agenouilla à côté de la bibliothèque. Quelqu'un, Cam sans doute, mais peut-être les filles, avait déjà enlevé les livres de l'étagère. Ils étaient empilés dans le coin, en attente d'être vendus.

C'était cela ma vie. Eleanor ne prononça pas les mots à haute voix, mais dans sa tête.

Elle regarda un instant la couverture du premier livre qu'elle ramassa. *The Little House* : l'histoire d'une petite maison construite au milieu d'un champ sans rien d'autre que des arbres tout autour ; page après page, un village, des routes puis toute une ville grandissaient autour d'elle, jusqu'au point où la petite maison était presque engloutie. Elle trouvait à présent l'histoire bien triste, mais à l'époque elle n'avait pas considéré le livre sous cet angle et ses enfants non plus, quand elle le leur lisait.

Poky Little Puppy, *La Soupe aux cailloux*, *Ranelot et Bufolet*, *One Morning in Maine*. *D'Aulaires' Book of Greek Myths*, dans lequel les illustrations de Zeus lui rappelaient jadis Cam. Ils étaient tous là. *La Toile de Charlotte*, naturellement. Quand Eleanor en lisait certains passages à ses enfants, Ursula se cachait la tête dans un oreiller. *Non, non non non. C'est trop triste*. Mais si Eleanor posait le livre, c'était toujours Ursula qui la suppliait de continuer à lire.

Coco avait suivi Eleanor dans la maison. Elle se tenait dans la cuisine, quelques pas en retrait, comme si ce qui possédait Eleanor risquait d'être contagieux. « Tu devrais peut-être d'abord en parler à Cam », suggéra-t-elle, tout en se rendant compte de l'inutilité de ses mots.

Eleanor avait commencé par déposer les livres un par un dans le premier sac-poubelle en plastique, mais elle continua en les y jetant par paquets, toutes les histoires tant aimées, les couvertures bien connues, les personnages qui avaient été aussi réels que des amis pour ses enfants, une demi-douzaine à la fois. Livres d'images et romans pour la jeunesse. *Le Bord du monde*, *Madeline*, *A Chair for My Mother*, *Sylvester et le caillou magique*. Des livres pour les tout-petits, des livres de poèmes, des livres sur les pierres et les minéraux, le système solaire, les dinosaures. Toutes les merveilleuses histoires de Laura Ingalls Wilder qu'ils adoraient, sur la famille qui vivait dans une ferme au milieu des bois, un peu comme eux. Sauf que non.

Une fois le premier sac rempli, Eleanor s'attaqua au deuxième. Elle était en nage et pas seulement à cause de la chaleur. Coco restait à distance et ne disait rien.

Il fallut finalement quatre sacs-poubelle pour emballer tous les livres des enfants. Il en restait quelques-uns qui ne rentraient pas.

Les sacs pesaient si lourd qu'elle ne pouvait pas les soulever. Elle les traîna un par un sur le sol de la cuisine où elle avait passé la serpillière quelques milliers de fois. Coco ne bougeait pas et regardait.

À une époque, Eleanor et Cam avait poncé ce plancher ensemble, à la main. Dans cette pièce, les lattes de bois étaient si inclinées que Toby pouvait y lâcher son camion qui roulait tout seul.

Elle se souvenait que, quand Alison commençait tout juste à ramper, elle avait découpé des photos de bébés sur une publicité pour Pampers et les avait scotchées à l'intérieur des portes du placard du bas pour qu'Alison les voie quand elle était assise devant. Son premier mot, adressé à la photo de la publicité pour Pampers quand elle ouvrait le placard, avait été « bébé ».

Une fois tous les sacs dans le coffre du break, Eleanor fit un dernier passage dans la maison pour récupérer les quelques livres restés par terre. Alors qu'elle traversait la cuisine, Coco désigna un petit livre broché qu'Eleanor tenait en main et dit dans un murmure : « Celui-là, je l'ai offert à Toby. »

Eleanor examina la couverture. Coco avait raison.

C'était un livre idiot qu'elle n'aurait jamais acheté aux enfants, dont le personnage principal était un héros de dessin animé de la télévision et dans lequel des boutons faisaient des bruits quand on appuyait dessus.

« Alors tu peux le garder », dit-elle, une nuance magnanime dans la voix, en lui tendant le livre. Une image lui vint à l'esprit : la princesse Diana tendant la main à un malade du sida. Diana, belle et souveraine, comme Eleanor trompée par son mari, visitant le site où des mines terrestres avaient explosé, offrant réconfort et compassion aux victimes.

Coco ne bougeait pas, serrant le dernier livre contre elle. À un moment, pendant le hold-up et malgré la chaleur, elle avait enfilé un pull. Eleanor le reconnut, il appartenait à Cam. Elle s'était sans doute rendu compte qu'on voyait à travers sa chemise de nuit.

« Bonne journée ! » lui lança-t-elle, quand Eleanor s'installa dans la voiture et mit le contact. En démarrant, elle jeta un dernier coup d'œil à la jeune épouse de son ex-mari, pieds nus. Debout dans l'allée en chemise de nuit, tenant toujours le livre idiot, ainsi qu'un exemplaire de poche de *La Famille Berenstain : visite chez le dentiste*. Autre contribution à leur bibliothèque, à l'évidence.

En repartant, la voiture d'Eleanor était si chargée que le bas de caisse frôlait le gravier. Elle aurait dû rouler lentement jusqu'au goudron, mais elle fila comme Cruella d'Enfer avec son chargement de bébés dalmatiens. En arrivant chez elle, elle s'aperçut que le carter d'huile était percé. La facture de la réparation s'éleva à trois cents dollars.

Plus tard, Eleanor raconta à Darla son raid pour récupérer les livres des enfants. Leur amitié était maintenant déséquilibrée. Eleanor racontait tout à Darla. Quant à Darla, si elle plaisantait parfois sur le comportement impossible de Bobby, Eleanor savait qu'elle ne parlerait pas de ses bleus recouverts de fond de teint ni de ses visites aux urgences. Darla lui racontait que Kimmie avait récemment pris l'habitude de s'arracher les cheveux, mais quand Eleanor tentait d'aborder les raisons d'un tel comportement, Darla se taisait. Elles pouvaient parler de ce que faisait Cam, mais rarement, sinon jamais, de Bobby.

« Je suis contente que tu ne sois plus avec lui », dit Darla à propos de Cam. Darla défendait mieux son amie qu'elle ne se défendait elle-même.

« Tu sais ce qui est bizarre ? Je sais que Coco a dû raconter à Cam ce qui s'est passé quand je suis venue prendre les livres des enfants, mais il n'a pas dit un mot.

— Si je tentais un truc de ce genre avec Bobby, tu devrais payer mon enterrement », affirma Darla.

Cam n'était pas du genre à se mettre en colère, surtout devant Eleanor. D'une certaine manière, sa colère aurait été plus facile à accepter, car quelqu'un qui est furieux contre vous reconnaît au moins que vous existez. Mais Cam dérivait comme un bonhomme-bouchon. De ceux qui, miraculeusement, descendaient le cours du ruisseau sans se prendre dans les herbes.

65

Tu ne vis plus là-bas

Ce ne fut pas le mariage qui tua les derniers bons sentiments qui subsistaient entre eux. Ce fut leur divorce.

Aux spectacles scolaires de leurs enfants, ainsi qu'aux matchs de football et de basket, ils s'asseyaient à présent chacun à une extrémité des gradins, dans des coins opposés de la salle. Quand Cam arrivait avec Coco à ses côtés, Eleanor se raidissait, mais lui avait toujours l'air heureux et détendu. Un jour que tous deux assistaient à la fête des 4-H à Akersville, où Ursula et Toby exposaient une citrouille qu'ils avaient fait pousser, le visage de Cam s'était éclairé à la vue de leur vieil ami Harry Botts, à l'autre bout de la salle, qui participait au concours annuel de gâteaux. Mais Cam n'avait pas salué Eleanor. Depuis le jour qu'elle désignait, mais seulement dans sa tête, sous le nom de Grand Hold-up des livres des enfants, son regard passait sur elle comme si elle n'existait plus. En dehors des informations qu'ils échangeaient sur les allées et venues des enfants, ils ne se parlaient guère.

Ce fut l'époque où leur vieille chienne Sally mourut. Eleanor ne l'apprit que des mois plus tard, quand Toby raconta qu'il y avait un chiot chez leur père. Eleanor demanda comment Sally supportait ce nouveau venu.

« J'aurais aimé le savoir, dit-elle en apprenant la nouvelle.

— Papa a fait ce qu'il fallait », répondit Al. Ils avaient enterré Sally sous le frêne.

« J'aurais voulu être là », dit-elle à sa fille. Elle aussi avait aimé Sally.

« Tu ne vis plus là-bas, répondit Al. Tu as déménagé, tu te souviens ? »

Les termes du divorce d'Eleanor et de Cam spécifiaient la garde partagée, les week-ends et les vacances scolaires à Akersville ainsi que la plus grande partie de l'été. À la ferme, les enfants pouvaient jouer dehors tout seuls, s'occuper de leur nouveau chien, camper dans la cabane dans l'arbre, nager dans le bassin.

Le bassin. Eleanor ne voulait pas le regarder, mais les enfants continuaient à y jouer, attrapaient des grenouilles et nageaient jusqu'au radeau. Même Toby, surtout Toby, qui probablement ne se rappelait rien de ce jour terrible. Il savait seulement qu'il adorait jouer dans l'eau et qu'il n'aimait rien autant que la ferme où il était né. Tous ressentaient la même chose, y compris celle qui n'y vivait plus.

Le document établi par leurs avocats, qu'Eleanor et Cam avaient signé, stipulait que Cam achèterait la moitié de la propriété appartenant à Eleanor quand Alison aurait dix-huit ans. Cet arrangement, établi contre l'avis de son avocat, avait été le moyen qu'avait trouvé Eleanor de reporter un moment atroce. Les dix-huit ans d'Alison étaient encore loin, mais la question restait en suspens. Que se passerait-il quand viendrait la date du rachat ?

Cam n'avait pas d'argent et guère de perspectives d'en mettre de côté. La seule alternative logique que l'avocat d'Eleanor lui avait suggérée serait de vendre la propriété.

Cette idée était insupportable, même pour Eleanor – pour Eleanor autant que pour les autres, sans doute. La première, elle avait aimé cette propriété. Elle y avait vécu seule trois longs hivers.

« Vous allez avoir besoin de cet argent, lui avait dit l'avocat quand ils préparaient l'accord de divorce. Un parent isolé qui gagne sa vie comme vous le faites ne peut pas se permettre de tourner le dos à son bien le plus important. Attendez de voir comment vous allez faire quand il vous faudra payer l'université. Corrigez-moi si je me trompe, mais selon toute vraisemblance, vous êtes celle qui payera la note. »

À l'époque où ils avaient élaboré les termes du divorce, Eleanor avait peut-être voulu croire qu'un jour Cam gagnerait l'argent nécessaire pour lui racheter sa part de la ferme, mais elle rêvait. Une affiche qu'elle vit à la boutique de produits bios apprit à Eleanor que Coco enseignait le yoga à temps partiel à la ferme. Cam travaillait encore à son diplôme de kinésithérapeute et exerçait comme massothérapeute à côté. Mais il était impossible que, même en additionnant leurs revenus, Cam et Coco puissent réunir le capital suffisant pour racheter sa part.

Dans la vie d'Eleanor, l'argent n'affluait pas non plus autant qu'avant. Il y avait moins de travail chez son éditeur de manuels scolaires ces temps-ci et les droits d'auteur provenant des ventes de la série *Bodie* s'étaient presque taris. Elle acceptait toujours des travaux en free-lance quand on lui en proposait, et quand l'argent manquait vraiment elle faisait des remplacements comme professeure dans le secteur scolaire de Brookline.

Elle envoya une proposition à son ancien éditeur d'Applewood Press. Quelques semaines plus tard, elle reçut une lettre l'informant que cet éditeur avait pris sa retraite depuis trois ans. Plus personne ne la connaissait là-bas. La lettre type qu'ils lui envoyèrent la remerciait de l'intérêt qu'elle leur portait. Ils n'examinaient pas d'offres de service pour le moment.

Il lui vint une idée. Un week-end, pendant que les enfants étaient chez Cam, Eleanor s'installa à son bureau avec ses crayons et une pile de papier. Elle passa deux jours complets à dessiner des cartes de vœux. Le dimanche après-midi, quand arriva le moment d'aller chercher les enfants, elle en avait créé plus d'une douzaine. Le lundi matin, elle les expédia à l'entreprise Sweetheart Card d'Indianapolis.

Deux mois passèrent sans rentrée d'argent. Eleanor faisait des piles de factures : celles qu'il fallait payer, celles qui pouvaient attendre. À un moment donné, les parents de Cam cessèrent de payer la rééducation de Toby et Eleanor réduisit le nombre de séances.

L'éducatrice appela Eleanor. Elle lui expliqua que, pour que Toby fasse des progrès, il lui fallait plus de deux séances par semaine.

Le même après-midi, elle reçut un coup de téléphone d'Indianapolis, de l'entreprise de cartes de vœux. Le directeur artistique aimait ses propositions. Des quatorze dessins qu'elle leur avait envoyés, ils en achetaient huit. « C'est tout à fait inhabituel, pour tout dire. Nous pensons tous ici que vous avez un bel avenir dans la création de cartes de vœux », lui dit-il.

Dix jours plus tard, un chèque arriva d'un montant suffisant pour payer la rééducation de Toby et couvrir deux mois de loyer. Elle envoya une douzaine de dessins supplémentaire pour des cartes de vœux le mois suivant et les vendit tous : trois d'anniversaire, cinq d'anniversaire de mariage, un de condoléances, un pour la fête des Mères, un autre pour la fête des Pères.

Les idées pour les cartes de fête des Mères ne lui venaient pas aussi facilement que pour celles d'anniversaire, d'anniversaire de mariage, de condoléances, de remerciements et de Pâques. Elle avait du mal à trouver des illustrations et des phrases percutantes sur le lien entre une mère et ses enfants. Elle avait trop à dire sur ce sujet, trop de sentiments qui ne tenaient pas sur une carte de vœux.

Un amour trop grand pour ses enfants avait peut-être provoqué leur désamour. Savoir que pour leur mère ils représentaient ce qui comptait le plus dans sa vie pesait trop lourd sur eux trois. Leur père les aimait aussi, bien sûr, mais sans provoquer le fardeau d'obligations qu'imposait la dévotion d'Eleanor. Le bien-être de Cam ne dépendait pas de celui de ses enfants. (Trois enfants ! Triple exposition au chagrin !) S'ils avaient des problèmes, comme cela ne manquerait pas d'arriver, il ne souffrirait pas de leur chagrin comme Eleanor.

Malgré leur jeunesse, les enfants devaient percevoir ce trait de caractère chez leur mère. Il avait provoqué chez eux, semblait-il, une certaine froideur cassante, nécessaire pour se protéger d'elle. Être responsable de son propre bonheur est bien suffisant. Aucun enfant ne voulait être responsable également du bonheur de sa mère.

Eleanor se dominait la plupart du temps, mais elle le savait et les enfants le savaient aussi. Quand on essaie par des efforts permanents de faire en sorte que tout soit toujours parfait pour ses enfants, on risque d'atteindre le point de rupture.

Eleanor en était consciente, sans pour autant être capable de changer. Le territoire de Crazyland ne se trouvait jamais loin, juste de l'autre côté d'une frontière qu'elle pouvait franchir n'importe quand si elle ne faisait pas attention. Juste après le coude de la rivière, il y avait toujours des rapides qui risquaient de l'entraîner.

66

Un nouvel être humain

La première chose qui avait séduit Eleanor chez Cam, plus encore que son beau visage encadré de boucles rousses, c'était son amour des bébés. Elle n'avait pas oublié les mots qu'il avait prononcés le soir où ils s'étaient connus : je veux faire des bébés avec toi. Pas « avoir », mais « faire ». Choisir d'avoir un enfant représentait une volonté de construire, de s'embarquer dans une œuvre d'art commune.

« Un plaisir facile », c'était l'expression qu'il employait pour désigner leurs enfants. Cela avait peut-être été vrai pour lui.

« Je n'arrive pas à croire qu'il soit possible à deux personnes de s'unir et de créer une telle merveille, avait-il dit quelques jours après la naissance d'Alison. Avoir un enfant, c'est comme le secret le mieux gardé. »

Pas exactement un secret, lui avait fait remarquer Eleanor. Des tas de gens l'avaient compris avant eux.

« Je ne parle pas de sexe ou de reproduction. Je veux dire, devenir parents. Voir se pointer un bébé que nous avons fait seuls, sans engager des experts, sans aller nulle part, sans rien dépenser à part quelques dollars pour les vitamines prénatales. » Bon, il ne *se pointe* pas comme ça, aurait-elle pu lui répondre. Quiconque décrit ainsi une naissance n'a probablement jamais vécu un accouchement.

Cam racontait que, à l'école des beaux-arts, tout le monde rêvait d'aller à New York, d'être remarqué par une galerie, de faire une exposition. Il trouvait ironique, comme une sorte de grosse farce cosmique, que pendant ce temps ces gens possédaient l'étonnante capacité de créer quelque chose de beaucoup plus important que n'importe quelle sculpture ou n'importe quel tableau. Un nouvel être humain.

« Nous avons fait une personne, avait dit Cam à Eleanor, le jour de la naissance d'Alison. C'est l'ultime acte de création. »

Quelques mois après le mariage de Cam et de Coco, la nouvelle arriva. Les filles devaient la connaître depuis un moment mais elles l'avaient gardée pour elles, sachant qu'Eleanor serait durement touchée. Ce fut Toby, pour qui il n'existait plus de filtre entre ce qu'on pensait et ce qu'on disait, qui la lui apprit.

« Coco devient grosse », dit-il un dimanche où Eleanor était allée chercher les enfants à la ferme. Elle était restée dans la voiture en attendant qu'ils sortent, comme toujours. Aucune trace de Cam ou de Coco à ces moments-là.

Coco, grosse ? C'était difficile à imaginer. Eleanor percevait la tension d'Ursula sur la banquette arrière. Elle donna un coup de coude à Toby, le code qui signifiait *N'en dis pas plus*.

« La dernière fois que je l'ai vue, Coco était plutôt maigre », remarqua Eleanor. Elle prononça ces mots comme si elle défendait amicalement son ancienne baby-sitter, mais il y avait bien sûr une stratégie derrière.

« Jambes maigres. Gros ventre, dit Toby.

— Elle va peut-être avoir un bébé », suggéra Eleanor. Si elle conservait une voix calme, ils en diraient peut-être plus.

Les filles ne mordirent pas à l'hameçon, contrairement à Toby.

« Bébé frère. Peut-être sœur. J'espère un garçon. »

Elle sentait qu'à l'arrière les filles retenaient leur souffle, attendant l'explosion, cette capacité d'Eleanor de basculer dans Crazyland.

« C'est merveilleux, leur dit-elle d'une voix égale. Peu importe le sexe du bébé, tu vas adorer être un grand frère, Tobes. Et vous aussi, les filles », poursuivit-elle. Mains fermement sur le volant, à 10 h 10. Regard sur la route. « Je sais que vous allez être des grandes sœurs fantastiques pour le bébé, comme vous l'êtes déjà. »

Silence. Ils étaient tous les trois alignés sur la banquette : ne pas voir le mal, ne pas entendre le mal, ne pas dire le mal.

« Et c'est pour quand ? »

Ces mots durent servir de signal à Ursula pour se détendre : tout allait bien. Ou du moins, pas aussi mal qu'elle l'avait craint. « Octobre. Papa a dit qu'on n'avait jamais eu de bébé à la saison des feuilles dans notre famille. »

Notre famille. Pas celle d'Eleanor. La leur.

« Vous aurez toutes les vacances de Thanksgiving pour faire la connaissance du bébé. Timing parfait. »

67

Le dernier bain

C'était vendredi soir, cinq jours après avoir appris la grossesse de Coco. Eleanor ne s'était pas arrêtée à l'appartement de Timmy Pouliot depuis quelques semaines, mais ce matin-là elle lui avait téléphoné. « J'aimerais bien te voir. » Elle n'agissait généralement pas ainsi, mais la nouvelle du bébé de Coco lui avait donné envie d'un bain.

Tout lui était si familier, comme l'avait été autrefois son foyer avec Cam : l'affiche de Farrah, les traces de bière, le bébé des voisins du dessus (il marchait à présent) qui pleurait sans arrêt. Cependant, ce soir-là, tout lui sembla soudain pitoyable. Son ex-mari était remarié à une belle jeune femme et apprenait un nouveau métier. Ils allaient avoir un bébé. Et elle, que faisait-elle de sa vie ? Elle créait des cartes de vœux et prenait des bains sous une affiche de Farrah Fawcett dans un appartement rempli de cartons à pizza, avec un homme qui écoutait du métal et jouait au lancer de fers à cheval.

Elle se souvenait d'un film qu'elle avait vu lors de son bref passage à l'université, *La Dernière Séance*. Elle pensait plus particulièrement à la femme du coach, en manque de sexe, qui se sent seule, jouée par Cloris Leachman. Elle a une liaison avec Timothy Bottoms, un garçon de l'équipe de son mari. Ça l'excitait d'abord beaucoup de faire l'amour de façon torride avec une femme plus âgée, mais ensuite la relation n'est plus qu'une source d'embarras. Cloris Leachman le supplie de ne pas la quitter. Il franchit la porte et Cybill Shepherd l'attend.

« J'aurai quarante ans avant que tu t'en aperçoives, dit Eleanor dans son bain.

— C'est censé être vieux ? interrogea Timmy.

— Comment pourrais-je te présenter un jour à mes enfants ? » Elle avait parlé plus vite qu'elle ne le voulait. Elle en vit l'effet sur son visage.

« Tu as honte de moi, dit Timmy. Je crois que ça revient à ça. Ton ex-mari ne se demande pas si ses enfants vont cesser de l'aimer parce qu'il s'est maqué avec une fille de vingt et un ans. Mais toi, tu crois encore que tu as besoin de leur accord ? »

Il avait raison, mais Eleanor savait qu'elle ne s'en sortirait pas aussi facilement avec ses enfants que Cam l'avait fait pour Coco. Elle imaginait la tête d'Al jaugeant Timmy Pouliot. Ursula serait plus indulgente, mais en son for intérieur elle le jugerait. Elle jugerait aussi Eleanor. Ursula voulait une vie normale, dépourvue de drame. Un petit ami correct, de ceux qui portent un costume, une cravate et un attaché-case et qui conduisent un monospace, pas une Harley.

« Ce n'est pas une femme avec trois enfants qu'il te faut. Tu dois avoir des enfants à toi, avec une femme jeune.

— Merde. Qu'est-ce qui te rend si sûre de savoir ce qu'il me faut ?

— Tu sais que c'est vrai. Tu aimerais beaucoup avoir des enfants.

— Tu en as. Je peux les aimer. »

Il se battait pour elle. Mais elle percevait autre chose également. Quelque part, il savait qu'elle avait raison et il lâchait prise.

« Il faut qu'on arrête. » Elle n'avait pas prévu de dire ces mots. Ses paroles prenaient une tournure terrible, comme si le fait de les prononcer rendait la décision réelle.

Elle était dans la baignoire. Timmy Pouliot, à genoux par terre, passait un gant dans son dos. Quand elle se leva, il se leva aussi.

Il déploya la serviette pour elle, comme toujours. Mais il la regarda d'une façon imperceptiblement différente. Quand elle sortit de la baignoire, il parut mémoriser son corps.

Ils firent l'amour encore une fois. Sans être certaine, elle eut l'impression qu'il pleurait. Ensuite elle s'habilla rapidement. Elle prit la route nationale dix minutes plus tard. Cela n'avait plus d'importance à présent, mais, en le quittant cette dernière fois, Eleanor pensa soudain qu'elle avait sans doute aimé cet homme.

68

Pas leur demi-frère

Elle continua comme si de rien n'était. Une mère de trois enfants n'avait pas le luxe de faire autrement. Tous ces vendredis soir avec Timmy Pouliot ne représentaient rien de plus qu'une escapade loin de sa vie réelle. Elle ne pouvait pas se le permettre. Elle se dit qu'il valait mieux qu'elle passe les vendredis soir à s'occuper de la lessive. De toute façon, elle devait consacrer son attention à ses enfants. Ils lui donnaient de nombreuses sources d'inquiétude.

Depuis la séparation, Eleanor avait observé une transformation chez Al. Quand ils avaient emménagé à Brookline et qu'Al était entrée au collège, elle était allée chez un coiffeur pour hommes en ville. Elle s'était fait couper les cheveux courts comme un garçon, raser la nuque et le contour des oreilles. Voir la peau tendre et rose de sa fille exposée pour la première fois depuis qu'elle était bébé procurait à Eleanor une blessure aussi vive que si c'était son propre corps qui en souffrait.

C'était toujours le même problème. Les chagrins de ses enfants devenaient les siens. Elle ressentait leur peine si profondément qu'elle se rendait à peine compte de la sienne. C'était drôle, mais pas tant que ça, de se souvenir de l'époque où elle avait pleuré à cause d'une croûte de varicelle arrachée.

Il y avait pire. Au bon vieux temps – c'est-à-dire quand Eleanor vivait avec Cam à la ferme –, chaque fois que ses enfants avaient un problème ils venaient lui en parler. Il n'y avait pas si longtemps, ils considéraient leur mère comme la seule capable de trouver la solution à n'importe quel souci qu'ils rencontraient. Parfois, comme pour la mort de Christa McAuliffe, il n'y avait pas de solution, mais elle parvenait à les réconforter. Ils comptaient sur elle.

Désormais, ils s'adressaient de moins en moins souvent à elle. Toby venait comme toujours grimper sur ses genoux et lui demander de lui frotter le dos. Mais chez ses filles elle voyait un changement. De petites choses, dans l'ensemble : le regard sans indulgence et critique d'Al au dîner, les silences d'Ursula qui ne lui ressemblaient pas. La plupart du temps, ses filles la traitaient avec une politesse glaciale. Eleanor entendait la manière dont elles parlaient à leur père quand il les appelait en semaine, leur rire décontracté, leur empressement à raconter des anecdotes dont elles ne lui avaient pas parlé. Un jour qu'elle était entrée dans la pièce au milieu d'une de leurs conversations téléphoniques avec Cam, Ursula s'était tue brusquement, comme si la seule présence d'Eleanor constituait une intrusion dans un monde précieux et intime. Elles avaient des secrets qu'elles partageaient avec Cam, pas avec elle.

Leur attitude était encore plus évidente pour Eleanor quand elle arrêtait le break au bas du chemin pour les déposer chez Cam le vendredi après-midi. Elle n'avait pas encore coupé le moteur que tous trois ouvraient les portières et couraient vers la maison.

« On est rentrés ! » lançait Ursula.

Puis Coco, dont le ventre commençait juste à s'arrondir sous son tablier, ou Cam ouvrait la porte. Il portait sa veste de travail marron ainsi que le bonnet qu'Al lui avait tricoté pour son anniversaire deux ans plus tôt et qu'il gardait manifestement même à l'intérieur. Eleanor savait qu'Ursula attendait sans doute qu'ils soient tous les quatre dans la maison pour faire exploser sa joie d'être de nouveau avec son père. (Avec Coco aussi, probablement.) Mais un jour, en partant, Eleanor les avait tous vus par la fenêtre : Cam penché pour écouter ce que lui disait Ursula, Al serrant son cartable et un CD, punk certainement, qu'elle voulait faire écouter à son père, Toby bondissant près du poêle, là où était couché Buster, leur nouveau chiot, pour lui gratter le ventre et s'allonger à côté de lui, Coco dans le rocking-chair près du poêle, probablement, un endroit parfait pour une femme enceinte.

Ils étaient avec leur père, leur père et Coco, du vendredi soir au dimanche après-midi, mais Cam voyait aussi Toby le mercredi, quand il venait à Boston suivre ses cours de kinésithérapie. Ils assistaient ensuite au cours de yoga régénérateur, que Toby adorait, à Cambridge. Il était 9 heures quand Cam le déposait chez elle.

« Mon papa me manque. Ma maison me manque », disait Toby en montant l'escalier pour aller se coucher.

Le yoga l'aidait. En tout cas, quelque chose l'aidait. La motricité de Toby s'était grandement améliorée depuis que tous deux suivaient ces cours et travaillaient ensemble le week-end à la ferme.

Les enfants n'en parlaient presque jamais, mais Cam avait terminé sa formation de kiné. Darla avait raconté à Eleanor qu'une publicité parue au printemps dans la *Gazette d'Akersville* avait annoncé l'ouverture du cabinet de kinésithérapie et de massage de Cam et Coco, dans son ancien atelier de menuisier. Une amie de Darla avait consulté Cam pour une blessure au dos et lui avait dit que sa séance lui avait fait un bien extraordinaire. Eleanor n'avait pas été étonnée. Cam avait toujours eu une perception intuitive des rouages du corps. Son travail avec Toby pendant leurs longs après-midi dans l'atelier, quand il lui faisait exécuter les exercices qu'il avait conçus, avait fait progresser leur fils davantage que tout ce qu'on lui proposait dans son école hors de prix.

Un jour, les filles annoncèrent qu'ils étaient tous devenus végétariens. Puis vegans, comme Cam et Coco. Ursula aimait toujours faire des gâteaux, mais ce qu'elle préparait maintenant à la cuisine et les goûters qu'elle rapportait de ses week-ends à la ferme contenaient des flocons d'avoine, des graines de caroube et de chia. Plus récemment, quand Eleanor avait posé sur la table une tarte au citron vert, les filles n'en avaient pas voulu. Toby avait été le seul à finir son assiette.

Coco était l'une de ces femmes (Eleanor qui la connaissait depuis l'école primaire avait du mal à la considérer comme une femme) qui restaient belles pendant leur grossesse. Quand Eleanor était enceinte, tout son corps était affecté : ses chevilles enflaient et son visage était bouffi. Même ses doigts paraissaient gros.

Eleanor vit Coco enceinte autour de son sixième mois de grossesse, alors qu'elle arrêtait la voiture devant son ancienne maison et déposait les enfants pour les vacances d'été. C'était la première fois. Elle ressemblait à une fille de ferme rentrant du jardin avec un tablier rempli de légumes frais. Ou juste avec une pastèque parfaite. Ses seins avaient un peu forci, mais de dos, on ne voyait pas qu'elle portait un bébé dans son long corps aux hanches étroites. Elle ressemblait à une fille de vingt-deux ans, ce qu'elle était.

Quand Eleanor revint à Akersville, c'était en août. Les enfants y avaient passé l'été, ce qui permit à Ursula de jouer dans une mise en scène pour enfants d'*Oliver Twist*. Eleanor allait s'asseoir au spectacle quand elle remarqua Cam et Coco à l'autre bout de la salle, en conversation avec un couple qu'elle reconnut comme faisant partie de l'équipe de softball du bon vieux temps : Peggy et Bob Olin, les parents de Gina, la petite fille pâle aux cheveux blond vénitien qu'ils avaient tous vue s'étioler en un seul long été de softball. En dehors de la messe du souvenir dite pour Gina, Eleanor n'avait pas revu les Olin. Peggy avait disparu des gradins et Eleanor aussi, peu de temps après.

Mais ils étaient là tous les quatre et se saluaient comme des gens d'une même famille qui se sont perdus de vue depuis longtemps. Ils semblaient en grande conversation. Ils parlaient peut-être de leurs récoltes de tomates, ou des avantages et des inconvénients des revêtements extérieurs synthétiques. Bob, qui était entrepreneur, proposait peut-être des idées pour le projet de rénovation dans lequel Cam s'était embarqué. Ou alors Cam conseillait à Bob des exercices pour son dos.

Eleanor avait l'impression qu'il s'était écoulé un siècle depuis qu'elle s'asseyait sur les gradins à côté de Peggy pour suivre les matchs. Coco, au tout début de sa puberté, faisait des bulles de savon ainsi que la roue dans l'herbe, accompagnée des enfants. Peggy dissertait sur le régime d'Adelle Davis, tandis que Gina et Ursula jouaient dans la terre.

Après la mort de Gina, une des épouses de l'équipe raconta, d'après les rumeurs, que Peggy buvait et que

Bob avait une liaison. Les choses avaient dû s'arranger, car, comme Eleanor, ils étaient venus assister au spectacle où jouait leur autre fille. Ils se tenaient même par la main. Eleanor avait oublié la grande sœur de Gina. Le programme lui apprit que Katie Olin jouait Oliver.

Eleanor ne pouvait pas les quitter des yeux tous les quatre : Peggy et Bob, Coco et Cam, debout en train de bavarder, l'air tellement à l'aise et heureux. Peggy ôta son pull. (Eleanor vit Bob l'écarter doucement des épaules de sa femme. C'était parfois les plus petits gestes, comme celui-ci, qui faisaient mal. Il y avait si longtemps qu'on ne l'avait pas aidée à enlever son pull ou autre chose du même genre.)

Timmy Pouliot l'aidait à entrer dans la baignoire, mais c'était terminé.

Sans le pull, il devint évident que Peggy était enceinte, elle aussi, à peu près au même stade que Coco apparemment. Eleanor les regarda comparer leur ventre, poser les mains là où, en cet instant, leur bébé donnait sans doute des coups de pied.

Peggy et Bob avaient enterré leur fille cadette, mais ils faisaient un autre enfant. Une nouvelle grossesse représentait l'espoir que l'avenir pouvait offrir ce qu'avait pris le passé. Une nouvelle chance.

Combien de temps Eleanor resta-t-elle à les regarder ? Tous quatre riaient à présent : symptômes parmi d'autres de la grossesse comme de se lever cinq fois dans la nuit pour faire pipi, ou l'envie improbable d'une soupe de nouilles ou d'un esquimau. Personne n'aurait pu deviner en observant Peggy et Coco que, quelques années plus tôt, l'une d'elles avait passé trois mois à l'hôpital pour enfants de Boston à voir sa fille s'étioler. Peu avant cela, Coco apprenait à Gina à faire la roue.

Eleanor se souvenait de ce dernier été assise à côté de Peggy. Gina était chauve et presque squelettique dans son fauteuil roulant, ses veines bleues apparaissaient sous la peau translucide de son crâne. Toby, Toby tel qu'il était à l'époque, avait paru déconcerté et inquiet quand elle avait refusé le bâton de mozzarella qu'il lui offrait. Tout le monde voulait jouer avec Toby, sauf la fille de Peggy et de Bob qui était déjà en train de quitter ce monde. Les autres enfants le sentaient. Tous, sauf Toby, restaient en retrait.

Deux ans plus tard, Gina était morte et Toby était assis sur le canapé, le visage aussi vide que l'écran d'ordinateur d'Eleanor la première fois qu'elle l'avait allumé. Et maintenant, ils étaient tous là de nouveau. L'une s'en était allée, deux autres étaient en route, les cartes avaient été battues et redistribuées.

Le spectacle commença. Sur la scène, Katie Olin tendait un bol, visiblement affamée.

« S'il vous plaît, monsieur, je peux en avoir encore ? » demanda-t-elle.

Eleanor ne quittait pas des yeux Ursula, la quatrième orpheline sur la droite. En la voyant, Peggy Olin imaginait-elle comment serait Gina si elle avait vécu ? Aurait-elle été sur la scène avec sa sœur et son amie ? Parfois, en observant les autres garçons de neuf ans sans lésions cérébrales, Eleanor se prenait à essayer d'imaginer comment aurait pu être Toby, à cet âge. Mais aucun ne lui ressemblait, même de loin, et elle n'y parvenait pas. Toby avait été un météore.

Elijah, le fils de Cam et de Coco, naquit à l'automne. Cam téléphona pour annoncer sa naissance aux enfants. L'après-midi, il vint les chercher à Brookline pour qu'ils fassent la connaissance de leur petit frère.

Leur frère. C'était ainsi qu'ils parlaient de lui. Pas leur demi-frère. En voyant les trois personnes qu'elle aimait le plus au monde s'éloigner en voiture pour faire la connaissance de quelqu'un qui allait faire partie de leur famille (la leur, pas la sienne), elle se sentit comme une femme perdue en mer. Il y avait eu un naufrage et les bateaux de sauvetage, décrivant des cercles, avaient réussi à récupérer les survivants. Sauf Eleanor.

69

Plus d'oignons dans le lit

Eleanor avait grandi dans un foyer où seuls ses parents se touchaient, derrière la porte close de leur chambre. Elle avait eu soif d'affection et enfin, pendant un certain temps, elle en avait eu. Durant près de dix ans, Eleanor n'avait pas connu une seule nuit sans qu'un corps se presse contre le sien. Pas seulement la peau de Cam, mais aussi la présence chaude et parfois humide de ses enfants grimpant dans leur lit à minuit – petits visiteurs apportant leurs couvertures et leurs oreillers, un suricate en peluche, le ruban que Toby aimait enrouler autour de son index quand il suçait son pouce (l'autre extrémité tortillée dans le pavillon nacré de son oreille). Pendant un temps, Alison avait insisté pour emporter dans le lit, d'abord dans le sien mais, plus avant dans la nuit, dans celui de ses parents, une poupée qu'elle avait appelée Tête d'Oignon, faite d'un oignon germé avec un foulard noué autour du bulbe qui figurait la tête de la poupée. En quelques semaines, l'oignon était devenu si nauséabond que Cam avait finalement énoncé la règle : « Je refuse de dormir avec des oignons. » Mais ils avaient fini par laisser Alison venir dans leur lit.

Plus d'oignons dans le lit. Plus personne.

Toutes ces nuits, Eleanor s'était allongée sur le vieux futon, celui-là même où elle avait accouché, le souffle tiède d'un des enfants sur son visage, les petites mains sur son ventre, sa poitrine, des cheveux soyeux mêlés aux siens, chaque centimètre de son corps leur appartenait, y compris son esprit, car elle n'arrêtait pas de penser à eux ou d'anticiper ce dont ils allaient avoir besoin.

« Je suis possédée par les enfants », disait-elle à Cam.

À présent, la nuit, seule dans son lit, Eleanor passait parfois les mains sur sa peau pour se rappeler quel effet cela faisait d'être touchée. Elle était sûre que si plus jamais personne ne la touchait, elle se flétrirait. Caresser sa propre peau n'avait rien à voir avec le toucher de quelqu'un d'autre. Un corps familier, une personne familière. Quelqu'un qu'on aimait, qui vous aimait aussi.

Si le couple qu'elle formait avec Cam avait tenu, ils auraient sans doute recommencé à faire l'amour plus souvent, mais en l'état des choses, rien ne lui rappelait autant ce qu'elle avait perdu que la place vide dans son lit. Elle la remplissait d'oreillers et de livres, ainsi que d'un carnet de croquis où, quand elle se réveillait au milieu de la nuit, comme c'était souvent le cas maintenant, elle griffonnait des idées de cartes de vœux.

Un soir tard, dans son lit, elle avait écrit une longue lettre à Cam. « J'aimerais simplement parler de temps en temps avec toi de nos enfants. Même si nous ne sommes plus mariés, nous restons tous deux leurs parents », écrivit-elle. Pas de réponse.

Le pire était sans doute le silence. Elle avait l'impression que tout ce qui s'était passé entre elle et l'homme qu'elle avait aimé, avec qui elle partageait encore la garde de trois enfants, avait disparu, ou que rien n'avait finalement existé. Toutes les années pendant lesquelles ils avaient formé une famille paraissaient effacées de la mémoire de l'homme qui avait été son mari, comme si c'était Cam et non Toby qui avait fini la tête dans le bassin, le cerveau privé d'oxygène, les souvenirs de toutes les belles choses vécues ensemble, disparus.

Qui aurait pu dire ce que Cam pensait de cette époque ? Il avait refait sa vie et, en dehors du fait que le couple qu'il formait avec sa nouvelle partenaire, son nouvel enfant, vivait sur le même terrain, sous le même toit que celui où le précédent avait fait son temps, le souvenir des années passées ensemble semblait oblitéré. Non seulement ils n'avaient plus d'avenir ensemble, mais – plus surprenant pour Eleanor – leur passé était effacé.

À une époque, Eleanor désirait plus que tout avoir dix minutes à elle. « Je fais un Temps calme », disait-elle aux enfants. Alors elle réglait le minuteur, se versait une tasse de thé ou, plus tard, un verre de vin, tirait son tabouret devant le plan de travail, choisissait un numéro du magazine *Redbook*, sans doute vieux de deux mois, et lisait un article expliquant comment se faire un soin du visage à l'avocat ou énumérant les dix manières intéressantes d'accommoder les pois chiches en boîte.

Le Temps calme était devenu permanent dans le monde d'Eleanor. Ses enfants avaient encore besoin d'elle, plus que jamais peut-être. Mais plus pour les conduire, cuisiner, rassembler les fournitures des projets scientifiques, signer des documents, trouver les baskets égarées. Ils avaient besoin d'elle pour faire des chèques.

Quand ses filles avaient quatre et trois ans, ou sept et six ans, Eleanor savait tout ce qu'il y avait à savoir sur leur vie. À présent, chaque fois qu'elles rentraient de chez leur père, lieu qu'elles appelaient toujours la maison, une méfiance les accompagnait jusque dans le lotissement de Brookline. Elles se déplaçaient dans les pièces comme des agents doubles, le regard empreint de défiance. Leur mère les avait trahis une fois en ne restant pas mariée à leur père, non ? C'était elle qui était partie. Qu'allait-elle faire ensuite, qui bouleverserait leur univers ?

Cette attitude était due en partie à leur âge. Au bon vieux temps, quand elles sortaient de la baignoire, Eleanor les enroulait dans une serviette, serrées comme des momies, les prenait sur ses genoux, les embrassait derrière les oreilles, dans le cou, sur leurs orteils. Dans cette nouvelle vie avec leur mère, dans la maison de Brookline, elles ne voulaient pas d'elle dans la salle de bains. Elles lui cachaient leur corps qui changeait à toute vitesse. Pire encore, elles lui cachaient leurs pensées.

En vérité, même si leurs parents étaient restés ensemble, la vie parfaite qu'elles avaient connue en grandissant à la ferme aurait changé. Mais, en l'état des choses, les filles attribuaient leurs malheurs au départ d'Eleanor. Toute leur vie, elle s'était donné comme mission de les protéger des peines et des déceptions. Si elles vivaient maintenant des déceptions bien plus graves que la perte d'un jouet ou un échec à un match de T-ball, c'était certainement la faute d'Eleanor. Eleanor, celle qui avait promis de toujours les protéger, leur avait fait faux bond.

Elles ne l'exprimaient jamais. Elles n'en avaient probablement même pas conscience. Mais Eleanor voyait leur désapprobation silencieuse, leur regard quand elle posait les céréales sur la table ou demandait, au départ pour l'école : « Vous n'avez pas oublié votre devoir de maths ? » Elles lui témoignaient presque constamment une légère irritation, parfois du mépris.

Tu nous avais promis une façon de vivre. Tu es passée à une autre. Elles ne le disaient jamais, mais leur visage révélait leurs pensées.

Elles la considéraient comme responsable du divorce. Elles la considéraient comme responsable de la vie qu'elles menaient maintenant, de ces navettes entre les deux maisons.

Son pire crime à leurs yeux, elle le savait, était son amertume envers leur père. La plupart du temps, elle tenait sa langue devant elles au sujet de Cam, mais parfois, surtout quand elle était fatiguée ou qu'elle avait bu un ou deux verres de vin, quand le fantôme de son propre père s'emparait d'elle, elle tenait des propos qu'elle regrettait ensuite.

« Si votre père contribuait aux frais, vous pourriez partir en camp d'été. » « Si ton père contribuait aux frais, on pourrait t'acheter un vélo. » « Si votre père contribuait aux frais, je n'aurais pas besoin de travailler autant. »

Si leur père contribuait aux frais, elle serait peut-être plus gentille.

Elles ne l'écoutaient pas, comme si elle était une station de radio passant en boucle de la musique des années cinquante.

Al restait comme toujours dans sa chambre. Même Ursula – Ursula enjouée, gaie, facile à vivre, bavarde, conciliatrice, qui se présentait comme la fille la plus accommodante, la plus dépourvue de problèmes qu'on puisse rêver – semblait avoir acquis une sorte d'irritation inconnue, une façon de répondre à ce qu'Eleanor disait ou demandait qui satisfaisait aux exigences de la politesse, mais manquait totalement de chaleur.

Dans la maison que Cam partageait maintenant avec Coco, tout était différent, c'était une tout autre vie. Il s'y passait des choses dont Eleanor n'entendait jamais parler.

Chèvres, camping, yoga, mort de la chienne de la famille. Naissance d'un petit frère. Un bébé qu'elle n'avait jamais vu, dont elle ne savait rien car les enfants n'en parlaient pas.

Eleanor en était réduite à deviner ce qu'ils pensaient de ce nouveau personnage arrivé dans leur vie. Ses enfants lui étaient devenus mystérieux, comme un ancien camarade de classe qu'on retrouve à une réunion vingt ans plus tard et qu'on reconnaît à peine.

Elle pensait aux bateaux qu'ils fabriquaient et mettaient à l'eau en mars. À ceux qui disparaissaient dans le défilé, les bonshommes-bouchons qui partaient à la dérive. Tout comme ses enfants : pas tout à fait hors de vue, mais de plus en loin lointains. Même Toby qui faisait ses salutations au soleil et la posture du chien tête en bas, ou allongé sur son tapis de yoga en posture du bébé heureux, ne remarquait pas toujours sa présence si elle entrait dans la pièce. Quand elle venait les chercher après un week-end chez leur père, Toby gardait les yeux fixés sur sa Game Boy, Al, penchée sur ses devoirs ou son manuel de programmation, répondait à ses questions avec le minimum de syllabes, et Ursula avait l'air de jouer un rôle quand elle montait dans la voiture : sourire pincé, brève étreinte comme celle d'un candidat en tournée électorale.

Eleanor commençait à se demander si la douceur d'Ursula avait jamais été bien réelle. Elle avait peut-être nourri un perpétuel ressentiment, mais en silence. Sa fameuse gentillesse n'était peut-être qu'une tactique astucieuse. Il était plus facile de se montrer très agréable que pénible. Son comportement enjoué n'était-il pas une manière efficace de ne pas avoir sa mère sur le dos ? Eleanor avait passé son temps à se faire du souci pour Alison, pour Toby, alors qu'elle aurait peut-être dû se concentrer sur la parfaite petite fille du milieu de la fratrie. Et si sa docilité n'avait été qu'une stratégie pour garder sa mère à distance ? *Continue à sourire et personne ne saura ce que tu penses vraiment.*

« Ça te dit, une balade à vélo ? » demanda un jour Eleanor à Ursula, un précieux samedi d'avril où les enfants étaient avec elle, et non avec Cam qui participait à un atelier sur des problèmes de colonne vertébrale. Ils avaient toute la journée devant eux. Précieux maintenant, comme jamais auparavant.

« Merci, mais je préfère faire mes devoirs », répondit Ursula. Sa politesse était plus glaciale que ne l'aurait été sa colère.

Elle mettait toujours ses assiettes dans le lave-vaisselle sans qu'on le lui demande et lisait à Toby son livre adoré sur les camions cinq fois de suite sans se plaindre. Elle nettoyait toujours le bac à légumes et rapportait des bulletins scolaires parfaits. Mais quand ses responsabilités familiales officielles avaient été accomplies, elle disparaissait dans sa chambre, comme Al. Quand Eleanor posait des questions sur l'école ou ses amies, elle répondait d'un ton sec, par monosyllabes, comme sa sœur. Elle évitait le plus possible le regard de sa mère, et quand leurs yeux se croisaient les siens ne révélaient rien de ce qui passait dans sa tête.

Avant le divorce déjà, Al avait annoncé qu'elle ne répondrait plus à son ancien nom. Mais ce ne fut qu'après qu'elle insista pour se faire couper les cheveux très courts. À présent, elle ne portait plus que des jeans, des rangers et des chemises amples pour cacher ses petits seins qui se développaient. L'année suivant l'emménagement des enfants à Brookline avec Eleanor, Al avait eu ses règles. Elle n'en parla à Eleanor avec une brusquerie délibérée qu'une semaine plus tard.

« Tu n'as pas besoin de me faire un grand discours. Je sais tout. Je me débrouille », avait-elle déclaré.

70

La raison de tout ce qui ne va pas

Environ un an après avoir déménagé, Eleanor reçut un coup de téléphone de la psychologue de l'école lui faisant part de son inquiétude à propos d'Al et lui proposant un rendez-vous. « On peut bien sûr trouver ce genre de comportement chez un enfant vivant dans une famille intacte, mais il faut examiner de près l'impact néfaste des changements récents dans votre dynamique familiale », dit-elle.

Elle cita une spécialiste, une psychologue du nom de Judith Wallerstein, qui avait mené une étude approfondie sur les enfants du divorce. Ses découvertes étaient alarmantes. D'après Judith Wallerstein, les enfants du divorce risquaient davantage de souffrir de toute sorte de problèmes psychologiques.

« Alison refuse de fréquenter les autres filles de l'école. Elle veut faire du sport avec les garçons, mais eux ne veulent pas d'elle. Elle n'a pas d'amis. Elle n'a pas l'air d'en vouloir.

— Al, corrigea Eleanor. Notre fille se fait appeler Al maintenant. »

La psychologue raconta à Eleanor que les élèves avaient formé un groupe de quadrille auquel Alison – Al – avait refusé de participer. Pendant le mois de l'histoire des femmes, les filles devaient choisir une femme célèbre et s'habiller comme elle pour faire un exposé à son sujet. Al avait demandé à être excusée. « Je n'aime pas mettre une robe », avait-elle dit. Finalement, elle avait accepté de faire le portrait de Babe Didrikson Zaharias.

Eleanor était assise dans le bureau de la psychologue et tentait de comprendre ce qu'elle disait, mais son attention ne cessait de revenir à une plante qui manquait d'eau sur le rebord de la fenêtre et à la photo sur le bureau d'un mari souriant et de deux enfants heureux. Une « famille intacte ».

La psychologue voulait savoir si Al avait montré des signes de détresse à propos de problèmes de genre avant le divorce. Le sous-entendu était clair : c'était la décision de Cam et d'Eleanor de mettre un terme à leur mariage qui avait déclenché les difficultés actuelles de leur fille. La décision d'Eleanor, apparemment. À son tour la psychologue rappelait que c'était Eleanor qui avait quitté le foyer familial. C'était ce qu'Al lui avait dit.

C'était une pensée terrible pour un parent d'avoir peut-être gâché la vie de son enfant, non seulement son présent, mais aussi son avenir, comme le laissait entrevoir les travaux de Judith Wallerstein.

Fallait-il que le divorce soit responsable de tous les écueils de la vie d'un enfant ? Les enfants de ces « familles intactes », dont parlait la psychologue, n'avaient-ils pas eux aussi des problèmes de temps en temps ? Et si Cam et elle avaient exposé leurs enfants à des traumatismes irréversibles à cause de l'échec de leur couple, qu'étaient-ils censés faire maintenant ?

Ainsi donc, Al était déprimée. Ursula était polie, mais méfiante, comme une parente éloignée en visite qui se comporte du mieux qu'elle peut. Et puis il y avait Toby. Toby, gentil et tendre, qui pouvait rester assis par terre des heures à faire une balle avec des élastiques ou à examiner un Rubik's Cube sans véritable intention d'aligner les carrés de couleur. Toby, qui aimait dessiner des rangées de lignes parallèles, défaire ses lacets et chantonner les chansons de leur cassette de *The Music Man*. L'ancien Toby adorait Michael Jackson, mais quand on lui montrait la vidéo de *Thriller* maintenant, elle l'effrayait.

Il parlait de mieux en mieux : des phrases courtes, construites comme des télégrammes. Et grâce, sans aucun doute, à tout le travail de Cam avec lui, il courait à sa drôle de façon, en titubant. Il avait l'air sinon exactement heureux, du moins content. Il aimait ses sœurs, et plus que tout son petit frère, Elijah.

Avant l'accident, Toby détestait les vêtements à boutons. Après, il paraissait avoir oublié, tout comme il avait oublié qui il était : un garçon qui jouait du violon, un garçon qui dansait tout nu et faisait pipi dehors en hiver pour écrire son nom dans la neige, un garçon qui racontait ses conversations avec Dieu et avait déclaré un jour qu'il aimait tellement les orteils d'Eleanor qu'il voulait se marier avec eux.

À neuf ans, il avait vécu presque aussi longtemps avec ses lésions cérébrales que sans elles. Un jour Eleanor eut envie de lui faire entendre leur vieil enregistrement de la polonaise de Wieniawski qu'il avait adorée.

Le disque craquait à force d'avoir été écouté à l'époque où il avait quatre ans. Elle caressait peut-être l'idée folle qu'après toutes ces années une synapse en latence depuis sa chute dans le bassin se serait régénérée. Croyait-elle vraiment que c'était possible ? Peut-être voulait-elle seulement réentendre ce morceau pour faire revivre le souvenir de l'enfant qui le jouait. Les quatorze premières mesures, en tout cas.

L'écoute du disque ne suscita chez Toby aucune réaction, sinon une légère contrariété due à l'intrusion de la musique. À part *The Music Man*, le thème de la publicité pour Toys “R” Us (avec ces paroles exaspérantes : « Je ne veux pas grandir, je suis un enfant Toys “R” Us »), il semblait préférer le silence, ou bien chantonner. Il s'asseyait beaucoup en position du lotus, qu'il avait apprise avec son père au cours de yoga, et fixait un objet : un caillou, un crayon, un bout de bois qu'il tournait dans ses mains.

Il aimait *Mister Rogers* et les tournois de golf à la télévision. Il aimait aligner des cure-dents sur le tapis ou mettre côte à côte les échantillons de peinture qu'Eleanor lui avait trouvés à la quincaillerie. De petites activités simples et répétitives.

L'un des rares aspects de sa vie d'avant l'accident qui persistait maintenant qu'il avait neuf ans, c'était de ramasser des cailloux partout où il allait et de les mettre dans ses poches. Ceux qu'il ramassait n'avaient apparemment rien de particulier, mais il repoussait toute suggestion de réduire sa collection. Les cailloux remplissaient sa chambre, le long des murs et des rebords de fenêtre. La plupart ne se distinguaient en rien les uns des autres, sauf pour Toby, qui connaissait chacun d'eux.

71

Je veux rentrer à la maison

Elle roulait vers le nord sur la nationale, pour aller chercher ses enfants à Akersville après le week-end qu'ils avaient passé avec Cam, quand elle aperçut Timmy Pouliot sur sa Harley. Dans le Massachusetts, le port du casque était obligatoire, mais à l'instant où Timmy franchissait la limite de l'État et entrait dans celui du New Hampshire – dont la devise était « Vivre libre ou mourir » – il l'enlevait.

Elle sut ainsi qu'elle était elle-même passée dans le New Hampshire.

Il y avait une femme à l'arrière, évidemment. Timmy Pouliot avait toujours une femme à l'arrière de sa moto. Probablement jeune et probablement belle.

Eleanor ne fit que les apercevoir. Timmy roulait plus vite sur sa moto qu'elle dans sa vieille Subaru. Elle pensait qu'il ne la remarquerait pas. Mais en la dépassant il leva très légèrement une main, comme le font les motards à l'intention d'une autre moto, sauf qu'il n'y en avait pas. Il avait dû lui faire signe à elle.

L'émotion s'empara d'elle. Du regret, peut-être.

Elle avait pensé devoir rompre avec Timmy Pouliot pour un bon nombre de raisons, mais plus que toutes les autres, la peur d'être désapprouvée par ses enfants l'emportait.

Et voilà où elle en était : ses enfants la désapprouvaient de toute façon.

Les enfants soulevèrent la question un soir au dîner, juste après leur retour de chez leur père. Elle avait préparé des spaghettis carbonara, l'un de leurs plats favoris. À l'imitation de Cam et de Coco maintenant vegans, les filles avaient arrêté de manger de la viande et même des laitages, elles aussi, mais les spaghettis carbonara, le repas le plus réconfortant qu'elle connaissait, faisaient partie de la tradition. Même après avoir adopté le régime vegan de Cam et de Coco, les filles faisaient une exception pour ce plat.

Eleanor posa les pâtes sur la table et s'assit. À part en de rares occasions, ils avaient abandonné leur habitude de chanter « Simple Gifts » avant de commencer le repas.

« Il faut qu'on parle d'un truc, Maman », dit Al.

Ces mots d'Al semblaient un bon signe. Pour une fois, elles voulaient parler. Eleanor était prête à écouter. Elle attendit, tandis qu'Al prenait sa respiration.

« Toby veut vivre à la ferme avec Papa. Nous pensons tous que c'est une bonne idée », reprit Alison.

Elle écartait le prosciutto. À côté d'elle, Ursula enlevait la crème des pâtes.

Eleanor se força à rester calme. Toby ? Déménager ? Qui était ce « nous » dont parlait sa fille ? Ce « nous » s'était manifestement mis d'accord sur cette bonne idée avant de lui en parler.

« Je suis sa mère. Il a besoin de moi.

— C'est trop compliqué pour Toby, toutes ces allées et venues, renchérit Ursula. Et Papa l'aide plus que l'école hors de prix où tu l'envoies. Papa travaille tout le temps avec Toby. La rééducation et le yoga l'aident vraiment.

— Et puis il y a Elijah, ajouta Al. Si tu voyais comment ils s'entendent, tous les deux ! »

Elle ne l'avait pas vu, évidemment. Elle n'avait rien vu de ce qui se passait chez leur père.

Ursula de nouveau : « Papa pense qu'il vaudrait mieux que Toby ne fasse plus les trajets. Al et moi on est d'accord. Et Coco aussi. »

Eleanor restait calme. Elle mesurait combien Ursula avait dû préparer ses paroles. Elle s'était sans doute entraînée dans sa chambre et avait discuté avec son père. (« Ça ne va pas plaire à ta mère. Mais ça passera mieux si ça vient de toi », avait-il sans doute dit.)

« Il lui faut chaque fois un jour entier pour s'adapter quand il change d'endroit. En plus, il aime vraiment être avec les chèvres.

— Chèvres, dit Toby, qui intervenait pour la première fois. J'ai quatre chèvres, Maman. » Encore une découverte pour Eleanor.

Elle se tourna vers son fils. Lui seul semblait apprécier la carbonara. « Qu'est-ce que tu penses d'aller vivre chez ton papa, Tobes ? lui demanda-t-elle.

— Je t'aime, Maman, mais je veux aller à la maison », dit-il.

Inutile de demander à son fils où était sa maison. Pas plus qu'aux filles. Peu importait qu'elle ait acheté un trampoline, une table d'air hockey ou un Commodore 64. Son fils voulait vivre à la ferme avec son père.

Eleanor savait que Toby aimait beaucoup Elijah, la seule personne de la famille dont le niveau de développement demeurait au-dessous du sien, ce qui ne durerait pas. Tous les dimanches soir, quand il revenait de la maison de son père, Toby parlait d'Elijah. Bientôt, Elijah serait capable de faire des choses inaccessibles à Toby, mais pour le moment Toby pouvait le tenir dans ses bras, aligner des cubes sur le tapis à côté de lui et ils jouaient tous les deux. Contrairement aux autres personnes présentes, pour Elijah jouer avec Toby n'était jamais une corvée. Bien sûr que Toby voulait être avec Elijah. Tous les jours si possible.

Eleanor avait envie de jeter son verre contre le mur, mais elle le posa aussi doucement que s'il était en cristal. Elle se leva de sa chaise et s'agenouilla à côté de Toby. Il disposait ses petits pois en cercle et chantonnait. « Tu vas beaucoup me manquer si tu vas vivre à la ferme, mais je veux que tu sois heureux, dit-elle.

— Je veux être avec Lijah. J'aime ma maison », dit Toby.

Eleanor n'avait rien à répondre. Elle comprenait ce qu'il ressentait. Même maintenant, même pour Eleanor, la ferme demeurait l'endroit qu'elle aimait plus que tous les autres.

Toby dut s'apercevoir que c'était difficile pour elle. Il lui tapota le bras et posa la tête sur son épaule.

« T'inquiète pas, Maman. Tu peux venir me voir quand j'habite avec mon papa », dit-il.

Toby avait une façon à lui de disposer ses cailloux et il était troublé quand l'un d'eux n'était pas à sa place. En prévision de son retour à Akersville, les filles placèrent sur chaque caillou un autocollant numéroté pour recréer l'alignement dans la chambre à l'étage qu'il allait partager avec Elijah, dans la maison de Cam.

« Je l'amènerai chez toi le week-end », assura Cam quand Eleanor conduisit Toby à la ferme.

Ils essayèrent quelques semaines, mais Toby n'aimait pas quitter Elijah et ses chèvres.

La plupart du temps, maintenant, quand Eleanor et Toby passaient du temps ensemble, c'était à Akersville le week-end. Elle l'emmena quelquefois au bowling, où des rails dans les gouttières lui permettaient de faire tomber quelques quilles. Il n'était plus nécessaire de lui demander de réciter le pacte de Pas de Larmes. Renverser ou non des quilles lui importait peu.

Darla avait récemment commencé à suivre les cours de yoga de Cam et de Toby, surtout afin de ne pas se laisser déprimer par sa vie avec Bobby. Elle assura à Eleanor que tout le monde aimait Toby.

« Cam est incroyablement patient avec lui. Malgré tout, je lui accorde ça. »

Après l'installation de Toby à la ferme, Eleanor mit un point d'honneur à appeler son fils presque tous les soirs pour qu'il entende sa voix. Elle lui demandait ce qu'il avait fait dans la journée sans attendre grand-chose de sa réponse. *Joué avec les chèvres. Petit frère. Hamburgers veggies. Coco. Papa.*

« Viens me voir à ma maison », disait-il à Eleanor. Il ne voulait plus vraiment aller chez elle à Brookline, mais il ne comprit jamais pourquoi elle ne pouvait pas venir chez lui.

72

Ma mère vient de me frapper

À l'automne, Alison trouva un CD de Guns N' Roses : *Appetite for Destruction*, avec en couverture des crânes sur une croix. L'année précédente, le groupe préféré d'Al était New Kids on the Block. À présent, elle n'écoutait plus que « Sweet Child o' Mine » et « Welcome to the Jungle » et quelquefois une dose des Indigo Girls des heures entières, en haut dans sa chambre avec ses manuels de programmation et son Commodore 64.

Ce soir-là elles s'étaient disputées, à propos d'un mot qu'Eleanor voulait qu'elle écrive à ses grands-parents pour les remercier du cadeau qu'ils lui avaient envoyé pour la rentrée des classes. C'était une robe qu'aurait pu porter Shirley Temple dans un des vieux films en noir et blanc qu'ils regardaient au magnétoscope en famille, pelotonnés sur le canapé avec du pop-corn, les jours où il neigeait.

« Pourquoi je les remercierais pour un cadeau que je déteste ? Je ne mettrai jamais cette robe. D'ailleurs, je l'ai déjà jetée.

— Ça montre qu'ils ont pensé à toi. C'est l'intention qui compte. » Eleanor détestait le son de sa voix. Et ce qu'elle disait ressemblait au texte d'une carte de vœux.

« Ça montre qu'ils ne me connaissent pas du tout. » Al planta sa fourchette dans son tofu. « S'ils faisaient un peu attention, ils sauraient que je déteste les robes. Surtout avec des volants devant et des boutons en forme de cœur. »

À dire vrai, Eleanor non plus n'aimait pas beaucoup les parents de Cam. Mais elle tenait aux bonnes manières, ce qui signifiait, entre autres, écrire un mot de remerciement.

« Tu veux que je fasse semblant ? Peut-être que j'ai envie d'être moi-même, pour changer. »

Al ne précisa pas à sa mère que, pour elle, le simple fait d'aller en classe le matin lui semblait une imposture. La personne qu'elle était en son for intérieur ne ressemblait en rien à celle que les gens voyaient en elle, celle qui s'appelait Alison. Depuis ses quatre ans, et peut-être même avant, elle le répétait à ses parents. Personne n'écoutait.

Elle se leva de table. Elle emporta son assiette à la cuisine et la fourra dans le lave-vaisselle.

Une minute plus tard, dans sa chambre, la voix d'Axl Rose des Guns N' Roses hurlait *Welcome to the Jungle... I wanna watch you bleed*. Encore plus fort que d'habitude.

Eleanor, debout au pied de l'escalier, cria à Al de baisser le son. Aucun changement. Elle monta, frappa puis ouvrit la porte de la chambre de sa fille aînée.

« Je t'ai demandé de baisser le son. »

Pas de réponse. Eleanor aurait aussi bien pu être invisible. Comme Cam la traitait maintenant depuis des années. Ce fut probablement ce qui la fit exploser.

Tout en agissant ainsi, Eleanor savait qu'elle le regretterait plus tard, mais elle ne put s'en empêcher. Elle avança dans la chambre d'Al. Elle ne se contenta pas d'éteindre la musique. Elle débrancha la radiocassette, la souleva de la table avec assez de force pour renverser la pile de cassettes de mandarin d'Al et sa collection de mangas japonais.

Elle emporta la radiocassette dans sa chambre et la jeta dans le placard.

Al suivit sa mère. « Va te faire foutre, salope ! » hurla-t-elle.

Eleanor se retourna pour faire face à sa fille. Elle sentait la pulsation du sang dans ses veines et les battements rapides de son cœur. Elle qui n'avait jamais frappé l'un de ses enfants leva la main, paume ouverte, et la gifla.

Toutes deux se faisaient face. Dans les yeux de sa fille, elle ne décelait pas le moindre semblant d'affection. Eleanor avait du mal à respirer, mais Al traversa la pièce avec un calme inquiétant, décrocha le téléphone et composa le numéro.

« Papa, j'ai pensé que tu aimerais savoir que ma mère vient de me frapper. »

Il arriva en moins de deux heures. Al avait fait ses bagages (pas dans un sac en papier comme le week-end, mais dans une véritable valise). Elle avait aussi préparé la radiocassette qu'Eleanor lui avait brièvement confisquée, son manuel d'introduction aux algorithmes, ses cassettes de mandarin et tous ses CD, son Commodore 64 et ses précieuses Doc Martens. Quand le pick-up de Cam s'arrêta devant chez Eleanor, elle était sur le trottoir avec ses affaires et l'attendait.

Cam ne descendit pas du pick-up, mais Eleanor vit par la fenêtre la façon dont il étreignait sa fille montée dans le véhicule. Il la serra contre lui une bonne minute. Puis ils partirent.

Elle laissa un message sur le répondeur de Cam : « Il faut qu'on parle. J'ai eu tort. Mais Al aussi était hors d'elle. Quand il se passe des choses comme ça, il faut que nous présentions un front uni… »

Il ne la rappela pas.

Il y avait cours le lendemain. Eleanor pensa que Cam emmènerait Al à l'école, mais dans la matinée on lui téléphona.

« Votre fille est absente. Nous voulions nous assurer que vous le saviez.

— Vous feriez mieux d'appeler son père », répondit-elle.

Le soir suivant, Cam lui téléphona. « Al a choisi de rester ici, à la ferme », dit-il du ton qu'il avait adopté avec elle depuis le divorce. Posé, calme, sans aucune émotion. « Elle voudrait retourner dans son ancienne école. Tu peux en faire un problème si tu le désires, mais nous espérons que tu ne chercheras pas la bagarre. Elle est assez grande pour prendre ses propres décisions. »

Pleurer n'était pas du tout une bonne idée. Pas plus que crier dans le téléphone. Ni raccrocher brusquement. Dans ces moments, elle finissait toujours par avoir l'air d'une folle.

« J'espère que tu vas trouver de l'aide, Eleanor. Je souhaite que tu trouves la paix. »

Chaque fois, après avoir raccroché, elle pensait à tout ce qu'elle aurait dû lui dire.

En mai, Ursula décida de quitter la maison d'Eleanor et d'aller vivre avec son frère et sa sœur. Elle attendit de terminer sa cinquième. Après le départ d'Al, il était sans doute inévitable qu'Ursula la suive.

« Toby a besoin de moi, dit-elle. En plus, Coco a besoin d'aide avec le bébé. » Et Betsy lui apprenait à coudre.

À la rentrée des classes, à l'automne, en quatrième pour Ursula, en troisième pour Al, le planning des visites s'était inversé. Les enfants allaient à présent chez Eleanor le week-end, mais de plus en plus régulièrement leurs activités venaient concurrencer ces visites. Hockey sur gazon et basket, football et 4-H. Ursula aidait Toby à élever des lapins, en plus des chèvres. Puis Jeremy, le vieil ami de Cam, leur donna une jument âgée qu'il avait achetée par annonce, avant de se rendre compte qu'il n'avait nulle part où la mettre. Avec l'arrivée de Midnight et des poules, les enfants ne vinrent plus que très peu chez Eleanor. Il y avait toujours un travail à faire à la ferme.

Elle les appelait presque tous les soirs, mais souvent ils étaient en train de jouer avec Elijah ou de s'occuper des animaux.

« Est-ce qu'on peut te rappeler plus tard, Maman ? » demandait Ursula.

Parfois ils rappelaient. Le plus souvent, non.

Dans le passé, Eleanor rêvait d'un peu de paix, au point d'avoir envoyé Toby dans la chambre de naissance pour avoir dix minutes de tranquillité. À présent, la maison ressemblait à une tombe. Les Lego et la collection de cailloux de Toby avaient disparu, ainsi que les livres de Judy Blume d'Ursula et ses produits pour les cheveux, les paillettes qu'elle lançait en l'air pour scintiller tous les matins en allant à l'école, les flacons de vernis à ongles sur l'étagère du lavabo. La garde-robe d'Al lui manquait – chemises noires, pantalons noirs, chaussettes noires éparpillées par terre dans sa chambre –, sa collection de BD underground, ainsi que ses étranges biscuits japonais et ses plantes carnivores exotiques. Bizarrement, les chansons de Guns N' Roses à plein volume dans la chambre d'Al lui manquaient aussi.

Eleanor n'avait pas écouté ses vieux vinyles depuis des années. Elle alluma la platine et y posa l'album *Blue*. Elle eut presque l'impression qu'elle retournait là où elle avait commencé : mêmes chansons tristes, même banlieue de Boston.

I wish I had a river I could skate away on. C'était presque comme si toute cette autre vie, sa vraie vie, n'avait jamais existé.

73

Un Noël parfait

Cam disait toujours qu'Eleanor devenait folle tout le mois de décembre, et c'était sans doute vrai même si, sur l'échelle des problèmes, en faire trop pour ses enfants au moment des fêtes ne semblait pas le pire dont on pouvait souffrir. Inutile d'être un fin psychologue pour comprendre les origines de cette obsession. Il suffisait de regarder les albums de photos datant de l'enfance d'Eleanor – le portrait annuel, raide, protocolaire d'Eleanor et ses parents devant un arbre de Noël aux décorations d'une seule couleur, bleu une année, doré la suivante. Martin et Vivian avaient toujours un verre à la main, même sur les photos. Eleanor, vêtue de sa robe de fête de l'année, était assise sagement sur son tabouret, sans vraiment sourire, juste les coins de ses lèvres relevés. Une fois sa mère lui avait offert des tubes de peinture, mais elle avait jugé que c'était salissant. Dès lors, Eleanor recevait en cadeau des poupées et un équipement de ski. Jamais le chien qu'elle demandait tous les ans.

Eleanor était obsédée par l'idée de fêter Noël autrement. Depuis qu'ils étaient tout petits, mais capables de comprendre le concept du cadeau enveloppé dans du papier, et pas seulement le papier, Eleanor considérait les cadeaux qu'elle leur choisissait comme une façon de leur exprimer ce qu'elle aimait et appréciait chez eux, tous les aspects de leur personnalité que seul quelqu'un qui les connaissait aussi bien qu'elle pouvait percevoir. Les meilleurs cadeaux étaient ceux que pouvait mettre sous l'arbre quelqu'un qui leur prêtait vraiment attention, comme elle le faisait elle-même.

Une année, pour Alison, ce fut une échasse à ressort. Elle n'avait jamais dit qu'elle en voulait une, mais Eleanor s'était rappelé qu'un jour, à Boston, ils avaient regardé dans le métro un artiste de rue faire une démonstration sur cet engin et qu'Alison, qui n'avait pas encore six ans, était restée bouche bée. Ursula avait une seule fois et très timidement exprimé le désir de devenir styliste. Cette année-là, Eleanor avait fait trois heures de route pour se rendre dans un grand magasin, dans l'ouest du Massachusetts, qui allait fermer et vendait ses mannequins. Elle en avait acheté un de la taille d'Ursula. En rentrant, en pleine tempête de neige, avec le mannequin chauve couché sur la banquette arrière, elle imaginait comment Ursula allait l'habiller, les tenues fantaisistes et superbes qu'elle allait créer pour lui. Elle ne s'était pas trompée.

Pour Toby, le Toby d'avant, c'était toujours plus facile. Des géodes et des cristaux. Des livres sur les oiseaux, les insectes, les planètes. Pour Cam, une année, Eleanor avait trouvé un tambour africain. Une autre année, alors qu'ils étaient fauchés, elle avait mis la main sur une vieille montre de gousset.

Cette même année, Cam lui avait offert un chapeau en bois. De loin, il ressemblait à un chapeau de cow-boy ordinaire, mais de près on voyait qu'il était fait dans une unique loupe d'érable. Il avait travaillé le bois si délicatement, avec tant de soin, qu'il était très fin et étonnamment léger. Cam n'avait jamais été très enclin aux grands gestes romantiques, mais il avait gravé une inscription à l'intérieur du chapeau : *Ma cow-girl.*

Depuis le divorce, Noël avec les enfants se passait une année chez l'un, une année chez l'autre. Cette fois, c'était l'année d'Eleanor, mais sachant qu'ils voudraient rester avec Elijah elle laissa les enfants chez Coco et Cam.

Leurs fêtes de Noël n'avaient pas toujours été magiques, évidemment. Pas seulement l'année de la *bûche de Noël.* Eleanor passait tant de temps à réfléchir, dépensait tant d'argent pour que tout soit parfait que, quand arrivait le jour de Noël, elle était épuisée. Plus d'une fois, elle s'était retrouvée à Crazyland. Quand c'était terminé et qu'ils avaient enlevé le sapin, une tristesse terrible s'emparait d'elle, à cause du fossé qu'elle ne semblait jamais capable de combler entre le rêve d'un Noël joyeux dans une famille heureuse et la réalité de ce qui se passait quand elle s'appliquait à le mettre en pratique.

Puis vint le divorce, les repas de fête une année sur deux, qui lui laissaient constamment l'impression de ne pas être à la hauteur. Cam leur manquait, mais pas seulement, même si c'était un point important. Les visites de ses parents pour Noël, bien que difficiles, manquaient à Eleanor. Plus exactement, elle regrettait le sentiment de faire partie d'une grande famille, ou même d'une famille de taille moyenne, composée de différentes personnalités, dont certaines agaçantes, réunies autour de la table, évoquant les fêtes d'autrefois, dindes trop cuites, pulls de Noël affreux. Chez les autres, chez les gens dotés de grandes familles, les cadeaux étaient enveloppés dans dix papiers différents, il y avait trois gâteaux, des charades, on chantait devant la cheminée et la soirée se terminait avec du pop-corn et la vidéo de *La vie est belle*. Eleanor savait par Darla qu'avoir une grande famille ne garantissait pas un Noël joyeux. Elle ne pouvait pourtant pas s'empêcher de penser qu'elle n'était pas à la hauteur et qu'elle faisait défaut à ses enfants en étant incapable de leur offrir une famille comme celles des cartes de vœux qu'elle savait si bien créer.

Dans la maison de Brookline, Eleanor avait une fois essayé d'inviter des gens à se joindre à elle et aux enfants, un ramassis de vagues connaissances qui n'avaient pas d'autre endroit où aller. La soirée avait été empreinte d'une certaine tristesse, tout le monde échangeait de menus propos gênés, des bougies et des savonnettes. L'assemblée se composait d'un enseignant tchèque de l'école de Toby ayant un visa d'un an, un voisin de leur lotissement, une femme du DMV[1] avec qui elle avait fait connaissance en ligne. Au milieu du repas, Ursula se leva pour appeler son père. Il dut donner l'écouteur à Elijah, car les trois enfants se pressèrent autour du téléphone en riant et en parlant comme on le fait avec un bébé de treize mois.

« Si seulement on pouvait voir notre petit frère », dit Ursula en revenant à table. La femme du DMV demanda à Ursula si elle avait un hobby. L'enseignant de l'école de Toby, qui avait bu une quantité étonnante de punch, renversa la sauce sur la nappe en dentelle d'Eleanor. Le voisin du lotissement leur expliqua sa théorie selon laquelle la fin du monde se produirait à minuit le 31 décembre 1999.

Par la suite, Eleanor décida de ne plus fêter Noël chez elle. Même les années où la loi l'autorisait à prendre les

1. Organisme public chargé de l'enregistrement des véhicules et des permis de conduire. *(N.d.T.)*

enfants, elle les laissait aller chez Cam et Coco. C'était là qu'ils voulaient être.

L'année où les enfants se réinstallèrent à la ferme, Patty invita Eleanor à venir fêter Noël à New York, dans son appartement de SoHo, avec son nouveau mari et leur bébé. Philippe avait disparu depuis longtemps. Le nouveau, un trader, s'appelait Greg.

Le père de Patty était mort l'été précédent, mais sa mère, Alice, serait là. « Maman demande tout le temps de tes nouvelles. Et il n'est pas exclu que nous ayons la visite de mon frère, le député, mais entre ses jumeaux et tout ce qui se passe à Washington, il n'a pas beaucoup de temps. »

Eleanor savait que beaucoup d'articles avaient récemment été consacrés à Matt Hallinan. Elle en avait lu un qui parlait de lui comme de « l'étoile montante du Parti républicain ».

Eleanor répondit en remerciant sa vieille amie de son invitation, qu'elle déclina.

74

Les trois amigos

Depuis octobre, elle achetait un journal alternatif publié dans le Vermont qui contenait en dernière page des petites annonces, accompagnées d'un numéro qu'on pouvait appeler pour laisser un message si l'auteur d'une annonce paraissait intéressant. Ou peut-être, seulement, si l'annonce ne contenait rien de rédhibitoire au premier abord. La barre n'était pas bien haute.

Ces annonces ne comportaient pas de photos et se contentaient en général d'informations de base. Les gens qui les passaient payaient au mot et, de ce fait, la plupart étaient courtes, mais de temps en temps elle en avait trouvé une très longue qui avait dû coûter une fortune à son auteur. Tout ce qu'Eleanor pouvait apprendre de presque toutes celles qu'elle lisait, c'était que l'homme qui l'avait passée était facile à vivre, attentionné, romantique et qu'il aimait jouer au golf.

Début décembre, elle en avait vu une qui différait des autres.

Russell semblait avoir quelques années de plus qu'Eleanor, un peu plus de quarante ans. Il était divorcé avec deux fils de huit et dix ans qui vivaient avec lui à plein temps. Ce qui aurait pu expliquer la disparition de la mère des enfants dépassait ce qu'un homme pouvait révéler dans une annonce, mais Eleanor déduisit qu'il était seul avec ses enfants. Dans l'unique phrase qu'il écrivait sur lui-même, il disait qu'il aimait marcher et observer les oiseaux. « Je crois que je suis gentil », écrivait-il. Il avait été scout et appliquait toujours ces valeurs, du moins essayait-il.

Ces annonces, en particulier quand elles étaient aussi brèves et simples que celle-ci, permettaient à celle qui les lisait de compléter tout ce qui n'était pas dit par un portrait de la personne qu'elle souhaitait trouver.

Parfois, ce portrait imaginaire suffisait pendant quelques jours. Elle enregistra une réponse à son annonce (Père Célibataire Aimant), en suggérant qu'il lui envoie un mot pour lui parler un peu plus de lui. Deux jours plus tard, une lettre arriva. Elle détecta peut-être une trace de désespoir dans son empressement à la rencontrer, mais Eleanor n'allait pas critiquer quelqu'un ayant de temps en temps des moments de déprime.

Noël approchait. Pour la deuxième année consécutive, elle allait être seule. Elle se dit que l'inconnu et elle pouvaient se donner rendez-vous. Elle mettrait une jolie robe pour une fois et peut-être des talons hauts.

Elle lui donna son numéro de téléphone.

Eleanor avait toujours pensé qu'on en apprend plus sur quelqu'un par sa voix que par sa photo. Celle de Russell était grave et douce. Il choisissait bien ses mots, mieux que la plupart des gens, même dans leurs annonces, sans parler de leur conversation.

« Seriez-vous d'accord pour que nous nous rencontrions ? » demanda-t-il. C'était un peu difficile pour lui de laisser ses garçons seuls. Mais peut-être accepterait-elle de faire le déplacement ?

« Vous faites sans doute quelque chose pour Noël », dit-il.

Elle ne faisait rien, en fait.

Il ne demanda pas comment il était possible qu'elle n'ait pas de famille avec qui passer les fêtes, alors que d'autres auraient pu en conclure qu'elle était une paumée. Il lui demanda simplement si elle aimerait venir dîner le soir de Noël avec lui et ses garçons. Passer Noël avec un homme et ses deux enfants qu'elle ne connaissait pas semblait complètement absurde.

Elle accepta.

Il vivait dans un tout petit village à l'ouest du Massachusetts, à une heure et demie de Boston, assez semblable à celui où se trouvait la ferme. Les indications que Russell lui donna étaient extrêmement précises. Il lui signala au téléphone, pendant qu'elle les notait, tous les repères nécessaires à chaque tournant de la route, comme s'il craignait qu'une erreur de direction condamne toute possibilité d'un avenir pour eux deux.

Il voulut savoir si elle était allergique à certains aliments. Il n'était pas très doué en cuisine, mais il expliqua que sa grand-mère avait une délicieuse recette de pain de maïs qu'il faisait tous les ans. Il lui demanda si elle aimait la guimauve sur ses patates douces ou si elle les préférait sans rien. Ses fils les aimaient à la guimauve, mais il pensait préparer une casserole plus petite sans nappage.

Tout lui semblait parfait. Elle n'avait jamais beaucoup aimé la guimauve.

« J'ai parlé de vous aux garçons », dit-il. (Qu'avait-il pu leur raconter ? Il ne savait presque rien d'elle. Tout comme elle ne savait rien de lui.) « Ils sont tout excités par votre visite. »

Malgré l'absence des enfants dans la maison, elle se réveilla de bonne heure le matin de Noël. En préparant le café, elle pensa à eux dans la ferme avec Cam, Coco,

Elijah et les grands-parents. Elle but son café dans sa cuisine étrangement silencieuse, elle regardait la neige. À travers la fenêtre de la maison de ses voisins, en face, elle voyait clignoter les lumières du sapin, ainsi que sa voisine, Mrs. Winstead, en robe de chambre, qui distribuait les cadeaux. Dans la maison d'à côté, elle entendait l'album de Noël d'Alvin et les Chipmunks qui passait toujours le matin de la fête, assez fort pour qu'on reconnaisse, même à travers les fenêtres, leur interprétation de « Up on the Housetop ».

Elle téléphona à Akersville. Roger, son ex-beau-père, répondit. Quel drôle de fonctionnement : une année, la personne faisait partie de la famille, la suivante, sa voix ressemblait à celle d'un banquier refusant une demande de crédit. « Je vous passe les enfants », dit-il.

Al prit le téléphone la première. Elle avait eu un appareil photo et une veste pour l'hiver. Des chaussettes, des livres, une autre robe que Roberta, la mère de Cam, s'obstinait à vouloir lui offrir et qu'elle ne porterait jamais, une paire de chaussons roses duveteux. La mère de Cam offrait toujours à Al des vêtements roses, comme s'ils pouvaient ainsi lui rappeler qu'elle était une fille. Al les donnait à Ursula, tout comme elle lui tendit le téléphone le plus vite possible.

Ursula fut plus bavarde, mais pas autant qu'avant. Sa gaieté, qu'Eleanor avait toujours considérée comme une évidence, semblait décidément de plus en plus artificielle.

Elle énuméra ses cadeaux, dont un Walkman, un pull qu'elle avait demandé et une paire de bottes. Elle récita la liste de leurs activités de ces derniers jours : un goûter avec ses anciennes copines de l'époque du softball, un concours de sculpture sur neige, des chants de Noël avec les parents de Coco. Des cousins, même ! Le frère de leur père et ses trois enfants étaient venus du Texas les voir. Eleanor percevait dans la voix d'Ursula le soin qu'elle mettait pour s'assurer que rien de ce qu'elle disait ne semble trop agréable, même si, pour Eleanor, ça l'était. Car Eleanor était plus heureuse pour Ursula que triste pour elle-même.

« Il se passe probablement plein de choses. Tu devrais retourner t'amuser. Passe-moi ton frère. »

Parler à Toby au téléphone était toujours compliqué. Peut-être trouvait-il difficile de ne pas voir le visage pour l'associer aux mots prononcés, ou répondre.

« Coco a fait des gaufres. Avec le sirop de nos arbres », lui dit-il.

Retour à sa Game Boy.

Au milieu de la matinée, Eleanor fit la tarte aux pommes qu'elle avait promis d'apporter au dîner de Noël de Russell et de ses fils.

Elle écouta l'album de Noël de Joan Baez que ses parents passaient quand elle était jeune. Puis elle enfila une robe rouge qu'elle n'avait pas portée depuis longtemps, un peu démodée avec ses épaules rembourrées, mais ses hôtes ne risquaient guère d'y prêter attention.

Les indications de Russell la firent arriver devant chez eux vingt minutes en avance sur ses prévisions. Eleanor se gara un peu plus loin et resta assise dans la voiture, moteur en marche, jusqu'à 3 heures. Il lui vint à l'esprit qu'elle aurait dû apporter quelque chose aux enfants, mais elle ne connaissait même pas leurs noms.

Ils habitaient une vieille maison divisée en appartements. Le leur se trouvait au deuxième étage. En montant l'escalier, elle pensa un instant à Timmy Pouliot. Il devait être avec sa grande famille canadienne francophone : son frère, la fille de son frère dont elle se souvenait du temps du softball, ses trois sœurs et sa mère qu'elle n'avait jamais rencontrée, mais dont elle avait vu la photo près du lit de Timmy Pouliot.

Le lit, elle le connaissait.

Les fils de Russell ouvrirent la porte. Le plus grand portait de grosses lunettes et une coupe de cheveux faite manifestement par son père pour économiser le passage chez le coiffeur – une coupe au bol. Il était très mince et son pantalon était retenu, difficilement, par une ceinture imitation cuir. Sa cravate de Noël était fixée par un clip et s'allumait quand on appuyait sur un bouton, ce qu'il fit.

Le plus jeune était à peine moins mince. Pas de lunettes, mais quand il s'avança pour lui souhaiter la bienvenue elle comprit qu'il souffrait d'une sorte d'infirmité motrice cérébrale. Légère, mais reconnaissable.

« Je m'appelle Arthur, dit l'aîné. Voici mon frère Benny. Son cordon ombilical était enroulé autour de son cou quand il est né. C'est pour cela qu'il marche un peu bizarrement. Il n'est pas attardé ni rien. »

Ces mots n'étaient pas nouveaux pour Benny. Il ne se formalisa pas du bulletin de santé. « On a acheté une dinde, dit-il. D'habitude, on va au Ramada à Noël, mais Papa a dit que puisqu'on avait de la compagnie, on ferait la fête à la maison.

— On a deux sortes de sauce », ajouta Arthur.

Ils avaient décoré l'entrée avec une banderole « Joyeux Noël » et un père Noël découpé dans une tenue disco. Eleanor n'aurait pas remarqué le bouquet de gui accroché au plafond si l'aîné, Arthur, ne le lui avait pas montré.

« Vous attendez là, d'accord ? dit Benny. Ça veut dire que Papa va venir vous embrasser », ajouta-t-il. Il était un peu difficile à comprendre, mais Eleanor y parvint. Elle n'avait pas encore vu son hôte, mais voilà qu'il se tenait, un peu mal à l'aise, à quelques pas derrière ses fils : un homme pâle, de taille moyenne, aux épaules étroites et tombantes, vêtu d'un pull rouge et vert décoré d'un renne sur le devant et d'un nœud papillon. Il paraissait plein de regret, comme s'il savait déjà qu'il était décevant, mais que peut-être ses fils feraient sa conquête.

« Ne vous inquiétez pas, dit-il. Je n'allais rien faire de la sorte. Les garçons sont tout excités que vous veniez. »

Benny la fit entrer. Elle pensa au nain Tattoo, l'acolyte de Ricardo Montalban sur l'Île fantastique, escortant l'invité de la semaine à la descente de l'avion et sur la passerelle menant à l'île.

Russell n'était pas Ricardo Montalban, mais il avait à l'évidence fait beaucoup d'efforts pour planter le décor en l'honneur d'Eleanor. Il y avait des œillets sur la table et des bougies déjà allumées, même s'il faisait encore jour. Il avait mis un disque, le *Carpenters' Christmas Portrait*.

Il lui demanda si elle avait fait bonne route. Arthur voulut connaître la marque de sa voiture et cacha sa déception quand elle lui dit qu'elle avait une Subaru.

« Mon frère adore les Dodge Chargers, dit Benny. Il espérait que vous en auriez une. Mais ce n'est pas grave. »

Russell avait acheté du vin et il lui en versa un verre. « Je ne suis pas un grand buveur. Mais c'est une occasion spéciale. » Eleanor lui tendit la tarte. Les garçons s'approchèrent pour l'admirer, comme si elle avait apporté un trésor rare et exotique. C'était peut-être leur première tarte faite maison.

« Vous êtes jolie, dit Benny. On parlait de vous avant votre arrivée parce qu'on ne savait pas comment vous étiez. Arthur a dit que ce qui importe, c'est que vous soyez gentille, mais c'est encore mieux que vous soyez jolie. »

Il se tourna vers Arthur. « Tu ne trouves pas qu'Eleanor ressemble à la femme de la publicité pour le Coca light ? Celle qui a les cheveux bruns ? » Il avait prononcé son nom, ce qui n'était pas toujours le cas quand on venait de faire connaissance.

Arthur regarda Benny. « Ne vous occupez pas de mon frère. Il est un peu dingue.

— Tout de même pas », dit Russell. Il avait peut-être peur qu'elle le croie et il ne voulait pas blesser Benny.

Elle était entrée chez eux depuis cinq minutes à peine, mais il ne lui en fallait pas plus pour comprendre que Russell cherchait une femme à épouser. Plus encore, les fils de Russell avaient besoin d'une mère et il faisait tout ce qui était en son pouvoir pour leur en trouver une. Si elle était d'accord, tous deux seraient probablement mariés d'ici la Saint-Valentin.

« Est-ce que vous avez des enfants ? demanda Benny.

— Trois. Ils sont avec leur père aujourd'hui. »

Benny devint soucieux. Était-elle une de ces femmes qui avaient quitté la maison, comme sa mère ? « On n'a pas vu notre maman depuis que j'étais un bébé, dit-il. On n'était pas son truc. Elle avait envie de voir du pays en écoutant les Grateful Dead.

— Ce n'était sans doute pas si simple, Benny. Votre mère vous aimait beaucoup. Mais être maman lui posait des problèmes, dit Russell.

— Ça vous pose des problèmes d'être maman ? » demanda Benny.

Elle lui répondit que non. Elle aurait pu en dire davantage, mais ce n'était pas le moment.

Ils s'installèrent à table. Benny s'assura qu'Eleanor était assise à côté de son père. Arthur lui tint la chaise.

« Vous avez appris les bonnes manières à vos garçons, dit-elle.

— Eagle scout », répondit-il.

Russell apporta la dinde. Le plat en plastique argenté sur lequel elle était posée montrait qu'elle avait été achetée précuite et prédécoupée, de même que les bols jetables de sauces aux canneberges et à la viande.

« J'ai trouvé un magasin extraordinaire qui fait des plats à emporter », dit Russell. Mais il avait cuisiné les patates douces et le pain de maïs.

« Il s'appelle Stop & Shop », ajouta Arthur.

Ils aimèrent sa tarte. Ils aimaient tout chez elle. Pendant le repas, Benny la complimenta entre autres sur ses cheveux, son collier, ses chaussures, sa pâtisserie, son appétit. Quand il lui montra un insigne qu'il avait récemment gagné chez les louveteaux et lui demanda si elle pouvait le coudre sur sa chemise, il la complimenta d'abord pour ses talents de couturière et, du même coup, sur ses bons yeux, comme le montrait l'aisance avec laquelle elle avait enfilé l'aiguille.

Eleanor était assise à table et cousait l'insigne quand elle sut ce que la scène lui rappelait : Peter Pan et les garçons perdus. Elle était Wendy.

Une grande vague de tristesse la submergea. Ils étaient des enfants sans mère et elle était une mère sans enfants. Tout semblait parfait.

Plus que tout le reste, plus encore qu'un homme qui l'aimerait, Eleanor voulait retrouver sa vie : s'occuper d'enfants comme avant, vivre une vie de famille, partager des repas comme ici. (Enfin, pas comme celui-ci, mais d'autres repas. De bons repas.) Cette vie de famille ne se trouvait pas dans les pages des petites annonces. Elle la voulait avec ses enfants, pas avec les deux gentils et pâles étrangers assis en face d'elle, les yeux remplis d'un espoir non dissimulé. Et assis à son côté, le doux et gentil Eagle scout qui l'aimerait probablement jusqu'à la fin de ses jours si elle lui en donnait l'occasion, ce qu'elle ne ferait pas.

Elle avait prévu de partir dès qu'elle aurait cousu l'insigne, mais quand elle rendit la chemise à Benny, il lui annonça qu'ils avaient une surprise pour elle.

« Jouons notre pièce pour Eleanor », dit-il à Arthur. Ils avaient préparé une scène du film *Trois amigos*.

Son frère eut l'air gêné. « Je ne crois pas, Benny. Elle n'a sans doute pas envie de la voir et de toute façon, c'est plutôt mauvais.

— Artie dit ça comme ça, coupa Benny. Vous devriez voir mon frère imiter Steve Martin. Papa joue Chevy Chase. Moi, je suis Martin Short. »

C'était au tour de Russell d'avoir l'air embarrassé. « Je le fais seulement parce qu'ils ont besoin d'un troisième personnage, expliqua-t-il à Eleanor. Je ne sais pas être drôle. Quand je fais rire les gens, c'est en général involontaire.

— Allez ! » dit Benny. De ses gestes bizarres de handicapé léger, il débarrassa un espace au milieu du séjour, en battant l'air de ses bras de pantin désarticulé. Arthur se leva de sa chaise pour le rejoindre.

« Toi aussi, Papa », dit Benny.

Tous trois se tenaient devant elle, prenaient la posture pour leur meilleure imitation de trois hommes faisant leur meilleure imitation de cow-boys.

« Hé ! vous, chiens mangeurs de boue ! commença Benny, faisant face aux invisibles desperados.

— Hé ! vous, cochons suceurs de crasse ! » C'était la réplique de Russell. Il la prononça avec une conviction inattendue.

« Vous, fils d'une chèvre sans mère ! » Arthur à présent. Son interprétation de Steve Martin était plus impressionnante qu'Eleanor ne l'aurait pensé. Il exécuta même un pas de danse, plus ou moins.

À cet instant, Benny quitta son personnage et s'adressa à Eleanor. « Là, l'un des méchants dit : "Et qui êtes-vous ?" Vous pouvez jouer ce rôle ?

— Et qui êtes-vous ? demanda Eleanor.

— Partout où il y a de l'injustice, vous nous trouverez, dit Benny dans le rôle de Martin Short, le héros mariachi. Partout où il y a de la souffrance, nous serons là. »

La réplique suivante fut proclamée à l'unisson. À l'évidence, ils avaient déjà joué cette scène. Eleanor devinait cependant que c'était la première fois qu'ils avaient un public. La première fois qu'ils la jouaient pour une femme, en tout cas.

« Vous trouverez les trois amigos ! »

Ils saluèrent. Eleanor applaudit. S'il s'était agi d'une audition, et c'en était une d'une certaine manière, il aurait fallu admettre qu'ils s'en étaient bien sortis.

Ils devaient faire encore une chose avant son départ, lui dit Benny. C'était toujours Benny qui prenait l'initiative. Russell et Arthur en avaient sans doute l'habitude et lui en étaient reconnaissants. Sans Benny comme animateur, la soirée aurait été d'un ennui mortel.

« Vous voulez voir quelque chose de vraiment spécial ? » demanda-t-il. Qui aurait pu refuser ?

Il lui prit la main. De sa démarche un peu hésitante, il la conduisit dans une petite pièce sombre au bout d'un couloir étroit.

C'était la chambre d'un homme pour qui une chambre n'est rien de plus qu'un endroit où dormir : un matelas par terre avec un couvre-lit défraîchi tiré sur un unique oreiller. Dans un coin de la pièce, une pile de linge attendant d'être triée. Une caisse de rangement en plastique contenant un grand nombre de chaussettes blanches. Sur le bureau, dans un cadre, une photo de mariage en noir et blanc d'un couple bizarre : une mariée à lunettes avec un grand sourire et des dents en avant, un marié ressemblant beaucoup à Russell en plus jeune et plus optimiste.

Il y avait une autre photo – Russell, cette fois, cheveux en brosse, en uniforme de scout. Il devait avoir environ quinze ans.

« Vous n'imaginez pas tout ce que notre papa sait faire. Astronomie. Travail du cuir. Observation des insectes. Kayak. Élevage. Tir à l'arc. Cuisine. Tous les nœuds, il sait les faire. »

Durant un instant de folie, Eleanor se vit dans ce lit avec Russell, un endroit où elle ne serait jamais. Elle imagina son corps nu, doux et pâle au-dessus d'elle sur le matelas. Elle avait les bras tendus derrière la tête pendant qu'il lui montrait un nœud particulièrement compliqué qui la laissait incapable de lui résister. Benny et Arthur dormaient dans la chambre voisine, heureux de savoir qu'ils s'étaient trouvé une mère.

Benny l'emmena devant une bibliothèque à l'autre bout de la pièce, où s'entassaient des papiers et des classeurs, des sacs en plastique remplis de reçus, un étui pour un instrument, sans doute un trombone, des piles de vieilles BD. Et encore des chaussettes.

« On n'a jamais montré ça à personne », lui expliqua Benny en descendant une boîte en bois. Il la posa sur le lit, comme s'il s'agissait d'un objet sacré. (Un œuf de Fabergé. Le dernier exemplaire de la Bible de Gutenberg. Une tarte aux pommes maison, la sienne.) Il ouvrit la boîte.

Au premier abord, ce qu'elle distingua ressemblait à des cailloux pêle-mêle, assez semblables à ceux de Toby, de nouveau chez Cam, sauf que sa collection n'aurait pas tenu dans une seule boîte, ni même dans dix.

« Ce sont des pointes de flèche, lui confia Benny d'une voix étouffée, comme si quelqu'un écoutait et risquait de voler la précieuse boîte. Papa les a trouvées dans les bois, partout dans l'Ohio, quand il était petit. Il y en a deux cent quarante-six. Papa dit que certaines dans la boîte ont sans doute cinq cents ans. »

Elle s'assit et observa le contenu de la boîte. Rien de ce qu'elle aurait pu dire en cet instant ne lui semblait convenir.

« Vous pouvez en prendre une, dit Benny. Maintenant il nous emmène en chercher. Tous les week-ends, on part à l'aventure pour en trouver. On n'a jamais emmené personne avec nous, mais vous pouvez venir.

— Ça semble amusant », dit Eleanor. Inutile de leur révéler, ici, aujourd'hui, qu'elle ne participerait pas à leurs expéditions.

« Un jour, Papa donnera sans doute notre collection à un musée, dit Benny. Au Smithsonian ou à un autre du même genre. »

Il fouilla dans la boîte. La pointe de flèche qu'il choisit parmi toutes les autres paraissait lui être familière. Il devait toutes les connaître. Il la déposa dans la main d'Eleanor.

Elle ferma la main dessus et éprouva le tranchant de la pierre. Elle la serra fort, au point d'avoir presque mal.

« Il n'y a personne comme Papa. C'est le meilleur », lui dit-il.

Elle le regarda. Il n'aurait pas pu essayer davantage de la conquérir.

Plus tard, sur la route du retour, c'était à l'impression laissée par la pointe de flèche qu'elle pensait, au tranchant de la pointe dont chaque face avait été ciselée par quelqu'un qui était mort depuis des centaines d'années. À un moment, peut-être après une bataille ou une expédition de chasse dans la nature sauvage, cette pointe de flèche avait été enterrée. Quelques centaines d'années plus tard, Russell et ses fils avaient creusé avec leurs truelles, l'avaient rapportée chez eux et placée dans la boîte avec leurs autres trésors.

« Vous savez, un brave a tué beaucoup de cerfs avec cette pointe de flèche, lui avait dit Benny, avec vénération. Il suffit de tirer droit dans le cœur de la proie et elle est fichue. »

75

Les avantages de l'oubli

Ses enfants ne voulaient plus venir à Brookline et Eleanor n'insistait plus. Tous les samedis, elle allait à Akersville voir lequel de ses enfants elle parvenait à convaincre de déjeuner avec elle ou, s'il faisait beau, d'aller pique-niquer. La plupart du temps, c'était Toby qui était partant. En hiver, ils faisaient des boules de neige et les alignaient. Au printemps, il aimait aller à Agway regarder les poussins dans l'incubateur ou, quand ce n'était pas la saison, étudier les outils. L'été, il voulait voir un lac. Il ne nageait pas, mais il aimait mettre les pieds dans l'eau.

« Pied palmé », disait-il quand Eleanor dénouait ses chaussures. Il aimait sentir la boue sur ses orteils.

Un homme en ville possédait une collection de vieux Mack Trucks dans sa cour. Toby et Eleanor aimaient bien y jeter un coup d'œil. Peu importait s'ils étaient déjà venus la semaine précédente. Il était toujours heureux au musée des Camions de Sorley. Ils montaient dans la cabine de ses préférés : un vieux camion-benne des années quarante, un chasse-neige et un camion de pompiers. Ils actionnaient les essuie-glaces manuels, puis Toby signait le livre d'or que Mr. Sorley avait attaché à un poteau avec un crayon dans la cour. Certains noms remontaient à près de trente ans. Les visiteurs n'étaient plus très nombreux au musée des Camions. La plupart des noms dans le livre des visiteurs étaient les leurs.

Parfois, elle emmenait Toby pêcher en aval de la cascade à l'endroit où, des années auparavant, ils mettaient à l'eau les petits bateaux qu'ils avaient fabriqués, chargés des bonshommes-bouchons. Là où elle avait vu pour la première fois Timmy Pouliot quand il avait à peu près l'âge actuel de son fils.

Un jour, assis à côté d'elle au bord de l'eau, Toby avait soudain posé sa canne à pêche et l'avait regardée avec une intensité qu'elle n'avait pas retrouvée chez lui depuis l'accident.

« Bateaux, dit-il. On mettait des bateaux dans l'eau. »

Comme la débâcle après le dégel au printemps, comme une pomme de pin, un chargement de bonshommes-bouchons dans leur bateau, coincés dans les herbes, étaient soudain délogés et emportés par le courant, en dansant et en basculant au milieu des rochers. Un souvenir enfoui dans le limon du cerveau abîmé de Toby avait ressurgi. Les souvenirs étaient extrêmement rares chez lui.

« C'est vrai, répondit-elle. On faisait des petits bonshommes avec des bouchons et des cure-dents plantés dedans et on les mettait dans les bateaux en papier. C'étaient les passagers. Tu leur trouvais des noms à tous. On courait le long du ruisseau pour les regarder partir. Il y en avait un qui s'appelait Bob, un autre Elvis. »

Une expression apparut sur le visage de son fils, comme si une porte, fermée depuis longtemps, s'était ouverte quelque part.

« Un jour, poursuivit-elle, ton bateau s'est renversé et tous les bonshommes-bouchons sont tombés à l'eau.

Tu les avais attachés avec des élastiques, mais ils sont tout de même tombés. Tes sœurs et moi avons essayé tant qu'on a pu de te consoler, mais tu as pleuré tout le long du chemin jusqu'à la maison.

— Bonshommes-bouchons, dit-il d'un air rêveur. Plus personne ne les voit, mais les bonshommes-bouchons sont encore quelque part en bas ici. » En huit ans, c'était sans doute son plus long discours.

Comme un voile de nuages couvrant le soleil, qui se déchire tout à coup et laisse passer la lumière. Juste un instant. C'était ce qu'elle ressentit en voyant Toby tel qu'il était alors, au moment où le souvenir lui revint. Eleanor se dit que le passé était encore en lui. Dans l'eau profonde. Dans l'eau ou le limon.

Toby se remit à pêcher. Ce qu'il avait entrevu pendant un bref moment de leur vie passée avait de nouveau disparu. Le souvenir de Bob, Crystal, Elvis, Betty, Pamela et Harriet.

Eleanor se dit que, parfois, il valait peut-être mieux ne pas se souvenir.

76

Le dernier supporter des Cubs

Un jour, à la fin de l'hiver, elle s'arrêta un moment au supermarché en rentrant chez elle après avoir vu les enfants. Elle voulait faire quelques courses à sa manière actuelle, c'est-à-dire un petit repas à la fois. Quelqu'un qui avait un air familier attira son attention. Familier, mais pas vraiment.

Il se trouvait dans le rayon des conserves : grand, si émacié qu'on n'aurait pas été étonné de voir ses vêtements tomber sur le linoléum. Tout d'abord, elle ne distingua pas son visage, juste ses doigts maigres saisissant une soupe en boîte. Même vu de dos, elle reconnut quelque chose en lui. Les épaules tombantes peut-être. Quelques fines mèches de cheveux dépassant de sa casquette de base-ball, un drôle de choix en cette période de l'année.

Il lui fallut une minute pour le situer. Elle y réussit grâce à la casquette : un C rouge dans un cercle bleu, rare pour quelqu'un vivant dans la région des Red Sox. Ses doigts étaient beaucoup plus fins, mais elle avait déjà vu cette main, tendue vers une balle de softball.

Harry Botts était un supporter des Cubs. Né à Chicago, il avait choisi comme équipe celle qui avait une histoire encore plus malchanceuse que les Red Sox.

Eleanor se rappela que, des années plus tôt, Harry parlait de son équipe et de son espoir perpétuel de la voir gagner un fanion.

Trois ans à peine s'étaient écoulés depuis leur dernière rencontre. À l'époque, il était un peu rondouillard. Aujourd'hui, il était devenu squelettique. Quand il se retourna en entendant son nom, Eleanor vit la peau tendue sur ses os comme un drap trop petit sur un lit. Une peau parcheminée, marquée de bizarres taches noires.

Elle savait ce qu'elles signifiaient : la maladie qui terrifiait tout le monde, le sida.

On disait qu'on pouvait attraper le virus en touchant simplement une personne infectée. Mais il était exclu pour Eleanor, retrouvant l'ancien équipier de son ex-mari, de ne pas le prendre dans ses bras.

« Oh, Harry ! » Inutile de demander comment il allait.

« Tu m'as reconnu. Ce n'est pas le cas de la plupart des gens.

— Combien de supporters des Cubs crois-tu qu'il y ait dans cette ville ?

— Un, pour le moment. Peut-être un de moins dans un avenir proche. »

Il tenait un des paniers qu'on n'utilise que si on n'achète que quelques articles. Il n'y avait dans le sien que de la Jello et cinq boîtes de soupe Campbell.

« Je ne sors pas souvent. Juste pour faire quelques provisions.

— Il n'y a pas beaucoup de protéines là-dedans, dit-elle. Je t'invite à dîner. Je t'offre un steak. »

Il secoua la tête. « J'ai des plaies dans la bouche, dit-il en désignant le contenu de son panier. C'est à peu près tout ce que je peux avaler.

— Je suis vraiment désolée. Est-ce que quelqu'un t'aide ?

— Ma mère. C'est plutôt drôle, en fait. C'est à cause d'elle que je suis venu ici. Pour m'échapper. Mais quand elle a compris ce qui se passait, elle est arrivée direct de l'Illinois. »

Après être tombé malade, Harry avait essayé pendant quelques mois de maintenir le magasin de disques ouvert. Même quand il était en bonne santé, la boutique ne marchait pas très bien. Quand les gens apprirent sa maladie – *ma situation*, comme il disait –, plus personne n'entra dans la boutique. Il avait liquidé le reste de son stock à peu près un mois plus tôt.

« J'avais toujours rêvé de vendre des vieux vinyles. Cela et voir les Cubbies gagner le fanion, ainsi que jouer dans une équipe de softball avec des copains.

— Tu as réalisé deux rêves sur trois, dit Eleanor. Je n'oublierai jamais l'arrêt incroyable que tu as fait. Aucun de ceux qui étaient présents ce soir-là ne l'oubliera.

— C'était quelque chose, hein ? Je me souviens encore de ce que j'ai ressenti quand la balle a atterri dans mon gant. J'étais tellement stupéfait que je ne pouvais pas bouger.

— On était tous si heureux.

— J'étais vraiment un très mauvais joueur.

— C'est drôle comment les choses évoluent, fit remarquer Eleanor. Sur le moment, on croit que l'enjeu c'est de gagner le match. Après, on voit les choses autrement. Cela n'a plus d'importance. Ce qui compte, c'est que tu aies attrapé la balle. »

77

Réponse évasive, essaie encore

À l'époque où l'avocat d'Eleanor avait rédigé les termes du divorce, la date fixée pour le rachat de la ferme paraissait bien lointaine, et l'idée du départ de leur aînée à l'université semblait inimaginable. Il ne restait plus que deux ans maintenant avant la date limite officielle pour que Cam rachète la part d'Eleanor – les dix-huit ans d'Al –, et il était clair que Cam n'aurait jamais l'argent nécessaire. Eleanor n'avait pas pu se résoudre à appeler l'avocat. En attendant, même si elle n'avait pas mis les pieds dans son ancienne maison depuis le jour de l'incident qu'elle considérait encore comme le Grand Hold-up sur les livres des enfants, son nom figurait toujours sur le titre de propriété, à côté de celui de son ex-mari. L'idée d'obliger Cam à vendre la propriété, sachant ce que cela impliquerait pour les enfants, la remplissait d'effroi.

Fin février, quelques jours avant les seize ans d'Al, Eleanor alla la chercher à l'école et l'emmena au DMV pour l'examen du permis de conduire. Chemin faisant, dans la voiture, elle essaya plusieurs fois de faire parler Al de l'école, du basket-ball, d'un projet scientifique sur lequel elle travaillait. Al avait évoqué récemment un cours auquel elle espérait assister pendant l'été pour apprendre à programmer à un haut niveau de compétence, concept aussi éloigné du monde d'Eleanor que le catch professionnel ou le saut à l'élastique.

« Ça coûte mille dollars, lui dit Al. Mais je sais que je gagnerai beaucoup d'argent un jour en programmant. Quand j'en serai là, je te rembourserai. Je vais créer ma propre entreprise d'informatique. »

Eleanor signa le chèque. Elle accepta un travail pour une compagnie aérienne qui avait besoin de dessins expliquant comment mettre correctement un masque à oxygène en cas de dépressurisation dans l'avion. La compagnie aérienne apprécia ce qu'elle avait fait et lui commanda une seconde série de dessins illustrant l'évacuation sur une étendue d'eau. Ces deux commandes lui pesèrent plus que toutes les autres.

L'école d'informatique que visait Al se trouvait au nord de l'État de New York. « Je ne vois toujours pas l'intérêt d'envoyer une gamine dans un endroit où elle va passer toute la journée assise devant un terminal d'ordinateur », dit Cam quand Eleanor vint chercher Al pour l'y conduire. C'était plus que son niveau habituel de communication, uniquement d'ordre pratique.

« C'est ce qu'elle aime, Cam », dit Eleanor. Elle avait proposé d'emmener Al à son camp d'été, surtout parce qu'elle savait que Cam ne le ferait pas, mais également parce qu'elle avait envie de passer du temps avec sa fille dans la voiture. Elle emmènerait aussi Ursula et Toby. Ils en feraient un voyage en famille.

Al garda ses écouteurs sur la tête la majeure partie du trajet. Mais en arrivant à la limite de l'État de New York, les piles de son Walkman rendirent l'âme. Ursula lisait un magazine. Toby, sur le siège avant à côté d'elle, faisait tourner sa Magic 8-Ball entre ses mains et observait les réponses, sans pouvoir les lire. Ursula les lui donnait.

« Est-ce qu'on va s'arrêter au McDonald's ? » demanda-t-il à sa 8-Ball.

« *Une chance sur deux.* »

« Est-ce que j'aurai un jour un singe apprivoisé ? »

« *D'après moi oui.* »

« Je voulais vous parler de quelque chose », leur dit Eleanor. Elle y pensait depuis la frontière du Vermont. Le moment semblait venu.

« Il semblerait que votre père ne soit pas en mesure de trouver l'argent nécessaire pour me racheter ma part de la ferme, dit-elle d'une voix égale, sans montrer l'anxiété qu'elle ressentait en abordant ce sujet. J'espère qu'il pourra, mais c'est beaucoup d'argent pour lui. Il se peut qu'il n'y arrive pas.

— De quoi tu parles ? » C'était Al. Immédiatement sur ses gardes. Les trois enfants avaient appris depuis longtemps que les conversations dans lesquelles leur mère abordait le sujet de leur père et l'argent n'annonçaient rien de bon. Al devait s'en vouloir de ne pas avoir emporté d'autres piles pour continuer à écouter de la musique sur son Walkman durant tout le voyage.

« Je vais avoir besoin de cet argent. Pour vous, les enfants.

— On s'en fiche des vêtements et des voyages, dit Al. Ces trucs n'ont pas d'importance.

— Je parle de payer l'université et la scolarité de votre frère. » Elle aurait pu mentionner le camp d'informatique, mais elle savait que, si elle le faisait, Al prétendrait que de toute façon elle ne voulait pas vraiment y aller. Elle ne serait pas surprise de la voir sauter de la voiture. Pour le moment, sa fille aînée se contentait de regarder par la vitre.

« L'argent, l'argent, l'argent. J'en ai marre de l'argent. Je veux juste être heureuse, dit Ursula.

— Je veux juste aller au McDonald's », dit Toby.

Respiration. Yeux fixés sur la route.

« Donc… il est possible… si votre père ne peut pas payer… que nous soyons obligés de mettre la ferme en vente. »

Il n'y avait pas de bon endroit pour prononcer ces mots. Elle avait choisi la voiture parce que tous les trois n'avaient aucun moyen de s'échapper en les entendant au milieu de la voie express de l'État de New York.

« Tu ne peux pas vendre la ferme, dit Al. Ce n'est pas possible. C'est horrible. On ne te laissera pas faire.

— Tu ne nous as même pas demandé ce qu'on en pensait, renchérit Ursula.

— Je déteste autant que vous l'idée de vendre la ferme, ma chérie, mais je n'aurai peut-être pas le choix.

— Oh, très bien, dit Al d'une voix dégoulinante de mépris.

— La scolarité coûte très cher. Tout coûte cher. Pour l'instant, je ne suis même pas propriétaire de la maison où j'habite et je veux un jour avoir un endroit à moi. Mais le plus important, c'est vous, les enfants. Votre éducation. Votre sécurité.

— On s'en fiche de l'école. On s'en fiche de tous les autres trucs, dit Ursula.

— Tu ne peux pas nous forcer à quitter la ferme. Nous et Papa, Coco, Elijah et Buster », ajouta Al.

La cabane dans l'arbre. Les animaux. L'atelier de menuiserie. Leur carré de mousse, les sabots de Vénus. Old Ashworthy. Le bassin.

Il valait sans doute mieux qu'Eleanor soit obligée de garder les yeux sur l'autoroute. Si elle avait pu observer le visage de ses filles, elle savait ce qu'elle aurait vu.

« Tu me fais vomir, lui lança Al.

— Ma chérie… » Ma chérie quoi ? Que dire pour les faire changer d'attitude ? Rien.

« Je n'y crois pas. Je ne peux pas y croire. Tu es folle. Tu es méchante », accusa Ursula.

Ce fut Al qui assena le coup de grâce, celui qui la mit à terre. De la banquette arrière, d'une voix dure et basse, sans crier, juste dans un implacable chuchotement, elle prononça ces mots :

« Si tu obliges Papa à quitter notre maison, on ne te le pardonnera jamais. On te détestera toute notre vie. »

Al remit ses écouteurs. Son Walkman ne marchait plus, mais elle ne voulait plus entendre sa mère.

Il n'y avait plus rien à dire. À l'exception d'une fois, une demi-heure plus tard, quand, au péage, Eleanor demanda à Ursula de sortir quelques pièces de son porte-monnaie, et une autre fois, quand Toby demanda à Al de lui lire ce que la Magic 8-Ball avait répondu à la question « Est-ce que Dieu existe ? » (« *Réponse évasive, essaie encore* »), ils roulèrent en silence le reste du trajet jusqu'au camp d'informatique.

La ferme fut évaluée à un peu plus de trois cent mille dollars, ce qui signifiait que pour la racheter Cam devait verser à Eleanor la moitié de cette somme. Il lui était impossible d'en payer ne serait-ce que le dixième, de lui payer quoi que ce soit d'ailleurs. À une époque, son père aurait pu l'aider, mais Eleanor avait déduit des propos des enfants que leur grand-père avait eu une attaque et avait besoin de soins constants. Tout l'argent de la famille y passait.

Le camp d'informatique durait un mois. Si Eleanor avait pensé que sa fille aurait adouci sa position en rentrant, elle se trompait.

Quatre semaines après avoir déposé Al au camp, Eleanor repartit vers l'ouest pour aller la chercher, cette fois sans les autres enfants. Al monta dans la voiture avec son Walkman et son sac, et n'ouvrit pas la bouche jusqu'à la route nationale. Puis, étonnamment, elle ôta ses écouteurs.

« Tu as toujours l'intention d'obliger Papa à vendre notre ferme ? Parce que, dans ce cas, je vais me débrouiller pour rentrer sans toi. »

Le lendemain, Eleanor appela son avocat. « Je veux résilier mes droits sur la ferme », dit-elle.

Silence à l'autre bout du fil. Elle payait deux cents dollars de l'heure pour un échange comme celui-ci.

« Savez-vous ce que vous dites, Eleanor ? Vous abandonnez une somme à six chiffres. Vous le comprenez, n'est-ce pas ? » lui demanda-t-il.

Ce n'était même pas la moitié du problème. Elle se rendit à son bureau l'après-midi pour signer les documents.

Il fallut si peu de temps. Une visite au bureau de l'avocat. Une signature au bas d'un document. Dix minutes en tout. La ferme au bout du long chemin de terre n'était plus à elle.

Quand ce fut terminé, elle appela Timmy Pouliot.

« Je sais que tu as une petite amie, mais est-ce que tu pourrais m'emmener faire un tour d'une heure sur ta moto ? En toute amitié. Pas besoin de me prêter un casque. » Elle voulait sentir le vent dans ses cheveux. « Roule vite. »

78

Comme si je devais conquérir mes enfants

Si Eleanor s'était attendue à entendre Al ou Ursula exprimer de la gratitude pour sa décision de céder la ferme, elle aurait pu être déçue, mais elle ne se faisait pas d'illusions. Les filles n'eurent pas l'air de prêter beaucoup d'attention à son renoncement, bien que, si elle avait choisi l'autre option qui se présentait, elles aient eu beaucoup à dire et rien de bon.

« Tu es cinglée, lui dit Darla quand Eleanor la mit au courant.

— Je n'aurais pas pu supporter que mes filles me détestent. »

Elle avait fait part à Cam de sa décision un week-end où elle s'était rendue à Akersville pour emmener Toby au musée des Camions.

« C'est un très beau geste. » Il portait un panier rempli de courgettes cueillies au jardin. Elijah courait à côté de lui. Cam ralentit à peine le pas. Ce fut Coco qui parut le mieux reconnaître le sacrifice que faisait Eleanor en renonçant à ses droits sur la propriété.

« Tu n'imagines pas ce que cet endroit signifie pour nous, dit-elle en prenant la main d'Eleanor.

— Oh, si, et comment ! La même chose que ce qu'il signifiait pour moi. »

Peu après avoir cédé la ferme, lors d'un match de basket d'Al, elle remarqua son vieux voisin Walt, assis sur une chaise pliante, une couverture sur les genoux.

« J'ai appris que les deux autres ont fini par avoir ta ferme. Je ne sais pas comment c'est arrivé. Je voulais juste t'exprimer mes regrets. Je sais que tu as travaillé dur pour t'occuper de la propriété. Tout ce que tu as mis dedans.

— Oh ! Une maison ne vaut quelque chose que par la vie qu'on y mène, non ?

— Tout de même. Je me souviens quand tu as emménagé toute seule. Quel âge avais-tu ? Dix-neuf, vingt ans ?

— Trop jeune pour en savoir beaucoup.

— Dommage que les choses aient évolué dans ce sens. C'est sans doute pour ça qu'Edith et moi on est restés ensemble toutes ces années. Si j'avais essayé de partir, elle aurait mis la main sur mon pick-up.

— Un vrai crève-cœur pour toi. » Eleanor parvint à rire.

« La prochaine fois, reste mariée. Ce n'est peut-être pas ce à quoi on s'attendait, mais on s'y fait. »

Elle le regarda. Il lui vint à l'esprit que durant toutes ces années, à sa façon silencieuse de Yankee, son voisin avait dû être amoureux d'elle. Il n'en avait rien manifesté, à part en lui livrant de temps en temps quelques stères de bon bois d'amandier bien sec, à l'époque où elle vivait seule à la ferme, et en dégageant son allée lorsqu'il avait neigé.

« Ou alors reste célibataire. C'est plus sûr comme ça », ajouta-t-il.

Le temps qu'elle passait avec ses enfants semblait se contracter. En semaine, seule à Brookline, elle travaillait la plupart du temps. Elle sortait parfois au restaurant ou au cinéma avec une amie. Elle était bénévole dans une soupe populaire où elle s'était fait un bon cercle de connaissances.

Le week-end, elle partait voir ses enfants à Akersville, quand ils pouvaient la caser dans leurs emplois du temps toujours chargés. De plus en plus souvent, ils n'y arrivaient pas. Même Toby était occupé par le 4-H. Il élevait des chèvres pour la fête annuelle et aidait Cam à construire un nouvel enclos.

Même dans le meilleur des cas, ils passaient peu de temps ensemble. Ils allaient manger chez Friendly's ou jouer au bowling au Moonlight Lanes, mais il ne leur arrivait presque jamais d'être ensemble à la manière préférée d'Eleanor, sans activité particulière, ces moments où ils se trouvaient simplement au même endroit et respiraient le même air.

C'était naturellement avec Darla qu'elle parlait des visites de plus en plus rares de ses enfants. « Quand ils viennent à Brookline, soit ils sortent leurs affaires de leurs sacs en papier, soit ils les rassemblent pour repartir. Il est impossible de trouver un rythme. La vérité, c'est qu'ils ne veulent pas être ici. Ils préfèrent leur père.

— C'est le seul avantage d'être mariée à un vrai con, et pas à un type bien qui en a juste marre de vivre avec toi. Comme son père est un con, ma fille est toujours contente d'être avec moi. Elle n'a pas le choix », déclara Darla.

Les enfants d'Eleanor n'avaient jamais considéré la maison où elle vivait maintenant comme la leur. Elle non plus d'ailleurs, même si elle y habitait.

Elle se souvenait du temps lointain, quand il neigeait et qu'ils traînaient en pyjama toute la journée. Ils faisaient du pop-corn et regardaient d'affilée les trois films de la Coccinelle, parfois s'asseyaient à table pour fabriquer leurs cadeaux de la Saint-Valentin ou leurs bateaux en papier. Un jour, Ursula avait invité toutes ses amies à confectionner des minijupes avec la vieille machine à coudre à pédale d'Eleanor. Une autre fois, ils avaient invité des amis à patiner sur le bassin puis à se réchauffer autour d'un feu de camp.

Il lui fallait maintenant créer un grand événement pour les rassembler. Quand un gros chèque arriva pour une carte de fête des Pères qu'elle avait très bien vendue, elle les emmena tous une semaine au Club Med en Floride. Ils passèrent de bons moments, mais elle se rendit compte à cette occasion que, pour que ce genre de chose soit possible, il fallait apparemment qu'ils se joignent à un groupe, à une ou plusieurs autres familles, comme si elle seule ne suffisait pas. Elle devait ajouter l'école de trapèze, des cours de plongée et de surf, des soirées karaoké. Elle voulait faire de chaque journée une merveille et la pression qui en résultait créait souvent le résultat inverse.

« Comme si je devais conquérir mes enfants. Et c'est toujours une première rencontre », dit-elle à Darla.

Aux vacances de printemps, elle loua une petite maison sur une plage aux Bahamas pour eux quatre. Ils prirent l'avion à Boston sous une tempête de neige et furent accueillis là-bas par une pluie torrentielle et une invasion de moustiques. Ils passèrent leur temps à jouer aux cartes et à manger au restaurant. Il plut toute la semaine à l'exception d'un jour. Quand le soleil se montra, Toby et Ursula attrapèrent des coups de soleil. Tout le monde parut soulagé de rentrer.

« Je m'ennuie de mon frère et de mes chèvres. Je veux rentrer à la maison », dit Toby dans la voiture qui les ramenait de l'aéroport.

La maison, c'était la ferme. Rien ne changeait.

79

Ce que cela voulait dire d'être réel

Elle lut la nouvelle dans le journal : Harry Botts était mort. Rien sur la cause de son décès. « Chez lui… des suites d'une brève maladie… laisse derrière lui sa mère… supporter de toujours des Cubs de Chicago… anciennement membre apprécié des Yellow Jackets, l'équipe de softball d'Akersville. »

Toute l'équipe, dissoute à présent, assista aux obsèques. Cam et Coco étaient là, bien sûr, ainsi que Sal Perrone (divorcé depuis longtemps de Lucinda, elle-même partie en Arizona avec leurs enfants), Peggy et Bob Olin avec leur toute petite fille (aux cheveux blond vénitien), Bonnie et Jerry Henderson, les frères Pouliot.

Eleanor avait dépassé quarante ans. Cela faisait quelques mois que Timmy Pouliot l'avait emmenée sur sa moto pour la dernière fois. En l'apercevant dans l'église, quelques rangs devant elle, Eleanor eut du mal à se rappeler ce qu'elle ressentait quand elle entrait dans son petit appartement sombre, qu'il la déshabillait, qu'elle plongeait dans le bain qu'il lui avait fait couler. Aucun homme n'avait vu son corps depuis plusieurs années.

La mère de Harry était assise au premier rang : une femme au visage ravagé, bien habillée, portant gants et chapeau, ce qui montrait clairement qu'elle ne venait pas du New Hampshire. Derrière elle, étaient assis deux hommes que Harry avait manifestement connus dans le groupe d'interprètes amateurs de Gilbert et Sullivan dont il faisait partie à Boston. L'un d'eux était aussi maigre que Harry le jour où Eleanor l'avait rencontré au supermarché. Dans l'assistance, tout le monde savait ce que cela signifiait.

Harry avait demandé à un ami de Chicago de lire le poème « Casey at the Bat ». Un pasteur unitarien lut tout haut un passage du *Lapin de velours* qu'Eleanor avait encore en mémoire pour l'avoir lu à ses enfants (Toby en particulier l'adorait). L'extrait choisi portait sur ce que cela voulait dire d'être réel et sur le peu d'importance d'être tout flapi ou d'avoir perdu une oreille, du moment qu'on était aimé.

Harry paraissait vraiment abattu quand Eleanor l'avait vu acheter à manger et il devait avoir l'air encore plus mal en point vers la fin. Elle espérait qu'il s'était senti aimé et elle était triste de ne pas le savoir, de même qu'elle ne savait rien de ce qu'avait été cette partie de son histoire.

L'office se termina par le cantique « Morning Has Broken », dont la plupart des gens présents connaissaient sans doute la version de Cat Stevens. Eleanor se souvint d'une fête de fin de saison de softball à la ferme (Buffalo wings, potato skins, cidre maison et beignets). Harry et elle avaient dansé sur un disque de Cat Stevens, *Tea for the Tillerman*. C'était un excellent danseur.

« Vous avez de la chance, toi et Cam. Cette magnifique ferme, ces beaux enfants », lui avait-il dit.

Il avait grandi à Oak Park. Ses parents possédaient une immense maison, dans la même rue qu'une autre conçue par Frank Lloyd Wright. « Mais ils n'ont jamais été heureux. Et je n'ai jamais pu leur dire qui j'étais vraiment. Ils ne me connaissent pas. »

Sa mère le savait peut-être, finalement. Un peu tard.

Eleanor pensait à ses enfants. Elle disait autrefois qu'elle connaissait le moindre centimètre de leur corps. Mais de plus en plus, ils devenaient pour elle un mystère. Que signifiait le fait qu'Ursula avait toujours eu l'air très heureuse et pleine d'espoir et qu'elle ne l'était plus ? Pourquoi Al passait-elle tout son temps dans sa chambre et pourquoi était-elle si en colère ? Qui étaient ces personnes qu'elle avait mises au monde ? Et si, comme la mère de Harry Botts, il s'avérait qu'elle n'avait jamais vraiment compris qui elles étaient ?

Elle ne resta pas à la réception. Elle n'avait aucune envie de rejoindre les femmes qu'elle fréquentait sur les gradins à l'époque du softball, elle ne se sentait pas d'affronter les regards gênants que les épouses adressaient aux femmes seules, remplis à la fois de pitié et de défiance. À une époque, elles avaient partagé les détails les plus intimes de leur vie (mariage, sexe, accouchement, soif d'une vie plus intense que la cuisine et les gradins, mort d'un enfant), mais elles lui étaient devenues étrangères ou pire. Pour les femmes toujours mariées et jusqu'ici toutes celles de la pièce l'étaient encore, quelqu'un comme Eleanor, dont le mariage s'était brisé, constituait une menace au même titre qu'un homme malade du sida. Elle aurait aussi bien pu avoir le visage couvert de taches du sarcome de Karposi. Elle était intouchable.

Pour beaucoup des personnes présentes à l'église ce matin-là, mais pas pour tout le monde. Tandis qu'Eleanor se dirigeait vers sa voiture, Timmy Pouliot s'approcha. Elle avait pensé s'échapper rapidement sans le saluer – qu'auraient-ils eu à se dire ? –, mais il courut vers elle et la prit dans ses bras. Quelle importance si on les voyait ? Aucune, en un jour comme celui-ci.

Il avait beaucoup changé, mais pas ses yeux bleus.

« Tu me manques, lui dit-il.

— Je me manque à moi-même », répondit-elle.

80

Les Bonshommes-bouchons

Longtemps auparavant, quand Eleanor était la fille unique de parents si étroitement liés l'un à l'autre qu'ils semblaient souvent incommodés par sa présence, elle avait pris l'habitude de trouver une échappatoire dans les dessins qu'elle faisait.

Il se passait quelque chose quand elle se mettait à dessiner. Elle quittait un moment ce monde et entrait dans un autre. À l'automne, Eleanor ressortit ses crayons. Vingt ans s'étaient écoulés sans qu'elle travaille sur un livre pour enfant, ni sur aucune histoire. À présent, celle-ci la dévorait. Seule devant sa table à dessin et la plupart du temps sans enfants dont elle devait s'occuper, elle plongeait si profondément dans la vie de ses personnages qu'elle oubliait presque la sienne.

Elle commença par des dessins, des images improvisées d'une jeune mère et de ses enfants, tous les trois modelés sur les siens. Elle les dessina lors de l'une de leurs promenades à la cascade, dessina un petit garçon regardant d'un pont son chapeau de cow-boy emporté dans l'eau par le vent, et un autre garçon, plus grand, muni d'une canne à pêche, un peu plus loin sur la rive. Il y avait aussi un chien qui ressemblait beaucoup à Sally et une fille qui, comme Al, s'était coupé les cheveux très courts et ne portait que des pantalons. L'autre fille aimait les robes avec des volants et les babioles dans les cheveux. La représentation des enfants ne posait jamais de problème. En revanche, elle avait du mal à donner vie aux parents et décida de ne pas les faire figurer.

Dans l'histoire qui vint à l'esprit d'Eleanor, les parents étaient ailleurs, ils travaillaient probablement. Cela se passait à une époque de l'année qui n'est pas encore tout à fait le printemps, mais on sait qu'il va arriver (fonte des neiges, débâcle). Les enfants décidaient de fabriquer des bateaux et quelques bonshommes-bouchons.

Une fois qu'elle eut fixé le cadre, l'histoire suivit facilement, mais elle ne parlait pas vraiment des enfants. Elle parlait des bonshommes-bouchons, attachés par des élastiques dans leurs petits bateaux, mis à l'eau dans des flots dangereux qui, dans les dessins d'Eleanor, ressemblaient beaucoup aux cascades de Hopewell.

À partir de là, l'histoire racontait leurs aventures, les endroits où les emmenaient leurs bateaux, du ruisseau à une petite rivière, puis à un fleuve, jusqu'à l'océan et au-delà. Les bonshommes-bouchons arrivaient en Afrique, en Océanie, en Nouvelle-Zélande, aux Maldives. Ils rencontraient des dangers, bien sûr, des requins, des pétroliers, des bateaux de croisière, des vagues gigantesques, et même une enfant gâtée qui trouva l'un d'eux échoué sur une plage de Floride et voulut l'emporter chez elle pour en faire un jouet (un bonhomme-bouchon enfermé dans une maison de poupée, inimaginable), mais il s'échappa. Dans l'histoire d'Eleanor, les bonshommes-bouchons s'en sortaient toujours. Au fil des mois, elle écrivit toute une collection d'histoires.

Elle se dit à un moment que les enfants qui avaient mis à l'eau les bonshommes-bouchons devaient aussi figurer dans l'histoire. Un rocher magique se trouvait à la cascade (Toby aurait adoré cette idée). Quand on le frottait, on rétrécissait à la taille d'un bonhomme-bouchon, mais sans sa capacité très utile de flotter. Pour cette raison, les enfants qui étaient montés eux aussi dans l'un des bateaux, pour suivre leurs bonshommes-bouchons, se retrouvaient constamment en péril. Plus d'une fois, ils étaient sauvés par l'un des bonshommes-bouchons.

Cette histoire relevait du récit fantastique joyeux. Les enfants étaient responsables de leur vie, sans l'intervention gênante des parents. Chaque jour était pour eux une aventure extraordinaire durant laquelle personne ne leur interdisait quoi que ce soit. Dans l'histoire d'Eleanor, ils rencontraient des dangers et des difficultés, mais ils les surmontaient toujours. À la fin de chacune de leurs escapades périlleuses mais palpitantes, les enfants revenaient à leur taille normale, mettaient les bonshommes-bouchons dans leurs poches et rentraient chez eux, à la ferme, juste à temps pour le dîner. Leurs parents posaient le plat sur la table, bizarrement sans avoir remarqué leur longue absence. Les parents étaient ainsi. Leurs enfants pouvaient être ailleurs et vivre d'autres vies, les seules choses qu'ils voulaient savoir c'était : « Avez-vous fait vos devoirs ? Vous êtes-vous lavé les dents ? »

Au diable les parents. Maintenant que les enfants connaissaient le secret du rocher, qu'ils étaient devenus amis avec leurs bonshommes-bouchons, il y aurait toujours d'autres aventures.

Elle travailla tout l'hiver et une partie du printemps sur le livre. N'ayant plus les enfants avec elle, elle se consacrait à son histoire presque sans interruption. À part ses excursions du samedi à Akersville, de moins en moins fréquentes, elle passait ses journées devant sa table à dessin.

Tant qu'elle travaillait, elle se sentait heureuse. Elle aimait surtout explorer le personnage basé sur Toby. Durant les heures qu'elle passait à dessiner devant sa table, c'était comme si le Toby d'avant était de retour.

Cet hiver, elle ne voulait rien faire d'autre que s'immerger dans une histoire différente de celle qu'elle vivait. À un moment, elle eut l'impression que les personnages qu'elle avait créés avaient acquis leur autonomie et qu'elle se contentait de raconter ce qu'elle les voyait faire dans sa tête. Et elle adorait revenir en pensée dans son ancienne ferme, toujours son endroit préféré, celui où elle avait été le plus heureuse.

Elle intitula son livre *Les Bonshommes-bouchons*. En mai, elle expédia son manuscrit à une éditrice qui lui avait un jour envoyé un mot pour savoir si elle avait de nouveaux projets en préparation.

Pas de réponse pendant deux mois, puis arriva une lettre de l'éditrice qui commençait par s'excuser. « J'espère que vous n'avez pas considéré mon silence comme un manque d'enthousiasme. Je viens seulement de trouver votre manuscrit il y a quatre jours. Nous aimons tous beaucoup ce que vous avez écrit. Nous souhaitons vous proposer un contrat. »

L'avance pour *Les Bonshommes-bouchons* était considérablement moins importante que ce qu'elle avait touché pour les *Bodie*, mais avant même la parution du premier livre l'éditrice d'Eleanor en avait commandé un autre, et cette fois l'avance était élevée. Quelques mois plus tard, les droits de publication furent vendus dans de nombreux pays qu'Eleanor n'avait jamais visités. On allait l'envoyer en tournée en Europe, en plus des villes importantes des États-Unis.

« Je n'aurai plus jamais à écrire la moindre ligne alimentaire pour une carte de vœux, expliqua-t-elle à Darla le jour où elle annonça au directeur artistique de Sweetheart Card qu'elle ne lui proposerait plus de dessins. Je n'étais pas capable d'imaginer un poème de plus sur le grand plaisir d'avoir une grand-mère ou de trouver encore une façon de parler d'un décès sans jamais employer le mot "mort". »

Les Bonshommes-bouchons parurent l'automne suivant. Il se vendit si bien qu'une seconde édition sortit au bout de quelques semaines. Il rapporta à Eleanor plus d'argent que si elle avait vendu sa moitié de la ferme.

« Tu peux t'acheter une ferme à toi maintenant, si tu en as envie », lui dit Darla.

Les autres fermes ne l'intéressaient pas.

Après avoir pris officiellement possession de la propriété, Cam et Coco placèrent un écriteau au bout du long chemin de terre qui menait à la maison avec le nom de leur centre de kinésithérapie, massage et retraite, « Les mains qui soignent ». Quand Eleanor allait chercher les enfants ou les déposait chez Cam, elle passait devant cet écriteau ainsi que devant un autre ne comportant que le mot *Namaste*.

Les filles ne venaient presque plus jamais à Brookline le week-end. Parfois, Eleanor réussissait cependant à en arracher une de la ferme, un jour pour un concert des Beastie Boys, un autre quand elle avait eu des places pour voir Madonna. Les filles préféraient la plupart du temps rester avec leurs amis.

Toby ne voulait jamais être ailleurs qu'à la ferme. D'après les histoires que racontaient ses enfants sur leur vie là-bas, Elijah était maintenant assez grand pour monter à l'échelle menant à la cabane que les filles avaient construite dans Old Ashworthy des années auparavant. Tous deux, Toby et Elijah, y passaient des journées entières à jouer et à feuilleter des livres. Elijah savait lire, mais pas Toby. Tous deux aimaient les cailloux. Elijah s'était mis à jouer de la guitare et parfois ils composaient des chansons ensemble. Ou bien Elijah composait une chanson et Toby chantonnait et battait des mains, mais rarement en rythme.

Toby, celui qu'il était devenu en tout cas – et il avait été cette personne la plus grande partie de sa vie –, préférait les choses et les lieux familiers. Il ne s'était pas habitué à la maison d'Eleanor, à la petite cour derrière, aux voitures qui passaient, aux voisins, à l'éclairage public qui brillait à sa fenêtre la nuit. Quand il y dormait, il se réveillait de bonne heure et venait dans la chambre d'Eleanor. « Je peux rentrer à la maison maintenant ? Lijah a besoin de moi. Je dois donner à manger à mes chèvres. »

Elle ne discutait pas.

Quand Al venait rendre visite à Eleanor (encore ce mot « visite »), elle passait la plupart du temps au téléphone avec Garrett, un garçon qu'elle avait connu au camp d'informatique, et avec une fille de son école, Siobhan, elle aussi au crâne rasé, qui depuis la classe de première ne répondait qu'au nom de Steve. Parfois, leurs conversations duraient si longtemps qu'Eleanor retrouvait Al endormie sur son lit, le téléphone encore en main n'émettant plus que la tonalité. Là-bas, dans une autre maison, à des kilomètres, Steve ou Garrett s'était sans doute aussi endormi au milieu de la conversation.

Un jour, en raccompagnant Ursula après un rendez-vous chez l'orthodontiste, Eleanor lui avait posé une question sur la relation d'Al et Garrett.

« C'est son petit ami ? demanda-t-elle.

— Oh, bon sang. Tu croyais vraiment qu'Al aurait un petit ami ? Tu vis sur une île déserte ou quoi ?

— Je posais juste une question.

— Al est gay, Maman. C'est la personne la moins hétéro que je connaisse. Si tu veux savoir pour qui en pince Al, c'est pour Steve. »

La nouvelle n'aurait pas dû la surprendre, sauf que si. Jusqu'alors, bêtement peut-être, Eleanor n'avait jamais pris en compte tout ce qui chez Al différait des autres enfants en matière de sexualité. Al était simplement différente des autres enfants. En entendant sa fille de seize ans expliquer cette évidence à sa mère, Eleanor se sentit idiote et, pire, mauvaise mère. Elle, une femme cherchant à tout prix à répondre aux besoins de ses enfants avant même qu'ils ne les expriment, n'avait pas perçu qui était réellement sa fille sur ce point fondamental et essentiel.

Eleanor était également triste et inquiète pour Al. En dehors de tout jugement moral sur les orientations sexuelles de quelqu'un, elle considérait qu'être gay ne rendrait pas la vie plus facile à sa fille. Elle n'avait pas encore réfléchi au fait que le plus difficile pour Al n'était peut-être pas sa sexualité. C'était d'essayer de cacher qui elle était. Sa vie serait sans doute beaucoup plus facile et heureuse si elle arrivait à se présenter comme la personne qu'elle était probablement depuis toujours.

« Ce qui est bien avec Al, c'est qu'elle se fiche pas mal de ce qu'on pense d'elle, et qu'elle ne cherche pas à faire ce qu'on veut. Elle n'est pas du genre à toujours s'inquiéter du qu'en dira-t-on. »

Ursula n'ajouta pas, comme elle aurait pu le faire, qu'elle aurait bien aimé ressembler à sa sœur sur ce point.

81

Pouvez-vous lui pardonner ?

Eleanor avait lu le livre d'un homme, le docteur Evans Almendinger, directeur d'une clinique dans le Maryland, The Institute for Human Potential, qui travaillait avec des enfants handicapés mentaux. L'idée était que si une partie du cerveau avait subi des lésions ou même cessé de fonctionner, on pouvait apprendre à une autre zone du cerveau à effectuer certaines tâches normalement assurées par la zone lésée. Avec l'argent des ventes des *Bonshommes-bouchons*, elle avait les moyens d'emmener son fils à l'institut.

Dans son livre, *Triumph over Brain Injury*, le docteur Almendinger parlait des enfants avec lesquels il avait travaillé dans plusieurs parties du monde, qui avaient subi des lésions et des traumatismes durant une guerre ou une autre catastrophe. Grâce à leur travail avec lui, ils étaient parvenus à mener une vie active, féconde. Une histoire en particulier avait retenu l'attention d'Eleanor. En Inde, quelques années auparavant, alors qu'il participait à une mission humanitaire, une femme avait présenté sa fille de neuf ans, incapable de marcher et de parler depuis qu'elle avait failli se noyer quand elle avait trois ans. Pendant six années, la fillette avait passé son temps couchée sur une natte et réagissait à peine. Sa mère l'avait donc amenée à Evans Almendinger.

Il enseigna à la mère une série d'exercices destinés à reprogrammer les muscles de la petite fille. Une série de fiches fut créée pour elle. Au début, imaginer qu'elle réagirait semblait ridicule, mais lentement, miraculeusement, elle commença à répondre. Quand le docteur Almendinger quitta Bombay, la petite marchait, parlait et comptait.

Eleanor se garda bien de raconter tout cela à Cam. Pour lui, la pratique du yoga, telle qu'il l'avait mise en place avec Toby l'année suivant l'accident, et les exercices de rééducation qu'il avait imaginés pour leur fils étaient tout ce dont il avait besoin. Et il était vrai que Toby avait fait de réels progrès, en particulier physiques. Cam ne voyait pas l'intérêt de tenter autre chose.

L'idée qu'on pouvait faire davantage que lui était peut-être trop pénible. Plus l'espoir est grand, plus la déception est difficile à vivre en cas d'échec. Ou alors, plus probablement, Cam n'était simplement plus capable d'accepter la vie telle qu'elle était. Mais si Eleanor voulait emmener Toby dans le Maryland et que Toby était d'accord, il ne s'y opposerait pas.

« C'est ton argent. Si tu as envie de le dépenser en courant après de prétendus experts, et si Toby est d'accord, c'est ton affaire. »

Trois semaines plus tard, tandis qu'Al travaillait en interne dans la start-up d'informatique et qu'Ursula était employée comme serveuse dans un hôtel d'Ogunquit, Eleanor et Toby partirent pour le Maryland. Comme Toby avait peur de prendre l'avion, Eleanor fit en voiture le trajet de sept heures pour se rendre à la consultation d'Evans Almendinger. Après cela, elle appela

Darla pour lui faire un compte rendu du rendez-vous. (Pas Cam. Eleanor avait appris depuis longtemps que Cam ne voulait plus parler avec elle de leurs enfants ni d'autre chose.)

« Tu sais, je m'étais résolue il y a longtemps à ne plus courir après des miracles pour Toby, mais ce que propose cet homme semble vraiment se tenir. »

Dans les brochures que lui envoya le centre, le directeur de la clinique était appelé docteur Almendinger, sans qu'on sache quel genre de diplôme il avait obtenu. Eleanor s'en moquait. La médecine conventionnelle avait si peu à proposer à son fils. Si un imposteur obtenait des résultats, elle n'allait pas demander à voir ses références.

L'institut se trouvait dans les locaux d'une ancienne école privée fermée depuis des années. Les clients étaient hébergés dans un motel proche. « Vous y passerez peu de temps. Vous serez en séance de formation toute la journée », expliqua Gillian, l'assistante du docteur Almendinger quand Eleanor se présenta.

Ils rencontrèrent d'abord le docteur Almendinger afin qu'il évalue Toby. Il dirigea une lumière dans ses pupilles et tapota son genou avec un maillet en caoutchouc – les examens courants. Mais il voulut aussi parler avec Toby. Il lui montra un ballon et le lui lança. Toby ne l'attrapa pas, mais il essaya, geste inhabituel chez lui.

Tous les jours pendant deux semaines entières, Toby et Eleanor assistèrent ensemble à la formation. L'idée n'était pas seulement d'aider Toby pendant les séances avec le personnel, mais également d'apprendre à Eleanor les exercices à faire avec lui une fois de retour à la maison. Au début, Toby n'arrivait pas à exécuter la plupart des choses qu'on lui montrait, mais il ne refusait pas non plus. Au bout de quelques jours, il commença à apprécier la présence des autres enfants de la formation. Jusqu'alors, son principal compagnon avait été Elijah, mais de plus en plus Elijah, malgré sa grande loyauté, entrait dans la société, jouait avec son ami Abner de l'école maternelle. Même si Toby avait fréquenté des écoles spéciales pendant des années, sans parler des cours particuliers, rien dans la rééducation qu'il avait suivie ne ressemblait à ce qu'ils trouvèrent à la clinique du docteur Almendinger.

Pendant leur séjour à Baltimore, Eleanor se lia d'amitié avec quelques autres parents : un couple venu de Denver en avion avec leur fille atteinte de lésions cérébrales légères, et un autre dont les jumeaux avaient tous deux souffert d'un manque d'oxygène à la naissance.

Le soir, une fois les enfants endormis, les parents se rassemblaient parfois sur la terrasse du motel et se racontaient leurs expériences, assez près des chambres pour entendre leurs enfants s'ils se réveillaient. Eleanor se rendit compte que c'était la première fois depuis l'accident qu'elle avait l'occasion de parler de l'épreuve qu'elle avait vécue.

« Son père était censé le surveiller. Il n'a pas remarqué que Toby s'éloignait, expliqua-t-elle.

— Pouvez-vous lui pardonner ? demanda l'un des parents.

— Vous avez dû remarquer que je suis venue seule ici », répondit Eleanor.

Le dernier jour, fut organisée une remise de diplôme aux huit enfants qui avaient suivi le programme et aux parents qui les avaient accompagnés. Quand vint le tour de Toby de se lever, il récita un poème : « The Fog » de Carl Sandburg.

« Le brouillard arrive à petits pas de chat », commença-t-il. L'idée même de Toby prononçant de tels mots aurait paru impossible deux semaines plus tôt à toute personne le connaissant.

« Il s'accroupit en silence sur le port et la ville… »

Il marqua une pause. Regarda la douzaine de personnes réunies dans la pièce, toutes inconnues quelques semaines plus tôt, à l'exception d'une seule.

Eleanor retint son souffle. Toby prit l'air rêveur, comme s'il observait la scène. Le brouillard accroupi comme un chat. Le port.

« … et puis s'éloigne. » Vint alors le moment le plus surprenant de la soirée. Toby adressa au groupe un sourire radieux. En dehors de quelques rares occasions avec Elijah, ou seul dans l'enclos des chèvres – mais Eleanor était rarement présente auprès de lui –, elle n'avait pas vu son fils aussi heureux et fier depuis des années. Elle lut plus que de la joie sur son visage. L'espace d'un instant, elle retrouva le Toby d'avant.

De retour au motel pour leur dernière nuit, Eleanor eut envie de parler à quelqu'un de ce qui s'était passé. Elle savait qu'Al ne voulait plus parler de son frère. Elle préférait faire comme s'il n'existait pas. Ursula aurait été contente d'apprendre la nouvelle, mais elle travaillait. Impossible de la joindre.

Celui qu'elle avait vraiment envie d'appeler, c'était Cam. Elle ne le fit pas, bien sûr.

Elle appela Darla.

82

Des dingos partout

La plupart des gens qu'Eleanor connaissait à Brookline étaient mariés – et encore plus à Akersville, quand elle s'y rendait pour assister aux fêtes de l'école de ses filles. Des mariages souvent malheureux, soupçonnait-elle. Certains trompaient sans doute leur partenaire ou ne faisaient plus jamais l'amour, avec personne. Mais ils arrivaient ensemble aux fêtes de l'école et aux matchs d'Al ou d'Ursula, qui étaient les principaux événements sociaux du calendrier d'Eleanor, hormis les réunions avec l'équipe thérapeutique qui travaillait avec Toby et, lors de ses rares voyages à New York, les rendez-vous avec son éditrice.

Une nouvelle manière de faire des rencontres était apparue, Match.com, qui permettait de lire en ligne le profil d'autres célibataires et de répondre par mail, au lieu de composer le 900. Parfois, si elle n'arrivait pas à dormir, Eleanor parcourait la liste des hommes de son âge. Elle se disait qu'elle aimerait bien trouver un homme à la carrière professionnelle confortable – plus de yoga ni de bols en loupe de bois – mais, si elle répondait à l'annonce d'un avocat, d'un urgentiste avec qui elle eut quelques conversations au téléphone ou d'un professeur à l'université de Tufts expert en commerce avec l'Asie, elle s'apercevait vite que le monde dans lequel ils évoluaient se trouvait à des lieues du sien.

Les hommes de Boston parlaient des bons restaurants, des billets pour les matchs des Celtic, de golf, mais ne savaient rien de la pêche à la truite en eau vive ni de la façon de fabriquer un lance-pierre. Malgré tout le ressentiment qu'elle éprouvait envers Cam, elle appréciait qu'il connaisse le nom des oiseaux et des étoiles, qu'il sache construire un feu, dénicher une tortue serpentine et réparer les choses lui-même au lieu de payer des artisans pour le faire. Elle appréciait qu'il coupe son bois de chauffage et sache tailler les arbres fruitiers. Il avait des patins à glace dont il se servait vraiment.

Seule dans sa maison de Brookline, Eleanor ne pouvait toutefois pas s'empêcher d'allumer son ordinateur et de parcourir les annonces. De temps en temps, elle donnait son numéro de téléphone à un homme dont le profil ne montrait pas de défaut rédhibitoire, mais la plupart du temps, s'il appelait, sa voix, et plus encore ce qu'il disait, suffisait à décourager toute idée de lui laisser un message. Il arrivait qu'une annonce à laquelle elle répondait semble brièvement prometteuse. Eleanor se prenait encore à croire que quelque part se trouvait le partenaire qu'elle cherchait.

Ce n'était jamais les profils d'hommes sérieux et stables qui l'intéressaient, finalement. Elle se laissait chaque fois émouvoir par ceux dont la vie révélait des chagrins et des difficultés. Même quand leur annonce ne relatait pas ouvertement une tragédie ou un deuil, le sixième sens d'Eleanor détectait ceux qui avaient traversé une période difficile.

Des veufs, des hommes récemment licenciés. Un homme atteint de sclérose en plaques, un ancien alcoolique. Des vétérans du Viêtnam (tellement nombreux).

Un homme qui avait perdu sa femme et son enfant dans un naufrage. À celui-là elle laissa un message et ils se retrouvèrent dans une pizzeria près de la route nationale, hors de la ville. Ils passèrent la soirée à parler du fils décédé et plus tard, sur le parking, ils restèrent tous deux dans sa voiture, Eleanor sur le siège passager. Là il pleura dans ses bras. Elle l'embrassa en partant, mais avec l'idée de ne plus le revoir. Il avait juste besoin de quelqu'un pour l'écouter, et ce soir-là c'était elle.

Un profil auquel elle répondit la mena à un rendez-vous avec un courtier en prêts hypothécaires, Ken. Il la reluqua de la tête aux pieds tandis qu'elle s'approchait de la table du bar où il était installé et lui dit en guise d'accueil : « Jambes superbes. Si vous aviez vu les cageots sur lesquels je suis tombé ! »

Plus d'une fois, elle prit un café avec des hommes qui passèrent tout le (bref) rendez-vous à lui raconter comment leur ex-femme et son avocat les avaient arnaqués au moment du divorce. Des hommes qui vivaient avec leur mère, des hommes qui se plaignaient des pensions alimentaires à payer, un homme sur le point de devenir riche si elle lui prêtait mille dollars. Il avait inventé un casque de vélo inédit, un casque mou qu'on pouvait transformer en sac banane. « Un casque de vélo n'est-il pas censé être solide avant tout ? lui demanda Eleanor. – Vous êtes toujours aussi négative ? » Il se leva en lui laissant l'addition.

L'un des hommes rencontrés en ligne venait de sortir de prison après avoir été incarcéré pour violences conjugales. Elle but un café avec un autre (quelques-uns en fait), toujours marié mais annonçant un divorce imminent. Un autre encore lui expliqua au cours de leur rendez-vous, bref aussi, qu'il ne sortait jamais sans une arme cachée. « Il y a des dingos partout », lui dit-il.

Elle rencontra également des hommes bien, qui auraient pu lui briser le cœur si elle les avait laissés faire, non par passion, mais par chagrin. L'un dont la femme était morte dans un incendie. « Je ne m'en remettrai jamais, mais je dois continuer à vivre », disait-il. Un autre que le souvenir du Viêtnam empêchait de dormir plus d'une heure d'affilée. Le soir même où ils se rencontrèrent, il lui demanda de l'épouser.

« Je crois que si vous étiez au lit à côté de moi, je pourrais enfin dormir la nuit », dit-il en se cramponnant à elle comme à un fusil.

Un homme bégayait tellement qu'il était difficile de comprendre ce qu'il disait. « Je bégaie, mais jamais quand je chante. »

Un autre se révéla sans domicile. Il s'était connecté au site de rencontres à la bibliothèque. Quand ils firent connaissance dans un restaurant, il la poussa à commander un steak, mais déclara que lui n'avait pas faim et demanda de l'eau du robinet. Il avait manifestement de l'argent pour un seul repas. À la différence de beaucoup, il insista pour payer.

D'autres encore. Un homme, marié, dont la femme était lasse des rapports sexuels et lui donnait l'autorisation d'avoir des petites amies. Un homme marié qui voulait l'emmener chez lui pour qu'ils aient des rapports à trois. Un homme persuadé qu'il existait un complot élaboré pour assassiner les Beatles restants, un par un. Il essayait de faire passer un message à Ringo Starr pour le prévenir.

Il y eut un artiste avec qui elle passa quatre heures extraordinaires autour d'un dîner, à parler, à rire et à échanger des histoires intimes au point qu'Eleanor eut envie de croire que c'était peut-être le bon. Suivirent trois heures pendant lesquelles ils se pelotèrent sur le parking du restaurant. Puis elle n'entendit plus jamais parler de lui.

Il y eut un homme très plaisant, romantique, dont les e-mails étaient imprégnés d'une poésie troublante, un chauffeur de poids lourds qui lui dit, lors de leur première conversation téléphonique, qu'il écoutait de l'opéra pendant ses longs trajets et que, quand il entendait certaines arias, il ne pouvait s'empêcher de pleurer. La voix de Kiri Te Kanawa en particulier lui allait droit au cœur. Quand Eleanor le retrouva au restaurant pour la première et la dernière fois, il se leva de table pour l'enlacer, les larmes aux yeux, et elle s'aperçut qu'il était bossu au point d'être presque plié en deux.

« Je sais. Je ne suis pas celui que vous attendiez, n'est-ce pas ? »

Les nouveaux sites en ligne pouvaient être consultés à n'importe quelle heure du jour ou de la nuit. On tapait son code postal et on voyait qui était aussi réveillé à 3 heures du matin et en pleine recherche. On pouvait étudier les photos, lire les profils, envoyer un message, recevoir une réponse, le tout sans même se rencontrer pour boire un café.

Parfois, brièvement, ces hommes paraissaient prometteurs, même si, les rares occasions où Eleanor acceptait de rencontrer l'un d'eux, il se montrait en général plus vieux, plus gros, plus petit ou dingue. Elle commença à se demander ce que le fait de les rencontrer révélait sur elle.

Elle rentrait, de nouveau décidée à abandonner sa quête, à écrire un mot à la personne qu'elle venait de voir, en offrant l'explication le plus aimable possible pour mettre un terme à la relation. Elle en prenait toute la responsabilité. Elle était confuse, écrivait-elle. Elle avait des problèmes.

« Sale conne, répondit l'un d'eux. Au fait, tu n'es pas aussi attirante que sur ta photo. De toute façon, je ne voulais pas te revoir. »

83

J'aurais pris bien soin de toi

Un samedi après-midi, Eleanor rentrait d'un moment passé avec Toby. En passant devant la maison de Walt et d'Edith, elle remarqua l'absence de la voiture d'Edith. Elle devait être partie vendre des produits Avon ou voir ses petits-enfants. Le pick-up de Walt était garé devant et Walt était dessous, sans doute pour remplacer une pièce.

Peut-être parce que Eleanor savait qu'elle n'aurait pas à subir l'air toujours désapprobateur d'Edith, elle eut envie de s'arrêter. Toutes les années où elle avait vécu à la ferme il ne se passait pas une semaine, et rarement plus d'un jour ou deux, sans que Walt lui rende visite. À présent, presque deux ans s'étaient écoulés depuis leur dernière rencontre.

Ses habituelles chaussures de sécurité dépassaient de l'avant du véhicule, ainsi que les revers de son pantalon. « Le vieux Dodge ne te lâchera jamais, hein ? » lui lança-t-elle. Elle aurait pu dire la même chose de Walt.

« Qui sait ? » Il s'extirpa de sous le châssis. « Je croyais que tu étais partie pour de bon. »

Il se mit debout et la contempla. En dehors du jour où elle était venue le voir juste après avoir découvert Cam et Coco ensemble à la cascade, il ne l'avait jamais prise dans ses bras. Walt était un vieux Yankee. Un homme marié n'étreint pas la femme d'un autre, ni l'ex-femme de celui-ci. S'il éprouvait de l'affection pour quelqu'un, et Eleanor savait que c'était le cas à son égard, il faisait un saut avec une demi-douzaine d'épis de maïs à offrir ou passait labourer une plate-bande. Il occupait ses mains avec des outils.

« J'étais dans le coin… » dit-elle. Elle était souvent dans le coin au cours de ces deux années, bien entendu. Quelque chose l'avait empêchée de venir dire bonjour. Elle avait peut-être peur de se mettre à pleurer, ce qui aurait été dur pour Walt.

« Tu reviens habiter à la ferme ? Il était temps, dit-il.

— Non. Je suis passée voir les enfants.

— Tu devrais revenir. Tu as acheté cette ferme. C'est ta maison.

— Plus maintenant. »

S'il comprit le sous-entendu, il n'en montra rien. « Quand reviens-tu ? » Plus insistant cette fois.

« Cam vit là-bas maintenant. Cam et Coco. Ils ont un fils.

— Je t'aiderai à déménager. Avec mon pick-up. »

Elle s'était rendu compte, dès qu'elle avait posé les yeux sur Walt, qu'il avait beaucoup vieilli. Il n'avait presque plus de cheveux, à part quelques fines mèches blanches autour des oreilles. Elle remarquait maintenant autre chose, une sorte de vacance dans son regard, pas très différente de celle de son fils avant qu'ils participent au stage à la clinique de Baltimore. Le corps de Walt paraissait étonnamment solide et puissant, mais elle voyait que sa tête le trahissait.

« Ces foutus nouveaux venus qui ont emménagé dans ta maison, ils ne tondent même pas le pré comme on le faisait. Tout monte en graine.

— Ce ne sont pas vraiment des nouveaux venus. J'étais mariée avec Cam, tu te souviens ? Coco vient du bout de la route. C'est la fille d'Evan et de Betsy.

— Je me fiche de savoir qui ils sont. Je ne pense pas beaucoup de bien de ces deux-là. Ils se sont acheté des chèvres. Des bêtes stupides. Elles saccagent ton jardin. »

Il portait toujours la même salopette et la veste à carreaux en laine qu'il préférait. Son visage était plus maigre et, s'il semblait rasé, il avait raté quelques touffes de poils. De plus, il restait une trace de mayonnaise sur son menton. Il n'allait pas bien.

Lentement, comme dans un rêve, il tendit le bras vers elle. Ses doigts touchèrent ses cheveux et les caressèrent, comme un amoureux des chevaux caresse une crinière. Eleanor se tenait devant lui, incapable de bouger.

« Jolis.

— Il faut que j'y aille, Walt.

— La vieille n'est pas là, chuchota-t-il. On peut entrer. Je voudrais enlever ta robe.

— Oh, Walt. Ce n'est pas une bonne idée. »

Une expression peinée et confuse passa sur le visage de l'homme. Il tendit la main vers ses seins. Il tripota les boutons de son chemisier. « J'ai toujours eu envie de te toucher. Ce salaud qui traînait toujours à la ferme. Il n'était pas bien pour toi. Moi, j'aurais pris bien soin de toi. »

Il l'entoura de ses bras, enfouit la tête dans sa poitrine. Il l'avait poussée contre le flanc du pick-up, tout le poids de son corps pressé contre elle, et il respirait fort. Bien que diminué, il avait encore la poigne d'un homme qui a travaillé toute sa vie à transporter et à fendre du bois, à manipuler du matériel agricole, à déplacer des pierres. Ses mains étaient rugueuses sur la peau d'Eleanor, son souffle chaud dans son cou.

Ce n'était pas la première fois dans la vie d'Eleanor qu'elle sentait le poids d'un homme l'entraver.

« Je t'aime. J'ai envie de t'embrasser partout.

— Non, Walt. Tu dois me laisser partir. »

Il avait la bouche dans son cou, ses grosses mains refermées sur ses épaules. Eleanor aurait pu avoir peur, mais plus que de la peur elle éprouvait une terrible tristesse.

« Lâche-moi, dit-elle, de la voix qu'emploie une mère avec son enfant quand elle le découvre en train de faire quelque chose non seulement d'interdit, mais de dangereux, une voix qu'elle avait souvent employée avec Toby au bon vieux temps. Lâche-moi, tout de suite. »

Il obéit, avec un mouvement de recul, comme s'il avait touché un fil sous tension. Ou simplement comme s'il se rendait compte soudain qu'il avait rêvé et qu'il revenait à regret dans le monde où les choses qu'on espérait ne sont pas possibles.

« Je vais t'apporter quelques tomates. Les Early Girls ont bien donné cette année. »

Deux mois plus tard, Darla lui annonça la nouvelle. « Ton voisin, Walt, a quitté la route avec son pick-up mardi dernier. Il est rentré dans un arbre et il est mort sur le coup. Il y aura une messe samedi prochain. »

Eleanor, qui devait s'envoler pour la Californie ce jour-là, envoya ses condoléances.

84

Accident de voiture à Paris

La semaine où Eleanor apprit la mort de Walt, un deuil d'un genre très différent la toucha, même s'il s'agissait de quelqu'un qu'elle n'avait jamais rencontré. Elle était assise à sa table à dessin, travaillant à la suite des *Bonshommes-bouchons*, quand une voix interrompit le programme de la radio pour annoncer un accident arrivé à Paris. La voiture transportant la princesse Diana et l'homme avec qui elle passait le week-end – pas son mari, qui n'était plus dans le tableau depuis un moment – avait percuté un pilier dans un tunnel. Diana était morte.

La nouvelle la toucha davantage qu'elle n'aurait dû. Quel rapport pouvait-il exister entre elle et une princesse britannique, mère d'un futur roi ? Mais elle avait toujours aimé la princesse Diana, l'idée qu'elle s'en faisait du moins, mère de deux petits garçons presque du même âge que ses propres enfants. Et surtout, les problèmes de couple de Diana dont elle parlait si ouvertement faisaient écho aux siens, malgré des différences évidentes.

Les trois jours qui suivirent, la télévision resta allumée et Eleanor suivit toutes les étapes du deuil en Grande-Bretagne et dans le monde. Elle regarda la rediffusion des obsèques, bien sûr, et de la procession qui les précéda – les deux princes orphelins (Ursula disait jadis qu'un jour elle épouserait l'un d'eux) descendant la grande avenue devant le palais de Buckingham en suivant le cercueil de leur mère, tandis que des milliers de gens sur les trottoirs tentaient d'apercevoir la famille royale. L'expression stoïque, mais tendue, de l'ex-mari de Diana dont elle était séparée, et qui était probablement attendu à la fin de la cérémonie par sa maîtresse dans un château quelque part. Elton John au piano, le seul qu'on voyait pleurer. La reine avec son chapeau. Le défilé incessant de photographies de la princesse. Ses cheveux. Ses vêtements. Ses voyages en Afrique. Sa danse avec John Travolta. Sa coupe de cheveux. Sa maigreur. Son sourire triste et charmant. Son expression quand elle regardait ses enfants.

Comme Eleanor, Diana avait fait de son mieux pour être une bonne mère, quoi que cela puisse signifier, même si, certainement, elle n'avait pas toujours réussi. Cela les reliait.

85

La vie d'une personne complètement différente

Un studio de cinéma de Los Angeles acheta les droits des *Bonshommes-bouchons*. Il allait en faire une série d'animation pour la télévision. Un autre chèque arriva, plus important encore que les précédents.

Toutes les six semaines, Eleanor et Toby se rendaient à la clinique du docteur Almendinger. Après tant d'années pendant lesquelles Toby n'avait prononcé que des phrases très simples, le garçon était maintenant capable de raconter des histoires. Il s'était fait une amie à la clinique : Kara, qui venait de Californie. Quand ils allaient au bowling, il réussissait à renverser quelques quilles et s'intéressait au score.

Son fils avait dix-sept ans maintenant. Sa voix avait changé et son corps s'étoffait. Ses poches étaient toujours pleines de cailloux, il aimait toujours les chèvres. Quand il serait grand, disait-il, il voulait cultiver des fraises. Ou élever des lapins, mais comme animaux de compagnie, pas pour les manger. Il vivrait toujours à la ferme de son père, il en était certain. En dehors de ses déplacements à la clinique du docteur Almendinger à Baltimore avec Eleanor, il ne voulait être nulle part ailleurs.

Si on avait dit à Eleanor, douze ans plus tôt, qu'elle passerait une semaine sur six dans une salle de classe éclairée au néon, à faire des puzzles avec son fils adolescent, à aligner des étoiles, des triangles, des rectangles et des cercles triés par couleur, à relier un animal avec le cri qu'il émettait, à lire *Hop on Pop*, elle aurait vu là l'image d'une tragédie. Mais l'accident de Toby et les années suivantes lui avaient appris la patience.

Très lentement, par paliers presque trop petits pour être mesurés, Toby faisait des progrès. Il ne serait peut-être jamais autonome ni capable d'un travail régulier, mais il pouvait attraper un ballon, faire une manique au crochet pour la femme qu'il considérait comme sa grand-mère et écrire une carte postale à son petit frère. Parfois, assise sur le canapé à côté de lui pour regarder un dessin animé – ou quand elle le déposait à la ferme après une de leurs excursions à Baltimore et qu'il bondissait de la voiture pour courir vers Elijah qui l'attendait devant la porte –, Eleanor voyait sur le visage de son fils un sourire radieux, dénué de l'ambivalence ou de la méfiance qu'exprimaient ses deux autres enfants. À part ses cheveux roux, plus rien chez lui ne ressemblait au petit garçon qu'il avait été, mais à certains égards, de ses trois enfants, il était devenu celui qui possédait la plus grande aptitude à la joie et donnait le plus de joie à ceux qui l'aimaient.

Al était partie à l'université où elle passait la plupart de ses nuits dans la salle d'ordinateurs, à programmer dans un langage auquel Eleanor ne comprenait rien. Elle n'était pas revenue les voir, n'était pas même rentrée à la ferme depuis deux ans.

Ursula, à l'université du Vermont, ne s'intéressait qu'à Jake, son petit ami. Pour quelqu'un qui ne la connaissait pas bien, Ursula avait l'air étonnamment joyeuse et facile à vivre, mais Eleanor percevait autre chose chez elle. Elle était tendue comme les balles en élastique que Toby aimait fabriquer, toujours occupée à prendre soin de son entourage, mais elle éprouvait un ressentiment en général bien caché envers ce rôle. Même si elle l'avait choisi.

Le succès du livre d'Eleanor rapporta beaucoup d'argent, mais ne changea pas grand-chose. Elle avait l'impression d'être elle-même une bonne femme-bouchon qui avait plongé du haut de la cascade et ne se retrouvait pas encore au fond du ruisseau, mais dans les herbes, à peine visible, tandis que l'eau glaciale courait devant elle. Elle avait traversé de mauvaises passes.

Avant ses trente ans, elle croyait savoir où elle passerait le reste de sa vie et ce qu'elle y ferait. À présent, l'avenir lui apparaissait comme une vaste étendue d'eau sans littoral en vue.

Les producteurs de la série d'animation *Les Bonshommes-bouchons* invitèrent Eleanor à une projection du premier épisode : un billet de première classe, une suite au Beverly Hills Hotel. Eleanor proposa à Toby et à Ursula de venir avec elle (inutile de demander à Al, elle ne communiquait pratiquement pas), mais les voyages en avion rendaient Toby nerveux et Ursula ne voulait pas quitter Jake.

À l'évidence, ce n'était pas tout. L'attachement que lui manifestaient ses enfants au bon vieux temps s'était transformé en une attitude distante ces dernières années. Pour Eleanor, l'éloignement qui existait maintenant entre elle et ses filles la peinait plus que tout ce qu'elle avait vécu, y compris la mort de ses parents. Dans les pires moments, elle avait essayé de leur en dire un mot, même si elles n'avaient pas besoin qu'on le leur rappelle. Leur père avait trouvé quelqu'un qu'il préférait, pas elle. Mais quand le divorce avait pris forme dans leur tête, Eleanor demeurait aux yeux de ses filles, après tant d'années, la responsable de la désunion de leur famille.

Eleanor en connaissait évidemment les raisons. Elle ne pouvait pas plus cacher sa colère que l'on peut dissimuler une tache de vin sous une couche de fond de teint. La couleur ressortait. Son amertume avait presque une odeur. Elle le savait sans être capable de la contenir.

Elle n'avait pas réussi à tenir la promesse que Cam et elle s'étaient faite dans les premiers jours de leur séparation, le soir où ils s'étaient mis d'accord pour ne jamais dire du mal de l'autre à leurs enfants. Mais en dépit de toutes les remarques critiques et courroucées qu'elle avait laissé échapper ou qu'elle leur avait adressées directement, elle ne leur avait jamais parlé de la liaison de leur père avec Coco, du baiser à la cascade, de Cam lui annonçant qu'il était amoureux de Coco et de sa déclaration qui, un soir, avait mis fin à leur mariage. Elle avait longtemps cru qu'il le leur dirait lui-même, et quand elle comprit qu'il n'en ferait rien le mal était fait. Si elle leur en parlait maintenant, ses filles considéreraient qu'elle essayait de les éloigner de leur père. Et elles auraient peut-être raison.

Le paradoxe était là. Ce qu'avait fait Eleanor pour conserver l'amour de ses enfants, céder à leur père la ferme qui avait plus de valeur pour elle que n'importe quel endroit sur terre, était, plus que tout le reste, le moyen pour eux de la garder à distance. Elle pouvait les emmener au Club Med, à Hollywood, c'était la ferme leur maison et elle le resterait. Eleanor n'y était plus la bienvenue. Toutes les années qu'elle avait passées à leur faire la lecture, à fabriquer des bonshommes-bouchons, à emprunter des livres à la bibliothèque, à les aider dans leurs projets scientifiques, leurs cartes de la Saint-Valentin et leurs costumes de Halloween, à les conduire à leurs matchs, lui semblaient appartenir à la vie d'une personne complètement différente de celle qu'elle était devenue.

86

Le tapis rouge

Elle appela Darla. « Viens avec moi à Los Angeles. Tu m'accompagneras à la projection. On s'offrira un tour ringard des maisons des stars. On ira au Grauman's Chinese Theater et à Venice Beach. On fera du shopping sur Melrose Avenue.

— Tu sais que j'adorerais ça. Mais je ne peux pas. J'ai des projets encore plus importants pour le week-end », dit Darla.

Depuis qu'elles étaient amies, Darla n'avait pratiquement jamais eu de projets.

« Je le fais enfin », dit-elle. Elle en parlait depuis le jour où Eleanor l'avait rencontrée : elle déménageait.

Elle ne pouvait parler qu'une minute. Bobby s'était effondré ivre mort sur le canapé, mais on ne savait jamais avec lui quand il allait émerger, furieux comme un ours pris au piège. Elle parlait à voix basse, tout excitée.

« J'ai versé un acompte pour un appartement dans la banlieue d'Arlington, assez près de l'école des pompes funèbres pour que je puisse assister aux cours du soir. Mon cousin Ricky va venir du Maine avec une camionnette de location dès que Bobby sera parti au travail. »

Pas besoin d'explications. Pour quitter la maison où ils vivaient tous les deux depuis tant d'années, Darla n'avait qu'une seule solution : faire vite, pendant qu'il était absent, et être loin avant qu'il ne rentre. Eleanor était la seule personne, en dehors de son cousin et de Kimmie, à qui elle pouvait en parler.

« Excellente nouvelle. Je serai de retour dans cinq jours. On pourra faire les vide-greniers, trouver des trucs pour chez toi, dit Eleanor.

— Tant qu'on reste loin d'Akersville. Si Bobby apprend où je suis partie, il me pourchassera. Tu sais comment il est. »

Le voyage à Los Angeles se passa très bien. Tout le monde aima la série des *Bonshommes-bouchons*. Eleanor utilisa le room service de son hôtel et s'installa souvent au bord de la piscine. En faisant du shopping toute seule sur Melrose Avenue, elle acheta à Darla un cadeau de bienvenue dans sa nouvelle maison : un T-shirt portant l'inscription « Non. Limite à ne pas franchir ».

Dans le taxi qui la ramenait chez elle à Brookline, Eleanor entendit la nouvelle à la radio : une femme avait été tuée par balle dans une station d'essence près d'Arlington pendant qu'elle faisait le plein.

Darla Ferrell. Quarante-neuf ans. Son mari dont elle était séparée est sans doute l'agresseur. Après avoir tué sa femme, il a retourné l'arme contre lui. Tous deux sont morts sur place.

Eleanor dut pousser un cri, car le chauffeur de taxi se retourna pour lui demander si tout allait bien. Elle fut incapable de répondre.

En arrivant chez elle, Eleanor ne défit pas ses bagages. Elle aussi avait perdu ses deux parents le même soir quand elle était très jeune. Elle connaissait l'histoire, même si celle-ci était pire.

Elle devait trouver Kimmie pour lui dire la seule chose qu'on peut proposer dans un tel moment et que personne ne lui avait dite tant d'années auparavant.

« Je suis là. »

87

Je ne rentrerai pas à la maison

Trois ans plus tôt, quand Al était en terminale, elle avait postulé au MIT, à Cal Tech et à Stanford. Elle avait été acceptée partout. Elle avait choisi Stanford pour sa proximité avec la Silicon Valley, mais surtout pour son attachement à son héros de toujours, le docteur Winograd. En septembre, quand Eleanor l'accompagna à l'aéroport (une seule valise), sa fille fit pour la première fois allusion aux changements qui allaient suivre, mais sur le coup elle ne comprit pas leur ampleur.

« Tu ne me verras pas pendant un certain temps. J'ai besoin d'être seule pour faire le point », lui dit Al ce jour-là.

Au second semestre, elle avait créé un programme dans un langage qu'elle avait conçu et avant la fin des cours avait été embauchée par une société de jeux vidéo de Menlo Park qui devait terminer un projet énorme. Elle avait écrit qu'elle ne rentrerait pas dans le New Hampshire pour les fêtes de fin d'année. Ni à Brookline.

L'année où Al partit pour l'université fut le début de sa disparition progressive de leur vie. À la fin du semestre de printemps, elle fit un saut à la ferme et passa un après-midi à Brookline, mais elle reprit l'avion pour San Francisco où elle passa le reste de l'été. Elle avait été embauchée par une autre société.

Durant le reste de ses études, Eleanor ne la vit qu'une ou deux fois par an. Elle ne pensait pas que Cam faisait beaucoup mieux. Elles ne reparlèrent pas de ce qu'Al lui avait dit le jour où Eleanor l'avait mise dans l'avion pour la Californie. Mais cela vint lentement.

Très tôt, Al avait senti que son corps ne lui correspondait pas. Après toutes les années durant lesquelles Eleanor n'avait pas du tout saisi les nombreuses allusions d'Al sur ce qu'elle ressentait à propos de son identité sexuelle, Eleanor finit par comprendre. En repensant aux luttes d'Ali – à six ans quand on lui présentait des robes qu'elle ne voulait pas porter, en CE1 obligée de jouer le rôle d'une princesse au bal de Cendrillon, en terminale son amour secret pour une fille et son incapacité à en parler –, Eleanor éprouva beaucoup de regret et de honte. Comment n'avait-elle rien remarqué ? Sa fille devait énormément souffrir. Et elle, sa mère, était si absorbée par ses propres chagrins – la disparition de l'ancien Toby, la fin de son couple, la perte de la ferme – qu'elle n'avait rien vu.

Son diplôme obtenu à Stanford, Al revint à la ferme pour la période la plus longue depuis son départ en Californie : deux semaines. Ensuite, elle devait partir en Angleterre pour y suivre, bizarrement, des études médiévales. Rien à voir avec l'informatique et la technique. Les cours ne commençaient que deux mois plus tard. Elle voulait prendre le temps de s'installer et de s'acclimater à ce nouvel environnement.

« Tu n'as pas trouvé plus loin pour faire un troisième cycle ? lui demanda Eleanor, quand Al annonça qu'elle avait choisi Oxford plutôt que Harvard ou Yale.

— C'était peut-être exprès », répondit-elle.

Eleanor emmena Al à l'aéroport. Sur le trottoir, devant l'aéroport, elles se firent face quelques instants. Même Al, plus évasive qu'à tout autre période de leur relation, parut sentir qu'il fallait honorer ce moment de leur vie.

« Je ne rentrerai pas à la maison avant longtemps. Je veux dire ni à la ferme ni ailleurs. »

Elle ne rentrait presque jamais de toute façon, lui fit remarquer Eleanor. Il n'y avait rien de nouveau.

« Plus exactement, tu ne me verras pas pendant longtemps. Vraiment très longtemps, probablement.

— Qu'est-ce que tu veux dire ?

— Ne le prends pas pour toi. Je dois résoudre certaines choses. C'est plus facile loin de ma famille. »

Devant le dépose-minute de l'aéroport de Logan, des voitures s'arrêtaient, des passagers en sortaient. De jeunes mères encombrées de bébés et de poussettes. Des grands-parents avec des clubs de golf ou des déambulateurs. Des adolescents portant des planches de surf et des sacs à dos. Des couples amoureux ou croyant l'être.

« J'ai besoin d'être avec des gens qui ne me connaissaient pas avant. » Al parut soudain à la fois très jeune et beaucoup plus vieille.

« Avant quoi ? demanda Eleanor.

— Avant ma transition. »

Eleanor mit un moment avant de saisir.

« Il ne s'agit pas d'une décision subite, Maman. J'y pense depuis longtemps. J'ai mené des recherches. Je ne le ferai pas d'un coup, mais je sais ce que je veux. Ce que je dois faire prend du temps. »

Plus tard, Eleanor se souviendrait de ce moment. Elle ne mettait pas seulement sa fille dans un avion. Elle disait adieu à sa fille.

« J'ai toujours su que j'étais un garçon, dit Al. Ne crois pas que tu as raté quelque chose. Ça n'a rien à voir avec notre famille. Ça n'a rien à voir avec toi. »

L'attitude d'Al en cet instant était magnifique. Sa voix était ferme, mais pour une fois dépourvue de colère.

« Tout va bien, Maman. En fait, c'est le contraire d'une tragédie. Je sais que la prochaine étape sera difficile, mais ma décision est prise. Je prends ma vie en main et je connaîtrai enfin le bonheur. »

Al se tenait très droite. En regardant son visage, Eleanor sentit le changement s'opérer. Al n'était pas belle, elle était superbe.

« Il faut que j'y aille.

— Quand allons-nous te revoir ? demanda Eleanor.

— Je ne sais pas vraiment. Quand vous me reverrez, j'aurai changé.

— C'est vrai de nous tous, tout le temps », lui déclara Eleanor.

Sa fille se tourna vers la porte. Fille. Un mot qui ne s'appliquerait plus très longtemps.

« Une chose ne change pas. Je t'aimerai toujours, lança Eleanor.

— Moi aussi », répondit Al.

88

Heureuse, ou presque

Au bout de deux ans de traitement hormonal qui menèrent enfin à l'opération et à la transition d'Al, il envoya un e-mail à sa famille (à ses frères et sœur, y compris Elijah, ainsi qu'à Cam et à Eleanor et aussi à Coco) pour les informer que désormais ils devaient employer les pronoms *il* et *lui* pour parler de la personne qu'il était – la personne qu'il avait toujours été et qu'il revendiquait enfin pleinement.

« Ne vous inquiétez pas pour moi, écrivait-il. Je suis heureux. J'ai un très bon travail dans une start-up à Seattle avec un salaire incroyable et j'apprends à faire du bateau. J'ai fait la connaissance d'une femme géniale, Teresa. Nous sommes amoureux. »

Mais il ne rentra pas, ni à Brookline ni à la ferme.

« Ça viendra. Vous me manquez tous. Ce n'est pas le bon moment, voilà tout », écrivit-il.

En dépit de la tristesse qu'elle éprouvait en pensant à la disparition d'Al de leur vie pour une période inconnue, longue semblait-il, Eleanor percevait dans ses propos une fermeté, mais aussi une forme de légèreté qui avaient toujours été absentes, aussi loin que remontaient ses souvenirs. Son combat prendrait du temps et serait sans doute une épreuve solitaire, mais il l'assumait avec fermeté.

Il faudrait s'adapter – Eleanor après tout l'avait déjà fait à maintes reprises. Et elle comprit, en lisant ce qu'Al avait écrit, que c'était à cela que ressemblait une bonne nouvelle. Qu'est-ce qu'un parent pouvait désirer davantage pour ses enfants que de les voir être leur vrai moi et vivre pleinement leur vie ? C'était ce que faisait Al, enfin.

Peu après la réception de l'e-mail d'Al à la famille, quand Ursula fut diplômée de l'université du Vermont, elle annonça son mariage avec Jake, son petit ami du lycée, le premier garçon qu'elle avait embrassé. « On avait le choix entre un grand mariage et un acompte sur l'achat d'une maison. On a choisi l'acompte », écrivit-elle à Eleanor.

Eleanor l'appela immédiatement. « J'aurais payé le mariage. Considère donc que cet argent viendra s'ajouter à l'acompte. »

Ils trouvèrent une maison tout près de Burlington, dans le Vermont, où Ursula travaillait dans un dispensaire et où Jake était entraîneur de football dans un lycée où il pouvait se rendre à vélo. Eleanor avait l'impression que l'expérience d'une vie commune avait comme effet d'adoucir le petit air de désapprobation qu'elle percevait chez Ursula depuis le divorce avec Cam. La blessure causée par la rupture de sa famille quand elle avait sept ans s'était peut-être atténuée chez Ursula depuis qu'elle construisait sa propre famille.

Elle appelait Eleanor plus souvent – nette amélioration par rapport à son attitude depuis des années. Elle téléphonait presque tous les dimanches après-midi pour parler de son travail, de son jardin, d'un des projets de rénovation que Jake et elle allaient entreprendre dans leur vieille maison de style Cape Cod, pas très différente de celle où elle avait grandi.

Toutes les six semaines au moins, Eleanor allait les voir en voiture à Burlington. Après avoir dû marcher sur des œufs avec sa fille cadette pendant des années, elle avait l'impression de la retrouver, non l'ancienne Ursula à l'enjouement permanent, mais une version plus authentique sans doute, une jeune femme capable de rester tard le soir avec sa mère en larmes à cause du meurtre de sa meilleure amie. Elle lui parlait de ce qu'elle avait appris des patients du centre où elle travaillait, qui traversaient les épreuves d'une transition de genre comme Al. Eleanor pouvait parler avec Ursula de ses séjours avec Toby au centre de Baltimore et de ses expériences dans l'univers exotique et étranger de Hollywood. Un seul sujet demeurait impossible à aborder. Eleanor le savait sans qu'Ursula le dise. Elles ne parlaient jamais de Cam, ni de Coco, ni du divorce. Ursula avait été trop souvent témoin de l'amertume de sa mère envers son père. Elles sentaient toutes deux qu'il valait mieux éviter ce terrain.

89

Pas de grand drame, pas de nuits d'insomnie

La série télé des *Bonshommes-bouchons* fut un succès. La chaîne commanda treize nouveaux épisodes et engagea Eleanor comme scénariste consultante. Elle vivait toujours à Brookline la plupart du temps, mais elle sous-louait un appartement à Silver Lake et prenait l'avion pour Los Angeles toutes les six semaines afin d'apporter ses conseils.

À un vernissage auquel Eleanor assista à Santa Monica quelques mois après avoir accepté de travailler pour la télévision, elle rencontra un marchand d'art, Peter, la soixantaine bien avancée, qui lui proposa de boire un verre. Ils dînèrent finalement ensemble. Lors du séjour suivant d'Eleanor en Californie, il l'invita pour le week-end à Ojai. Puis, encore plus incongru pour quelqu'un comme elle, elle l'accompagna dans un voyage à Hawaï.

Rien ne ressemblait moins à la façon dont elle avait passé les cinquante premières années de sa vie, mais Peter était un homme intelligent et intéressant qui semblait apprécier sa compagnie. À la différence de beaucoup d'hommes de son âge qu'on rencontrait à Los Angeles, il ne cherchait pas une femme de vingt-cinq ans. Il montrait de la tendresse pour ses dessins. Outre ses connaissances sur l'art (il était spécialiste des gravures et des photographies du milieu du XXe siècle), il savait une foule de choses à propos du vin, de l'architecture et des lévriers irlandais. Ils ne se voyaient que toutes les six semaines, mais cela ne le dérangeait pas. Cela leur convenait à tous les deux.

Peter ne l'émouvait pas comme Cam ou Timmy Pouliot, mais il était gentil et de bonne compagnie, ce qui, à ce moment de la vie d'Eleanor, comptait davantage que les qualités d'un être beau, sexy, excitant ou follement romantique. Son travail le menait régulièrement à Londres et il l'invita à venir avec lui. À l'exception d'un bref voyage pour promouvoir l'édition britannique de son livre quelque deux ans auparavant, elle n'avait jamais eu le temps d'explorer la ville. Elle avait beaucoup aimé visiter la Tate Gallery et aller au théâtre tous les soirs.

Après Londres ils s'envolèrent pour Venise, puis Paris. Elle pensait à Darla qui aurait tant aimé l'entendre parler de ce voyage, Darla qui avait vécu dans le nord du Maine et dans le New Hampshire sans jamais aller au-delà de Boston. Une fois, une seule fois, elle avait commencé à parler à Peter de son amitié avec Darla. Elle lui avait raconté qu'elle avait vendu sa moto pour acheter un mobile home et qu'elle cachait l'argent gagné comme femme de ménage pour son école de pompes funèbres. Comme elle parlait de son amie, elle nota l'absence d'expression chez Peter. Il ne disposait pas de cadre de référence pour quelqu'un comme Darla, ni pour la ferme où Eleanor avait vécu toutes ces années et qui lui manquait toujours. Eleanor avait intérêt à séparer cette partie de sa vie de son univers californien.

Point positif, le chagrin était absent de sa relation avec Peter : pas de grand drame, pas de nuits d'insomnie. Il avait une fille d'une quarantaine d'années qui vivait en Argentine et ne venait que très rarement en Californie (*La Californie ! Chaque fois que son avion atterrissait à LAX et qu'elle voyait les palmiers par le hublot, elle s'étonnait d'avoir une vie, même à temps partiel, dans un tel endroit.*) Et qu'était la Californie – *leur* Californie – sinon un endroit toujours ensoleillé, où le plus gros problème consistait à sortir des embouteillages ?

Peter ne venait jamais à Boston, encore moins dans le New Hampshire, et ne demanda pas à connaître ses enfants, ce qui était révélateur de ce qu'ils partageaient et ce qu'ils gardaient pour eux. Bizarrement, la vie en était facilitée. Elle avait connu trop de choses pour recommencer à zéro. Comment pourrait-elle tout expliquer ? Mieux valait ne pas essayer.

Peter savait que Toby avait des problèmes cognitifs, bien sûr, qu'Al ne rentrait pas chez ses parents, il était au courant des visites d'Eleanor à Ursula et à Jake dans le Vermont. Mais comment expliquer le fait d'avoir mis au monde un enfant qu'elle considérait comme sa fille et qui lui avait affirmé qu'elle avait eu l'impression de jouer un rôle les vingt-deux premières années de sa vie ? (« Quel rôle croyais-tu tenir ? » lui avait demandé Eleanor devant l'aéroport. « Le rôle d'une fille », avait répondu Al.) Comment expliquer ce qu'elle avait ressenti quand elle avait trouvé son fils de quatre ans la tête dans le bassin qu'elle avait fait creuser, et quand, dans le couloir de l'hôpital, le médecin avait parlé de « lésions cérébrales irréversibles » ?

Comment expliquer à un homme qui possédait une maison à Pacific Palisades et une autre à Ojai toutes les années où, chaque matin, elle commençait par faire deux colonnes au dos d'une enveloppe ? *Rentrées d'argent. Dépenses.* Factures pouvant attendre. Factures à payer. Comment un jour elle avait pris un stylo et, d'une simple signature sur un document, avait renoncé aux quinze hectares de terrain sur lesquels elle avait cru qu'elle passerait sa vie.

Comment expliquer à un homme comme Peter ce que signifiait aimer un lieu comme elle avait aimé cette ferme ? Mieux valait ne rien dire, repartir de zéro sur une autre côte, au volant d'une BMW décapotable vert forêt de location.

Mais qu'était-elle censée faire de toute son histoire ? Qui serait-elle sans cela ? Comment se faire connaître ?

Pendant un peu plus de trois ans, Eleanor se partagea entre le lotissement de Boston et la maison de Peter donnant sur l'océan Pacifique. Quand elle allait sur la côte Ouest, elle prenait la route pour Pacific Palisades le vendredi soir et passait le week-end avec Peter. Ils allaient parfois à un vernissage ou à une réception de collecte de fonds pour l'une des nombreuses organisations culturelles que Peter soutenait, et au conseil d'administration desquelles il siégeait parfois. Il leur arrivait de dîner dehors, d'aller finir le week-end dans sa maison d'Ojai ou à Big Sur. À Carmel. À Londres.

Un vendredi, elle lui téléphona pour le prévenir qu'elle comptait rester chez elle ce week-end, si ça ne le dérangeait pas. Elle avait besoin de temps pour elle. Comme elle s'y attendait, il ne manifesta ni inquiétude ni consternation.

À l'approche du week-end suivant, elle s'aperçut qu'elle n'avait pas envie d'aller voir Peter. Le troisième week-end, il lui envoya un texto l'informant qu'il avait été appelé à Beijing pour affaires. Elle n'en éprouva que du soulagement.

Ils dînèrent encore quelquefois tous les deux et passèrent un week-end ensemble, durant lequel ils convinrent que leur relation avait vécu. Eleanor trouva étonnant de ne pas verser de larmes et ni l'un ni l'autre n'exprima de rancœur. Elle fut stupéfaite de la facilité à mettre fin à cette liaison et de la tristesse qu'il en ait été ainsi. Chacun ne possède sans doute qu'une certaine quantité d'attachement farouche et passionné à offrir au cours d'une vie et Eleanor l'avait déjà dépensée. (La plus grande partie pour Cam, au début de leur histoire. Et, même si elle ne s'en était rendu compte qu'à la fin, pour Timmy Pouliot.)

Elle aurait pu considérer sa rupture sans histoires avec Peter comme une bonne nouvelle, mais elle en éprouvait une certaine mélancolie. Elle découvrit avec surprise que, parmi les émotions qui lui manquaient, l'une était une forme particulière de profond chagrin qui ne naissait que d'un grand amour.

Quand la série fut achevée et que ses responsabilités comme scénariste consultante cessèrent, elle abandonna sa sous-location meublée et retourna vivre à plein temps à Boston, sans regrets.

90

J'ai rencontré quelqu'un

Durant quelques années, Eleanor invita Kimmie, la fille de Darla, à se joindre à elle pour Noël. Deux fois, elles mangèrent chinois et regardèrent d'affilée deux films de Noël à succès. Kimmie était maintenant mariée et mère d'un bébé. Installée à Las Vegas, elle avait changé de vie, comme sa mère avait toujours voulu le faire. Eleanor se souvenait de sa propre jeunesse sans ses parents, et elle n'oubliait pas d'appeler Kimmie de temps en temps, pour son anniversaire et celui de Darla. Mais Kimmie avait fait un choix qu'Eleanor reconnaissait, en se consacrant à son mariage avec un homme apparemment sans aucune ressemblance avec son père, et à son rôle de mère.

Ces temps-ci, Eleanor passait les fêtes seule ou dans un endroit chaud offrant une piscine. Elle avait connu un Noël triste avec Russell, rencontré grâce aux petites annonces, et ses deux fils gentils et pleins d'espoir. Les trois amigos. Ce Noël avait peut-être guéri Eleanor de toute nouvelle tentative pour participer aux fêtes de Noël chez quelqu'un d'autre. Elle devait avoir encore, au fond d'un placard, la grosse cocotte de l'époque où elle faisait cuire la dinde, mais elle ne l'avait pas sortie depuis des années. Elle ne savait même plus où elle l'avait rangée.

C'était peu après le départ de ses enfants, retournés vivre à la ferme, qu'Eleanor s'était mise à répondre à beaucoup d'annonces, puis de moins en moins, puis plus du tout. Un jour, quand Darla vivait encore, elle lui avait dit que sur un site de rendez-vous où elle allait assez rarement elle retrouvait des profils qu'elle avait vus dix ans auparavant et dont elle se souvenait. Certains avaient changé leur photo, ils avaient vieilli, bien sûr, mais leurs profils lui étaient familiers. Elle était sortie avec quelques-uns de ces hommes.

« C'est plutôt triste, hein ? Ils traînent encore là après tant d'années, avait observé Eleanor.

— Toi aussi, tu es dessus depuis assez longtemps pour te souvenir d'eux », lui avait répliqué Darla.

Eleanor n'avait pas résilié son abonnement à Match.com, mais elle ne passait plus des heures à examiner les profils et, les rares fois où un message s'affichait (« Hé, ma belle ! Joli sourire »), elle ne répondait pas. À cinquante ans avoués, les probabilités d'obtenir un rendez-vous n'étaient pas nombreuses.

Timmy Pouliot lui-même n'était plus si jeune. Elle ne l'avait croisé qu'en une seule occasion depuis le soir au bar et il semblait différent. Pour la première fois depuis qu'elle le connaissait, depuis ses treize ans, il ne l'avait pas saluée comme le jour de leur rencontre à la cascade. Il était distrait, regardant par-dessus l'épaule d'Eleanor comme s'il guettait quelqu'un.

« J'ai appris qu'on avait fait une série télé à partir d'un livre que tu as écrit », dit-il. Il aurait bien voulu la regarder, mais il n'avait pas le câble.

Il prit des nouvelles de ses enfants. Elle lui en demanda de son frère et de sa mère.

« Elle essaie toujours de te marier ?

— En fait, j'ai rencontré quelqu'un. » Quand elle lui demanda des détails, il se montra réticent. Cela voulait peut-être dire qu'il avait rencontré quelqu'un qu'il aimait vraiment. Quelqu'un d'autre qu'elle.

91

Un adolescent à la maison

Un matin, en feuilletant le journal du dimanche, Eleanor tomba sur un article à propos d'une exposition qui allait s'ouvrir au musée d'histoire naturelle de Harvard. Un legs considérable avait été fait. Il concernait la plus importante collection de pointes de flèche réunies en Amérique du Nord. Étrangement, les donateurs n'étaient ni de riches collectionneurs ni des archéologues. Il s'agissait de deux frères d'une trentaine d'années sans formation particulière en histoire de la culture indigène. Ils avaient choisi de faire don des pointes de flèche au musée en hommage à leur père.

Le frère aîné était cité dans l'article. « Notre père a travaillé toute sa vie dans une compagnie d'assurances, mais les pointes de flèche étaient sa passion depuis sa tendre enfance et il nous l'a communiquée. Presque tous les week-ends, quand nous étions petits, nous partions en voiture pour un endroit perdu, loin de tout, et nous sortions nos outils pour fouiller le sol. Cela ressemblait à une chasse au trésor.

« Sa façon de parler de ces pointes de flèche nous faisait imaginer les personnes qui les avaient fabriquées et la vie qu'elles menaient. Il nous a appris à reconnaître la beauté dans ces petits morceaux de pierre.

« Mon frère est infirme moteur cérébral. On pourrait penser que c'était difficile. Mais notre père ne lui laissait jamais croire que quelque chose clochait chez lui. Il marchait sur les chemins pour aller fouiller le sol, tout comme moi. »

L'article se poursuivait, mais Eleanor s'arrêta sur la photo des deux jeunes hommes au visage agréable et un peu geek, debout à côté d'une vitrine en verre (une parmi beaucoup d'autres, manifestement) abritant une partie de la collection qu'ils avaient réunie, ainsi qu'une plaque en l'honneur de leur père, Russell.

« Notre père est mort l'année dernière, expliquait Arthur, le frère aîné. Notre mère est partie quand mon frère et moi étions très jeunes. Nous avons donc toujours vécu tous les trois, notre père a toujours fait ce qui était en son pouvoir pour que nous allions bien. Quand nous partions faire ces fouilles le week-end, nous avions l'impression, grâce à lui, de vivre une aventure extraordinaire. Il nous appelait "Les trois amigos". »

Un soir, elle décrocha le téléphone qui sonnait et entendit la voix d'un adolescent. Il fallut à Eleanor une minute pour le reconnaître.

« C'est Elijah. Je t'appelle de notre ferme. »

Elle avait souvent vu Elijah quand elle venait chercher les enfants pour les emmener quelque part. Petit, il lui rappelait Toby avant l'accident, en plus grand et plus dégingandé, comme son père, alors que Toby était plus petit et plus compact. Elijah n'avait pas hérité des cheveux roux de Cam. Là-dessus, il ressemblait à sa mère.

Elle avait toujours aimé le fils de Coco et de Cam. Si elle éprouvait de la rancœur envers son ex-mari ou la femme qu'il avait épousée, pour qui il l'avait quittée, rien n'était la faute d'Elijah. Eleanor l'avait toujours considéré comme un enfant intéressant et gentil, en particulier avec Toby. L'ironie de la situation ne lui échappait pas : elle avait toujours espéré qu'un de ses enfants jouerait de la guitare et c'était ce que faisait celui-ci – bien que n'étant pas le sien.

Plus jeune, Elijah était le seul à pouvoir donner quelque chose de précieux à Toby, qu'il admirait et considérait comme son grand frère. Vers quatre ans, Elijah se rendit compte qu'il était le plus fort des deux et il devint le protecteur le plus farouche et le plus loyal de Toby – tâche qui revenait auparavant à Ursula. Si un enfant se moquait de lui à une fête 4-H ou au bowling, Elijah s'interposait. S'il se retrouvait tout seul, Elijah jouait avec lui. Même devenu trop grand pour les Hippos gloutons et Docteur Maboul, il continua longtemps à y jouer avec son frère. Il l'accompagnait dans ses chasses aux cailloux, s'asseyait par terre avec lui, simulait des batailles entre son tricératops et le T-Rex de Toby. En classe de sixième, il créa un groupe de rock et confia les bongos à Toby, qui en jouait à sa façon. Au lycée, quand le groupe commença à se produire en concert, Elijah ne manquait jamais d'emmener Toby qui se tenait sur la scène, agitant les maracas, ou au premier rang, chantant les chansons écrites par Elijah. Il les connaissait toutes.

Quand Elijah l'appela pour lui parler, Eleanor supposa que c'était à propos de son fils.

« Quelque chose est arrivé à Toby ? demanda-t-elle, le ventre crispé.

— Toby va bien. Je voulais te poser une question, sans rapport avec Toby. Tu sais que j'ai un groupe.

Les Goonies. On a commencé en jouant à l'école, mais maintenant on fait des concerts. Payés. »

Eleanor en avait entendu parler. Par Toby, en fait, de sorte que les détails étaient un peu flous, mais, étonnamment, le groupe d'Elijah avait été engagé au début de l'hiver en première partie d'un groupe de Boston assez connu – connu par des gens qui n'avaient pas l'âge d'Eleanor.

Le concert s'était déroulé mieux qu'ils ne l'avaient espéré, au point que le guitariste solo du groupe vedette avait demandé à Elijah de les rejoindre pour jouer avec eux comme guitariste rythmique et d'assurer le soutien vocal.

Il s'agissait d'un vrai groupe professionnel. Une occasion à ne pas manquer.

Le problème tenait aux répétitions. Les membres du groupe se retrouvaient tous les dimanches pour répéter et ils avaient déjà des engagements le vendredi et le samedi dans un club de Boston. Elijah pouvait venir en ville et rentrer le dimanche en bus, mais les concerts finissaient tard et, s'il acceptait, il avait besoin d'un endroit où dormir.

« Tu voudrais venir chez moi ces soirs-là ? » demanda Eleanor. Elle avait de la place à revendre : la chambre d'Al, celle d'Ursula, celle de Toby. Aucune n'était occupée.

« Je t'accueille avec grand plaisir.

— Maman pensait que ça ne te plairait peut-être pas que je te le demande. Mais je me suis dit que, au pire, tu refuserais.

— Je suis ravie que tu viennes. J'ai toujours espéré que quelqu'un de la famille jouerait de la guitare. Tu es le premier. »

Dès lors, Elijah vint chez Eleanor tous les week-ends. La première fois qu'il arriva avec sa guitare et son sac à dos, elle l'avertit d'emblée qu'il n'avait pas besoin de lui faire la conversation. « Considère que c'est un endroit où dormir. Pas d'obligation. Je suis certaine que tu as mieux à faire que boire du thé à la cuisine avec moi. »

Mais Elijah paraissait aimer boire du thé avec elle. Souvent le soir, après les répétitions, quand Oliver, le batteur, le ramenait, Eleanor et Elijah se retrouvaient devant le plan de travail de la cuisine et buvaient du thé au citron et au gingembre en parlant de musique, de l'école, ou même d'une fille qu'il aimait bien. Il disait la frustration, pour un garçon de son âge, de vivre loin de tout à la campagne, alors que ce qu'il voulait, c'était jouer du rock avec ses amis.

« La ferme est un endroit tellement beau, dit Eleanor.

— Sans doute. Mais il ne s'y passe pas grand-chose. Sauf si on aime le yoga et les chèvres. »

Un soir, il la trouva en train de se servir un reste de ragoût de bœuf qu'elle avait préparé la veille.

« Je suppose que tu n'en veux pas, dit-elle, pensant qu'il était végétarien comme ses parents.

— Tu rigoles ? » Il prit une assiette.

L'été, à la fin des cours, il déménagea sa stéréo et son ampli chez elle. Des grandes paires de sneakers se trouvaient de nouveau devant la porte d'entrée, comme quand elle avait ses adolescents à la maison. (Pas si souvent. Quand ses enfants étaient adolescents, au mieux ils venaient de temps en temps.)

Parfois, dans la chambre qu'il occupait (celle d'Al, mais Al ne venait plus), Eleanor entendait des musiques qu'elle connaissait mal. Du hip-hop et du rap, le plus souvent. Des chanteurs dont elle ignorait le nom.

Des paroles qui n'avaient guère de sens pour elle, mais quelle importance ? Des riffs de guitare qu'il répétait, tard le soir, et cela ne la dérangeait pas. Entendre le bruit d'un adolescent dans la maison, elle en rêvait. Cela lui avait manqué.

92

Une autre mère s'en va

L'année des cinquante-trois ans d'Eleanor, Ursula, lors de leur coup de fil habituel du dimanche après-midi, lui annonça une grande nouvelle.

« Tu vas être grand-mère. »

Le lendemain, Eleanor commanda pour elle *Le Guide de la naissance naturelle*, encore disponible après tant d'années. Elle écrivit sur le mot qu'elle joignit à son cadeau : « Je sais qu'il va te sembler le dernier des livres hippies, mais à l'époque où je t'attendais, j'ai trouvé beaucoup de sagesse dans ces pages. Je suis tellement excitée pour vous deux. Rien ne m'a procuré autant de joie que de vous élever tous les trois. » C'était vrai, mais elle aurait pu ajouter « ou plus de chagrin ».

La maternité d'Ursula, à l'évidence, la rapprochait de sa mère. En plus de leurs traditionnelles conversations du dimanche après-midi, Ursula appelait souvent Eleanor pour lui poser des questions, principalement sur la grossesse. Après tant d'années au cours desquelles sa fille l'avait tenue à distance, entendre sa voix à l'autre bout du fil lui poser des questions sur l'accouchement dans l'eau ou sur les avantages et les inconvénients de prendre le bébé dans son lit lui semblait un cadeau magnifique et inattendu.

L'été suivant, à la fin de son année de seconde au lycée d'Akersville, Elijah prit le bus jusqu'à Boston, puis le métro jusqu'à Brookline, pour voir Eleanor. « J'ai eu une idée de dingue et je suis passé te voir. Pas de problème si tu ne veux pas », lui dit-il.

Il voulait lui demander si elle pouvait envisager de le laisser s'installer chez elle. Il lui expliqua que l'école n'avait jamais été son truc et que, en y réfléchissant, la seule chose qui comptait pour lui, c'était faire de la musique. S'il vivait en ville, il pourrait trouver un job pour payer des leçons et passer des auditions pour des concerts. Il lui paierait un loyer.

« Oublie le loyer. Mais l'école ? » demanda Eleanor.

Il lui dit qu'il étudierait tout seul et passerait son bac en candidat libre.

Elijah emménagea dans la chambre d'Al la semaine suivante. Il prenait des leçons de guitare deux fois par semaine avec un diplômé de Berklee et décrocha un job à temps partiel dans un magasin de musique. En quelques mois, il fut engagé dans des clubs de la ville pour jouer tous les week-ends. Très souvent, le soir, elle entendait Elijah s'exercer en haut.

Un soir qu'elle travaillait à sa table à dessin, il apparut dans la pièce, une tasse de thé à la main pour elle. Il lui demanda s'ils pouvaient parler un moment.

« Mes parents ont des problèmes. Ma mère s'en va », dit-il.

Durant toutes ces années, Eleanor avait éprouvé de l'amertume envers Cam et Coco pour la vie heureuse qu'ils paraissaient mener. Ils avaient les trois grands enfants, plus un autre à eux, le potager, le cabinet de massage de Coco et les grands rassemblements d'une famille unie dont elle entendait parler : feux de camp, musique et danse, repas de fête. En imagination tout au moins, elle s'était forgé une image de leur vie, proche de celle qu'elle avait rêvée jadis pour elle et Cam. Ils avaient obtenu tout ce qu'elle désirait à l'époque où Ed Abercrombie lui avait fait visiter la ferme.

Les paroles d'Elijah d'abord la peinèrent. Elle qui avait vécu la fin d'une union ne pouvait souhaiter cela à personne, même pas à celle qui était en partie responsable d'avoir causé la fin de la sienne. Elle éprouvait surtout de la tristesse pour Elijah. Et pour ses propres enfants, naturellement, qui aimaient Coco et voyaient sans aucun doute le mariage de leur père comme le modèle d'une relation durable entre un homme et une femme.

« Je suis désolée », dit Eleanor. Ce n'était pas à elle de demander ce qui s'était passé. Elijah le lui dit spontanément.

« Ma mère est tombée amoureuse de quelqu'un d'autre. Elle nous l'a dit le week-end dernier, à mon père et à moi. »

Eleanor aurait pu voir là un effet de la justice : Coco quittait Cam de la même façon que Cam l'avait quittée. Il était fort probable que celui qui le remplaçait était plus jeune, comme l'avait été Coco quand elle était entrée dans la vie de Cam.

En le regardant ranger le bois dehors, devant la grange quand elle était allée voir Toby à la ferme, elle avait été frappée de constater à quel point il avait vieilli. Cam était toujours beau, mais semblait très fatigué. Elle s'étonna d'éprouver aussi de la peine pour lui.

« Je n'arrive pas à croire que ma mère se soit tirée avec un crétin rencontré dans un bar. Qu'est-ce qu'elle faisait dans un bar, de toute façon ? » reprit Elijah.

93

Elle ne compte pas jusqu'à dix

Ce week-end-là, un appel du Vermont : Jake annonçait à Eleanor que les contractions commençaient. Toute la nuit il la tint au courant de l'évolution, comme Ursula probablement le lui avait demandé. Quand il l'appela pour lui apprendre qu'ils avaient une fille, Ursula voulut parler à sa mère.

« Viens faire la connaissance de Louise », dit celle-ci.

Un quart d'heure plus tard, Eleanor avait préparé ses affaires et pris la route en direction du Vermont pour voir sa petite-fille. Son cœur explosait d'une manière qu'elle n'aurait plus crue possible.

Elle avait prévu de prendre une chambre d'hôtel tout près, mais à sa surprise Ursula proposa de la recevoir chez eux. Elle pourrait aider aux repas et à la lessive, s'occuper du bébé quand Ursula prendrait une douche.

« Je ne veux pas vous déranger, dit Eleanor.

— Tu ne nous dérangeras pas. Jake et moi, nous voulons que tu viennes à la maison. Moi en particulier. C'est dans ces moments-là qu'une femme a besoin de sa mère. »

Eleanor, qui avait mis au monde trois enfants sans l'assistance de sa mère, comprenait sa fille.

Plus tard, Eleanor rechercha dans ces trois jours passés avec Jake et Ursula des signes annonciateurs du problème qui suivit, mais elle eut beau éplucher ses souvenirs du temps précieux pendant lequel elle avait pris soin d'Ursula et fait la connaissance de Louise, elle ne trouva pas un seul moment où les choses avaient dérapé ou s'étaient compliquées. Ursula allaitait Louise et n'avait donc pas besoin d'Eleanor pour la nourrir, mais pour tout le reste, Ursula avait paru contente de la présence de sa mère. Maintenant qu'elle avait un bébé, elle montrait un intérêt sans limites pour l'histoire de sa propre naissance et de celles de son frère et de sa sœur. Eleanor et Ursula étaient assises près du poêle à bois et parlaient de chaque instant de l'accouchement d'Ursula, dont certains détails échappaient à Jake, et ce sujet qui ne pouvait intéresser personne autant qu'une mère comme Eleanor.

Jusque-là, ils avaient acheté des plats à emporter ou mangé ce que les amis d'Ursula et de Jake leur apportaient, mais le troisième soir, Eleanor proposa de préparer le dîner. Elle s'était attendue à ce qu'Ursula demande un plat végétarien, mais sa fille avait déclaré qu'en fait, ce dont elle avait envie, c'était des spaghettis carbonara d'Eleanor.

Ils étaient à table, Louise dans les bras d'Eleanor, pour laisser à Ursula le loisir de manger tranquillement. Jake avait ouvert la bouteille de vin qu'Eleanor avait apportée. Ursula ne buvait pas, mais Eleanor et Jake l'avaient presque asséchée.

« J'ai tellement hâte que Papa fasse la connaissance du bébé. J'espère que Louise le déridera. C'est tellement dur pour lui depuis que Coco est partie. Elle est vraiment minable de l'avoir trompé comme ça, derrière son dos. Je crois que je ne lui pardonnerai jamais. »

Eleanor serra plus fort le bébé contre elle. Elle avait des choses à dire sur l'infidélité dans un couple. Elle savait qu'elle devait se taire.

Regarde Louise, s'ordonna-t-elle. Quoi d'autre comptait, sinon qu'elle était chez sa fille et qu'elle tenait ce bébé ? Tout ce dont elle avait besoin était là : ces lèvres en bouton de rose, ce nez qui ressemblait déjà à celui d'Ursula, sa petite poitrine qui se soulevait en rythme, l'odeur merveilleuse de son crâne, commune à tous les nouveau-nés qu'elle avait tenus dans ses bras et qui disparaissait vite, les battements rapides de son petit cœur sous la couverture en flanelle, ses doigts minuscules enroulés dans son sommeil autour du pouce d'Eleanor.

« Je n'arrive pas à croire que Coco ait pu faire ça à Papa », continuait Ursula. Son accouchement récent expliquait peut-être pourquoi elle parlait ainsi de son père, elle qui d'habitude faisait toujours très attention à ne pas prononcer son nom. Ou alors, elle pensait que sa relation avec Eleanor était tellement apaisée que le sujet de Cam n'était plus interdit.

« Un jour il pense que tout va bien et le lendemain Coco lui déclare qu'elle est amoureuse d'un autre type », reprit Ursula.

Eleanor connaissait bien cette impression : sa poitrine se serrait, les battements de son cœur s'accéléraient. Elle se souvenait de ce que disait Ursula à six ans, à huit ans, cherchant toujours à faire la paix. Voulant que tout le monde soit heureux. *Respire un bon coup, Maman. Compte jusqu'à dix*.

« J'ai toujours adoré la façon dont Papa et Coco se sont mis ensemble, poursuivit Ursula. Après toutes les années où elle était notre amie, où elle s'occupait de nous, où elle venait nous réconforter quand vous vous êtes séparés. Finalement, ils ont compris qu'ils étaient amoureux. »

Pas tout à fait. Mais regarde plutôt le bébé. Tout ce qui comptait maintenant, sa petite-fille.

Jake prit la bouteille et proposa du vin à Eleanor. « Autant la finir, El », dit-il en lui remplissant son verre.

« J'ai toujours trouvé que c'était une très belle histoire. Coco rentre de Hawaï. Ils se regardent tous les deux et découvrent qu'ils sont amoureux.

— Ce n'était pas tout à fait ça », lâcha Eleanor. Elle regarda sa précieuse fille. Elle voyait encore sur le visage d'Ursula, à vingt-huit ans, la petite fille qu'elle était à sept, le jour où ils s'étaient réunis pour expliquer aux enfants qu'ils allaient divorcer. Ursula croyait que leurs parents étaient d'accord pour leur offrir des chèvres naines.

Eleanor prit son verre. Une dernière gorgée. Pour autant elle n'était pas en route pour Crazyland.

« Ton père va s'en remettre, assura Jake à Ursula. On ne connaît pas toute l'histoire. Peut-être que lui non plus ne tenait plus à elle quand Coco s'est tournée vers cet autre type. Pour ce qu'on en sait, c'était réciproque. »

Ursula ne voulait pas y croire. « Tu ne connais pas mon père comme moi, répondit-elle à Jake. C'était vraiment dur de le voir à ce point brisé après le départ de Maman. Et voilà que ça recommence.

— Ce n'était pas tout à fait ça », répéta Eleanor. Le bébé dans les bras, elle avait parlé d'une voix calme. « Entre ton père et moi. Je ne l'ai pas quitté. C'est lui qui m'a quittée. »

À l'instant même où elle prononça ces mots, elle sut que c'était une erreur. En face d'elle, Ursula lui lança un regard. Le regard de l'Ursula dont Eleanor se souvenait, durant toutes les années où elle avait été l'objet de la colère silencieuse, soigneusement déguisée de sa fille cadette. Un regard dur, qui la jugeait. Pire encore.

« De quoi tu parles ? C'est toi qui es partie. »

Eleanor respira un grand coup, comme avant de plonger sous l'eau un très long moment. Un plongeon jusqu'au fond. Elle avait dépassé le point de non-retour.

« Je suis partie parce que ton père était tombé amoureux d'une autre. Si quelqu'un dans cette histoire a eu le cœur brisé, ce n'était pas ton père.

— Tu nous as quittés. Tu l'as laissé s'occuper de tout. Je me souviens comment il était à l'époque. Même après l'accident de Toby, Papa n'était pas aussi triste que quand tu l'as quitté. Je ne sais pas comment il aurait survécu si Phyllis et Coco ne lui avaient pas donné un coup de main. »

Coco lui avait donné un coup de main. Tu parles ! Eleanor ne savait pas très bien si elle avait pensé ces mots ou si elle les avait prononcés.

« Ton père… » dit Eleanor.

N'en dis pas plus.

Elle continua.

Plus tard, elle se souviendrait d'Ursula, face à elle, à l'écoute de ses paroles. Eleanor vit le regard que sa fille lui adressa à ce moment-là. Trois jours plus tôt, elle avait accouché, mais pendant le travail son visage ne devait pas refléter une douleur aussi grande.

Trop tard. Eleanor était à Crazyland.

« Durant tout ce temps, tu as vraiment cru que ton père vivait comme une sorte de moine triste après que ta mère sans cœur l'avait abandonné ? Coco, l'amie loyale de la famille, ne venait que pour faire du popcorn et jouer au Monopoly ? Et finalement, quand elle a eu vingt et un ans, ils se sont regardés tout à coup, se sont tapé le front de la main et ont dit "Tiens donc !

On est amoureux". Tu crois vraiment que ça s'est passé comme ça ? »

Ursula s'était levée de sa chaise, approchée d'Eleanor pour reprendre sa fille des bras de sa grand-mère.

« Ton père baisait la baby-sitter, Ursula », assena Eleanor.

Elle ne se souvenait plus de la suite, une fois ces mots prononcés, seulement qu'Ursula se tenait en face d'elle, sans aucune trace d'amour dans les yeux.

« Je ne supporterai pas une minute de plus ton ressentiment envers Papa. Tu veux que j'arrête de l'aimer, mais ça n'arrivera jamais », dit Ursula.

Eleanor eut l'impression que le sol se dérobait sous ses pieds, que son cœur allait s'arrêter de battre ou, au contraire, exploser. La pièce se mit à tourner. Elle ne voyait que le visage de sa fille. Sans trace d'amour.

« Ne reviens pas. Ne reviens jamais. Ne compte pas revoir un jour ta petite-fille. Jamais. »

94

Encore mieux que tu ne pensais

Eleanor le savait depuis longtemps : même si on ne pouvait pas survivre à ce qu'elle avait dit, elle survécut. Au prix d'un immense chagrin. Mais elle continua de vivre.

Après son retour du Vermont, elle ne parla à personne pendant plusieurs semaines. Elle ne pouvait pas manger. Presque tous les soirs, elle était au lit à 8 heures et demie. Son seul désir était de fermer les yeux et de s'exclure du monde.

Une femme qu'elle avait rencontrée au cours de Pilates, au courant de la grossesse d'Ursula et du voyage d'Eleanor dans le Vermont pour voir le bébé, l'arrêta dans la rue quelques jours après son retour pour lui demander des nouvelles.

« Il n'y a pas de plus grand bonheur que d'être grand-mère, n'est-ce pas ? Même si on vous jure que ça va être fantastique, c'est impossible à imaginer jusqu'à ce que ça vous arrive », lui dit-elle. Eleanor se contenta de hocher la tête.

•

D'abord, Eleanor conserva l'espoir que les choses allaient s'arranger avec Ursula. Elle l'appela, mais Ursula ne décrocha pas. Elle lui écrivit une lettre, puis une autre. Elle se réveillait au milieu de la nuit et pensait à ce qu'elle dirait à Ursula si elle trouvait l'occasion de lui parler, ce qui n'arriva pas.

Un an après la naissance de Louise, elle envoya un éléphant en peluche pour l'enfant, un collier pour Ursula. Comme tous ses autres cadeaux, ils ne reçurent aucune réponse. Six mois plus tard, quand le deuxième Noël passa encore une fois sans réponse, Eleanor se dit qu'elle devait abandonner l'espoir de voir les choses changer. La perte de sa fille et de sa petite-fille la rongeait. Elle l'aurait dévorée si elle s'était laissé faire.

Elle cherchait de bons moments là où elle pouvait. Le temps qu'elle passait avec Toby. Son travail. Et, étonnamment, Elijah, l'enfant qui n'était pas le sien. Elle assistait parfois à ses concerts – où elle était invariablement la personne la plus vieille de la salle –, mais seulement s'ils commençaient avant 10 heures. Comment se faisait-il que l'enfant qui lui apportait le plus de joie, à ce moment de sa vie, était Elijah, le fils de son ex-mari et de la femme pour qui il l'avait quittée, qui vivait dans la chambre de sa fille et de temps à autre, tard le soir, venait s'asseoir dans la cuisine et parler de la vie ?

Elle comprenait à présent l'expression stupide « la vie continue ». C'était la vérité. Le temps passant, elle avait parfois du mal à se rappeler pourquoi elle avait trouvé si primordiales tant de choses qui n'avaient plus la moindre importance. Les vieilles disputes, les anciennes blessures s'effaçaient. Elle savait évidemment pourquoi Cam et elle s'étaient séparés, mais elle se demandait à présent si tout cela avait un sens. Et s'ils avaient trouvé une solution ? S'ils étaient restés ensemble ? Ils connaîtraient les mêmes pertes et les mêmes regrets, mais ils les traîneraient ensemble, côte à côte, au lieu de tout démolir. L'un d'eux en était-il plus heureux ? Ils auraient simplement remplacé une forme de déception par une autre. Et si, le soir où elle avait révélé à Cam qu'elle connaissait sa liaison avec Coco, il s'était excusé ; et s'il lui avait dit « Ne brisons pas notre famille » ? Et si elle avait mis son amertume de côté ?

Une famille intacte. Les mots que la psychologue d'Alison avait employés en se référant à d'autres familles, différentes de la sienne. Quel était l'inverse ? *Famille brisée.*

Tout cela était derrière eux, évidemment. Ils avaient avancé. Encore une expression idiote, se dit Eleanor. Comme s'ils se déplaçaient sur un plateau de Monopoly et arrivaient sur la case « Rue de la Paix » et son hôtel. Sans passer par la case départ. Ou, suivant un autre jeu, s'ils étaient renvoyés au Marais de Mélasse, obligés de tout recommencer. Ils avaient construit une autre vie, pleine d'imprévus que ni l'un ni l'autre n'auraient pu imaginer : yoga, cartes de vœux, kinésithérapie, Hollywood, Elijah.

Eleanor et Cam ne se connaissaient pratiquement plus. On en était à présent à la génération suivante, ceux qui avaient survécu au divorce. Leurs enfants, les enfants de leurs enfants et ceux qui viendraient ensuite.

Parfois, quand elle revenait à Akersville pour voir Toby, Eleanor tombait sur l'une de ses anciennes amies de l'époque du softball. La conversation tournait immanquablement autour des petits-enfants.

Elles sortaient des photos, parlaient de vacances en famille, expliquaient qu'elles gardaient leurs petits-enfants tandis que les parents – ces enfants qui jouaient ensemble par terre si longtemps auparavant les soirs d'été, au terrain de softball – sortaient en amoureux. Ces femmes, celles qui jadis se retrouvaient sur les gradins, disaient aujourd'hui comme c'était fantastique d'être grands-mères. Le plus beau moment de la vie, peut-être, parce qu'on profite avec joie des enfants sans tous les inconvénients. Elles se plaignaient de temps en temps de leur fatigue quand elles devaient garder les petits-enfants un week-end entier ou quand leurs enfants les leur déposaient sans prévenir. Mais sous ces plaintes apparentes, Eleanor sentait bien qu'elles adoraient aussi les moments difficiles. Ce qu'il y a de mieux, répétaient-elles.

Un peu plus d'un an après la naissance de Louise, elle tomba sur Jeannie Owen, celle de leur groupe qu'elle avait toujours vue en vêtements de grossesse au fil des saisons passées sur les gradins à regarder leurs maris jouer. Jeannie sortit son téléphone pour lui montrer les photos de sa récente visite à Hampton Beach avec le petit dernier de sa fille Paulette.

« Tes enfants t'ont déjà donné des petits-enfants ? » lui demanda Jeannie. L'idée étant, apparemment, pour Jeannie du moins, que les petits-enfants étaient un cadeau que les enfants accordaient à leurs parents. Un cadeau accordé ou refusé, cela dépendait.

« Ursula a une petite fille, Louise. Ils vivent dans le Vermont, dit Ursula.

— Ce qu'il y a de mieux, hein ? » Et ça recommençait. « On a beau te dire que c'est génial, jusqu'à ce que ça t'arrive, tu ne peux pas même l'imaginer.

— Génial », répondit Eleanor, tandis que Jeannie faisait défiler les photos sur son téléphone : des bébés, des tout-petits, des enfants d'âge préscolaire que ses enfants lui avaient fournis. Elle les appelait *les petits*. Elle était si occupée à les montrer qu'elle ne pensa pas à demander à Eleanor des photos de Louise. Tant mieux. À part celles qu'elle avait prises le jour où Louise était rentrée de la maternité, elle n'en avait pas.

Sa vie de grand-mère était réduite au plus simple. Tous les mois, depuis que Louise avait un peu moins d'un an, elle lui envoyait une carte : la reproduction d'une pièce d'un musée qu'elle avait visité, une photo d'un bébé animal avec un mot capable de plaire à une petite fille, en supposant que ses parents la lui montrent. (Louise avait maintenant trois ans. Comment était-ce possible ?) De temps en temps, elle envoyait un dessin qu'elle avait fait pour elle, une image d'elle, telle qu'Eleanor l'imaginait, occupée à quelque chose d'intéressant, mais c'était difficile. Elle ne connaissait pas Louise. Était-ce une petite fille qui aimait les ballerines, les chatons ou les singes ? Elijah lui avait bien montré quelques photos, mais Eleanor ne savait pas vraiment à quoi ressemblait Louise.

Une chose qu'Eleanor avait apprise en tant que mère exclue par sa fille, c'était que les gens la jugeaient, comme ils l'avaient fait quand elle avait quitté la ferme et que toutes les épouses de l'équipe de softball avaient supposé qu'elle avait abandonné sa famille. Elle qui, jusqu'alors, avait paru normale et raisonnable, voyait toute son existence remise en question juste parce que sa propre fille avait éprouvé le besoin de lui interdire de voir sa petite-fille.

Pour cette raison, entre autres, elle avait appris à garder le silence sur le choix d'Ursula de l'écarter de sa vie. Cela ne l'empêchait pas de le déplorer quotidiennement. Ou de conserver l'espoir, comme Ursula savait si bien le faire autrefois, qu'un jour les choses changeraient.

95

La Maison Blanche en ligne de mire

Depuis plusieurs années, Eleanor n'ignorait pas la carrière de Matt Hallinan à Washington. Dès son premier mandat au Congrès, il s'était fait un nom grâce à son discours à la Chambre des représentants sur les valeurs traditionnelles de la famille et l'importance de la prière à l'école. L'histoire qu'il avait racontée ce jour-là sur sa grand-mère pétrissant son pain, un chiot entre les jambes, et une autre sur un jour de chasse avec son père avaient fait sensation au point que, encore trentenaire à l'époque, il avait été invité à parler à la Convention républicaine nationale. Eleanor avait appris par la traditionnelle lettre de Noël de Patty que Matt, après ses nombreux mandats au Congrès en tant que porte-parole de plus en plus audible des « valeurs familiales », avait récemment été élu au Sénat. Patty ne cachait pas que les opinions politiques de son frère étaient un peu trop à droite à son goût. Mais ce n'était que convenance politique, disait-elle. « Tu connais mon frère, écrivait-elle à la fin de sa lettre, dans la partie de son message qu'elle destinait à Eleanor seule. En fait, il ne croit qu'à l'argent et à la bière. »

Eleanor lavait la vaisselle quand elle reconnut la voix de Matt Hallinan à la radio. Il était l'invité de la semaine dans une émission intitulée *Talk of the Nation*. « On a beaucoup parlé du sénateur Matthew Hallinan récemment. Certaines personnes influentes à Washington parlent de lui comme candidat au poste de numéro deux à la prochaine élection », annonça la présentatrice.

Matt devait approcher des soixante ans, mais Eleanor savait par la carte de vœux de la famille Hallinan qu'elle continuait à recevoir tous les ans qu'il était encore en forme, avec une épouse souriante et deux enfants adorables aux cheveux blonds bien coupés. S'il était choisi comme candidat à la vice-présidence sur le ticket républicain, il serait évidemment en très bonne position pour le poste suprême, plus tard. « Que pensez-vous de cette perspective, sénateur ? La Maison Blanche est-elle dans votre ligne de mire ? » demanda la présentatrice.

Si Darla avait été encore en vie, Eleanor aurait pris le téléphone pour l'appeler : c'était le seul être à comprendre les sentiments que lui inspirait l'image d'un Président Hallinan. À défaut, elle se contenta de prendre un tampon à récurer et se mit à frotter plus fort que nécessaire.

« Je serais honoré. Je servirais avec humilité le peuple américain, par tous les moyens qui me seraient confiés. Si cela inclut la Maison Blanche, qu'il en soit ainsi. »

La présentatrice de l'émission lui posa ensuite une question sur sa philosophie politique.

« Certains me considéreront comme un dinosaure, mais, pour moi, il faut revenir aux valeurs traditionnelles dans lesquelles j'ai été élevé. L'amour du pays. L'amour de la famille. L'amour de Dieu.

« Les Américains perdent de vue les valeurs morales fortes qui furent celles de nos pères fondateurs, poursuivit-il. Drogue. Divorce. Gays dans l'armée. Enfants en garderie pendant que leurs mères perçoivent le chômage et les aides sociales. Les libéraux nous transforment en une nation de pleurnichards. Des hommes se réveillent un matin en décidant de devenir des femmes, des femmes décident de devenir des hommes. On ne sait plus qui on va trouver dans les toilettes publiques.

— De tous les problèmes auxquels est confrontée l'Amérique d'aujourd'hui, quel est selon vous le plus grave ? demanda la présentatrice.

— Des milliers de bébés sont tués chaque jour dans notre pays, répondit Matt Hallinan. Il m'arrive de ne pas dormir la nuit en pensant à eux. »

Sa voix, étrangement familière après tant d'années, eut sur Eleanor un effet plus perturbant qu'elle n'aurait pensé. Elle était de nouveau en été 1969, à l'avant de sa voiture.

Le souffle de Matt Hallinan sur son visage, ses doigts pinçant ses mamelons. Sa jupe remontée à la taille, son slip sur les chevilles.

Et plus tard, le voyage à Poughkeepsie. La pièce du fond. Les cinq cents dollars. Le retour en silence à son internat et le sang qui détrempait la serviette hygiénique entre ses jambes.

Les auditeurs étaient invités à téléphoner. Le numéro avait été rappelé plus d'une fois. « Si vous avez une question ou un commentaire, c'est le moment. Chers auditeurs, le sénateur Hallinan vous écoute », dit la présentatrice.

Eleanor, figée devant l'évier, gardait les yeux fixés sur la radio. Elle revoyait Matt Hallinan comme il était tant d'années auparavant : un garçon, membre d'une confrérie, qui s'ennuyait, suivait des cours de rattrapage et cherchait comment tricher pour entrer en faculté de droit.

« Des pleurnichards. » C'était peut-être le terme que Matt Hallinan employait pour définir ceux qui avouaient des chagrins ou des difficultés autres que l'échec de son équipe à atteindre le Super Bowl.

Eleanor pensait à Toby, penché sur le livre de Richard Scarry, qui faisait tant d'efforts pour réapprendre les noms de toutes les choses qu'il connaissait auparavant. À Harry Botts, qui buvait une bière avec Jerry Henderson après un match et à Jerry qui riait en buvant une gorgée : « Tu n'as pas le sida, hein ? » À Darla, qui pendant des années faisait des ménages et cachait l'argent gagné sur un compte bancaire secret pour s'enfuir, et qui réussissait enfin à mettre son plan à exécution. Elle avait rempli la camionnette de location de tout ce qu'elle pouvait sauver de son ancienne vie pour la nouvelle qu'elle pensait commencer. Elle n'avait sorti que ce qu'elle pouvait du mobile home pendant que Bobby était au travail. Elle s'était arrêtée à la pompe à essence, le soir, s'était retournée et avait vu l'homme auquel elle voulait échapper depuis plus de vingt ans, Bobby. Il tenait une arme à feu qu'il avait trouvée dans un Walmart.

Plus encore, Eleanor pensait à ce qu'Al avait dû subir. Al, à qui sa grand-mère offrait tous les ans une robe à volants. Al, qui prenait la décision d'effectuer la transition entre le sexe qui lui avait été attribué à la naissance et le genre qui lui correspondait. À cet instant, Eleanor comprit l'étendue du courage d'Al. Elle éprouva une sorte de douleur physique à imaginer ce que ressentirait son fils s'il entendait les propos de Matt Hallinan.

Une autre image : Matt Hallinan tirant le slip d'Eleanor sur ses chevilles et lui chuchotant à l'oreille. *Un petit pas pour l'homme.*

« Nous attendons vos appels », répéta la présentatrice. Eleanor décrocha son téléphone.

Elle prit une profonde respiration. Cette fois, on était loin du schéma habituel, de l'impression familière de franchir les limites du monde et d'entrer en Crazyland. Eleanor était étonnamment calme en composant le numéro. De toute façon, des centaines de personnes appelaient sans doute. Son appel ne serait jamais pris.

Une minute plus tard, une voix de femme lui répondit à l'autre bout du fil. « Vous êtes en contact avec *Talk of the Nation*. D'où appelez-vous ?

— De Brookline, Massachusetts. » Elle donna son prénom, c'était tout ce qu'on lui demandait.

« Quelle est votre question à notre invité ? » Avant d'avoir le temps de réfléchir, elle se lança.

« Tu dois te souvenir de moi, sénateur Hallinan. J'ai passé l'été de mes seize ans dans ta famille. Tu m'emmenais à mon travail en voiture et tu venais me chercher. Je te considérais comme un grand frère. »

Elle sentait un malaise là-bas, quelque part dans le studio à Washington. Le cerveau de Matt Hallinan devait fonctionner à toute vitesse, chercher comment esquiver le problème, mais Eleanor n'avait pas fini de parler.

« À l'époque, tu essayais de trouver un moyen de couper au Viêtnam. Je me souviens que tu voulais payer quelqu'un pour passer à ta place l'examen d'entrée en faculté de droit. Mais ce n'est pas le principal, Matt. C'est ce qui se passait dans la voiture… »

Il tenta de l'interrompre. « J'ignore qui est cette personne. J'imagine que vous recevez beaucoup d'appels de gens dérangés dans votre émission.

— J'étais la camarade de chambre de ta sœur Patty à l'internat du lycée. Je pense que tu le sais. Mes parents venaient de mourir dans un accident de voiture. »

Son téléphone portable à l'oreille, dans la cuisine de Brookline, Eleanor s'exprimait d'une voix ferme.

« Cette interlocutrice n'a pas de question, semble-t-il. Passons à quelqu'un d'autre, dit Matt Hallinan.

— Cet été-là, Matthew Hallinan m'a violée. Je me suis retrouvée enceinte et il m'a emmenée avorter illégalement », déclara Eleanor.

La présentatrice de l'émission prit la parole. « Vous portez de graves accusations… (elle consulta sans doute ses notes) … Eleanor. Avez-vous une réponse à apporter, sénateur Hallinan ?

— Cette interlocutrice est manifestement folle à lier », répondit Matt Hallinan.

La ligne fut coupée, mais Eleanor avait dit ce qu'elle voulait. Bien longtemps auparavant, Darla et elle avaient fait un pacte. Darla quitterait Bobby. Eleanor réglerait son compte avec l'homme qui l'avait violée dans la voiture de ses parents. Elle venait de le faire.

Dix minutes plus tard, son téléphone sonna. Le producteur de l'émission *Talk of the Nation* l'appelait pour dire qu'une reporter de CNN avait entendu son intervention et voulait lui parler. Il ne lui donnerait pas son numéro sans son autorisation.

La reporter se manifesta dans les minutes qui suivirent. « Avant tout, j'ai besoin de savoir si vous êtes prête à soutenir publiquement vos allégations concernant Matthew Hallinan », demanda-t-elle à Eleanor.

La plupart des gens lui auraient sans doute conseillé de consulter d'abord un avocat. (Son père était avocat.

Malgré toutes les années passées depuis sa mort, elle savait ce qu'il lui aurait dit.)

Eleanor raconta son histoire à la journaliste. L'été à Rhode Island. Le viol. L'avortement.

« Quel âge aviez-vous à l'époque ? » demanda la reporter. Seize ans.

Dans la semaine qui suivit le reportage sur CNN, quatre autres femmes déposèrent à propos d'agressions sexuelles commises par le sénateur Hallinan. On sollicita Eleanor pour participer à l'émission *Today*. Matt Hallinan ayant décliné l'invitation à répondre lui-même à ces allégations, un porte-parole de son bureau le remplaça pour affirmer que les accusations étaient sans fondement.

La semaine suivante, le *New York Times* publia une photo de Matt Hallinan prise pendant une fête de sa confrérie, à l'époque de ses études de droit. Il brandissait un drapeau fait d'un slip de femme et d'une banderole disant « Non, ça veut dire Oui ». Peu de temps après, le sénateur Hallinan annonça que, en raison de son désir de passer plus de temps avec sa famille à Rhode Island, il ne serait pas candidat à un second mandat au Sénat.

Eleanor reçut une lettre de Patty. « Beau travail. Tu as gâché la vie de mon frère. »

Eleanor ne répondit pas.

96

Accident

Cam téléphona, événement si rare qu'Eleanor ne reconnut même pas le numéro qui s'afficha sur son téléphone.

« Elijah est chez toi, non ?

— Il est à un concert. Un nouveau groupe veut faire un essai avec lui. Il est tout excité », répondit-elle.

Elle était si surprise d'entendre la voix de Cam qu'il lui fallut un moment pour comprendre ce qu'il disait. Elle discerna le mot « accident ». Le mot « camion ». Ambulance. Urgences.

« C'est Coco », dit Cam. À part le jour de l'accident de Toby, elle ne l'avait jamais entendu aussi secoué. « Elle était à l'arrière de la moto d'un type et un camion leur est rentré dedans. »

La première pensée d'Eleanor fut pour Elijah. Elle n'était pas sa mère, mais la nouvelle l'atteignit comme un coup de poing. Elle imagina le garçon qu'elle aimait beaucoup apprenant que sa mère, blessée sur une route nationale, transportée en hélicoptère à Boston, attendait d'être opérée.

« On m'a appelé de l'hôpital », dit Cam. Il pleurait. « Même si on n'est plus mariés, mon nom était encore sur une carte dans son portefeuille. »

Coco était vivante. Commotion cérébrale et fracture de la mâchoire. Nombreuses blessures internes. Fracture du bassin. Une jambe très abîmée. Les médecins n'étaient pas certains de pouvoir la conserver.

Pendant un moment, Eleanor entendit l'homme qui avait été son mari pleurer sur le sort de la femme qu'il avait épousée. Eleanor ne pouvait rien faire qu'écouter.

« J'étais furieux contre elle pour ce qu'elle avait fait. Mais je ne voulais pas sa mort. Si les choses étaient restées comme elles étaient, rien ne serait arrivé », dit-il. Cela avait toujours été vrai, non ? Si les choses étaient restées comme elles étaient.

Le chauffeur du camion était ivre, expliqua-t-il. La moto avait fini sa course de l'autre côté de la route.

Au cours de la conversation, Eleanor pensa à demander : « Et le type qui conduisait la moto ? » Le petit ami de Coco, l'homme pour qui elle avait quitté Cam.

Mort sur le coup.

Le lendemain, quand elle lut dans le journal en ligne l'histoire de l'accident, accompagnée d'une photo de la moto endommagée sur laquelle roulait Coco, elle sut le nom de l'homme qui conduisait la moto. *Timothy Pouliot.*

Assise à son bureau, les mains tremblantes, elle chercha sur Google l'avis de décès. De tout temps, Timmy Pouliot était resté un jeune garçon dans l'esprit d'Eleanor, mais il avait quarante-huit ans. Il laissait derrière lui sa mère, Ruth, un frère, Ray, et trois sœurs, Carol Anne, Jill et Anita. Douze neveux et nièces.

Eleanor examina la photo du journal en noir et blanc qui ne montrait pas le trait le plus frappant chez Timmy : ses yeux d'un bleu extraordinaire.

Elle se remémora le soir, quelques années auparavant, où elle avait vu Timmy Pouliot. Ce n'était pas la dernière fois – elle devinait maintenant qu'à l'époque il devait déjà fréquenter Coco et avait été pris de panique à la vue d'Eleanor –, mais la fois précédente. C'était dans un bar des sports près de Fenway Park. Elle était tombée sur lui lors d'un des horribles rendez-vous avec des hommes trouvés en ligne, de ceux où elle se rendait encore avant d'arrêter complètement. Timmy était en ville sans doute pour assister à un match des Red Sox.

Elle se dirigeait vers les toilettes, comptant les minutes avant de pouvoir dire au revoir pour toujours à Phil, l'orthodontiste, qui paraissait dix ans et vingt kilos de plus que sur sa photo de Match.com. Elle venait de passer quatre-vingt-dix minutes interminables à l'écouter parler d'implants dentaires et ne souhaitait qu'une chose, rentrer chez elle.

Adossé au bar, il regardait le résumé du match quand il l'avait aperçue. Il était seul. Curieusement, ce soir-là, il n'était plus Timmy Pouliot pour Eleanor. Simplement Timmy.

La saison était presque terminée, une époque de l'année où Timmy se retrouvait souvent entre deux petites amies. Son visage s'illumina en voyant Eleanor.

« Je ne pensais pas que tu traînais dans des endroits comme celui-ci, lui dit-il.

— Je suis en rendez-vous. Mais ça ne va pas durer.

— Je t'aurais emmenée ici, si tu me l'avais permis. Je t'aurais emmenée dans un endroit bien mieux. »

Il posa sa bouteille sur le comptoir. Derrière lui repassaient à l'écran les temps forts du match. Les Red Sox massacraient les San Diego Padres. Timmy avait toujours eu l'air si jeune. Ce n'était pas le cas ce soir.

« Je t'aurais emmenée n'importe où », reprit-il.

Elle le regarda comme si c'était la première fois. Elle avait passé tant de vendredis soir dans son appartement. Il lui faisait couler un bain et s'asseyait sur le bord de la baignoire ou sur les toilettes, écoutait les histoires de son mariage, ses enfants, la ferme, la laissait parfois pleurer. Après, il la prenait dans ses bras et ils faisaient l'amour. Elle se rendit compte que ces moments avaient été les meilleurs de ceux qu'elle avait connus avec un homme.

Il n'était jamais venu à l'esprit d'Eleanor que Timmy Pouliot ait pu être quelqu'un d'autre qu'un gentil garçon qui jouait au softball avec l'homme qui avait été son mari, et qui l'avait enlevée sur sa moto quand elle avait eu envie de disparaître.

« Tu as toujours été ma fille de rêve, tu sais, lui dit-il ce soir-là au bar.

— Tu dois trouver une femme de ton âge et avoir des enfants avec elle. De toute façon, je ne suis pas ton type.

— C'est quoi mon type, à ton avis ? Tu crois qu'il existe des règles pour dire comment fonctionne l'amour ? »

Elle le pensait, en effet. Toutes ces années, elle avait supposé qu'il existait quelque part un manuel de règles expliquant comment devait se dérouler une relation, mais elle n'en possédait pas d'exemplaire. Elle s'était persuadée qu'elle faisait tout de travers, au point qu'elle n'avait absolument pas perçu, quand elle en avait eu la possibilité, qu'elle était peut-être en train de vivre quelque chose de très bien, ou du moins d'agréable. Au deuxième étage. Sur un matelas à eau.

97

Une invitation à un mariage

Elijah téléphona le lendemain matin. Evan et Betsy étaient à l'hôpital avec lui, ainsi que Toby qui avait insisté pour être au côté de son frère. Au début, les médecins pensaient devoir amputer Coco de la jambe, mais ils réussirent finalement à la sauver. Une équipe de chirurgiens s'employa à lui poser deux tiges en métal. Suivit une autre opération pour ses fractures du bassin et de la mâchoire.

Elijah rappela Eleanor quelques jours plus tard, les nouvelles étaient meilleures. Sa mère allait se rétablir, plus ou moins. Elle ne ferait plus la roue. Elle boiterait, mais elle marcherait.

« Je crois que je ne vais pas venir à Brookline pendant un certain temps. Ma mère va avoir besoin de moi », dit Elijah à Eleanor.

Il alla donc vivre avec Coco chez les parents de celle-ci quand elle sortit de l'hôpital. Six mois plus tard, elle déménagea au nord de l'État de New York chez une de ses amies qui gérait un spa et lui donna du travail. Elle ne pouvait pas rester debout assez longtemps pour faire des massages, mais elle était assise à l'accueil. Le groupe qui venait d'engager Elijah décrocha un contrat d'enregistrement et il partit pour Los Angeles.

Cam vivait toujours à la ferme avec Toby, bien entendu, et exerçait comme kiné. Eleanor, qui n'allait plus que très rarement à Los Angeles, avait fait spécialement le voyage pour voir le groupe d'Elijah en première partie au Hollywood Bowl.

Ursula et Jake attendaient un autre bébé. Eleanor l'apprit par Toby et Elijah qui leur rendaient parfois visite dans le Vermont, mais sa fille ne lui annonça rien. La nouvelle la plus encourageante vint d'Al. Après plus de cinq ans où, à part une carte pour son anniversaire et une autre pour la fête des Mères comme seule communication, Al s'était mis à lui téléphoner, à reprendre contact avec elle, à lui parler de la start-up d'informatique qu'il avait créée et de sa vie avec Teresa, et à lui demander de ses nouvelles. Lors de son premier appel, tellement inattendu, ils n'avaient pas parlé longtemps, la conversation était difficile. Maintenant, Al téléphonait plus souvent. Eleanor savait comment s'appelait son chien, elle savait que Teresa et lui avaient fait un voyage à Oaxaca et que sa start-up marchait si bien qu'ils s'apprêtaient à acheter un immeuble dans la banlieue de Seattle. Une fois, il demanda à Eleanor si elle voulait bien lui envoyer sa recette des spaghettis carbonara. « On a essayé d'en faire, Maman, mais ils n'étaient pas aussi bons que les tiens. »

On aurait pu dire qu'Eleanor faisait connaissance avec quelqu'un d'entièrement nouveau. On aurait pu dire aussi qu'il était celui qu'il avait toujours été, et qu'il était enfin heureux. L'important était qu'il avait trouvé quelqu'un qu'il aimait, quelqu'un qui l'aimait et ils allaient se marier. Les familles ne ressemblaient pas toujours à ce qu'on avait imaginé. Et même si elles y ressemblaient, on ne connaissait presque jamais la vraie histoire.

« Tu ne crois pas qu'il serait temps qu'on se voie ? » lui demanda Eleanor un dimanche. « Bientôt, je te le promets », répondit-il. Trois jours plus tard, elle reçut l'invitation à son mariage.

98

De nouveau ensemble, peu importe les raisons

La cérémonie était prévue à 2 heures de l'après-midi, un samedi de la fin juin. Sur le faire-part figuraient des indications pour se rendre à la ferme. Comme si Eleanor en avait besoin.

Le matin, elle consulta la météo sur son téléphone. On annonçait des orages et elle vit par la fenêtre que le ciel confirmait ces prévisions. L'ancienne Eleanor, celle qui avait tenté de contrôler l'univers de ses enfants afin de leur épargner tous les chagrins, aurait été angoissée à l'idée qu'il puisse pleuvoir le jour du mariage d'Al, mais elle n'était plus la même. Ou, du moins, si sa vieille habitude se manifestait encore parfois, elle reconnaissait son absurdité. Une mère ne pouvait pas plus protéger ses enfants du chagrin et de la tristesse qu'elle ne pouvait empêcher le soleil de se coucher ou de se lever le lendemain.

Elle prit son temps pour s'habiller. Mieux valait ne pas trop en faire, surtout s'il pleuvait. De même, bien qu'elle ait remarqué quelques jours plus tôt que ses cheveux avaient sérieusement besoin d'une couleur, elle les laissa tels quels. Certains invités étaient prêts à la considérer comme une riche étrangère partie à Hollywood.

Des femmes, parmi les invitées, auraient les cheveux grisonnants et une robe démodée. Il valait mieux qu'elle s'intègre à l'ensemble plutôt que se distinguer. Même si, à l'idée de revoir Cam, elle avait envie d'être à son avantage, elle savait qu'ils n'en étaient plus là. C'était le jour d'Al et de Teresa.

Des années s'étaient écoulées depuis qu'Eleanor avait vu Al, mais elle n'était pas inquiète. Leurs conversations étaient devenues de plus en plus fréquentes et détendues. Al, tel qu'il était maintenant, paraissait beaucoup plus à l'aise dans sa relation avec elle, sans doute parce qu'il était plus à l'aise avec lui-même que lorsqu'il était Alison pour elle.

Il n'était pas le seul à avoir changé. Au cours des années, sans que personne le lui suggère, Eleanor avait appris à éviter le pronom « elle » en parlant d'Al. Elle trébuchait parfois. Mais Eleanor comprenait maintenant, autant qu'il était possible à quelqu'un jusque-là complètement étranger au concept de transidentité. Désormais, elle était mère de deux fils et d'une fille. L'aîné de ses enfants était un homme.

Le plus difficile pour Eleanor ce jour-là, c'était la perspective de revoir Ursula. Et Louise. À part les photos qu'Elijah lui montrait de temps en temps et la carte de Noël familiale sans autre mention que « Joyeuses fêtes de la part de notre famille à la vôtre », Eleanor n'avait pas vu sa fille ni sa petite-fille depuis que Louise avait trois jours. À la différence d'Al qui téléphonait maintenant toutes les semaines, Eleanor n'avait pas entendu la voix d'Ursula depuis trois ans. Elle n'avait aucune idée des paroles que pourrait prononcer sa fille en la voyant.

Elle roulait de nouveau sur ces routes familières qu'elle avait empruntées jadis, d'abord jeune fille sur le siège avant de la voiture d'un agent immobilier, puis sur le siège avant d'une camionnette de location, avec Walt, pour déménager ses affaires dans sa nouvelle maison du Massachusetts. Plus tard, quand elle était devenue une femme seule et divorcée, pour déposer ses enfants le vendredi soir.

Elle alluma la radio. Toutes les stations diffusaient des chansons de Michael Jackson. Elle comprit pourquoi en entendant que le chanteur préféré de Toby, avant qu'il n'ait plus de chanteur favori, était mort : Michael Jackson faisait les gros titres des informations. On annonça aussi la mort de Farrah Fawcett, la femme qui souriait à Eleanor chaque fois qu'elle prenait un bain chez Timmy Pouliot. Elle était si jeune sur cette photo. Mais pas autant que Michael Jackson chantant maintenant à la radio « ABC ».

Le centre d'Akersville était bien différent de la ville où elle était arrivée plus de trente-six ans auparavant. (La radio parlait du Watergate. Phyllis Schlafly alertait l'opinion sur le fait que l'Amendement sur l'égalité des droits allait détruire la vie des ménagères américaines. Et « Tie a Yellow Ribbon Round the Ole Oak Tree », « Bad Bad Leroy Brown », « Killing Me Softly ».) Il n'y avait pas de feux de circulation en ville à l'époque, ce n'était pas nécessaire, mais on trouvait à présent un bar à ongles et deux pizzerias dans la Grand-Rue, ainsi que, cela l'amusa, un magasin de nettoyage à sec, comme l'affaire que son ex-beau-père avait proposé d'aider son fils à installer et qui lui aurait procuré un revenu supérieur à la vente de ses bols en bois faits main. (Combien de parents, comme ceux de Cam, ne comprenaient pas qui étaient leurs enfants ? Elle en avait elle-même fait partie beaucoup trop longtemps, avec son premier-né, sa fille qui avait toujours voulu être son fils.)

Elle passa devant le lac où ils allaient patiner avant de faire creuser le bassin, devant le champ où elle emmenait Toby quand il était rempli de vieux camions Mack Trucks dans lesquels il aimait monter, devant la décharge où les enfants et elle cherchaient des trésors, devant le bowling où, sur le parking, ils récitaient le pacte de Pas de Larmes.

Aux abords de la ferme, la voiture d'Eleanor se trouva rejointe par d'autres, en plus grand nombre que d'habitude sur ces routes, à cause du mariage bien sûr. Eleanor se dit que l'assistance serait composée de gens du coin, d'anciens voisins qu'elle avait connus quand tout le monde était jeune (mais Walt, celui qu'elle aurait le plus eu envie de voir, ne serait pas là). Il y aurait également un couple de Seattle, des amis d'Al et de Teresa avec leurs petits jumeaux, et quelques développeurs de haut niveau qu'Al avait connus à l'époque de son ancien emploi dans la Silicon Valley. La famille de Teresa viendrait en force. Pour faire le trajet vers l'est depuis le Texas, un groupe important avait loué un camping-car avec un autocollant à l'arrière : *Dios te bendiga*.

Sur le dernier kilomètre, des panneaux indiquaient aux invités qu'ils n'étaient plus très loin. « N'abandonnez pas, vous y êtes presque. » « Attention aux tortues serpentines. » Le vieux panneau « Enfant sourd », présent depuis qu'Eleanor avait visité la ferme, se trouvait toujours au coin de la route, même si cet enfant sourd devait avoir maintenant une quarantaine d'années.

Vint ensuite le tournant vers le chemin qu'Eleanor connaissait si bien. Le panneau « Cam et Coco » avait été ôté, mais il restait celui où était écrit *Namaste*.

Quelqu'un avait accroché du *papel picado* au-dessus de l'entrée de la propriété. Du bout du chemin, Eleanor entendait de la musique latino, mélange inattendu bien que fréquent lors d'un mariage qui n'associait pas seulement deux personnes, mais aussi des familles.

Eleanor avait toujours aimé l'herbe qui poussait au milieu du chemin de terre menant à la maison. En roulant très lentement, elle arriva à l'endroit d'où on voyait la maison, là où elle disait toujours tout haut « Je suis chez moi ». En silence cette fois, elle atteignit le pré signalé comme parking par des panneaux. Elijah, vêtu d'un costume qu'il avait dû trouver dans une friperie, trop grand, mais aux manches trop courtes car il avait hérité des longs bras de son père, faisait la circulation. Eleanor respira profondément (une inspiration purifiante ? C'était ce qu'on disait ici ?) et se gara à l'endroit indiqué. Elle descendit de voiture dans l'herbe.

La maison était là, mieux entretenue que dans ses souvenirs. Des bacs de marguerites et de rudbeckies avaient été disposés sur la dalle de granit près de la porte d'entrée, probablement par Ursula. À droite de l'allée, elle repéra le bassin, des lupins en fleur tout autour, graines qu'Eleanor et les enfants avaient rassemblées lors d'un voyage dans le Maine longtemps auparavant.

Ses souvenirs la ramenèrent à l'été où Buck Hollingsworth avait creusé le trou. Au cours d'un été splendide, tous les matins à 7 heures il se mettait au travail, creusait la terre tandis que ses enfants dansaient au bord, nus dans la boue, et regardaient le trou se remplir lentement d'eau. Deux de ses enfants, en tout cas. La gêne d'Alison venait peut-être d'un sentiment qu'Eleanor n'avait pas compris à l'époque : que le corps qu'elle occupait ne ressemblait pas à celui qu'elle aurait dû avoir.

Une autre image se présenta à son esprit, qui ne la quittait jamais. *Toby, la tête dans l'eau. Ursula qui hurlait. Cam qui courait vers leur fils, puis appuyait sur sa poitrine. La sirène. L'ambulance. Et venant de Toby, rien.*

Un orchestre jouait. Des hommes qui s'accompagnaient sur de grandes guitares, vêtus de costumes noirs, chantaient en espagnol : scène inattendue, musique inattendue en ce lieu. Dehors, un groupe s'était formé devant une table pliante pour prendre un verre. Des margaritas peut-être. Elle en boirait une volontiers.

En remontant l'allée vers la tente qui avait été installée pour le repas prévu après la cérémonie, Eleanor découvrit le nouveau bâtiment que Cam et Coco avaient construit quelques années auparavant, lui pour exercer son activité de kiné et elle ses massages, avec un espace de vie au-dessus, moins énergivore que l'ancienne maison. Une véranda donnait sur le pré. Des potagers. Un poulailler. Les chèvres bien-aimées de Toby.

On avait installé des tables sous la tente, un vase de fleurs et un petit retable mexicain sur chacune. C'était une bonne idée de manger à l'abri. Le ciel s'assombrissait et, au loin, Eleanor entendait le grondement du tonnerre.

Le premier à l'accueillir fut Elijah qui avait pris l'avion quelques jours plus tôt depuis Los Angeles où il vivait. Eleanor avait appris par Toby qu'Elijah travaillait beaucoup. « Mon frère est une rock star », lui avait-il expliqué.

Elijah prit Eleanor dans ses bras. « Al se prépare dans la véranda. Il m'a demandé de t'emmener le voir avant la cérémonie, pour dire bonjour. Ursula est là aussi, avec Louise. »

Toutes ces personnes présentes facilitaient probablement les choses : certaines étaient des voisins, d'autres venaient du Texas et du Mexique, d'autres encore de Seattle et de la Silicon Valley. Il y avait aussi une ou deux personnes de la famille de Cam. Des jeunes femmes aux cheveux roses. Des jeunes hommes en robe. Des Latinos corpulents avec des boucles de ceinture en argent. Des jeunes geeks, à l'évidence des développeurs. Eleanor repéra Kimmie, la fille de Darla, qui avait pris l'avion avec son bébé depuis Las Vegas.

« Si seulement… » dit Eleanor.

Toutes deux s'étreignirent un long moment. Inutile d'en dire plus.

Kimmie partit changer la couche de sa fille. Eleanor se dirigea vers la véranda. Par la porte grillagée, elle vit Ursula qui attachait un bleuet au revers de son frère. Son frère aîné. Al. Elle aperçut aussi Elijah et deux jeunes hommes qui devaient être les frères de la mariée.

Eleanor se tenait de l'autre côté de la porte, ce qui lui offrit le petit plaisir tout simple de voir ses enfants heureux et détendus, alors qu'au moins l'un d'eux, Ursula, ne le serait sans doute plus quand elle verrait sa mère. Tout risquait de changer sitôt qu'Eleanor franchirait la porte, c'est pourquoi elle se contenta de rester un moment à regarder cette jeune femme qu'elle avait mise au monde et qui allait elle aussi donner la vie pour la seconde fois dans peu de temps. Peu importait le reste, elle aimerait toujours cette enfant et les enfants de celle-ci.

Louise arriva en courant, passa devant Eleanor et se précipita à l'intérieur pour se joindre à eux. Sa petite-fille ne la connaissait pas, naturellement. Pour elle, Eleanor n'était que l'une des invitées.

Elle sauta dans les bras de Toby et lui ébouriffa les cheveux. « Mon Toby. Je t'ai cherché partout. Viens ! On va voir les chèvres ! » cria Louise.

Toby avait toujours aimé les bébés et les jeunes enfants. (L'ancien Toby et plus encore celui-ci.) « On ira après, d'accord, Lu ? » dit-il. Il désigna du doigt l'enclos. « Il y en a une qui te doit son nom. »

Toby repéra sa mère. Pour lui, il n'existait pas d'émotions conflictuelles. Juste de la joie. Sa mère était là. C'était bien. Aussi simple que ça.

Son visage se fendit d'un sourire, comme chaque fois qu'il la voyait. « Maman », dit-il. Les autres levèrent les yeux.

« Ça alors ! » Eleanor s'avança. « Tous mes enfants au même endroit. Depuis quand ce n'était pas arrivé ? »

Elle resta immobile un moment, les embrassant tous du regard. *Sa famille.* C'était ce qu'elle avait voulu plus que tout, toute sa vie, et elle l'avait eue. Mais pas comme elle l'imaginait.

De la fratrie, à bien des égards, Al avait le moins changé. Son genre n'était plus le même, mais son refus inflexible de dire ou de faire quelque chose qui n'était pas authentique n'avait pas varié. Il ouvrit les bras pour étreindre sa mère, et pendant un long moment tous deux demeurèrent ainsi. Il était inutile de parler.

Finalement, il dit : « J'aimerais te présenter Teresa, mais je vais devoir attendre. La tradition, tu sais. »

Ursula restait en retrait. Son silence était pesant, contrairement à celui de son grand frère.

Ursula avait toujours ressenti le besoin d'afficher un air réjoui, comme l'un des autocollants jaunes que les enfants mettaient sur leurs cahiers. Mais la personne continuellement affectueuse, pleine d'espoir, souriante qu'elle avait été n'existait plus, pas plus que le fils roux, imprévisible, épuisant, impossible et tellement attachant.

Ursula avait été la plus facile de ses enfants, jusqu'au jour où elle était devenue la plus difficile. D'abord Eleanor avait cru qu'elle ne survivrait jamais aux dernières paroles qu'Ursula lui avait adressées, qu'elle ne pourrait pas survivre à la perte de sa fille et de Louise.

Mais Eleanor souffrait de cette perte depuis si longtemps que la blessure infligée par sa fille s'était refermée. Si elle n'était pas guérie – cela n'arriverait jamais –, Eleanor avait appris à vivre avec, tout comme Coco avait certainement réappris à marcher. En boitant.

« Bonjour, Ursula », dit-elle.

Eleanor se rendit compte qu'elles se trouvaient juste à l'endroit où elle installait jadis Ursula dans son siège sauteur pour l'occuper pendant qu'elle plantait un parterre de zinnias devant la véranda, au mois de mai qui suivit sa naissance. L'endroit où elle s'arrêtait tous les vendredis après-midi, des années plus tard, pour déposer les trois enfants chez leur père.

« Maman. » Ursula n'avait pas exactement souri en voyant Eleanor, mais l'entendre prononcer ce mot était plus que tout ce qu'elle avait entendu de sa fille en trois ans, plus qu'elle n'espérait. À dire vrai, elle n'espérait plus rien.

« Tu as fait bonne route ? demanda Ursula, la question qu'on pose quand on ne sait pas quoi dire d'autre, pensa Eleanor.

« C'est ta mamie, Lulu », reprit Ursula en s'adressant à la petite fille.

Ursula posa la boutonnière. Un peu raide, elle prit sa mère dans ses bras, et Eleanor sentit le ventre de sa fille enceinte contre le sien. Toutes les peines qu'elle avait ressenties, et elles étaient innombrables, pour Ursula aussi, sans nul doute, ne comptaient plus en cet instant.

« Tu m'as manqué. » *Ces mots n'expriment rien de ce que j'ai vécu*, aurait-elle pu ajouter. Mais elle ne le fit pas. Elles étaient là, à présent.

« Voici Louise.

— Est-ce que je peux la prendre dans mes bras ? Certains enfants de son âge n'aiment pas trop les étrangers.

— Tu n'es pas une étrangère. Je lui ai montré ta photo. »

« Pas de problème, Lulu. Elle ne te fera pas de mal », dit-elle à Louise.

Les chaises étaient installées dans le pré, là où Eleanor et Cam s'étaient mariés, il y avait tant d'années. Cinq ou six rangées qui faisaient face au pêcher où, trente-deux ans plus tôt, ils avaient essayé d'enterrer le placenta de leur premier bébé, sans succès parce que le sol était gelé.

Eleanor parcourut du regard les rangées d'invités, où elle reconnut des visages. Il y avait Bonnie Henderson, celle qui ne laissait jamais personne oublier le nombre d'orgasmes qu'elle avait avec Jerry, en particulier les soirs où il réussissait un coup de circuit. Tous deux s'étaient séparés dans les années quatre-vingt-dix. « Qui l'eût cru ! » dit-elle à Eleanor. Elle et l'ancien lanceur des Yellow Jackets, Rich McGann, étaient tombés amoureux quand Carol, la femme de Rich, s'était rendu compte qu'elle était gay. Jerry s'était remis avec sa petite amie du lycée à la réunion des anciens élèves après vingt-cinq ans. « Tu n'imagines pas le sexe. Tous les soirs de ma vie, je remercie celui qui a créé le Cialis. »

Sur un côté, la première rangée de chaises était occupée par les membres de la famille de Teresa. Le père de la mariée portait un costume sombre, sa femme corpulente aux beaux cheveux noirs de jais était vêtue d'un tailleur orné de dentelle et d'un corsage gigantesque. Si le choix de leur fille d'épouser Al les préoccupait, ils n'en montraient rien. Claudia, la mère de la mariée, se tamponnait les yeux avec un mouchoir, exactement comme le ferait n'importe quelle mère au mariage de sa fille. Point positif, le marié gagnait très bien sa vie. Plus important : il serait extrêmement loyal, qualité qu'Al conservait du temps où il était Alison. Quand Al faisait une promesse, il la tenait.

Auprès de Louise et d'Eleanor, une jeune femme qu'Eleanor ne connaissait pas, certainement une des amies d'Al et de Teresa venue de la côte Ouest. Elle s'appelait Heather.

« Vous vous rendez compte à quel point cet endroit est magnifique ? Al nous a parlé de la ferme de son père, mais je n'aurais jamais imaginé que ce serait merveilleux à ce point. Je veux dire, je viens d'une banlieue chic. Ça devait être génial de grandir ici. La vieille ferme, le studio et tout le reste. Le bassin.

— C'est un très bel endroit, reconnut Eleanor.

— C'est vraiment super que le père d'Al ait créé tout ça. Ce doit être un homme incroyable. »

Eleanor étudia brièvement le visage de Heather. Elle ne devait pas avoir trente ans. Elle était certainement très douée pour écrire des programmes informatiques.

À ce moment-là, Eleanor aurait pu franchir les limites. Elle sentait sa poitrine se serrer comme d'habitude. Les battements de son cœur s'accélérer. La chaleur lui monter au visage. Elle n'était pas loin de glisser dans Crazyland.

Mais elle ne le fit pas. Crazyland était devenu une contrée lointaine. Elle s'accrochait fermement à sa petite-fille et elle savait qu'elle ne visiterait plus ce pays.

L'orchestre mexicain avait recommencé à jouer quand elle remarqua Cam, qui s'avançait très lentement vers l'endroit où se trouvaient les chaises et la tonnelle. Il portait une veste de costume qu'Eleanor reconnut, celle qu'il portait quand ils s'étaient mariés, puis quand ils étaient allés à la banque faire un emprunt pour une nouvelle chaudière. Elle avait eu peur qu'on le leur refuse. Il la portait aussi le jour où ils étaient allés au tribunal signer le jugement de divorce.

Elle ne voyait pas son visage, seulement sa nuque, tandis qu'il s'installait à l'endroit où la cérémonie allait se dérouler. Il parlait à Ursula et à deux autres personnes, une femme et un homme, prêtre à l'évidence, apparemment chargé de donner sa bénédiction. Ils regardaient le ciel, évaluant, semblait-il, le risque de pluie. Il faisait de plus en plus sombre et à l'est le bruit du tonnerre se rapprochait. On sentait l'orage près d'éclater.

Cam se retourna une seconde et Eleanor eut un instant l'impression qu'elle voyait son père Roger, mais Roger était mort. Cam semblait s'être ratatiné, il avait l'air aussi vieux que son père. Il avait toujours été mince, mais à présent il était presque squelettique. Son cou était trop maigre pour la chemise qu'il portait et son col béait. On aurait pu glisser la main entre sa peau et le tissu.

Ce qui la choqua le plus, ce fut son visage. Il était toujours beau, mais ses joues s'étaient creusées. Sa peau avait pris une teinte grisâtre, ses yeux paraissaient garder le souvenir d'une chose qu'il était seul à avoir vue, une chose grave. Il avait toujours eu un air détaché, mais il semblait maintenant se trouver ailleurs.

Une cloche retentit pour appeler les invités encore dispersés à rejoindre leur chaise. La cérémonie commençait. La toute nouvelle petite-fille d'Eleanor était collée contre elle et examinait l'oiseau de son collier. Pour Eleanor, rien d'autre ne comptait. Elle examinait le visage de la petite, sans y chercher de ressemblance avec ses trois enfants. Louise était un être en soi ; elle ne ressemblait à personne d'autre qu'à elle-même.

Jusqu'alors, l'orchestre mexicain avait joué pour l'assemblée, mais à présent les deux haut-parleurs faisant face aux invités diffusaient une chanson qu'elle connaissait : « A Simple Love », par Melissa Etheridge. La mariée, venant du côté de l'enclos des chèvres, traversa le pré, précédée par Ursula et les demoiselles d'honneur. Louise, toujours dans les bras d'Eleanor, reconnut Ursula en tête de la procession, agita la main et appela : « Maman ! » Elle ne montrait aucun signe d'inquiétude à se trouver dans les bras d'Eleanor et non dans ceux de sa mère.

Teresa, la mariée, avait passé devant les invités pour rejoindre Al, dans son costume bleu marine, les mains croisées devant lui, le regard plein d'amour.

La femme ordonnée pour l'événement, une amie des mariés, remercia l'assistance, d'abord en espagnol, puis en anglais. Elle lut un poème de Wendell Berry, « The Country of Marriage ». Les invités guettaient le ciel où les nuages s'assombrissaient au loin, mais il ne pleuvait pas encore. Mateo, le frère de Teresa, lut le sonnet 17 de Pablo Neruda. « *Te amo sin saber cómo, ni cuándo, ni de dónde…* »

Ursula lut « Comment je t'aime ? Laisse-moi en énumérer les façons » d'Elizabeth Barrett Browning.

Eleanor regardait en direction de Cam pendant que leur fille prononçait ces mots. Difficile de dire s'il se souvenait d'un autre mariage à cet endroit, d'une autre voix, la sienne, prononçant les mêmes mots longtemps auparavant.

Le prêtre leur cita une liste de promesses et leur demanda s'ils l'acceptaient, ce qu'ils firent. Il les déclara mari et femme. Ils s'embrassèrent longuement.

De là où elle se tenait, derrière l'assemblée, Eleanor observait l'homme qui avait été son mari, tandis que Louise blottie dans son cou émettait des bruits d'oiseau inspirés par le collier. Il était assis au premier rang, cet homme qui avait été présent à la naissance de ses enfants, absent au moment où leur fils était entré dans le bassin. Ils étaient de nouveau à l'endroit exact où ils s'étaient mariés, trente-trois ans plus tôt.

Eleanor était de retour là où elle avait vécu les meilleurs moments de sa vie. Et aussi les pires. Chaque fois qu'elle y était revenue, tout cela lui semblait terriblement triste. Mais finalement ils avaient survécu, d'une manière ou d'une autre. Et, tout à coup, cela lui parut une sorte de miracle.

Al était amoureux. Toby, avec ses chèvres et ses poules, vivait à la ferme. Il savait lire, conduire le tracteur, appeler sa camarade Kara, rencontrée à la clinique du docteur Almendinger, pour parler du nouvel épisode de *Glee*. Si Ursula en voulait encore à sa mère, comme c'était probablement le cas (combien d'enfants avaient des problèmes avec leur mère ?), elles semblaient maintenant sur le point de se parler de nouveau. Mieux encore, peut-être. Avec de la chance, Eleanor était vraiment en train de devenir une grand-mère pour Louise et pour le bébé qui allait naître, que personne ne connaissait encore.

Une pensée lui vint à l'esprit. Pas tant une pensée qu'un sentiment. Il était temps de pardonner au père de ses enfants. Et de lui demander d'en faire autant.

Ce fut alors qu'ils entendirent le bruit, telle une explosion de poudre, suivi d'un craquement terrible, un grondement long et profond, comme si la terre s'ouvrait. Puis retentit un fracas énorme, quand ce qui avait été brisé tomba sur le sol. Le ciel s'illumina, s'assombrit de nouveau. La pluie se déchaîna. Torrentielle. Tellement forte qu'on ne voyait plus rien d'autre.

« Oh, mon Dieu ! » s'écria quelqu'un. Et quelqu'un d'autre : « *Dios mío !* »

« Tu n'as rien, chuchota Eleanor à l'oreille de Louise, qui se serrait très fort contre elle, mais ne pleurait pas. Je te tiens. » En haut de la colline, là où se trouvait la maison, ils entendirent un vacarme terrible, plus fort que le précédent.

Trempés, tous se mirent à gravir la colline.

99

Ce qu'il y a de bien avec les cailloux

La première chose qu'ils virent, ce fut le frêne abattu. Old Ashworthy, frappé par la foudre, couché devant la maison, branches étalées dans toutes les directions.

« Un sacré arbre », dit Toby. Variation mineure de ce que Charlotte, l'araignée, avait écrit dans sa toile à propos de Wilbur, le cochon, dans son livre d'enfant préféré.

Ils étaient tous trop abasourdis pour parler. Puis ils découvrirent le reste.

Old Ashworthy était si grand et si déployé que durant quelques instants le voir ainsi, renversé, avait caché ce qui se trouvait dessous. À présent, entre les branches cassées et les feuilles, ils reconnurent la maison, ou ce qu'il en restait. Au milieu de l'enchevêtrement, Eleanor distingua des morceaux de toit, la lucarne et quelques fenêtres brisées. La cheminée était encore debout, mais tout ce qui l'entourait avait été écrasé : toit démoli, murs abattus, meubles fracassés, plats FiestaWare en miettes. Une poutre, de la longueur de ce qui avait été la cuisine (spaghettis carbonara tous les dimanches, leur tradition), pointait vers le ciel, comme une flèche.

Quand ils eurent constaté les dégâts – le tronc fendu, les branches étalées, le fouillis de branches maîtresses et de feuilles, et ce qui se trouvait dessous, c'est-à-dire toute une maison démolie : lits, tables, chaises, vaisselle, robes, livres, vieux disques et CD, chapeaux de soleil et bottes d'hiver, tapettes à mouches, ventilateurs électriques, bouillotte, poupée Cabbage Patch, évier, gaufrier, violon ¼ – quand ils prirent conscience de l'étendue des dégâts (mais à vrai dire, qui le pouvait ?), il se passa une chose surprenante.

On aurait pu penser que celui qui s'avancerait pour dire quelque chose en un tel moment serait Cam. Ou peut-être Al. Ou encore Ursula, elle qui prenait soin de tout. Elle qui s'était désignée comme la réparatrice de tout ce qui était cassé.

Mais ce fut Toby qui prit la parole. À sa manière habituelle, lente et légèrement déséquilibrée, il bondit vers la montagne de débris qui avait été leur maison, se plaça au centre, scruta intensément les fragments et se baissa pour récupérer quelque chose. Pour ceux qui ne connaissaient pas Toby, ce qu'il montra aux invités du mariage ressemblait à un caillou ordinaire, mais ce n'était pas le cas. C'était un caillou particulier, comme chacun de ceux qui constituaient sa collection.

« Vous savez ce qu'il y a de bien avec les cailloux ? Ils ne cassent pas », dit-il.

Personne d'autre n'était capable de parler. Si les dégâts avaient été moindres, le moment aurait été venu de rassembler les invités dans une tentative de nettoyage, mais on était bien au-delà du possible. On se serait cru sur un site bombardé. Tout était dévasté. Le mont Saint Helens après l'éruption. L'explosion de Challenger. Le World Trade Center après la chute des tours. Les véhicules encastrés après l'accident qui avait coûté la vie à Timmy Pouliot et avait valu à la femme assise derrière lui sur la moto, la mère d'Elijah, deux tiges en métal dans la jambe.

Al tenait fermement Teresa dans ses bras. Comme Jake tenait Ursula. Eleanor serrait toujours Louise contre elle. Cam fit quelques pas pour rejoindre Toby et passa le bras autour des épaules de son fils. Malgré sa maigreur, il dégageait toujours une impression de force dont Eleanor se souvenait. C'était cette force, plus que son beau visage, ses cheveux roux flamboyants, qui l'avait attirée vers lui. Eleanor ne fut pas surprise que Cam ne mentionne pas d'abord la perte de la maison. Elle aimait cela chez lui, même maintenant.

« C'était vraiment un arbre magnifique », dit-il.

Plus tard, ils s'accordèrent à penser que les choses auraient pu être pires de bien des manières. Comme Cam venait de construire un nouveau bâtiment sur la propriété, la plupart des affaires essentielles de la famille, étonnamment peu nombreuses, ne se trouvaient pas dans la maison au moment du désastre. La collection de toute une vie de bols en loupe de bois invendus de Cam était à l'abri, ainsi que les œuvres des enfants quand ils étaient petits et le couvre-lit à motif de double alliance de sa mère. Ce qui avait été perdu, c'était ce que personne n'utilisait plus, mais qu'on n'avait pas trouvé le temps de jeter.

« Heureusement que j'ai rassemblé tous les albums de photos l'été dernier et que je les ai emportés dans le Vermont », fit remarquer Ursula. Eleanor eut un instant de gratitude envers sa fille, qui avait manifestement pris soin de sauvegarder leurs souvenirs d'enfance pendant la période où sa mère en faisait partie.

Plus tard, ils abordèrent le sujet de l'assurance. Quelqu'un fit remarquer qu'elle permettrait peut-être la construction d'une maison plus moderne et moins énergivore : fenêtres à double vitrage, plans de travail en granit, ce genre de choses. Quelqu'un d'autre donna le nom d'un type qui possédait une pelleteuse. C'était le fils de Buck Hollingsworth, l'homme qui, des années auparavant, avait creusé le bassin à la tractopelle, le héros des enfants, qui avait invité Toby dans la cabine de son engin pour manier le godet servant à creuser le trou. Le trou s'était rempli d'eau et un an plus tard Toby s'y était retrouvé, la tête immergée, les poches remplies de cailloux, tandis que les cellules de son cerveau mouraient une par une.

« Cubby Hollingsworth. Ce type est un artiste de la pelleteuse. Quand il aura fini de nettoyer, on ne se doutera même pas qu'il y avait un arbre et une maison ici », dit Sal Perrone.

Était-ce censé être une bonne chose ?

Pendant un bon moment, personne ne sut quoi faire, puis Al prit la situation en main. « Écoutez tous ! *Lo que importa es que todos están bien* », annonça-t-il.

La seule chose qui compte, c'est que tout le monde aille bien.

Il observa un instant le désastre. Ursula vint le rejoindre.

« Cette famille a dû s'adapter à d'autres événements importants. Nous surmonterons celui-ci.

— Et n'oublions pas, poursuivit Al en prenant la main de Teresa. Nous avons un mariage à fêter. Un très bon repas vous attend, là-bas, sous la tente. Alors, qu'en pensez-vous ? Si on allait manger un morceau ? »

Al et Teresa avaient pris un traiteur à Peterborough pour le repas de mariage : assiettes de fromages artisanaux, saumon poché et gigot d'agneau avec petits pois frais, salade de légumes bios servie dans un saladier géant en loupe de bois, pain cuit dans un four à bois et gâteau au chocolat noir avec des framboises fraîches. Sur le côté, pour les végétariens, il y avait de la salade de quinoa et de chou frisé, et du pain aux noix. En dépit des événements qui avaient précédé le repas, ou peut-être à cause d'eux, tout le monde semblait avoir bon appétit.

L'expérience partagée d'un désastre avait peut-être lié le groupe d'une façon inattendue. En tout cas, les conversations étaient plus animées que dans la plupart des mariages dont se souvenait Eleanor. Elle réussit finalement à faire la connaissance de Teresa qui l'enlaça comme si elle était sa fille, ce qu'elle était en fait devenue. Le groupe des Mexicains-Américains, l'équipe du yoga, les non-binaires, la tribu des développeurs, les joueurs de softball à la retraite, tous étaient engagés dans des conversations animées. Presque tout le monde, apparemment, préféra les plats du traiteur au repas végétarien. L'une des personnes appartenant au groupe de yoga reprit même du gigot. Louise, quant à elle, s'intéressa surtout au gâteau dont une partie finit dans sa bouche et une autre sur sa robe blanche. Elle récupéra aussi les petits retables sur les tables.

Il y eut des toasts, bien sûr. Ursula parla la première, en tant que sœur cadette, puis ce fut le tour des frères de Teresa, puis d'Elijah. Toby se tenait à côté de lui mais ne s'exprima pas, et Eleanor en éprouva de la tristesse.

Les parents de Teresa s'approchèrent ensemble du micro. Sa mère, Claudia, parla en espagnol, mais il n'était pas difficile de comprendre le sens général de ce qu'elle disait. La seule chose qu'une mère souhaite pour ses enfants, c'est leur bonheur, et Teresa était heureuse. Elle était comblée.

Cam attendit la fin de l'intervention des Hernandez pour s'emparer du micro. En le regardant s'approcher au-devant de la scène, Eleanor fut saisie par une vague de tendresse inattendue en voyant sa vieille veste de sport, trop grande, accrochée à ses épaules comme celle de David Byrne dans la vidéo des Talking Heads de leur jeunesse.

Il n'avait pas l'air en bonne santé. Elle s'inquiétait pour lui. Et parce qu'ils l'aimaient tant, elle s'inquiétait pour ses enfants.

Il était à présent devant le micro.

« Soyez tous les bienvenus dans notre ferme », dit-il. Il lut ensuite, écrits sur une carte, les mêmes mots en espagnol.

« Et même si quelque chose de surprenant et… d'un peu difficile… s'est passé cet après-midi (je ne parle pas du mariage de mon fils et de Teresa, évidemment, mais de… vous savez… l'arbre…), je voudrais que vous sachiez tous que cela demeure un beau jour pour notre famille. Un grand jour. »

Il ajouta quelques mots à propos d'Al et de Teresa. « Notre famille est votre famille, maintenant », dit-il aux parents de la mariée sans consulter ses cartes en espagnol. Il avait manifestement préparé cette partie. *Nuestra familia es tu familia.*

« Et je souhaite manifester ma gratitude envers toutes les personnes qui ont contribué à nous réunir ici aujourd'hui. » Il nomma d'abord un par un les enfants. Parmi les noms qui suivirent figurait celui de Coco, même si son absence avait été remarquée.

« Plus encore, je veux rendre hommage à la femme qui a tout commencé avec moi. » Il regarda en direction d'Eleanor. « Tu as été une mère merveilleuse pour nos enfants, Ellie. » Il fit une pause. Il avait l'air fatigué.

« Tu es une mère merveilleuse. »

Louise ayant rejoint ses parents, Eleanor se trouvait près du jeune couple. Al n'avait pas ôté son bras des épaules de Teresa pendant tout ce temps. Toby s'approcha.

« Je t'ai fait quelque chose, dit-il à Al d'une voix douce et hésitante. Ce n'est pas grave si tu ne sais pas ce que c'est, Teresa. Mon frère t'expliquera plus tard. »

Il sortit de sa poche deux objets tout petits. Eleanor crut d'abord qu'il s'agissait de cailloux, mais non. Ils étaient fabriqués avec des bouchons, des petits bouts de fil, des cure-pipes, et ils avaient des visages. Un homme et une femme.

« Tu peux les mettre à l'eau dans le ruisseau un jour. Ne t'en fais pas si tu les perds ou si tu as l'impression qu'ils ont coulé. »

Il se tut et les regarda. D'abord son frère et sa nouvelle épouse. Puis les bonshommes-bouchons. « Ils seront toujours quelque part. Dans l'océan peut-être. »

On se mit à danser. Le DJ passa des chansons qu'Eleanor ne connaissait pas, à part quelques-unes (« choisies pour nos parents », expliqua Al) : Bruce Springsteen, les Rolling Stones, Van Morrison, les Beatles, ainsi que Selena. Freddy Fender. En l'honneur de Toby, mais aussi, compte tenu du jour, il passa « Billie Jean » de Michael Jackson.

Louise resta sur la piste de danse une bonne heure, puis Jake l'emmena dans la maison pour la coucher. Dans la maison qui restait, la nouvelle.

En revenant sous la tente, Ursula portait une boîte. Elle s'approcha de la table où se trouvait sa famille et posa la boîte très sale sur la nappe.

« Notre capsule temporelle. Ce qui vient de se passer nous a évité d'avoir à la déterrer », dit-elle.

Qui aurait pu deviner que, quand l'arbre était tombé, ses racines, en sortant de terre, avaient exhumé la capsule temporelle que les enfants avaient enterrée vingt-quatre ans plus tôt ?

S'ils s'attendaient à trouver à l'intérieur des pensées profondes, des mots qui illumineraient soudain leur vie, ils furent déçus. La boîte contenait un paquet de serpentins, un camion Matchbox, un caillou, un My Little Pony, une pièce de vingt-cinq cents datant de 1985 et une barre de Snickers.

Ils remarquèrent ensuite trois enveloppes en mauvais état, portant chacune un nom : Alison, Ursula, Toby. Al ouvrit la sienne en premier et lut tout haut les mots qu'il avait écrits près d'un quart de siècle auparavant, quand il avait huit ans.

« Cher Futur Moi. J'espère que, quand tu liras ces mots, tu seras quelqu'un d'heureux et j'espère que tu seras quelqu'un de bien. J'espère que tu auras ton ordinateur à toi. Je crois qu'il y a beaucoup d'avenir dans l'informatique. Je parie que tes parents seront vraiment désolés de ne pas avoir fait ce que tu leur disais et de ne pas avoir acheté des actions chez Microsoft. »

Ursula lut à son tour. « Cher Futur Moi. J'espère que quand tu liras ces mots, tu ne seras plus tout le temps quelqu'un de parfait. J'espère que tu finiras par être vraie. »

« Che Foutur Moua », avait écrit Toby. Il avait quatre ans et était encore en possession d'un cerveau intact quand il avait écrit les mots qu'il lut tout haut en souriant. « J'espre que ta des chaivr. J'espre que tes heureu. »

« Et je le suis ! Et j'en ai », lança-t-il.

Eleanor dansa. Avec Al, avec Louise, avec José, le père de Teresa, et avec Sal Perrone qui lui demanda combien de temps elle allait rester en ville.

Elle avait pensé inviter Cam à danser avec elle, car ils étaient les parents du marié, mais ayant constaté la difficulté avec laquelle il était venu jusqu'au micro (Cam, celui des Yellow Jackets qui faisait le tour des bases plus vite que tous les autres), Eleanor comprit qu'il souffrait beaucoup. Danser sur un air de hip-hop était bien la dernière chose qu'il lui fallait. Et, à la vérité, elle n'en éprouvait pas l'envie, même si, quand elle entendit « Teach Your Children », elle dut sortir de la tente. Cette chanson lui faisait toujours quelque chose.

« *... just look at them and sigh, and know they love you.* »

Elle regarda le pré, le pêcher qu'ils avaient planté, les bois où fleurissaient tous les ans les sabots de Vénus, les bleuets. Quand elle se retourna, il était là. Cam.

« J'imagine que presque tout ce que les jeunes aiment maintenant n'est pas notre genre de musique. Je parie qu'ils n'ont jamais entendu parler de Crosby, Stills and Nash, dit-il.

— Je suis désolée pour la maison. Pour l'arbre.

— Rien n'est immuable. Si la vie m'a appris quelque chose, c'est cela.

— Tu n'es sans doute pas partant pour une balade ?

— La cascade ? Je peux y arriver. »

100

Toi qui es sur la route

Ce chemin, Eleanor avait dû le faire un millier de fois : d'abord seule, quand elle venait d'acheter la maison, pour aller dessiner avec son carnet de croquis et ses crayons, puis enceinte la première fois, et ensuite, avec Alison dans le porte-bébé et Sally qui suivait en remuant la queue.

Sitôt qu'Ursula s'annonça, ils achetèrent une poussette. Eleanor avait étudié le modèle sophistiqué sur un catalogue et en rêvait comme certaines femmes rêvent de bijoux ou de voitures.

Ils ne pouvaient se permettre qu'une poussette très bon marché à l'époque, style poussette-canne, qu'il était difficile d'utiliser sur un chemin cahoteux comme celui-ci, si cahoteux en fait que souvent Cam soulevait la poussette avec le bébé dedans et portait le tout sur la dernière portion du chemin, jusqu'à la cascade. Elle le revoyait saisir de ses longs bras costauds de joueur de première base les côtés de la poussette-canne pas très solide, Alison emmitouflée dans sa combinaison lapin, attachée au siège, l'air déjà sérieux. Cam soulevait l'ensemble au-dessus de sa tête comme un athlète olympique montrant son trophée à la foule. *Regardez ce que nous avons fait. Une personne.*

En grandissant, les enfants marchaient à leur allure sur le chemin de terre jusqu'à la cascade tout en parlant des événements du jour. Toby gambadait devant, cherchait des tortues, des tritons, des cailloux intéressants. Tous trois chantaient la chanson des sept nains de Blanche-Neige. *Heigh-ho, heigh-ho*. En arrivant près de l'endroit où le ruisseau se précipitait sur les rochers, là où l'eau faisait un bruit si assourdissant à l'époque de la débâcle qu'il fallait crier pour se faire entendre, Eleanor s'assurait qu'ils se tenaient par la main.

« Vous êtes trop près ! » leur criait-elle. Toby en particulier repoussait toujours les limites.

Ils s'arrêtaient ensemble sur le pont de pierre vieux de deux cents ans, construit sans mortier. Les pierres tenaient par simple tension, l'une contre l'autre. Parfois ils jetaient des galets, de temps en temps un penny, et faisaient un vœu.

« Je voudrais que personne ne meure jamais », dit un jour Alison.

Et Ursula : « Je voudrais que mes poupées puissent me parler. »

Toby voulait voler. Et parler à Dieu ou à Mr. T.

Chaque fois qu'ils allaient à la cascade, Eleanor devait combattre sa peur de voir un des enfants s'approcher du bord, même si elle les tenait fermement par la main. Les images qui lui venaient à l'esprit la rendaient folle, les images de ce qui pourrait arriver.

Il fallait laisser les enfants s'aventurer dans le monde. On ne retrouvait pas toujours la chaussure de Barbie. Les enfants devaient connaître la tristesse, sinon comment sauraient-ils réagir quand ils y seraient confrontés ? Les difficultés viendraient, quoi qu'on fasse. Le mieux, c'était d'élever ses enfants de sorte que quand ils rencontreraient des problèmes, comme cela ne manquerait pas d'arriver, ils parviennent à les dépasser.

Teach your children well.

Depuis qu'elle avait pleuré à cause d'une croûte de varicelle sur la tête de sa fille et de l'absence de cheveux à cet endroit, croyant que cet incident méritait le nom de déchirement, Eleanor avait appris au fil des années que les pires événements, ceux qui faisaient vraiment mal, n'étaient presque jamais ceux qu'on craignait. Durant toutes ces années, personne n'était tombé sur les rochers au bord de la cascade. Cela ne s'était jamais produit, mais beaucoup d'autres choses étaient arrivées. Tant d'autres s'étaient effondrées. Tant d'autres étaient parties à la dérive. Tant d'autres s'étaient brisées.

Son fils avait subi des lésions cérébrales en glissant dans trente centimètres d'eau. Sa meilleure amie avait été assassinée pendant qu'elle faisait le plein d'essence. Une de ses filles avait cessé de lui parler, et c'était la plus facile, la moins susceptible d'exclure sa mère de sa vie, la plus attentionnée, la plus gentille. À l'époque, Eleanor pensait ne pas pouvoir surmonter les paroles d'Al dans la voiture : « On ne te le pardonnera jamais. On te détestera toute notre vie. » Et plus tard, Ursula : « Ne compte pas revoir un jour ta petite-fille. Jamais. »

I wish I had a river I could skate away on.

Finalement, on survit à beaucoup de choses. On en est transformé. Mais on continue.

Toby n'était pas devenu violoniste, ni géologue, ni célèbre voleur de diamants. Il n'avait pas traversé la Manche à la nage. Il faisait du yoga, s'occupait de ses poules et de ses chèvres. Coco, la reine de la roue, dont la mère craignait qu'elle se déchire un ligament aux barres asymétriques, marchait maintenant avec une canne à cause d'une collision entre la Harley de Timmy Pouliot et un semi-remorque. Eleanor avait cru qu'elle passerait sa vie à la ferme, qui appartenait maintenant à Cam. La maison qu'elle aimait n'était plus que ruines.

Ils étaient de nouveau seuls tous les deux là où ils avaient nagé nus, où ils avaient conçu un bébé. C'était là qu'ils mettaient leurs bateaux à l'eau, là qu'elle avait vu pour la première fois Timmy Pouliot, une truite tout juste pêchée dans sa glacière, et Darla. Là qu'Eleanor avait assisté à l'étreinte de son mari et de leur babysitter.

Cam marchait très lentement, presque aussi lentement que leurs enfants au temps de leurs premiers pas. Il lui prit la main.

« J'ai un cancer. C'est grave », lui dit-il.

La nouvelle l'atteignit comme un coup de poing.

Elle tourna la tête vers le ruisseau. Même maintenant, au milieu de l'été, l'eau se précipitait sur les rochers, mais quelque part, un kilomètre plus loin, ou trois, ou cinq, le ruisseau coulerait toujours. Au-delà des vieilles gens qui écoutaient la radio, assis dans leur voiture. Au-delà des pêcheurs qui discutaient entre eux en se demandant si les Red Sox avaient une chance d'aller en finale. Au-delà des jeunes couples qui s'embrassaient ou fumaient de l'herbe, des mères qui allaitaient leur bébé. Au-delà des adolescents qui se mettaient au défi de sauter des rochers, et de ceux, comme Eleanor et Cam, qui se contentaient de regarder, tous ces êtres humains cherchaient à vivre leur vie de leur mieux, à énumérer les façons. Le ruisseau coulerait parfois plus vite, parfois plus lentement, mais l'eau n'arrêterait jamais. Elle coulerait jusqu'au lac de retenue en ville et au-delà, jusqu'au fleuve qui se jetait dans l'océan, l'océan qui s'étendait à perte de vue et plus loin encore.

Quelque part dans toute cette eau, au milieu des rochers et des herbes, si profond qu'on ne les voyait pas, dormaient les bonshommes-bouchons.

« Je pourrais m'occuper de toi. Ce serait une bonne idée », dit Eleanor à l'homme qui avait été son mari.

Ils gravirent la colline. Il n'y avait plus de maison, mais c'était chez eux.

NOTE DE L'AUTEURE

Quand un auteur choisit comme base de son roman des éléments qui ressemblent à des moments de sa vie, il n'est pas étonnant que les lecteurs imaginent que le livre qu'ils tiennent entre les mains soit davantage un récit romancé d'expériences vécues qu'une œuvre de fiction. Plus l'auteur fait bien son travail, plus le lecteur a tendance à supposer que les événements qui se déroulent au fil des pages ont pu réellement se produire.

Les personnages dont j'ai choisi de raconter l'histoire ici sont des gens qui sont sortis d'un endroit que j'aime beaucoup : mon imagination. Les thèmes sur lesquels je suis revenue de nombreuses fois au cours de ma longue carrière sont réels : le foyer, le fait de fonder une famille, l'expérience difficile – pour les enfants et pour leurs parents – d'un divorce et de ses conséquences.

Un auteur raconte de nombreuses histoires au cours des années, mais il se peut fort bien que ses thèmes changent très peu, sinon pas du tout. Dans un roman que j'ai écrit il y a longtemps, *Where Love Goes*, j'explorais un mariage et un divorce, comme je l'ai de nouveau fait dans ces pages. Certaines scènes qui figuraient dans ce roman se retrouvent dans celui-ci sous une autre forme.

Je n'avais pas conscience de reprendre ces scènes jusqu'au jour où un lecteur du premier jet de ce roman me fit remarquer une certaine ressemblance avec le plus ancien. Je fus moi-même surprise en constatant que j'étais revenue dans ce territoire apparemment semblable. Les différences les plus profondes entre cet ancien roman – écrit quand j'avais tout juste quarante ans – et celui-ci, écrit largement un quart de siècle plus tard, ne tiennent pas simplement aux personnages et aux événements, mais à l'auteure qui les a créés. Même personne. Changement de perspective.

Mon personnage principal cette fois, tout comme l'auteure qui l'a fait vivre au fil des pages, est une femme qui finalement – non sans mal – parvient à comprendre ce que signifie abandonner les vieux griefs et l'amertume. Au bout du compte, il s'agit d'un roman sur l'importance de demander et d'accorder le pardon. C'est une leçon qu'on apprend peut-être avec l'âge – une leçon inestimable, quel que soit le moment où elle est acquise.

REMERCIEMENTS

Écrire est une occupation solitaire. Quand un auteur termine un roman, ou le premier jet d'un roman, il souhaite plus que tout entendre la voix de quelqu'un qu'il respecte et à qui il fait confiance pour lui donner son avis. Cette fois, j'ai eu la chance qu'un certain nombre de ces lecteurs et amis aient bien voulu lire mon travail – dans plusieurs cas, sous une forme bien moins aboutie que celle qui se trouve sous cette couverture. J'adresse toute ma gratitude à Roland Merullo, Stephen Tolkin, Jane Miller, Helaine Banner, Peggy Cappy, Jordan Moffet, Kari Olivier, Peggy Cook et à mon précieux lecteur et ami de toujours, Graf Mouen.

J'ai terminé la dernière révision de ce roman au cours des premiers mois de la pandémie, durant laquelle j'ai eu la chance immense d'être confinée chez moi, sur les rives du lac Atitlan, au Guatemala, avec deux étudiantes en écriture que j'avais invitées pour une période qui dura finalement six mois et se révéla extraordinairement productive. Tous les soirs, après une longue journée de travail et un bon repas, nous nous asseyions dehors sous les étoiles – avec vue sur un volcan et un lac – et je leur lisais à haute voix des passages de ce roman. Les deux jeunes femmes m'ont fait des suggestions inestimables et (encore plus précieux) ont eu la gentillesse de grandement s'intéresser à mes personnages. Pour cela et pour bien davantage, je dois toute ma reconnaissance et mon amitié à XiRen Wang et Jenny Allsopp.

Je veux remercier Nat Stratton Clark et sa mère, Jules Layman, pour leur générosité, leurs conseils et leur perspicacité concernant leur expérience de la transition de genre et le fait d'être le parent d'un enfant adulte qui prend cette décision courageuse. Dans ce roman qui s'attache aux nombreux aspects de la vie d'une famille et de la condition de parent, j'ai voulu inclure la transition d'un enfant perçu d'abord comme une fille, vers la personne qu'il savait être depuis toujours, un fils, et de le faire d'une manière qui envisage cette situation non comme un problème, mais plutôt comme une libération.

Tous mes remerciements également à Nicole Tourtelot pour ses multiples lectures de ce livre à tous les stades ; à Maria Massie, pour ses conseils et son soutien ; à Laurie Fox ; et à Judi Farkas pour m'avoir fait part, une fois de plus, de ses commentaires extrêmement pertinents sur le manuscrit qui m'ont amenée à le transformer de manière significative. Comme toujours, j'ai une dette envers mon éditrice de longue date, Jennifer Brehl, qui a cru en moi comme auteure de fiction à une époque où j'avais le plus besoin de cette foi et de ce soutien, et qui me donne toujours envie de travailler beaucoup et en profondeur. J'ai eu le grand plaisir de travailler avec une équipe formidable chez William Morrow : Nate Lanman, Stephanie Vallejo, Tavia Kowalchuk et Eliza Rosenberry. Je n'aurais pas pu trouver meilleur soutien ni meilleur soin apporté à mon travail.

Depuis plus de quarante ans, je bénéficie d'un don précieux : mes lecteurs font la queue à mes lectures (ou la faisaient, du temps où les auteurs donnaient encore des lectures et où les lecteurs y assistaient). J'ai tant appris des lecteurs qui me disent comment mes histoires s'apparentent aux leurs ou m'écrivent pour me faire part de leurs pensées et de leurs sentiments sur leur vie.

Outre les histoires que je raconte, mon travail consiste aussi à aider d'autres auteurs (et ceux qui hésitent encore à se qualifier d'auteurs) à écrire leurs histoires. Aux centaines de femmes et d'hommes – des milliers sans doute, à présent (et je connais vos noms) – qui m'ont confié leurs expériences, j'adresse mes sincères remerciements. Ce fut un honneur pour moi de les écouter.

Les lecteurs et les écrivains qui constituent une part si importante de ma vie ont élargi et enrichi ma compréhension de toutes les voies par lesquelles un être humain traverse les jours et les années, toutes les manières dont un cœur peut être brisé ou consolé, des formes que peut prendre le deuil ainsi que la rédemption.

J'ai vécu la perte d'amis chers, la fin douloureuse de mon mariage de jeunesse, la mort de mes parents et d'un partenaire que j'aimais. J'ai eu la chance d'avoir au moins acquis un don d'importance que je n'aurais peut-être pas perçu sans le passage des ans. C'est l'aptitude à trouver le pardon – à l'offrir et à humblement le demander en retour. Pour cette leçon sur ce que signifie pardonner (comprendre qu'il y a rarement des héros et des vilains – simplement des êtres humains capables des meilleurs et des pires comportements), je remercie tous ceux qui m'ont confié leurs expériences et ont eu le courage de reconnaître, ce faisant, la part que chacun de nous joue dans l'écriture de notre histoire familiale. J'offre celle-ci en testament de ce que m'ont appris sur l'amour ceux qui ont partagé la leur avec moi.

TABLE DES MATIÈRES

Deuxième partie

MIXTE
Papier issu de
sources responsables
FSC® C003309

L'éditeur de cet ouvrage s'engage dans une démarche de certification FSC® qui contribue à la préservation des forêts pour les générations futures.

Pour en savoir plus :
www.editis.com/engagement-rse/

10/18 – 92 avenue de France, 75013 PARIS

Imprimé en France par CPI

N° d'impression : 3048157
X07915/01